*Trio de Vênus*

Da Autora:

*As Quatro Graças*

*Trio de Vênus*

Patricia Gaffney

# Trio de Vênus

*Tradução*
Beth Leal

**BERTRAND BRASIL**

*Copyright* © 2000 *by* Patricia Gaffney

Título original: *Circle of Three*

Capa: Simone Villas-Boas
Foto da Autora: Michael Priest

Editoração: DFL

Texto revisado segundo o novo
Acordo Ortográfico da Língua Portuguesa

2010
Impresso no Brasil
*Printed in Brazil*

Cip-Brasil. Catalogação na fonte
Sindicato Nacional dos Editores de Livros – RJ

| | |
|---|---|
| G125t | Gaffney, Patricia, 1944- |
| | Trio de Vênus/Patricia Gaffney; tradução Beth Leal. – Rio de Janeiro: Bertrand Brasil, 2010. |
| | 504p. |
| | Tradução de: Circle of three |
| | ISBN 978-85-286-1429-9 |
| | 1. Romance americano. I. Leal, Beth. II. Título. |
| | CDD – 813 |
| 10-1786 | CDU – 821.111 (73)-3 |

Todos os direitos reservados pela:
EDITORA BERTRAND BRASIL LTDA.
Rua Argentina, 171 – 2º andar – São Cristóvão
20921-380 – Rio de Janeiro – RJ
Tel.: (0xx21) 2585-2070 – Fax: (0xx21) 2585-2087

Não é permitida a reprodução total ou parcial desta obra, por
quaisquer meios, sem a prévia autorização por escrito da editora.

Atendimento e venda direta ao leitor:
mdireto@record.com.br ou (21) 2585-2002

*Você e eu, Jen.*
*Separados desde o nascimento, sem dúvida.*

# 1
## A natureza de cada um

É natural sentir culpa quando uma pessoa amada morre. Culpa e luto andam juntos — é o que dizem. Porque a gente continua vivo, suponho. Bem, muita coisa é "natural", inclusive o infanticídio em certas culturas. Raven, o amigo estranhíssimo da minha filha adolescente, não faz muito tempo me contou que as aves pernaltas fêmeas matam a bicadas a maioria dos filhotes e só deixam dois viverem, porque alimentar as crias dá uma trabalheira danada. É a natureza de cada um.

A presunção por trás deste lugar-comum — "culpa é natural" — é que, efetivamente, nada se fez para apressar a morte da pessoa amada. E é aí que reside o problema. Provoquei uma discussão com meu marido cinco minutos antes de ele dar com o carro numa árvore e morrer. (Não foi a única coisa que fiz, mas é a mais óbvia.) Uma discussão absurdamente estúpida: por que ele não podia levar Ruth ao torneio de futebol no dia seguinte, por que tinha que ser sempre eu? Quando fora a última vez em que ele comparecera a uma reunião de pais, a uma feira de ciências ou a qualquer coisa do gênero? Dentro de seis anos Ruth faria vinte e um e sairia da vida dele; será que queria isso mesmo, passar o resto da adolescência da única filha fechado no escritório, corrigindo provas e deveres e escrevendo — é verdade, eu disse isso — artigos obscuros sobre minúcias matemáticas que jornais ainda mais obscuros publicavam uma vez na vida e outra na morte?

Eram onze da noite de uma sexta-feira. Estávamos no carro, voltando para casa depois de jantar com meus pais, programa a que, diga-se de passagem, ele não queria ir — mas ele nunca queria, por isso não dá para levar esse fato muito em conta. Ruth, graças a Deus, graças a Deus, não estava conosco; tinha ido dormir na casa de uma amiga que fazia aniversário. Eu havia passado a noite tensa, tentando manter um clima harmonioso, atenuando uma coisinha aqui, consertando outra ali. Minha mãe sempre gostou de Stephen, não sei bem por quê, mas ele nunca gostou dela, e ela até hoje não sabe disso. Durante dezoito anos, o tempo que durou nosso casamento, vivi tentando disfarçar a grosseria dele, que às vezes se revelava desprezo absoluto. "Ele está desenvolvendo raciocínios elevados", eu brincava, quando ele se recusava a sair do escritório durante as visitas-surpresa (irritantes, admito) de mamãe. E é tão fácil deixá-la intimidada diante do que considera superioridade intelectual — exceto, curiosamente, quando diz respeito a meu pai — que nunca tive dificuldade de levá-la a acreditar que Stephen não era frio e arrogante, nada disso, ele era um gênio. Os gênios são excêntricos e antissociais, eles se fecham, não têm tempo para ficar paparicando a sogra.

O que desencadeou a discussão no carro foi medo. Eu havia visto uma coisa naquela noite que me assustou: uma detestável semelhança entre meu marido e papai. Ficar com raiva de Stephen, apontar o dedo para ele, tentar fazê-lo gritar comigo — isso seria o ideal — era uma maneira de me convencer de que eu estava errada.

Meu pai, George Danziger, deu aulas de literatura inglesa no Remington College durante quarenta anos. Recentemente, se aposentou para escrever um livro com um colega sobre um poeta menor do século XVIII, cujo nome me escapa. Meu pai é um homem pequeno, corpulento, quase careca e de ombros arqueados; tem um barrigão; anda encurvado; costuma ter cinzas de cachimbo espalhadas pelo colete e na manga do paletó. Costuma exibir um ar distante, e acho que sua imagem só perde em semelhança ao típico professor desligado para a figura clichê dos cartuns. Mas ainda permanece certa dignidade enrugada no rosto flácido e nos movimentos suaves, fleumáticos, pelo menos para mim. Stephen, em termos de físico, era o oposto dele. A altura média, o corpo rijo e compacto dos corredores, os traços bonitos, angulosos — como os de Ruth —, e a cabeça coberta por cabelos ondulados ruivo-acinzentados. Gestos rápidos, comedidos. E sempre um nervosismo, uma impaciência com o que o cercava que beirava a ofensa se a gente tomasse como pessoal.

Mamãe e eu lavávamos a louça enquanto os homens saíram para papai poder fumar seu cachimbo, prazer proibido na casa de minha mãe. Fiquei olhando distraidamente pela janela da cozinha os dois de pé ao lado da mesa de ferro batido, no silêncio de fim de agosto, os ombros arqueados, o queixo enfiado no colarinho da camisa de manga curta. Não tinham muita coisa a dizer um ao outro; aliás, nunca tiveram. A faculdade era tudo o que havia em comum entre eles, e Stephen, mesmo após três anos, ainda se ressentia da ajuda de papai, tal como ocorrera, para ele conseguir o cargo de professor. Mantinham entre si uma distância viril e, quando conversavam, nunca se olhavam nos olhos. Iam de passo em passo arrastando o pé, as mãos fechadas dentro dos bolsos, e apertavam os olhos para ver o céu noturno sobre o telhado, como se assistissem a um filme.

Justo naquele momento, por mais diferentes que fossem, me pareceram o mesmo. Idênticos. Eu estava com as mãos na água quente, mas me lembro do frio que me perpassou, como a superfície lisa de uma lâmina sobre a pele nua. Ocorreu-me, como um calafrio, o pensamento de que *eram* o mesmo.

Impossível — Stephen era teimoso, genioso, maldoso, Stephen estava *vivo*. Pensei na insatisfação e decepção de mamãe, o que esses sentimentos fizeram com ela e quem ela culpava por isso, e pensei: E se, ao me casar com um homem tão ausente e inatingível quanto papai, cometi o mesmo erro que ela? Não um erro parecido, e sim *exatamente o mesmo erro*.

Por isso comecei a briga. À diferença de meu pai, Stephen sabia revidar à altura — até melhor. Sua arma de confiança — a lógica fria, contundente — sempre vencia meus acessos de fúria, incoerentes e chorosos; não dava para competir, era uma espada lutando contra um balão. Mas naquela noite não me importei, queria barulho, confusão, ação. Esperei até estarmos no carro, voltando para casa, no Clay Boulevard, um trecho reto e iluminado de uma avenida de quatro pistas, sem nada para distrair. Não me importava o motivo da briga, mas estava cansada, e levar Ruth ao jogo de futebol em Charlottesville no sábado implicava ter que acordar às seis da manhã. Portanto, a briga foi opção pessoal minha.

Stephen não disse uma palavra sequer. Já se passaram quatro meses, e não consigo me lembrar de nada do que ele dissera naquela noite no carro. Isso me dá uma tristeza indescritível. Eu, por minha vez, tinha dito um monte de coisas antes de ele abaixar o vidro da janela — o primeiro indício de que havia algo errado. Estava um frio de lascar, eu continuava lutando com os botões do aquecimento para me esquentar e achei que ele resolvera abrir a janela para me contrariar.

— Você não vai dizer nada? — Ainda escuto o tom grosseiro da minha voz esganiçada. Ele fez uma cara estranha, uma careta, mas não deu para vê-lo perdendo a cor no escuro, apenas a boca contorcida. — Qual é o problema? — Ainda não estava preocupada, só perplexa. Ele disse meu nome — Carrie — e mais nada. Não pôs a mão no peito, gesto que, nos desenhos animados, indica ataque cardíaco; segurou o braço até cair subitamente contra a porta. Aconteceu muito rápido. Num segundo estávamos dirigindo na nossa pista, no segundo seguinte, correndo desgovernados sobre o canteiro central, com um monte de faróis piscando diante dos olhos, buzinas bramindo, carros desviando. Peguei o volante e reduzimos um pouquinho a velocidade, mas Stephen continuava com o pé no acelerador, e não consegui desdobrar minhas pernas a tempo de empurrar a dele. Entrei em pânico. Lá no fundo, lembro-me de me sentir triste porque era o fim, o meu fim: quebrada, esmigalhada entre metais e vidro numa colisão em alta velocidade. Ruth não foi um pensamento consciente, mas ela era o peso, a sombra no cérebro que obscurecia todo o resto. *Ah, minha gatinha.*

Guiar não é o termo certo; sabe-se lá como, *consegui* atravessar duas pistas na contramão sem bater em nada. Desviei para o acostamento, depois caímos num aterro de cascalhos e fomos parar num pequeno aclive. O movimento violento do carro jogou Stephen para trás, finalmente fazendo-o tirar o pé do acelerador. Íamos acabar parando, mas atravessamos uma fileira de árvores no alto da montanha. O para-choque ficou preso, fazendo o carro rodar e sua traseira chocar-se contra o tronco de uma árvore. Bati com a cabeça em alguma coisa, acho que na janela do carona, antes que a porta se abrisse — o cinto de segurança me impediu de voar longe.

Luzes, barulho. Fiquei ali no frio até dois garotos, alunos de Remington, tirarem meu cinto e me retirarem do carro. Não me deixaram sentar, puseram-me deitada no chão.

— Onde está meu marido? Como ele está, o meu marido? — Eles não me diziam. Depois a polícia, a ambulância, o caminhão com a equipe de salvamento. — Meu marido morreu? — perguntei a um jovem, vestido com jaleco de paramédico, segurando-lhe a manga sem soltar até ele me responder.

— Senhora — disse —, estamos fazendo tudo que podemos.

Naquele exato momento, soube mais tarde, aplicavam a técnica de ressuscitação cardiopulmonar, tentando fazer o coração de Stephen voltar a funcionar. Mas ele nunca mais bateu.

\*  \*  \*

Foi o que fiz. Pode-se menosprezar ou superestimar esse fato, sei disso. Fiz as duas coisas, um sem-número de vezes. Em ambos os casos, acho que está claro que a minha culpa, vivíssima e latente nesses quatro meses após a morte de meu marido, ultrapassa a esfera do "normal". Ruth e minha mãe dizem que já é hora de eu me recompor, de retornar à vida, encontrar um emprego decente, seguir em frente. Não é cruel? É verdade que estou um trapo, não consigo ser boa para ninguém, justo quando minha filha precisa de mim mais do que nunca.

O que elas não sabem é que tem mais coisa. De todas as minhas omissões e culpas, a discussão no carro foi só a mais notável. Uma em especial me atormenta. É, em si mesma, uma coisa bem pequenininha, quase insignificante. Lugar-comum. Mas vergonhosa, sabe como é, penosa de admitir. Embora nada efetivamente digno de vergonha. Ah, bem, é só isso: Stephen e eu fizemos amor na noite anterior à sua morte. Deveria ser uma boa recordação, um consolo para mim — *pelo menos estivemos unidos naquela última vez* —, uma bênção, um ponto a favor da vida na escala maior, mais importante. Mas até isso estraguei. Sei que é uma bobagem, mas não consigo me perdoar. Na última vez em que o corpo de meu marido entrou no meu, fechei os olhos e sonhei que ele era outra pessoa.

# 2
## Sem pontos suficientes para ser coisa alguma

Deixei este bilhete bem alegre para mamãe na bancada da cozinha antes de ir para a escola. "Oií! Fiz uma salada de atum de arrasar, para você comer no almoço ou na hora que quiser! Bjões, Ruth. P.S.: Jamie e Caitlin devem vir aqui em casa de tarde fazer o dever de casa comigo. Tudo bem?" Desenhei dois lábios carnudos e escrevi "superbeijo" embaixo, com um ponto de exclamação.

Era, tipo, um código. Queria dizer: "Coma alguma coisa saudável para variar, e, quando eu voltar, será que dava para fazer o favor de estar numa roupa decente para meus amigos não terem que te ver vestida com o roupão velho do papai?"

Bem, Jamie e Caitlin não vieram para casa comigo, na verdade era mais um truque, mas não funcionou porque mamãe não estava à vista, e tinha deixado um bilhete, também com falso tom de alegria, exatamente no mesmo local em que eu deixara o meu. "Oi! Bebidas e lanchinhos na geladeira — não exagerem." Desenhou um rosto sorrindo. "Estou tirando um cochilinho. Será que vocês podiam trabalhar aí embaixo? Não precisam se preocupar em não fazer barulho. (Dentro dos limites.) Amor & beijos, eu. P.S.: Quer pedir uma pizza de noite?"

Desde que papai morreu, isso é supercomum. Saio para a escola, e ela está dormindo; volto da escola, e ela está dormindo. Não sei o que faz durante o dia, só sei que não cozinha nem faz limpeza. Come

— sei que isso ela faz, porque engordou uns cinco quilos nesses quatro meses. Come espaguete com manteiga, purê de batatas com molho, arroz instantâneo numa lata de sopa de champignons — só coisa calórica, nada além de carboidratos. Ela come direito apenas se eu estiver olhando ou preparo a comida, caso contrário é cereal com leite quente, cuscuz, pipoca e massa. A comida como compensação, eu acho.

A outra coisa que faz quando estou na escola é confeccionar arranjos de flores. Ela tem um "emprego" na loja de artesanato dessa mulher, que paga a ela tipo dois centavos por arranjo, portanto dá para ver que é só uma questão de tempo até a gente estar dormindo num caixote debaixo da ponte do rio Leap. *Meu Deus*. Acho que não posso falar dela, porque também não arrumei emprego. Vez ou outra, trabalho como baby-sitter de Harry, o bebê de um ano dos vizinhos aqui do lado, mas os Harmon não costumam sair muito à noite, por isso estou longe de ficar rica.

Não sei o que vai acontecer. Mais ou menos um mês depois do acidente, vovô veio aqui sem a vovó, o que por si só me assustou, e teve uma longa conversa com mamãe, que não me deixou ouvir. Depois que ele foi embora, ela me disse para sentar e me deu a má notícia. Resultado financeiro: estamos pobres. No início, até achei legal.

— Quer dizer indigentes?

Não, só pobres, o que de certo modo é pior, porque não tem, como é que vou dizer, o drama. Ao que tudo indica, meu pai não trabalhou em Remington tempo suficiente para fazer jus a uma pensão, por isso tudo o que temos são a poupança, a previdência social e a ínfima apólice de seguro dele.

Não deixo mamãe perceber minha decepção, mas era para eu ganhar um carro de segunda mão em bom estado ou um novo baratinho no próximo verão, quando vou fazer dezesseis anos. Agora está fora de cogitação. Além disso, talvez eu tenha que ir para Remington;

o que é pior: ninguém que mora em Clayborne vai para lá, a menos que não haja alternativa — não por ser horrível ou algo assim, só porque é local. A vida inteira quis ir para a universidade em que meu pai estudou, Georgetown (se conseguisse entrar), ou, então, para a Universidade da Carolina do Norte, mas agora as duas eram algo impossível. A Universidade da Virgínia talvez, mas, para onde quer que eu vá, precisará ser no estado.

Não consigo parar de pensar no que teria acontecido se eu estivesse lá na noite em que ele morreu. Em primeiro lugar, é bem provável que eu estivesse dirigindo, porque obtive a permissão de aprendiz, e mamãe em geral me deixa dirigir, inclusive à noite, para praticar. Portanto, mesmo ele tendo o ataque cardíaco, não haveria o acidente de carro, e eu poderia levá-lo para o hospital, onde, com grandes chances, ele se salvaria. Ou, para começar, acho perfeitamente possível que ele não sofresse o ataque, porque tudo, o ambiente, a noite inteira, teria sido diferente com a minha presença. Guardo comigo essa sensação fortíssima de que, se não tivesse ido à casa de Jamie, ele estaria vivo. Seu destino seria outro. Quem garante que o sangue do coração não seguiria o curso normal e bateria no ritmo certo se ele estivesse relaxado, olhando a lua, em vez da estrada? Eu poderia fazê-lo dar umas risadinhas. E se ele estivesse me ouvindo contar alguma história boba, e não a mamãe ou o rádio? Penso que as coisas teriam sido diferentes.

Tenho esse retrato, que deixo na minha mesinha de cabeceira, de papai, mamãe e eu, num Natal, há mais ou menos três anos, pouco antes de a gente se mudar para Clayborne, cidade em que mamãe foi criada e de onde saiu quando tinha tipo dezoito anos. Na foto, nós três aparecemos enfileirados do lado de fora da antiga casa de Chicago, exibindo os presentes. Mamãe está com as mangas do casaco arregaçadas e os braços despidos, para mostrar o relógio que ganhou de papai. Dei para ele um cachecol verde e luvas combinando, por isso posou com as mãos espalmadas e a echarpe de lã cobrindo metade do rosto, só os olhos expostos. Eu pareço ainda mais boba com meu novo jeans, botas, parca de plumas e um sorriso largo, apontando para os brincos nas orelhas recém-furadas. Que idiota.

Na mesma ocasião dessa foto, talvez no dia seguinte, não sei ao certo, mas sem dúvida nesse mesmo feriado de Natal, papai e eu fomos patinar no gelo do lago. Era para mamãe ir com a gente, mas no último segundo ela disse que o que realmente gostaria de fazer era ficar com a casa só para ela por toda uma tarde. Assim fomos só nós dois. No início, me senti acanhada. Até então não havíamos feito nada sozinhos desde... bem, nem sei quando. Fiquei um pouco atordoada com aquela situação, de tê-lo só para mim, meio como um encontro com um possível futuro namorado. Fingi que éramos um casal e observei as pessoas nos olhando. Será que alguém podia achar que era meu namorado? Ele estava com quarenta anos, mas na época parecia bem mais jovem, não era impossível.

Depois da patinação, fomos tomar um chocolate quente num barzinho prateado e chique à beira-mar. Sentada de frente para ele no compartimento de vinil vermelho, com os dedos acariciando as orelhas doloridas, pondo moedas na jukebox para tocar canções dos anos 50, como *Hound Dog* e *Lipstick on Your Collar*, tive a sensação de que aquele, sim, era o início do nosso verdadeiro relacionamento. Falei à beça, contei da escola, dos professores, até mesmo do cara de história de que gostava, disse — com certo exagero, admito — que minha matéria preferida era de longe a matemática, e com ela provavelmente me destacaria em Georgetown e depois iria dar aula em alguma universidade de prestígio.

Foi legal demais. Ele falou, também, e riu das minhas piadas, e me revelou coisas que eu ainda não sabia. Como uma vez em que ele e uns amigos do curso secundário mataram aula para descer Cashbox Hill de trenó, uma colina que fica em Nova Jersey, de onde veio. Ele escorregou e caiu numa cerca de arame farpado, e ganhou um corte atrás do pescoço, logo abaixo do contorno do cabelo. Ele me mostrou a cicatriz, que por alguma razão jamais tinha visto na vida, e naquele exato momento tudo ficou bem. Nada omitido, pendente ou obscuro, tudo era bem-vindo.

O estranho, porém, foi que nada resultou daquele dia. Quando acabou, ele voltou a ser quem era antes, e foi como se nada tivesse acontecido. Era legal comigo, como sempre, mas nunca me convidou para fazer de novo um programa, só nós dois. Voltou à sala de estudos, digamos assim, e fechou a porta.

Acho que aconteceu de, na época, eu ainda não ser crescida o suficiente — tinha só doze anos —, e o triste é que, agora, provavelmente já tenho, enfim, bastante idade, e ele se foi. Perdemos nossa oportunidade. Nunca vai poder ser do jeito que sonhei. Pensei — talvez isso pareça estúpido —, pensei que seríamos sócios depois de me formar, fazer o doutorado e tudo o mais. Imaginei a gente fazendo parceria para abrir um escritório em algum prédio antigo e interessante de Georgetown e escrevendo livros juntos, resolvendo fórmulas complicadas que deixariam perplexa toda a comunidade matemática durante anos, séculos. Podia ver nós dois com os pés em cima da mesa no final do expediente, bebendo café, um elogiando o trabalho do outro, fazendo planos para o dia seguinte. VAN ALLEN & ASSOCIADOS estaria escrito na porta. Stephen e Ruth Van Allen, matemáticos.

Não, vejo que isso tudo é estúpido. Nem sei o que os matemáticos fazem, não sei mesmo, além de dar aulas, e papai vivia reclamando disso. Ele zombava dos outros professores de seu departamento, que conseguiam se dar bem com bajulações e jogos políticos, enquanto ele se limitava a fazer o trabalho e tomar conta do negócio. Fazia o gênero solitário.

É por isso que ia ser legal demais a gente ser sócio. Acho que, quando fosse mais velha e tivesse todos os diplomas de matemática, poderia animá-lo, e ele sentiria orgulho de mim. Que ódio saber que isso nunca vai acontecer.

    Tinha que fazer alguma coisa sobre as minhas roupas. Respondi a esse questionário da revista para descobrir o meu estilo. A gente pode ser Divertida, Patricinha, Grunge, Gótica, Empresária e sei lá mais o quê, esqueci. Caitlin e Jamie fizeram, e deu Divertida para as duas. Eu, depois de fazer a contagem, não somava pontos suficientes para ser coisa alguma. Meu Deus, que patético. Sinto a mesma coisa em relação ao meu quarto, que agora detesto. Tenho um calendário das Dixie Chicks — argh! Não vejo a hora de ele expirar! — e um retrato de Leo DiCaprio, um pôster de Natalie Imbruglia e alguns recortes de Claire Danes, de George Clooney e da banda Siouxsie Sioux and the Banshees. Gente, que que é isso? O que significa exatamente? Por isso vou arrancar tudo fora, limpar tudo, ficar sem nada, paredes vazias, e deixar o quarto voltar a se encher organicamente. Aí vamos ver.

    Porque Raven essa noite veio aqui depois do jantar, e pelo nanossegundo em que mamãe nos deixou ficar sozinhos no meu quarto, ele fez uma careta e resmungou:

— Meio tosco.

Mas isso nem foi o pior. Falei depois para mamãe que, se ela não se vestir com roupas normais, roupas de dia, suas *próprias* roupas, e não as do marido morto — quase disse isso, mas pareceu baixaria, além do mais a gente tenta evitar essa palavra com *M* ultimamente, a menos que haja uma boa razão —, que fique então no quarto quando trago visita. É engraçado, eu costumava me preocupar com o que ela pensava de Raven, e essa noite não me saía da cabeça o que ele pensava *dela*. Ela estava com uma calça de moletom velha, uma camisa de flanela xadrez e o roupão cinza de lã, tudo do papai. Ah, e um par de meias de corrida. *Entendem?* Nada de maquiagem, claro, e não sei quando foi a última vez em que lavou o cabelo. Tem cabelos castanho-dourados, bem compridos e lisíssimos, e até agora sempre senti inveja deles. O meu é ondulado, o que eu detesto, e não acho a cor tão legal, mais para o louro-cinza do papai. Enfim — e a pele dela mudou, ela tinha uma cor muito delicada, mas agora está mais para o cinza, com certeza por causa de toda a porcaria que come. Está abatida, desbotada.

— Humm, minha mãe ainda está arrasada — comentei com Raven na hora em que ele estava indo embora.

— Claro — disse ele. O que achei desnecessário.

Mas ele era legal, veio me emprestar um livro, uma coletânea de contos de Edgar Allan Poe. Ele gosta de tudo que causa pavor. Depois de Poe, os autores prediletos dele são Anne Rice e Edward Gorey. De cara, eu já não estava me sentindo grande coisa, e ele não parava de falar que tudo acaba, tudo é perda, o único estado de espírito apropriado na vida é a melancolia, e isso não melhorou meu astral. Mas o que acho incrível é que o último nome dele é Black. O primeiro é Martin, mas o último é Black. Raven Black [Corvo Preto]. É como um sinal.

Depois que ele foi para casa, mamãe veio ao meu quarto e sentou na cama, onde eu estava tentando fazer o dever de casa. Sem a menor dúvida, ela não é mais a mesma pessoa, porque ultimamente nem tem pegado no meu pé reclamando que meu quarto é um chiqueiro.

Como nada disse, continuei lendo, imaginando que ela acabaria se abrindo. Começou a bater de leve com os dedos na colcha que fizera para mim no meu aniversário de treze anos. É cheia de estrelinhas azuis e verdes, e é a única coisa de que gosto no meu quarto.

— *Que que é?* — falei finalmente, e ela deu um sorrisinho bem sem graça e disse:

— Me desculpe por hoje à noite. Acho que não estou me saindo muito bem.

— Você está indo bem — respondi.

— Logo vou ficar melhor.
— Eu sei.
— Como está você, gatinha?
— Bem — falei.
— Bem mesmo? — Ela tocou minha face com as costas da mão. — Me conta da escola.
— Está como sempre. Tirei B no teste de francês. — Não falei do teste de álgebra, ela ia ter um ataque. Deveria ser minha matéria predileta. — Que será que é quando a gente tem um machucado na boca que não fica bom? — perguntei.
— Me mostra.
Mostrei a parte de dentro da bochecha, que tem um ponto branco que sem querer mordo toda hora.
— Ah, é só uma afta. Vai passar.
— Afta. Parece uma espinha.
— Isso não é espinha.
Vejo pontinhos na frente dos olhos também, que pode ser um indício de glaucoma. Um dos meus tornozelos é maior do que o outro.
— E então — ela disse, erguendo o tronco. — Que que está havendo entre você e Raven?
— Meu Deus. Nada, mãe, não está havendo nada *entre* a gente.
— Ele vai para a escola com aquela maquiagem?
— Não, não deixam.
— Ah. Você gosta dele?
— Gente, ele não é meu namorado nem nada. É só o Raven.
— Ah. Tá bom. Onde ele mora?
— *Gente*. Nem faço *ideia*!
Ela pegou um de meus travesseiros e o segurou debaixo do peito.
— É isso aí.
— É isso aí — falei, e depois sentei e comecei a fazer massagem nas costas dela, que ela adora. — Você está tensa demais. Seus ombros estão parecendo mármore. Fez arranjos de flores hoje?

— Um pouco... — Ela gemeu com a cara enfiada no travesseiro, e achei que estava curtindo a massagem, mas depois disse, tentando simular pânico: — Preciso arrumar logo um emprego de verdade.

— Você vai conseguir. Eu vou conseguir também. Estão precisando de mais gente para o Natal, posso arrumar um emprego num shopping depois da aula.

— Humm. Só se não precisar ir de carro.

— Você pode me levar de carro — eu disse.

— Não se eu estiver trabalhando também.

— A gente podia arrumar emprego no mesmo lugar.

— É, ia ser legal.

Ia ser. Bem, dependendo do lugar. Deu para sentir que ela estava enfim relaxando; o pescoço não era mais aquele bloco de concreto. Quando eu era pequena, achava que estava ajudando a salvar a vida dela quando massageava seus pés ou fazia alguma tarefa doméstica por ela. Tipo, se me pedisse para ir no andar de cima pegar o frasco de aspirina, ou descer no porão e buscar algo no freezer, eu resmungava e protelava, mas, no fundo, ficava contente porque imaginava que tudo de que pudesse poupá-la representava minutos economizados da vida dela. Por isso, se punha a mesa, se fosse pegar o jornal na varanda ou se corresse para atender o telefone antes dela — isso lhe daria minutos extras no fim da vida. Tudo ia se somando.

— Ah, mãe, sabia que, quando você faz carinho num cachorro, sua pressão sanguínea abaixa?

— Hum.

— Mas o fantástico é que descobriram que também abaixa a pressão do *cachorro*. Não é fantástico? Vamos arrumar um cachorro?

— Não.

— Por quê?

— Ah, querida. Não podemos.

Antes a gente não podia também, porque papai era alérgico a tudo que tinha pelo — cachorros, gatos, hamsters, tudo. Só estava pensando que talvez agora...

— Jess tem quatro cachorros — falei — e uns quinze gatos. E um corvo que aparece na porta de trás e deixa Jess dar comida para ele. Aposto que não ia se importar de dar um filhotinho de gato para a gente. Os gatos são fáceis de cuidar.

— Ruth.

— Sei. Mas ele tem todos esses animais, e nós nenhum.

— Jess mora numa fazenda.

— E daí?

Jess é superlegal. Ele é amigo da mamãe desde os velhos tempos, quando ela morava em Clayborne, e tem uma fazenda exatamente no rio Leap, com mais de duzentos e cinquenta hectares e umas duzentas vacas Holstein. Ano passado tive que fazer um trabalho de educação cívica sobre alguma indústria local, escolhi a fazenda leiteira de Jess e aprendi um monte de coisas sobre vacas. Depois, para o projeto da feira de ciências, resolvi fazer um modelo dos quatro estômagos da vaca (o rúmen, o retículo, o omaso e o abomaso), e ele também me ajudou nisso. Adoro ir para a fazenda e ficar uns tempos de bobeira, só curtindo, mas não vou lá desde que papai morreu — mamãe anda muito abatida. Sinto falta de ir lá. Sinto saudades de Jess.

Ela se deitou, e ficamos esticadas uma ao lado da outra.

— Foi bom demais — ela disse. — Obrigada. E, a propósito, esse quarto tá um chiqueiro. — Sorrimos olhando para o teto. Ela fez um móbile que fica pendurado na luminária, sete cavalos andando a galope, meio-galope ou trotando, talhados em madeira fina e pintados em cores diferentes. É da minha fase equina. Eu devia tirar isso daí, mas ainda gosto dele.

— Mãe? O Natal vai ser triste, né? — O Dia de Ação de Graças foi horrível.

Ela disse:

— É. — E fiquei contente de ela não ter mentido. — Porque é o primeiro. Vai dar tudo certo. Certas coisas... não dá para evitar. Infelizmente, o jeito é enfrentar.

— Você sente muitas saudades do papai?

— Sinto.

— Eu também. A gente ainda vai continuar indo jantar na casa da vovó?

— Vai, claro.

— E vai continuar ganhando presente?

— Sem dúvida. Mas...

— Sei. — Não tantos.

— O mais importante é que estamos juntas. A gente ainda tem uma à outra.

— É.

Só que eu não a tenho. Ela ainda me tem, mas é metade da mãe que eu tinha antes. Quando papai morreu, não só o perdi mas também parte dela. Sou quase órfã.

Ela diz que está melhorando, mas digo que não a olho nu. Bom, quem sabe o Natal vai fazer um milagre e nos animar? Só que não acredito. Acho que ela está certa. Não dá para evitar certas coisas, o jeito é enfrentar.

# 3
## O poder da nostalgia

O telefone me arrancou de um sono que mais parecia estado de coma, no sofá da sala. Atendi correndo, o coração disparado, me esquecendo de limpar a garganta para dizer um alô alegre.

— Carrie, querida, é você? — a voz de minha mãe perguntou. — O que foi que houve?

Isso acontecia toda hora. Era a minha voz ao telefone; se eu não me esforçasse para parecer contente e lúcida, as pessoas achavam que estava com algum problema. Você está doente? Estava dormindo? Estava chorando? Hoje poderia ter respondido sim para as três perguntas.

— Ah, oi, mãe. Não, estou bem, e você? Como vai o papai?

— O que é que você está fazendo?

— Agora? — O relógio da lareira mostrava meio-dia e dez. — Estava me preparando para sair. Já estava saindo, na verdade. Afazeres domésticos, tenho umas coisas para resolver na rua, banco, correio, etc. e tal... — Levei o telefone para a cozinha e desabei numa cadeira da mesa. Sem combustível.

— Ia dar um pulinho rápido aí, antes do almoço do Clube das Mulheres, com um dos pratos que preparei. É um dos prediletos de Ruth: batatas gratinadas.

— Humm. Bom, eu...

— Fiz o suficiente para um batalhão. Você ainda vai ficar aí uma meia horinha, não vai?

Deitei a cabeça na mesa de carvalho. Meu Deus, olha quanto farelo, mancha de geleia e marca d'água. Há quanto tempo não limpo essa mesa? A manga da camisola tinha grudado nela.

— Ah, será que não dá só para deixar aqui quando estiver indo para lá? É que estou de saída...

Minha mãe fazia umas batatas gratinadas deliciosas. Elas me ajudariam a enfrentar o dia. Mas a logística seria ridícula; eu teria que ficar escondida no andar de cima, esperá-la entrar, pôr a comida na geladeira e ir embora. Não, não, não iria funcionar, atinei — ela veria o carro.

— Bom, se você nem vai estar aí, deixa pra lá — falou, ofendida.

— Talvez depois do almoço. Só não posso prometer que não vão comer tudo.

— Assim é melhor. E, dependendo da hora em que a senhora vier, pode ser que já pegue Ruth em casa.

Isso a animou.

— Como vai a minha gatinha? Quero que vocês duas venham jantar aqui na noite de sexta, Carrie. Você precisa sair dessa casa.

— Sexta...

— Só você e Ruth, um jantarzinho de família. Faz séculos.

— Faz quatro meses.

Desde aquele dia. Desde que Stephen morreu.

Ela também se deu conta disso. E se apressou em dizer:

— Sexta à noite sem falta, vai ser bom, prometo. E agora vou deixar você em paz para cuidar dos seus importantes afazeres domésticos.

— E aí... vai passar aqui mais tarde?

— Só se não for muito *transtorno*. Se não for inconveniente para você.

Tentei equilibrar o fone no ouvido sem precisar das mãos, para poder deixar cair os braços e me fazer de morta. E ficar desse jeito o dia inteiro, relaxada e de bobeira, sem nada na cabeça.

— Carrie? Eu estava brincando, posso ir agora mesmo se você quiser. Querida, você está com vontade de conversar?

Eu nem sequer conseguia pôr a língua para funcionar. Se eu estava com vontade de conversar? Involuntariamente, soltei uma bufadela ao telefone. Para disfarçar, emendei-a com uma tosse e disse:

— Estou bem, hoje estou melhor, juro. Agora preciso ir, mas quero, sim, te ver mais tarde, tá? Tchau, mãe.

Adoraria sair de férias da cabeça de minha mãe. Se ela batesse com a cabeça — nada sério, fatal, doloroso ou duradouro, que só lhe causasse uma amnésia por umas seis semanas. Que delícia, que delícia, sem telefonemas, sem visitas, sem batatas gratinadas, sem conselhos. Sem chateação. Quando estou na cabeça de minha mãe, sou apenas metade de mim; ela suga a outra metade e a engole. E, com a fraqueza que sinto esses dias, é uma sorte ser só metade.

Fiquei lá caída na mesa até meu pescoço doer. Aí fui me levantando devagarinho, um pouco tonta — baixo nível de glicose no sangue? Pressão baixa? Alguma coisa baixa. Pus uma xícara de água com um saquinho de chá no micro-ondas. Não conseguia mais tomar café: muito forte; eu queria *estar* desperta, e não despertar com uma bofetada. Levei a xícara e um punhado de biscoitos de geleia de figo para o escritório de Stephen. Desmoronei no vão da porta e fiquei olhando a bagunça que fizera dele.

Seis semanas antes, havia tido a ideia de que me consolaria se transformasse o santuário, o lugar da casa predileto de Stephen no meu local de trabalho de montagem-de-arranjos-florais-e-coroas. Uma maneira de estar perto dele, pensei, de manter viva a memória dele, de não sentir tanta solidão. Engano total, e agora ainda havia arruinado a sala dele. Ele costumava mantê-la limpa como um laboratório. Sobre o imaculado tapete cinza, espalhei ramos de giesta e videira selvagem, hastes de solidago e tanaceto, coroas-de-cristo, hamamélis. À exceção da mesa dele, toda superfície estava coberta de vagens, nozes, ramos, hastes, galhos, flores, vasos, madeira flutuante, laços de fita, limpadores de cachimbo, arame, sílica, areia, sal, bórax, argila, vermiculita. E, em cima de tudo, uma névoa invisível, um nevoeiro de poeira de flores secas e detritos de sementes, o pesadelo de quem sofre de alergia. Stephen teria morrido aqui dentro.

Mas nunca toquei na mesa dele. Por que não? Bem em frente à cadeira de vinil e aço dele viam-se as anotações que estava fazendo para um artigo sobre cálculo de integrais definidas. Eu não me desfizera das roupas dele, não esvaziei o seu lado do armário de remédios nem a mesinha de cabeceira. Ruth nada falou, mas deve ter achado meio maluco de minha parte. Também achei. Não sabia ao certo o que me levava a agir assim, mas não me parecia que se tratava de uma maneira de mantê-lo perto de mim mais um tempinho. Era algo mais complicado. Menos louvável.

Sentei no chão, no lugar de costume. Mesmo com as persianas abertas, havia pouca luz. Faltara-me, no entanto, energia para pegar uma luminária em outro cômodo e trazer para cá. Sempre esquecia. Até recentemente, Margaret Sachs vinha me pagando oito dólares por peça de coroa de flores secas ou arranjos de Natal, que vendia com um bom lucro na Artesanato & Velas de Clayborne, sua loja na Myrtle Avenue. Semana passada, o material começou a faltar, por isso tive que mudar para miniaturas. Não tive opção, ou diminuía o tamanho ou saía pelo mundo em busca de tifas, cardo, ramos de louro, etc., etc., as ferramentas do meu negócio não-muito-lucrativo-diga-se-de-passagem. Isso não dava para encarar. Uma espécie de agorafobia; esperava que fosse passageira. Enfim, agora Margaret só me pagava quatro dólares por arranjo.

Racionalizei essa redução dizendo para mim mesma que poderia produzir o dobro de peças no mesmo tempo, de modo que não perderia dinheiro. Mas não era verdade — se fosse, eu ficaria sem material em metade do tempo, não? Não, miniatura era meu estado de espírito.

A tarde se arrastou. Eu conseguia entrar em transe fazendo essas coisinhas. Quando eu saía dele porque as pinhas tinham acabado, ficara escuro demais para enxergar ou as pontas dos dedos estavam dormentes, descobria que havia feito seis ou sete arranjos florais minúsculos, e todos idênticos. Redondos, em forma de leque, formando um S, piramidais — escolhia um desenho para o primeiro, e todos os demais eram réplicas exatas dele. Isso me assustou um pouco. Margaret achava que eu fazia de propósito. "Ah, *esses* são engraçadinhos, vão vender como água", dizia, e me pedia para fazer mais daquele formato que inconscientemente produzira em massa. Mas eu não fazia. Não era proposital.

Hoje foi a fome que me tirou do transe. Com pescoço e pernas rígidos, fui mancando até a cozinha. Quase três da tarde; Ruth não tardaria a chegar. O queijo cottage estava com um cheiro estranho, mas tirei a parte de cima e comi a do meio, olhando a casa dos vizinhos pela janela em cima da pia. Na nossa entrada comum de veículos, Modean Harmon estava tirando o filho de um ano do assento do carro e o levando, junto com um saco de compras, para dentro. Quis ter me lembrado de pedir para ela comprar umas coisinhas para mim enquanto esteve fora. Ela era incrível nisso. Incrível em tudo. Modean era tímida e quieta, mais nova que eu, muito reservada; só depois que Stephen morreu ficamos amigas. E eu não era uma grande amiga; foi ela que fez tudo para se aproximar de mim. Stephen nunca gostou de Dave, o marido dentista dela, por isso nunca nos socializamos como casal. Depois do acidente, porém, Modean foi uma salva-vidas. Não falava muito, e nunca tentou me convencer a sair de casa. O que fazia era deixar comida na geladeira, varrer as folhas do meu quintal, levar

Ruth de carro para a escola, quando perdia o ônibus. Depois tentei retribuir-lhe tomando conta de Harry quando Ruth não podia, mas isso não era difícil nem para mim. Era o bebê mais sorridente do mundo, tudo que queria na vida era rir. A parte difícil era devolvê-lo à mãe quando ela voltava.

A campainha tocou.

*Quem será?*, pensei, andando na ponta dos pés até a entrada. *Quem será que vai me torturar agora?* Não podia ser minha mãe, ela nunca tocava a campainha, e, se a porta estivesse trancada, tinha a chave. Painéis de vitral grandes margeavam a porta dos dois lados — eu mesma os fizera, depois de ter umas aulas, no ano anterior, quando evitar visitas não era prioridade. Através dos vidros amarelos e azuis, só dava para ver uma sombra alta. Abri no máximo uns cinco centímetros da porta. Jess Deeping me espiou, depois deu um passo para trás, os olhos cinza sobressaltados.

— Oi. Cheguei em má hora?

Acomodei-o na sala de estar, pedi licença e saí, dizendo que ia passar um café. Ruth não ia adorar isso? *Eu avisei*, já a imaginava falando, *avisei para se vestir*. Meu aspecto estava horrível, ainda mais com a camiseta do time de basquete de Stephen por cima da minha camisola de flanela mais velha e esfarrapada. Eu não era vaidosa, mas ainda me restava certo orgulho, um fiapo, um vestígio. Enquanto media a quantidade de pó de café, vi duas lágrimas gordas, humilhadas, caírem sobre a bancada. Não era de surpreender; eu chorava quase todo dia por causa de alguma coisa. *Talvez este seja o ponto mais baixo a que vou chegar*, pensei com esperança. *Talvez seja o fundo do poço.*

Quando voltei para a sala, encontrei Jess curvado, com as mãos nas costas, examinando pequenas aquarelas que eu fizera para Ruth quando era pequena. Não eram lá essas coisas, mas não consegui me desfazer delas; mandei emoldurá-las e as dispus atrás da mesa dobrável, meio escondidas pelo abajur esmaltado. Ele havia tirado o pesado casaco — eu me esquecera de lhe dizer para tirá-lo. Estava elegantemente vestido: calças largas e um suéter azul de gola redonda que parecia novinho em folha. Presente de Natal? Ele não tinha família, não tinha mais esposa. Quem dava presente para Jess? Os cabelos estavam agora um pouco mais ralos, e mais escuros, tom de caramelo, mas quando nos conhecemos, aos onze anos, eram de um louro bem claro. No ensino médio, tinham mechas douradas que batiam nos ombros. No meu sonho ilícito, pelo qual não me perdoo, escorriam pela lateral do rosto dele, e do meu rosto. Cobriam-nos como uma cortina castanho-amarelada.

— São boas — falou, endireitando-se. — Por que parou de pintar?

— Como sabe que fui eu que fiz?

— Ruth me contou.

— Ah.

Devia ter imaginado. Sentei no banco do piano, cruzei as pernas e os braços.

— Estou gripada — disse. Era verdade, mas não explicava metade do que gostaria que explicasse.

— Tenho pensado em você — disse cautelosamente. — Como está se saindo?

— Bem.

Fiz que sim com a cabeça várias vezes, para parecer que falava sério. Uma coisa antiga me cutucava por dentro dizendo para fazer dele meu confidente. Como ia ser fácil dizer: *Estou morta por dentro, Jess. Só não entrego os pontos por causa de Ruth, e estou fazendo feio com ela.*

— Estou indo bem. Procurando me recuperar, sabe como é... É duro — finalmente admiti. — Mas a gente está legal, Ruth e eu. É isso. Me fala de você: o que tem feito?

Ele me lançou um sorriso amarelo, para eu ver que ele não estava engolindo essa conversa.

— O de sempre. Essa época do ano é meio parada, por isso estou pegando leve. Curtindo a maré mansa.

— Duvido. Você não tem que tirar leite de duzentas vacas duas vezes por dia?

— Não são tantas vacas assim.

— Foi o que Ruth me contou. Não é verdade?

— Tenho mais de duzentas cabeças, mas nem todas dão leite. Talvez umas cento e cinquenta.

— E o que acontece com as outras cinquenta?

— Bezerros, reprodutores, novilhos. E algumas são velhas — respondeu, pôs as mãos nos bolsos e olhou em volta da sala. — Gosto da sua casa.

— É engraçado, você nunca veio aqui antes.

Porque nunca o convidara. Vê-lo na fazenda grande, aberta, movimentada, tudo bem, e Ruth estava sempre com a gente. Mas aqui na minha casa, só Jess e eu? Não era permitido. Não é preciso explicitar as regras para conhecê-las.

— Você fez toda a reforma sozinha? — Ele estava tenso, balançando um pouco sobre os dedos do pé. Constrangido, percebi. O que era totalmente incomum, em se tratando de Jess. Eu não o via desde o enterro de Stephen. Ele ligou uma vez. Ruth atendeu e ficaram um tempo conversando. Balancei a cabeça e abanei as mãos quando ela disse: "Então, quer falar com a mamãe?" Aí foi constrangedor, porque ele disse sim, e ela precisava inventar uma desculpa, rápida, para negar. "Puxa, ela estava aqui não faz um minuto. É, acho que saiu. Deve ter saído enquanto a gente estava conversando." Ele não ligou de novo.

— A maior parte — respondi. — Ruth às vezes me ajuda a pintar. Ainda não terminou. Acho que agora... — Deixei a frase no ar, me perguntando até que ponto deveria me abrir. Era algo muito pessoal contar que teria que vender a casa? Mas Ruth a adorava. Mesmo se a vendêssemos, não nos tiraria do buraco. A casa, construída na década de 1880 e tombada pela Sociedade Histórica da Virgínia, financeiramente se revelara um poço sem fundo e, três anos após a compra, não havia conseguido quitá-la. Sorri para Jess. — Alguns de meus planos se frustraram, digamos assim.

— Você precisa de um emprego.

— Nossa, e como! Dá licença um segun... — levantei e fui pegar o café.

Jess me seguiu até a cozinha.

— É fantástico — disse, enquanto eu enchia duas canecas de café, acrescentando leite à dele.

— O quê?

— Esse cômodo. Foi você quem fez tudo isso, Carrie?

— Foi.

Pintei os azulejos sobre a pia, imprimi com estêncil as bordas do papel de parede e até assentei os tijolos antigos que comprei numa liquidação de garagem. Eu era uma artesã de verdade.

— Bom, as bancadas, não. Achei as ardósias, mas foi um homem que cortou e instalou para mim. E os armários já estavam aqui, só dei um novo acabamento.

Era um cômodo bem grande, o meu predileto da casa. Poderia tê-lo feito maior, derrubando uma parede e o estendendo até a despensa; era até permitido dentro das regras rigorosas de posse de imóvel tombado. Mas se tratava de uma casa de cento e vinte anos — quem tinha cozinha grande naquele tempo? E, na época em que estava cogitando fazer a obra, só moravam três pessoas na casa. Agora, só duas.

Jess roçou a ponta do sapato no tapetinho em que pisava.

— E isso? — perguntou, depois olhou para cima e sorriu, levantou as sobrancelhas e esfregou o peito com a parte lisa da mão, combinação de gestos que eu conhecia muito bem. Numa luz diferente, em ângulos diferentes, ainda dava para ver o menino no rosto do homem. Às vezes, eu sentia uma ternura enorme. Isso era perigoso, e nem verdade era, mas em certos momentos sentia que conhecia Jess melhor do que qualquer pessoa, que ninguém além de mim conseguia vê-lo realmente. Mas não passava do poder da nostalgia. E da solidão. A mente prega peças.

— Também — respondi, encabulada. LAR, DOCE LAR e, embaixo, a data, dizia o tapete, com fios verdes e cinza, sobre uma réplica da fachada da casa. — Meu primeiro e último trabalho de tapeçaria. Levou meses. — E não tem nem meio metro quadrado. De todos os trabalhos manuais que resolvi fazer, fosse por curiosidade, interesse, tédio, desespero ou qualquer outro motivo, tapeçaria foi, de longe, o mais chato. O que fez eu me sentir mais ridícula.

— Você é uma artista.

— Não. — Ri. — Uma artista frustrada, talvez. Stephen costumava dizer que eu descontava na casa.

Mas o comentário me deixou contentíssima. Foi como se Jess tivesse tocado num fio fininho como um cabelo que corria dentro de mim, fazendo-o vibrar. Como sou idiota.

Ele largou a caneca e deu a volta na mesa da cozinha que eu pusera entre nós — estávamos conversando a uma distância que correspondia ao comprimento da cozinha.

— Tenho um emprego para você.

— Um o quê?

— Posso te oferecer um emprego.

Eu me imaginei tirando leite de vacas no estábulo dele. Deu vontade de rir, só não ri porque me senti diminuída. Que estúpida, pensei que ele tivesse vindo por outro motivo.

— Que emprego?

— Estou procurando um artista. Para fazer uma coisa. Criar uma coisa — disse, e me olhou de cima a baixo. — Você é perfeita.

Fiquei vermelha. Se estava curtindo com a minha cara, era a primeira vez.

— O quê? Você está precisando de alguém para... para... — não conseguia me lembrar do nome do negócio, a pessoa que fazia propaganda de colchão em lojas de departamento dormindo, dormindo numa cama grande atrás de uma vitrine enquanto as pessoas na calçada paravam e ficavam olhando. Vi isso uma vez num filme antigo.

— Você não vai ganhar muito dinheiro — ele disse, e me pareceu uma brincadeira, mas, mesmo assim, me senti atraída pelo brilho dos seus olhos. — Mas vai ganhar mais do que Margaret Sachs te paga.

— Quem te contou sobre isso? Ruth — respondi eu mesma. — Bem, ganhar mais do que ela me paga, até aí não quer dizer nada. Ah, Jess, estou precisando de um emprego *de verdade*.

— Mas esse é um emprego de verdade.

— O que é?

— É uma longa história. Você se lembra de Eldon Pletcher?

— Não. Eldon? Me lembro de Landy Pletcher.

— Eldon é o pai de Landy.

— Landy... aquele da escola? — Um garoto dois anos acima de Jess e de mim no ensino médio de Clayborne. Um menino tímido, hesitante, lembrei; o pai dele tinha uma fazenda de cultivo de tabaco.

Jess confirmou com a cabeça.

— Bom — disse e ficou esfregando o longo dedo indicador na costeleta, pensando em como prosseguir. — Já ouviu falar dos Arquistas?

— Do quê?

— Não, você já havia se mudado nessa época. Mas é estranho que sua mãe nunca tenha feito menção a eles. Eles... eles eram... — Ele coçou a cabeça, sorrindo para o chão. Que homem, pensei, com voz grave e mãos ásperas, a pele em volta dos olhos castigada pelo tempo. Stephen vivera dentro da cabeça, mas Jess vivia dentro do corpo. Não estava acostumada com um homem como aquele na minha casa. — É o seguinte — falou. — Há uns vinte anos, mais ou menos o tempo desde que você foi embora, Eldon, o pai de Landy, fundou um grupo religioso chamado Os Arquistas. Também conhecido como Os Filhos de Noé. Um grupo pequeno, principalmente local. Bom, não tão pequeno, no auge chegou a ter duzentas criaturas. Nunca ouviu falar disso?

— Não. Quando foi o auge deles?

— Uso o termo de modo meio vago. Dez anos atrás? Não sei exatamente em que acreditam além do grande dilúvio, mas provavelmente o de sempre, o que se imagina. Vem de um braço sulista do protestantismo.

— Eles manipulam serpentes?

— Não.

— Têm várias esposas? Falam línguas estranhas?

— Nada disso — respondeu. Ele riu, mas de fato queria me tranquilizar. — São boas pessoas, não muito instruídas, mas bem-intencionadas. Tolerantes. Não pregam que detêm a única fé verdadeira.

— Talvez seja por isso que o auge deles passou. Como os shakers. Não, espera, estes se extinguiram porque não procriavam.

— Isso. Enfim...

— Enfim. Qual é o emprego?

— Quando Eldon se converteu, prometeu a Deus que ia reproduzir a arca antes de morrer.

— Reproduzir a arca?

— Para salvar o mundo de um segundo dilúvio devastador, no sentido figurado. Sem falar na própria alma imortal.

— No sentido figurado?

— Na verdade, ele acredita que, se não cumprir a promessa, vai direto para o inferno.

— Ele disse isso para você?

— Landy me disse. Ele agora é meu vizinho, comprou a fazenda ao lado dos Price há uns doze, quinze anos. Ficamos amigos. Damos uma mãozinha um ao outro.

— Entendo.

— Onde eu estava?

— Dizendo que Eldon Pletcher vai reproduzir a Arca de Noé. Pretende pôr a arca para zarpar?

Eu estava fazendo piada, mas Jess disse:

— Pretende, no rio Leap.

— Você está brincando! E o que é que eu faço? Vou ser a capitã?

— Ah.

Fechei a cara. Ele pareceu muito envergonhado.

— Foi uma piada — falei. — Tudo bem?

— Tudo bem. Bom, não é esse o trabalho.

Espalmei as mãos, totalmente desnorteada.

— Então, *o quê*?

— A arca precisa de animais. No sentido figurado. Eldon acha que Deus não ia se importar se enchesse a arca com representações de Suas criaturas, retratos, modelos... ele ainda não sabe bem ao certo, para ser sincero.

— Ele quem? Deus?

— Eldon. Mas quer que tenham uma boa aparência, entende, quer realismo, e o problema é que não existe artista entre o que sobrou dos Arquistas.

Comecei a rir.

— E é aí que eu entro?

Algo chamou minha atenção na janela sobre os ombros de Jess — o para-lama do Buick de mamãe na entrada de veículos.

— Ah, não!

— Espera, pensa um pouco.

— Não, quis dizer...

— Você pode fazer isso. É uma artista, Carrie, isso é óbvio — falou e gesticulou com o braço para a minha cozinha. — E sei que parece uma ideia doida, é completamente absurda, mas tem seu lado bonito, não tem?

Ah, nunca conseguia resistir àquele brilho de impulsividade dos olhos de Jess.

— Não sei quanto ele ia pagar a você — prosseguiu. — As pessoas dizem que tem dinheiro, mas ninguém sabe ao...

— Jess — disse, tentando preveni-lo.

A porta de trás se abriu de repente e Ruth irrompeu, as faces vermelhas do frio. Tudo se curva quando ela sorri, boca, olhos, bochechas, sobrancelhas. Ah, luz da minha vida, menina dos meus olhos. O amor por minha filha me inunda nas horas mais inesperadas. E nele fico me debatendo, na tentativa desesperada de me agarrar a algo que sei que não vou conseguir manter por muito tempo.

— Ei, Jess — gritou. — Vi seu caminhão! Oi!

— Ruth, não acredito. Você *cresceu.*

Rindo, ficaram parados um na frente do outro, durante alguns constrangedores segundos, até finalmente trocarem um abraço rápido e tímido. A alegria dos dois me surpreendeu — não sabia ao certo o que pensar daquilo. Depois que Stephen morreu, Ruth me pedira uma meia dúzia de vezes para levá-la para ver Jess, as vacas, os cachorros e gatos dele, todos os fascinantes atributos de uma fazenda leiteira. Mas pedi que esperasse, pois estava muito cansada, muito esquisita, muito sei lá o quê. Não estava pronta. Ela sentiu saudades dele, era óbvio, e foi culpa minha. Bom, mais uma coisa para me deixar culpada.

Se dar de cara com Jess deixou Ruth surpresa, deixou minha mãe arrasada. Ela ficou estupefata, com aquela roupa vistosa que pusera para o almoço de senhoras: jaqueta de pele sobre um conjuntinho de seda azul-marinho, chapéu de pele, escarpins de salto médio e bolsa-carteira azul-marinho. Ah, meu Deus, e atrás dela vinha Birdie, a eterna parceira de bridge de mamãe e a amiga mais antiga; desde que me entendo por gente, é para mim como uma tia meio doida. De repente, a cozinha ficou cheia de mulheres.

— Mamãe, a senhora se lembra de Jess Deeping? — disse com voz de boa anfitriã, pensando: *Se fingir que não o conhece, mato ela.* Mas ela falou:

— Ora, claro que sim — com o melhor sotaque sulista —, você veio para o enterro de meu genro, fiquei *muitíssimo* grata por isso.

Que exímia mentirosa! Antes do enterro de Stephen, mamãe achava a melhor coisa do mundo não ter visto a cara de Jess Deeping pelos últimos vinte e cinco anos.

— E Birdie — falei —, Jess, esta é a sra. Costello, grande amiga de mamãe.

Eles se cumprimentaram, como vai, prazer em conhecê-lo. E depois, por causa do silêncio de expectativa e do meu nervosismo pelo fato de estarem todos olhando para mim, deixei escapar a pior coisa possível:

— Jess veio me oferecer um emprego.

— Um emprego? — Os olhos azuis esmaecidos de Birdie se abriram num estalo, em sinal de interesse. Ela esfregou as mãos.

— Uau! Que emprego? — perguntou Ruth, intrometendo-se.

Minha mãe nada disse. Ficou só observando.

Jess pareceu acuado, incrédulo. O olhar que me lançou — *Carrie, que diabo?* — poderia ter me intimidado, mas não me intimidou. Sei lá por quê, me entusiasmou. Nós contra elas: como nos velhos tempos. Ele fechou os olhos por um segundo. E depois, com um sorriso triste, desanimado, contou para elas a história da Arca de Noé.

# 4
## Grande ajuda

Vou completar setenta anos na primavera. Tive sessenta e nove por nove meses, e acho que não aproveitei nem um segundo dessa idade. Às vezes tenho a sensação de estar num carro disparado em direção a um rochedo na estrada, que alguém esculpiu na forma de um gigantesco 7-0. O cenário poderia ser interessante, mas tudo que consigo ver são aqueles números altos e duros se aproximando rapidamente. Meus horizontes são limitados.

Quando George reparar, é bem provável que eu já esteja arruinada. — Dana — ele falou outra noite comigo —, tem alguma coisa te aborrecendo? — Bom, isso me chamou a atenção. Era como um cego dizendo: "Alguém acendeu a luz?" Tentei me lembrar do que estava fazendo para George prestar atenção em mim, e não na tela do computador. Nada: dizendo para ele levantar aqueles pezões para eu passar o aspirador debaixo da mesa; brigando no telefone com Birdie, que acha que não devo concorrer à presidência do Clube das Mulheres de Clayborne; batendo com as coisas na cozinha por puro prazer, só para fazer barulho; ligando para Carrie duas vezes por hora para lhe dar conselhos. Deve ter sido o acúmulo, as quatro coisas juntas, porque nenhuma é, por si só, nada de extraordinário. Mas imagine George reparando. Como disse, isso me deteve.

Ele estava sentado à mesa, trabalhando no livro que está escrevendo com um colega há um ano e meio. É sobre um poeta do século XVIII chamado — bom, sempre esqueço o nome dele. Alexander Pope o chamava de "Água com Açúcar", e adotei o apelido. George se arrepende amargamente de ter me contado essa história. Ele jura que vão terminar o livro em maio próximo, mais ou menos na mesma época em que me tornarei rainha da Inglaterra. Quando George se aposentou da faculdade, há dois anos, achei que começaríamos uma vida nova e interessante. Viajaríamos, talvez resolvêssemos estudar uma língua estrangeira juntos, praticar algum esporte sedentário. Conversar. Bem, surpresa!, até agora nada disso aconteceu. Ele continuou passando o tempo inteirinho trancado no escritório, lendo, escrevendo e sem falar comigo. Carrie ligou uma noite, há um mês mais ou menos, chorosa e contrariada.

— Mãe, como faz silêncio nesta casa. Parece que *todo mundo* morreu, não só Stephen. — Não disse, mas pensei: Ah, querida, é assim o tempo todo aqui em casa.

Empurrei uns papéis para o lado e sentei-me num canto da mesa de George, ao lado do computador, de forma que era obrigado a olhar para mim. "Tem alguma coisa me aborrecendo?" Na mesma hora ele se arrependeu de ter perguntado.

— A minha artrite. O remédio de pressão. A iminente senilidade. É o que me ocorre de imediato.

— Rá-rá — ele disse, tentando me agradar. Trazia os trifocais no alto da cabeça calva e sarapintada. Está encolhendo; ultimamente, quando dirige, precisa de um travesseiro para enxergar acima do volante. Também estou encolhendo, mas não tanto quanto ele. Ele é dois anos mais novo do que eu, mas parece mais velho. Espero.

— George — falei —, você não acha que na nossa idade a gente devia saber alguma coisa?

Ele virou o ouvido bom para mim.

— Que coisa?

— Quando você era jovem, digo, da idade da Ruth, você não achava que as pessoas velhas como a gente sabiam alguma coisa?

Sabiam *alguma coisa*? Eu achava. Mas você não acha que tudo continua o mesmo mistério de quando a gente tinha quinze anos?

Ele só me deu uma olhada. Em tese, ele é o intelectual da família. Casei com ele em parte pela sua inteligência, e olha onde fui parar.

— Qual é o problema? — ele perguntou, mas com os olhos divagando. Ficou irrequieto quando entrou o protetor de tela no computador, sinal de que o tempo estava passando.

Qual é o problema? Se eu soubesse, poderia solucioná-lo.

— Ah, é só que ainda não voltei ao normal desde o acidente, acho.

É assim que a gente chama a morte de Stephen: "o acidente".

George, com ar soturno, fez que sim com a cabeça.

— Todos nós sentimos falta dele.

Dessa vez fui eu que assenti sombriamente com a cabeça, mas não era isso. Não tenho certeza de que alguém além de Ruth realmente *sente falta* dele. Isso soou mal à beça, retiro o que disse — Carrie está um trapo, às vezes acho que nunca mais vai voltar a ser como antes. Bem, quanto a mim: por mais que gostasse de meu genro, que o aprovasse como marido de Carrie, não sinto sua falta, digamos assim. Não que não fosse um homem fino, decente, admirável, bom marido, bom pai, tudo isso. Mas sempre foi frio, distante, e agora me parece que essa distância apenas aumentou um pouco.

— Você lembra se havia casos de problemas cardíacos na família de Stephen? — perguntei. — Birdie me disse que *eu* disse pra ela que o pai dele morreu do coração, mas dei um chega pra lá nela e garanti que não foi nada disso. Você, por acaso, tem essa lembrança?

— Bom, agora me vem uma vaga lembrança.

— Não, foi outra coisa, não foi do coração. O ataque de Stephen foi uma casualidade, a cardiopatia *não* corre na família dele.

— Talvez — disse ele, encolhendo os ombros. Ele não faz associações como eu, uma das muitas diferenças entre nós. A morte de

Stephen foi a morte de Stephen. Não fez George se preocupar mais com a próstata, ou pensar em comprar um lote no cemitério Hill Haven, ou perguntar-se, ao se olhar no espelho e ver refletida a cara de velho, aonde a sua vida foi parar. Em tese, George vive a vida da mente, mas nem sempre me parece que se trata da *própria* mente.

Ele começou a tamborilar com os dedos na barra de espaço do teclado.

— Adivinha quem estava na casa de Carrie esta tarde — falei, para prender a atenção dele —, quando cheguei lá com Birdie e Ruth.

— Quem?

— Adivinha.

— Não faço a mínima ideia.

— Vamos lá.

— Dana...

— Tá bom. Jess Deeping.

Ele pareceu confuso. Depois disse:

— Ah, aquele camarada, o que está no conselho municipal?

— É, mas... o que era namorado de Carrie! No ensino médio. Meu Deus, homens...

— Você lembra, sei que lembra. Você não gostava dele nem um pouco mais que eu.

— Aquele garoto? É mesmo?

Era difícil de acreditar, mas só agora ele estava associando o amigo de infância ao conselheiro municipal de Clayborne.

— Bom, me parece que ele se deu bem. A visita a Carrie foi boa? — perguntou educadamente, os olhos divagando na direção da tela do computador

— Ouve isso, George — falei, inclinando-me para ficar mais perto dele. Ele fez cara feia para o meu quadril, que estava invadindo os papéis dele. — Você se lembra dos Arquistas?

— Os artistas?

— *Arquistas*. O culto religioso que começou por essas bandas anos atrás; saiu uma matéria no jornal. Aquelas pessoas que se chamavam de Os Arquistas? De Os Filhos de Noé?

— Não.

— Ah, você lembra, sim. O líder era o dono da fazenda de tabaco, Pletcher, alguma coisa Pletcher. Carrie estudou com o filho dele.

— *Ah*, sim, sim, muito, muito vagamente. Mas não era um culto, acho que não, acho que era uma seita. Acho que já não existem mais.

— Culto, seita... não, não acabaram, e o velho ainda está vivo. E o filho não só é dono da fazenda ao lado da de Jess Deeping, como também é grande *amigo* dele.

— Não me diga!

— E, preste atenção nisso, o objetivo desse culto nada mais é que construir uma arca... uma arca, estou dizendo uma *arca*... e Jess Deeping quer que Carrie faça os animais.

— O quê?

— Uma arca de tamanho natural! Querem colocar o troço para navegar no rio pela glória de Deus! Dá para acreditar?

— Não — respondeu, e ambos caímos numa deliciosa gargalhada, como não fazíamos havia séculos, nos inclinamos para trás e rolamos de rir. — Gente, isso não faz o menor sentido.

— Claro! Você precisava ter ouvido Jess Deeping tentando explicar essa história.

— E o que Carrie disse?

— Disse não, claro.

Mas não foi enfática o bastante, devo dizer; deu margem a esperança, deixou uma porta aberta. "Acho que não", respondeu para Jess Deeping, e "Nem mesmo consigo imaginar como começar. Mas fico comovida de você ter se lembrado de mim". Conversa-fiada. Não era comovente, era assustador.

— Mas ela realmente precisa de um emprego — eu disse para George. — E rápido, senão corre o risco de perder a casa.

— Continuo achando que ela devia vendê-la. Mudar para um lugar menor.

— Sei disso, mas Ruth adora aquela casa. Não, Carrie precisa de um emprego que pague bem, é disso que precisa. Precisa sair de casa, parar de fazer aqueles malditos arranjos florais. Cruzes, me dão arrepios aquelas coisas minúsculas e secas. Parecem ninhos, animais mortos. Se tivesse tirado um diploma de professora há vinte anos, nada disso estaria acontecendo agora. Poderia dar aula de arte para o ensino médio, talvez até mesmo para o secundário. *George.*

— Humm?

— Convidei Brian Wright para vir jantar aqui amanhã à noite.

Ao ouvir isso, ele levantou o olhar para mim.

— Por quê? Brian Wright? Achei que amanhã vinham Carrie e Ruth.

— Ele está pensando em contratar um assistente.

— É? Brian? Como você sabe?

— Ele me disse. Encontrei com ele no banco. Eles vão se dar bem, você vai ver. Brian está no auge.

George torceu o nariz.

— É, sim, ele é um cara arrojado, está subindo na vida. Carrie podia conseguir coisa bem pior.

Ele olhou sobressaltado.

— Um *patrão*, um *empregador* bem pior. É disso que estou falando.

George apertou os olhos em sinal de desconfiança e ficou assim durante um minuto. Mas logo em seguida perdeu o interesse e enfiou a cara na tela do computador. Meu tempo havia acabado.

\* \* \*

Servi carne assada. Sei preparar pratos mais elaborados, mais sofisticados — outra noite, fiz galinha Monterey para os Beck e, mês passado, pato de Pequim para o reitor e a esposa. Mas Brian é divorciado, a esposa ficou com os filhos, ele mora sozinho, e algo me diz que uma boa carne assada seria perfeito. Acolhedora e caseira.

Achei que a noite correu bem. Brian chegou primeiro, e, quando Carrie o viu, houve um momento de constrangimento, mas tão rápido que ninguém deve ter percebido, só eu. Bom, ela também. Graças a Deus ela estava com a aparência decente, para variar; veio com calças compridas e uma suéter, tudo de muito bom gosto, os cabelos puxados para trás e presos com uma fivela, e até mesmo um pouco de maquiagem, aleluia. Em comparação à última vez em que a vi, parecia a Grace Kelly. Ela está com quarenta e dois anos, mas nunca aparentou a idade até Stephen morrer. E Ruth, bênção dos céus, cada dia mais engraçadinha, juro. Acho que vai ficar mais bonita que Carrie. Só precisa de um pouco mais de equilíbrio, menos nervosismo, mas, qualquer dia desses... sai da frente!

Tomamos drinques na sala de estar, e, no meio da conversa, Brian revelou que levantava pesos. Isso eu não sabia; quarentão, eu o achava meio gorduchinho, uns quilinhos a mais, talvez, mas não, tudo músculo. Agora dava para ver — ele tem aqueles ombros oblíquos dos malhadores, o pescoço da grossura da minha coxa. Fazia a sala parecer menor, e não só por causa do físico. É cheio de energia e entusiasmo, o perfeito extrovertido. Proporcionava um sopro de ar fresco na minha família triste, calada. Por incrível que pareça, usa cabelo cortado bem rente e um cavanhaque todo certinho. Em geral, não gosto de homem com pelos no rosto, passa certa impressão de sujeira, e devia ser proibido cabelo à escovinha depois dos dez anos de idade. Mas, não sei como, Brian Wright consegue se sair bem desses dois deslizes na aparência. Talvez por causa do tamanho? Quem não se dispõe de bom grado a dar um crédito a uma pessoa grande como ele?

E quanto à comida? Ele devorava tudo que aparecia na sua frente, as travessas esvaziavam em um minuto. Desse jantar não sobrou nadinha. Sei que George não vai com a cara dele, mas se esforçou para conversar e ser sociável, e isso ajudou a disfarçar os momentos em que Carrie saía do ar. Acontece sempre; num minuto, ela está presente e atenta, no minuto seguinte, perdida no espaço. Fico preocupadíssima com ela. Tenho vontade de perguntar "Querida, você está usando drogas?", e não me refiro ao tipo de droga que os médicos prescrevem.

Fui eu que finalmente toquei no assunto de trabalho. Esperei até a gente terminar de comer e estar na segunda xícara de café, ainda na mesa de jantar.

— E aí, Brian — disse como quem não quer nada —, como estão as coisas na Outra Escola?

— Ótimas, simplesmente ótimas, sra. Danziger, este semestre foi o melhor que já tivemos. No momento, estamos com doze turmas, e temos mais seis programadas para o período do inverno. Vamos abrir nossa quarta unidade na primavera.

— Nossa, isso é maravilhoso, e ainda mais em tão pouco tempo.

— Agora faz três anos — disse, e olhou para baixo, para o fundo do prato de pudim de pão, sorrindo, modesto mas orgulhoso. — Em termos de progresso, não posso reclamar. O negócio deslanchou como um foguete.

— A cidade estava precisando disso — falei.

— Estava — concordou, piscando para mim. — Apenas não tinha se dado conta.

A Outra Escola é uma dessas escolas alternativas, "liberais", com bases comunitárias, que fazem sucesso nas cidades grandes, mas não são muito comuns em cidades pequenas como Clayborne. À exceção da faculdade, não há outra fonte de educação de adulto nos três municípios da região. Brian vislumbrou a oportunidade e começou a formar a escola de modo bem comedido, quase como um passatempo de horas vagas, enquanto continuava trabalhando como vice-reitor administrativo de Remington. Cresceu mais rápido do que se podia imaginar, e ele acabou largando o emprego de vice-reitor para se tornar empresário em tempo integral.

— É loucura — George falou, e muita gente concordou com ele, o marido de Carrie inclusive. — Não vai dar certo, ele vai se estrepar — disseram, mas nada disso aconteceu, e agora só se perguntam por que ninguém pensou nisso antes.

— Isso deve te ocupar à beça — comentei. — Preso no escritório; vida lá fora, nem pensar. A menos, claro, que conte com boa ajuda.

Carrie pôs a xícara na mesa e olhou para mim. Pensei que já tivesse percebido, mas estava na cara que só agora a ficha começava a cair. Ela não costuma ser lenta assim.

Brian captou na mesma hora, que garoto esperto — claro que ajudou o fato de eu já ter plantado a semente na cabeça dele quando nos encontramos no banco.

— Curioso a senhora dizer isso, pois estou justamente procurando alguém para me ajudar. Ainda não é nada formal, não pus anúncio, por enquanto estou só de olho — disse ele, olhando logo em seguida para Carrie. — Já está demais para eu dar conta sozinho. Uma moça maravilhosa trabalha comigo, mas na parte burocrática, sabe como é, segue diretrizes. O que está me faltando é alguém que possa tomar decisões, uma pessoa esperta, capaz de conversar com os professores de igual para igual. Chris — a minha secretária — é um amor de pessoa, não sei o que seria de mim sem ela, mas agora estou precisando de alguém com bem mais capacidade, entende? — Acima do cavanhaque, as maçãs, rosadas, resplandeciam com saúde. — Posso me servir de mais um pouco de café?

Carrie limpou a garganta. Eu, a mãe dela, ouvi surpresa, resignação, ceticismo e curiosidade, mas espero que ele a tenha escutado apenas limpando a garganta.

— Que interessante — ela falou secamente. — Conta mais para a gente.

— Bem. — Ele moveu o corpo na direção dela, pondo uma das coxas musculosas sobre a outra. — Estou procurando alguém para me desafogar um pouco, ou seja, assumir a parte que envolve lidar com anunciantes, solucionar problemas do dia a dia, elaborar a apostila do programa, essa é uma das coisas mais importantes, quero me ver totalmente livre disso, e é um trabalho e tanto. Alguém para interagir com cada um de nossos professores individualmente e também ajudar a recrutar outros. Queria alguém para trocar ideias comigo sobre novos cursos, novos ângulos, para manter a escola sempre atualizada, revigorada. Porque é preciso estar sempre se atualizando, nesse negócio não dá para parar no tempo, ou você se renova ou acaba. Sou assinante de quatro jornais, e provavelmente leio mais uns oito na internet, todo dia, todo santo dia. *Tenho que* estar atualizado. Obrigado. — Ele parou de falar para dar um gole no café.

Eu estava ficando empolgadíssima com aquilo — talvez ele pudesse dar *a mim* o emprego. A Outra Escola oferece cursos, como "Os Computadores Não Mordem", "Um Parreiral no seu Quintal", "Um Olhar Atento sobre Van Gogh". Eles são ministrados à noite, em locais como a Igreja Unitarista ou o clube Elks, qualquer lugar que disponha de uma sala livre que possa ceder a Brian. Carrie fez um curso de pintura decorativa no verão passado; Birdie e eu, um chamado "Os Prazeres de Ser Avó/Avô". (Claro que George não quis me acompanhar, mas tudo bem, esse, para ser franca, era mesmo coisa de quem não tem mais o que fazer.) São baratos, e os professores ganham de acordo com o número de alunos. Imagino que o custo fixo seja quase zero. Aposto que, numa escala pequena, proporcional a Clayborne, Brian Wright está fazendo fortuna.

— Ainda é um negócio arriscado, não vou mentir para vocês. — Ele se afastou da mesa, limpou a boca com o guardanapo, depois o embolou e o pôs ao lado do prato. *Tão grande*. Os ombros eram tão largos que não dava para ver o encosto da cadeira. — Eu ainda não teria condições de enfrentar uma recessão, por exemplo. Sabe como é, tudo pode acontecer. Com toda a franqueza: todo mundo que contratei está se arriscando tanto quanto eu.

Sem dúvida, admirei a franqueza dele. Pessoalmente, adoraria um emprego como aquele, os riscos, a novidade, a falta de planejamento. Olhei de relance para Carrie, que estava brincando com os dedos, pensativa.

— Vocês me dão licença, por favor?

Pobre Ruth, já não aguentava mais aquela conversa.

—- Claro — comecei a falar —, por que você e seu avô não vão ver televisão?

Enquanto retiro os pratos e deixo Carrie e Brian conversando a sós — era o pensamento que me passava. Mas, antes de conseguir concluí-lo, Brian se levantou e disse que era uma pena, mas precisava ir, tinha que acordar cedo no dia seguinte, o jantar estava maravilhoso, muito, muito obrigado, etc., etc., tchau.

As pessoas — Birdie principalmente; Carrie às vezes — dizem que me falta tato. Não é verdade. O que acontece é que acho que tem uma hora para o tato e outra para o ato, e aqui estava um exemplo perfeito disso. Foi o tato que proporcionou esse encontro de negócios, e o ato o levaria até o fim.

— Tchau, Brian, adorei você ter vindo, foi ótimo estar com você. Carrie, traz o casaco de Brian, por favor? Ruth, querida, vai ver seu programa. George, me dá uma mãozinha aqui na cozinha?

Foi isso. Todo mundo obedeceu. Menos George, que saiu pela porta dos fundos para fumar seu cachimbinho. Não fiquei espiando os dois, mas, antes de fechar a porta da cozinha, vi Carrie e Brian juntinhos no vestíbulo, aparentemente tendo uma conversa séria. Ele se inclinava para frente, ela para trás.

— Por que você não me falou, mãe? Eu ia gostar de saber que ele vinha, só isso.
— Não vejo razão, assim você não se preocupava. Pensa nisso como uma entrevista de emprego sem estresse. Não foi bem melhor do que ir ao escritório dele e responder a um monte de perguntas?
— E se ele não quisesse me entrevistar? Você simplesmente o deixou *sem* alternativa.
— Não, imagina, ele queria, sim, te entrevistar, percebi isso no banco. O que você não entende é que quem começou tudo foi Brian, e não eu.
— Ah, claro.
— E aí? Que foi que ele disse? Você vai topar?
Carrie, que estava abaixada pondo a louça na máquina, se endireitou e jogou os cabelos para trás.
— Nós dois dissemos que íamos pensar.
— Ah. Mas ele te ofereceu o emprego, formalmente?
— Bom, acho que sim. Mais ou menos. Me disse o que eu ia ter que fazer.
— E o que você vai ter que fazer?
— Bom, escrever toda a apostila do curso do semestre da primavera parece ser a coisa mais importante. Ajudá-lo a recrutar novos patrocinadores e anunciantes. Bolar anúncios e pensar em mais lugares para botar. A "parte editorial e administrativa", ele falou.

— Nossa, parece interessantíssimo.

— A senhora acha?

— Ah, claro. Você vai ficar responsável por tudo, pelo visto. E o que *ele* vai fazer?

Ela sorriu. Já se mostrava mais relaxada, havia deixado a zanga de lado.

— Acho que pode ser legal. Nada muito difícil, nada que não dê para eu aprender.

— Nada muito difícil? Você está brincando! Sorte dele encontrar você. Vocês falaram de dinheiro?

— Não. Ah, ele disse que gostou de saber que sou boa com computadores. Mãe, fala a verdade, o que foi que a senhora disse para ele?

— Nada. Só disse que, no seu último trabalho, há três anos, em Chicago, você tinha um cargo administrativo importantíssimo numa firma de alta tecnologia muito badalada.

— Eu trabalhava meio expediente como auxiliar no departamento de matemática da faculdade de Stephen.

— Não foi isso que eu disse?

Ah, como foi bom ver Carrie rindo! Ruth entrou no meio da nossa risada. Empurrando a mãe com o quadril, foi até a pia pegar um copo d'água. Carrie tentou tirar um cacho da frente do rosto dela, mas ela se esquivou e continuou bebendo.

— E aí, vai aceitar o emprego, mãe?

— Não sei, amorzinho. A gente ficou de conversar mais sobre o assunto.

— Você e o sr. *Wright*.

Ruth pôs o copo na pia com força. Parecia contrariada, com os lábios curvados de uma forma nada atraente.

Carrie franziu o cenho.

— Você não quer que eu aceite?

— Ah, mãe, estou me lixando.

— Bom, não está nada certo ainda. Pode ser até que ele não me ofereça o emprego.

— Ah, não se preocupa, ele vai te oferecer, sim. Aposto um milhão de dólares que vai.

— Como é que você sabe?

— Você está curtindo com a minha cara? Gente, é tão *óbvio*. O cara está *louco* por você.

Carrie ficou olhando para ela, depois riu:

— Ah, essa é boa. Mocinha, você está redondamente enganada.

— Ah, tô, sim.

— Ruth, quer parar com isso?

— Nossa, mãe, será que você é tão estúpida assim?

Não dei bola para a conversa delas. Interrompi para perguntar a Ruth, na esperança de melhorar o humor dela:

— Como vai aquele seu namorado? Aquele que conheci no ponto de ônibus outro dia.

— Mãe — alertou Carrie.

— Não tenho namorado nenhum, vó.

— Você sabe de quem estou falando — eu disse. — Como é o nome dele? Gull, Herring*...

— Se a senhora está falando de Raven, ele não é meu namorado.

— Ai, que alívio. — Ri, na esperança de que me acompanhasse. — Tive vontade de dizer para ele: "Queridinho, cadê seu calendário? O halloween já passou."

— *Mãe.*

— *O quê?*

Foi num dia frio, horroroso, que conheci esse sujeito, fazia uns quatro graus e chovia a cântaros, e "Raven" usava apenas calças de

---

* Nomes que também são, como Raven [corvo], de animais, gaivota e arenque, respectivamente. (N.T.)

couro e camiseta de rede preta. *De rede*. Estava com o rosto todo pintado de branco e batom preto, com uma curvinha nos cantos simulando um sorriso repugnante — aquilo me deixou à beira de um ataque de nervos. Havia pintado o cabelo de preto, o que se evidenciava por uma enorme faixa perto da raiz castanho-clara, que ele usava picotado e curto de um lado e penteado e longo do outro, comprido, parecendo bombril, absolutamente ridículo, como o do Michael Jackson, como o do Drácula. Senti uma vontade imensa de ouvir o que ele tinha para dizer, por isso sorri para ele e fiquei com o braço esticado para fora da janela do carro até ele se tocar e se aproximar. Foi como apertar a mão de um zumbi. Vi os lábios pretos dele se moverem, o que me leva a crer que falou alguma coisa, só não sei dizer o quê. Depois ele recuou e se misturou à multidão de garotos do ponto de ônibus e, antes que eu pudesse me dar conta, havia desaparecido. Como Bela Lugosi se transformando em morcego.

Ruth disse:

— Estou vendo um programa na televisão — e fez menção de sair.

— Mas tenho certeza de que é ótimo menino. Ei, que tal um sorvetinho? Quer que eu leve para você?

— Não, obrigada, vó.

— Tem de chocolate *e* de baunilha.

— Não, obrigada — ela gritou da sala de jantar.

Ouvi som de futebol americano na sala de televisão.

— Fala para o seu avô pôr alguma coisa de que você goste!

Carrie balançou a cabeça para mim.

— Que que foi? Que foi que eu disse? Eu não devia ter falado aquele negócio do halloween. Ok, tudo bem, eu não devia... mas você *viu* o garoto?

— Ele é mesmo muito legal.

— Com certeza. Foi o que disseram daqueles dois da escola de Columbine.

Ela se virou de costas e começou a lavar os copos.

Deixei passar um tempinho.

— Agora, me escuta. Espero que saiba que nunca quis te empurrar coisa alguma, mas... — Dessa vez a risada dela não soou tão agradável. Soou escárnio. Ignorei. — *Mas*. Acho que você devia aceitar a oferta de Brian Wright.

— Ah, meu Deus! — Seus ombros caíram de repente. — Eu não sei.

— Devia, sim, por um monte de razões. Um, te pouparia do trabalho de ter que sair para procurar emprego. — Coisa que ela está sem a menor condição de fazer; mal consegue sair para comprar comida. — Dois, parece um trabalho interessante, de responsabilidade, com grandes chances de crescimento no futuro. Três, ia te tirar dessa crise, porque ia te obrigar a sair e conviver com as pessoas. Quatro, Brian deve ser um ótimo chefe. Cinco, você precisa do dinheiro.

— A senhora tem razão — ela falou com desânimo, os cotovelos sobre a bancada, os olhos fixos no seu reflexo na janela escura. — A senhora tem razão, tem razão, tem razão.

— E, seis — eu disse, tentando levantar o astral — , ninguém mais te ofereceu trabalho além de Jess Deeping. Para construir animais para a arca!

— Por que a senhora sempre chama ele de Jess Deeping?

— O quê?

— A senhora sempre fala o sobrenome dele. Nunca chama de Jess; nunca chamou.

— É mesmo? Nunca notei. — Por que todo mundo estava enfezado comigo hoje? — Enfim. Ainda não engoli aquele negócio da arca. Não é a coisa mais ridícula do mundo? Até seu pai deu uma bela gargalhada. Você construindo animais para uma arca — só me faltava essa. Quanto ele ia te pagar por isso?

— Não sei, mãe, não chegamos a conversar sobre isso.

— Não me admira.

— De todo modo, não era Jess quem ia me pagar. Era a igreja.

— Os *Arquistas*. Deus do céu, acho que nunca vou parar de me espantar com os motivos que as pessoas inventam para fundar uma religião. — Carrie forçou um sorriso. — Não sabia que você e Jess Deeping... desculpe, *Jess*... eram amigos de novo. Fiquei surpresa de vê-lo no enterro de Stephen, sério. — Mas não tão surpresa como quando o vi na *cozinha* de Carrie. Foi um choque e tanto aquilo. Eu havia dito para mim mesma que não ia tocar nesse assunto, e lá estava eu falando justo nele.

— Por que a gente não devia ser amigo de novo? É... Achei que Ruth tinha mencionado ele para a senhora.

— Por que Ruth ia mencionar Jess Deeping para mim?

— Porque eles... bom, tudo começou quando nos encontramos por acaso na loja de ferragens... sei lá quando, acho que na primavera passada. — Ela finalmente se virou e ficou com as costas apoiadas na bancada. — Ruth gostou dele, e tinha um monte de cachorros circulando atrás da picape, e é lógico que isso fez ela gostar ainda mais dele. Ela precisava fazer um trabalho para a escola sobre uma indústria local, e foi ideia dela ligar para Jess e fazer um milhão de perguntas sobre fazenda leiteira. Então — ela fez um gesto vago com o braço —, foi aí que...

— Os estômagos da vaca — lembrei. — O projeto da feira de ciências.

— Isso, mais pesquisa. E então... bom, é isso, fim da história. Isso fica aqui ou na sala de jantar?

— Sinceramente, acho muito estranho só agora você me contar isso tudo.

— Isso tudo o quê?

— Você sabe do que estou falando.

— Não, não sei. Não sei mesmo.

— Tudo bem, deixa pra lá. Os copos bons ficam no guarda-louça de mogno da sala de jantar, na prateleira de cima, por favor. Obrigada.

Ficamos alguns segundos paradas olhando uma para a outra, mas pareceram séculos. Estávamos brigando? A gente costumava brigar, anos atrás, depois paramos — Carrie construiu uma parede entre nós. Daria tudo para voltar à intimidade de antes. Mas, como se diz, já era; e, por mais que me empenhe, não consigo recuperá-la. Pensei que, com o seu retorno para Clayborne depois de vinte anos fora, as coisas mudariam e seríamos amigas de novo, como éramos — quando? Quando ela estava com a idade de Ruth. Foi a melhor fase do nosso relacionamento. A única vez na vida em que Carrie me amou tanto quanto a amo.

Que foi que fiz?, me pergunto. Qual foi meu erro fatal? Toda mãe jura que tudo que quer para os filhos é felicidade, mas, no meu caso, é a pura verdade. Amo minha filha mais do que qualquer pessoa neste mundo, mais até do que a minha neta, mas ela não me deixa entrar. É como uma sombra que se move sempre que faço algum movimento, não consigo tocá-la. Ela se esquiva, se afasta, recua. Será que criei uma filha insensível? Ou o problema é meu? Nem mesmo intimidade para brigar temos mais.

— Sala de jantar — Carrie falou, e saiu com as mãos cheias de taças de vinho.

# 5
## Quem é aquela garota americana?

Estava voltando a pé para casa da escola, sozinha, porque havia perdido o ônibus, e Caitlin e Jamie, que me acompanham até Madison quando isso acontece, já haviam ido embora sem mim. Passei por uma loja em que já tinha reparado, mas nunca entrado. O que me chamou a atenção dessa vez foi uma placa na porta que dizia: SENTE CANSAÇO O TEMPO TODO?

Eu não, mas mamãe sente. E ainda tristeza o tempo todo — talvez tivessem alguma solução para isso também. Debaixo da placa SENTE CANSAÇO O TEMPO TODO? havia uma grande pirâmide de frascos de pílulas, e outra placa em que se lia: "Algas da Nature's Turn, puras, comestíveis, desenvolvidas naturalmente nas águas glaciais dos lagos de Ontário, proporcionam energia, vigor e clareza mental." Entrei.

Palácio da Mãe Natureza e Salão de Terapia Natural de Krystal, era assim que se chamava a loja. Também poderiam ter dado o nome de Calor e Incenso, que foi o que saiu aos montes dali e me atingiu direto no rosto antes que eu pudesse fechar a porta. Era como entrar num forno queimando lenha perfumada. Desenrolei o cachecol e desabotoei o casaco, fazendo um aceno com a cabeça para a única pessoa da loja, uma senhora que arrumava jarros numa prateleira.

— Posso ajudar em alguma coisa? — perguntou, por trás do som metálico da música de saltério.

— Não, obrigada. Estou só dando uma olhadinha.

Um frasco das algas da marca Nature's Turn custava 16,95 dólares. Não deu sorte, mãe. Vovó e vovô me deram um cheque legal de Natal, mas mesmo assim eu precisava maneirar com a grana. Quando ia conseguir mais? Ninguém sabia. Fui olhar as prateleiras de vitaminas, que cobriam duas paredes inteiras, pensando que, quem sabe, umas pílulas de ferro. Ferro, ferro... aqui as coisas não seguiam a ordem alfabética como na farmácia. Será que mamãe sofria de fadiga crônica? Isso explicaria um monte de coisas. Se fosse o caso, ela precisava de Aqua Flora ou Fibro Malic. Ou Protykin, poderoso antioxidante para combater o ataque dos radicais livres, que causam estrago ao destruir células e tecidos. Ok, mas o que é exatamente um radical livre? Imaginei uma coisa assim, tipo uma foice na forma de bumerangue cortando o ar e invadindo a gente por meio dos poros ou do nariz, ou também da comida. Ninguém escapa. Com ou sem Fibro Malic, sempre alguma coisa vai pegar a gente.

Nossa, essa loja tinha pílulas para tudo. Problemas de próstata, dor nas articulações, queda de cabelo, respiração ofegante, erupção cutânea, desequilíbrio hormonal. Tenho esses dois últimos. E ultimamente estou com os batimentos cardíacos bem lentos, às vezes nem consigo sentir o pulso. Essas cápsulas gelatinosas fáceis de engolir poderiam ajudar; estudos revolucionários revelaram o surpreendente efeito cardioprotetor dos tocotrienóis. Na prateleira, colado embaixo de alguns produtos, havia testemunhos datilografados de quem usou e aprovou. Parei diante de um purificador intestinal milagroso. Um cara, um tal de Clifford C., de Spaulding, Virgínia, escreveu: "Usei diariamente durante um mês, e fiquei impressionado com a quantidade de veneno e matéria em decomposição que eliminei." Mensagem para Cliff: *Argh*.

O cheiro de incenso era bom, depois que a gente se acostumava com ele, uma espécie de combinação de limão e canela. Vinha de uma panela em cima de um fogão a lenha que ficava nos fundos da loja. Uma estante e um par de poltronas macias e caindo aos pedaços fechavam aquela área, fazendo-a parecer confortável, como uma sala de estar bem pequenininha. Os livros eram o que a gente esperava, coisas de Nova Era, remédios de ervas, cura espiritual, programas de doze passos. Corri os dedos pelas lombadas e retirei *Viva bem, viva para sempre*. Só rindo. Era isso mesmo. Levei o livro comigo para uma das cadeiras e me sentei.

Bom, qualquer que fosse o seu problema, esse livro curava. Acne, alergias, anemia, raiva. Esporão do calcâneo, hemorroidas, soluço. Ciúmes, *jet lag*. Fobias, físico decadente, gotejamento pós-nasal.

Doença cardíaca, página 253.

Ah, cara. Todas as coisas, todos os truques que ele podia ter tentado, as medidas preventivas que podia ter adotado. Podia ter cortado a carne, os laticínios e os alimentos processados. Podia ter tomado cromo, magnésio, vitaminas C e E e selênio, podia ter feito ioga. Ou meditado, podia ter se visualizado nadando com facilidade através das quatro cavidades do coração e depois saindo pelas artérias coronárias, fazendo brilhar uma luz azul de efeito curativo nas paredes arteriais enquanto nadava, extravasando todas as emoções perturbadoras. "Imagine alguma coisa que esteja perturbando seu coração, como raiva, tristeza ou injustiça. Livre-se dela jogando-a por cima do ombro e a deixando para trás."

— Esse livro é bom. E ainda está com quarenta por cento de desconto, porque já passou o Natal. — A mulher que estava arrumando as prateleiras desmoronou na outra cadeira, e imediatamente um gato branco peludo, que por alguma razão eu ainda não havia visto, pulou no colo dela. — Que que você está olhando? — O rosto dela era redondo e sorridente, emoldurado por um monte de cabelos com mechas vermelhas, estilo rastafári, com fileiras de tranças presas com contas douradas. E uma voz baixa, suave e rouca, que atenuava a pergunta intrometida:

— Problema cardíaco.

— Você tem problema cardíaco?

— Não. — Fechei o livro e fiquei alisando a lombada para apagar a marca da página que havia lido. — Meu pai. Ele tinha doença coronariana, causada por arteriosclerose, hipertensão e colesterol alto. Ele morreu. — A mulher balançou a cabeça, triste. — Mas não era um tipo A. Não estava acima do peso nem fumava. Ele caminhava dia sim, dia não.

— Qual era o *dosha* dele?

— O quê?

— Em medicina aiurvédica, você poder ser *pitta*, *vata* ou *kapha*. Os *pittas* são apaixonados, irritáveis e esquentados, e, curiosamente, costumam morar na Nova Inglaterra. Os *vatas* são criativos e românticos, em geral têm cabelos ondulados e pele seca, e quando ficam nervosos podem perder o controle, meio que sair do sério. Os *kaphas* são mais fleumáticos, muito calmos e complacentes, têm olhos grandes e tendência para engordar. São os viciados em televisão. A gente é uma mistura dos três, claro, mas um costuma predominar.

— Humm, bom, acho que ele era principalmente... Qual era aquele primeiro?

— *Pitta*. Ele tinha cabelo ruivo e sardas?

— Não.

— Era louro?

— Mais ou menos. Castanho-claro.

— É isso aí. Metabolismo enérgico e sistema digestivo eficaz, assim são os *pittas*. É um absurdo que não tenha tomado arjuna. É uma erva que fortalece o músculo do coração e promove a cura.

Ah, sinto muito. — Ela se inclinou para frente, o cenho franzido em sinal de compaixão. — É que eu *sei* que podia ter ajudado.

Apertei o livro contra o peito e olhei para o fogo do fogão a lenha, laranja-escuro por trás da janela de vidro suja. Eu estava ao lado do fogão da casa dos Markus quando soube do acidente de meus pais. A gente estava preparando *fudge*. Jamie, Caitlin, Marianne Werner e eu. Eram umas onze e meia da noite e a gente estava discutindo se devia pôr nozes ou não. O telefone tocou, mas parou antes de Jamie atender.

— Mamãe atendeu — ela disse, e voltou para mexer a panela no forno. Mais ou menos um minuto depois, a sra. Markus entrou na cozinha com o marido. Ele estava de robe e pijama, mas ela continuava vestida. Achei que a gente devia estar fazendo muito barulho, e ela pediu que ele a acompanhasse para impor autoridade. Mas eles ficaram parados à soleira da porta sem dizer nada, por isso imaginei que tinham vindo atrás do *fudge*. Fiquei esperando Jamie dizer para eles que ainda não estava pronto. O sr. Markus disse:

— Ruth? — Eu pensava que ele nem sabia meu nome. Foi só ele dizer isso para eu entender que alguma coisa horrível havia acontecido.

— Você quer um chazinho? A propósito, meu nome é Krystal. — A senhora levantou-se e foi para trás do balcão, voltando com duas canecas de cerâmica. — Hoje é de crisântemo.

Eu respondi:

— Hã-hã.

— Bom para os capilares.

— É mesmo?

— Sem dúvida. Você teve dor de cabeça ultimamente? Ou insônia?

— É. Tive, sim.

— O chá vai ajudar. E você vai ver que vai enxergar melhor também.

— Puxa. Obrigada.

Peguei a caneca que Krystal havia servido de uma panela de cobre na parte de trás do fogão.

— Humm — disse educadamente. — É um pouco...

— Amargo? Põe um pouco de mel. Aqui. Eu agora gosto de puro, mas levou um tempo até me acostumar. — O gato branco pulou de volta para o colo dela. Mesmo com o assobio do fogão, dava para ouvi-lo ronronando. Krystal tinha um rosto bonito e era meio gordinha; parecia Tracy Chapman, só que branca e mais velha. Provavelmente uma *kapha*. O que não dava para entender era como conseguia usar todas aquelas roupas nessa loja quente até não poder mais. Estava vestida com uma saia comprida de lã marrom, suéter de gola rulê amarela e uma espécie de túnica multicolorida por cima, além de um mocassim enfeitado com contas, meias compridas e um cachecol vermelho vivo e laranja enrolado na cintura, cingindo a túnica. Como ela não fervia?

— Eu sou Ruth — lembrei-me de dizer. — Ruth Van Allen.

— Olá — ela disse com um sorriso radiante e expressão calorosa, amistosa e afável. — Hoje está calmo, sem muitos fregueses.

— Acho que não precisa de ajuda, então.

— Hã?

Olhei para dentro da caneca, surpresa.

— Acho que não precisa de alguém para trabalhar para você. Depois da escola, durante umas três horas mais ou menos, de três às seis, e nos fins de semana. — Olhei para cima. Krystal não parecia desconcertada nem contrariada, só pensativa. — Desde que meu pai morreu venho pensando em arrumar um emprego, mas esta foi a primeira vez em que tomei uma atitude. O fato de mamãe arrumar trabalho me estimulou.

— É, realmente, eu podia contratar alguém. — Krystal pôs a caneca no braço da cadeira. Virou o gato molenga e o embalou nos braços como um bebê, sorrindo para o rosto extasiado dele. — Estou fazendo um curso para tirar diploma de terapia naturopática e preciso de tempo para estudar. Você está no ensino médio?

— No segundo ano. Saio às quinze para as três e podia chegar aqui umas três e cinco, todos os dias, menos segunda e quinta. Tenho futebol.

— Ia ser interessante. Você conhece alguma coisa de cura natural? De alimentos funcionais? Tudo bem — disse, como não respondi. — Afinal, você vai trabalhar principalmente com o estoque, e não atendendo os fregueses. Eu posso te ensinar.

Assim que ela disse "Eu posso te ensinar", quis o emprego. Tinha que conseguir. Eu ia poder aprender tudo: aiurveda, vitaminas, aromaterapia. Estava tudo aqui, o segredo estava bem aqui nesta sala — e há pouquinhos minutos eu nem sequer sabia que existia um segredo. Havia essa oportunidade para mim agora, eu não precisava esperar fazer vinte e um, vinte e cinco, trinta anos para aprender essas coisas.

— Ia ser fantástico — disse, me esforçando para não dar um pulo, gritar ou ter alguma reação estúpida. — Eu sou muito responsável. Já tenho CPF. Posso trabalhar o dia inteiro no sábado e no domingo.

— Bom, não abro aos domingos.

— Ah. — Fiquei vermelha, torcendo para não ter, sei lá, ofendido as crenças religiosas dela ou coisa parecida. — A senhora quer que eu preencha algum formulário, algum papel?

Ela deu de ombros, ainda embalando o gato.

— Não imagino o que podia ser. Um formulário. Acho que você podia deixar escrito seu telefone.

Mamãe ia me fazer um monte de perguntas. Como quanto iam me pagar. Mas eu não sabia como perguntar sem parecer falta de educação. Decidi dizer que ia ganhar salário mínimo e, se fosse mais que isso, melhor ainda.

O sino em cima da porta tilintou, alguém entrou. Krystal deu uma olhada, mas não se levantou. Ela era uma dona de loja muito tranquila. Já havia adorado isso nela.

— Bom — falei. — Acho que está na hora de eu ir para casa. Obrigada pelo chá, estava ótimo. Quando a senhora acha que ia ser bom eu começar? Quer dizer... — Fiquei vermelha de novo. — É sério? Vamos fechar?

— Claro. Estou com um pressentimento ótimo em relação a isso, você não está, não?

— Eu estou. Estou, sim!

— Sabe, leio auras, entre outras coisas. A sua é mais ou menos azul-acinzentada... Hoje, pelo menos... e a minha também é de cor fria, prata-esverdeado. As duas se combinam perfeitamente. A gente vai se dar muito bem. Você é... — Ela apertou os olhos e ficou me estudando. — Aquário, acertei?

— Câncer.

— Sabia. Sabia que era um dos dois. Eu sou Peixes, que é água também. Ruth Van Allen. Vamos nos dar bem como duas carpas japonesas num lago de lírios.

— Uau. — Apertei os braços de emoção.


Acordei de um sonho que tive à beça esses dias, em que estou correndo para pegar o trem. É uma noite de neblina e chuva, eu escuto o apito do trem e começo a correr em direção aos trilhos. Estou vestida só com a minha calça jeans preta e a suéter verde-exército de gola em V — isso é muito importante por alguma razão, a minha roupa, porque nunca muda, e começo a correr ao lado do trem, que cada vez anda mais rápido. Estendo a mão e seguro o cabo de metal, dou um salto e consigo subir, e o trem ganha velocidade. Fico ali pendurada, sentindo o vento frio no rosto — e aí acaba. Tenho esse sonho *constantemente*. No meio do nevoeiro, correndo atrás do trem com minha calça jeans preta e suéter verde.

Depois não consigo voltar a dormir. Levantei para beber alguma coisa e ouvi a tevê no andar de baixo.

— Mãe? Você ainda está acordada? São três e meia.

— Não, não estou, não. Tinha pegado no sono, só agora acordei.

Fingi que acreditei. Ela fica acordada quase a noite toda com a tevê, o rádio ou o aparelho de CD ligados, e de manhã finge que acabou de acordar. Aí dorme o dia inteiro. Ainda não havia acabado de retirar toda a decoração de Natal. E olha que não havia botado muita coisa esse ano.

— Que que você está vendo?

— Nada. Um filme.

Fiz que chegasse para o lado para eu poder sentar no sofá. Todas as luzes apagadas, menos a da televisão. Estava aconchegada debaixo da colcha de chenille que vovó dera para ela de Natal, vestindo uma camiseta cinza velha do papai por cima da camisola. Um aspecto horrível.

— Dá para ver. Que que é?

— Por que está acordada?

— Vou dormir já, já.

— É James Stewart em *Sublime Devoção*. Pensei que era um Hitchcock, mas não é, não.

— Quem é esse cara?

— Está preso, já está lá há onze anos por ter matado um policial. James Stewart é um jornalista que acha que ele é inocente e está tentando tirar ele de lá.

Adoro ver filme antigo com mamãe. É uma das melhores coisas que a gente faz juntas. Isso e sair para fazer compras e depois almoçar num restaurante. Só que já tem um bom tempo que a gente não faz isso, mas costumava fazer. Quase sempre a gente escolhia sorvete em vez de comida, e ela sempre fazia aquilo parecer empolgante, audacioso e proibido.

— Não vamos contar para o seu pai — falava baixinho, e depois pedia dois sundaes com calda *hot fudge*, um com castanha e outro sem, e eu dizia:

— O que os olhos não veem, o coração não sente. — Ríamos e comíamos sorvete até o estômago doer.

Era um filme bem legal. James Stewart tirou Richard Conte da prisão no último segundo, ampliando uma fotografia que mostrava a data num jornal e assim provava que ele era inocente. No finalzinho, mostraram Richard Conte saindo da prisão e encontrando a esposa, o filho e o novo marido dela. Ela havia se divorciado dele, mas ainda o amava, e não ia voltar para ele porque agora estava com E.G. Marshall.

— Você se casaria de novo?

Nós duas continuamos com os olhos fixos na televisão.

— Não sei, amor, acho que não, duvido. Não consigo me imaginar casando de novo.

— E se você se apaixonasse por outra pessoa? Você não é tão velha assim.

Ela fez uma careta.

— Me sinto velha.

— Não, mas pode acontecer de daqui a dez anos você conhecer um cara e se apaixonar de novo. Pode acontecer. Não é impossível.

Ela levantou os joelhos de baixo da camisola, deixou cair a cabeça e passou os dedos pelos cabelos, despenteando-os.

— Estou só dizendo que não é impossível — falei, tocando o pé dela. Ela estava com um par de meias de lã velhas do papai. Nunca usara as roupas dele antes de ele morrer. — Concorda? Você não pode ficar triste o resto da vida. Ninguém fica, a não ser nos livros. As pessoas começam de novo, seguem em frente. — Eu vinha analisando isso, observando. — A mulher do Sonny Bono começou a namorar nove meses depois de enviuvar. Lembra? E, depois do acidente de Diana, os príncipes iam a festas e essas coisas, mostraram fotos deles rindo e parecendo felizes, e, depois de ver o estado deles no enterro, ninguém nunca ia imaginar que voltariam a fazer essas coisas. Lembra?

— É. — Ela pôs o braço em volta de mim. Eu me aninhei junto dela, gostando do calor e do cheiro da flanela, até do cheiro ruim do seu cabelo. — Me conta do seu dia.

— Já contei. Ah, a gente viu um filme na aula de Cultura Mundial. Era nas Terras Altas da Escócia, que são absurdamente frias e áridas, mas muito, muito lindas, e lá tem mais carneiro e ovelha do que gente. Fiquei pensando como deve ser incrível morar lá.

— Por quê? Se é tão frio e deserto, e ninguém mora lá.

— Porque sim, deve ser. Nada ia poder acontecer com a gente porque ninguém nem ia saber que a gente estava lá. E o aluguel deve ser barato.

Na verdade, eu tinha ido dormir essa noite pensando como seria morar num chalé de pedra perto de uma encosta, totalmente sozinha, só com um collie preto e branco para me fazer companhia. Eu podia ser uma escritora ou pintora. As pessoas iam falar de mim, aquela garota americana que mora sozinha e não fala com ninguém. Iam me observar caminhando pelos penhascos com meu cachorro, com os cabelos e o manto preto esvoaçando ao vento. "Como deve ser sozinha", os nativos diriam, vendo minha figura solitária. Eu ia ter uma bengala. Ia falar com um pouco de sotaque da terra. E então um homem bonito e mais velho ia se mudar para o chalé do penhasco vizinho. Ele também ia ser artista, mas um artista atormentado, que não conseguia fazer sucesso. Eu ia me tornar a musa dele. Por minha causa ele recuperaria o talento para escrever poesia de terror. Junto, a gente ia ganhar o prêmio Pulitzer, e no discurso de entrega ele diria que sem mim não seria ninguém. A gente ia ganhar um monte de dinheiro e morar o resto da vida na charneca árida.

— Não vejo a hora de começar meu novo trabalho — falei. — Quando começa o seu?

— Semana que vem. Segunda de manhã.

— Então é melhor começar a se preparar, né? Ir para a cama por volta das onze. Né? Para você conseguir levantar da cama de manhã.

Eu dera para ela de Natal meias finas e perfume, e também um despertador digital, por isso ela não tinha desculpa.

— Boa ideia — ela disse.

— O meu começa amanhã.

Eu teria começado antes, mas precisei tirar a permissão de trabalhar, porque ainda não fiz dezesseis anos.

— Eu sei.

— Ah, é tão, tão legal, mãe, precisa ver. — Ela fez que sim com a cabeça e sorriu, só que não estava empolgada com a história. Mas era porque ainda não havia entendido; quando conhecesse Krystal e fosse conferir o Palácio da Mãe Natureza e todas as coisas de lá, ia achar tudo fantástico. Quem não acharia? Caitlin foi tipo "Ah, uau, é tão esquisito", mas no bom sentido, e Raven captou completamente, foi totalmente a favor da minha escolha, achou excelente. Primeiro, tenho que procurar dor de garganta nos livros de Krystal, porque estou com essa dor há dois dias. Está leve, nada forte a ponto de ter que ficar em casa, mas é assim que um monte de coisas começa, inclusive câncer no esôfago. Mas provavelmente não é isso. Provavelmente é, tipo, um resfriado.

— E aí, o que é que a gente vai usar no nosso primeiro dia?

Mamãe riu:

— Não faço a mínima ideia. Você acha que preciso me produzir?

— Basta mostrar um pouco as pernas, ele vai gostar. O sr. *Wright*.

— Ruth, qual é o problema? Por que você não gosta do Brian?

— Não gosto. Só isso.

— Mas por quê?

— Ele é um idiota. Você gosta do jeito como ele te olha?

— Do jeito como me olha?

— Do jeito como faz tudo.

Ela balançou a cabeça, tipo como se eu estivesse falando em outra língua.

— Amor... Brian é legal, é só um cara. Ele vai ser um bom chefe e mais nada. Entende? Entende o que estou dizendo? — Ela tentou fazer uma piadinha. Curvei o ombro, deixando-o entre meu rosto e o dela. — Escuta — falou. — É importante que saiba que eu não... estou de paquera nem nada parecido.

— Nossa, mãe, você tem uma linguagem supermoderna mesmo.

— Só estou te dizendo: não estou disponível. Ninguém vai tomar o lugar do seu pai. Nada vai mudar.

— Tudo bem.

— Isso é concordância ou sarcasmo?

— Você o conhecia antes de papai morrer?

— Conhecia, claro. Não muito bem. A gente topava com ele nas festinhas da faculdade.

— E como ele era nessa época?

— Ah, legal... Que que você está querendo saber?

— Você viu os olhos dele no jantar, aquela noite? E antes, quando estavam tomando um drinque, como ele ficava te tocando o tempo todo?

— Ruth, que isso, do que você está falando? Brian é gente boa, gentil, sociável, ele gosta das pessoas. Fica perto delas quando fala, às vezes toca, mas ele só quer se comunicar, não significa nada. Talvez seja por isso que é bom no trabalho dele, por causa desse seu jeito de ser.

— Tá certo. Como Bill Clinton. — Ela riu, então ri também. E na verdade eu queria mesmo mudar de assunto: — E aí, onde fica a

Outra Escola? — perguntei. — Se ficar perto do Mãe Natureza, a gente pode às vezes voltar juntas do trabalho.

— É, mas provavelmente meu expediente vai terminar quando o seu estiver começando.

— É, deve ser — falei. — Que saco!

Ela me abraçou. Não entendi por que até descobrir que achou muito legal eu querer voltar para casa com ela. Às vezes ela é tão sensível...

— Escuta — ela disse. — Vou seguir seu conselho e me comportar melhor, ir dormir mais cedo, entrar na linha. Mas você sabe que estou bem de verdade, não sabe? Entendeu?

— Claro — falei —, eu sei.

— *De verdade*, estou bem. Não precisa se preocupar comigo.

— Tá bom. E você também não precisa se preocupar comigo.

— Nada feito, sou sua mãe, preciso me preocupar com você em tempo integral.

— Sério, mãe, estou bem também.

— Sei que está.

— Estou, *sim*.

— Eu sei.

Bom, alguém estava mentindo. Fiquei me perguntando se ela sabia que éramos nós duas, e se achava que eu havia acreditado nela, se ela havia acreditado em mim. Mas não importava muito, pelo menos não enquanto estávamos coladinhas no sofá, ela com os braços em volta dos meus ombros, eu com a cabeça no ombro dela. Assistindo a Bob Dornan descer uma escada extravagante e explicar por que *No Caminho dos Elefantes* era um clássico e o que Elizabeth Taylor estava fazendo quando trabalhou no filme. Bem aqui, debaixo da colcha macia da vovó, estávamos seguras. Tínhamos uma à outra, praticamente uma *era* a outra, e isso era como sermos plenas. Por esta noite.

# 6
# Refeições balanceadas nas horas certas

Aos dezoito anos, fiquei maravilhada de deixar Clayborne pela cidade grande — Washington, D.C. Fui estudar lá, conheci Stephen, casei, mudei para Chicago, tive Ruth. Achei que não queria mais saber de cidade pequena, e muito menos do sul. Nunca havia me passado pela cabeça que a faculdade de Stephen, tão camarada, pudesse lhe negar a condição privilegiada de professor titular, golpe do destino que o deixava impossibilitado de assumir qualquer cargo considerado aceitável por seu orgulho. À exceção da Remington College, e isso porque papai mexeu os pauzinhos.

Quando nos mudamos para Clayborne, há três anos, eu estava cheia de receios. Pânico, para falar a verdade. As coisas que detestava na minha cidade de origem continuavam lá, e a maioria poderia se resumir na palavra *pequeno*. Mas havia acontecido alguma coisa comigo no exílio voluntário de vinte anos. A pequenez não me incomodava mais — agora até mesmo via vantagens nela. Coisas da idade, imagino.

Não foi como se *nada* houvesse mudado em Clayborne — shopping centers cheios das cadeias das lojas conhecidas haviam brotado nos locais em que antes se viam belas fazendas; tínhamos novos prédios empresariais, de metal e vidro, e, no centro, algumas ruas remodeladas e melhoradas, pavimentadas de tijolos, iluminadas por fileiras de lampiões a gás, onde antes não se permitiam carros. O rio Leap exibia uma nova ponte com quatro pistas e, no lugar do antigo caminho de sirga, uma "trilha para fitness". Mas os pontos de encontro da faculdade ficavam nos mesmos prédios de madeira de dois andares da Remington Avenue de quando eu era adolescente; só os nomes haviam mudado. Os alunos usavam roupas diferentes, penteados diferentes, mas os rostos ainda pareciam atormentados, desleixados, irritados, assustados, drogados — exatamente como nos anos 60 e 70. E a faculdade continuava a dar a Clayborne o ligeiro verniz de cultura e sofisticação de outrora. Sem ela, não passaríamos de outra pacata cidadezinha de Piedmont, com tênues vínculos com a Confederação e arquitetura não convencional. Com ela, éramos a Charlottesville dos pobres. Aspirantes a Chapel Hill.

Minha família sempre desprezou o jornal local, o *Morning Record*. Papai não admitia ler nada além do *New York Times*, ou, para dar uma de povão, o *Richmond Times-Dispatch*; Stephen nem sequer sabia da existência do *Morning Record*. Mas eu gostava dele. Quando estava na cidade, pegava um exemplar e o lia com o mesmo prazer culpado que sentiria se fosse o *National Enquire*, que certamente não era. No *Record*, tudo era digno de notícia: cardápios do almoço da escola, entradas no hospital por nome — mas sem informar a doença, felizmente —, atas das reuniões do Conselho de Zoneamento e da Associação de Pais e Mestres, o protocolo de escrituras e transferências — eles publicavam quanto você pagou pela sua casa, quanto ganhou pela sua fazenda. Leitura fascinante. Minha seção predileta era o registro policial, porque quase não havia crime — vandalismo de adolescentes, alguns casos de direção sob efeito de álcool ou drogas, um monte de bebedeira na faculdade, a irresistível "conduta obscena", que em geral se resumia a fazer xixi em público. Era isso. "Bateu e Correu" significava que alguém deu uma baita topada em alguma caixa de correio e seguiu em frente. A manchete mais comum para acidentes de carro dizia "Nenhum Ferido".

Depois de Chicago, ficou parecendo Oz. Quando era mais nova, o marasmo da cidade me deixava louca, mas agora eu gostava dele. E isso não se devia *inteiramente* ao fato de a meia-idade ter me transformado num fóssil, como alegava minha filha. Era por causa de Ruth mesmo. Coisas ruins podem acontecer — sabia disso, não era cega —, mas havia pouca probabilidade. Simples assim. Aqui em Clayborne, Virgínia, a lei das terríveis probabilidades estava a favor de minha filha. A proximidade de minha mãe, sempre precisava lembrar a mim mesma, representava um pequeno preço a pagar pela paz de espírito.

— Olha, aquele foi meu primeiro namorado — disse para Modean, minha vizinha, numa tarde de sol e frio de domingo, em meados de janeiro. Estávamos sentadas num banco da Monroe Square, no centro da cidade de Clayborne, e eu estava enrolando, pensando em coisas para dizer para ela não se levantar e me fazer voltar ao jogging.

— Onde? — Ela apertou os olhos míopes e bondosos e mirou as mães empurrando carrinhos de bebê, os jovens se acotovelando, os velhos jogando damas espalhados pelo espaço de concreto e grama. Apontei. — Ah, *ele*. Humm, bonito à beça.

O Soldado Confederado estava no centro da Monroe Square desde 1878 — era o que dizia a placa; Clayborne havia mandado muitos de seus filhos para a Guerra de Secessão, mas, à exceção de morrer, nenhum deles havia feito nada de espetacular. Ele nem aparecia montado num cavalo; era só um soldado comum, o rifle sobre o ombro esquerdo, a perna direita se projetando enquanto marchava bravamente para o norte, para a encrenca.

— Eu era apaixonada por ele. Até dei um nome para ele — confessei a Modean.

— Qual?

— Beauregard Rourke. Para mim, Beau. — Modean deu uma risadinha. — Eu ficava andando de bicicleta em volta dele e devaneando, inventando histórias.

— Como, por exemplo?

— Por exemplo... Eu era uma bela espiã da Filadélfia, e ele, meu contato secreto. Um amante clandestino.

— Que romântico!

— Eu já tinha descoberto que a beleza de um namorado de bronze vem do fato de ele ter que ser tudo que a gente quiser, e não pode mudar isso.

Modean falou:

— Carrie, como foi o Natal?

Ela me fizera essa pergunta no dia anterior, quando ela e Dave voltaram de umas férias de três semanas em Atlanta, onde moram os parentes dele, e eu respondi:

— Bom! Tudo correu bem, sério, bem melhor do que esperava.

Mas dessa vez contei a verdade para ela:

— Foi triste — disse, me inclinando para frente para esfregar um local dolorido do calcanhar, que o tênis machucara. — Ruth foi um amor. Fez tudo que pôde para me animar. Eu fiz o mesmo com ela. Por isso, à uma da tarde, nós duas já estávamos exaustas e ainda não tínhamos ido para a casa da minha mãe.

— Como foi lá?

— Tudo bem. O mesmo de sempre, igualzinho. Meus primos estavam lá, e a tia Fan, a irmã do papai. Você sabe que mamãe sempre assume o comando nesse tipo de coisa, nos eventos importantes de família. É o showzinho dela. Stephen... bom, ele costumava se esconder tanto quanto pudesse. Era assim que conseguia aguentar.

Ela fez que sim

— É, sei que ficava calado no meio de muita gente. Era tímido.

Tímido? Não deixava de ser uma maneira de interpretar.

— Bom, ele não era muito presente nesses encontros familiares — eu disse. — Ele observava. Quando muito. Eu trabalhava e Stephen... assistia.

— Ah, os homens são assim mesmo.

— Ah, eu sei — falei rapidamente —, todos são assim.

Modean, que nunca via nada ruim nos outros, era a última pessoa do mundo com quem eu poderia reclamar de Stephen. Não que eu quisesse reclamar dele. Mas eu queria explicar para alguém por que não senti tanto a sua falta durante as festas. Queria contar para Modean que ele conseguia se tornar invisível. Ele fazia a parte dele — pendurava as luzinhas da árvore de Natal, preenchia os cheques, comprava a bebida quando tinha festa — e depois desaparecia. Todo ano era a mesma coisa, e acabei me acostumando a fazer tudo sozinha. Como poderia sentir falta dele na casa da minha mãe, no dia de Natal? Sua ausência foi percebida, mas não impressionou. Sem ele, o show de mamãe realmente continuou.

— Foi tudo bem lá em Atlanta — Modean estava me contando. — O pai de Dave tem problema com bebida, acho que te contei, mas se comportou por causa do bebê. Só que sempre fica aquela tensão, sabe como é; a gente nunca sabe. Eu estava muito preocupada com Dave porque ele se preocupa muito com o pai. Por isso me dá a impressão de que as pessoas estavam, acima de tudo, preocupadas.

Modean era a amiga mais perfeita que já tive na vida. Uma pessoa de bom coração, feliz, simples, sincera e presente. Eu já desistira da minha busca cética por um defeito seu — um alcoolismo velado, um súbito proselitismo, uma cleptomania. Nada disso, ela era o exemplo de perfeição, com a bênção do senso de humor. Dave era um cara alto e esguio, com bastos cabelos grisalhos e olhar eternamente assustado, como se não conseguisse acreditar na grande sorte que o destino lhe reservara. Mais velho, fora viúvo durante quinze anos antes de conhecer Modean. E Harry era o bebê perfeito desses pais perfeitos. Considerei um ponto a meu favor o fato de nunca, nem mesmo no fundo do poço, nos momentos mais sofridos de autocomiseração, ter odiado aqueles três.

Obrigar-me, com a cumplicidade de Ruth, a acompanhá-la no jogging foi a primeira maldade que Modean fez comigo.

— Você precisa ficar forte, Carrie, tem que se recompor. Como quer começar a trabalhar oito horas por dia? Vai ter um troço naquele escritório antes da hora do almoço. — Tudo verdade, mas eu continuava detestando. Quando estava em melhor forma — antes de Stephen morrer —, costumava correr com ele de vez em quando, mas nunca deu muito certo. Só ia pela oportunidade de ficar junto dele, e ele preferia correr sozinho. Objetivos opostos.

— Está pronta? Podemos ir? — Modean se levantou com um salto e começou a fazer exercícios de alongamento. Imitei-a sem nenhum entusiasmo, dura como uma tábua. Ela era dez anos mais nova que eu, mas mesmo na sua idade eu não tinha aquela forma. Era pequena, mas forte, tinha cabelos louros crespos, pele clara e olhos azuis com cílios louros. Parecia um filhote de passarinho. — Ok? — perguntou, e deu a largada. Eu a segui, decrépita. Eram só onze quarteirões da praça até a nossa rua, e ela costumava correr dez vezes essa distância sem derramar uma gota de suor. Eu estava ofegante quando chegamos à Jefferson Street.

— E aí? Já está preparada para começar a trabalhar? — Ela reduziu a velocidade por minha causa e ficou praticamente correndo sem sair do lugar. — Que que vai vestir amanhã?

— Ah, puxa — respondi com voz ofegante —, ainda não sei. Só tem outra pessoa lá além de Brian, uma mulher. Acho que é uma coisa bem à vontade.

— Um terninho, talvez?

— Era o que eu estava pensando.

— Salto alto?

— Só no primeiro dia.

— É. — Ela fez uma pausa com a intenção de me permitir recuperar o fôlego. — Eu tenho uma jaqueta nova. Comprei em Atlanta. Acho que cabe em você, e deve ficar fantástica com uma calça preta. Acho que tem tudo a ver, é bem cara de escritório. Nem sei por que comprei, foi só porque gostei dela. Você pode ir com ela... aliás, pode ficar com ela pra você, se gostar. Porque não faço a mínima ideia de onde usar uma coisa dessas.

O único problema de Modean era ser boa demais. Nunca havia tido uma amiga sem absolutamente nenhuma aresta para aparar, nenhuma sombra, nenhum traço negativo, nada de mesquinharia, sarcasmo, *nada*. Em geral, era eu a boazinha — comparativamente falando — nos relacionamentos com mulheres, era quem dizia com voz entrecortada "Puxa, mas isso *é horrível*", enquanto reprimia o riso culpado diante de um comentário infame ou de uma brincadeira de mau gosto. Mas com Modean eu era a má. Eu me preocupava de não estar à altura dessa amizade, de a gente acabar perdendo a paciência uma com a outra e se afastar. Bom, esperava que isso não acontecesse. Porque gostava muito dela.

A Outra Escola funcionava numa loja de beira de rua de dois cômodos, no lado norte, o lado caído da Virginia Street. O vizinho da esquerda era o dr. Jawaharlal, o quiroprático, e, à direita, o Cobra Tae Kwon Do. Do outro lado da rua, na vitrine com listras coloridas da Utensílios de Coyle, viam-se colados já havia uns três anos avisos amarelados e descascando com os dizeres ENCERRANDO ATIVIDADES. Clayborne não tinha uma favela ou gueto de verdade, pelo menos nenhum concentrado num espaço único, pequeno e identificável da cidade. No entanto, se dispunha de um bairro comercial desfavorecido, a Virginia Street, lado norte, era seu epicentro.

— Ah, oi! — Christine Fledergast cumprimentou depois de eu me identificar. Levantou-se com um salto de uma mesa atrás do balcão de fórmica, da altura da cintura, que se estendia por toda a largura da sala de recepção da Outra Escola. Mais atrás, uma entrada escura dava para outra sala — de Brian, imaginei. Christine deu a volta no balcão com um braço esticado, largo sorriso de boas-vindas no rosto alongado, excepcionalmente sem graça. Supermagricela, tinha no mínimo um metro e oitenta de altura e cabelos louros, cortados curtos e espetados, mas não o espetado da moda, parecia mais que ela mesma os cortara. — Oi, como vai? É um prazer te conhecer. Brian está fora da cidade, ele não te falou? Só volta amanhã. Por isso hoje sou eu que vou te dar uma ideia geral das coisas aqui, me desculpa. Amanhã ele te fala das coisas importantes.

A modéstia, não tardei a perceber, era típica de Chris Fledergast. Na hora do almoço, eu já havia descoberto quem tomava conta do escritório, e não era Brian. Se ele precisava de alguém "esperto" para tomar decisões, ela estava aqui mesmo. O surpreendente foi o fato de ela não ter se ressentido da minha presença, mesmo que, na prática, eu me tornasse sua supervisora. Mas por que não ela? Trabalhava havia três anos como braço direito de Brian. Minha insignificante experiência profissional dizia respeito à área acadêmica, ao limbo do meio universitário, muito, muito distante de um negócio dinâmico e próspero como a Outra Escola. O que se passava pela cabeça de Brian? O que via em mim que eu mesma não enxergava?

— Brian é ótimo como patrão — Chris me confidenciou, enquanto saboreava um sanduíche de atum no local mais próximo para almoçar. — Sempre que a gente precisa de uma folga, basta pedir. E por qualquer negócio, ainda que pequeno, ele dá grandes recompensas. Presta atenção, sabe valorizar o trabalho da gente e não exige que você trabalhe mais que ele.

— Que bom saber disso — falei, porque meu salário havia sido uma baita decepção. Brian me garantiu que aquilo era temporário, em poucos meses ele seria capaz de me pagar algo "mais de acordo com minha competência". Não entendi ao certo quanto isso representava, mas foi bom saber que teria um trabalho tranquilo em troca da ninharia que estava recebendo.

O marido de Chris, Oz, era representante de vendas de uma companhia farmacêutica.

— Ele viaja à beça. Voltou de viagem na véspera de Natal, às dez da noite, e viajou de novo no dia seguinte. Fiquei uma semana sem ver ele! Ele não tem ideia, nem imagina como é tentar fazer sozinha um Natal de alegria e paz com duas crianças.

Ela não usava nadinha de maquiagem, pelo que dava para ver. Calçava sapatos baixos, tinha uma postura curvada e ombros caídos. Era impressionante como era desprovida de atrativos segundo os padrões habituais, mas gostei da cara dela assim que a vi. De repente, bateu com a mão no alto da cabeça.

— Ih, caramba, Carrie, me desculpa.

— Por quê? Que que foi?

— Ficar me ouvindo falar de Oz. Eu e a minha língua solta. Sempre falo antes de pensar.

— Ah, que isso, tudo bem, não se preocupa.

— Não, para você deve ter sido um feriado *horrível*. Não consigo nem imaginar. Brian me falou do seu marido, que tudo aconteceu muito rápido. Sinto muito, muito mesmo — disse, e seus olhos castanho-claros se encheram de lágrimas.

*Ah, que legal.* Logo com uma pessoa como eu, que não pode ver alguém chorando que chora também. Rindo interiormente da minha fraqueza, entreguei-lhe um lenço de papel e peguei outro para mim. Assoamos o nariz juntas.

Chris pediu desculpas:

— Como se você precisasse disso... me desculpa, até os comerciais tristes me fazem chorar — falou e corou. — Não estou comparando seu caso a um comercial, claro, não tem comparação, é *muito* mais sério.

Eu tinha acabado de tomar um gole da bebida. Quando engasguei, uma fina garoa de Pepsi caiu sobre meu prato. Chris ficou um tempinho me olhando, chocada. Depois começou a sorrir, primeiro com certa hesitação, procurando saber se não me ofendia. Em pouco tempo estávamos inclinadas para trás na cadeira, às gargalhadas. A risada dela era entrecortada, meio histérica; o som me deliciava, e eu não parava de rir. Não demorou para eu não saber mais do que ríamos, mas se devia, em parte, ao alívio de não precisar dessa chatice de ter que ficar cheia de dedos uma com a outra.

Fledergast era o sobrenome de Oz; o dela, de solteira, era O'Donnell. Disse-lhe que o meu era Danziger. Falamos dos nossos hobbies, dos meus trabalhos manuais de decoração, das oficinas literárias dela. Não sei por que me vi contando-lhe sobre Jess e os Arquistas. Acostumada com o desprezo de Ruth e de minha mãe, seu entusiasmo me pegou de surpresa.

— Que legal — gritou —, que sorte a sua! Você não vai topar?

— Mas quando? Quando? Não posso, não tenho tempo.

— Ok, entendo. Se eu tivesse tempo, sei o que estaria fazendo: escrevendo livros infantis.

— É mesmo?

— Já escrevi um... bom, na verdade escrevi três quando Andy era pequenininho. Agora ele já está com nove anos, não tenho mais a desculpa de escrever para ele. Perdi essa desculpa.

— Você chegou a tentar vender?

— Ah, não, não. Mas eles não eram tão ruins assim. Só que não eram ilustrados, por isso acho que não ia ter mercado para eles. Mas, sinceramente, não eram ruins.

— Aposto que eram ótimos.

— Ah, se a gente não precisasse ganhar dinheiro... Não é?

Ri.

— O mundo não ia ser muito mais feliz? Esse emprego é legal, não estou reclamando, mas o que tem a ver com *a gente*? Para Brian, é o melhor trabalho do mundo, porque é *dele*. Sinto inveja dele. Acho que as pessoas que encontraram o trabalho da vida delas são as mais sortudas do mundo. Vamos choramingar juntas de novo...

Rimos outra vez, mas ela estava certa. Foi um pensamento desanimador para o meu primeiro dia de trabalho.

Três semanas depois, Brian firmou as mãos na beira da minha mesa, com os ombros de levantador de pesos curvados, cabeça para frente, olhar decidido.

— Podemos chegar a quatro salas no início do ano que vem. Podemos. Já temos muitas turmas por período para a quantidade de espaço de que dispomos, ou vamos ter até o próximo verão. Graças a você, Carrie.

— Ah, não. Não é verdade, mas obrigada.

Eu não estava bancando a modesta. Fizera alguns contatos, algumas ligações, conversei com Brian sobre novos cursos, nada além disso. Atribuir a mim a responsabilidade por uma sala lotada era levar longe demais o desejo de motivar os funcionários. Mas Brian era mestre nesse tipo de exagero. E o mais incrível era que, mesmo a gente sabendo que ele estava extrapolando, a coisa funcionava. Dei uma olhada por cima do ombro dele para Chris, que piscou para mim.

— Nã, nã, nã, não, não vem com essa, sei quem está mudando as coisas aqui. Novas ideias, novos ares, era disso que a gente estava precisando. Estava ficando ultrapassado, a gente não pode deixar isso acontecer. É como quando a gente sente cansaço quando está dirigindo: você quer chegar logo aonde está indo, por isso não para pra tirar uma soneca, abre a janela, deixa o ar frio bater no rosto. Assim é você, Care, um sopro de ar fresco.

Ri, sentindo-me, sem querer, lisonjeada. Ah, ele era impossível.

Mas meu novo emprego não era tão interessante quanto ele tentou me fazer crer. Ou talvez o problema fosse eu. Chris, antes, fazia o trabalho de duas pessoas, e minha função era assumir metade da sobrecarga de trabalho dela. Agora, era um desafio, mas não havia como não me perguntar até quando.

Achei, no entanto, que estava valendo a pena, mesmo com o salário irrisório e essas coisas, porque todo dia eu precisava levantar às sete da manhã, tomar banho, vestir roupas de mulher, sair de casa. Comer refeições balanceadas nas horas certas. Ninguém, nem a própria Margaret Sachs, lamentou ver o fim da linha de montagem de miniaturas de arranjos florais. Por mais que imaginasse o trabalho com Brian cada vez mais rotineiro e sem horizontes, pelo menos ele conseguira um feito que minha mãe, a culpa por causa de Ruth e cinquenta miligramas de antidepressivo não haviam sido capazes de realizar: minha volta ao mundo real. Pode ser que metade de mim ainda estivesse fora do ar, fugindo, desatenta, afundada na velha dupla luto e culpa que uma morte na família traz — *naturalmente* —, mas a outra metade estava lutando, enfrentando. Era um começo.

Brian se aproximou mais. Com qualquer outra pessoa, ainda mais homem, eu teria recuado, mantido a distância convencional, mas eu estava me acostumando com essas invasões entusiásticas de meu espaço por parte dele.

— Espera o período do verão e você vai ver — profetizou baixinho; deu para sentir o cheiro de cravo do chiclete que ele mascava depois de fumar. — Essa é a chave. Se for grande, saberemos. É o nosso próximo passo. Certo? Então, estamos dentro do cronograma? Você botou Lois Burkhart nos nossos quadros de novo? Você precisa fechar um negócio com ela, Care...

— Eu fiz isso.

— ... porque esses cursos de finanças fazem o maior sucesso no verão. Depois de 15 de abril, todo mundo quer se atualizar, virar a página. O pessoal lê a apostila em maio e não aguenta esperar para se inscrever para "Viver Sem Dívidas" ou algo assim.

— Eu consegui trazê-la.

— E Albert Meyer, quero ele de novo para dar aulas de *"day trading"*, e ele não renovou contrato. Liga pra ele e põe ele no circuito. Estava pensando também que a gente precisava dar mais destaque a essa parte relativa à expressão livre do amor e das emoções para o período do verão, para atrair mais garotas. Sei, mas é *fato,* você oferece "Relacionamentos para o Milênio" — isso não sai da minha cabeça — e consegue quinze, vinte mulheres dispostas a falar, e nenhum homem. Estou certo?

— Provavelmente.

— Então, vamos pensar nisso, procurar alguém do serviço social ou um dos psiquiatras da universidade. "Seja Terapeuta de Si Mesmo", que tal? "Aprendendo a Gostar de Você." Porque a gente já tem muita coisa de tecnologia, de computador, de internet e de pequenas empresas, a gente precisa tornar a coisa mais feminina para o verão. Sei disso! — exclamou, rindo e erguendo os braços. — Mas você sabe o que quero dizer! Tá bom, sou um porco chauvinista, e agora vou dar o fora daqui.

— Vai aonde?

— Tenho uma reunião com Hal Wiley no jornal.

— Sobre propaganda?

— Propaganda, claro, mas estou conversando com ele sobre a possibilidade de pôr o prospecto no *Record.* Todo o programa de verão.

— Publicar? Ah — eu disse —, ia ser fantástico.

— Não, publicar, não. A coisa toda, estava pensando num encarte. Pensa no número de pessoas que vai atingir! E, poxa, é um serviço comunitário — falou com um largo sorriso e braços bem abertos. Parecia um jogador de defesa de futebol americano. — E aí? Vocês acham que ele vai topar?

Chris e eu nos entreolhamos.

— Acho — Chris respondeu com convicção — que ele não vai entender nada.


Parte do meu trabalho consistia em editar, em parágrafos curtos e cheios de exagero, os anúncios de curso enviados pelos professores e dispô-los no prospecto. A maioria precisava de umas pinceladas, de uma "apimentada", como dizia Brian, sobretudo os cursos com nomes pouco atraentes — "Prática de Radioamadorismo", "Solução de Problemas", "Outono no Jardim de Ervas". Todo título de curso podia ser melhorado para parecer mais interessante, e eu estava ficando craque nisso. Os títulos eram o meu forte. Por exemplo, o "Valsa, Foxtrote e *Jitterbug*" do ano anterior ia ser "O Negócio é Dançar" no período seguinte; o antigo "Como Escrever Roteiros para Tevê e Cinema" ia ser "Sai da Frente, Quentin Tarantino". E assim por diante.

Raramente as descrições dos cursos chegavam a mim já bem apelativas, mas Lois Burkhart era uma exceção. Ela era subgerente do Banco dos Fazendeiros e dos Comerciantes da Praça. Mandou-me a descrição do curso por e-mail:

*Carrie — Recebi seu aviso sobre o programa para o prospecto. Segui seu conselho e dei uma suavizada. De novo. Segue anexo o segundo resumo, devidamente revisado:*
INDEPENDÊNCIA OU MORTE!

Encalacrado? No fundo do poço? Dívidas e preocupações arruinando sua vida? Livre-se dos grilhões da privação e da dependência! Conheça JÁ os segredos de uma profissional para uma administração financeira inteligente e nunca mais trema de medo quando o telefone ou a campainha tocar — será um CREDOR? Nada de fraude, trapaça, pirâmide nem qualquer coisa do gênero. Gaste menos, economize mais — parece simples, mas será que é? Aprenda como conseguir isso com Lois. Traga uma calculadora e a mente aberta, e você jamais vai perder outra noite de sono se preocupando com dinheiro sujo. Resultados garantidos. Apostila (opcional; 45 dólares) à venda na sala de aula com a professora.

— Alô, Lois Burkhart, em que posso ajudá-lo?
— Lois, aqui quem fala é Carrie Van Allen.
— Carrie! Tudo bom com você? — A voz dela era radiante, festiva, cheia de calor e intimidade, como as vozes que anunciam produtos de higiene feminina na tevê. — Eu estava agorinha mesmo pensando em você. Recebeu meu último e-mail?
— Recebi, sim. Bom, acho que é o último. Foi por isso que liguei.
— Acho que dessa vez acertei o alvo, não acertei? Sabe, para ser sincera, no início não concordei com você, na verdade achei que estava sendo um pouco... bom, rá-rá...! digamos assim, um pouco *rigorosa* demais. Mas dei uma examinada de novo e vi que ficou de fato melhor, por isso está tudo esquecido e perdoado. Você estava certa, e eu, errada — disse com magnanimidade.

Lois afirmava que a gente já havia se conhecido antes, que se lembrava perfeitamente de mim. Era possível; tive, sim, uma conta no banco dela, mas, de cada dez acessos à conta, nove eram pela internet, e nunca entrei no prédio do banco. Digamos que ela tivesse razão e a gente se conhecesse — isso tornava mais fácil, ou mais difícil, dizer que o anúncio dela continuava horroroso?

— Bom, está muito melhor — consenti por cautela —, muito, muito melhor, não há dúvida quanto a isso.

— Retirei todos os pontos de exclamação. Ficou mais distinto, como você falou. Você tinha razão.

— Bom, há, nem todos. Eu disse *mais distinto*? Também...

— *A maioria*. Você mesma quer que *tenha* vida.

— Ah, claro, sem dúvida. Precisa ter vida, sem dúvida.

— Então, qual é o problema?

Por que eu não havia feito isso por e-mail?

— Bom, a questão da garantia — disse, só para começar. — Como isso funciona, quer dizer, quem ia pagar...

— Ah, isso não é nada. É irrelevante.

— Sei, mas quem...

— Carrie, ninguém vai pedir o dinheiro de volta! — E se seguiu uma sonora gargalhada.

— É só que a gente não costuma garantir resultados, entende; na verdade, nunca, não podemos, além disso...

— Tira essa parte, então. Isso aí. Tira fora.

— Bom, acho que talvez a gente tenha que tirar mesmo.

— Então tira. Mais alguma coisa?

A voz de higiene feminina se tornou fria e prática. Ainda melódica, mas agora vendia seguro contra desastres.

— Bom, a, há, a venda da apostila. — Era muito mais tranquilo falar dos erros menores, fáceis de eliminar, do que atacar a questão maior da total imbecilidade do anúncio. — E a menção do seu nome no texto, aquele "deixe com Lois". Entende, a gente em geral gosta de dar a impressão de que é outra pessoa, alguém com objetividade e imparcialidade, que está escrevendo esses...

— Peraí. Exatamente o que você está querendo dizer com isso?

— ... está escrevendo esses parágrafos... O quê?

— Você por acaso está querendo dizer que ganho uma comissão pela apostila? Um percentual? É isso que está querendo dizer?

— Não, não, claro que não.

— Não recebo nadinha de nada. É só uma cortesia, uma conveniência, mas pode cortar isso também. Tira tudo de que não gosta e escreva você mesma.

— Peraí, Lois, vamos com calma, não é isso que estou querendo dizer. É só política da escola que os professores não vendam coisa alguma, nada. A escola banca tudo, dá uma impressão melhor, só isso. Sinto muito se não explicaram isso para você.

— Ninguém precisa explicar nada para mim. Dei aula de controle de finança pessoal durante dois dos três anos de existência da Outra Escola, muito antes de você se tornar a menina dos olhos de Brian Wright. Tenho diploma de bacharel em economia e fiz dois terços do mestrado em contabilidade. Sou subgerente do quinto maior banco do estado da Virgínia. Sei fazer meu trabalho. Pelo visto, seu trabalho é ficar fazendo e refazendo as descrições dos cursos do seu prospectozinho até ficarem perfeitas.

— Ah, Lois.

— Por falar nisso, ninguém jamais teve problema com minhas sinopses de curso antes de você.

— Não? Bom, sempre existe uma primeira...

— Eu fui me aprimorando nisso, é a única diferença. A garantia, a oferta da apostila, tudo isso são melhorias empresariais. Mas eu não esperava mesmo que você pudesse dar valor a isso. Pede para o Brian me ligar, está certo?

— Tá bom, se você...

— E, se ele não me ligar, eu mesma ligo pra ele.

— Tudo bem — respondi rápida e rispidamente. Desligamos o telefone juntas. Com a mão no fone, lembrei. — Ah, *não*.

— O quê? — Chris havia parado de digitar mais ou menos no meio da nossa conversa, para poder ouvir. — Que foi que aconteceu?

— Esqueci. Brian tem um empréstimo no banco daquela mulher.

— E daí? Ela não é analista de crédito. Que foi que aconteceu?

— Não, mas... Ah, puxa, eu devia ter sido mais simpática. Mas ela foi tão grosseira comigo no final.

— Você não disse nada demais. Eu estava ouvindo.

— Eu devia ter deixado pra lá. Deixado ela escrever o que bem entendesse. Mas é *pura conversa-fiada*.

— Claro que é, e a gente não pode deixar o programa sair daquele jeito. Brian vai te apoiar, você vai ver.

— Ela disse que vai ligar pra ele.

— O problema é dela.

— Ah, *que droga*.

— Carrie, relaxa, já tivemos professores doidos antes, um monte deles. E Brian nunca recua quando a reputação da escola está em jogo. Uma vez esse cara do posto de gasolina, que ia dar o curso "Mecânica das Superpoderosas" para mulheres, resolveu pôr à disposição a garagem dele nos domingos, quando não abria, para as alunas levarem o carro para fazer revisão ou sei lá o quê, como parte do curso. O que era uma grande ideia, a gente achou que ia ter muita procura, talvez durasse todo um ano, em vez de só uma turma de verão.

— E o que aconteceu?

— Bom, esse *cara* resolve que deve ter um anúncio grátis dos serviços dele no prospecto, e *mais*, quer distribuir cupons-desconto para troca de óleo e lubrificação para todas as alunas. E Brian disse não, nada de anúncio, nada de venda, nada de desconto, nada disso. O cara xingou e disse que não ia dar o curso, mas Brian se manteve firme, e foi isso.

— Nossa... Lois é boa professora?

Ela deu de ombros, fez uma careta.

— É, não é?
— Não sei, talvez. Ouvi dizer que trabalha direitinho.
— Ah, que maravilha.
— Mas não *importa*.
— Eu sei, só que não estou acostumada a fazer isso.
— O quê? Brigar com as pessoas?
— Tudo isso. Na última vez em que trabalhei, fazia pesquisa para professores universitários. Eu fazia consultas e anotações. Em geral, a gente se comunicava por memorandos.
— Entendo, mas você está fazendo um trabalho ótimo. Você tem jeito com as pessoas, tem, sim, Carrie. Sei que Brian exagera às vezes, mas você está fazendo um trabalho *excelente*, nisso ele tem razão.

Agradeci, realmente comovida. Chris era uma pessoa generosíssima. Mas me incomodava o fato de eu não ligar muito para aquilo. No fundo, no fundo, os elogios dela e os de Brian não significavam grande coisa para mim.

Continuei protelando minha ligação para Jess. Brian queria que ele voltasse a dar aula de pesca com mosca, como havia feito no ano anterior. Deixei a semana inteira passar, nem sei por quê. Na sexta, na véspera do fim de semana, não deu para adiar mais.

Fiquei olhando o dia frio e cinza pela janela de vidro, pensando numa história que Chris havia me contado sobre o filho dela, Andy. Ele se metera numa briga na escola, na semana anterior. O valentão da turma o havia chamado de frutinha porque ele era baixo e tocava violino e piano. Andy se deu mal, e Chris teve que ir a uma reunião de pais e professores na segunda.

Jess e eu nos conhecemos trinta anos antes, numa briga, exatamente naquele mesmo pátio de escola. Estávamos começando o sexto ano. Ele não era da minha turma, só o conhecia de vista. Na verdade, eu o conhecia melhor que os outros garotos de outras turmas, porque ele já havia adquirido certa fama de propensão para a vida silvestre. Uma excentricidade. Era mais um garoto do campo que da cidade, distinção significativa no sexto ano; ele beijava vacas — isso eu sabia porque era a fofoca mais comentada no recreio. É, ele *beijava vacas*, as vacas da fazenda leiteira do pai, e *admitia* que o fazia — imprudentemente, depois deve ter se dado conta disso, mas quando já era tarde demais. (Uma das minhas lembranças mais nítidas do nosso caso de amor adolescente, era a da noite em que conseguiu me convencer a beijar uma vaca. No nariz, entre os olhos úmidos, enormes e com longas pestanas. "Está vendo, Carrie? Ela gosta." E pareceu gostar mesmo; tratava-se de uma vaca Guernsey de dois anos, marrom e branca, chamada Magnésia.) Ele pegava o ônibus da escola e saltava no fim de uma ruela lamacenta no cafundó de judas, e o fato de não se poder ver a casa dele da rua — sicômoros e uma elevação na senda a escondiam — só fazia aumentar o mistério em torno dele. Ou a rejeição, o senso comum da escola de que ele não era como todo mundo. E isso era tudo de que se precisava na Clayborne daquela época — provavelmente na de hoje também — para isolar uma criança e considerá-la o Outro.

A briga no pátio da escola não teve a ver com beijar vaca, envolvia a mãe de Jess, chamada de "maluca". Isso era novidade para mim. Eu estava a caminho de casa quando me deparei com Jess e Mason Beckett engalfinhados. Três amigos de Mason os rodeavam num círculo perverso e exaltado, gritando que a mãe de Jess Deeping era uma lunática, doida de pedra, psicopata, que Mason iria dar cabo dele, acabar com sua raça, arrancar os testículos dele. Mas se deu o contrário: Mason estava por baixo e perdendo, e até os colegas dele correrem para salvá-lo. Achei que Jess o mataria.

Eu era dada a me meter com os meninos, mas era baixa e *menina*, e eles eram quatro. Mesmo assim, quase pulei em cima daquela pilha de cotovelos e punhos voando para ver o que acontecia. Não havia surpresa nenhuma na minha adesão imediata ao lado de Jess: além da covardia de quatro contra um, Mason Beckett era sabidamente um imbecil. Depois a gente romantizou meu gesto, mas, na hora, ir em seu auxílio me pareceu a coisa mais natural do mundo.

Em vez de me juntar ao monte de corpos, corri para o prédio da escola e chamei o primeiro professor que vi, o idoso sr. Thayer. Ele apartou a briga, que havia ficado bem feia — Jess, magricela e desengonçado, tinha sangue por toda parte, e não só do nariz de Mason.

— Foi ele quem começou! — acusaram os meninos. E eu, a única testemunha imparcial do sr. Thayer, honestamente, não podia negar nem confirmar. Mas eu sabia *por que* a briga havia começado e, por mais temeroso que fosse delatar quatro garotos grandes e raivosos, não hesitei:

— Eles estavam vituperando. — Palavra nova; eu a aprendera naquele ano. Significava implicar, o que era expressamente proibido no playground. — Chamaram a mãe dele de maluca, disseram que era doida varrida, e disseram que ele era maluco também. Xingaram a mãe dele.

Jess não me olhava. Não fosse o sr. Thayer o estar segurando pela camisa, teria virado as costas para mim. Mas eu queria que ele levantasse a cabeça, me olhasse, me reconhecesse. Bom, o que eu queria era que me agradecesse. Mas ele manteve a cabeça baixa, pingando sangue pelos cabelos amarelos, e não me olhou uma vez sequer. Uma decepção para mim — quase uma traição. Pensei que agora estaríamos juntos, formaríamos um time. Um par.

Passaram-se anos, e nunca falamos um com o outro. Mas eu o observava, reparava nele, e sabia que ele também reparava em mim. Certa vez, sentada atrás dele numa palestra, me concentrei na parte de trás do seu pescoço. Se cortasse o cabelo, meu pescoço pareceria fino, frágil e nervoso como o dele? As garotas também tinham aqueles dois tendões delicados, cordões sensíveis que apareciam e desapareciam quando virava a cabeça? Depois daquele dia, passei a prestar atenção na parte de trás do pescoço dos garotos — para ser sincera, ainda faço isso. Algumas eram chatas e sem graça, outras curtas e musculosas, quase inexistentes (como a de Brian), umas compridas, lisas, parecendo de girafa. Sempre me sentia atraída pelas que apresentavam uma pequena entrada entre os dois tendões. Esse pequeno declive, esse entalhe sutil, na minha cabeça, ficou eternamente associado a imaturidade, orgulho, bravata leviana.

Achei o telefone de Jess na minha agenda, embora já o soubesse, e teclei os números com todo o cuidado. Depois de quatro toques, a secretária eletrônica atendeu:

"Alô. Aqui quem fala é Jess Deeping", veio a voz dele, surpreendentemente cerimoniosa e formal. "Por favor, deixe sua mensagem após o sinal, e ligarei assim que puder. Obrigado."

Desliguei.

Imaginei-o na mesa de seu bagunçado escritório, compondo a mensagem, gravando-a na máquina, talvez a refazendo, não satisfeito com a primeira gravação. Ele a queria certinha; queria dar-lhe um tom cordial e sério. Considerava isso importante.

O escritório dele fora outrora a sala de visitas da casa de seus pais; o "salão", como a mãe o chamava, ele me contou. A gente costumava fazer o dever de casa no sofá de molas coberto com uma manta indiana, eu num canto, Jess no outro. E havia um banco sob o peitoril de uma janela, que não dava para ver da porta do salão, porque ficava num canto. A gente ficava sentado ali no final da tarde, para não ser visto pelo triste e vagaroso sr. Deeping, se por acaso ele passasse por lá. Foi ali que Jess me beijou pela primeira vez, naquele banco, numa tarde chuvosa de primavera, e depois escrevemos um o nome do outro nas vidraças embaçadas da janela. Naquela época, a vista era a de um pasto largo e pouco profundo contra um borrão de bordos que obscurecia a planície aluvial e o rio. Jess comprou a longa faixa de terra além do pasto há poucos anos, cortou as árvores e construiu uma doca no rio. Lá ele nadava, pescava trutas e amarrava seu barquinho, o *Ruminante*. A casa agora mal lembrava a velha fazenda de pedra de sua infância de tanto que ele mexeu, acrescentando aqui, derrubando ali, nos vários cômodos pequenos, sombrios, de teto rebaixado. Tudo o que sobrou da casa original foi o salão. Seu escritório.

Disquei o número outra vez. Limpei a garganta enquanto ouvia a mensagem.

— Jess, é Carrie, estou ligando da Outra Escola. Não sei se você soube, estou trabalhando aqui agora. Humm, Brian estava querendo saber se você vai dar aula de pesca de novo, em junho. Será que você pode ligar e deixar uma mensagem, por favor, qualquer que seja a resposta? Pode ligar a qualquer hora no fim de semana. É isso aí, obrigada.

Quase desliguei.

— E... também queria pedir desculpa de novo, pelos, humm, animais da arca, e como tudo... aconteceu. Minha mãe... ah, nossa. Bom, você sabe, né? Enfim. — É, levo o maior jeito com as pessoas. — Ruth está com saudade de você, mandou dar um alô. Quer ir te ver um dia desses. Meteu na cabeça que pode dirigir sozinha na sua fazenda... não sei quem foi que inventou essa história. Bom, é isso aí. A gente se vê. Não se esqueça do curso. Tchau, Jess.

Não sei se estava dando uma indireta para ser convidada, realmente não sei. Mas ele me ligou no dia seguinte, no sábado, e convidou Ruth e a mim para um chá. Isso mesmo, um chá. Trinta anos depois, e ele continuava imprevisível.

# 7
## Dois de tudo

— Mãe, esse carro é uma porcaria. Você sabe o que o pai de Connie Rosetta deu para ela no aniversário de dezesseis anos? Um Cabrio novinho em folha. Com as *cores* da escola.

— Que que é um Cabrio?

— *Nossa*, mãe. É um conversível VW.

— Ah.

— Esse é o pior carro de toda a cidade. Quem é que compra um carro desses?

Um Chevy Cavalier, de uma cor horrível, sem nada além do rádio, nem toca-fitas. Automático, claro, e assim não se pode reduzir nem acelerar muito, nem fazer coisa alguma.

— Quem foi que comprou? — perguntei a ela. — Você ou papai?

— Acho que a gente comprou junto.

— *Gente*.

— Cuidado nessas curvas, você está acelerando muito. Você está olhando o velocímetro?

— Tô, mãe, tô olhando. Ei, olha, Jess botou uma placa nova.

— Reduz a velocidade.

— *Estou reduzindo*. Não é legal?

FAZENDAS DEEPING, estava escrito em letras brancas e douradas sobre fundo verde, numa placa de madeira bem no meio dos velhos pilares de pedra do portão. Conduzi o Chevy para a entrada de carros na velocidade de uma tartaruga por causa da mamãe.

— Mas por que "Fazendas"? Ele não tem só *uma* fazenda?

— Acho que ele tem outro lugar depois de Locust Dale. Menor. O arrendatário toma conta de lá.

— Eu não sabia disso. Ei, de quem é aquele carro? Não é do sr. Green.

— Quem é o sr. Green?

— O cara que trabalha para Jess. Você acha que ele comprou um carro novo? Estou falando de Jess.

Não era novo, pude ver que era usado. Um Ford Taurus cinza quase tão feio quanto este. *Gente*, esperava que não fosse de Jess. Mas também esperava que não tivesse mais ninguém lá. Queria que ficássemos só nós três.

Com exceção da casa, a fazenda de Jess é realmente bonita. Tudo combina. Todas as estrebarias têm fundações de pedra, e todas são pintadas de branco com frisos vermelhos. Até os silos são brancos, com a parte de cima vermelha. As cercas são bem-cuidadas e certinhas, e não meio caídas, podres e frouxas como a gente vê em um monte de fazendas. E Jess mantém até mesmo os lugares mais bagunçados, como o pátio lamacento onde as vacas ficam dando voltas à espera da ordenha, o mais limpo possível, pondo palha fresca no chão e também, às vezes, conduzindo-as para um local alternativo enquanto o outro seca. Quando vi a fazenda pela primeira vez, fiquei maravilhada com a sua perfeição, parecia uma fazenda de brinquedo, daquelas que as criancinhas constroem montando as peças. Tem cocô e todas essas coisas, quer dizer, é uma fazenda de verdade, mas, sabe, até as vacas são limpas, elas não ficam andando por aí com o traseiro imundo de ficar sentada em cima de estrume. Deve dar uma trabalheira imensa para conseguir que a fazenda tenha bom aspecto. Penso em como seria muito mais fácil simplesmente deixar as coisas rolarem. E tentador, também, porque você provavelmente tiraria a mesma quantidade de leite dos bichos. Jess deve sentir muito orgulho.

— Você pode dar a volta na rotunda — mamãe disse. — Para aqui, está bom.

— Sei, vou parar.

Parei, pus a marcha em "P", desliguei o carro, puxei o freio de mão. Antes de conseguirmos sair, fomos cercadas por uma matilha de cães selvagens.

Só que não eram selvagens, e eram só quatro. Um estranho ficaria com medo, acho que o objetivo era esse. Saí e bati palmas, e Red, o cachorro mais velho de todos, correu na minha direção. E depois Mouse, o cinza pequenininho. Tive que me ajoelhar para fazer Tracer vir, ela é uma mistura de pastor, e o velho Brigão nunca vinha — até então eu nunca havia acariciado o Brigão, ele é muito medroso. Jess disse que uma vez ele mordeu o carteiro, mas só porque, sem querer, ele o chutou.

— Olá!

— Oi, Jess!

Levantei com um salto, sorrindo de orelha a orelha e sem saber o que fazer. Ele parecia bem, e realmente contente de nos ver. Senti vontade de abraçá-lo, mas não o fiz por alguma razão. Alguma coisa a ver com minha mãe. Tipo, talvez ela achasse que era deslealdade com meu pai ou coisa parecida.

— Que bom que vocês vieram — ele disse, e começou a andar para trás, na direção dos grandes estábulos de pedra e madeira, e não de sua casa. Estava vestido com calças de veludo cotelê marrom, camisa azul e uma jaqueta de couro velha, com o zíper aberto. E tênis. Acabara de pentear os cabelos, dava para ver pelos traços do pente; ele os usa puxados para trás e meio compridos, mas na frente já começam a escassear. É alto e, embora magricela, sei que é forte porque o vi levantando um bezerro de mais de cinquenta quilos como se fosse minha mochila da escola.

— Tracer aprendeu um truque novo — disse, ainda andando para trás. — Querem ver?

Tracer é a mais esperta dos quatro cachorros. Quando Jess a encontrou, ela já sabia cumprimentar com a pata, e ele a ensinou a transformá-lo num "toca aqui" — é muito engraçado. Ao chamado dele, ela veio correndo e sentou na sua frente. Ele estendeu a mão, simulou um revólver com o indicador e o polegar e gritou: "Pou!"

Tracer caiu sobre a barriga, rolou no chão e ficou imóvel, com as quatro patas no ar.

Que doideira — mamãe riu quase tanto quanto eu. Em seguida, resolvi tentar eu mesma, e Tracer fez de novo, perfeitamente.

— Que cachorra fantástica! Ela é espertíssima.

— Ela é um gênio.

— E que mais ela sabe fazer?

— Bom, estamos trabalhando na ordenha das vacas — ele respondeu, com a cara mais séria do mundo. Ficamos um instante paradas olhando para ele e depois caímos na gargalhada.

— Vamos por aqui primeiro — falou —, a menos que estejam morrendo de fome. Estão?

Dissemos que não, não estávamos.

— Que bom, porque queria apresentar vocês a uma pessoa.

Eu nunca havia entrado nesse estábulo. Era menor que os principais; imaginei que fosse para tratores, maquinaria e grandes equipamentos. As portas duplas vermelhas eram altas como portas de garagem. Jess abriu uma delas e entramos. É, tratores e máquinas de ceifar ou coisa assim, veículos grandes e amarelos sobre imensas rodas pretas, com lâminas, pás e dentes de metal enferrujado atrás. Cheirava a gasolina, serragem, grama e tinta, e era quase tão fria dentro quanto fora. Logo atrás, havia uma lâmpada no teto alto de vigas, e pude ver um homem de costas para nós, curvado sobre um cavalete de serrador, serrando madeira.

Droga. Não sabia que a gente ia ter que socializar, achei que seríamos só nós. Começamos a andar na direção do homem e, no meio do caminho do ruidoso chão de tábuas, entendi quem era e o que estava fazendo: o tal do Pletcher, fazendo os animais da arca. Jess havia nos enganado.

Não deu outra, ele disse:

— Carrie, você se lembra de Landy, não lembra?

E depois para mim:

— Ruth, esse é o sr. Pletcher, meu vizinho. Landy, Carrie, agora Carrie Van Allen, e a filha dela, Ruth.

Landy, de onde foram tirar esse nome? Ele era baixo, insignificante e sorria sem mostrar os dentes.

— Carrie? Ora essa!

Ele pôs a serra no chão e tirou o boné de fazendeiro, velho e manchado. Tinha cabelos grossos, cor de palha, rareando atrás. Apertou a mão de mamãe, e ela disse:

— Landy, há quanto tempo. Como tem passado? Você está igualzinho.

Ele deve ter sido sempre feio, então. Tive também que apertar a mão dele, áspera como lixa, com enormes calombos nos nós dos dedos — era como segurar uma meia velha cheia de pedras.

— Que isso. Você também não mudou nada — falou —, reconheceria você onde quer que fosse — completou, e ficou vermelho por baixo da barba espetada. Vestia roupas de trabalho, macacão de brim debaixo de um blusão bege imundo, e botas feias e cheias de lama. — Há quanto tempo voltou para cá?

— Há uns três anos. Estamos morando na Leap Street, Ruth e eu. Nós... eu perdi meu marido em agosto, não sei se Jess te contou.

— Contou, sim, claro, sinto muito, muito mesmo. — Seu rosto ficou ainda mais enrugado e cheio de pregas. — Sei como é.

Como? Como podia saber como é?

— Obrigada — mamãe tratou logo de dizer. — E aí? Que que é tudo isso?

Como se a gente não soubesse. Jess já havia nos contado tudo na ocasião em que apareceu lá em casa e tentou convencer mamãe a aceitar esse trabalho doido da arca. O pai desse cara, Eldon, dono de uma fazenda de tabaco nos anos 70, era bem rico e também do tipo desregrado, impulsivo, jogava, bebia muito e vivia traindo a mulher. Depois foi acometido por um câncer de pulmão, o que é uma ironia, e, no leito de morte, se converteu à religião por causa de um sonho. Fez uma promessa a Deus; melhor dizendo, um negócio — se Ele lhe poupasse a vida, abandonaria os hábitos pecaminosos e fundaria uma nova Igreja baseada na história de Noé. E, em homenagem ao Senhor, construiria uma arca, a encheria de animais e a poria para navegar no rio Leap por quarenta dias e quarenta noites. Bom, como Deus atendeu ao seu pedido, ele teve que criar a religião, chamada Os Arquistas. Mas, para sua infelicidade, nunca conseguiu construir a arca, e agora está à beira da morte de novo, dessa vez pra valer, porque já está com uns oitenta anos, por aí. Então fez o filho prometer que ia construí-la por ele, caso contrário ele iria direto para o inferno, e o único problema é que Landy deu um passo maior que as pernas, pois mal conta com a ajuda dos demais Arquistas, e o tempo está acabando. E era aí que Jess queria que mamãe entrasse. Acho essa gente toda totalmente doida.

Landy começou a mostrar à minha mãe a obra dele, realmente deplorável.

— Até agora só fiz quatro — falou, arrastando umas tábuas debaixo de outro cavalete de serrador, formas achatadas de madeira pintadas de marrom, de cinza e de amarelo. Se olhasse com muita atenção, dava para dizer que a cinza era um elefante, a amarela, uma girafa, mas as duas marrons não podiam ser coisa alguma.

— Ursos, é isso? — tentei adivinhar.

Os ombros dele caíram em sinal de desânimo.

— Esse é. O outro é um canguru.

— Ah, sim. Muito legal — falei educadamente. — Mas o senhor não tem que fazer dois de tudo?

Ele abaixou a cabeça de repente, como fazem os patos, e ficou esfregando a parte de trás do pescoço. Eu o ouvi murmurar alguma coisa.

— O quê? — perguntei.

— Ah, isso ainda estamos vendo, queria tentar evitar, estamos discutindo o assunto.

— Landy, como está seu pai? — mamãe perguntou.

— Não muito bem. Problema cardíaco. Está cada dia mais fraco.

— Ah, que chato, que pena! Sua mãe continua viva?

— Continua, continua, sim.

Homem de poucas palavras. Olhei em volta em busca de algo para fazer. Nessa parte do estábulo funcionava a oficina de Jess, uma bagunça de ferramentas, peças de máquinas, bancadas e vários tipos de serras. Serras elétricas, montes delas — por que então Landy estava usando um serrote? Por falar nisso, por que estava trabalhando no estábulo de Jess, e não no dele? Ele não morava ali do lado?

— O senhor também está construindo a arca? — perguntei.

— Ah — disse, e de novo aquele gesto de pato. Ou era muito tímido ou não batia bem da bola.

Jess respondeu:

— Ainda está na planta — falou com tanta sinceridade e firmeza, com tanta naturalidade, que foi como, bom, pelo menos tem uma pessoa completamente sã aqui. — Na verdade, está *literalmente* na planta. Vem ver.

Fomos até uma das bancadas, onde havia um enorme papel vegetal com o desenho de uma arca. Apresentava as extremidades pontudas e uma espécie de cabine quadrada em cima, como a gente vê em todas as imagens da arca. No terceiro ano, eu tinha uma lancheira com uma arca e todos os animais dentro, não sei por quê, e se parecia com aquela.

— Legal — falei. — Qual é o tamanho dela?

Levantei a vista e vi Landy e Jess exibindo um enorme sorriso.

— Que foi? Qual é a graça?

— Isso é outra coisa que ainda estamos discutindo — Jess respondeu, e ele e Landy começaram a rir.

Landy tinha um vão enorme e escuro entre os dois dentes da frente, devia ser por isso que tentava sorrir com os lábios fechados.

— Meu pai queria que tivesse trezentos cúbitos de comprimento, cinquenta de largura e trinta de altura.

Mamãe perguntou antes de mim:

— Que é um cúbito?

— A distância entre a ponta do dedo médio e o cotovelo — respondeu Jess. — Biblicamente falando.

— E isso significa...

— Mais ou menos cento e quarenta metros de comprimento, vinte e poucos de largura e uns catorze de altura.

— Nossa! — falei. — Maior que um campo de futebol americano!

— Cruzes! — mamãe exclamou.

Todo mundo pareceu deprimido.

— Então um cúbito é um braço daqui até aqui — eu disse, medindo o meu. — Quanto dá? Uns cinquenta centímetros mais ou menos. Bom, mas cada pessoa é diferente. E se eu pegasse, tipo, o braço de um bebê e medisse? Ia dar mais ou menos um quarto da medida de um homem, mas ia continuar sendo um cúbito.

Todos os olhos se fixaram em mim.

— Não é? Assim você ainda ia ter um arco de trezentos cúbitos de comprimento, mas isso ia representar, em vez de cento e quarenta, só trinta e cinco metros de comprimento. O que ainda é enorme. A Bíblia por acaso diz o braço de quem você tem que medir?

Parecia que eu tinha acabado de inventar a pólvora. Jess e Landy primeiro pareceram atordoados, depois esperançosos.

— Você acha?

— Não sei, o que você acha?

Mamãe disse:

— Será que pode fazer isso?

E Landy respondeu:

— Acho que sim. Espero que sim. Ele é muito sensato; quando eu explicar para ele, acho que vai concordar.

Ah, claro, tem razão, esse é Eldon, a Sensatez-em-Pessoa.

Landy disse que gostaria de pedir um conselho a mamãe, se ela não se importasse, já que era artista e coisa e tal. Foi aí que descobri que ele era tímido, e não débil mental: ele tocou justo no ponto fraco dela. Claro que não, ela respondeu, ela não se importava de jeito nenhum, e logo estavam lá os dois num papo animadíssimo sobre espessura de compensado e acabamentos de pintura.

Um saco.

— Algum bezerro novo? — perguntei a Jess.

— Gêmeos. Quer ver?

— Adivinha — respondi, e demos o fora dali.

Enquanto atravessava o pátio da fazenda em direção ao verdadeiro estábulo, o grandão, onde a maioria das vacas mora no inverno, fiquei pensando no quanto tinha para falar com Jess sobre esse projeto da arca. Mas parecia que ele estava muito envolvido, e eu não queria magoá-lo. Por isso comecei assim:

— Então, aquele cara vai fazer todos os animais? *Todos* eles?

— Provavelmente não.

— É, porque não parece impossível? Quantas espécies existem? Mil? Não, está mais para um milhão. Todos os animais que a gente nem lembra que existem, o vombate, a fuinha. O carcaju. O picanço.

Jess exibia um sorriso malicioso, o que me animou:

— O gnu. O chacal. Os cachorros! Ei, se a gente for fazer cachorros, não tem que fazer de todas as raças? Porque, já pensou, depois do dilúvio você não ia querer só poder ter, por exemplo, dálmatas.

— É verdade.

— Peixes, você tem que pôr lá todos os peixes. Todos os camarões, vairões e cantarilhos, atum. Baleias. Deve ter um milhão deles!

— Não se esqueça dos répteis.

— É, dois de cada, de todas as cobras e lagartos e todos os outros. A gente não pode se esquecer da biguatinga!

Caímos na gargalhada, foi muito legal, me senti crescida fazendo gozação dessa coisa de adulto, uma coisa que os adultos sonharam e não passava de loucura.

— Não é uma loucura? — perguntei, só para me certificar.

— Loucura total.

— Eu sei! Então por que você está fazendo isso?

— E eu sei lá? Você nunca fez nada que não fazia sentido nenhum? Só porque deu vontade de fazer?

— Não que me lembre. Brincar de faz de conta, tudo bem, mas é coisa que a gente espera superar com a idade, não é, não?

Ele se limitou a sorrir, levantando uma sobrancelha torta para mim. No meio dela havia uma cicatriz e ele me contou a causa — aos doze anos, um pônei chamado Dylan o jogou contra uma cerca de arame farpado. Na maior parte do tempo parecia que Jess estava de brincadeira com a gente, porque ele ri à beça, e aquela sobrancelha torta é engraçada, divertida, de alguém que está presente, participando. Mas outras vezes os olhos dele, de um cinza claríssimo, ficam sonhadores e distantes, e aí ele me olha como um homem triste.

Estava bem mais quentinho no estábulo das vacas. Jess tem umas duzentas cabeças de gado, a maioria fêmea — é o que a vaca é —, que, em janeiro e fevereiro, moram lá dentro. Ele jura que elas não se importam, nem de ficar o dia inteiro na baia e só sair duas vezes, às quatro da tarde e às cinco da manhã, para a retirada do leite. Ele as chama de "meninas".

— As meninas estão vindo aí — ele diz, quando começam a sair do estábulo, caminhando pesadamente, para se amontoar no local da ordenha. Senti medo na primeira vez em que me vi perto de um bando delas, mas não sabia como são mansas. Todas parecem iguais para mim, vacas Holstein gordas e malhadas de preto e branco, com olhares meigos, aéreos. Mas Jess realmente sabe quem é quem — pelo menos é o que diz. E é difícil de acreditar, mas ele *diz* que sabe o *nome* de cada uma delas.

— Tá bom, quem é essa? — eu pergunto, apontando para uma, qualquer uma.

— Canela — ele responde, se ela estiver perto, ou: — Não sei ao certo — se estiver longe. — Pode ser a Tulipa, daqui não dá para ver o outro lado dela. — Pode ser que esteja só curtindo com a minha cara, mas acho que não. Acho que ele sabe mesmo o nome das vacas.

— Entendo por que começou a gostar delas — falei, inclinada ao lado dele sobre a porta de uma das baias, olhando os dois bezerros gêmeos dormindo. — Elas são legais. Elas não têm... — A palavra me escapou. — Elas nunca seriam capazes de fazer alguma coisa maldosa.

— Não.

— São simples. Têm bom instinto.

— A não ser quando quebram o pé da gente.
— Gente, isso deve doer! Qual delas fez isso?

No verão anterior, no campo, uma vaca pisou no pé de Jess e não saiu do lugar até esmigalhar os ossos. Jess ficou andando de muletas durante dois meses.

— Foi a Açafrão.
— Ela continua aqui?
— Claro.
— Jess, posso fazer carinho nos bezerros?
— Pode.

Mas fiquei onde estava, ao lado dele, com o pé preso na grade de baixo e os braços dobrados na parte de cima. O cheiro do estábulo, de vaca, urina, estrume e forragem, é impressionante, a primeira baforada quase derruba você. Depois você se acostuma e não acha mais ruim. Isso me surpreendeu, o fato de todo aquele cocô e xixi de vaca não feder como o diabo. Ele continua na narina por um tempo depois que você sai, mas você nem liga. É um cheiro fresco, misterioso e doce, como terra e grama velha. Quase gosto dele.

— E aí? — Jess falou em meio àquele pacífico silêncio. — Como estão as coisas com você? Como está a escola? — acrescentou. No caso de eu não querer falar de assuntos pessoais.

— Está tudo bem na escola. Tenho uma professora de inglês, a sra. Fitzgerald, que é superlegal. A gente está lendo poesia. E ela está fazendo a gente escrever um diário.

— E quem é seu melhor amigo?
— Ah... acho que Jamie. E tem esse garoto... — Ele emitiu um som de interesse. — Ele não é meu namorado nem nada. O nome dele é Raven. Vovó acha ele estranho. Mamãe também, mas ela não diz, ela tenta ser legal comigo, mas tá na cara.

— Que que tem de estranho nele?
— Tudo que você possa imaginar. Não — eu disse rindo —, não é estranho nada, só usa maquiagem e se veste de vampiro, nada demais.

— Ri de novo, dessa vez da cara de Jess. Eu continuava *assim*, caindo na gargalhada por qualquer besteira, coisa que achava que havia superado. — Ele é muito inteligente, talvez o cara mais inteligente da turma, nem precisava estar na escola. A gente dá força um pro outro. Ele me deu um livro de poesia. Quando meu pai morreu. Gosto dele, mas não tem nada de *grande paixão*, essas coisas.

Percebi que ele estava refletindo, pensando se deveria falar ou não. Acabou não resistindo, mas procurou falar num tom bem natural:

— Ele se veste de vampiro?

Pus as mãos no rosto e ri. Qual era a graça? Eu parecia à beira de um surto de histeria.

— É, às vezes. Não é nada, é só uma coisa... Uma maneira de expressar a angústia e o descontentamento com a superficialidade da nossa cultura.

Senti uma coisa se esfregar na minha perna — olhei para baixo e vi um gato preto empoeirado e magérrimo. Fiz uns carinhos nele até ele escapulir.

— Quem era? — desafiei Jess, e ele respondeu:

— Pretinho.

Não sei se Jess estava mentindo ou não.

— Papai era alérgico a pelos, caspa, um monte de coisas, a gente nunca pôde ter bicho em casa — falei. — Nem mesmo gato. Não que eu fosse querer um gato.

— Gosto de gatos.

— Seus gatos são legais.

Ele tinha uns doze gatos que moravam do lado de fora, gatos de estábulo cuja função era caçar ratos.

— Mas, em geral, eles são traiçoeiros. Uma vez tive um porquinho-da-índia, durante uns dois dias, mas papai disse que eu tinha que me desfazer dele. Então resolvi comprar peixes, uns peixinhos-dourados de aquário, mas a única coisa que sabiam fazer era morrer. Era horrível. Toda manhã eu acordava e encontrava mais um peixinho morto em cima da penteadeira.

Ele se inclinou para frente para esfregar o nariz rosa de um dos bezerros, e deu para sentir o cheiro de limão da loção pós-barba dele. Meu pai usava uma marca com cheiro mais doce e enjoativo que a de Jess.

— Eu era um pouco mais velho que você — Jess falou, sério, como se estivesse começando a contar uma história — quando perdi meu pai. Ele se chamava Wayne. E minha mãe, Ora.

— Wayne e Ora Deeping.

Mais rural impossível.

— Ele era um cara baixinho, franzino, com menos de um metro e meio de altura. Começou a ficar careca antes dos trinta.

— Você com certeza não saiu a ele.

— Nisso, não. Em outras coisas, sim.

— Ele morreu de quê?

A causa da morte das pessoas era o que mais me interessava saber ultimamente.

— De acidente. Com a debulhadora.

Fiquei sem saber o que dizer.

— Ainda sinto saudades dele. Já faz dezenove anos. Acho que fiquei aqui por causa dele. Queria fazer este lugar dar certo por ele, e acho que consegui.

— Claro que conseguiu. Você provavelmente enriqueceu.

Ele riu, o que foi um alívio para mim, pois, depois de falar, fiquei sem saber se o comentário havia soado falta de educação.

— Meu pai foi o homem mais trabalhador que conheci na vida. Ele me ensinou isso, a gostar de verdade do que se faz, a dar tudo de si no trabalho. Era muito tranquilo. Ele andava assim...

Jess parou na mesma hora de acariciar o bezerro e se endireitou.

— Devagar como uma tartaruga, para não assustar o gado. E funcionava, precisa ver como as vacas pareciam felizes. O médico dele disse que ele não tinha pressão sanguínea nenhuma.

A morte é uma coisa muito esquisita. Aqui estou com um pai morto, e aqui está meu amigo Jess com o pai e a mãe mortos. Todo mundo morre. Milhões e milhões de pessoas estão mortos. Todas as pessoas que um dia viveram, desde o início dos tempos, desde o início do mundo, agora estão mortas. As imagino amontoadas uma em cima da outra, como uma gigantesca pilha de lenha de trilhões de quilômetros de altura. Como é que Deus, se Ele existe mesmo, pôde achar isso uma boa ideia? Não há nada mais horrível que isso, sem dúvida, a pior coisa do mundo.

— O coração do meu pai pifou — falei. Jess já sabia disso, mas agora eu estava contando para ele a minha história: — Ele estava no carro com mamãe, voltando para casa numa noite de sexta-feira. Tinham jantado com meus avós, e ele não estava bêbado nem nada. Caiu na direção da porta e o seu coração simplesmente parou. Talvez antes mesmo do carro bater. Antes disso, nunca teve problema nenhum de saúde, não ficava nem resfriado. Só muito raramente. — Pus os dedos nos lábios e sussurrei: — Às vezes, acho que teria sido melhor que fosse ela, em vez dele. Mas depois... fico contente de ter sido ele, porque, se fosse ela, teria sido pior ainda. E me sinto podre de estar pensando em mim, e não no meu pai. Minha mãe continua arrasada, e não tem nada que eu possa fazer, não consigo dar um jeito nisso. Não posso mudar nada, não posso fazer nada. Não consigo nem mesmo entender por que ele morreu. Por que ele morreu? Alguém por acaso sabe? Será que os padres sabem? Os filósofos? Você não sabe, sabe?

Jess, evidentemente, disse que não sabia. O mais incrível foi que falei todas essas coisas, fiz esse discurso inteiro, sem cair em prantos. Isso me animou — sinal de que eu estava crescendo.

Comecei a pensar: se viesse a acontecer alguma coisa com mamãe, tipo arrumar um emprego em outra cidade, aposto que Jess ia me deixar mudar pra lá, para morar na fazenda com ele. No início, provavelmente ia achar que eu seria uma praga, mas logo mudaria de ideia. Eu podia me ocupar da comida e da limpeza, ia dar uma força nas tarefas domésticas. À noite, a gente ia se fazer companhia na mesa da cozinha, ou, no verão, na varanda da frente. Ele leva jeito. Ali, sem ninguém, não tem como não sentir solidão. Eu ia ser o braço direito dele. De vez em quando, Raven podia aparecer por aqui, quem sabe Jess não ofereceria a ele um emprego de meio expediente, para dar uma força na parte da tarde? Tenho certeza de que iam gostar um do outro. Eles têm mais coisa em comum do que pode parecer à primeira vista. Mamãe ia vir nos visitar nos fins de semana. No início, ela ia hesitar, mas depois veria que eu estava fazendo um bom trabalho, pondo ordem nas coisas.

Ouvi uma porta bater e um carro dar partida. Quando saímos, vimos Landy indo embora no Ford Taurus dele, e mamãe, no pátio, se despedindo com um aceno. Pelo jeito ficaram amiguinhos.

— Agora, quem está morrendo de fome? — Jess perguntou, e entramos na casa dele para tomar chá.

A casa não tem muito aspecto de fazenda, para dizer o mínimo. É moderna e quase toda de tijolos, os dois andares pintados de branco, e a decoração do interior, da sala de estar, da sala de jantar, etc., etc., é como a de qualquer casa das pessoas de classe média que moram em bairros residenciais chiques. Isso decepciona um pouco. Os melhores cômodos são a cozinha e o escritório, provavelmente porque parecem os únicos que ele usa. Todos os outros são grandes, limpos, vazios e meio deprimentes.

A mesa da cozinha estava posta para três pessoas, com jogos americanos de xadrez branco e azul e guardanapos combinando, pratos, xícaras, pires e um bule de chá.

— Sentem-se — falou e começou a esquentar uma panela de leite no fogão.

— Precisa de ajuda? — mamãe perguntou. Ela parecia contente, mas um tantinho nervosa.

— Não. Gosta de bolo de café?

— Então esse cheiro é disso? Humm, *gente* — falei, e de repente me vi morrendo de fome mesmo. Ele retirou uma fôrma do forno e a pôs na mesa. — Uau, foi você quem preparou? Fantástico. Mamãe agora quase nunca faz nada no forno.

— Pega um pedaço, vai. Come. Fiz sanduíches também.

— Não, a gente vai esperar você — mamãe disse.

— Podem começar.

— Tudo bem — falei —, já que insiste.

Estava uma maravilha, ainda quentinho, com um monte de açúcar mascavo e canela em cima, e dentro era muito fofinho.

— Creme de leite — Jess contou, quando lhe perguntei qual era o segredo. — Mas por que não está mais fazendo comida no forno? — ele perguntou à minha mãe.

— Sei que devia, mas é difícil só para nós duas. E agora que estou trabalhando...

— É porque ela não quer engordar — expliquei. — Ela estava indo por esse caminho, mas até que ultimamente tem dado uma... — Não consegui encontrar a palavra.

— Desacelerado — mamãe disse, sem se abalar. — Obrigada.

— *Muito* obrigada — eu disse, quando Jess encheu minha xícara de chocolate quente e pôs marshmallow em cima. — Krystal não come açúcar, mas eu como. Um dia eu paro, mas ainda não estou preparada para isso.

— Está delicioso, Jess, sério. Não sabia que você cozinhava tão bem assim.

— Obrigado. Chá ou café?

— Chá, por favor. Obrigada.

Eles estavam se tratando de modo um pouco formal e cerimonioso. Amáveis, mas também meio que... na defensiva. Falei:

— Então vocês todos frequentaram a escola juntos, vocês dois e Landy?

Os dois começaram a responder ao mesmo tempo. Ela parou, e ele disse:

— Landy é mais velho, estava alguns anos na nossa frente. Ele comprou a fazenda ao lado há uns quinze anos, não muito tempo depois da esposa morrer. É um bom vizinho. A gente dá uma mãozinha um para o outro.

— Então vocês dois eram da mesma turma? Têm exatamente a mesma idade? — Os dois confirmaram com a cabeça. — Landy parece *muito* mais velho que vocês. Será que não repetiu alguns anos?

— Não, acho que não. Ele tem uma artrite horrível nas mãos, Jess.

— Eu sei. É por isso que não deixo ele usar nenhuma das minhas serras elétricas. Tenho medo de que corte o braço fora.

— Ele não vai conseguir fazer todo aquele trabalho com um serrote.

— Não.

— Que vai fazer, então?

Ele balançou a cabeça. Depois de um tempinho, disse.

— Vou ajudar Landy a construir a arca.

Quase engasguei com o chocolate quente.

— Não vem com essa. Que isso! Vai mesmo?

Jess sorriu. Depois olhou para mamãe, que não dizia palavra.

— Ele só tem quatro meses para fazer tudo. Não está completamente sozinho nisso, algumas pessoas da congregação têm dado uma forcinha quando podem. Mas são velhos e, muitas vezes, como hoje, por exemplo, não aparecem.

— Ele nem mesmo é membro da congregação — mamãe disse. — Não acreditei quando ele me contou isso.

— Não, ele é metodista.

— Peraí — falei. — Landy não é *Arquista*? Como é então que ele está fazendo isso?

— Para o pai dele. Porque prometeu para ele.

— Uau, puxa! Então ele nem mesmo acredita nisso. — Essa coisa só ficava cada vez mais difícil de entender. — Que história é essa de ele só ter quatro meses?

Jess fez uma cara engraçada, constrangida, sei lá. Quando esfregou o rosto com as mãos, o som áspero de pelos de barba me fizeram lembrar meu pai.

— Bom, de acordo com Eldon, a Bíblia diz que o dilúvio vai acontecer aos seiscentos anos, dois meses e dezessete dias do nascimento de Noé. Aparentemente, isso cai no dia 17 de maio.

— Bom — mamãe falou, enquanto limpava a boca com o guardanapo. — Pelo menos era para o tempo estar bom.

— Isso é uma loucura — lembrei. — Vocês sabem quantos animais existem? No *mundo*?

— Eldon teve um sonho, e nele havia *representações* dos animais — minha mãe falou com jeito sério. — Por isso ele não tem que fazer todos eles. Sorte dele.

— Gente, *isso sim* é um sonho conveniente. Mas, mesmo assim, ele tem que fazer dois de tudo, o que automaticamente dobra a...

— Tive uma ideia em relação a isso — ela me interrompeu. — Estava pensando que Landy podia pintar os dois lados do compensado, não só um deles, e cada um com cores ligeiramente diferentes — ou talvez texturas diferentes —, de modo que um lado ia representar o macho, e o outro, a fêmea. Assim, com os ursos, um lado podia ser marrom, o outro preto; ou um marrom mais claro, ou mais escuro, algo assim. Macho e fêmea. Você podia até mesmo fazer — ela riu —

expressões faciais diferentes em cada lado, um lado feroz, outro amável, selvagem e sonolento, sei lá. — Ela fez uma careta. — Tudo bem, me empolguei demais. Mas Landy achou a ideia ótima.

Senti uma desconfiança pavorosa.

— Você vai ajudar o Landy, não vai?

— Não. Não, não. Não, eu não posso, tenho o meu trabalho.

— Nem dar uns conselhozinhos? — perguntou Jess. — Nem na função de consultora?

Embora estivesse com um imenso sorriso no rosto, não me pareceu que falava brincando.

— Ei — eu disse —, você sabe que eu também arrumei um emprego?

— Ouvi dizer, sim. Quem foi que me contou? Bonnie, deve ter sido.

Bonnie Driver, a ex-mulher dele. Sou amiga de Becky, a filha dela. Ela é da minha turma. Eu queria fazer um monte de perguntas sobre Jess e a ex dele, mas não sabia como. Parecia que continuavam se falando, não tinha essa de se detestarem, essas coisas. Becky não é filha de Jess, é filha do sr. Driver, por isso eles devem ter se divorciado há pelo menos quinze anos, que é a idade de Becky. Jess devia ter uns vinte e sete anos na época. Quando foi que se casou? Por que se separaram?

— E aí? Quer que eu conte do meu novo trabalho?

— Claro.

Ele empurrou o prato, pôs os cotovelos na mesa e apoiou o queixo nas mãos. Mamãe se levantou e começou a passar água na louça suja e a se distrair com isso.

— Como é que chama mesmo? Já vi aquela loja, mas nunca entrei.

— Palácio da Mãe Natureza e Salão de Terapia Natural. É mais que uma loja de alimentos naturais, a gente oferece vários outros serviços.

— Por exemplo?

— Bom, por exemplo, a gente faz avaliação do terreno biológico. É um exame de saliva, sangue e urina que você pode fazer para conhecer seu terreno, sua linha de base, em termos biológicos. Também fazemos análise de cabelo, iridologia, que é o exame da íris, para saber se você tem alguma doença. É a Krystal que faz, ela tem diploma em iridologia e também em reflexologia, e agora está estudando para se diplomar em terapia craniossacral.

— Então você está gostando do trabalho.

— Adorando. Estou aprendendo um monte de coisas. Krystal está me deixando montar uma espécie de spa de aromaterapia no fundo da loja, aonde você pode ir, ficar deitado e sentir essências calmantes, que podem mudar todo o seu modo de ver as coisas. Assim você não precisa comprar todas elas, os diversos aromas, basta ir e fazer um tratamento quando precisa. Você devia ir lá experimentar.

— Krystal... ela é a sua chefe?

— É a dona do negócio. Você não a conhece? Krystal Bukowski?

— Acho que não.

— Ela é daqui. Por isso achei que talvez você a conhecesse. Mas ela é mais nova que você. Ela é demais! Mora num apartamento que fica em cima da loja. Que aquece com um fogão a lenha. Ela tem três gatos, e uns amigos homens, que batem lá de vez em quando. É vegetariana, mas está tentando se tornar vegana, que é quem não come nenhum produto de origem animal, nem mesmo leite, nem manteiga. Está me ensinando a fazer respiração transformacional, porque às vezes fico muito, tipo, nervosa, exaltada, e isso pode te acalmar, basta aprender a respirar do modo certo. O que gosto dela é que não fala baboseira, vai direto ao assunto, direto ao que importa, e não é a escola, nem estudar, nem o vestibular.

— Não?

— Não, é viver o momento. Viver uma vida tranquila, que não faça mal a ninguém. É percorrer o caminho espiritual como uma borboleta, sem perturbar nada da criação, sem deixar nenhuma destruição de rastro. E tratar o universo de Deus com o máximo de respeito, amor e delicadeza.

Jess, pensativo, fez um aceno de cabeça concordando.

— São bons objetivos. Não tenho nada contra nenhum deles.

— E é claro que tudo começa com você mesmo, cuidando do corpo, que, se você pensar bem, é a única coisa que a gente pode controlar. Por exemplo, você pode tomar EDTA, que é um quelato, e ele retira o chumbo e o mercúrio da corrente sanguínea, que você provavelmente tem e não sabe. Eu estou tomando, e em um mês já estou sentindo a diferença. Aí... bom, tem todas essas coisas que a gente pode fazer, que todo mundo devia fazer. Para se manter sempre bem.

Nossa, eu estava falando à beça. Por alguma razão, Jess tocou na minha mão. Eu sorri, e ele falou:

— Seria bom.

— Seria bom o quê?

— Se a gente pudesse controlar as coisas. Tomar um remédio para nossa vida funcionar direito.

Retirei a mão.

— Não é isso que estou dizendo. Sei que a gente não pode fazer isso.

Será que ele estava me achando ridícula?

— Estou só dizendo que para tudo tem alguma solução, se você souber encontrar. Você devia dar uma passada lá na loja uma hora dessas.

— Vou, sim.

— Porque a gente tem tudo. Você não tem que aguentar as coisas que não te fazem bem. Pele seca, por exemplo, que você tem nas mãos, reparei, assim como unhas danificadas. — Ele olhou para as mãos. — E estou dando só um exemplo, falando da primeira coisa que me vem à cabeça. Tudo bem, a gente tem o Milagre 2000, feito de proteína de colágeno e extrato de semente de uva, que serve para prevenir e corrigir casos de envelhecimento da pele, de perda de cabelos e de unhas danificadas, além de aumentar a força, a resistência e a flexibilidade das articulações. Muitos clientes deram depoimentos favoráveis por escrito. Não estou inventando nada disso.

— Não, claro que não.

— Só estou dizendo que a gente pode agir. A gente não precisa ser tão passivo.

— Quer mais chocolate quente?

— Não, obrigada. Você pode perder peso enquanto dorme; a gente tem o Emagreça à Noite, uma mistura de cromo, lipotrópicos e aminoácidos especiais que queima a gordura enquanto você dorme. Tudo bem, você não precisa disso, mas e o muco? Você sabia que a morte começa no cólon?

— Ruth — mamãe falou da pia —, você não queria pegar o carro para dirigir um pouquinho?

— Sozinha? — perguntei, e arranhei a cadeira ao me levantar.

— Acha que pode, Jess? Não quero que ela dirija em nenhuma estrada pública. Só em estradas secundárias, e dentro da sua propriedade. E onde não tenha muitas valas.

Então consegui, enfim, dirigir sozinha! Pela primeira vez, e foi o máximo, mesmo com a estrada cheia de curvas e calombos, por isso, claro, não dava para acelerar nem nada. Mas só o fato de estar sozinha valeu a pena, sem ninguém prestando atenção em cada movimento meu, me dizendo para reduzir a velocidade, para ligar o pisca-alerta, faz isso, faz aquilo. Gente, mal posso *esperar* para tirar a carteira. Como vou aguentar mais sete meses até a minha vida começar de verdade?

Mas, quando voltei, vi que havia alguma coisa no ar. Mamãe e Jess estavam na varanda da frente, ambos de casaco, e, antes mesmo de eu sair do carro, mamãe entrou e sentou no banco do carona.

— Que que aconteceu?

— Nada. Diz obrigada a Jess, querida, e vamos. Está ficando tarde, ele tem que ordenhar as vacas.

— Vocês brigaram?

— Não, não, está tudo bem.

Não, não estava, ela estava aborrecida com alguma coisa. Jess se aproximou, pôs a mão na porta do meu lado e se inclinou na janela. Ele também parecia triste. *Saio por quinze minutos*, pensei, *e olha o que acontece*. Os cachorros andavam em volta do carro e pareciam confusos.

— Bom — falei. — Tchau, Jess. Obrigada, adorei. Adorei mesmo.

— Eu também. Volta assim que puder.

Ele olhou para mamãe.

— Jess... me desculpa.

— Por quê, Carrie?

Ela balançou os dedos no ar e soltou uma risadinha engasgada.

— Por estar esse trapo. Tudo culpa minha. A gente se vê... Vamos, Ruth.

— Tudo bem, tudo bem.

O motor continuava ligado. Jess se levantou e se afastou. Quando bateu palmas, todos os cachorros saíram de perto do carro e correram até ele. Destravei o freio de mão, passei para a marcha D e pisei no acelerador. O carro deu uma guinada súbita para frente, cantando pneu — apertei o freio. Mamãe se segurou no porta-luvas. Síndrome da chicotada.

Olhei para trás, para Jess, que se esforçava para não rir. Isso me fez rir. E aí mamãe riu! De repente, me senti exultante e feliz, tudo era legal *demais*. Quase mostrei o dedo para Jess! Em vez disso, empinei o nariz, e ele deu tchau e me lançou um imenso sorriso enquanto a gente partia em disparada.

— Gente, foi legal demais, me diverti à beça.

— Eu também — mamãe falou, com o nariz totalmente entupido, como se estivesse resfriada.

— E aí, o que foi que aconteceu?

— Não aconteceu nada.

— Ah, não vem com essa.

— Nada, sério, só fiquei triste por alguma razão.

— Foi alguma coisa que Jess falou?

— *Não*. Sim... ele me perguntou como eu estava indo. Bastou isso. — Ela riu de novo, mas eu a vi retirar um lenço de papel do bolso do casaco e limpar o rosto.

— Merda. Você está chorando?

— Não, não estou, e não fala merda comigo.

— Desculpa. Mãe?

— Estou bem, estou bem.

Ela abaixou a mão. Depois mergulhou a cabeça no lenço e ficou nessa posição.

O campo, os morros baixinhos, a planície marrom e o céu esbranquiçado, antes tão bonitos, agora pareciam frios e sem vida. Contei os postes de telefone, as linhas amarelas pontilhadas, as árvores sem folhas. Merda, merda, merda, merda. Acho que isso nunca vai acabar. Será que o luto pode durar uma vida inteira? Pensei que ela havia melhorado, pensei que o trabalho estava servindo para levantar o astral dela.

— Não sei o que fazer — sussurrei, numa altura que não dava para ela não ouvir. — Ei, mãe?

Ela começou a se recompor, assoou o nariz, limpou os olhos.

— O quê?

Eu havia trazido o walkman na mochila de náilon que esses dias venho usando como bolsa. Consegui encontrá-lo depois de remexer o fundo da mochila com uma das mãos.

— Põe os fones. — Que bom, a fita estava do lado certo, eu vi. — É a primeira música. Aperta o "play" e escuta a primeira música. Presta atenção na letra.

— Que que é?

— Escuta.

Nossa. Ela levou séculos para descobrir como enfiar os fones nos ouvidos, que botão apertar, como acertar o volume. *Isso não é uma cirurgia de cérebro*, senti vontade de dizer, mas piadinha numa hora dessas só ia fazê-la sofrer mais.

— Quem é?

— É Belle. Ela fazia parte da Trupe Esgoto Pluvial. Esse é o primeiro disco solo dela.

— Belle?

— Psiu, escuta.

— Não consigo entender a letra.

— Aumenta o volume.

De novo aquela mexeção do tipo sem-jeito-mandou-lembranças, até eu finalmente ouvir o som alto e metálico da música em meio ao zumbido do motor do carro. O coro era a melhor parte:

*Sou água, sou pedra.*
*Leve meu coração, vou te levar para casa.*
*Você não se foi, você está aqui, amor,*
*Não existe essa história de despedida.*

E depois os arranjos fantásticos que ela faz, *Ah-iiiiii, ah, não se vá, uh-iiiiii, fique na minha alma*, um atrás do outro, com aquela voz dolorida que toca direto no coração, vai lá no fundo, até a medula. Ela me deixa toda arrepiada.

— É sobre superar a dor de perder alguém — expliquei. — Ela diz que eles não se foram totalmente porque continuam na nossa memória.

Mamãe balançou a cabeça devagarinho, concordando. Estava de novo com os olhos fechados, mas agora sorria. Na verdade, parecia prestes a dar uma gargalhada.

Belle é demais. Melhor que terapia.

# 8
## O pudor de não estar bem

Stephen e eu nos conhecemos num bar. Nada muito romântico, mas fiquei tão fascinada pelo que acreditei ser uma solidão tensa, enigmática, melancólica, que carreguei nosso primeiro encontro com o romantismo sombrio de um romance de Brontë. Estávamos em Washington, no verão de 1981. Eu tinha vinte e três anos, morava em Logan Circle e começava a me desesperar com a ideia de nunca vir a ser artista — profeticamente, pois foi o que aconteceu. Ele fazia pós-graduação em Georgetown; de matemática. Se tivesse sabido disso quando o vi no Rainy's, um boteco quente e imundo da M Street, eu não teria achado aquele jeito triste dele tão irresistível. Imaginei-o artista ou escritor, por razões infantis: a sua intensidade, a maneira como segurava o cigarro, o fato de não falar nada mas não desgrudar os olhos de mim.

Eu estava acompanhada das amigas que dividiam comigo uma casa infestada de baratas na Fifteenth Street. Os olhares lascivos, por fim mútuos, prosseguiram até eu tomar a iniciativa, atitude que não me era habitual, ainda mais em se tratando de um homem estranho sentado num bar. Eu não fumava, mas bebia; aquela noite havia tomado vinho branco o suficiente para fazer o ato de pegar um cigarro do maço da minha amiga, levá-lo até o banco de Stephen e pedir fogo parecer, se não natural, inevitável.

Lembro-me da primeira coisa que ele me disse:

— Vamos sair daqui? — Que objetividade fantástica. Adorei. Para mim, queria dizer que havíamos sido feitos um para o outro, estávamos só esperando nos encontrar. Nos limitamos a ir tomar um café noutro bar ali da rua, mas, por mim, teria feito mais — provavelmente tudo que ele pedisse. Levou um tempão até eu descobrir que aquela atenção toda dele, o arrebatamento, a lubricidade, a bajulação, tudo aquilo era tão ilusório quanto o meu cigarro.

Acho que tolero o Raven, o amigo de Ruth, porque entendo perfeitamente o que a faz sentir-se atraída por ele. Foi essa mesma estranheza sedutora, o romantismo do personagem solitário, que me atraiu em Stephen — e, antes dele, claro, em Jess. É impressionante como as mulheres inteligentes gostam de se enganar; engolimos com a maior facilidade do mundo as histórias que contamos para nós mesmas.

Stephen também me conquistou pela estranheza das coisas que *sabia*. Ele lia livros com títulos como *Resoluções de singularidades cocientes cíclicas*, e nunca na vida entendi uma palavra sequer das coisas que me contava dessas leituras. Gostava de ouvi-lo falar, mesmo que fosse algo como tentar explicar o que é um concerto para uma mulher surda. Dava a ele a maioria do poder no nosso relacionamento porque o considerava um gênio. Entendia os silêncios e a abstração dele como profundidade de caráter, indícios de áreas do conhecimento que eu jamais conseguiria penetrar, muito menos compreender. E eu era muito ansiosa naquele tempo, me desviava do rumo com a maior facilidade, era incapaz de me dedicar com afinco aos meus vários projetos artísticos — sem dúvida porque não sabia o que estava fazendo. Não acho que ele gostasse mais de matemática do que eu de arte, mas ele tinha determinação e objetividade, e eu não. Sentia inveja dele.

Era um homem formal, até um pouco moralista, e descobri que gostava de seduzi-lo em locais impróprios. O surpreendi uma tarde na sala de estudos da biblioteca da universidade, e ele começou a me falar da fórmula ou problema em que estava trabalhando. Como sempre, não fez sentido nenhum para mim — mas o interesse dele por aquilo, uma verdadeira paixão, me excitou. Ou talvez tenha me provocado ciúmes. Lembro-me de me espremer entre o canto da mesa e o corpo dele, ir desabotoando a blusa e em seguida o sutiã. Ele ficou furioso, chocado, determinado a não dar bola. Mas eu o venci. Conseguia tirá-lo do sério, e isso me fazia sentir forte — para mim, era uma maneira de recuperar um pouco do poder de que abrira mão por ele. Naquele dia, fizemos amor atrás das estantes de livros, e não foi a única vez. Eu adorava fazer Stephen perder o controle. Eu acreditava sinceramente que isso nos deixava quites.

Tenho pensado em como ficou a vida sexual depois que nos casamos. E no motivo de não sentir muita falta dela agora. Sei que, aqui dentro, uma boa parte de mim morreu, mas não é só isso. Perto do fim era só sexo, já não havia quase intimidade, nem mesmo beijos. Perto do fim? Não, não é verdade, começou antes. Quando Ruth era pequena. É por isso que não sinto muita falta. Melhor dizendo: não sinto agora como nunca senti.

Uma coisa engraçada em relação a Stephen. Ele sempre vinha por trás para me abraçar ou acariciar. Dificilmente me abraçava pela frente, me beijava a boca, o rosto. Era sempre por trás, ele me agarrava pelas costas e ficava fazendo carinho no meu ouvido, na minha face. No sexo era diferente — ele conseguia e de fato fazia amor na posição cara a cara —, mas, nas manifestações de afeto do dia a dia, de pé e com todas as roupas, não conseguia me encarar.

\* \* \*

Eu não estava mentindo para Ruth naquela tarde, na casa de Jess; honestamente, não sabia ao certo o que me deixara de novo chorosa e com os olhos vermelhos. O de sempre, imagino: excesso de emoção dentro de invólucro frágil, somado à hipersensibilidade por causa da presença de Jess. Eu era como uma mangueira de jardim com o esguicho fechado, e ele, o sol quente: exposição prolongada causa rupturas.

Até aquela hora, eu estava curtindo à beça, tomando chá na cozinha, ouvindo parcialmente os monólogos cheios de divagações de Ruth. Encontrar o tímido e desajeitado Landy depois de tantos anos e lembrar por que sempre gostei dele. Estar na fazenda de Jess, na tranquilidade do inverno, tudo tranquilo, cinza, completamente parado, o cheiro de fumaça de lenha no ar. Por um momento, com Jess, me senti relaxada, nada de atração proibida, nada de puxa-empurra. Nada de culpa.

E aí Ruth saiu para dar uma volta de carro e nos deixou sozinhos. Terminei de lavar os pratos e fiquei olhando pela janela da cozinha para a linha branca e escarpada de uma cerca ao longe.

— Está nevando? — perguntei, e Jess veio para o meu lado. Achei que havia visto flocos de neve, mas ele disse que não, eram cinzas; o sr. Green estava queimando galhos nesse dia, atrás dos estábulos. Ficamos olhando os esporádicos pontinhos esvoaçantes, com os quadris colados, calados, até que ele disse:

— Você se lembra da primeira vez em que falou comigo, Carrie? Nevava naquele dia. Era o penúltimo ano do ensino médio. Lembra?

Eu disse que sim, que lembrava, e me dei conta de que nunca havíamos feito juntos uma coisa: nunca recordáramos eventos do passado. As circunstâncias de nossa separação eliminaram a possibilidade de nostalgia, pelo menos a dois. A verdade era que estava louca para contar para Jess o que mais lembrava, o que permanecera comigo ao longo de todos esses anos, e saber dele que lembranças mais o marcaram.

— Me lembro de como você estava vestida — falou, se afastando um pouco de mim de propósito: para dar um tom casual à conversa. — Um casaco vermelho com capuz. Capuz de xadrez escocês. E botas. Você me fez pensar em canções folk, na música do Bob Dylan *Boots of Spanish Leather* [Botas de couro espanhol].

— Eu achava que você era doido — eu disse. — Tinha medo de falar com você.

Tinha ouvido tantas histórias... Ele sorriu, mas era verdade; nesse ano da escola, ele já era famoso por haver escalado a caixa d'água da Cherry Street para impressionar uma garota, por ter quase se afogado ao tentar atravessar o rio Leap a nado num desafio. A melhor história é que lera sobre uma cerimônia de cura indiana para expulsar demônios, e a realizou por conta própria, *nu e debaixo de chuva*, em prol da mãe louca. Garoto indomável.

— Mas você falou comigo — ele disse. — Lembro o que disse.

— Não muita coisa. Pelo que lembro.

Eu lembrava perfeitamente. Nos feriados de Natal, a mãe dele morrera num incêndio em Brookner's, o hospital psiquiátrico de Culpeper em que, durante anos, volta e meia ela ficava internada. Soube da notícia no auditório, junto com sussurros alvoroçados de que ocorrera em *circunstâncias suspeitas*. Será que ela mesma causara o incêndio? Sua intenção era destruir aquele lugar ou só cometer suicídio? Da noite para o dia, Jess Deeping se tornara uma figura ainda mais interessante. Por alguma razão, a morte sensacional da mãe parecia ter tudo a ver, olhando em retrospecto, talvez fosse até previsível. Era bem o tipo de coisa que as pessoas esperavam dele.

Os garotos que o conheciam eram gentis com ele de uma forma tímida, canhestra, enquanto os outros ficavam olhando para ele disfarçadamente, fascinados. Eu fazia parte desse último grupo. Eu o observava esperando o ônibus do lado de fora, sozinho num banco na beira do caminho de concreto que dava no estacionamento da escola. Todas as outras pessoas ficavam aglomeradas dentro do vestíbulo atrás das portas embaçadas, ou amontoadas debaixo da estreita marquise, expostas ao vento, fumando cigarros, o que era proibido. Reservada, arredia, ainda mais na presença de garotos solitários que eu não conhecia, não sei o que me levou a sair de fininho do grupo de meninas tagarelas e risonhas e ir lá fora falar com Jess. A solidão dele, imagino. Uma tristeza que o encobria como um casaco. Fui até ele tremendo e mal conseguindo respirar por causa da minha ousadia, mas com uma vaga sensação de que estava para acontecer o inevitável. Lembro isso mesmo — não estou romantizando retrospectivamente. Enquanto caminhava, fazendo barulho ao esmagar a neve dura com minhas botas novas, de fato pensei: *É agora*.

Com a testa franzida, ele ficou vendo eu me aproximar; chegou até mesmo a olhar para trás para saber se havia alguém ali além dele a quem eu poderia estar me dirigindo. Seus cabelos, ombros e suas coxas estavam cobertos de neve. Ele deve estar congelando, falei para mim mesma, só com um casaco de moletom com capuz, e ainda por cima com o zíper aberto. Parei na frente dele.

— Oi — nós dois dissemos. Ele se endireitou no banco ao perceber que eu não estava só passando, tinha ido para falar com ele. Os joelhos pontudos se destacavam debaixo do jeans surrado. Nos meus dezesseis anos, nunca vira nada tão masculino quanto as pernas longas de Jess Deeping.

*Sinto muito por sua mãe* — era a minha mensagem, a única razão para eu enfrentar aquele caminho de neve com os nervos à flor da pele, mas não havia jeito de pôr as palavras para fora. Minha mão se fechou em volta de um pacote de chicletes que trazia dentro do bolso do casaco. Tirei-o e ofereci a ele. De perto, o rosto dele não era tão liso e bonito quanto eu imaginara; dava para ver imperfeições, espinhas no queixo, um tufo de barba que ele se esquecera de raspar. Uma sobrancelha se arqueava e ficava um pouco mais alta que a outra, fazendo-o parecer cético ou temerário. As unhas das mãos eram secas, vermelhas de frio, roídas até o sabugo. *Ah*, pensei, *ele não é para mim*, e me senti aliviada e decepcionada. *É só um garoto*. E aí a sua boca se abriu num sorriso triste, surpreso, e pronto. Deu o clique. Pois é.

— Obrigado.

Ele retirou delicadamente um tablete prateado do pacote de chicletes. Ficou um tempo olhando para ele e depois o enfiou no bolso do casaco. Essas lembranças são muito vivas para mim. Dá para sentir a neve úmida no rosto, quase sinto o cheiro de hortelã.

Uma rajada de vento me sacudiu.

— Está frio — eu disse.

Ele olhou para longe, para trás de mim.

— Seu ônibus está vindo — falou.

Droga, pensei, vendo-o mover-se pesadamente na rua estreita em direção ao ponto. Apesar do desconsolo, meu coração disparou — *ele sabe qual é o número do meu ônibus.*

— Sinto muito por você ter perdido sua mãe — falei depressa. E os olhos de Jess se encheram de lágrimas. Fiquei totalmente desconcertada. Senti-me febril, depois gelada. Olhei para os pés, na maior infelicidade do mundo.

— Ela não se matou — ele disse. Ele não escondia o rosto; não sentia nenhuma vergonha de chorar.

— Não?

— Não. Ela estava melhor, já iam dar alta para ela. Estava fumando um cigarro na cama.

— Ah.

— Foi isso que aconteceu.

— Ah.

Olhei para o bolo de alunos fazendo fila para subir no ônibus, calculando quantos segundos mais poderia ficar ali até correr para pegá-lo.

— Se minha mãe morresse... — comecei, mas não consegui completar, me faltaram as palavras. — Não sei, não sei o que ia fazer.

O sorriso dele tinha duas etapas. A primeira era sofrida e galante, uma careta de herói; permanecia um instante desse jeito antes de se transformar num verdadeiro sorriso, alegre e natural. Dava a entender que ele sabia que o mundo era triste e traiçoeiro, mas o adorava mesmo assim.

— Você vai fazer o que sempre fez — ele disse. — Só que não é mais tão bom.

— É. Puxa, Jess — falei. Eu ficava tonta só de pronunciar o nome dele. — Agora tenho que ir.

Ele continuou com a expressão atenta, animada, mas pensei que, assim que me fosse, mergulharia de novo na tristeza de que eu o despertara. Eu não queria ir embora. As duas últimas crianças subiram no ônibus e desapareceram.

— Não posso — falei, sem ele ter me pedido coisa alguma, e saí correndo.

Covarde desde aquela época. *Por que você perdeu o ônibus?*, minha mãe iria querer saber, e eu já tinha lá os meus receios de explicar sobre Jess, sobre qualquer coisa que dissesse respeito a Jess, para ela. Não se tratava de nenhum instinto sagaz, de nenhum lampejo de intuição brilhante. Era, antes, a compreensão de uma simples lei da física ou da química: óleo e água não se misturam.

— Aquela foi a segunda vez que você me salvou, Carrie — disse Jess, e eu sorri, lembrando-me da primeira: a briga da sexta série. — Ninguém além de você tocou comigo no assunto de minha mãe. Como se nada tivesse acontecido, como se ela não tivesse morrido. Achei que você foi muito corajosa.

— Eu?

Que piada. Eu não podia com Jess, sabia disso na pele desde aquela época. Era jovem e não conseguia deixar de vê-lo com os olhos de minha mãe. Ele me metia medo. Medo e entusiasmo, medo e vontade, medo e amor — esses sentimentos se alternaram nos dois anos que se seguiram, até eu perder totalmente a coragem e fugir.

— Você me salvou duas vezes, Carrie, e nem mesmo me conhecia.

— Bom, mas é essa a explicação. Foi só *depois* de te conhecer... — Engoli as palavras. Eu havia começado de brincadeira e fui dar direto na verdade: — Que fiquei medrosa — me obriguei a terminar.

Andei até o banco debaixo da janela do outro lado, apoiei o joelho nele, olhei em volta da cozinha com ostensiva atenção.

— Sua casa está muito diferente agora. Você mudou tanta coisa, mal a reconheço dos velhos tempos.

— Eu a destruí.

Dei um sorriso hesitante.

— Engraçado você dizer isso.

— É verdade. Demorou, mas acabei descobrindo por que fiz isso. Posso te contar, se você prometer que não vai rir.

— Que está querendo dizer, Jess?

— Promete?

— Não... Sim. Não vou rir.

— Estava tentando transformá-la numa casa que sua mãe não odiasse. Eu te culpei por se render a ela, mas, de certa forma, acabei fazendo a mesma coisa. Acho que, no final das contas, sua mãe era mais forte que nós dois.

Eu só conseguia ficar olhando fixo para a expressão sofrida, engraçada, do rosto dele. Só ele mesmo para compartilhar comigo meu maior erro.

— Depois que meu pai morreu, e não havia mais esperança para nós dois, já que havíamos casado com outra pessoa, comecei a mudar minha casa. Não entendi por que até terminar. Um dia, olhei em volta e caiu a ficha. Tirei tudo o que havia de rural e fiz dela uma casa em que a sra. Danziger não ia se sentir constrangida de morar. Nossa, Carrie, é um lugar horrível, não é?

Eu cobri a boca com a mão.

— Não ria — avisou, com o sorriso mais triste do mundo. — Meu rebanho é três vezes maior que o do meu pai. Arrendei glebas de terras cultiváveis para pessoas em Oakpark e Locust Dale. Sou próspero e respeitável. Sou um fazendeiro fidalgo. Puxa, faço parte do conselho municipal. E devo tudo isso à sua mãe.

— Jess.

— Queria mostrar para ela. E mostrar para você também. E tudo o que fiz foi destruir a bela casinha de fazenda da *minha* mãe. Não é engraçado? — Ele se aproximou. — Ei, Carrie. Não chora. Não te contei isso pra você ficar triste.

Onde estava a amargura? Por que ele não sentia raiva?

— Desculpa... eu choro à toa. Ruth voltou — sussurrei, ouvindo o barulho do carro no morro. — Não sei o que te dizer. Me dá um tempo, Jess. Para pensar em alguma coisa além de "Desculpa". Já não aguento mais te pedir desculpas.

Peguei o casaco e saí para encontrar com Ruth.

O que eu faria agora que sabia disso? Ele tinha razão, era engraçado. E muito triste. Preferia que não tivesse me contado — e, no entanto, sempre soube disso. No carro, Ruth achou que eu estava chorando por causa de Stephen. Ela tentou fazer o possível para me confortar. O par de absurdos me alucinou: Jess estragando a casa dele por causa de minha mãe, eu me consolando com a letra da música de Belle, ex-integrante da Trupe Esgoto Pluvial. Ah, às vezes meu coração quase derretia de ternura. Até mesmo quando me sentia afogar, mergulhada na queda derradeira, as pessoas que eu amava me salvavam de chegar ao fundo do poço. E, ultimamente, pequenos traços de felicidade vinham riscando as trevas de tempos em tempos, raios de esperança no céu negro, me fazendo lembrar que eu estava melhorando. E estava.

Foi isso que aconteceu.
Ruth havia acabado de completar cinco anos, a menininha mais doce e inteligente do mundo, a razão da minha vida. Para Stephen e para mim, o desfecho perfeito, caso se entenda por isso a época em que a gente acredita que a vida é uma linha ascendente, em que tudo vai aos poucos melhorando, progredindo, como nos gráficos do mercado de ações em alta. Minhas expectativas haviam começado a diminuir nos primeiros anos que se seguiram ao nascimento de Ruth, coincidindo com o retraimento de Stephen, com o começo da sua metamorfose no homem fechado e soturno que foi até morrer. Ironicamente, a mesma coisa que me atraiu nele no início me causou aversão no final, e por culpa minha e de mais ninguém. Eu nunca o compreendi, errei feio na interpretação dele. Então — a fase áurea havia passado, mas, por estar totalmente envolvida naquela vida, eu não *sabia* disso. Porque, a despeito da turbulência do momento, ainda havia esperança, ainda parecia possível resolver os problemas e restabelecer a harmonia conjugal, até porque a alternativa era impensável. Deixar meu bebê sem pai? Não, se pudesse evitar. E, na ocasião, continuava com energia, com a sensação de ser personagem, agente. Uma pessoa capaz de mudar.
Saímos de Washington no mesmo ano em que Ruth nasceu, nos mudamos para Chicago, por causa da nova nomeação de Stephen na área docente. O fato de ele não conseguir revolucionar o mundo da matemática, nem como teórico, nem como professor, representava outro fator depressor incipiente naquela época, e só quando já era tarde demais tive noção do quanto os fracassos profissionais o desmo-

ralizavam. Devia ter percebido, mas parti de uma premissa equivocada — que esposa e filho constituíam os principais ingredientes na vida feliz dos homens. Não era o caso de Stephen. Ele tivera uma infância terrível, uma perda atrás da outra, como poderia não ser um homem triste, contido, frágil, sensível?

Estávamos havia semanas planejando passar um fim de semana prolongado na minha terra, Clayborne, para visitar meus pais e ir à reunião de quinze anos de formatura do ensino médio. Um ou dois dias antes, tivemos uma discussão. Não lembro quem a provocou, só que foi pior que o habitual porque dessa vez, excepcionalmente, Stephen participou dela. A despeito do motivo que a desencadeou, logo nos vimos culpando um ao outro pela nossa infelicidade, desencavando velhos ressentimentos e expondo novos, dizendo coisas ofensivas sem razão alguma além do fato de ser a pura verdade. Quando terminou, deu a sensação de, para variar, ter levado a algum lugar, a um lugar em que a estrada deveria se bifurcar. Mal nos falávamos. Ele se recusou a viajar comigo — e talvez esse tenha sido o objetivo dele o tempo todo, ocorreu-me mais tarde, já que detestava esse tipo de coisa, eventos sociais obrigatórios em que, na condição de *marido*, se sentia mais secundário do que gostaria. Por fim, Ruth e eu fomos sozinhas, e ficamos no meu antigo quarto na casa de meus pais (agora quarto de visitas, todos os vestígios da jovem Carrie há muito tempo eliminados numa das farras de reforma de minha mãe). Stephen precisou ir a uma conferência de matemática de última hora, expliquei para mamãe, e ela acreditou.

A reunião se deu no Madison Hotel, o melhor do centro da cidade de Clayborne. O que aconteceu agora parece inevitável, mas, na ocasião, cada minuto se desdobrava como uma lenta surpresa, como a revelação de um segredo complicado. Jess e eu não tínhamos mantido contato, nada de cartões de Natal, nada de parabéns pelo casamento; quando ele e Bonnie se divorciaram, escrevi-lhe um bilhete bem curto dizendo que sentia muito, mas depois o rasguei. Não nos víamos desde o ano seguinte à nossa formatura.

Demos um aperto de mãos cordial num grupo de pessoas que se cumprimentavam da mesma maneira. Dois camaleões, se igualando aos demais para passar despercebidos. Representamos tão bem que *eu mesma* não suspeitei de nós. Durante metade da noite ficamos num vaivém de nos separar e nos juntar, ir embora e nos encontrar, até finalmente pararmos num lugar — para mim, representou a desistência de fingir que gostaria de estar em qualquer outro lugar que não lá.

Não foi como se tivéssemos recomeçado do ponto em que paramos, como se nunca houvesse existido o lapso de quinze anos. Para começar, Jess mudara. Obviamente — ele agora tinha trinta e três anos, e não dezoito —, mas não era só isso. Ele não reformara só a casa, vejo isso agora; fez isso consigo próprio também — ou seja, tentou. Ele se reprimira, tornara-se mais convencional — não são bem essas as palavras, não consigo descrever o novo fenômeno de Jess. Enfim, o importante é que isso não fez diferença, porque não funcionou. Eu conseguia enxergar o mesmo Jess por trás do terno escuro e da gravata estampada, dos cabelos repartidos do lado, do jeito sóbrio e mudado, e continuo até hoje.

Conversamos. Contei para ele tudo o que pude sobre a minha vida, só não contei que não era feliz. Em outras palavras, tive que deixar de fora um monte de coisas. Ele fez a mesma coisa, evitando escrupulosamente fazer alusões à ex-esposa além das mais genéricas. Em nenhum momento dançamos, nem nos tocamos. Ficamos até o fim, presenciamos todos os brindes, piadas, discursos e prêmios. Ele me acompanhou até o carro e nos despedimos.

— Tchau, Jess.

— Boa-noite, Carrie. — Nossas mãos se tocaram, e ele disse: — Ou você quer vir para casa comigo? — E respondi:

— Tudo bem — e entramos no carro dele e fomos para a sua casa.

Era uma noite calma de junho, com relâmpagos de calor a distância, lembro, sem lua, mas com muitas estrelas no céu. Como se isso importasse. Olhando em retrospecto, a gente sempre busca um culpado, algum vilão, até mesmo inanimado, qualquer coisa a que se possa atribuir a culpa. Quando acabou, lembro-me de desejar haver bebido além da conta, para poder acrescentar o álcool à minha ladainha de desculpas. Mas não tive sorte: estava sóbria, de cara limpa, e tudo que fiz foi deliberado, intencional. Isso. O perfeito mea-culpa. Mais cristão impossível.

Espero não ter legado a Ruth alguma coisa dessa minha culpa sexual. Nem sei de onde vem. Ladainha, mea-culpa, cristão — e nem sequer sou católica! E que tal isso — o único consolo que encontrei depois de dormir com Jess foi saber que pelo menos não achei bom. Pelo menos não foi uma experiência transcendente para nenhum de nós dois. A noite terminou com constrangimento e tristeza, e depois fiquei um tempão sofrendo por causa disso, cheia de arrependimento, depressão e culpa. Não foi minha mãe que me ensinou isso, foi? Estou acostumada a culpá-la pela maioria de minhas falhas e defeitos, especialmente por falta de coragem; mas, se ela está nessa história, não é como modelo moral. Social, talvez. A rainha do esnobismo, observando o mau gosto de quem se presta a aventuras de uma noite.

Em nenhum momento fomos para o quarto dele. Numa visão retrospectiva, fico me perguntando se Jess receou desde o início que não iria dar certo, e fez amor comigo no sofá da sala para me dar menos tempo para pensar. Se for o caso, me decepcionou à beça, porque é a última coisa que se espera dele. Nenhum de nós fingiu que estávamos indo para a casa dele para conversar. Começamos a nos beijar antes de cruzar a porta, beijos intensos, apaixonados, que pareciam fundir passado e presente, como se os anos que os separavam não existissem. Mal falamos — como poderíamos? Tudo dependia de nada dizer. No fim, porém, nosso silêncio culpado e nada natural ajudou a quebrar o encanto. Distanciei-me; fiquei fria. Não se tratava de uma recuperação do juízo; antes, de uma terrível sensação de desânimo, de caso perdido, como uma neblina ofuscando uma perspectiva que se afigurara maravilhosa havia poucos segundos. Isso não poderia dar certo, faria muita gente sofrer. Quanto mais fundo íamos, mais irredimível parecia. Comecei a chorar antes de terminar.

Jess parou, vestiu a roupa, disse que me levaria para onde eu deixara o carro. Antes disso, não tenho a mínima ideia do que aquilo significava para ele. Será que gostou, será que achou bom nós dois juntos? Acho que não. Havia muitas sombras e ficou muito frenético no final. Lembro-me mais dos beijos que do sexo em si. Tenho a impressão de que meu cérebro parou quando ele me penetrou, acho que aquilo era demais para mim. Demais. Agora posso dizer que aconteceu muito cedo, eu ainda estava envolvida no meu casamento, não havia cortado os vínculos emocionais com Stephen, não estava preparada para outro homem, nem mesmo Jess, ainda por cima Jess. Mas, na época, só senti aquilo tudo como uma calamidade.

O resto é uma mancha vergonhosa. Fiquei me desculpando — e ele cada vez mais calado. Prometi nunca o magoar de novo, ele disse que era impossível. Chorei mais. Compreensivelmente, ele não quis prolongar a conversa. Disse para eu ir para o meu carro, mas continuei protelando. Queria consolá-lo, queria que me perdoasse. Estúpida, egoísta, insuportável.

Durante anos pensei: *Que bolha eu fui*. Que *bolha*. Queria que pelo menos Jess houvesse ficado com raiva, ou, se ficou, que o *demonstrasse*, para aumentar a carga emocional e nos dar arestas *palpáveis* para aparar, em vez de deixar a sensação de inutilidade. Na verdade, queria aquilo de todas as maneiras — que não tivesse acontecido, que tivesse acontecido e sido maravilhoso ou que tivesse acontecido e sido horrível, mas com dignidade. Mas consegui a pior de todas as possibilidades.

Nunca contei a Stephen. Ele já sabia de Jess; "meu namorado do ensino médio", assim me referia a ele, e uma vez fui mais longe, cheguei a dizer: "Acho que estava apaixonada por ele." Ele tomou ao pé da letra minha pretensa indiferença, e jamais me fez perguntas sobre o assunto, na tentativa de saber mais coisas. No seu lugar, eu teria feito. Se Stephen tivesse amado alguém antes de mim, eu iria querer saber tudo. Como ela era, por que gostou dela, como foi que acabou? Mas esse desinteresse dele por detalhes sobre Jess era típico; pode-se dizer emblemático.

No voo para casa, tomei a decisão de me dedicar a fazer o meu casamento voltar a dar certo. Tinha que sair alguma coisa de bom do fiasco com Jess, ponderei, e, além do mais, eu devia isso a Ruth — menina de ouro, conversando consigo mesma enquanto virava as páginas de um livro, os pés bem esticados para exibir o sapato boneca que a avó lhe dera de presente. O pensamento de que eu poderia ter posto em risco o mundo seguro e estável de meu bebê me deixou gelada de horror. Tudo, tudo que eu tivesse que fazer para manter a família unida valia a pena. Nunca um pecador abraçou a penitência com tanta vontade.

Procurei um terapeuta, que disse que eu estava deprimida e me receitou umas pílulas. Comecei a me sentir melhor. Quando Ruth contava uns oito anos, consegui que Stephen fizesse o sacrifício supremo de fazer terapia de casal comigo. Durou quatro meses, depois dos quais ele declarou nosso relacionamento "curado" e me deu um anel de esmeralda no aniversário de casamento. E tudo acabou aí.

Jess continua sendo minha única... como dizer... transgressão moral. Detestei o fato de ter sido infiel, de não poder mais incluir a fidelidade e a honestidade entre as minhas virtudes. Mas, com o passar dos anos, esse julgamento impiedoso foi desaparecendo, como sempre acontece, e eu me perdoei, de verdade. E aí só restou o sentimento de perda.

Lá no fundo, porém, sempre fiquei contente de ter sido ele. Houve vezes em que me senti atraída por outros homens, mas nunca cedi à atração. Em causa própria, sei disso, mas realmente acho que, se você vai trair seu marido, pelo menos tenha a decência de fazê-lo com o homem que amou a vida inteira.

# 9
## Que remédio a não ser ir?

Se, Deus me livre, a gente tivesse que ir para um asilo de velhos, Cedar Hill provavelmente seria tão bom quanto a maioria. Pelo menos era novo; eu poderia parar de me preocupar de meter George (ou ele me meter) em Pacific Acres, a solução deprimente, decadente e medonha para uma casa de repouso na Rota 15, o melhor asilo de Clayborne há uns quarenta anos. Cedar Hill era como uma funerária — mas parecia bem mais aprazível que os concorrentes. Acho que tentaram dar a aparência de uma propriedade rural luxuosa com toda aquela pedra cinza e telhas de madeira, mas não funcionou. As rampas para cadeira de rodas a traíam, bem como as esteiras de borracha preta no chão e as portas de correr automáticas. E todo aquele adubo — meu Deus, ter o monopólio do estrume em Cedar Hill! Em seis meses a gente poderia se aposentar e mudar para a Flórida.

O quarto de Helen Mintz ficava no terceiro andar da ala A. Birdie e eu nos apresentamos no balcão da entrada, como sempre, onde havia uma garota nova que não nos reconheceu.

— Por que uma garota jovem e bonita assim foi querer trabalhar num lugar como este? — Birdie perguntou enquanto descíamos o corredor da largura de duas cadeiras de rodas, com carpete lilás.

— Por que qualquer pessoa ia querer? — falei, baixando a voz na rampa do elevador, onde quatro ou cinco senhoras de idade em cadeiras de rodas ou andadores esperavam em silêncio. Como vacas, pensei impiedosamente, pacientes e mudas. — Graças a Deus *alguém* quer — sussurrei no ouvido de Birdie. — Eu não seria capaz, sou muito mesquinha. Elas são melhores que nós, Bird, a verdade é essa.

— Ah, isso é — ela concordou na mesma hora. Mas, pensando melhor, acho que Birdie daria uma ótima enfermeira de velhos e caducos, cujas necessidades não devem ser assim tão complicadas... tomar banho, comer, trocar de roupa, tomar remédios. Eu conseguia imaginá-la fazendo tudo isso com um monte de movimentos rápidos, um monte de energia nervosa desperdiçada. E sem parar de falar um minuto durante todo o tempo em que trabalhava.

O elevador finalmente chegou. Levou uma eternidade para pôr todas aquelas senhoras lá dentro, e foi um milagre nenhuma cadeira de rodas prender em outra, mas várias vezes elas escaparam por um triz. Olhei para Birdie depois que conseguimos abrir caminho em meio a bengalas, quadris frágeis e cadeiras motorizadas e entrar. Não é questão de humor, é de horror. Sinto muito, mas que remédio senão rir?

A porta de Helen estava entreaberta.

— Ó de casa!

Ninguém respondeu, mas isso não queria dizer nada. Birdie abriu a porta que dava numa salinha minúscula, com excesso de mobília e recendendo a aromatizador de ambiente. A televisão estava ligada, mas sem som.

— Helen? Olá, Olá.

Veio uma voz fraca do quarto:

— Oi?

Entramos, e Birdie gritou:

— Oi! Nossa, como você está elegante!

— Oi, Helen, como você está? — falei com um largo sorriso. — Otimo, ele não está aqui — murmurei, tirando as luvas e desabotoando o casaco. Um calor de matar, devia estar fazendo uns quarenta graus no quarto.

— Nossa, é mesmo — Birdie murmurou para mim e foi até a cama dar um abraço em Helen. — E aí, querida, como está passando? Está tão bonita! Esse penhoar é novo? A gente sempre disse que rosa é a nossa cor. Você está ótima, aposto que acabou de pintar o cabelo. Está bom, gosto desse tom de tintura.

Inclinei-me sobre ela pelo outro lado da cama.

— Oi, Helen, sou Dana.

— Dana.

Os olhos com poucos cílios piscaram. Impossível dizer se tinha me reconhecido ou não.

— Bird e eu viemos te visitar. Faz umas três semanas desde a última vez em que estivemos aqui, lembra?

— Claro, claro que lembro. Como têm passado?

Ela parecia uma boneca de porcelana, frágil e quebradiça, apoiada nos grandes travesseiros atrás de si. O cabelo azulado era uma peruca de aspecto extravagante, um amontoado de cachos artificiais envolvendo a mancha amarronzada, repleta de pontinhos vermelhos e sulcos em que o rosto de Helen se transformara.

Antigamente, ela tinha cabelos ondulados e castanhos, que usava longos e soltos até fazer cinquenta anos. Depois anunciou numa reunião do clube de bridge:

— Estou velha demais para ter cabelo comprido — e na semana seguinte voltou com ele todo cortado. Ficou tão bonito e com a aparência tão jovem que, uma a uma, fomos todas cortando o nosso também. Ah, Helen era quem ditava o estilo no clube de bridge. Uma perfeita dama. Ainda no último outono, ela faria as honras da casa da cama de hospital, ou, mais provavelmente, da cadeira de rodas, cuidando para que não nos faltassem cadeiras, pastilhas de hortelã e latas de Coca-Cola, assumindo a liderança da conversa animada. Hoje coube a Birdie e a mim encontrar lugar para sentar e puxar conversa. Tudo o que a pobre Helen conseguia dizer era "Ah, é mesmo? Não *brinca*", com um sorriso maroto.

Birdie abriu a matraca: primeiro contou todas as suas novidades, e depois todas as novidades de todo mundo que conhecia. Esqueceu-se de falar de Eunice.

— Eunice fez uma histerectomia — mencionei, quando ela fez uma pausa para respirar. Helen e Eunice Shavers foram parceiras de bridge durante trinta anos, como Birdie e eu.

— Ela disse que não fez diferença nenhuma, nenhuma, Henry *continua* desinteressado — disparou Birdie.

Helen sorriu e acenou com a cabeça.

— É *mesmo*?

— Dana se candidatou para a presidência do Clube das Mulheres — Birdie informou em seguida. — Ninguém consegue tirar essa ideia da cabeça dela.

— A maioria das pessoas não quer que eu tire essa ideia da cabeça.

— As pessoas sensatas não conseguem tirar essa ideia da cabeça dela.

— Tem muita gente invejosa.

— Tem muita gente que gosta de tapar o sol com a peneira. A arrogância precede a ruína, e o espírito altivo, a queda.

— Ah, cala esse bico.

Helen sorriu. Os olhos pacíficos oscilavam, virando-se ora para Birdie, ora para mim. Foi então que nos reconheceu. A gente batia boca o tempo todo, éramos conhecidas no clube de bridge por essas briguinhas. Acho que isso ajudou a despertar a memória de Helen, que finalmente se iluminou: *Ah, são vocês duas.*

Helen sempre teve uma mente afiadíssima. Nunca hesitava em se apresentar como voluntária, no hospital, no leilão para arrecadar fundos para pesquisa, tratamento e prevenção de câncer, no asilo, na

Cruz Vermelha. Um verdadeiro foguete, nem que fosse mera desculpa para sair de casa. Anos atrás, nós quatro, Helen, Eunice Shavers, Birdie e eu, fomos passar alguns dias em Richmond. Nos hospedamos no Jefferson Hotel, saímos para fazer compras, assistimos a um show, o típico programa só de mulheres. Na noite de sábado, no bar do hotel, estávamos lá sentadas, jogando conversa fora, rindo, falando bobagem, nos divertindo. Sem a menor culpa. Um homem se aproximou furtivamente e começou a conversar com Eunice a sós. Eunice, em geral muito sensata, equilibrada, naquela noite sentia menos culpa do que o resto de nós. Continuaram aquele papo a dois até ficar tarde, até ser hora de subirmos para o quarto. Ela vai negar até a morte, mas estava prestes a sair com o cara.

— A gente está indo — falamos para ela.

Helen salvou a pátria. Ainda vejo bem nítida a imagem dela se metendo entre os dois para afastar o sujeito de Eunice, com peito estufado e nariz empinado. Ele tinha cara de esperto, cabelos grisalhos e usava um casaco esporte de cashmere; vendia equipamento de golfe, estou lembrando. Ele e Helen trocaram umas palavrinhas. Nunca soubemos o que ela falou para ele; depois, disse-nos apenas: — Apelei para o bom-senso dele. — Seja o que for, funcionou: o sr. Jaqueta Verde pagou a conta de todo mundo, beijou a mão de Eunice e deu boa-noite. Assim era Helen: eficiente como ninguém, mas sempre uma dama. Eu sempre quis ter essa combinação de qualidades.

Ela já estava mergulhando de novo no seu mundinho privado.

— Carrie está agora trabalhando para Brian Wright — falei alto para ela. — Você se lembra dele; ele dirige aquele programa de educação de adultos em que a gente teve aula de culinária, você, Maxine Stubbs e eu, há uns dois anos?

— Ah, lembro, sim.

— Não paga grandes coisas, mas Brian é ambicioso, determinado, tenho muitas esperanças de que Carrie vai se dar bem. É um emprego bem promissor. Você sabe que ela perdeu o marido — lembrei a Helen, que sorriu e disse:

— É *mesmo*?

— E Ruth está trabalhando numa loja de produtos naturais — prossegui, determinada —, o tal Palácio de não sei o que na Remington Avenue. Está adorando. Está aprendendo a dirigir. Mata Carrie de preocupação. Mas isso passa, não é mesmo? Eu fiquei um trapo de tanto nervosismo quando *Carrie* tinha quinze anos e estava aprendendo. Mas Ruth está bem, pelo menos não fuma.

— Pelo que você sabe — Birdie falou.

— Pelo que sei.

O garoto mais velho da filha de Birdie, Jason, fumava maconha e sabe-se lá mais o que antes de ser expulso do curso chique de pré-vestibular em Minneapolis, uns três ou quatro anos antes. Acho que depois disso ele tomou jeito, mas Birdie ainda se ressente quando ouve falar das saudáveis conquistas dos netos alheios. Eu procurava tomar cuidado para não tocar no ponto fraco dela, mas de vez em quando não resistia a me gabar de Ruth. A adolescente perfeita. Como conseguiu isso, a julgar pelo jeito liberal de Carrie — bom, isso é um mistério. Mas um bom mistério, motivo pelo qual não me dou ao trabalho de examinar mais a fundo. De cavalo dado não se olham os dentes.

Birdie disse:

— Tem tido notícias de Raymond, Helen?

— Ah, pelo amor de Deus!

Eu devia ter previsto isso, seguido o fio de pensamento dela e tratado de mudar de assunto.

— Quê? Que foi que eu disse? Puxa...

Birdie viu os olhos de Helen se encherem de lágrimas. Velha estúpida. Todo mundo sabia que a maneira mais certa de fazer Helen chorar era mencionar o nome do filho, Raymond. Ele agora morava na Flórida, em Key West ou qualquer um desses lugares em que os gays se reúnem; ele nunca a visitava, que eu saiba, nem sequer telefonava.

Ou, se ele algum dia ligou, essa pobre mãe não estava em condições de lembrar.

— Helen, querida. — Birdie se levantou e ficou parada na frente dela, sem saber o que fazer, afagando as mãos trêmulas da amiga. — Passou, passou. Vamos lá, querida.

As lágrimas continuavam a escorrer, mas agora Helen provavelmente nem se lembrava da razão por que chorava, só sabia que estava triste. Meu Deus, dê-me forças para me matar. Não me deixe chegar a esse estado, juro que estouro meus miolos antes. Se não era uma oração muito cristã, tampouco era sincera. Eu costumava dizer coisas desse tipo o tempo todo — "Tomo veneno de rato antes de terminar senil e de fraldão." O engraçado, no entanto, é que, quanto mais velha a gente fica, mais perde o interesse de se livrar da vida. O contrário deve valer também.

— Que diabo está acontecendo aqui?

Calvin Mintz preenchia o vão da porta com seu corpanzil enorme, vestido com camisa xadrez. Naquela idade, já era para ter começado a encolher, mas, se Cal perdeu algum centímetro ou quilo, não dava para notar. E, além disso, a idade não atenuara seu mau gênio. Parecia um urso de tão furioso.

— Ah, Calvin, olá — Birdie falou alegremente. — Helen está bem. Ela está bem, sim. Não está, querida? Olha quem está aqui para te visitar. O Calvin.

Helen deu um sorrisinho cansado e ficou pestanejando enquanto Birdie lhe secava as bochechas com um lenço. Levantei-me e ofereci a Calvin meu lado da cama. Ele não tocou nem beijou a mulher. Manteve-se de pé diante dela, aquele homem volumoso, com rosto carnudo e lábios invisíveis, olhos pequenos, escuros e ágeis como os de Birdie, porém mais determinados. Cara de mau, sempre achei. Vinha visitar Helen todos os dias, ficava ali sentado da manhã à noite. Que devoção. Que fidelidade. Que vergonha que não tenha demonstrado nenhum desses dois virtuosos traços quando ela era perspicaz o bastante para apreciá-los. Eu o desprezava, como a todo homem reprimido desse jeito, tão *tolhido* que só conseguia ser bom com a esposa depois que ela perdeu a capacidade de reconhecê-lo.

— Está na hora da aula de arte e artesanato, Helen — ele disse, num tom de voz que me chocou: extremamente gentil e solícito, nem me pareceu a mesma pessoa. — Duas da tarde, está na hora de levantar. Essa é a minha menina — falou, estendeu o braço e estalou os polegares.

— Ah! — disse Birdie, entendendo que ele queria o robe de Helen, ao pé da cama. Canalha, isso sim que ele era. Ela lhe entregou o robe e foi para o outro lado para ajudar a vesti-la, mas ele deu as costas para ela e, sozinho, enfiou inabilmente os braços ossudos e apáticos de Helen na roupa. Foi como observar um pai vestindo a filha pequena.

Peguei a cadeira de rodas dobrada e a abri sem perguntar. Cal levantou Helen da cama e a sentou com cuidado na cadeira, ajeitando a gola do robe, virada do avesso.

— Sai daí — falou. Eu estava no caminho, bloqueando a passagem até a porta, quanto a isso não há dúvida. A baixaria dele me fez tomar uma decisão:

— Nós vamos com você — disse enfaticamente, curvando-me para olhar nos olhos de Helen. — Não vai ser divertido? Birdie e eu vamos com você, querida. Vamos *todas* brincar.

— Brincar — Helen repetiu. Deu um sorriso exultante. — Vamos todas brincar.

Calvin praguejou. Homem sórdido, homem sórdido. Birdie exibia um ar perplexo. Dei a volta e saí do quarto.

A aula de arte e artesanato era exatamente tão patética e deprimente quanto imaginara. *Mate-me, Senhor*, rezei com energia renovada. *Acabe com meu tormento antes de eu chegar a esse ponto*. Oito senhoras idosas, sete em cadeiras de rodas e uma mulher animada num andador, sentadas em mesas de jogo, aprendiam a fazer cartões de Dia dos Namorados com cartolina vermelha e paninhos estampados com uma animadora de torcida de dezoito anos. Bom, talvez ela tivesse vinte e dois, mas nem um dia a mais. E dizer que "aprendiam" é muita boa vontade. Debbie, a animadora de torcida, ficava circulando e fazendo todos os cartões para as senhoras, inclinava-se sobre seus ombros curvados, artríticos, com os braços fortes e esguios e sussurrava:

— Não está bonito? Para quem a senhora vai dar esse cartão? Aposto que a senhora tem um monte de namorados, Margaret, não é? Aposto que a senhora é do tipo que parte muitos corações, acertei? — E Margaret abria um largo sorriso, ou Nancy Jo exibia um olhar aéreo, a dentadura de Rebecca estalava.

Calvin não deixava Debbie fazer o cartão de Helen, claro que não, ele tinha que fazer por ela; com os paninhos brancos rendados, cortava coraçõezinhos, que depois colava em corações maiores, feitos de cartolina vermelha. Poderia parecer comovente, toda aquela paciência e gentileza, se a gente não soubesse o que aquilo significava. Se não tivesse cansado de ouvir nos últimos trinta e cinco anos as centenas de histórias sobre o desprezo, a frieza e a maldade de Calvin Mintz. Se sentia falta da mulher, era porque não tinha mais ninguém em casa com quem implicar. Nenhuma compaixão de minha parte. *Que coma o pão que o diabo amassou, seu filho da mãe.* Gente da laia de Calvin, esses homens dominadores, que tratam mal os outros, me tira do sério.

Foi uma ideia estúpida ir à aula de arte e trabalhos manuais. Helen nem atinava que a gente estava lá.

— Vamos embora, Bird — falei. Minha intenção era puramente irritar Calvin. Missão cumprida, supus, embora não tanto quanto gostaria. — Bird?

Ela levantou a vista; estava absorvida na tarefa de colar meia dúzia de coraçõezinhos vermelhos num grande coração de renda branca. O casaco de lã cinza que usava a fazia parecer uma anã; na realidade, estava parecendo uma mendiga. Tinha o aspecto demente.

— Pensei em fazer um cartão para Kenny.

Tratava-se do neto mais novo dela. Ela me deu uma piscadela — e o frio na barriga que eu começara a sentir se dissipou. Por um segundo... — não, estava tudo bem com Bird, ela continuava com juízo, pelo menos com o tanto de juízo que sempre teve. E ela era, com frequência, o maior pé no sabe-onde do mundo, mas era impossível não adorá-la. Só não gostei nadinha da aparência dela naquela mesa de jogo, com os olhos apertados, revirando com os dedos tesos os corações que ia cortando com uma tesoura de criança. Tinha tudo a ver com o ambiente. Ela pareceu em casa.

Eu não, pensei com determinação. Eu *não*. Juro por Deus, antes disso, pulo da ponte do rio Leap.

Descia um crepúsculo frio de fevereiro; a cor do céu através do vidro das portas de correr que davam para o pátio pavimentado de tijolos me fez estremecer. Odeio inverno. Odeio a hora em que se vão as últimas luzes do dia. Lá fora, gansos cinza marchavam no lago artificial congelado que ficava descendo um gramado em declive. Esse lugar, no verão, não deveria ser nem metade do que era ruim no inverno. Pelo menos dava para sair. Vi um veado vir galopando, depois derrapar no gramado e parar a pouco mais de dez metros de distância. Uma corça. Farejou o ar com o delicado focinho, tremeu e disparou em direção ao pátio.

*Essa corça está vindo bem na minha direção*, pensei, com a parte congelada do cérebro. *Claro que não está*, zombou meu lado racional. *Não é possível, não está.* Tive tempo de gritar:

— Cuidado! — e arrancar uma perplexa Birdie da cadeira, puxando-a pela gola do casaco, antes de tudo virar de pernas para o ar.

*Tum!* O sobressalto de ver o vidro se espatifar de repente e vir em nossa direção não era nada comparado à visão de um *animal* cambaleando logo atrás. Um *animal* grande, marrom, com a língua de fora e os olhos revirando de pânico. Emitia uns ruídos — outra surpresa, eu achava que os veados eram mudos —, grunhidos alvoroçados e estridentes que saíam pelas narinas dilatadas. Disparou numa direção, deu cabeçada numa mesa, em outra mesa, e por fim bateu com a cabeça sem chifres numa parede. Ninguém gritava além de Birdie e Debbie, a animadora de torcida; o resto de nós estava petrificado, totalmente mudo. Quando o bicho se virou na direção da cadeira de Helen, Calvin se jogou na frente dela com os braços abertos, para protegê-la com o corpo.

Ninguém fazia nada. Empurrei Birdie para longe.

— Bááááá! — gritei. — Xô!

A corça, amedrontada, derrapou na minha frente e pulou sobre as pernas traseiras. Continuei gritando com ela enquanto me aproximava, com passos lentos e temerosos, tentando prever as possíveis rotas de fuga, conduzindo-a cada vez para mais perto da porta quebrada. Havia pingos de sangue na testa e no peito dela. O bicho arrancou de novo, derrubando uma cadeira de dobrar, e eu dei uma corrida nele. Ele girou desajeitadamente — mais sangue nas delicadas pernas dianteiras — e atirou-se contra a porta que dava para o corredor.

Debbie parou de gritar, saiu do canto e voou na direção de uma luminária de metal que a corça derrubara. Pegou-a com as mãos, como se fosse uma lança. O abajur, de metal vagabundo, tinha uma abertura na parte de cima. Ela o virou de cabeça para baixo e apontou para a corça que, trêmula e resfolegante, olhou para a lâmpada. Entendi. Debbie estava tentando atordoá-la com luz nos olhos.

Oras, aquilo era estúpido demais, me deixou brava. Dei a volta na corça, agora imóvel, de olho num andador que vira perto de uma das mesas de jogo ainda de pé. Quando cheguei perto o bastante, me curvei e a segurei.

— Iá! Sai! Sai! — gritei, agitando o andador no ar.

— Fora daqui! — Debbie, do meu lado, fez coro. — Dá o fora!

Juntas, fomos aos trancos nos aproximando do bicho, até que a luminária apagou — ela a puxou e tirou da tomada. O animal parecia confuso, exausto, balançava a cabeça de um lado para outro. Dei mais um grito e me pus a brandir o andador. De repente ele virou. Com um salto enorme, pulou através da porta despedaçada, passando por cima dos cacos e dos cartões, e zuniu dali, abanando o rabo branco, como quem acena uma bandeira branca pedindo trégua.

Fiquei parada, com o peito pesado e o coração disparado. Ainda agachada no canto, com a voz entrecortada, Birdie chamou:

— Dana?

Todo mundo parecia atordoado.

— Alguém se machucou? — Debbie perguntou. — Alguém se machucou?

Milagre — ninguém havia se machucado. Uma mulher envolta num xale feito à mão chorava baixinho, enquanto outras duas senhoras de idade tentavam consolá-la.

— Ótimo, se todo mundo está bem, vou chamar o pessoal da segurança — anunciou Debbie. — Tudo bem? Volto *já, já*.

Calvin, grudado em Helen, afagava as mãos dela, presas nos braços da cadeira de rodas.

— Não foi incrível, Helen? — falou num tom alegre, como se houvesse acabado de ver uma cena prazerosamente empolgante, o lançamento de um foguete ou uma estrela cadente. — Me deu medo, devo admitir. Mas agora está tudo bem, não está? Nós...

— Você fez Raymond ir caçar — Helen acusou, com o pescoço magro esticado e os olhos cheios de remela brilhando de raiva. — Lembra? Você o obrigou a ir a Bear Lake com você e aquele seu amigo caipira; como era o nome dele? Bobby Mahr. Ray tinha onze anos, e você o chamou de maricas porque não queria ir caçar.

Calvin, com expressão estúpida, limitou-se a ficar olhando para ela, abrindo e fechando a boca.

— *Lembra?* — ela perguntou com impaciência.

— Lembro.

— E você, seu *desgraçado*, ainda o mandou atirar numa corça. Ele não acertou; mas onde já se viu dizer para um garoto daquela idade atirar num veado. *Onde já se viu!* — disse e, com a mão fechada, deu um soco no braço acolchoado da cadeira de rodas.

— Helen.

Calvin pôs as mãos nos joelhos e baixou a cabeça.

— Ah, meu Deus — Birdie gaguejou ao se dar conta de que ele estava chorando. Eu sabia que devia desviar o olhar, mas não consegui.

Helen voltou a se encostar na cadeira. A raiva havia desaparecido de seus olhos; estendeu uma mão trêmula e, triste, deu um tapinha na cabeça careca e encurvada do marido.

— Nós perdemos ele — falou. — Foi aí que tudo começou. Nosso bebê. Onde é que ele está, Cal? Ele morreu?

— Não, não. Não, ele mora em Miami.

— Mas onde ele está? Onde?

— Em Miami.

Ela murchou, saiu do ar, como uma lâmpada que apagou. Cal Mintz pegou um lenço amarrotado no bolso e mergulhou o rosto nele.

\* \* \*

No carro, de volta para casa, tudo que eu queria era ficar pensando, meditando, mas Birdie não podia se deparar com um silêncio que tratava de preenchê-lo.

— Será que existe algum filho no mundo que dá certo? — ela queria saber.

Pergunta idiota, eu não tinha paciência para isso.

— A minha, sim — respondi.

— Ah, eu sei que nossos filhos não são viciados em drogas, bêbados, ladrões ou o que o valha. O que estou perguntando é se os filhos realmente cuidam de si mesmos depois que crescem.

— Do que é que você está falando? Claro que sim.

— Não o suficiente, Dana. Você não acha? No fim, qual é o sentido de tudo que a gente faz por eles? Eu teria dado a vida por Mattie e Martha, teria feito *qualquer coisa* por eles. Meus bebês. E, olha, não podem nem vir visitar a própria mãe no Natal. Eu, uma viúva, há dezoito meses não vejo meus netos.

Eu queria dizer coisas tranquilizadoras, mostrar compaixão, mas eu havia visto Birdie com os filhos. Ela não conseguia ficar calada um minuto, e essa tagarelice nervosa os fazia revirar os olhos. Ela não parava de falar o tempo necessário para deixá-los contar sobre a vida deles, por isso não fazia a menor ideia de que tipo de adultos os filhos haviam se tornado. Ela os exasperava — eles partiam o coração dela.

E quanto a mim? Carrie só voltou para Clayborne por necessidade — o emprego de Stephen. Não é por eu falar demais, acho que não. É alguma outra coisa. O pior de tudo é que ela quer se aproximar de novo também, mas nenhuma de nós consegue quebrar a barreira que nos separa. É triste e errado, duas pessoas que deveriam ser as mais íntimas uma da outra, mãe e filha.

Mas eu acho que as filhas querem demais. Carrie quer que eu aprove qualquer coisinha que faça. "Amor incondicional" é como chamam. Agora, qual é a mãe que não tenta pôr a filha no caminho certo quando a vê saindo dos trilhos? E eu nem quero que reconheçam algum mérito meu nisso — só quero tolerância, compreensão e tratamento decente.

— Eu nem sei por que a gente tem filho — Birdie falou. — Acho que é porque a gente fica grávida. Você e George planejaram a gravidez de Carrie?

— Não.

— Não, a maioria das pessoas não planeja. Que os filhos *fazem* por nós?

— Bird, você está de mau humor, só isso — eu disse, e dei um tapinha no ombro magricela dela.

— A gente acha que eles vão tornar nossa vida melhor — falou —, acha que vão nos fazer felizes.

A gente acha que vão dar sentido à vida, corrigi em pensamento. E por um tempo funciona, mas depois eles crescem e vão embora, e não fica ninguém para atenuar o golpe de saber que ela não tem sentido nenhum. Não o marido, quanto a isso não há dúvida.

— Mas famílias felizes só existem na televisão — Birdie estava falando. — Na vida real, os filhos não veem a hora de se ver livres da gente. É muito injusto. — Ela fungou e piscou rapidamente. — Porque tudo o que se quer na vida é um pouco de amor em retribuição. E tentar fazer com que tenham uma vida feliz.

E talvez a gente não consiga nem uma coisa nem outra, ocorreu-me. Na verdade, talvez a segunda anule a primeira.

## 10
## Fixação

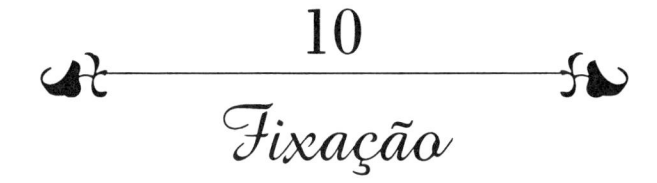

A reunião de pais e professores da Escola de Ensino Médio de Clayborne se realizava entre sete e nove da noite, para a conveniência dos pais e mães que trabalhavam fora. Sem dúvida, um gesto de consideração, mas eu já estava atrasada antes de começar. Havia planejado sair da Outra Escola no horário de sempre, apanhar Ruth na loja de produtos naturais, ir para casa, engolir correndo um sanduíche, trocar de roupa se desse tempo, levá-la de carro para a casa dos avós, onde ela jantaria, e ir para a escola às sete, o mais tardar — no tempo exato de estar livre dentro de uma hora, uma hora e meia, pegar Ruth, voltar para casa e cair morta.

Nada deu certo. Ao meio-dia, Brian se deu conta de que precisava para *hoje*, e não para amanhã, da lista final dos cursos de outono, a fim de incluí-la num pedido de incentivo para pequenas empresas que deveria ser postado até as seis da tarde. Nós o fizemos, mal e porcamente, mas ficou tarde para eu ir para casa e, como não havia almoçado, dei uma parada no Creager's para comer uma coisinha rápida, onde consegui a garçonete mais lenta e obtusa do mundo e uma bela indigestão. E dor de cabeça. Quando parei, em fila dupla, em frente ao Palácio da Mãe Natureza e Salão de Terapia Natural, onde Ruth deveria estar me esperando *do lado de fora*, mas não estava, já eram quinze para as sete.

Já havia visto Krystal uma vez, não muito tempo depois de Ruth começar a trabalhar para ela. Foi fácil entender por que Ruth gostava dela. Era jovem, moderna, pouco exigente e descontraída; dizia "foda-se" com a maior naturalidade do mundo. Mas um tanto anacrônica, não? Ou será que os hippies tinham entrado na moda de novo? A reação de Ruth à minha pergunta hesitante, extremamente relutante sobre a possibilidade de ela fumar baseado, ou até mesmo vender, naquele local era previsível.

— *Gente*, mãe. Tipo... *não*. Nossa!

— Oi, Krystal — chamei, espiando-a na aconchegante parte dos fundos da loja, sentada totalmente à vontade na poltrona ao lado do fogão a lenha sibilante. — Ruth está? Vim pegá-la.

— Oi, Carrie — falou. Tinha a voz baixa, rouca, bem calma. Daria uma ótima hipnotizadora. — Ruth? Não, ela foi embora.

— Foi embora? — perguntei, aproximando-me do calor sufocante. — Quando?

— Ah... — Ela espiou o fogão através da porta de vidro, como se houvesse um relógio lá. — Há uma hora, talvez? Bom, às seis, na hora em que fechamos. Que horas são?

— Mas era para me esperar. Ela saiu às seis?

— É. Que droga! Acho que esqueceu — falou, e sorriu como que para me consolar. Tinha cabelos ruivos secos e ondulados, hoje achatados na frente por uma faixa de couro, volumosos e desgrenhados atrás, como um halo eletrizado.

— Você sabe aonde ela foi? Se foi pra casa?

— Eu não sei. Ela não falou, só saiu, como sempre.

Com o gato branco no colo, ela se levantou e o pôs gentilmente no chão.

— Algum problema? — perguntou.

— Posso usar o telefone?

— Claro.

Ruth não estava em casa. Entrou a secretária eletrônica, e pensei em deixar uma mensagem irritada, mas Krystal estava ouvindo; podia constranger Ruth. Liguei para mamãe.

— Oi, mãe. Ruth por acaso está aí?

Quem sabe se confundiu e pediu para uma das suas amigas dar uma carona para ela até lá?

— Ruth? Não. Era para estar? Achei que você ia trazê-la. Ela está dirigindo? Mas ainda não pode, ainda não...

— É uma longa história... a gente se desencontrou. Depois te ligo de novo, ok? Assim que descobrir onde ela está.

— Você acha que aconteceu alguma coisa?

— Não, não, foi só um desencontro. Já, já te ligo. Não se preocupe. Droga.

— Você tem um catálogo de telefones? — perguntei, e Krystal procurou, procurou e acabou encontrando-o debaixo de uma bancadinha coberta de frascos de astrágalo, cápsulas digestivas e pasta de dentes de aloé. Qual era o sobrenome de Caitlin? Estava na ponta da língua. Tinha o número do telefone de todas as amigas de Ruth gravado no nosso aparelho de casa. Eu não sabia nenhum de cor. Caitlin, Caitlin... Não lembrava. Jamie, então; Jamie Markus.

Não estava lá. A mãe de Jamie achou que ela podia estar na casa de Caitlin e me deu o telefone de lá. Caitlin McReynolds.

A sra. McReynolds disse que Caitlin estava na casa de Becky Driver. Jamie também; quanto a Ruth, não tinha certeza. Liguei pra lá.

— Ah, oi, mãe.

— Por que você não está aqui?

— Aqui onde?

Meu enorme alívio de encontrá-la sã e salva evaporou muito rápido. Por baixo dele, só havia irritação:

— Estou na Krystal — eu disse furiosa. — Onde você está?

— Ah, puxa, esqueci. É para eu ir para a casa da vovó, não é?
— É.
— Bom, esqueci.
— Esqueceu de voltar para casa também?
— Não, porque sabia que você ia sair.
— Se você sabia que eu ia sair, como esqueceu que era para ir para a casa da sua avó?
— Sei lá, esqueci, pronto.

Belisquei a ponte do nariz, formando um traço branco entre as sobrancelhas.

— Não tenho tempo de ir te pegar agora.
— Tudo bem, a gente já ia começar a comer mesmo.
— E também não tenho tempo para ligar para sua avó e pedir desculpas. Você vai ter que ligar e se desculpar.
— Ah, *cara*.
— Ruth? Estou falando sério.
— Tá bom, tá bom.
— Assim que a gente desligar. Me diz uma coisa: você estava pensando em voltar para casa como?
— Jamie vai me levar de carro.

Jamie tinha dezesseis anos, havia completado cerca de um mês e meio antes.

— Não — falei —, vou te pegar quando estiver voltando para casa. Mais ou menos às oito e meia.
— Ah, mãe, *deixa disso*. Ela pode me levar e, ainda por cima, oito e *meia*? Essa hora a gente ainda não vai ter terminado o dever de casa.
— Ah, você foi para a casa de Becky para fazer o dever de casa?
— Vim. Vim, sim! Em parte...

Eu estava cansada demais para continuar aquela discussão. Stephen sempre disse que eu cedia fácil, era muito indulgente, me faltava fibra. Tudo verdade. Eu provavelmente estava estragando a nossa filha. Para começar, o motivo por que eu estava indo à reunião de pais e mestres se devia ao fato de as notas de Ruth estarem despencando, e isso, sem dúvida, era culpa minha também. Me senti uma inválida, mutilada, não tinha mais controle, estava tudo indo por água abaixo.

— Pede para Jamie dirigir com muito cuidado, quero você em casa até às nove e meia.

— Nove e meia? *Gente*, mãe. Dez, vamos lá, mãe. Jamie só precisa chegar em casa às onze.

— Duvido muito.

— Dez, mãe.

— Quinze para as dez, e nem um minuto a mais. Está me ouvindo?

— *Tá bom.*

— E o que você vai fazer quando a gente desligar?

— Jantar?

— Ruth...

— Tô brincando, mãe, é só uma piadinha. Se lembra de piada? Rá-rá-rá?

— A gente se vê às quinze para as dez. Acho que temos muita coisa para conversar.

Isso a deixou sóbria. Despediu-se sem mais nenhuma piadinha.

— Você toma óleo de linhaça?

— O quê?

— Óleo de linhaça — disse Krystal, pondo o catálogo de volta na prateleira — é muito bom para manter a pressão sanguínea estável. Vem em cápsulas. É bom para tomar com chá de sálvia, de propriedade tônica.

— É, é... com certeza é uma boa ideia. Você, por acaso, tem uma aspirina?

Ela riu bondosamente.

— Não. Dor de cabeça?

— Está só começando. Tylenol?

— Ah, Carrie. Beladona, gelsêmio, matricária, gualtéria, casca de salgueiro, ulmária.

— Ah, entendo.

— Terapia autogênica, acupressão, aromaterapia, massagem, terapia do suco. Essas coisas eu posso te oferecer.

— Rá-rá. Mas Tylenol não?

— Você conhece o aiurveda? Podia simplesmente tentar fazer um enema de água morna se tiver uma dor de cabeça *vata*. Ou esfregar o couro cabeludo ou a sola dos pés com óleo de gergelim e depois tomar um banho quente.

— Ah, obrigada. Vou...

— Se for daquelas dores em que a cabeça lateja, do tipo *pitta*, uma pasta de sândalo na testa e nas têmporas funciona que é uma maravilha. Para a dor de cabeça *kappa*... você sente que piora quando abaixa a cabeça? Nesse caso, água salgada nas narinas é bom.

— Interessante. Vou me lembrar disso, sem dúvida. Mas agora estou muito atrasada, e estacionei em fila dupla. Tenho que correr.

— Bom, não vou te indicar nada correndo. Mas o que você já pode começar a fazer para melhorar é imaginar que sua cabeça é outra coisa, por exemplo, um duende. Conversa com ele. Faz amizade com ele. Tenta fazer um acordo; promete que vai se alimentar melhor e dormir mais, e o duende promete te dar um alívio dessa vez.

Ela disse tudo isso com a cara mais séria do mundo e cheia de convicção. Procurei alguma contração do lábio, uma piscadinha intencional talvez, mas em vão. Krystal Bukowski era realmente impressionante.

— Vou fazer isso. Vou tentar fazer no carro — prometi e dei no pé.

O que tentei fazer no carro foi acelerar. Na Cemetery Road, no limbo de um quilômetro entre as áreas residencial e rural, onde já não se viam mais casas, mas tampouco os milharais — de repente vi uma luz azul piscar no retrovisor. Polícia.

    Reduzi a velocidade, mas não fui para o acostamento — talvez fossem me ultrapassar, talvez estivessem perseguindo algum criminoso. Entrei em pânico quando ouvi a sirene: *Uom, uom, uom!* Não, era comigo. Estavam atrás de *mim*. Meu pé começou a tremer no pedal do freio, minhas mãos ficaram frias e úmidas no volante. *Calma.* Eu estava em alta velocidade, e não assaltando um banco. Mesmo assim, morri de medo; sob o medo, havia raiva, e, acima de tudo, uma frustração sem tamanho.

    — Oi, seu guarda — cumprimentei-o, procurando falar num tom animado, de coquetismo. — Algum problema?

    — Boa-noite, dona. Está com pressa esta noite?

    Ele não veio para o meu lado, não ficou perto de mim, de forma que tive que virar o pescoço para vê-lo. Boa tática: impede as pessoas armadas ou esquentadas de lhe dar um tiro na cara.

    — Seus documentos, por favor.

    Remexi no porta-luvas e os entreguei a ele.

    — Para onde está indo esta noite, dona?

    — Para a Escola de Ensino Médio. Para a reunião de pais e mestres.

    Está vendo, podia haver coisa mais benévola e inocente?

    — Hã-hã. Algum motivo para andar a cento e dez na área de setenta quilômetros por hora?

    Deu um branco. Será que deveria dizer a verdade, contar que estava atrasada?

    — Cento e dez? — perguntei perplexa. — Tem certeza?

    Eu ainda não conseguia ver o rosto dele, mas a sua voz parecia jovem e de poucos amigos.

    — Eu nunca corro. Sério. Foi sem querer. Estou ensinando minha filha a dirigir; por isso, em geral, ando *abaixo* do limite de velocidade.

— Dona, será que a senhora poderia ligar o pisca-alerta, por favor?

Fiz como ele pediu, e ele voltou para a viatura e entrou. Eu o ouvi falando no rádio. Caí em prantos.

O que havia de errado comigo? Tinha vontade de ficar ali soluçando, dias a fio, sem parar. Era uma coisa de doido, não dava para explicar. Eu mal consegui me recompor quando ele voltou e me entregou um bilhete rosa pela janela.

— Dessa vez vou te dar só uma advertência, sra. Van Allen.

— Ah, obrigada... — As lágrimas inundavam meu rosto. — Desculpa.

Encontrei um lenço de papel e sequei os olhos.

— Obrigada. Eu... eu vou... eu não vou fazer isso de novo.

Ele finalmente se curvou na janela, um pouco tarde agora, mas provavelmente para ver se eu havia bebido. Vi o rosto dele pela luz do painel. Jovem, sem dúvida. Era ainda um garoto.

— É melhor não fazer de novo, porque, da próxima vez, se for eu, não vou ser mais tão tolerante assim.

— Não, eu sei. Não vou fazer de novo, não se preocupe.

— A senhora não vai querer estragar sua ficha limpa.

— Não.

— A senhora quer dar um bom exemplo para a sua filha.

— Sei. Quero, sim.

— Tudo bem, dona. Fica calma agora.

— Vou ficar. Obrigada, guarda... — espiei o distintivo no peito dele — Sherman.

Ele me seguiu todo o caminho até a escola. Dirigi com exagerada cautela, bem abaixo do limite de velocidade, tomando cuidado para ficar exatamente no centro da pista. Não chorei de novo, mas continuava muito irritada. Que estranho, por que essa reação toda? Por que essa raiva infantil e humilhação profunda? Não me lembrava de ter me sentido desse jeito antes, pelo menos não por causa de uma coisa tão banal assim. Eu parecia normal, usava calça e uma jaqueta e trabalhava no computador, às vezes conseguia passar dias sem chorar.

"Carrie finalmente está voltando ao normal", minha mãe estava começando a dizer para as amigas, e até mesmo Ruth já não se preocupava mais muito comigo. Mas olha só como era fácil eu ficar arrasada. O guarda Sherman nem sequer me multou!

Minha velha escola passou por uma "plástica" por volta de 1990, ganhou pintura nas janelas e uma nova fachada de tijolos rosa, e até mesmo um anexo harmonioso e de bom gosto. Agora aparentava metade da idade que tinha — trinta e cinco anos. A maioria das mudanças internas, no entanto, era meramente cosmética, e, quando eu aparecia nos dias de visitação ou para uma apresentação de coral ou feiras de ciências de Ruth, era como se estivesse voltando no tempo. Por causa do cheiro, sempre o mesmo, sempre uma mistura úmida e adocicada de pó de giz, mofo, lã molhada e suor. Bastava eu o inalar para me sentir com dezessete anos de novo e milhares de lembranças maduras me bombardeavam. Como frutas de uma árvore caindo na minha cabeça.

Hoje à noite, nada de recordações, por favor. Eu não era eu mesma; minha cabeça já doía, eu estava cansadíssima, tudo que queria fazer era ir para casa, para baixo das cobertas. Além disso, estava fraca e vulnerável, e as lembranças da escola nada mais eram que lembranças de Jess. Eu precisava me concentrar em quem eu era, e não em quem fui no passado; eu era uma viúva de meia-idade, e estava aqui por causa da filha adolescente com problemas. *Pense em Ruth e em voltar para casa*, dizia para mim mesma, *Ruth e voltar para casa*. Isso tinha que fazer calar a nostalgia.

Havia longas filas fora das salas dos professores que davam aulas das novas piores matérias de Ruth — biologia, história e, surpreendentemente, matemática. Mas isso não era algum consolo, saber que ela não estava só? Talvez esses professores fossem incompetentes, talvez as notas de um monte de alunos estivessem baixando.

Mas não. A sra. Reedy, professora de biologia, e o sr. Von Bretzel, de história, infelizmente, me deram a impressão, nos dez minutos de entrevista com cada um, de ser bem competentes; eram também solidários e compreensivos, e tocaram no assunto da morte de Stephen antes de mim. Não deu para fazê-los de bode expiatório. Estava esperando — só me dei conta disso quando vi que não funcionaria — poder botar toda a culpa dos problemas de Ruth na insensibilidade dos mestres.

É assim que deve ser ficar esperando o padre para se confessar, pensei, na fila logo atrás de duas outras mães ao lado de fora da sala do sr. Tambor. Será que meus companheiros se sentiam tão culpados quanto eu, tão pessoalmente responsáveis pelas deficiências acadêmicas dos filhos? Mas como era possível que Ruth estivesse se saindo mal em álgebra? Deve haver um engano; matemática sempre foi a melhor matéria dela. Agora era inglês, e isso não fazia o menor sentido. Não, só podia ser um engano.

Por fim, o sr. Tambor pôs a cabeça para fora da sala e perguntou:
— Quem é o próximo?

O quadro-negro na frente da sala estava coberto de fórmulas e equações; só essa visão já me deu uma sensação de mal-estar. Ao contrário de Ruth, minha pior matéria sempre foi matemática. O moreno e rechonchudo sr. Tambor exibia um capacete de cabelo preto rodeando a parte de trás da cabeça e exatamente três fios, muito compridos, penteados ao longo do topo. Como era fácil, eu sabia, por experiência própria, curtir com a cara de um professor com aquela aparência. Mas seus olhos castanhos de corça eram bondosos, e quando sorria parecia um profeta indiano, Meher Baba, talvez. Gostei dele na mesma hora. Em vez de sentar atrás da sua mesa de metal, apontou para uma carteira de aluno na primeira fila e só se sentou na do lado quando viu que eu estava bem acomodada.

Apresentei-me, e ele disse:

— Ah, a mãe de Ruth — com muita tristeza. — Sinto muito pela perda do seu marido.

— Obrigada.

Ele tinha um jeito formal de falar, mas com certeza eu estava imaginando um sotaque oriental e ele não *era* da Índia.

— Ando preocupada com as notas de Ruth em matemática ultimamente, sr. Tambor. Ela sempre foi ótima nessa matéria — fala inclusive em fazer faculdade de matemática. Não tenho ideia do que aconteceu — falei. De modo pouco sincero. — Quer dizer, não entendo como passou em três meses de notas como dez e nove para três, quatro. É muito preocupante.

— É, sem dúvida é preocupante.

Ele juntou as pontas dos dedos como quem estava pensando, ou melhor, rezando.

— A senhora perguntou a Ruth o que ela acha que está causando isso?

— Ela diz que a matéria ficou mais puxada. E também admite que não está estudando tanto quanto devia.

O sr. Tambor franziu os lábios.

— O sr. Van Allen dava aulas de matemática na faculdade — comentou.

— Dava. Dava, sim.

— Cursos avançados, topologia, métodos numéricos, teoria dos números, essas coisas.

— É.

— E Ruth era muito chegada ao pai?

Já tinha dado para prever a pergunta, por isso não me surpreendeu.

— Na verdade, não. Não tanto quanto gostaria.

O fato de eu ter contado a verdade para esse estranho total — isso me surpreendeu.

— Ah, é? — Os lábios dele se fecharam num círculo pequeno e carnudo. — Ruth às vezes falava dele na sala de aula. Sempre demonstrando muito orgulho.

— É mesmo?

Gente, por que isso era tão triste?

— Mas é claro que Ruth não tem inclinação para a matemática. Eu gostaria que tivesse, ela é muito inteligente, mas não tem. Agora ela não vai mais fazer faculdade de matemática. Com certeza.

— Não vai? Por quê?

Ele sorriu e não respondeu.

— Por que não? O senhor está dizendo que ela só era boa em matemática para agradar o pai? E agora que ele se foi...

— É o que eu acho, sim. A senhora não acha?

— Eu... bem, não sei, não tenho a mínima ideia.

Claro, era óbvio. Mas mesmo assim eu resistia. Não suportava pensar em Ruth se esforçando ao máximo para que Stephen a notasse, chegando a contrariar a própria *natureza* para conquistar o amor e a atenção dele.

— Não é tão triste assim — o sr. Tambor falou, se inclinando na minha direção, os ombros gorduchos forçando as costuras da camisa branca barata. — Nós vamos ajudá-la. Ela vai conseguir tirar as notas de que precisa para passar. Vai dar tudo certo. Tá bom? Vai ficar tudo bem.

Peguei o lenço imaculado que ele me entregou, ainda morno do bolso da calça. Por que ficar envergonhada? Eu hoje já havia chorado diante de um guarda, por que não também diante do professor de álgebra de Ruth?

— Obrigada — disse-lhe, e lhe devolvi o lenço depois de secar o rosto, mas com o bom-senso necessário para não assoar o nariz. — O senhor é muito gentil. Agora entendo por que Ruth gosta tanto do senhor.

Ele se curvou num pequeno gesto de gratidão, as palmas das mãos unidas.

— O senhor é da Índia? — perguntei. Ele havia me tranquilizado a ponto de me levar a essa inusitada familiaridade. — Ou... do Paquistão?

Ele fez cara de surpresa.

— Não, não, da Itália.

— *É mesmo?*

— O nome original era Tamborini. Nós resolvemos reduzir para Tambor quando mataram o tio Guido a tiros na barbearia.

— Não brinca!

— Brincadeira — falou, e abriu um sorriso de um canto ao outro do rosto. — Sou de Ahmadabad. Era só uma brincadeira.

Ri, corei e cheguei à conclusão de que estava apaixonada.

A princípio não reconheci Bonnie Driver, provavelmente porque inconscientemente eu achava que ela estava em casa, tomando conta de três adolescentes, inclusive de minha filha. Mas ela estava andando no corredor na minha frente, e pensei: *Parece a bundinha chamativa de Bonnie Driver* — a gente nota esse tipo de coisa na ex-mulher do ex-namorado. Os cabelos esvoaçantes, na altura do queixo, também me pareceram familiares, mas eu não soube que era Bonnie até ela virar ligeiramente e eu vê-la de perfil. Nariz longo, inteligente, olhos castanhos e doces, boca amistosa — ela era linda, e uma pessoa boa, todo mundo gostava dela. Eu gostava dela. Que pena que ela não gostava de mim.

Ela se virou quando a chamei.

— Carrie, oi. Ruth disse que você vinha aqui. Deixei Dan em casa com as meninas e vim correndo assim que terminamos de jantar. Você não detesta essas noites? Como você está?

— Eu não sabia que ela ia à sua casa. Desculpa se não foi numa hora boa. Nós nos desencontramos...

— Não, que isso, Ruth é um amor, adoro quando ela vai lá em casa, e Becky também. E aí, me conta, como está o novo trabalho?

Ela era educadíssima. Quando Stephen morreu, ela me mandou um bilhete superamável, que me levou às lágrimas. A gente nem sequer se conhecia — mas se conhecia. Ela era o tipo de pessoa que mandava um cartão gentil de solidariedade para alguém de quem não gostava só porque era a atitude decente.

— Ah, o trabalho está bem. Bom... não exatamente o que eu esperava — falei, com uma sinceridade inesperada —, mas está bem. Dá para pagar as contas.

— Quem sabe não melhora? — ela disse, com um sorriso encorajador. — Às vezes é questão de tempo, de se acostumar com o novo trabalho.

Era possível que ela não tivesse antipatia por mim. Bom, por que teria? Certamente não por ciúmes de Jess. Ela ganhou, afinal de contas; casou com ele, depois se divorciou, tudo muito tempo depois de eu ter saído de cena. Eu sempre senti, no entanto, certa frieza por trás do seu jeito amistoso, como se estivesse me observando, tentando obter informações, para poder formar uma opinião fundamentada. Ela *queria* gostar de mim, mas não conseguia. A gente sentia fascínio uma pela outra. A gente tinha um monte de coisas em comum. Bom, uma coisa em comum.

— Ouvi dizer que Jess pediu que você o ajudasse no negócio da arca — ela disse, e sorriu com menos naturalidade, menos animação do que queria aparentar. — Que coisa de doido, não é, não? Pobre Landy, é dele que sinto pena.

Havia esquecido que ela conhecia Landy — ele se mudara para a fazenda ao lado quando ela e Jess ainda estavam casados.

— É, coisa de doido — concordei. — Mas eu gostaria de *poder* ajudar.

— Ah, acho essa história muito estranha, acho que você vai se dar melhor ficando longe disso. Se não tomar cuidado, o negócio pode acabar engolindo você. — Aquele *você* genérico que ela usava; certamente não estava falando de mim pessoalmente. — E agora que a coisa toda se tornou de conhecimento público, só vai crescer. Eu não ia querer tomar parte numa coisa dessas... mas estou falando de mim.

— Que que você quis dizer com se tornou de conhecimento público?

— Não leu o jornal de ontem?

— Não. O *Record*?

— Primeira página: Eldon Pletcher prometeu comprar todos os brinquedos do novo playground de Point Park se o deixarem construir a arca no píer. E depois colocá-la para navegar no rio durante quarenta dias. O conselho municipal vai discutir o assunto na próxima reunião. Não estou brincando, não.

E Jess fazia parte do conselho.

— Puxa. — Foi tudo que consegui dizer.

Conversamos um pouco mais, sobre nossas filhas e as amigas em comum delas, e depois usamos a desculpa de compromissos com professores para nos despedir.

— Que bom te ver — dissemos. — Te cuida. — Mas nenhuma de nós foi hipócrita a ponto de dizer "Me liga" ou "Vamos marcar de nos ver". Não sei por que o casamento deles não deu certo — Jess provavelmente me diria o motivo se lhe perguntasse, mas isso eu não fazia. Por mais que sentisse curiosidade de saber. Mas foi o casamento deles, ou melhor, o fato de ter acabado, que criou essa distância entre mim e Bonnie. O que talvez seja indício... sei lá de quê. *Parecia* ser indício de que eu tinha alguma coisa a ver com a separação, e eu não sabia o que pensar disso. Por isso não pensava. Muito.

Três mães e um pai estavam esperando numa fila para falar com a sra. Fitzgerald, a professora de inglês de Ruth. Perdi o ânimo; se entrasse na fila, seria pelo menos meia hora de espera, se não mais. Não, que se dane, decidi, vou para casa. Ruth estava se saindo bem em inglês — bom, era esse mesmo o motivo por que queria falar com a sra. Fitzgerald, para ouvir coisas boas, para variar. Mas agora estava cansada demais.

Para sair do prédio, era preciso passar por portas duplas até chegar às escadas. Agora, portas duplas *trancadas*, me certifiquei, mas no meu tempo sempre as deixavam abertas. Maior bobagem — porque a escada dava para o quarto do zelador, para a sala de aquecimento e para a mal-afamada Área de Serviço nº. B-45. Também conhecida como a Área da Sacanagem. Muitos anos depois, ainda conseguia lembrar o som abafado de jatos de vapor das caldeiras e dos aquecedores de água através das paredes de gesso, os cheiros de óleo, eletricidade e desinfetante, a luz pálida e bruxuleante de um tubo fluorescente cheio de canos no alto do teto. Na última série, nos meses de inverno, Jess e eu nos víamos lá embaixo, todo dia, às 12h35, nos preciosos quinze minutos em que coincidiam nossos diferentes horários de almoço. Nunca ficávamos sozinhos, outros casais namoravam em cantos escuros próximos: a área de serviço, embora pública, era um local de encontros extremamente íntimos.

Desde então, tive alguns namorados e um marido por muito tempo, e com todos eles imaginava ter feito tudo ou quase tudo que as pessoas saudáveis e razoavelmente criativas faziam em termos de sexo. Mas beijar Jess nunca deixou de ser a experiência mais erótica da minha vida, a pedra de toque, o padrão de valor para toda paixão física. Fixação, foi assim que passei a chamar depois que terminamos. Eu tentava desmistificar a experiência falando dela com minhas amigas da faculdade, descrevendo-a, rindo dela. — Em pé, encostados na parede daquela área de serviço fedorenta, nos beijando até a boca doer! Gente, era muito engraçado. — Que mentira. E eu ainda sentia como se o estivesse traindo. Mas não tinha jeito, eu precisava me salvar. Eu era jovem, estúpida, míope; autoconhecimento demais seria como uma luz forte nos olhos.

Estava excitada, percebi isso enquanto abotoava o casaco e tentava lembrar em que fila estacionara o carro. Ridículo. Mas estava; senti o estômago apertado e pesado, puxado para baixo pela gravidade. Eram a atmosfera, as circunstâncias, a energia do ambiente. Bom, para se sentir como uma adolescente com os hormônios à flor da pele, tem lugar melhor que a antiga escola?

Será que Ruth sentia isso? Pensamento desconcertante. Claro que sim, fazia parte. Às vezes a gente conversava sobre sexo, sobre a vantagem de saber esperar, sobre a importância de tomar as devidas precauções, esse tipo de coisa. Nunca, porém, falávamos de como era para as mulheres, de que lugar deveria ocupar na nossa vida, não com franqueza. Nunca contextualizamos o tema do sexo. Ela ainda era muito nova, dizia para mim mesma, mas era mera desculpa, uma maneira de tirar o corpo fora.

Minha mãe foi razoavelmente aberta em questões de sexo, desde que eu era pequena — aberta no sentido de que queria impor sua opinião, ou seja, não no sentido de liberalidade e permissividade. Desde os seis anos ou por aí, me passou a mensagem alto e bom som: *não pode*. As boas meninas esperam, as ordinárias não. As garotas *bregas* não, para ser precisa. Porque na bíblia da mamãe a *breguice* representava o ponto mais baixo a que se podia chegar. Era melhor ser moralmente corrupto, pervertido ou serial killer do que ser *brega*. Era seu preconceito mais forte. Em certo sentido, a definia; foi o que amparou todas as decisões que tomou na vida, das grandes às pequenas.

Tudo bem, todo mundo precisa de um código, de um modelo para a conduta ideal. Não ser brega: até aí, estava dentro dos padrões normais, nada muito pior que vários outros modelos para a conduta humana civilizada. As limitações que implicava — esnobismo, intolerância, racismo, elitismo — me exasperaram a maior parte da vida. No entanto, não foi a filosofia em si que me levou a ser uma seguidora involuntária e atordoada desse preceito, e sim a intensidade da crença e a força da personalidade de minha mãe. Acho que essa foi a principal razão — não a única — para eu não ir até o fim com Jess. Por mais que o amasse, por mais que o quisesse. Espantoso, olhando em retrospecto.

Ou talvez não. Não, provavelmente não. Só mesmo a mãe a gente é capaz de culpar por uma coisa dessas. Era eu que me sentia intimidada pela paixão dele por mim, aquele ardor louco, excessivo — pelo menos, assim me parecia. Não me entregar a ele foi a única maneira que encontrei de controlá-lo. Instintivamente, eu temia o caos se cedesse, uma espécie de destruição.

Outra maneira de dizer que amarelei.

Quantos motivos de arrependimento! Tremi quando a calefação do carro soprou ar frio nas minhas canelas e, inconscientemente, reduzi a velocidade no ponto em que o guarda me parou. Bem... aqui. Se eu houvesse saído do trabalho na hora, se Ruth estivesse onde havíamos combinado, se eu houvesse ficado na loja de Krystal um pouco mais ou um pouco menos...

Se, se, se. E se eu tivesse casado com Jess? Ele me pediu em casamento. Durante o Dia de Ação de Graças, no meu primeiro ano de faculdade. Quase disse sim. Ele não me pressionou, disse que ia esperar eu me formar, mas depois queria que eu voltasse para Clayborne para morar com ele na fazenda.

A princípio, fiquei empolgadíssima com a perspectiva. Adorava a casa dele, o campo. Morar com Jess? Paraíso. Mas no Natal eu já tinha minhas dúvidas. A faculdade era incrível, tudo que esperava dela e ainda mais, eu conseguia *sentir* que me transformava no tipo de pessoa que minha infância, minha família — minha mãe — vinham me preparando para ser. Homens que se tornariam advogados, artistas, cientistas queriam sair comigo. Comecei a aceitar os convites deles. No fim, a ideia de passar o resto da vida cuidando de vacas numa fazendinha na Virgínia começou a parecer cada vez menos plausível, até parecer... estranha.

Por isso disse não para Jess. A gente estava se afastando, será que ele não via isso? Não tínhamos mais tanta coisa em comum, queríamos coisas diferentes. O que me dói muito agora, tanto tempo depois, foi não imaginar, honestamente, que isso o magoaria — ele sem dúvida veria que eu tinha razão, concordaria, estava tão na cara. Que débil egocêntrica e frívola eu era. E quando vi que o havia magoado, me ofereci para ir para a cama com ele! Finalmente! Que gesto magnânimo; o presente perfeito de despedida. Para minha surpresa e eterna vergonha — e ponto para Jess — ele recusou. Não o vi mais durante quinze anos.

Abri a porta da casa escura e gelada com certo tremor, até mesmo certa sensação de pavor. *Sou vazia como esse hall. Sou vazia como essa sala.* Ainda eram nove e pouquinho, Ruth continuaria fora por pelo menos meia hora. Às vezes a solidão se confundia com pânico, com um soco no diafragma. Um drinque? Não, eu poderia acabar em prantos. Mais uma vez. Mas café me faria perder o sono. Pendurei o casaco no armário do hall e subi. Quem sabe um banho descarregaria a friagem dos meus ossos? Talvez eu estivesse ficando doente.

A luz da secretária eletrônica do quarto piscava indicando a existência de mensagem. Levou um tempão para voltar a fita — sinal de que era mamãe. Deitei na cama para ouvir.

"Oi, sou eu", veio a voz controladora, segura de si, ribombando no silêncio. "Achei que a essa hora já estaria em casa. Me dá uma ligadinha quando puder. Tive uma ideia — vou te contar quando a gente conversar." Mas não, ela não aguentava esperar. "Que que você acha de uma escapadela? Só nós três, para passar o fim de semana em algum lugar interessante." *Nós três?* Eu, mamãe e papai? Que estranho. "Acho que ia nos fazer bem, acho mesmo. No final do mês, talvez, quando estiver um pouco mais quente. A gente pode ir para Richmond ou para Washington, Baltimore, para onde a gente quiser. Sei que Ruth trabalha no sábado, mas com certeza vai poder tirar um diazinho de folga uma vez."

Ah, *essas* três. Uma viagem só de mulheres. Bem menos estranho.

"Sabe como é, a venda de produtos para lavagem intestinal pode despencar, mas a nossa velha conhecida homeopatia vai continuar de pé, firme e forte." Ela soltou uma risada alegre. "Carrie, apaga essa mensagem imediatamente, está me ouvindo? É isso aí, me liga quando chegar, se não for muito tarde. Ah, já ia esquecendo, Ruth ligou. Houve um desencontro esta noite, né? Sentimos falta dela, mas entendemos. Ela é a garota mais doce do mundo, dá vontade de morder. Vamos para Washington; você não acha que vai ser mais divertido pra ela lá? Ok, me liga. Te amo. Tchau."

Cobri as pernas com o cobertor e cruzei as mãos sobre o peito. Um fim de semana fora com Ruth e mamãe — que boa ideia. Teoricamente. Três gerações de mulheres Danziger, todas em idade e momentos difíceis, livres e soltas na capital do país. Pode ser divertido. Pode ser um desastre. Era uma dessas ideias muito cativantes e irrefutáveis *em termos abstratos*, mas bastava pensar um pouco para ver que se tratava de algo inevitável. Sem saída. No mínimo porque todos os argumentos contrários pareceriam neuróticos.

Peguei-me tirando um cochilo. *Levanta, tira a roupa.* Já vou. Só um minutinho.

Eu estava no banco de trás do carro da família, o Ford azul que tínhamos quando eu estava no ginásio. No início achei que mamãe estava dirigindo, mas agora dava para ver que era Ruth. Árvores e céu passavam pelas janelas abertas, listras brilhantes de aquarela, azul-verde-azul-verde-azul-verde, e o vento com cheiro de pinheiro batia no meu rosto. "Não anda tão rápido", falei, mas Ruth não prestou atenção, nem sequer virou a cabeça. E Stephen estava ao meu lado no banco, a coxa dele roçava na minha. Queria que Ruth olhasse para trás e nos visse, visse que estávamos juntos. Chamei-a, mas ela estava com os fones de ouvido, acompanhando o ritmo de alguma batida inaudível, balançando os ombros. Eu não conseguia ver o rosto de Stephen, nem a parte de cima do corpo dele, só a perna de sua velha calça de veludo cotelê verde. Passei a mão pela coxa dele, estudando o contorno dos meus dedos, claro sobre escuro, e então era a perna de Jess.

Ele pôs o queixo sobre meu ombro — meu ombro nu, de uma hora para outra fiquei pelada — e me beijou debaixo do queixo. "Espera", sussurrei. Mesmo com os olhos bem fechados, conseguia ver o fluxo deslumbrante de azul-verde-azul-verde passando cada vez mais rápido. Ruth corria muito, alguma coisa horrível estava para acontecer. Jess me apertava contra o banco, nossas pernas se enroscavam, as dele cobertas de pelos louros, me dava vontade de acariciar as coxas dele, tocar aqueles pelos gostosos, senti-los com a palma da mão. Abri a boca para dizer para Ruth reduzir a velocidade, e Jess enfiou a língua nela, e fizemos amor até o barulho da sirene transformar meu sangue quente em neve gelada.

Ruth continuava correndo, mas em câmera lenta. Jess não estava nem aí, não procurava disfarçar, não parava de me afagar, e eu não podia gritar com ele senão Ruth ia ouvir. Embora com o carro ainda em movimento, o guarda Sherman pôs a cabeça na janela e entregou um tíquete para Ruth. *Não vira para trás*, implorei. *Ah, não olha a gente*, pensava histérica, empurrando os ombros hábeis de Jess. O guarda Sherman se dissolveu e se transformou no sr. Tambor. "A culpa é sua", ele disse soturnamente, apontando o dedo para mim. "Ela está se dando mal em todas as matérias, e a culpa é toda sua."

— Mãe?

— Ei — disse, tentando me apoiar nos cotovelos, limpando a garganta. — Você voltou. Que horas são?

Procurei exibir um sorriso alegre, caso alguma coisa do meu sonho ainda transparecesse.

— Por volta das dez — disse, fazendo um gesto vago com a mão. Trazia uma ostensiva pilha de livros grudada ao peito. Dei um tapinha na cama e ela se deitou ao meu lado, espalhando os livros sobre o cobertor. — Você estava dormindo? De *roupa*?

— Não, não. Só pensando com os olhos fechados.

Tratava-se de uma piada de Stephen. Demos um sorriso triste.

— Estava bom lá na casa de Becky?

— Tava legal. Soube que encontrou a mãe dela na escola.

— É, batemos um bom papinho. Que foi que ela te serviu de jantar?

— Um assado. E depois comemos o bolo que sobrou do aniversário da irmãzinha de Becky. Ela tem doze anos. Estava bom à beça.

Ela exibia os braços desnudos por baixo da suéter parda de mangas curtas. Braços de criança, longos, pálidos, a curva do pulso frágil e indefesa.

— Você não está com frio? — perguntei, dando um beliscão na dobra da pele de trás do cotovelo dela.

— Tô. Tá gelado aqui. E aí, acabou de chegar? — disse com um bocejo espontâneo, olhando a linha em que a parede e o teto se encontravam. Senti um aperto no coração. Um amor incontrolável tomou conta de mim. *Não muda, não faz nada, não cresce.*

— Eu conversei com todos os seus professores, menos com a sra. Fitzgerald.

— Ah, poxa, mãe. Ela é a melhor de todas.

*Poxa.* Como a gente era doce uma com a outra. Há anos que procuro moderar na linguagem por causa dela, e agora ela está moderando por minha causa.

— A gente conversa sobre isso amanhã — falei. — Agora já está muito tarde. Você parece cansada, quero você na cama. Só vou te dizer uma coisa: ninguém me disse nada que eu já não soubesse.

Ela abaixou a cabeça, aliviada.

— Mas em breve vamos fazer umas mudanças. Na questão dos estudos.

— Ok, tá certo.

— Ok, tá certo. Não estou brincando.

— Eu *sei*.

Pensei no que o sr. Tambor dissera, que ela provavelmente não ia fazer faculdade de matemática porque Stephen se fora. Ela não precisava mais tentar agradá-lo. Eu era diferente — eu desistira do meu pai ainda mais nova que Ruth, com uns treze anos. (Eu sabia exatamente a data; consegui descobrir com a ajuda de um terapeuta muito meticuloso de Chicago, nove anos antes.) Não deixei de amá-lo, só desisti de esperar que desempenhasse o papel de pai. Mas Ruth não desistira de Stephen. Observei com o coração partido o empenho dela, até a noite da morte dele, na tentativa de conquistar o amor e a atenção do pai. Era isso o que mais me assustava nela, a constância servil, a eterna esperança. Aos quinze anos, a linguagem passou a denunciar um ligeiro ceticismo, mas por baixo havia um imenso rosto doce e sorridente. Eu contava os dias até que a crueldade irrefletida, acidental de alguém — por favor, meu Deus, que não seja a minha — apagasse esse sorriso, matando a inocência dela.

— Vai para a cama, amor — falei. — Mas me dá um beijo de boa-noite antes.

A luz vermelha da secretária eletrônica me fez lembrar:

— Ah, sua avó ligou. Ela quer que a gente vá passar um fim de semana fora um dia desses. Só nós três, em Richmond ou Washington, em algum lugar desses.

— Gente. Que ideia doida. A gente tem que ir?

— Você não quer? Achei que podia ser divertido.

Ela fez uma careta, um misto de incredulidade e repugnância. Será que eles praticavam isso no espelho? Será que tiveram uma aula de Expressões de Desprezo que Certamente Vão Magoar sua Mãe?

— Bom — falei com autoridade —, depois a gente conversa sobre isso também. Agora se prepara para ir para a cama. Você parece exausta.

— Tô mesmo, tô um bagaço. Posso ficar em casa amanhã?

— Não, você ficou em casa hoje.

— Fiquei, mas era feriado. Tô um caco, sério.

— Então devia ter descansado hoje.

— Hoje eu não tava cansada, tô cansada *agora*.

— Então vai para a cama.

— Eu posso estar com mononucleose, não é impossível. Posso estar com fadiga crônica. Provavelmente estou agora mesmo com alguma disfunção hepática.

— Boa-noite, Ruth.

— *Nossa* — ela disse e, num gesto brusco, apanhou os livros e saiu zangada. No corredor, gritou: — Becky vai ficar em casa amanhã.

— Ah, é mesmo? Como ela é sortu...

Ela não ouviu.

— A sra. Driver tem muito mais compaixão que você — concluiu sarcástica, antes de bater a porta com força suficiente para deixar registrados raiva e ressentimento, mas não com força o bastante para eu brigar com ela. Ela havia se aperfeiçoado nessa distinção. Tornara-se exímia nisso.

Despenquei sobre o travesseiro. Bonnie Driver tinha muito mais um monte de coisas que eu não tinha. Um belo acesso de autocomiseração podia servir de ótimo consolo numa hora dessas. Agora, sem Stephen, eu deveria ter me sentido *menos* depreciada do que costumava me sentir antes. Nada como uma adolescente para reduzir você ao seu real tamanho. Nada de ficar muito tempo para cima, é proibido. Não me lembrava de ter tratado minha mãe mal de forma assim tão persistente quando era garota, mas provavelmente o fiz. A diferença é que mamãe era durona e forte, não era sensível como eu; quando alguém a ofendia, não se aborrecia nem entrava em depressão, ficava uma fera, isso sim.

Um fim de semana fora com mamãe e Ruth. É, talvez. Talvez fosse disso que Ruth precisava. Ela ia aprender lições de vida importantes com a avó. Lições que a mãe dela não ia conseguir ensinar em milhões de anos.

# 11
# Two-step à moda do Texas

Eu poderia ter ligado para Landy e perguntado a respeito do artigo no jornal sobre a Arca de Noé. Seria o lógico, afinal a arca era projeto dele. Mas liguei para Jess. Queria ouvir em primeira mão sobre a votação do conselho municipal, disse para mim mesma. Ignorando o fato óbvio de que, como Landy sem dúvida participara da reunião, também poderia me dar a notícia em primeira mão.

Jess não estava, como sempre. Pelo visto, os fazendeiros não costumam passar muito tempo dentro de casa. Deixei recado. Ele ligou de volta quando eu estava falando em outro telefone, tentando conseguir um instrutor para o curso de rafting do período do verão. Mais ou menos às três da tarde conseguimos nos falar:

— Oi... Que história é essa que ouvi falar de brinquedos de playground? — perguntei, bem impessoal. — Agora Pletcher está tentando subornar o conselho municipal?

— Ele interpreta como um incentivo. Como você está, Carrie?

— Acha que vai funcionar?

— Bom, o tesoureiro fez os cálculos ontem à noite, e concluiu que precisa de pouco menos de trinta e nove mil para trocar tudo no parque.

— Trinta e nove mil *dólares*?

— E nem são os melhores brinquedos do gênero. Há quem se oponha à arca no conselho, sem dúvida, mas acho que, por todo esse dinheiro, um monte de sensibilidades estéticas vai ser deixado de lado.

— Não me surpreenderia.

Espera até a minha mãe saber disso. Lançar uma arca lotada no rio soava breguice até *para mim*.

— Enquanto isso, Carrie, os animais de Landy estão cada dia mais feios.

— Que pena, lamento saber disso.

— O *Morning Record* vai mandar um repórter lá na semana que vem para fotografar os bichos e depois publicar.

— Puxa.

— Logo, logo Eldon e os Arquistas vão parecer ridículos. Landy também.

— Que pena — eu disse de novo. — Não posso fazer nada quanto a isso.

— Você podia vir nos ajudar.

— Jess, me conta, como você foi se envolver numa coisa dessas?

Ele suspirou:

— Começou como uma coisa à toa. Landy tinha um projeto de trabalho em madeira, era assim que chamava, e perguntou se podia usar minha serra de fita. Quando vi, estava cortando rinocerontes.

— *Você* está fazendo os bichos agora?

— Estou, e não tenho tempo, tenho que construir a arca. A original foi feita de madeira resinosa. Tem ideia de onde a gente pode encontrar madeira resinosa?

— Na madeireira, que tal?

— Engraçadinha.

— Quando é que você tira leite das vacas?

— Sabia que havia me esquecido de fazer alguma coisa.

Ri.

— É tudo culpa sua. Você podia ter negado.

— Podia. Mas gosto disso. Gosto da ideia.

— Mas é tão *doida*.

— É por isso que gosto dela.

Sorri. Esse era o Jess que eu conhecia.

— E você precisa disso, Carrie.

— Preciso disso? Ah, posso te garantir, não preciso.

— Tá bom, então, eu preciso de você — ele falou, e ficou calado por um instante. — Vem aqui no sábado, vem? Traz Ruth.

— Não, não, não posso. Além disso, Ruth trabalha no sábado.

— Vem só você.

— Não posso, Jess, sério.

— Pensa no assunto. Tenta vir.

— Andy desistiu do violino — Chris Fledergast anunciou, ao vir para a frente da minha mesa enquanto punha o casaco e um xale de lã em volta do pescoço. — E talvez do piano também, mas vamos adiar a decisão até o verão.

Desliguei o computador. Nossa, já eram cinco da tarde? Como?

— Andy desistiu do violino. Por quê?

— Porque detesta.

— É, entendo, mas...

— Eu sei. Te digo uma coisa: se dependesse de mim, isso não ia estar acontecendo — falou, e enfiou um boné de lã marrom na cabeça, tão enfiado a ponto de tapar as sobrancelhas. Tão sem graça e desengonçada por fora e tão bonita por dentro, uma pessoa verdadeiramente boa. — É Oz que está fazendo isso — completou, amarrando as pontas do cachecol na frente do peito e abotoando o casaco acolchoado por cima.

— Oz não quer que Andy toque violino?

— Não é isso — respondeu, e sorriu para Brian, que saía da sala dele. — Estou contando para Carrie que Andy resolveu parar com o violino.

— Por quê?

Brian apoiou a coxa musculosa em cima do canto da minha mesa e sentou.

— Ele detesta ensaiar, detesta os recitais. Está começando a detestar música.

— É só uma fase — Brian disse. — Com quantos anos está? Dez?

— Nove. Ele diz que quer jogar beisebol.

— E Oz dá toda a força — supus. Eu só tinha visto uma vez o marido de Chris, quando ele foi deixá-la no trabalho e entrou para me conhecer. Foi gentil, gostei dele, mas era grande e robusto, do tipo durão, machão, era fácil imaginar que não se importava que o filho desistisse de ser pianista.

— Não, não é isso — Chris disse. — Não é coisa de machismo, não, não é que Oz queira que o filho vire homem, essas coisas.

— Ah...

Tá bom que não era.

— Ele acha que a gente deve deixar o Andy decidir sozinho — falou, e fez uma cara amuada enquanto ajeitava a luva, enfiando a lateral de uma mão nos espaços entre os dedos da outra. — Não sei, não sei. O que eu acho é o seguinte: como Andy pode saber o que é bom para ele? Só tem nove anos, como vai saber?

— É — Brian disse —, mas se ele detesta...

— Eu sei, eu sei. A gente conversou muito sobre isso, Oz e eu.

— Eu tive que aprender piano — contei. — Estudei durante quatro anos e não sei tocar uma música sequer.

Não era de todo verdade; sabia tocar *Pour Elise* e *Country Gardens*.

— Sempre quis aprender piano — disse Brian —, mas minha família não tinha dinheiro para isso. Acho que me sairia bem. Agora é tarde demais.

— Andy tem muito jeito para música, a professora dele diz que tem um talento enorme. *Claro* que quer jogar beisebol, tanto quanto, se depender dele, tomar sorvete, em vez de comer espinafre, mas a gente não deixa. Mas Oz diz que ele já tem idade suficiente para tomar as próprias decisões; então...

— Bom, acho que se o violino for a vocação dele...

— Ele vai acabar voltando, é o que Oz diz — Chris concluiu, balançando a cabeça, preocupada. — Vamos ver.

Tentei pensar o que faria se Ruth quisesse desistir de alguma coisa em que era boa — digamos, leitura. Não, péssimo exemplo, pois é claro que, nesse caso, eu ia ter que a dissuadir da ideia. Mas, digamos que quisesse desistir dos dois esportes que pratica, futebol e vôlei, para passar o tempo... desenhando modelos de roupas de grife. Só como exemplo. Será que eu ia permitir, mesmo sabendo que não leva jeito para desenho nem para trabalhar como estilista, mas é excelente em futebol e vôlei?

Não sei ao certo. Provavelmente.

Sei, no entanto, quem seria totalmente contra essa decisão. Mamãe. Se ela achar que sabe o que é bom para você, pode tirar o cavalinho da chuva. Ela vai te encher o ouvido até você concordar com ela.

— Chris — Brian falou —, você imprimiu a planilha da folha de pagamentos antes de encerrar o expediente?

— Está na sua caixa de entrada.

— Ótimo. Você está indo para casa agora?

— Parece que sim — respondeu, abrindo um largo sorriso para mim e levantando os braços. *Que será que ele acha que estou fazendo de casaco?* Às vezes, a gente ria de Brian pelas costas, mas com bondade, tolerância e afeto, do modo que as mulheres riem dos homens de quem gostam. Brian, no entanto, se aproveitava dela. Apesar de superesperta, ela não tentava ser promovida. Fazia tudo que ele lhe pedia, com inteligência e eficiência, porque, para ela, fora contratada para ser leal e trabalhar duro. Se ele a valorizasse, seria diferente, mas não: ele achava que ela não fazia mais que a obrigação, nada além do que era paga para fazer.

Ele estalou os dedos, um de seus hábitos infantis, e ficou balançando a perna para frente e para trás na lateral da mesa.

— Preciso de alguém para fazer um *brainstorm* comigo — disse, com cara aborrecida. — Você tem que ir direto para casa? — perguntou para mim.

— Hum...

— Porque a gente podia trocar ideias enquanto jantava. Um jantar mais cedo, enquanto conversamos, se você estiver livre. Tenho que dar uma resposta a Carmichael sobre a questão de Remington, e ainda não sei direito o que dizer a ele.

O Remington College recentemente havia feito uma proposta interessante: sem pedir nada em troca, só para ganhar credibilidade e melhorar o relacionamento com a comunidade, a faculdade deixaria Brian dar uns cursos no campus, com aulas grátis, a maioria à noite, e eles ainda iam bancar os anúncios desses cursos e incluir a Outra Escola no catálogo anual, no item de serviços comunitários associados à faculdade. Para mim, pareceu fantástico, mas Brian tinha suas dúvidas.

— Bom, posso, sim — me dei conta. — Ruth vai para a casa de uma amiga depois do trabalho e deve chegar tarde, por isso hoje é um bom dia para mim.

— Ótimo! — disse, pulando da mesa e fazendo meu monitor tremer. — Me dá só dez minutinhos e depois a gente vai. Vamos no meu carro.

— Ei — Chris falou depois que ele desapareceu dentro da sala. — Ele nunca me convida para jantar. Acho que é preciso ser bonita e solteira.

Mas ela estava brincando — olhei para ter certeza, e ela estava rindo.

\* \* \*

— O vento está incomodando? — Brian perguntou e, em seguida, apertou um botão discretamente escondido no painel lateral de couro do seu Lincoln Continental, e o vidro da janela levantou sem o menor ruído. — Estou só dizendo que isso pode confundir a nossa imagem. É a Outra Escola ou é o Remington College? Para muita gente, a distinção não vai ficar clara.

— Brian, aonde a gente está indo?

Havia vinte minutos que estávamos dirigindo pelo campo.

— Para um lugar superlegal, você vai ver. — Ele pôs a mão direita no encosto do meu banco e se inclinou para trás para guiar com a esquerda. — Você deve estar se perguntando que diferença faz se a distinção vai ficar clara ou não. O que importa é saber se vai trazer mais alunos para a gente.

— Não, não estou, não.

— Eu entendo seu ponto de vista também. É provável que eu esteja sendo muito radical, esteja tendo uma visão muito estreita.

— Não, acho que tem sentido a sua preocupação. Um dos maiores trunfos da escola é a independência. É a *Outra* Escola. Para a maioria das pessoas, é uma escola alternativa.

— Exatamente, ela foge aos padrões convencionais, é um pouco marginal. Se a gente a puser no campus da faculdade, vai ser só mais outro curso de nível superior. As pessoas associam a Outra Escola a coisas como cursos de extensão, educação de adultos, cursos tecnológicos. E está errado, não somos nada disso. — Ao dizer isso, bateu com a mão no volante, para enfatizar as palavras. O cheiro da colônia dele era forte no escritório; no carro fechado, insuportável. E o Lincoln era imenso, mas o corpanzil de Brian fazia o banco da frente parecer quase pequeno.

— Por outro lado — falei —, você não pode ignorar os aspectos positivos. Vai ter um aborrecimento a menos: não vai mais precisar ficar correndo atrás, mendigando um espaço que sirva de sala de aula. E isso é só um desses aspectos. Não tenho ideia de quanto aumentaria...

— À beça. Você tem garotos ralando em ciências políticas, em trigonometria, em história do período rococó da Bélgica de 1840, e eles veem um aviso de que na semana seguinte vai ter um curso grátis e fácil sobre como conseguir transar no primeiro encontro, e *ali mesmo, do outro lado do corredor*. Vai chover gente interessada.

— Você está brincando, não está?

Com Brian, a gente nunca sabe.

— Estou falando que a coisa acontece nessa ordem. A gente cria um monte de cursos para atrair alunos, sem dúvida, mas vai criar muito mais do que antes. É questão de bom-senso. É preciso tirar proveito de uma clientela praticamente cativa.

— Mas como conseguir transar no primeiro encontro, isso é...

— É só um exemplo. Claro que a gente ia dar outro nome ao curso — falou, e deu um soquinho no meu ombro, de brincadeira. — Conto com você para pensar em algum título atraente; "Como Superar a Timidez nos Relacionamentos", algo assim. Que tal? — Ele caiu na gargalhada; sempre morre de rir das próprias piadas. — "Livre-se da Vergonha Inconveniente", gosta desse? Rá-rá-rá-rá!

Ele ligou o pisca-alerta. Estava freando, para entrar no estacionamento de um restaurante revestido com ripas de madeira e iluminado com neon.

— Chegamos — disse, enquanto estacionava entre duas picapes brilhantes. — Já veio aqui antes, Care?

CACTUS FLATS era o que se lia em luzes piscando verdes e amarelas. Coquetéis, cerveja, filé e costeletas. Show ao vivo às sextas, sábados e domingos.

— Não — respondi. — É a primeira vez.

— Você vai adorar. Gosta de contrafilé? É o melhor de Piedmont. Melhor ainda se você tolerar música country.

Cactus Flats era uma boate de estrada, fora de moda, cafona e empoeirada, que recendia a cerveja, grande o suficiente para ter setores distintos para as três principais atividades — beber, comer e dançar. Era aqui que Brian pretendia fazer um *"brainstorm"*? Hoje, como era quinta-feira, não tinha música ao vivo, mas a jukebox tocava uma música tão alta quanto a de uma banda, e não havia intervalos. Depois de um tempo, as vozes nasalizadas de George Jones, George Strait e Vince Gill entraram na minha cabeça. Era verdade que, quanto mais velha ficava, mais conseguia tolerar a música country, e não era para deixar Ruth envergonhada (como ela dizia). Eu conseguia entender a letra e gostar da melodia — isso era pedir demais? Stephen torcia o nariz para esse meu gosto simplório e costumava implicar comigo; dizia que não adiantava me tirar da roça, que a roça não saía de dentro de mim. E não falava com muita simpatia.

Sentamos a uma mesa perto da parede de pinho enfeitada com selas, esporas, chapéus de vaqueiro e fotos de vacas. Senti pena das garçonetes, vestidas com jeans apertados enfiados em botas de caubói de salto alto.

— Você vem muito aqui? — perguntei a Brian, mas minhas palavras se perderam em meio ao som da música animada de Patty Loveless. Tive que gritar de novo a pergunta, não tanto por causa da altura da música, mas para atrair a atenção de Brian. Ele já estava longe. Logo depois de pedir as bebidas — duas cervejas texanas, o que mais poderia ser? — Foi para outro mundo, parecia ter se perdido na música e na... *atmosfera* não era uma palavra muito apropriada para o Cactus Flats. *Experiência* tem mais a ver. Ele até cantava junto — dava para ouvir a voz de falsete afinadíssima por trás da de Patty. Às vezes eu surpreendia Ruth, com os fones do walkman, com essa mesma expressão extasiada, absorta e intensa, gritando junto com a música de bandas com nomes como Hole e Anthrax.

Brian exibia um largo sorriso de felicidade e até mesmo respondeu que sim com a cabeça à minha pergunta, ou estava só acompanhando a batida, não dá para dizer. Quando chegou a cerveja, bateu a caneca congelada com tanta vontade na minha que achei que iam quebrar.

— Não é fantástico, Carrie? Não é o lugar perfeito para relaxar?

Concordei e sorri. Bom, ele tinha razão. De verdade. Eu só queria ter sido avisada; eu teria relaxado mais se soubesse que o objetivo era esse. Mas foi bem interessante ver esse lado de Brian totalmente imprevisto. Ele havia tirado o terno, arregaçado as mangas da camisa, afrouxado o nó da gravata. Parecia mais jovem, despreocupado, não demonstrava nada da seriedade habitual sentado à vontade, encostado na parede, com um pé sobre o assento, acompanhava o ritmo da música batendo com o pulso na mesa.

Mudou a música. De repente, ele gritou:

— *Two-step!*

Em seguida, agarrou meu braço, me levantou e me puxou para fora da mesa. Tentei resistir, mas era ridículo, Olívia Palito lutando contra Brutus.

— Não posso, isso não! — gritei, correndo para acompanhá-lo, enquanto me arrastava para a pista de dança imensa e quase vazia. — Brian, para! Não posso, isso não!

— Claro que pode.

Ele me puxou para um abraço, com um braço carnudo apertado contra minha cintura e o outro segurando minha mão direita.

— Tudo o que tem que fazer é andar para trás. Eu ando para frente, você para trás — disse, e o demonstrou andando na minha direção. Quando tropecei, ele me pegou, tirando meus pés do chão, e continuou andando. Parecia que eu estava dançando com um urso.

Um urso grande, suado, másculo. Passado o espanto, e uma vez desvendados os mistérios do *two-step*, tentei descobrir o que eu estava sentindo. Como era isso? Eu gostava de estar abraçada com o corpo de levantador de pesos de Brian, forte, rijo? Sim e não. Impossível dizer, a situação era ambígua demais; eu não conseguia separar o fato do contexto. O contexto era que se tratava do corpo de *Brian*, Brian, meu colega de trabalho, o Brian que assinava meu contracheque a cada duas semanas. Como podia saber o que sentia? Será que era pura diversão? Será que ele só queria se exercitar um pouco?

Quando a dança acabou, estávamos ofegantes. Ele segurou minha mão quando voltávamos para a mesa, balançando-a para cima e para baixo com exuberância muscular. Ah, pensei, não é nada. A franqueza, a falta de premeditação, a maneira *tempestuosa* com que me tocava — por fim, me dei conta de que ele estava só sendo Brian, amistoso, sem cerimônia, amante da diversão. E eu era uma chata por ficar preocupada. Eu e minha mania de complicar demais as coisas.

A garçonete veio até a gente para anotar os pedidos. Brian insistiu no contrafilé, como no caso do *two-step*, mas dessa vez não me importei.

— Só não conta para Ruth — brinquei. — Ela está tentando me tornar uma vegana.

— Como estão as coisas em casa? — ele perguntou, inclinando-se para frente, os cotovelos na mesa. — Como é que Ruth está levando a perda do pai? Deve ser duro à beça para vocês duas.

— A gente sente muito a falta dele. Às vezes acho que as coisas estão ficando melhores, mas alguma coisa acontece e fica difícil de novo. Mas estamos indo bem. Não sei o que ia ser de mim sem Ruth. Ela é minha salva-vidas.

— Tenho certeza de que ela sente o mesmo em relação a você.

Fiz cara de descrença.

— É difícil dizer. Sabe como são as crianças.

— Ah, sei como são as crianças.

Ele tinha dois garotos, um de nove, outro de doze. Via os meninos nos fins de semana, em feriados alternados e um mês no verão.

— Craig está querendo ir para uma colônia de férias de informática neste verão. Essa é a última novidade.

— Achei que era para uma colônia de férias de basquete.

— Isso foi semana passada. Ele é o oposto de Gordon, que nunca muda de ideia em termos de objetivo.

— Puxa.

Gordon era o de doze anos, queria ser guitarrista de uma banda de heavy metal.

— Fico pensando quem é mais difícil de educar — refleti —, menino ou menina.

— Menino — Brian disse na mesma hora, e contou a história do dia em que Gordon pôs fogo no colchão, depois de esconder uma vela acesa, com que não estava autorizado a brincar, debaixo da cama. Isto me fez lembrar que, numa ocasião, Ruth botou tanto jornal na lareira que incendiou a chaminé, e depois o telhado.

— Se o vizinho não tivesse visto o fogo e chamado os bombeiros, a gente tinha perdido a casa.

— Ah, isso não é nada — disse Brian, e falou que uma vez Craig e Gordon resolveram "dirigir" o carro fazendo-o deslizar pela entrada da casa até a rua movimentada, onde, por um milagre, o carro acabou parando ileso num canteiro entre duas pistas.

— Você está a fim de dançar, não está?

— O quê?

— Você estava engraçada. Parecia perdidona na música.

— Ah, não — respondi rindo. — Continua, não, estou ouvindo.

Não, não estava. Estava ouvindo Neil Young cantar *Helpless*.

Antigamente era a minha música predileta. Eu ouvia tanto que meu disco *Déjà-vu* ficou empenado. Jess pediu emprestado o gravador de um amigo e gravou *Helpless* vinte e sete vezes seguidas, nos dois lados de uma fita, e me deu de presente no meu aniversário de dezoito anos. Até hoje, foi o melhor presente, e o mais estranho, que recebi na vida.

Enquanto comíamos, Brian me contou a história da vida dele. Ele foi criado no leste da Carolina do Norte, era o mais velho de três filhos, veio para Clayborne para estudar em Remington, formou-se em administração, casou com uma moça daqui e acabou ficando. O primeiro emprego foi como empresário — abriu uma agência de empregos temporários. Mas, como em Clayborne não havia muita demanda de emprego temporário, o negócio não deu certo. Depois Norma ficou grávida, e o pobre do Brian teve que tomar juízo e arrumar um emprego de verdade — como vice-reitor administrativo da faculdade. Ele odiava.

— Não suporto trabalhar para os outros, esse é o meu problema. Não tenho paciência. Acho todo mundo lento, de visão estreita — disse enfaticamente, espetando o garfo num pedaço de carne. — Quando as coisas não dão certo, não gosto de culpar ninguém além de mim.

— É bom saber disso.

— Não que eu seja muito controlador, pelo menos não acho que seja. Você me acha muito controlador?

— Não.

Acho.

— É, também não acho. Escolho bons funcionários, digo-lhes o que espero deles e depois não me meto no seu trabalho. Certo?

— Certo, chefe.

— Certo, porque não preciso me meter. Você é boa no seu trabalho, Carrie, e eu sou bom no meu. Formamos uma equipe.

— E Chris também é boa no trabalho dela.
— Claro.

Ele brindou comigo com o resto da cerveja dele e fez um sinal para a garçonete pedindo outra rodada.

— Para mim não — falei.

— Não? Mesmo? Bom, é a minha saideira. Nunca tomo mais de duas cervejas quando saio, não quando estou dirigindo.

A segunda cerveja o deixou relaxado o bastante para falar da ex-mulher. Ele nunca havia falado antes, nem de brincadeira. Sabia, porque Chris havia me contado, que a separação fora litigiosa, que eles só se falavam quando era preciso, e ele se ressentia muito de Norma ter ficado com a guarda dos filhos. Agora eu soube que Norma era uma filha da mãe. Não que ele tenha usado esse termo, mas não precisava; uma mulher manipuladora, superficial, infantil, agressiva, egoísta, supercrítica e, intelectualmente, um zero à esquerda... era, por definição, uma filha da mãe.

Escutei o tempo que aguentei e depois pedi desculpas e fui ao toalete. No caminho, usei um telefone público do corredor para ligar para Ruth. Ela estava na casa de Jamie, e dessa vez eu tinha trazido o número do telefone comigo.

— Mãe — ela disse correndo —, que diabo de lugar é esse em que você *está*?

Eu já havia me acostumado com a música; levou um tempo até me dar conta de que ela estava ouvindo a música da jukebox, agora um *bluegrass*, cheio de solos de violino e banjo. Ri.

— Ah, estou num lugar chamado Cactus Flats. É uma espécie de boate, é...

— Na Rota 29? *Nesse* lugar?

— Você já veio aqui?

— Não, mas, gente, já ouvi falar. Que que você está *fazendo* aí?

— É que Brian estava querendo conversar assunto de trabalho. e como era hora de comer mesmo, bom... então a gente veio para cá. Ele gosta daqui, já veio aqui antes. Na verdade, acho que costuma vir sempre.

— Conversar assunto de trabalho?

Claro que Ruth ia tocar direto no único ponto fraco da explicação.

— É. A gente está fazendo um *brainstorm* para decidir se aceita ou não uma proposta que a escola recebeu.

No carro, a caminho, mas isso já contava.

— Como você está? Já fez o dever de casa? Só queria que você soubesse onde estou no caso de chegar em casa antes de mim, embora...

— É, legal, porque estou indo embora agora.

— É, tão cedo assim? Bom...

— Não é tão cedo assim, mãe, são oito horas. Na verdade, oito e *dez*.

— É? Bom, não é tão tarde assim. Tá bem, então você está indo para casa agora. Está com a chave? E você sabe o que tem que fazer: trancar as portas...

— Eu *sei*.

— Não deixa Jamie ir embora antes de ver que você entrou em casa e está tudo bem. Pisca a luz da varanda para avisar a ela.

— Mãe, eu sei.

— Tá bom.

— E *você*? Quando você vai voltar pra casa?

— Logo, logo. Já pedimos o café.

— Você bebeu.

— O quê?

— Bebeu, dá pra ver. Dá pra sentir pela sua voz

— Ruth...

Senti vontade de rir, mas ela ia achar que eu estava bêbada.
— Amor, tomei uma cerveja só. E há uma hora.
— Tá bem. E *ele*?
— "Ele"?
— Isso é um encontro.
— Não, não estamos tendo um caso. Eu te disse...
— Ah, sei, estão fazendo um *brainstorm*, é um jantar de negócios no Cactus Flats. Uma boa ideia, mãe.
— Escuta. Eu... nós conversamos sobre outras coisas também, é verdade, e tomamos um drinque antes do jantar, mas foi só isso. A gente não...
— Para mim não importa a mínima.
— Ótimo, mas não é um encontro.
— Tá bom, legal.
— Ruth.
— E, mesmo se for, não ligo.
— Mas não é!
— Tá bom.
Dei uma batidinha com a testa na base de metal preta do telefone.
— A gente conversa sobre isso quando eu voltar.
— Vou estar dormindo.
— Amanhã então.
— Para quê? Pelo que você disse, a gente não tem nada para conversar. Tenho que ir. Divirta-se.
— Ruth...
Ela desligou.
No toalete, inclinei-me sobre a pia e me olhei nos olhos. *Você está tendo um encontro?* Honestamente, não sabia. Retoquei o batom com certa relutância, pensando que o faria de qualquer modo. Faria o mesmo se estivesse com minhas amigas, portanto não significava nada.

Acabou que ficamos no Cactus Flats até depois das nove. Era dia de show de calouros, e Brian disse que a gente tinha que ficar para pelo menos pegar o início. Estava preocupada com Ruth — pelas suspeitas, não pela segurança dela —, mas ele ficou tentando me convencer até eu não ter mais como negar. E depois tive que admitir que show de calouros é hilário.

— Eu te disse! — exultou Brian, assobiando e aplaudindo um jovem cujo cover de uma música ordinária de Hank Williams Jr. botou a casa abaixo. — É a segunda melhor coisa depois do caraoquê.

— Foi muito divertido — falei com sinceridade quando estávamos no carro, voltando. — Valeu mesmo a pena a gente ter ficado.

— Que bom. Achei que você precisava dar uma saidinha à noite.

— Obrigada, Brian — disse, e sorri afetuosamente para ele. Isso mudava as coisas. Agora via que ele havia escolhido aquele tipo de lugar por minha causa, para eu espairecer. — Foi gentil de sua parte.

— Às vezes a gente não se dá conta de que ficou preso numa rotina e precisa de uma mudança.

— É verdade.

— Você perdeu Stephen, mas continua viva. Tem que se lembrar sempre disso. Para a própria Ruth não é bom te ver deprimida o tempo todo.

— Não. Mas... eu não diria que me sinto deprimida o tempo todo.

— Você só precisa sair mais.

— Provavelmente.

— Seguramente. Já faz seis meses.

Seis meses. Fazia sentido. *Ela foi a um salão de baile de música country, e o marido morrera havia apenas cinco meses*. Soava insensibilidade; podia-se dizer que se tratava de uma atitude vil. Mas *seis* meses, agora você estava entrando num território aceitável. Depois de seis meses, você podia ir a uma boate e parecer respeitável. Mas com um homem? Hum. Isso piorava as coisas. No entanto, se esse homem fosse seu chefe, aí era diferente, sem dúvida.

Mas eu estava ponderando sobre esses números por causa de *quem*? Não por mim, nem por meus amigos, para quem pouco importava se eu estava indo jantar com um homem, chefe ou não. Era por minha mãe. Com quarenta e dois anos, eu continuava tendo essas conversas na cabeça, diálogos mentais, discussões imaginárias; às vezes, eu fazia o papel de mim mesma, outras vezes, de minha mãe. Uma forma de autocensura. Será que todas as filhas agiam assim? Será que Ruth também? Éramos todas esquizofrênicas cheias de segundos pensamentos, destinadas desde o início a ser tanto o eco sadio e o distorcido, o personagem principal da história da nossa vida e também o crítico? O sistema de freios e contrapesos da Mãe Natureza. Muito eficiente, e o que se perde de espontaneidade se ganha em prudência. Ser mãe e filha, dava para ver tão bem os prós quanto os contras. O domínio emocional de minha mãe sobre mim era maçante, desgastante, deletério — o meu sobre Ruth indicava dedicação, abnegação, sensibilidade e benignidade. Mesmo já madura, eu só estava começando a compreender que nenhum desses extremos poderia ser verdade.

Pegamos meu carro no escritório, e Brian insistiu em me seguir. Eu pretendia me despedir na porta, ou até mesmo no carro, mas ele estacionou, saiu e entrou comigo. Não sei ao certo como isso aconteceu; num minuto estávamos na varanda, eu tentando encontrar a chave na bolsa, no minuto seguinte já estávamos no vestíbulo, e ele me ajudando a tirar o casaco.

— Bom — falei. — Mais uma vez, obrigada. — A luz da sala estava acesa, mas nada de Ruth; ela devia estar lá em cima. — Foi muito divertido. Era exatamente disso que eu precisava.

— Disso também — ele disse, e me puxou para os seus braços e me beijou.

Bom, estava respondido. Tratava-se, *sim*, de um encontro.

— Brian...

Ele tinha uma boca grande, macia, e usava cavanhaque. Abriu os lábios e me abraçou, me sugou. Por trás dos olhos fechados, tive a visão de uma caverna escura, profunda e apavorante, úmida por dentro.

— Brian — consegui dizer —, não.

— Por que não?

Na hora de responder, empaquei. Hesitei. Ele tomou isso como permissão para me levantar e me aninhar em seu peito. De novo, a manobra do urso. Ele me segurou com um braço e com a outra mão ficou acariciando a pele das minhas costas, por baixo da suéter levantada. Continuou me beijando, enfiando a língua em minha boca.

— Para com isso, para — sussurrei alto. Estava com vontade de gritar, mas não queria que Ruth ouvisse. Consegui me desvencilhar do beijo, virando o rosto para o lado, para fora do alcance dele. — Me põe no chão, *droga*!

Eu estava presa entre o corpo dele e a porta. A expressão do seu rosto era amistosa e interessada, excitada, mas no bom sentido. Esperançosa.

— Brian, para com isso!

Ele pôs a boca, quente, no meu pescoço e o chupou.

O que estava acontecendo? Podia ser uma brincadeira — ele era o maior brincalhão, vivia fazendo piada, sobretudo com a Chris, talvez isso fosse alguma...

Ele pegou meu seio esquerdo com aquela mão enorme e o apertou.

Botei para funcionar todas as minhas articulações, principalmente os cotovelos e os joelhos. Nada o afetava — ele parecia de aço —, mas meus movimentos acabaram chamando-lhe a atenção. Ele retirou as mãos e recuou.

Pela primeira vez desde que tudo começou, meus pés tocaram o chão. Meu coração batia forte. Os joelhos tremiam. Falei:

—, Puxa, Brian — e limpei a boca com as costas da mão.

Ele ficou esfregando a lapela do casaco, gesto que costumava fazer quando não estava seguro de si.

— Não é o momento certo, entendo. Desculpa, Care. Não sabia que você ainda não estava preparada.

Não estava preparada?! Para ser atacada, não. Pus a mão na maçaneta atrás de mim e abri a porta bruscamente.

— Boa-noite — falei e saí do caminho, deixando o ar frio entrar.

— Não ofendi você, espero. Certo?

Ele sorriu, um sorriso amigável e esperançoso. Um grande ursinho de pelúcia, só isso. Incrédula, fiz cara feia para ele. Será que eu estava exagerando? Não. Mas — era só Brian. Não se tratava de Jekyll e Hyde, era só Brian. A nova imagem dele, muito viva, já estava desaparecendo, dando lugar à antiga, a do cara jovial, bonachão, de bom coração, que levava bolinhos de passas para o trabalho só porque eram os prediletos de Chris. Mas agora eu sabia mais uma coisa a seu respeito. Mantenha distância dele.

— Talvez eu tenha te dado uma impressão errada — admiti, com relutância. — Não estou interessada num relacionamento romântico.

— Ainda é muito cedo — concordou, mostrando compreensão.

— Não... não quero nunca. Não estou interessada, desculpa.

Eu devia ter falado mais, atenuado o impacto, posto a culpa em mim — rapidinho eu reaprendera a arte de romper relacionamentos —, mas ainda sentia muita *raiva*. Até o "desculpa" saiu enfezado.

Algo passou pelo rosto dele rápido demais para eu captar. Raiva? Mágoa? No entanto, falou:

— Tudo bem.

E sorriu, enquanto abotoava o casaco, refeito.

— Entendi. Não precisa bater na minha cabeça duas vezes.

Eu queria bater na cabeça dele uma vez.

— Está tarde. Desculpa o mal-entendido.
— Ah, está tudo bem — disse, me perdoando. — Os relacionamentos amorosos hoje em dia são complicados, né? Sabe o que a gente devia fazer? Um curso sobre a guerra entre os sexos. Que tal?

Gelei quando ele segurou meu braço e o apertou de modo cordial, enquanto passava por mim. Na varanda, virou-se e disse:
— Bom, Care...
— Boa-noite — falei e fechei a porta na cara amistosa dele.

Na cama, fiquei pensando no que acontecera, encorajada pela insônia devido às duas xícaras de café que a estúpida aqui tomou depois do jantar. A única coisa boa do jeito como a noite terminou foi Ruth não ter presenciado nada daquilo. Espero. Subi as escadas na ponta dos pés e espiei o quarto escuro e silencioso dela — só não completamente silencioso por conta de uma ressonadela. Que não podia ser fingida... Assim espero. Rezei para que ela não estivesse fingindo. Literalmente: *Deus, por favor, por favor, faça com que ela esteja realmente dormindo*. Abaixei-me sobre a cama bagunçada dela, observando o leve movimento do cobertor sobre o seu ombro.

— Você está acordada? — sussurrei. Talvez suas pálpebras tenham tremido, mas era difícil saber no escuro. Dei um beijinho na face dela. — Te amo — murmurei e saí de mansinho.

Enfim, pensei, me consolando, o pior que pode ter acontecido é ela ter visto tudo e estar fingindo que está dormindo — o que há de tão terrível nisso? Constrangedor, indigno, nojento, tudo isso, de fato, mas ela *viu*, então vai saber de uma vez por todas que não estou interessada em Brian Wright. Seria um alívio, não um trauma. Pensando bem, talvez (tentando ver pelo lado mais positivo possível) tenha sido melhor assim. Uma pequena humilhação em troca da tranquilidade de Ruth — a boa mãe faz essa troca com prazer.

Pequeno consolo às duas da manhã, quando continuava me revirando na cama. Exatamente em que ponto as coisas começaram a dar errado? Brian era um idiota, não fiz concessões para ele, mas devo ter feito alguma coisa, conscientemente ou não, para ele pensar que valia a pena agir como um idiota. Mas por quê? Em momento algum o convidei para entrar, então não era isso. Fiz algum gesto com o corpo enquanto ele tirava meu casaco? Será? No entanto, não consegui me lembrar de nada, nenhum toque acidental, nenhum contato involuntário. Não, só podia ser porque eu era irresistível. Eu deixava os homens loucos.

O momento de hesitação com Brian, quando não soube responder à pergunta "Por que não?" — pelo menos eu entendia o motivo disso. Curiosidade. Queria testar, descobrir como era com outro homem que não Jess nem Stephen. Por isso era difícil fazer de Brian o vilão, ainda que o merecesse — porque hoje, o tempo todo, eu o estava comparando com os outros homens da minha vida. Minhas duas paixões. E se Brian tivesse me deixado sem ar? Isso mudaria tudo. Por isso meu raciocínio foi por água abaixo.

Bom, agora eu sabia a resposta. Imagina fazer amor com Brian — não, não, não queria, seria como dormir com um são-bernardo ou um dog alemão, uma dessas raças que babam em você. Já dormir com Stephen era como... como dormir com um computador. Um computador muito eficiente, solícito, cheio de vontade de agradar. Fisicamente. Eu não tinha nada do que reclamar — como ele não cansava de dizer. Mas, não sei como, nossa vida sexual se separara da vida normal. No final, não era a extensão de alguma coisa, uma expressão de intimidade e amor, era só sexo. Isso me aborrecia a ponto de me levar às lágrimas. Sem exagero.

Levantei e tomei um remédio para dormir. Ainda tinha um pouco dele — o médico me prescreveu depois que Stephen morreu. Estava economizando.

De novo acomodada na cama, enfim pensei numa coisa engraçada. No carro, saindo do Cactus Flats, tomei uma decisão. Achando que a noite correra bem, resolvi tomar coragem e fazer algo que vinha adiando havia muito tempo. Pedir um aumento a Brian.

# 12
## Crescendo rapidamente diante de seus olhos

— Quer ir a algum lugar? — Raven perguntou, deslizando para o chão, onde ficou agachado, apoiado no escaninho ao lado do meu, balançando as mãos entre os joelhos. Vestia uma calça colante preta, camisa de tecido branca e botas de amarrar de couro preto. Parecia deprimido. Novidade nenhuma.

— Quer dizer, tipo o refeitório?

Eram onze e meia, hora do almoço. Vasculhei o escaninho, trocando o livro de matemática pelo de inglês e pegando um caderno novo.

— Qualquer lugar fora daqui.

— Ah.

Olhei para o alto da cabeça dele. Todo o lado esquerdo hoje estava pintado de um vermelho metálico brilhante. Gostava mais que do verde-amarelado da semana anterior. Também usava piercings novos. A orelha esquerda parecia a lateral de um caderno espiral.

— Tudo bem — falei. — Acho que sim. Você está de carro?

Ele acenou lentamente com a cabeça, concordando, enquanto olhava os dedos.

— Tenho um teste de álgebra no quinto tempo — disse, e me senti boba de mencionar.

Ele levantou a cabeça devagar, bem devagarinho, até batê-la no escaninho atrás de si. Lentamente, os olhos com pálpebras pesadas encontraram os meus.

— Um... teste... de álgebra?

— Mas não é nada muito importante, não me importo de matar. E então, aonde quer ir?

*No cemitério com Raven*. Parecia nome de música. Ou de um jogo de detetive — Raven, no cemitério, com um baseado. A gente estava fumando antes do almoço porque Raven disse que essa era a única maneira de tornar comível a comida que a gente surrupiava do refeitório para fazer nosso piquenique. Mas era sexta-feira, dia de hambúrguer com batatas fritas, meu prato preferido antes de virar vegetariana, por isso não precisava fumar para sentir fome. Mesmo assim, dava um ou dois tapinhas para fazer companhia, para Raven não ter que fumar sozinho. E para eu não ficar com cara de imbecil.

— Isso é estranhíssimo.

Ele levou um tempão para deixar de olhar as nuvens, virar a cabeça e olhar para mim.

— Que que é estranho?

— Ficar doidona aqui. Bem do lado do túmulo dele. Dá para entender? Que que você acha que ele ia dizer disso?

— Não ia dizer nada. Ele está morto.

— É — falei, deitei de costas ao lado de Raven e pus as mãos atrás da cabeça. — É. Ele está morto.

Você podia olhar para o pedaço de céu do seu campo de visão, só aquela parte, e esquecer todo o resto, ficar só a sua cabeça e o céu. Como se estivesse meditando. Aí não havia nada no universo além de seus olhos e do azul-claro com nuvens brancas. Podia inclusive retirar o espaço entre você e ele, podia ficar *dentro* do céu.

— Você está sendo o céu? — perguntei a Raven, que não me respondeu. — Você está, tipo, lá em cima? Eu nem sinto o chão debaixo de mim.

Depois de muito tempo, ele disse com a voz rouca de doidão dele:

— Não estou fazendo isso. Estou na onda das nuvens. Aquela. — Apontou para ela. — É um cara sem cabeça. Foi executado. Era um assassino em série, ele matou... os professores de álgebra.

Dei uma risadinha.

— Não, é um carrinho de mão. E aquela é um cavalo. Está vendo a cabeça? Está vendo lá a crina?

— Não é um cavalo, é uma machadinha. Um machado. O que cortou fora a cabeça do assassino.

— Não, é um cavalo. Ele está vindo para salvar o assassino, que não está morto. Ele é inocente, foi tudo armação para ele levar a culpa.

— Ele não tem cabeça.

— Ele está mancomunado com o carrasco, só parece que não tem cabeça, é tudo um truque.

Raven suspirou e fechou os olhos. Ele quase nunca sorri. Antigamente, eu tentava fazê-lo rir, mas é tão difícil quanto furar a guarda do Palácio de Buckingham.

— Li no jornal — ele disse com os olhos fechados. — Uma família, mãe, pai, dois filhos pequenos, estava voltando de carro de uma viagem numa caminhonete velha, vagabunda. Os garotinhos estavam dormindo no banco de trás. Eles chegam em casa, tarde da noite, e os pais estão carregando os meninos para dentro de casa. Aí descobrem que os filhos não estão dormindo, estão mortos. Morreram asfixiados por intoxicação de monóxido de carbono.

— Nossa, meu Deus!

— Não existe Deus. A prova está justamente aí.
— Meu Deus. Não sei.
— Você não quer ver. Ninguém quer.

Sentei e envolvi as pernas com os braços. A grama ainda estava molhada da chuva do dia anterior; dava para sentir através do casaco sobre o qual me sentara. Não estava frio, o morro atrás da gente bloqueava o vento.

— Minha mãe, com toda a idade dela, nunca tinha perdido ninguém antes. Você pode ter quarenta, até cinquenta anos e, se tiver sorte, não perder ninguém.

— Eu perdi minha tia.

— Mas isso não pode nunca acontecer comigo. Pelo resto da vida vou ser uma pessoa que perdeu o pai cedo.

Raven levantou a mão e fez com o dedo um quadrado, para olhar o céu através dele. As mangas da camisa dele abaixaram, revelando como os braços eram brancos e magros.

— O caixão dela é daqueles de alumínio. Como uma cápsula espacial. Eles deram garantia de vinte anos, mas quem vai verificar? Já faz três anos, o forro já deve estar todo estragado. É de veludo azul-escuro. Deve estar molhado, mofado, podre. Enfim, nada sobrou além do vestido dela; então, qual é a diferença?

— Os ossos. Ela ainda tem os ossos.

— Vestiram ela com um conjunto vermelho, botaram um monte de maquiagem. Como se estivesse indo para uma festa — falou, e em seguida sentou para reacender o que sobrara do baseado. Deu uma tragada profunda e o passou para mim. — Quer o resto? — perguntou com a voz estrangulada.

Fiz que não com a cabeça.

— Botei um bilhete no caixão do papai. No velório. Enfiei sem ninguém perceber ao lado do ombro dele.

— Que que estava escrito nele?

— Ah, você sabe. Adeus e todas essas coisas.

Como eu o amava, como ia sentir falta dele. Coisas que eu não podia dizer para ele enquanto estava vivo.

Raven deu mais umas tragadas no baseado, que devia estar com menos de um milímetro de comprimento, e depois o apagou na grama.

— Essa grade me faz lembrar — ele falou, voltando a deitar-se. Olhei para a grade de ferro forjado ao longo da aleia que separava essa parte alta e montanhosa do cemitério da parte baixa. — Tem a história do cara que estava bêbado, escorregou de um telhado e foi cair em cima de uma estaca da cerca. A estaca o atravessou. Verticalmente. Entrou pela virilha, atravessou o corpo dele e parou faltando poucos centímetros para atingir o coração. Ele acabou em pé, com uma estaca dentro dele.

— Ele morreu?

— Não, ficou lá em pé, gemendo e gritando. As pessoas acharam que ele estava bêbado, como sempre, por isso ninguém foi ajudar. Passaram algumas horas, e depois ele morreu.

Pousei o rosto nos joelhos.

— Isso é verdade mesmo?

— Claro.

— Como é que você fica sabendo dessas coisas?

— Como é que você não fica? — respondeu e virou-se de lado. — Aí, tá a fim de comer agora?

Estava tudo frio, gorduroso e nada tinha sal suficiente. Ele comeu todas as batatas fritas e a maior parte do meu hambúrguer. Belisquei uma maçã enquanto tirava as ervas daninhas da sepultura de meu pai e arrancava a grama em volta da placa de bronze. Não era o tipo de sepultura que tinha lápide, só uma placa, embutida na grama para facilitar na hora de cortá-la, acho. No carro, Raven disse: — Vamos para o cemitério — mas ele se referia ao antigo, o cemitério legal da

Hickory Street. Eu disse: — Vamos para Hill Haven, é o que fica no caminho para Culpeper. — Ele não queria vir para cá, e não o culpo, não era mal-assombrado, não tinha clima de cemitério, parecia mais um campo de golfe, mas, quando falei que era lá que meu pai estava enterrado, respondeu que tudo bem.

— Não é, tipo, que eu ligue para o teste de álgebra — falei, ajoelhando-me sobre o casaco, limpando as mãos no jeans. — Não ligo se levar bomba em álgebra.

— Ál-ge-bra. Para que serve isso? Que que significa?

— Nada.

— Nada — repetiu. Raven fumava cigarros de cravo, que fazem tipo dez vezes mais mal que os cigarros comuns. Ele retirou um do bolso, acendeu e ficou soltando anéis de fumaça no ar. — Tudo é nada.

— Quer dizer que você vai levar bomba em inglês este semestre?

— Infelizmente.

— Mas você é tão bom em inglês. Consegue tirar nota alta sem nenhum esforço.

Ele abriu um olho e olhou para mim.

— Foda-se tudo — disse baixinho. — Foda-se tudo, Ruth. Que se foda.

— Ah, tudo bem — falei prontamente, tentando apagar o que ele dissera. Ninguém sabe o que acontece com a gente, tudo é possível, então era possível que papai pudesse nos escutar. É estúpido, sei disso, mas mesmo assim. Ninguém deve mandar um "foda-se" sentado ao lado da sepultura do pai, talvez sentado bem em cima dele, sei lá, pode ser, tudo vai depender da posição do caixão em relação à placa. Pela mesma razão, eu não havia contado para Raven do encontro de mamãe com Brian Wright. Porque, se papai ouvisse isso, iria morrer.

— Você sabe quanto importa tirar nota alta em inglês? — Raven perguntou. Ele fazia desenhos lentos no ar com a fumaça do cigarro.

As unhas pintadas de preto estavam mínimas de tão roídas, parecia que os dedos estavam sangrando.

— Nada? — tentei adivinhar.

— Não tem sentido nenhum em nada. Tudo é nada. É assim que a gente acaba. Agora estou deitado aqui. Daqui a algum tempo vou estar deitado aqui também, só que uns dois metros embaixo da terra. Essa é a extensão da importância da nossa preciosa vida. Durante alguns anos a gente respira, depois para.

— E o que você me diz de reencarnação?

Krystal mergulhava fundo nessas coisas, canalização, vidas passadas, terapia de regressão.

Ele me olhou com pena.

— Esse é o exemplo mais óbvio de autoengano que eu conheço. Mais até que "Deus".

— Mas você não acha que existe *alguma coisa*, algum ser ou alguma força externa que é uma espécie de consciência da realidade, uma espécie de energia, eletricidade ou sei lá o quê?

— Por quê?

— Porque sim.

— Porque você quer que exista.

— É! Mas, também, de que outra maneira se explica a criação do mundo; quer dizer, como ele continua rolando?

— Química. Oxigênio, hidrogênio, carbono...

— Mas você não sente que existe alguma coisa que é mais que nós, alguma coisa divina, sei lá, mas...

— Tinha aquela mulher de Nova Jersey que prendia a filha no armário debaixo da pia.

— Não, mas...

— Desde um ano de idade, essa menininha teve que morar dentro de um guarda-louça, fechado com cadeado. Quando finalmente foi encontrada, tinha, tipo, catorze anos e os ossos tinham atrofiado, o corpo ficou dobrado em dois para sempre, a coluna havia se tornado curva, não conseguia ficar em pé, nunca conseguiu.

— Ah, para com isso.

— Me fala da força divina que bolou isso. Isso é Deus para mim.

— Não estou dizendo que não existe...

— Sabe quantas pessoas foram exterminadas nos Bálcãs até agora?

— Não, eu sei, só...

— Ou na Argélia? Ou em Ruanda, na Irlanda, no Camboja? Quantas mulheres estupradas, quantas crianças assassinadas? Em geral em nome da religião?

Escondi a cabeça entre os joelhos e pressionei as têmporas com força.

— Aqui não é o Jardim do Éden. A gente é pior que as feras; os animais não fariam o que a gente faz. Somos monstros. Tinha esse cara do norte da Califórnia, ele raptou uma mulher e a acorrentou no porão. Primeiro decepou um braço dela e, depois que a ferida curou, decepou... Ruth? Ei. Que que foi? Que que você está fazendo? Por que está chorando?

Eu não conseguia falar.

— Ei, deixa disso, tá tudo bem — ele disse e deu um tapinha, hesitante, no meu braço. — Não faz isso, tá? Tá tudo bem.

— Não, não está, tudo acaba, é tudo horrível.

Tirei do bolso do jeans um lenço de papel amassado e assoei o nariz, sempre com a cabeça abaixada. Constrangimento total.

— Não é tudo horrível. Deixa disso, já é quase primavera, dentro de três meses a gente vai estar fora da escola. Isso não acaba.

— Todo mundo vai morrer, você tem razão; então, qual é o sentido? É tudo tão estúpido.

E esse nem era o motivo por que eu estava chorando.

— Meu pai, ele... ele...

Comecei a soluçar, caí num pranto ofegante, estava parecendo um bebê.

Raven pôs o braço em volta de mim. Recuperei o fôlego e descansei a cabeça no ombro dele. Por baixo da camisa, eu o sentia ossudo e forte como um garoto, não como um homem. O pó branco do rosto dele apresentava riscas das lágrimas que eu havia derramado. Ele trazia pendurada ao pescoço uma fita de veludo preta em que pendia um *ankh*, uma cruz ansata. Toquei-a com os dedos, em vez de tocá-lo.

— Pode ser que exista reencarnação — falou depois de um tempinho. — Ninguém sabe, entende? Ninguém *sabe*. Tudo é possível.

Concordei com a cabeça, demonstrando gratidão.

— Pode até ser que Deus exista. Merda. Pode existir um paraíso.

Ele me tratava com tanto carinho que comecei a chorar de novo — só lágrimas, sem soluços.

— Não, não acho que exista. Mas não ligo. Não é que queira que ele esteja no paraíso, só quero que não esteja morto. Não consigo acreditar que nunca mais vou ver ele. Ele estava vivo... e agora está *morto*?

Raven me abraçou, me girou e depois — parecia um filme — me beijou. Só que errou o alvo; em vez da boca, o beijo foi no rosto. Virei a cabeça e pensei: *Tudo bem, vamos fazer isso agora, depois eu piro*, e nossos lábios se encontraram. Os dele continuavam pretos do batom. Abri os olhos para ver o que ele estava fazendo. Também estava com os olhos abertos, mas os fechou quando me viu olhando para ele. As suas mãos, nos meus ombros, foram abaixando, de forma que não demorariam a tocar meus seios. Resolvi deixar. Uma vez Barry Levine tocou o lado do meu seio direito enquanto a gente dançava. Fingi que não notei e nunca mais dancei com ele. Essa ia ser a primeira vez que ia deixar alguém fazer isso. O fato de essa pessoa ser Raven — não, isso ia ficar para depois, se pensasse nisso agora, estragaria tudo.

Então demos um beijo de língua, o que já fizera antes, uma vez, mas esse beijo estava sendo melhor. Fiquei preocupada de ter mau hálito, porque Raven tinha, por causa do fumo e do cigarro de cravo, mas não me importei. No início, nem senti que ele me tocava, porque me tocava de modo muito suave. Eu me senti tonta com os olhos fechados; não me dei conta de que estava aos poucos caindo para trás, até minhas costas tocarem o chão. Dava medo e ao mesmo tempo tesão, eu deitada de costas com Raven praticamente em cima de mim. A não ser no local com o spray vermelho, o cabelo dele era mais macio e limpo do que parecia, e, no outro lado, onde cortava a ponto de ficar quase careca, era gostoso passar os dedos nos pelos curtos e ouvir o barulhinho que fazia. Será que a gente devia conversar, falar alguma coisa um com o outro? Não consegui imaginar nada que não soasse estupidez, mas o silêncio, só quebrado pela nossa respiração ofegante, era estranho.

Ele enfiou a mão por baixo da minha suéter e da minha blusa e parei de pensar. Então me dei conta de que não estava pensando e esqueci de novo. Depois lembrei. *Estou quase transando na sepultura de meu pai.* Sentei-me tão rápido que bati com a testa no nariz de Raven. Nós dois dissemos "Ai" e nos inclinamos para frente, com as mãos no rosto.

— Desculpa — falei. — Por favor, desculpa. Não posso fazer isso aqui. Esqueci onde a gente está. Meu Deus! Isso é sangue?

Eu havia tirado sangue do nariz dele. Ele levantou e se afastou um pouco, ficando de costas para mim, com os ombros encurvados. Parecia o Raven de sempre: magro, alto, abatido. E pensar que a gente há pouco estava se beijando. Era como um sonho. Às vezes pensava nele, fazia umas fantasias de nós formando um casal, porém mais como... mais como um casal de velhos, que não tinha mais vida sexual. Ou como uma freira e um padre que eram os melhores amigos um do outro. No outono anterior, teve um dia em que ele foi para a escola de saia — só no primeiro tempo, antes de o mandarem para casa. Ele disse que se tratava de uma manifestação, todos nós deveríamos desafiar os estereótipos de gênero, a androginia era a única postura sexual em que não se exploravam as pessoas. Mas depois daquilo as pessoas começaram a achar que ele era gay. Na época, eu não sabia o que pensar. Bom, acho que agora já sei.

— Tá sangrando mesmo? — perguntei, me levantando e me aproximando dele. Ele virou um pouco para dizer que não, mas estava. Eu só tinha comigo o lenço de papel amassado. Entreguei para ele, estendendo o braço por cima do seu ombro.

— Me desculpa, por favor, me desculpa, foi sem querer. Só que, de repente, entende, lembrei.

— A gente podia ir para lá — disse com a voz nasalada e apontou para umas árvores.

— Hã... bem. Acho que tá na hora de ir embora.

— Tudo bem.

— Porque eu tenho aquele teste.

— Como quiser.

— Mas foi... — Parei, deu branco. Virei-me e comecei a juntar as nossas coisas, fingindo que não tinha dito nada. De que jeito se podia terminar aquela frase? Quem ia ser estúpido o bastante para começar uma frase dessas? "Foi legal"? "Foi divertido"? "Obrigada por me bolinar; vamos fazer isso de novo um dia desses"? Sempre acho que minha vida seria muito mais fácil se eu fosse muda.

O carro de Raven é uma velha caminhonete Plymouth, que ele pintou de preto para parecer um carro fúnebre. Na placa personalizada lê-se CDVRS RUS, que quase ninguém entende, a menos que o conheça: cadáveres somos nós. O interior cheira a couro velho, banana podre e fumaça. Sempre dirige devagar e com muita cautela, não como os outros garotos que já dirigem. Eu dava umas olhadinhas de soslaio para ele, tentando descobrir como se sentia. Torcia para que ele não estivesse magoado comigo, nem com raiva. Eu havia me desculpado mais, embora não necessariamente com a intenção de que ele achasse que eu queria começar de novo ou algo assim — como, por exemplo, que só não tivemos um momento ardente de amor porque o nariz dele sangrou. Mas não acho que ele tenha pensado isso.

— Ei, você conhece o meu amigo Jess? O cara de quem te falei, o cara da arca? Jess Deeping? Essa é a rua dele. Se você virar à direita ali, vai dar na fazenda dele.

Raven concordou com a cabeça, mas não reduziu a velocidade.

— Vira! Vira, pode ser?

Ele reduziu; entramos no caminho de cascalho entre os dois pilares do portão.

— É só que... achei que a gente podia dar um alô, tudo bem? Tem grandes chances de ele nem estar aí. Olha, essas são as vacas dele, essa terra é toda dele, todo esse morro. Não é bonito? Pega uma parte do rio também.

Raven continuava com os olhos na pista, não olhou em volta.

— A gente não precisa ficar se você não quiser. A gente só dá um alô.

Depois da última curva, a casa se tornou visível, depois as estrebarias. Raven provavelmente considerava as fazendas artificiais, retrô, fontes de exploração ou qualquer coisa do gênero. Mas eu achava a de Jess bonita.

— Aquele é o sr. Green, que trabalha para ele — falei, apontando.

— Olha, ele está pintando. Ele está pintando a estrebaria de vermelho de novo, e nem precisa. Não é uma graça este lugar?

Os cachorros cercaram o carro, latindo e rosnando, fingindo que eram ferozes.

— Essa é Tracer! Oi, menina!

Assim que Raven parou, saltei para fora do carro e me ajoelhei no chão. Os cachorros recuaram, ainda latindo, mas os chamei pelo nome e, aos poucos, vieram para o meu lado, todos menos o Brigão, e começaram a cheirar minhas mãos, minhas roupas.

— Oi, Mouse, oi, Red. Oi, pessoal, vocês estavam com saudades de mim?

Levantei quando vi que Raven não tinha saído do carro, cujo motor continuava ligado. O sr. Green se aproximou, limpando as mãos num pano manchado de tinta.

— Oi — falou —, como vai você?

Ele enfiou o pano no bolso do macacão sujo e então apertou a vista para tentar ver quem estava no banco do motorista do Plymouth. O sr. Green era velho, tinha provavelmente uns sessenta anos, e um rosto moreno rechonchudo e enrugado. Nunca falava muito, mas sorria à beça, mostrando os dentes de ouro da frente.

— Por que não vai falar com Jess, que tal?

— Claro — respondi, retribuindo o sorriso. — Ele está?

— Dentro de casa. Pode entrar, se quiser.

— Obrigada. Como tem passado? — perguntei educadamente.

— Bem, e você?

— Bem, obrigada.

O sr. Green tocou a têmpora com o dedo e voltou para a sua pintura.

Inclinei-me na janela do carona. Raven estava sentado com postura relaxada, acendendo um cigarro. O cabelo escondia a lateral do rosto.

— E aí, humm...

— Me diz uma coisa: será que esse cara não pode te dar uma carona de volta para casa?

Voltei a me levantar.

— É, acho que sim. Você não quer entrar?

— Tenho umas coisas para fazer.

— Ah.

Eu devia ir com ele. Devia voltar para a escola. Eu ia me meter numa encrenca. Além disso, eu estava despachando Raven sem motivo, e ainda por cima provavelmente Jess não precisava de companhia no meio do dia.

— Tudo bem — falei. — A gente se vê.

— É.

— Ei!

— O quê?

— Você está zangado comigo?

— Não.

— Mesmo?

— Mesmo.

— Tá bom.

Disse isso, mas não saí do lugar, de forma que ele teve que olhar para mim. Ele tem olhos bonitos, azul-claros, com cílios escuros, curvados. Usei minha força de vontade para fazê-lo sorrir. Consegui: olhei nos olhos dele com meu charme feminino e o *fiz* sorrir para mim.

— A gente se vê — falei.

— Isso aí, a gente se vê.

Ele esperou um instante e depois foi embora devagarinho.

Bom, acho que acabou bem. Esse dia podia ter sido daqueles em que a gente se contorce na cama tentando dormir, ou seja, podia *perfeitamente* ter entrado para a minha lista dos Momentos Mais Constrangedores da Vida, mas dei um jeito. No final, consegui, não sei bem como, controlar a situação, e as coisas se resolveram. Espero que traga isso na minha bagagem genética para recurso futuro, que esteja gravado no meu DNA, porque seguramente vou precisar lançar mão desse poder feminino de novo.

A porta da frente da casa de Jess estava fechada, mas não trancada. Entrei. Estava prestes a dizer "Ó de casa" ou algo assim quando ouvi a voz dele vindo do escritório. Atravessei a sala que ninguém costuma usar, a cozinha, a sala de jantar. Enfiei a cabeça pela porta do escritório dele. Ele estava sentado à mesa, falando ao telefone.

Quando me viu, ficou surpreso. E contente! Levantou, mas não podia desligar o telefone; acenou, apontou para uma cadeira, mas precisava continuar falando:

— Então é um IPO? Oferta inicial de Ações? Claro, estou interessado, mas preciso de um folheto. Não. Ainda não tem receita? Ainda estão perdendo dinheiro? — perguntou e depois riu. — Parece meu tipo de... não, me manda o folheto, preciso dar uma olhada antes de te dizer alguma coisa. Tudo bem. Tudo bem. Não, concordo com você. É o que estou dizendo, quero dar uma olhada. Olha, depois volto a falar com você... — Ele olhou para mim, como que se desculpando. — Ótimo, manda então, assim está ótimo. Certo. A gente se fala semana que vem. Isso. É. Tá bom, Bob. Obrigado. Tchau.

Desligou.

— Oi — disse, dando a volta na mesa e sentando na beirada dela, na minha frente. — Quem diria, você. Como foi que veio parar aqui? Está tudo bem?

Estava vestido com calças jeans surradas, uma suéter verde velha e botas de trabalho antiquadas e enlameadas, e apresentava bom aspecto, um aspecto bem natural. Sorri para ele, que se mostrava muito contente por eu ter ido lá, mesmo interrompendo o trabalho dele.

— Está tudo bem — respondi —, vim só dar um alô. Um amigo me deu carona. Humm... será que você pode me dar uma carona para o trabalho, daqui a uma hora e meia?

Ele virou a cabeça para trás e me olhou de cima.

— Hoje é folga na escola?

— É. Reunião de professores.

Ele levantou uma sobrancelha. Cruzou os braços.

— Tá bom, tô matando aula — admiti, e ri, os olhos brilhavam para ele. — Você não vai contar para a mamãe, vai?

Eu sabia que ele não contaria, ele era legal demais. E eu era muito atraente — dava para ver que ele estava entrando na minha.

— Depende. Você faz isso sempre? — perguntou, mas sem me sorrir de volta.

— Não. Sério, não, na verdade nunca faço isso. Sério! — Era verdade, quase. — É só que... bom, o dia estava tão bonito, e esse amigo falou: Por que a gente não faz um piquenique?, e a gente foi.

Bom, assim podia parecer que se tratava de um grupo, não só eu e um cara. Dei um sorriso vitorioso, encolhi os ombros, espalmei as mãos.

— Você nunca matou aula quando estava na escola?

— Não vem ao caso.

Ele fez que não com a cabeça, mas eu o fiz sorrir.

— Eu devia contar para Carrie — falou sombriamente. — Se fizer de novo, vou contar.

— Nunca mais — eu disse, e pus a mão no coração.

— Quer um refrigerante?

— Quero.

Fui com ele até a cozinha, onde ele pegou um pacote de biscoitos salgados e abriu uma Coca-Cola.

— Eu ainda tenho que fazer umas ligações — falou. — Você fica sozinha mais um pouquinho?

— Claro, vai em frente, não se preocupa comigo. Faz de conta que não estou aqui.

Ele pareceu contente e receoso, mas nada disse. Voltamos para o escritório, sentei-me no sofá no lado oposto da mesa dele, para que ele não me ouvisse mastigando biscoitos enquanto falava ao telefone. Ele ligou para um tal de Bill e pediu óleo de fígado de peixe e TMR, o que quer que isso seja, e ligou para mais alguém, acho que para o veterinário, para falar do útero inflamado de uma vaca e perguntar se devia dar antibiótico, eletrólitos ou dextrose e estrogênio. Telefonou para dois lugares diferentes para pedir orçamento de correias, bombas e reguladores de vácuo para as máquinas de ordenha.

Eu o observava enquanto falava, pensando em como era eficiente, sem deixar de ser gentil com os outros. Dá para aprender muito sobre as pessoas ficando ao lado delas enquanto conversam ao telefone. Minha mãe é formal com estranhos, às vezes educada demais, a ponto de parecer fria. Meu pai às vezes era grosseiro, principalmente com vendedores e com pessoas que ligavam para pedir contribuições de caridade. Jess tinha uma voz calma, serena e baixa; é impossível imaginá-lo gritando com alguém. No entanto, ele era uma espécie de mistério para mim. Apesar do aspecto superpacífico e tranquilo, eu tinha certeza de que havia muita coisa acontecendo dentro dele. Será que eu ia querer um homem como ele quando fosse mais velha? Um homem que sentia as coisas profundamente, e não só pensava nelas. Jess é do tipo calado, mas tenho a impressão de que me contaria o que quer que fosse, tudo que eu quisesse saber, bastava eu encontrar a maneira certa de formular as perguntas.

Levantei e me pus a andar pela sala. Todas as prateleiras estavam apinhadas de revistas de vacas Holstein, de catálogos de produtos, livros de registros, um milhão de livros sobre fazendas leiteiras. Num quadro de cortiça ao lado da porta havia fotos de vacas usando fitas. Eu não queria incomodar Jess, mas vi, atrás da mesa dele, retratos interessantes, retratos de pessoas, por isso dei a volta na cadeira dele, fazendo o mínimo de barulho, para olhar as fotos.

Puxa, ele era igualzinho à mãe. Ora — lembrei-me do nome dela. Tinha uma grande nuvem de cabelos castanho-claros brilhosos que usava presos em um coque à moda antiga, mas, fora isso, não parecia de jeito algum antiquada. Era bonita, muito alta e magra, com grandes olhos escuros e a boca delicada. Estava sorrindo na fotografia, ao lado de um caramanchão de rosas, com um belo vestido de ficar em casa e a mão estendida — tinha braços longos e brancos —, como se perguntasse a alguém se podia ajudar. Jess, provavelmente; se foi ele quem tirou a foto, devia ser ainda muito pequeno. Dava para ver o rosto dele no rosto da mãe de modo claríssimo: os mesmos cílios longos, o mesmo nariz afilado, mas, acima de tudo, a mesma expressão no olhar. Difícil de descrever — porque não *eram* tristes de verdade, ou eram? Mas é o que Ora aparentava, e era o que Jess às vezes aparentava, como se soubesse de alguma coisa dolorosa e cruel; a gente choraria se ele contasse o que era.

Havia também um retrato do pai, um instantâneo tirado na sala dele, sentado à mesma mesa em que Jess estava agora. Parecia bem mais velho que a esposa, e mais baixo; era um homenzinho pequeno, com aparência séria, rugas entre os olhos e de sorriso em volta dos lábios. Parecia preocupado e bom.

O melhor era uma fotografia da família inteira, Jess no meio com os braços envolvendo a cintura dos pais, sorrindo para a câmera. Era tão magrinho! Não devia contar mais que dezesseis anos, e os cabelos longos, raiados, de astro de rock eram muito mais claros que agora. Eu o reconheceria em qualquer lugar, mas ele parecia tão *diferente*, relaxado, destrambelhado, sei lá, meio doidão. Fiquei um tempão olhando para a foto, tentando ver o homem que eu conhecia nos traços do garoto. A mãe não estava rindo nesse retrato; olhava para Jess, e seu belo perfil era vago, pensativo, melancólico. Eles não estavam em casa, estavam na frente de um moderno edifício de tijolos, com janelas de alumínio. Narcisos floresciam entre dois arbustos — talvez fosse Páscoa. O pai de Jess usava um terno que não era bem do tamanho dele.

Agora os dois estavam mortos e Jess vivia sozinho. Será que sentia solidão? Havia o sr. Green e alguns outros empregados, mas parecia que eles não serviam de companhia. Ele tinha todas as vacas, que conhecia pelo nome (ele dizia). Tinha amigos (provavelmente) e uma ex-esposa, mas não filhos, e era membro do conselho municipal. Será que tinha namoradas? Acho que vou perguntar para ele.

— Vou ao banheiro — articulei com os lábios, e ele fez um sinal com a cabeça, concordando, apontou para a porta e continuou conversando. Saí, desci para o vestíbulo e entrei no banheiro, que ficava ao lado da cozinha.

Jess havia deixado o tampo da privada levantado. Bom, por que não? Mamãe sempre brigava com papai por causa disso, mas nunca entendi por que devia ser tarefa do homem, e não da mulher. Mas, como Jess morava sozinho, isso não era problema.

Depois de fazer xixi, olhei meu rosto no espelho, principalmente os lábios. Quantas vezes eu ia ser beijada em toda a vida? Até agora, umas quatro vezes, mas hoje foi, de longe, o caso mais sério. Beijos de língua eu só dera uma vez antes. Muito estranho. Mas eu acabaria me acostumando. Caitlin fazia isso o tempo todo, pelo menos era o que dizia. Na verdade, Caitlin provavelmente estava dormindo com Donny Hartman, o namorado dela desde o primeiro ano do ensino médio, mas eu não tinha certeza. Jamie sabia, mas havia jurado não contar para ninguém, de forma que eu só consegui arrancar umas pistas dela.

Pus a língua de fora para examinar as bolinhas rosa. Só não era nojenta porque era minha; agora, pensar na língua de Raven era outra coisa. Línguas. Quem foi que inventou isso? Quem foi a primeira pessoa que botou a língua dentro da boca de outra pessoa e chegou à conclusão de que era legal? E o que foi que a pessoa em que ele enfiou a língua pensou disso na primeira vez? Era tipo... *molho pesto*. Quem podia imaginar que moer *folhas* e botar no *espaguete* ia ser uma boa ideia?

Os seios também — o que havia de especial neles? Levantei a blusa e analisei os meus, dentro do sutiã, número quarenta. O de

Caitlin era quarenta e dois; Jamie não precisava usar, mas usava assim mesmo, e não dizia o tamanho. Meu peito estava ficando legal, pensei; eu não era obcecada com isso, como algumas garotas. Leslie Weber, por exemplo, ficava o tempo todo olhando para o próprio peito. Ela sentava de frente para mim na aula de inglês e era tudo o que fazia, ficava olhando para os seios, como se eles estivessem mesmo crescendo diante dos olhos dela.

— Os garotos vão querer tocar você aí — mamãe me disse uma vez, na conversa mais horrorosa, mais martirizante que tivemos. Não era papo de sexo, a gente já havia conversado sobre isso quando eu tinha oito anos. Essa era sobre encontros e namoro, motivada pelo convite de Brad Donnelly para ir ao cinema no verão passado, só nós dois, e não com um grupo. Grandes coisas. Só porque Brad estava no penúltimo ano, mamãe achou que era hora de conversar sobre como me comportar com os rapazes, camisinha, aids, sífilis, seios e beijo na boca. *Nojento.* Como se eu ainda não soubesse de tudo isso. Ela usou a palavra *acariciar*, juro. Como se fosse uma experiência fora do corpo, e eu pensando: *Isso está mesmo acontecendo? Minha mãe está mesmo falando isso?* A parte horrível não era que ela achava que o que estava dizendo podia realmente se aplicar à minha vida; isso até que era simpático. A parte horrível era pensar como ela sabia de todo esse negócio — sabia porque havia feito tudo isso. O que é óbvio, mas mesmo assim arrepiante, revoltante, muito esquisito.

Ouvi Jess passar pela porta, ouvi barulho de água na cozinha e concluí que ele havia terminado de falar ao telefone. Era engraçado pensar nele como homem de negócios, não só como um cara que ordenha vacas, pesca e ensina truques engraçados para os cachorros. Lembro-me de ficar surpresa ao vê-lo de terno e gravata e todas essas coisas no enterro do meu pai. Tipo, ele era fazendeiro, por isso só podia usar jeans e camisa de flanela. Bobagem. Eu estava com uma mancha de grama no ombro, reparei. Mas estava deixando para pensar sobre Raven mais tarde. Penteei os cabelos com os dedos e fui encontrar Jess.

 Saímos e fomos andando até o rio, para o cais que se projetava da rampa da costa acidentada, metade de árvores, metade de grama. O cais era alto o suficiente, dava para sentar na beira e ficar com as pernas pra fora sem tocar a água. A não ser na primavera, depois de uma tempestade; então o rio subia e o cais desaparecia até a água abaixar. Jess era especialista em pesca com moscas, mas daqui do cais ele só fazia o que chamava de pesca comum, em que usava minhocas e coisas do gênero para pegar cavala, perca e carpa. No verão passado ele me ensinou como usar o anzol com larvas de vespa, como lançar a vara de pesca, como rebocar uma carpa grande e gorda. Acho que um dia desses ele vai me ensinar a pescar com moscas.

 Sentamos na beira do cais e ficamos conversando sobre pesca um tempinho, e sobre como a gente estava louco que a primavera chegasse logo, porque não aguentava mais o inverno. Deve ter achado que eu queria falar alguma coisa com ele, que vim por algum motivo especial, porque não demorou e disse:

— Está tudo bem?

Depois olhou para a água, e não para mim, para o caso de eu ficar tímida de falar.

 Eu não fora até ali por nenhum motivo especial, pelo menos que eu soubesse, foi só que havia um tempo que não o via, e Raven e eu estávamos passando pela rua dele. Coisas do acaso. Mesmo assim, o que saiu da minha boca foi:

— Está tudo ótimo, a não ser pelo fato de minha mãe ter tido um encontro na noite passada. Dá pra acreditar? Meu pai se foi há meio ano, e ela sai com esse praticante de fisiculturismo.

 Jess estava olhando um busardo que voava alto no céu e nada disse.

— Claro que ela diz que não foi um encontro, que foi um jantar de negócios, porque o cara é chefe dela, mas desde quando você trata de negócios à noite num bar?

Como Jess não entrou na minha e não me apoiou, falei:

— Não que eu me importe com quem ela sai, não é da minha conta. Por mim, ela pode sair com todos os caras de Clayborne. Só acho que ela não devia mentir para mim. E não acho nada excitante ter um caso com o próprio chefe. Ainda mais esse cara, que é um idiota total. Ele usa cavanhaque, sabia? — disse e cutuquei Jess com o cotovelo, tentando fazê-lo reagir. — Um *cavanhaque*. E ainda por cima não tem pescoço.

Finalmente ele fez uma careta.

— Você está falando de Brian Wright.

— É. Você conhece ele?

— Vagamente. Eu dou um curso para a escola.

— Ah, é, de pesca — lembrei. — E aí? Que que você acha dele?

— Não o conheço o suficiente para achar alguma coisa.

Não esperava que ele fosse agir com tanta reserva assim comigo. Agora queria não ter contado para ele.

— Não é nada muito importante, realmente não ligo a mínima para o que ela faz.

— Talvez não fosse um encontro — ele disse depois de um tempo. — Você e Carrie conversaram sobre isso?

— Não tenho que conversar sobre isso. Ela me liga de uma boate, está bebendo, está com um cara. Chamo isso de encontro. Ah, e ela chega em casa *depois* de *mim*. Fingi que estava dormindo, eu nem *queria* conversar com ela.

Jess começou a dizer alguma coisa.

— Não que me importe — falei logo —, a vida é dela, ela faz o que quiser. Eu só...

Olhei para onde o rio fazia uma curva e os sicômoros pendiam de ambos os lados. Desse ângulo, parecia que eles quase se tocavam no meio.

— Ela me disse que ninguém ia tirar o lugar do meu pai. Foi exatamente isso o que ela disse: "Ninguém está tirando o lugar dele." Ela disse que não estava disponível.

— Ruth.

— O quê? Você não tem que defender minha mãe.

— Não estou defendendo.

— Sei tudo que você vai dizer. Que estou sendo egoísta, que ela tem direito de se divertir um pouco, que o que ela disse não era na verdade uma promessa. Sei de tudo isso. Só não me agrada.

Inclinei-me por cima dos joelhos para ver a correnteza amarronzada, pensando que eu sempre falava demais quando estava com Jess, e me perguntei por que disso. Ele não podia representar a figura paterna porque não tinha nada a ver com meu pai, nem era exatamente um amigo porque eu não sabia muita coisa sobre ele. — Você tem namorada? — perguntei.

— O quê? — ele disse, mesmo tendo escutado.

— Você está saindo com alguém?

— Não. No momento, não.

Ele pareceu bem constrangido, e isso me animou por alguma razão.

— Ah, Jess, você sabia que Becky Driver é da minha turma? Conheci a mãe dela... jantei na casa delas.

Ele demonstrou satisfação com um gesto de cabeça.

— Ela é legal, a sra. Driver — prossegui, dominando a conversa. — Ela é *muito* legal.

— Ela é legal, sim.

— Mas Becky não é sua filha, não é isso?

— Não. Não é.

— Então...

O que aconteceu? Por que seu casamento não deu certo? Você não pode fazer esse tipo de pergunta na lata, você tem que ir aos poucos. Estava tentando pensar numa maneira sutil de indagar, quando Jess falou:

— Você tem namorado?

— Ah.

Boa pergunta. *Touché*. Sorrimos um para o outro.

— Bom — respondi —, tem esse cara. Raven.

— O vampiro.

Ri — ele lembrou!

— É. Não sei bem se é meu namorado ou se é só amigo — disse. — Foi ele que me deixou aqui.

— Ah, quer dizer que vocês estavam matando aula juntos.

— Só hoje, só dessa vez. Sério, não costumo fazer isso, não faz meu estilo.

Resolvi contar para ele:

— A gente foi ver o túmulo do meu pai. Foi uma espécie de piquenique. Foi legal. Mas tudo com muito respeito.

Sem contar o baseado, os beijos e os sarros.

— Sabe, continuo pensando por que ele teve que morrer. Como seria se ele não tivesse morrido. Ou, se tivesse que morrer, se pelo menos ele vivesse mais uns cinco anos, digamos. Acho que se eu tivesse, tipo, vinte anos, a gente ia ser muito mais próximo. Às vezes acho que ele estava esperando eu ficar mais velha para sermos amigos de verdade. Agora, ele nunca vai saber como eu fiquei depois que cresci — consegui dizer, antes de começar a chorar. Merda. Virei o rosto, apoiei a face nos joelhos para Jess não ver.

Ele pôs o braço em volta de mim. Achei que ia tentar me animar, dizer que meu pai me amava muito, blá-blá-blá, mas ele só disse:

— É triste.

E me tocou fundo.

— É — falei, contente. — É muito *triste*. Acho que tentar não ficar triste é pior que ficar triste.

— Também acho.

— Por isso gostei de ter ido ver o túmulo dele — disse e sentei-me. — Acho que mamãe não vai lá. Não sei, acho que devia ir. Fomos juntas no Natal e no dia 9 de janeiro, aniversário dele. Se ela vai, não leva flores, porque não tinha flor nenhuma lá.

— Acho que ela está tentando ficar forte pra você. Que está tentando fazer a coisa certa, ser o que acha que você precisa que ela seja. Acho que ela está sentindo todas as coisas que você sente em relação ao seu pai, está sentindo falta dele e desejando, como você, que ele não tivesse ido tão cedo. De uma coisa tenho certeza: você é o centro da vida dela.

— Então por que está saindo com um cara?

Ri, para soar mais como uma piada. E menos como reclamação.

Ele pareceu triste.

— E por que você está? — Foi tudo que ocorreu a ele.

— Não é a mesma coisa, ele era meu *pai*, não meu *marido*. Ele ia querer que eu tivesse um namorado. Mas não ia querer que ela tivesse.

— Talvez você devesse conversar com ela sobre isso.

— Não. *Não*. Não quero ouvir a explicação estúpida dela. Ela me deixa *envergonhada*.

— Envergonhada?

Jess me lançou um sorriso torto.

— Quando eu tinha a sua idade, quinze anos mais ou menos — disse e se inclinou para trás, apoiando-se nos cotovelos. Olhou para a fivela do cinto. — Você viu o retrato da minha mãe?

— Na sua casa? Vi — respondi —, ela era bonita à beça.

— Ela era esquizofrênica.

— Ah.

Engoli em seco.

— Só se manifestou quando eu tinha uns dez anos. Antes disso, era ótima. Mas teve um aborto espontâneo, e depois disso tudo mudou.

— Puxa, que coisa triste.

— Quando ela ficava mal, tinha que ir embora para o hospital. Meu pai e eu éramos ligados, mas a gente ficava perdido, como órfãos, na ausência dela. Aí ela voltava para casa, e eu enchia a paciência dela, porque não a deixava em paz. Eu ficava o tempo todo no pé dela, vivia tentando curá-la com os presentes e as coisas que fazia para ela, comida, mágicas. Truques. — Ele riu. — Às vezes parecia funcionar, o que quer que fosse: uma bebida que eu preparava, uma oração especial. Mas não durava. E nada funcionava duas vezes.

Isso era ruim, mas tinha coisa pior por vir. Eu já sabia mais ou menos o que era.

— Ela fez um monte de loucuras. Ela se perdia, saía perambulando por aí e acabava se perdendo. A gente tinha que chamar a polícia. Um dia a gente estava numa loja de departamentos, comprando o uniforme da escola para mim. Era final de verão. Ela havia passado meses bem, tinha voltado a ser a mulher de antes, estava começando de novo. Eu sempre sabia quando ia acontecer. Ela estava estranha na loja, dizendo coisas que não faziam sentido. Ficava reclamando que estava com calor, morrendo de calor, por que eles não ligavam o ar-condicionado. Estava com receio de ela reclamar com a vendedora, e não queria estar por perto se resolvesse fazer isso. Me afastei, fui para outra parte da loja. Longe o suficiente para fingir que nada estava acontecendo.

— Nossa, Jess.

— Ouvi um tumulto. Gente falando alto. Dava para sentir no ar.

Alguém chamou o segurança pelo alto-falante. Eu não queria, mas tinha que ir ver.

Ele se esticou e me deu um tapinha de leve no braço, como que para me tranquilizar, e lançou um sorriso que parecia dizer: "Que jeito?"

— Ela tinha tirado a roupa. Tudinho, não deixou uma única peça. Estava nua em pelo na seção de roupas masculinas da loja.

Tirei a mão da boca para sussurrar:

— O que foi que você fez?

— Saí correndo.

— Não.

— É. Mas só até o elevador. Se ele tivesse chegado logo, eu teria entrado, descido e fugido dali. Mas como demorou uma eternidade...

— Você teve que voltar.

— Sempre senti vergonha disso, de por muito pouco tê-la abandonado. Eu sentia um amor enorme por ela, era a pessoa que eu mais amava no mundo. Mas ela...

— Te deixava envergonhado.

Ele sorriu.

Corei. Não por achar que tinha levado um sermão, nem por me sentir culpada ou pega em flagrante cometendo um pecado. Sem dúvida, ele havia atingido o seu objetivo. Mas não com a intenção de me jogar na cara, ele estava ajudando a aliviar meu mal-estar ao admitir que já tinha feito a mesma coisa, só que pior. Por uma causa mais nobre, tudo bem, mas mesmo assim.

Gente! Imagina como é ter uma mãe louca. Louca de verdade, tipo com atestado médico, não só esquisita ou irritantemente doida como a mamãe. Isso punha as coisas em perspectiva.

— Isso é horrível — falei e pus um dedo na manga da suéter de Jess. Era a primeira vez que eu *o* consolava por alguma coisa.

— É muito triste. Ela parece tão bonita no retrato. Acho que você parece com ela. Você acredita em paraíso? Ela pode estar te olhando de lá. Tenho certeza de que ela sente muito orgulho de você, sabe, de como se saiu, essas coisas. *Gente*.

— O quê?

— É isso que as pessoas vêm dizendo para mim — me dei conta.

— As pessoas mais velhas principalmente: que meu pai provavelmente continua comigo, que se orgulha de mim, blá-blá-blá, blá-blá-blá. Isso te consola? Porque *nunca* me consola. Mas agora pelo menos eu entendo por que dizem isso.

— Por quê?

— Ah, querem ser legais, gentis, mostrar que gostam da pessoa e não querem que ela sofra.

— É.

— Então vale a pena, não é? Pode ser a maior baboseira, mas a pessoa que fala está com boa intenção.

— Acho que vale a pena. É tudo que podem fazer por nós.

Ficamos ali deitados de costas, olhando as nuvens, o céu e os pássaros voando, tranquilos como dois amigos de muito, muito tempo. Quase contei para ele do Raven de tão à vontade que me sentia. Provavelmente ia contar, mas ele se sentou e disse:

— Quatro horas.

— Como você sabe?

— Escuta.

— Não estou escutando nada.

— Escuta.

— Ah, as vacas.

Elas estavam mugindo lá longe.

— Você tem que ordenhá-las agora?

— Daqui a pouco. O sr. Green vai começar.

Levantei.

— Não sabia que já estava tarde assim — falei, acompanhando os passos largos de Jess morro acima. — Acho que fiz você perder tempo esta tarde...

Ele apenas sorriu para mim, e me senti bem.

— Ah, Jess. Será que a gente pode ir na picape?

— Claro, se você quiser.

— E... Jess?

— Hã?

— Posso ir dirigindo?

— Você trouxe a permissão de aprendiz?

— Trouxe.

— Tudo bem, então.

— Uau!

Bati palmas e dei uma dançadinha. A picape de Jess tem câmbio manual, é o maior barato de dirigir.

— E... Jess?

— *O quê?*

Ri.

— A gente pode levar a Tracer? Ela pode ficar no meio de nós dois? Sempre quis fazer isso, dirigir uma picape com um cachorro e, você sabe. Um cara.

Ele balançou a cabeça.

— Como uma verdadeira *cowgirl*.

— Acho que sim.

— Puxa, e eu achava que seu negócio era vampiro.

— Bom, e é.

— Ou comida natural e vitaminas.

— Também.

— Você é muito eclética.

— Obrigada.

Eclética. Eu era muito eclética. Legal. E eu que sempre achei que era só confusa.

# 13
# Dançarina de salão

— Não importa, Dana, você não ia mesmo se divertir tanto quanto imaginava. O Clube das Mulheres só tem pateta, não é como nos nossos tempos. Você vai se dar muito melhor sem elas.

— *Não estou aborrecida* — disse para Birdie, pela terceira vez desde que entramos no carro. — Isso não é nada. Não perco nem um segundo de sono por causa disso, pode acreditar.

— Que bom, espero que não mesmo. Porque ia ser um desperdício de energia. Por que sua casa está tão escura?

— O quê? Ah, ele se esqueceu de novo de acender a luz da varanda. Estou dizendo, é como viver com uma toupeira.

— Tem certeza de que ele está em casa?

— Está. Ou está trabalhando no escritório, ou vendo televisão na sala de TV. Quer entrar? — convidei sem muito entusiasmo. — Um cafezinho antes de voltar para casa?

— Ah, não, um cafezinho vai me deixar acordada a noite inteira.

— Descafeinado, bem entendido.

— A gente pode deixar para outro dia?

— Claro.

— A menos que queira que eu entre. A menos que esteja querendo conversar.

— Não estou querendo conversar — falei rindo. — Estou querendo *dormir*. Estou ótima, Bird, perfeita, isso significa muito pouco para mim.

— Eu sei.

— Amanhã já nem vou me lembrar mais disso.

— Claro que não. Você é muito inteligente para elas, esse é o problema. Nunca viram coisa boa na vida, por isso não sabem dar valor.

— Obrigada. Obrigada pela carona.

— Amanhã te ligo. Quer pegar um cineminha ou algo assim? Tem uma liquidação...

— Amanhã não posso. Talvez semana que vem.

A compaixão de Birdie estava começando a me irritar. Seria muito melhor se ela dissesse simplesmente "Te avisei", e encerrasse o assunto.

— Boa-noite, Dana — ela falou. — Sério, nem pensa mais nisso, não vale a pena você...

— Dirige com cuidado — eu disse e bati a porta do carro.

A casa não estava só escura, porém fria. Mais como quem mora com um urso do que com uma toupeira, com algum animal pesadão que hiberna, pensei, enquanto ia acendendo as luzes da sala, da cozinha e ligando o termostato. Ouvi som de risada enlatada vindo da sala de TV. George tem duas paixões, se é possível chamar essas coisas de paixão: o livro dele e séries de televisão antigas. Quanto mais antiga, melhor; ele até compra fitas em telefones 0800, antigos episódios de *Lassie, Bonanza, 77 Sunset Strip, The Loretta Young Show*. Não consigo entender. Será que, para ele, nos anos 50 a vida era muito melhor do que agora? Será que havia naquela época um quê especial, um sabor ou estilo de que ele sente saudade? Fico me perguntando o que será. Realmente, adoraria saber. Quando pergunto para ele "Por que você gosta dessa velharia?", ele se limita a dizer: "É divertido."

Hoje era *I Love Lucy*. Entrei na sala de lazer exatamente na hora em que Lucy estava abrindo aquele bocão e gritando: "*Uááááá*", porque Rickie não queria sair de férias com ela. George levantou a vista para mim e sorriu com olhos risonhos, afetuosos — sorri de volta antes de me dar conta de que não era eu que o estava deixando tão feliz e admirado. Será que deveria ter tentado ser mais daquele jeito? Uma mulher tola, amalucada, simplória, ridícula? Será que era isso que ele queria?

— Você voltou — ele disse, se deslocando para abrir espaço para mim no sofá.

Aonde eu fui? — quase perguntei, para testá-lo. Mas eu estava muito triste esta noite; se ele não passasse no teste, eu me sentiria pior ainda. Em vez disso, falei prestimosamente:

— Do Clube das Mulheres. Foi a noite da eleição.

Entrou um comercial, e ele baixou o som com o controle remoto.

— E como foi lá?

— Perdi.

— Ah, querida.

Seus olhos piscaram, solidários, por trás da barra central dos óculos trifocais. Ele estava muito elegante com calças de *tweed* e a suéter azul de gola redonda que Carrie lhe dera de Natal, dois anos atrás. No entanto, havia caspa nos ombros e uma mancha amarelada no peito, talvez suco de laranja ressecado. E cheirava a charuto. Nos bons tempos, fomos um casal bonito, interessante, tenho retratos para provar, mas nos tornamos pessoas sem graça. Qual de nós vai acabar em Cedar Hill primeiro? Nos últimos tempos, vivo me perguntando isso. É terrivelmente fácil me imaginar visitando George num quarto como o de Helen. Empurrando a cadeira de rodas dele para a aula de arte e artesanato, debruçada sobre os seus ombros encurvados, mostrando para ele como se fazem cabos de panela.

— É — falei —, a nova presidente do Clube das Mulheres de Clayborne é Vera Holland. Que tem dezessete anos.

— É mesmo?

— Ou vinte e sete, não faz diferença. Uma mulher mais jovem. A plataforma dela era "diversidade". Tradução: vamos todas sair por aí e recrutar mais mulheres como as amigas esculachadas dela.

— Pfff...

George desviou o olhar rapidamente para a TV. Um comercial de xampu.

— Eu nem queria essa porcaria de função, só não queria que ela entrasse.

Não era verdade.

— Bem... eu de certa forma queria, sim. Queria dar uma agitada naquilo. Queria, entende, me sentir... ativa.

Viva, para ser mais precisa.

— Todo mundo pode fazer parte de um clube, isso não quer dizer nada. O que aconteceu foi... acho que tive vontade de me testar antes que fosse tarde demais.

Fiquei meio sem fôlego diante dessa minha franqueza. Mostrar muito de mim para George, revelar meus sentimentos mais profundos. Parara de fazer isso havia anos, achei que não valia a pena. Era um exercício unilateral, que só me deixava com a sensação de ter sido boba. Também não estou dizendo que ganhei alguma coisa *não* contando minhas coisas para ele. É uma questão de perder ou perder.

— Bom — ele disse.

— Bom. Bom o quê?

— Bom... talvez tenha sido melhor assim. Ia te dar muito trabalho, você não precisa disso.

— É, talvez — falei, e me levantei. — E minha vida já é tão rica e cheia. Não sei onde estava com a cabeça.

Peguei o casaco e a bolsa.

— Dana.

— O quê?

— Tenho certeza de que você ia ser uma excelente presidente.

— Não sei se ia ou não ser boa, mas ia ser bom ganhar. Eu queria muito ganhar.

Ele encolheu os ombros, balançou a cabeça. Enrugou os lábios, piscou os olhos. Tentativas de manifestar comiseração por meio de linguagem corporal. *Palavras, George, eu quero palavras.* Na televisão, Fred e Ethel entraram no apartamento de Lucy. Fred, sem nenhuma expressão, falava com o canto da boca, e Ethel revirava os olhos.

— Bom — falei —, vou te deixar em paz.

— Subo em dois minutos — George disse. Explosões de riso me acompanharam enquanto subia as escadas.

O segundo andar estava ainda mais frio que o primeiro. Enquanto me despia na frente do armário, ouvi barulho dos interruptores lá embaixo, e depois os passos pesados e lentos de George nos degraus. Estava cumprindo o prometido, embora fosse cedo para ele. Será que estava com pena de mim? Para com isso! Mas, ao vê-lo de relance passando por trás de mim enquanto eu estava abaixada, tirando a meia, reparei que só parecia cansado.

Visão horripilante a de mim no espelho do banheiro. Desde 1979 eu venho pedindo a George para trocar a lâmpada fluorescente em cima da pia por uma comum, de tungstênio. Ele nunca vai fazer isso. Reclamo com Carrie e ela diz: "Bom, se a senhora consegue parecer parcialmente humana *naquela* luz, imagina como é bonita no mundo real." A lógica é boa, mas não funciona mais. Há uns, ah, vinte anos.

Escovei os dentes, penteei os cabelos. Que estão ralos. Tomei o remédio para pressão. Curvada na direção do espelho, abaixei a gola da camisola para examinar as novas rugas do pescoço. Pescoço de peru. Papada de peru. Esse é um ritual noturno que eu, sem dúvida, devia dar um fim. É engraçado, estou ficando mais vaidosa com a idade, e não menos. Não, *vaidosa* não é a palavra. *Aterrorizada*, isso sim.

Será que George ia querer fazer amor comigo se eu fosse mais bonita? Se eu perdesse dez quilos? Tenho minhas dúvidas. Para ser sincera, não consigo imaginá-lo excitado com a ideia de dormir com Sophia Loren. Talvez com June Allyson, ele sempre gostou dela. Uma pena ele ter casado com uma mulher que está mais para Ethel Merman. Joan Crawford. Uma morena comum, nenhum osso aparecendo.

Ele levantou a vista rapidamente do jornal quando deitei na cama, ao lado dele.

— Está cansada? — perguntou.

— Por quê? Estou parecendo cansada?

Ele encolheu os ombros e voltou para o jornal.

— Bom, de qualquer modo, pelo menos fiz uma conquista esta noite — falei, interrompendo-o de propósito.

— Que que foi?

— Apresentei a ideia de começar uma campanha para impedir essa bobagem de construir a arca, e foi aprovada.

— Você se refere... à arca do rio?

— Não, à arca no meio da Interestadual — falei. Eu realmente não estava de bom humor. — É, a arca no rio.

— Por que fez isso?

— Por quê! É propriedade pública, George, as pessoas atracam barcos naquele cais.

— Ah, mas não são muitos, acho que não.

— E o que me diz do fator estupidez?

— Ah.

— E da separação de Igreja e Estado? Vou te dizer o que aconteceu: Jess Deeping deu um jeito para que o projeto fosse aprovado às pressas no conselho antes que as pessoas ficassem sabendo. Imagina se a mídia descobre essa história? É como... o jornalista que ficou famoso por descobrir que um maluco de Idaho estava construindo um santuário para a Virgem Maria com tampinhas de garrafa.

— Foi mesmo?

— Não, estou dizendo... que todos nós vamos parecer ridículos. Vai ser um trambolho, uma praga pública, a gente não pode permitir uma coisa dessas.

Ele tirou os óculos e começou a limpá-los na beira do lençol.

— E Carrie?

— O que que tem Carrie?

— Ela não está interessada nisso? Achei que estava...

— É puro tédio, é só mais um dos projetos "artísticos" dela. Carrie precisa se concentrar no seu trabalho, no trabalho de verdade, e não se envolver nessa baboseira fundamentalista. Tem coisa mais louca que isso? E é claro que Jess Deeping está metido nisso. Não é de admirar. Está no sangue.

— Do que você está falando?

— Da mãe dele. Era maluca, não lembra?

— Não.

— Mas era. Morreu num hospício, e filho de peixe peixinho é.

Ele balançou a cabeça, *não* em sinal de concordância, e sacudiu as páginas do jornal. Fim de papo.

Outra coisa típica dele. Ignorar um problema fingindo que não existe. Carrie provavelmente também não ia gostar da minha campanha. Provavelmente questionaria meus motivos. Sem sombra de dúvida, ela nunca ia me *agradecer* por isso. De todo modo, pode não dar em nada, talvez seja tarde demais. Queria pelo menos expor a manobra desonesta. Para Jess Deeping sentir vergonha de si mesmo. Talvez eu escreva uma carta para o editor.

— Você sabe o que Birdie disse?

George suspirou:

— O quê?

— Ela disse que eu só queria ser presidente para mandar nos outros.

Ele levantou a vista ao ouvir isso. Fiquei esperando que zombasse de mim, mas ele se limitou a me olhar.

— Ela falou isso brincando, mas não gostei.

— Não...

— Você me acha mandona?

— De jeito nenhum, querida.

Ele abaixou a cabeça careca e me olhou com as sobrancelhas baixas. Seus olhos pareciam sorrir, divertidos. Ri. E ele riu, e por um bom tempo.

Dobrou o jornal, o pôs de lado e apagou a luz do seu lado. Toda noite ele dorme de lado, virado de costas para mim; depois de uns quarenta minutos, vira e fica de barriga para cima, roncando. Começou a puxar as cobertas, soltando o lençol na parte de baixo para não ficar com os pés presos. Toda manhã eu tinha que prendê-lo de novo.

— George?

— Humm?

— Nada. Deixa pra lá.

Veio-me um sentimento, uma sensação de ânsia, sofreguidão, como um vício, e tomou conta de mim.

— Que tal a gente fazer dança de salão?

Ele virou a cabeça, esticou o pescoço e ficou me olhando.

— Às sextas, no Ramada Inn. São seis semanas, e começa na próxima. A gente podia sair para jantar antes, um programa à noite só nós dois. Só para ter uma coisa empolgante em que pensar.

— Bom. Hã... — Ele franziu o cenho. — O único problema é que sexta à noite é quando tenho reunião com Albert sobre o livro. Acho que é o único dia que ele pode.

— A noite de sexta é a única da semana inteira em que ele pode se reunir com você? Sexta à noite?!

— Bom, é o que ele diz.
— Tá bom, deixa pra lá.
— Desculpa. Ia ser divertido — mentiu. — Quem sabe ano que vem?
— Boa ideia — falei e peguei meu livro na mesinha de cabeceira.
— Vamos esperar ficarmos mais velhos ainda.
— Dana.
— Talvez no ano que vem eles ofereçam dança de salão em cadeiras de rodas.

Abri o livro, procurei a página em que havia parado na noite anterior.

— Esquece — falei, louca de raiva. Arranquei a sua mão do meu quadril e me virei. — Estou tentando ler meu livro.

Ele suspirou como um mártir, ajeitou as cobertas e se acomodou sobre o lado direito.

— Boa-noite.

Conheci George quando tinha dezoito anos e trabalhava no departamento de atendimento ao consumidor de uma oficina mecânica. Meu primeiro emprego. Eu fazia trabalhos de datilografia, de arquivamento e recebia os clientes. Não sei aonde eu achava que esse emprego ia me levar — a lugar nenhum, suponho; naquele tempo, a gente só se casava, não tinha carreira, pelo menos era assim com as garotas da minha classe social. Um dia George levou o velho Plymouth caindo aos pedaços e eu o atendi, preenchi o formulário, anotei o nome e o endereço dele e escrevi o que havia de errado com o carro. Estava com uma suéter com padrão de losangos multicoloridos, lembro como se fosse ontem. Universitário. Flertei com ele porque era gentil e tímido. Mas nunca dei em cima dele. Eu sabia o meu lugar. Quando me perguntou se podia me telefonar, quase disse que não. Achei que ele não conhecia as regras, que, sendo de Remington, devia saber que os garotos de lá não chamavam as garotas de Clayborne para sair. Pelo menos não com boas intenções.

Ele me levou para um recital de orquestra no campus, numa sexta à noite. Nem se fosse Casanova, nem se fosse Don Juan, ele teria conseguido escolher um programa mais sedutor. Fiquei encantadíssima, absolutamente extasiada. Naquela mesma noite comecei a dar bola para ele. *Quero isso*, pensei. Estar com pessoas educadas, que falam baixo e dizem coisas fora do meu alcance. *Talvez consiga aprender essas coisas*, pensei. Campus — ah, só essa palavra já me deixava inebriada. *Campus*. Significava paz, serenidade e segurança. Acima de tudo, significava respeitabilidade.

Foi fácil fazê-lo se apaixonar por mim. Eu era bonitinha na época e fingia que ele era o centro do mundo, tirei tudo da cabeça, só sobrou George, e, com todo aquele vigor, eu o ceguei. Hoje acho que precisaria ter dormido com ele, mas naquela época bastava fazê-lo me querer. Ele foi o único homem da minha vida. Ele diz que fui a única mulher da vida dele, mas isso não sei. Nem questiono muito. A única em muitos, muitos anos, *disso* eu não duvido.

Acho que quis ser presidente do Clube das Mulheres porque queria provar, antes de completar cem anos e ser realmente tarde demais, se meu disfarce funcionou. Venho de família simples. Meu pai era um bêbado. Vou levando como se fizesse parte desta casa, desta cidade, como se as festas da faculdade não me constrangessem, mas nunca sei se consigo de fato esconder meu segredo das pessoas. O fato de ter perdido as eleições para Vera Holland não prova nada, infelizmente. Só que já cruzei o Cabo da Boa Esperança.

Fico pensando se não devia ter casado com alguém como Calvin Mintz, o marido da pobre da Helen. Mais do meu nível. Qual de nós é mais mesquinho, Cal ou eu? Quem venceria? Pelo menos teria sido interessante. Se a gente sobrevivesse.

Quando achei que já ia conseguir dormir, apaguei a luz e deitei virada de costas para George. Nossas nádegas se tocaram. Afastei-me um pouco, ainda furiosa; não queria que ele encostasse em mim.

Olha como ando mórbida ultimamente — penso que posso acordar no meio da noite e o encontrar rígido e frio na cama, ao meu lado. Tenho medo de tocar nele. Ligo para Carrie ou para o Serviço de Emergência, não sei. Talvez para Carrie, e então *ela* liga para a Ambulância. Chegam os paramédicos. Batem à porta, há luzes azuis e brancas no quintal, na rua, e os conduzo para cima de robe e chinelos. Eles fazem coisas… a fantasia fica menos real nesse ponto. Do jeito que os sonhos podem começar bem claros e ir ficando nebulosos, até se tornarem um disparate total. Nunca imagino alguém do pessoal do atendimento dizer "Ele está morto, senhora". Não. Nunca chega até aí.

O tempo está me transformando numa pessoa inimaginável, não dá para acreditar. *Velha senhora*. Será que as outras pessoas velhas *se sentem* velhas? Sempre achei que sim, que deviam se sentir velhas, mas cá estou, à beira dos setenta, e não sou mais inteligente, mais sábia, mais feliz, mais satisfeita, realizada, contente ou esclarecida do que quando tinha quarenta anos. Na verdade, menos.

*Eu poderia viver até os cem*, pensei, fechando os olhos para a luz da lua na cortina. Meu nome poderia sair na televisão. Quem diria! George poderia viver até noventa e oito na outra ala do asilo. O *Morning Record* ia botar na seção "Estilos de Vida" uma foto de nós dois mirrados, na cadeira de rodas, de mãos dadas, mãos cheias de protuberâncias, cortando um bolo.

Bobagem. Por que eu ia querer estender meu casamento com George por mais trinta anos? Será que os últimos cinquenta não me ensinaram nada?

Não acredito em desesperança, vai contra minha criação. Mas o problema da esperança é que ela sempre renasce. Velhas doidas acham que milagres ainda podem acontecer. George se virou enquanto dormia e pôs o joelho no meu traseiro. Estava gostoso o calor dele, por isso fiquei parada, não o cutuquei para que mudasse de posição. Está vendo? Ele é bom para alguma coisa. Isso é esperançoso.

# 14
## Dia do elefante

*Alla prima*. Em pintura quer dizer *ao mesmo tempo*, aplicar todos os pigmentos numa só seção, sem retoques e sem camadas. Van Gogh provavelmente pintou o *Quarto em Arles alla prima*, dizem. Supostamente, a vantagem dessa técnica sobre um tratamento mais esmerado, elaborado, é a emoção, a intensidade, a fluidez. Devo estar fazendo um trabalho muito emocionante esses dias, é tudo o que posso dizer. E também foi bom ter um jargão artístico para ele, *alla prima*. Muito mais simpático que *nas coxas*.

Pele de lontra molhada. Como se pinta uma pele de lontra molhada? Se eu estivesse pintando com tinta acrílica ou a óleo numa boa tela, começaria com uma base neutra ultramarina, *gris-de-payne*, talvez terra com sombra natural, um pouco de branco de titânio. Se a situação financeira permitisse, ia usar um pincel Richeson nº 10, série 9050, pintar primeiro as camadas de claros e escuros, tentando imaginar o corpo da lontra como uma paisagem, pele, músculos e ossos como morros, vales e rios. Ia compô-lo num cenário apropriado, talvez subindo num tronco depois de um mergulho no riacho. Os elementos da composição iam proporcionar perspectiva e proporção; a gente ia saber o tamanho da lontra com base no tamanho dos elementos à sua volta. Ia ser cinza, mas não um cinza pardacento, porque a colocaria atrás de folhas de outono (terra de siena natural, vermelho vivo, vermelho veneziano, marrom Van Dyck) e em frente de um cepo caído molhado (terra de siena queimada, azul-ultramarino, preto). Ia mudar para um pincel Richeson nº 3, série 9000, para o trabalho fino, para o detalhamento e refinamento do pelo, dos bigodes, dos olhos, dos cílios e das unhas.

Não estava fazendo nada disso. Estava usando uma tinta semibrilhante intermediária para exteriores (20,99 dólares o galão), num tom marrom-acinzentado chamado "Adeus", pintava com um pincel de náilon e poliéster de uns oito centímetros sobre o que eu esperava que fosse um recorte de lontra feito com uma folha de 1,22 x 2,44 cm de espuma de poliestireno isolante, com menos de dois centímetros de espessura. Isso era um empecilho.

Mas não insuperável. E eu não estava trabalhando completamente *alla prima*, para falar a verdade: depois que a tinta de látex cinza secava, eu acrescentava realces em branco e preto com um pincel redondo pequeno e vermelho de pelo de marta-zibelina, o único presente que me permiti para acentuar com nitidez as formas oblíquas do V, já que eu chegara à conclusão de que pele de lontra molhada tinha esse aspecto. O truque consistia em levantar o pincel rápido quando chegasse à ponta do pelo; caso contrário o resultado não ficava bom. Se eu tivesse tempo, ia refazer o olho dela com tinta acrílica; eu gostaria de poder delinear a borda das pupilas, clarear a parte de baixo da íris com amarelo de Turner e um pouco mais de branco. Porque havia decidido que a luz vinha de cima da cabeça.

No entanto, eu não teria tempo. Deus deu a Noé cento e vinte anos para construir a arca e pôr os animais lá dentro sem motivo aparente. Eldon Pletcher dera a Landy, que dera a Jess, que dera a mim e a meus "ajudantes" cerca de três meses para encher uma arca de três andares de peixes, répteis e insetos, aproximadamente setenta e oito espécies de animais.

Landy disse que não foi fácil fazer o pai se decidir por setenta e oito, e dá para imaginar. A princípio, algumas das escolhas dele me pareceram arbitrárias. Insistiu em que pusesse o antílope, mas não a rena, por exemplo; o lobo, mas não o coiote; o alce americano, mas não o alce; a toupeira, mas não a víbora. O leopardo, mas não o puma; o cachorro, mas não o dingo; o burro, mas não a mula — e por aí vai. Depois, pensando melhor, a gente via que fazia sentido: entre animais parecidos, ele escolhera, com bom-senso, o que não só era mais fácil de reconhecer, como mais... apreciado, na falta de palavra melhor. As pessoas gostam de camundongos, mas não de ratos.

No geral, aprovei a lista de Eldon. Mas estava com uma vontade especial de fazer um chimpanzé. E um polvo — ia ser um desafio tanto mecânico quanto artístico. Landy ia perguntar para o pai se eu podia ter certo poder de decisão para fazer uns acréscimos, porque eu adorava os animais lentos, que andam pesadamente, e a lista não incluía gambá nem peixe-boi. Mas, mesmo que concordasse, eu não ia ter muito tempo.

Não foi de todo ruim o prazo absurdo — 17 de maio —, impossível de cumprir. Assim, pensar duas vezes ficava fora de cogitação. O lado esquerdo do meu cérebro, se é que eu tinha tal coisa, fora silenciado; por necessidade, eu ia em frente por puro instinto. Nunca havia trabalhado dessa maneira antes. Eu era como uma repórter de jornal que tem que terminar a matéria em tempo de sair na edição matinal. Era mais rápido, obviamente, mas isso era bom? Não sabia — e receava esperar que fosse —, achei que poderia ser. De todo modo, estava me divertindo como nunca na minha vida.

O trabalho me atraía, apesar de todas as restrições e condições excêntricas impostas por Eldon. Ele me engolia como as jiboias engolem os coelhos. (Eu andara lendo sobre jiboias; Eldon queria que elas representassem a categoria das cobras — de novo, o fator "fácil de identificar".) Quando trabalhava, quase entrava em transe. Não era como o transe dos arranjos florais em miniatura — aquilo parecia me afundar em estado de coma, e este era mais como um estado hipnótico. Eu tinha consciência do que me cercava, do frio do lugar, do mugido das vacas lá fora, dos cheiros de óleo, gasolina e grama, do zumbido das lâmpadas fluorescentes que Jess havia pendurado no teto, junto com um inadequado aquecedor de propano na parede, quando a estrebaria se tornou a área oficial para a montagem dos animais da arca. Mas nada me distraía, nada se interpunha entre mim e meu trabalho. Era como se eu derramasse sangue na tinta, a tinta derramasse sangue na superfície, e a superfície derramasse sangue no objeto — nesse caso, a lontra. Extraordinário! Era a dádiva, o prêmio, a melhor parte de fazer arte. Antigamente sentia isso, mas mal me lembrava. Nunca achei que voltaria a sentir.

Landy me tirou a concentração ao dizer:

— Desculpa por eu ter que ir embora tão cedo hoje.

Dei um pulo. A linha reta que estava pintando fez uma curva para cima, como a listagem de um detector de mentiras ao captar a lorota de alguém.

— Ah, desculpa, pensei que tivesse me ouvido!

Eu ri. A gente estava trabalhando na estrebaria de Jess desde a hora do almoço e, ainda que ficássemos muito próximos um do outro, eu sempre esquecia que Landy estava lá. Não era só por causa de eu estar totalmente absorvida na pintura: ele era caladíssimo, adorava ficar horas trabalhando sem dizer uma palavra.

— Bom — falou, se inclinando para espiar minha lontra. — Parece de verdade.

— Ainda não terminei o pelo. Está cinza demais? Acha que precisa de mais marrom?

— Humm, pode ser.

— Estou me inspirando nessas fotografias e desenhos — disse, apontando para meu material de referência sobre lontras, calendários de vida selvagem e algumas revistas sobre a natureza. — É, acho bom um pouco mais de marrom. Senão vai parecer um filhote de foca.

— Não, que isso, não parece nada com uma foca.

Acreditei nele e deixei essa preocupação de lado. Landy era meu crítico mais confiável. Embora sempre educado, nunca mentia: se a figura recortada do porco parecesse a de um tatu, ele ia encontrar um jeito gentil de me dizer.

— Você vai visitar seu pai? — perguntei.

Ele fez que sim com a cabeça.

— Desculpa eu ter que sair tão cedo, com tanta coisa ainda para fazer, mas essa é a hora em que ele gosta de me receber.

— Não se preocupa com isso — falei. Eldon estava hospitalizado de novo, por causa de dores no peito e secreção nos pulmões. — Como ele está?

— Melhor. Dizem que em poucos dias vai poder voltar para casa. Terça-feira, segundo eles.

— Que bom, fico contente. Ele é forte.

Eu ainda não o tinha visto, mas isso pareceu seguro de dizer.

— Fiz seis conjuntos de rodas, deixei elas ali. Desculpa por não ter feito mais — falou, estendendo as mãos e dobrando os dedos artríticos, cheios de saliências. — Hoje não foi dos melhores dias.

— É o frio.

Eu usava luvas sem dedo para trabalhar, mas Landy se recusava, dizia que o deixavam desajeitado.

Ele abotoou a jaqueta de xadrez escocês até o queixo e enfiou o boné de caçador laranja.

— Fiz dois conjuntos para o elefante, como você falou. Da frente e de trás.

Ele havia passado a tarde prendendo rodas em bases de madeira pesadas, porque Eldon queria que os animais entrassem na arca rolando por uma rampa. Ele *já conseguia visualizar a cena*, disse.

— Ótimo. Você acha que os freios vão segurar? — perguntei. Compramos conjuntos de rodas com pequenos pedais de freio; ridiculamente caros, mas a gente conseguiu um bom desconto por comprar em quantidade.

— Acho que sim. O que você vai fazer depois de colorir essa lontra?

— Ah, vou me divertir um pouco — respondi. — Hoje é dia do elefante.

Ele abriu um largo sorriso, e seus olhos, de tão pregueados, quase se fecharam.

— Gostaria de poder ficar para ver. Você está se divertindo à beça, não está?

— Estou, sim.

— Por que resolveu ajudar? Isso não tem absolutamente nada a ver com você.

As pessoas viviam me perguntando isso; eu já devia ter encontrado uma resposta satisfatória a essa altura.

— Foi tomando conta de mim. — Era a única resposta que sabia dar. — Não achei que ia tão longe assim. Achei que só viria uma ou duas vezes dar uma mãozinha, um empurrãozinho até as coisas engrenarem.

Ele soltou sua risadinha tímida, asmática.

— Foi exatamente isso que aconteceu comigo! E com Jess também. A gente se deixa influenciar muito fácil, isso sim. Você está arrependida?

— Não. Mas pergunta se estou *cansada*?

— Como se eu não soubesse a resposta! As Finch disseram que podem voltar aqui um dia da semana que vem, e também no próximo sábado. Talvez isso te ajude.

— Hã — falei, sem querer dar minha opinião. As Finch, duas solteironas Arquistas, estavam realmente dispostas a me ajudar, mas eram um caso perdido — em tantos níveis que seria maldade relacionar todos. Daltonismo era um deles; outra era a idade, avançadíssima. Mas o pior é que tinham *ideias*, davam *sugestões*. Eu não sabia como estava sendo autoritária até semana passada, quando Sara Finch disse que a vaca deveria ser uma vaca suíça marrom, e Edna Finch concordou. Não, não, não. Não. A vaca era uma Holstein preta e branca e ponto. Aqui não era uma democracia.

— Eu queria poder te pagar de alguma forma — Landy murmurou com a cabeça abaixada. — Hoje é domingo, você podia estar em casa, curtindo a companhia da famí... da sua filha. Eu queria retribuir de alguma forma, só isso.

Isso de fato o aborrecia, eu sabia porque toda hora ele tocava no assunto.

— Talvez você possa. Quando a gente terminar isso, talvez você possa me ajudar nuns projetos para minha casa, que não posso fazer sozinha.

Ele sorriu, exultante.

— Que bom, faço com todo o prazer. Qualquer coisa que possa ajudar, vai ser um prazer para mim. Pode contar comigo.

— Ótimo.

Ninguém sabia, nem o próprio Landy, quanto dinheiro o velho Eldon tinha no banco. Devia ter um bocado, senão não se ofereceria para comprar brinquedos novos para o playground. (Será que ia mesmo fazer isso? De repente fiquei pensando: será que estava enganando toda a cidade? Será que Jess aventou essa possibilidade? Eu perguntaria para ele.) De todo modo, Landy queria gastar o mínimo possível com o projeto da arca, pois, segundo dizia, estava queimando a herança da mãe. Dele também — mas ele não parecia se importar com isso. Falou que não queria que a obsessão do pai deixasse a mãe pobre depois que ele morresse. Era por isso que eu usava a tinta mais barata que a loja de ferragens vendia, e poliestireno em vez de madeira. Era por isso que Landy e Jess, cujos conhecimentos de engenharia não eram suficientes para fazer uma caixa de fósforos, estavam projetando uma arca de trinta e seis metros, só com a ajuda dos Arquistas e de nenhum profissional. Ficava me perguntando se Eldon era um espertalhão ou só maluco mesmo.

Despedi-me de Landy e voltei a atenção para os elefantes.

Todo mundo gostava deles, todo mundo sentia carinho por eles. Foram para a minha geração o que os dinossauros são para a geração de Ruth. Mas as crianças acabam perdendo o interesse por dinossauros, na medida em que crescem — mas ninguém deixa de ligar para os elefantes. Bom, os comerciantes de marfim, ao que tudo indica, mas ninguém com alma. Havia algo nos elefantes que eu não sabia bem o que era e queria tentar captar. A doçura, a inteligência, a perspicácia, a persistência, a infatigabilidade. A honestidade.

Como todos os animais, eu o faria em tamanho real — um elefante pequeno, a bem da verdade, mas de tamanho real. A ideia de pintar a fêmea de um lado e o macho do outro estava dando certo, embora eu não conseguisse fazê-los com *poses* diferentes nas pranchas recortadas; eu só conseguia mudar o gênero por meio das cores. Mas continuava tentando. Eu trabalhava com folhas isolantes de 1,22 x 2,44 m, e até agora elas haviam sido perfeitamente adequadas. Na verdade, eu costumava fazer dois animais pequenos, de um lado e do outro, com uma só folha. Mas ela não seria suficiente para um elefante, por exemplo, por isso tinha que colar duas folhas, no sentido da largura, e depois colar mais duas folhas de cada lado sobre a parte colada, para dar mais firmeza, e finalmente colar quatro folhas pela metade nas partes de cima e de baixo de cada lado, para preencher os espaços vazios. Agora eu tinha um quadrado de isopor enorme e mais espesso. Depois cortaria as orelhas, a tromba e o rabo, e os colaria separadamente para ficar ainda maior.

Quem deu a ideia brilhante de usar folhas de poliestireno foi Chris. Em outra encarnação, ela havia feito cenários para a produção de peças teatrais amadoras. Compensado, segundo ela, era muito mais pesado, caro, difícil de trabalhar e empenava quando molhava. As folhas de poliestireno, coladas, ficavam com bom aspecto, para cortá-las não era necessário serra de fita, bastava uma faca alfa, e aderia à tinta látex que era uma beleza. Chris só conhecia Landy de me ouvir falar dele, mas deve ter ficado maravilhada ao pensar no tanto de economia que a sugestão dela havia proporcionado a ele.

Eu costumava desenhar o perfil básico dos animais numa folha de isopor estendida no chão, mas com o elefante não ia dar; grande demais. A menos que eu engatinhasse em cima da folha, porém corria o sério risco de furá-la; embora fosse resistente, não era indestrutível. Pendurei a folha na parede e olhei em volta, tentando achar um caixote em que pudesse subir para chegar à parte de cima. Depois de uma dúzia de esboços, me decidi por um desenho meio de lado, de forma que ia ser principalmente cabeça, tronco e um imponente flanco esquerdo, o bicho olhando para frente e nos espiando com um olho pequeno, bondoso e enrugado. Eu não estava trabalhando à mão livre, ia transpondo seções proporcionais grade a grade para a folha de isopor.

Os pés. Pense na função; eu aprendera milhões de anos atrás na faculdade de arte. A função dos pés do elefante era sustentar os seus milhares de quilos. Pés grandes, chatos e redondos na extremidade de enormes pernas disformes e coriáceas, com a pele caída formando sacos em volta do que seriam tornozelos em outro animal. Atrás dos cotovelos, também, grandes pregas de pele, feito um barbilhão — eu só esperava estar sendo realista: será que um elefante pequeno como aquele tinha pele tão enrugada assim? Bom, era um elefante velho de pequeno porte. Nasceu pequeno. Os pais eram pequenos, e filho de peixe peixinho é. Essa é a minha história, e me mantenho fiel a ela.

O tronco tinha quase um metro e meio de comprimento, curvando-se na direção da boca delicada. Tratava-se de um elefante indiano, por isso o dorso era o ponto mais alto, mais alto que os ombros, e ligeiramente arqueado. As orelhas eram grandes mas não gigantescas, não as enormes abas esvoaçantes, semelhantes a velas, do elefante africano — que, infelizmente, não vai embarcar na arca. Exclusões como essa me deixavam numa dúvida terrível. Por exemplo, foi com pesar que escolhi o urso-cinzento (baseada, como sempre, na facilidade de identificação), em vez do urso-negro, do urso-pardo, do Kodiak, do urso-malaio, do urso-atlas e do urso-de-óculos. Gostava de imaginar que o velho Pletcher sentiu o mesmo que eu ao selecionar o polvo, e não a foca, e quando decidiu que o tubarão ia representar todo o reino písceo. *Coitadinhos dos peixinhos-dourados de aquário, coitadinho do salmão*, eu esperava que ele tivesse pensado, *coitadinha da truta*.

Bom, o esboço da silhueta não estava mau. Virando-o do avesso, vi que permitia um bom retrato da fêmea. Eu a faria de um tom cinza mais claro, embora isso implicasse comprar mais uma lata de tinta. A peça estava razoável; a cabeça devia ser mais chata em cima, reparei. Mas o músculo no meio da testa dele, o que levantava a tromba pesada, eu havia feito direitinho. E eu gostava de uma orelha para dentro e outra para fora; será que iam achar que ficou assim por engano, por erro meu? Adorei a visão lateral da anca, redonda e volumosa, uma massa de músculo motor; ficava na cara que ele acabara de jogar o peso sobre a perna traseira esquerda e estava prestes a levantar a parte direita da frente. Nessa acertei em cheio.

Foi quando eu estava sombreando as linhas horizontais paralelas ao tronco, fazendo uma espécie de mapa de contorno, tentando mostrar que a luz batia nas arestas e lançava sombra nas cavidades, que me veio uma grande ideia. Eu podia fazer mais que sombra e realce, eu podia fazer *entalhes*. Descobri isso por acaso, quando pus muita pressão no lápis e cortei o isopor. E se eu *inscrevesse* as rugas mais fundas do tronco e do rosto, as fendas tristes dos olhos antigos, e pintasse com tinta escura as partes insculpidas e uma segunda camada mais clara na parte de cima? Textura! Ia funcionar, tinha quase certeza de que ia. Por mais que me esmerasse na pintura, o problema de ser tudo achatado, de os animais se parecerem plataformas verticais móveis, cenários sobre rodas, tinha me atormentado desde o início. Isso não resolvia tudo — as deficiências já me ocorriam —, mas era um começo. Um começo muito bom. Me senti iluminada por dentro, cheia de energia renovada. Primeiro eu faria uma experiência com retalhos, sobras de isopor, claro. Com caneta? Com faca? Ia tentar com uma faca alfa com lâmina nova. Queria mais que um entalhe superficial, queria verdadeiros penhascos, fissuras pretas drásticas. Mas sem estraçalhar o isopor. Será que a tinta látex cinza cobriria bem o preto?

Dedos enrijecidos e uma dor na região lombar me despertaram de outro transe. Esquecera-me de pôr o relógio, mas o filete de uma lua incipiente brilhava através das janelas altas e empoeiradas da estrebaria. Já era tarde.

Juntei a bagunça que Landy e eu havíamos feito, todos os recortes de isopor e de madeira, pus dentro de sacos de lixo de plástico, limpei minhas calças, dei uma arrumada na área de trabalho. Eu não conseguia sair sem olhar o que havia feito durante a tarde — os toques de acabamento de uma lebre, quase uma lontra inteira e o esboço do elefante. Nada mau, nada mau. O problema era: *ainda faltava tanto!* Landy precisava de mais ajuda, eu nunca ia conseguir fazer sozinha todos esses animais no tempo livre. Pelo visto, ninguém levava muito a sério esse fato.

Fiquei torcendo para Jess vir aqui conversar comigo, ver meus progressos. Achei que ele ainda estava ocupado com a ordenha. Desliguei o aquecimento, apaguei as luzes, fechei as portas grandes da estrebaria. Saí piscando no crepúsculo gelado como uma toupeira.

Apesar de não saber se as toupeiras piscam ou não, seus olhos são quase do tamanho de uma cabeça de alfinete, e, como passam a vida inteira debaixo da terra, provavelmente só conseguem distinguir luz forte de escuridão. Em breve eu ia ter que produzir uma toupeira; andei lendo sobre o assunto.

O zumbido da ordenhadeira me desviou do pátio esburacado para as portas abertas e iluminadas da sala de ordenha. Lá dentro ficavam oito vacas de um lado, em cima de duas plataformas elevadas sobre um poço raso, onde Jess e os ajudantes, o sr. Green e dois garotos das vizinhanças, iam de vaca em vaca prendendo o equipamento. Eu sempre me impressionava com a docilidade das vacas, que, por conta própria, caminhavam pesadamente até as cocheiras individuais, paravam e esperavam com toda a paciência a sua vez. Por que nunca debandavam? Já havia perguntado isso a Jess, e ele rira.

— Elas são pacíficas por natureza — explicou —; além disso, a ordenha é a coisa de que mais gostam. Depois da comida.

Fiquei parada do lado de dentro da porta, curtindo o calor, observando o processo mecânico, mas mesmo assim natural, de tirar leite das vacas. Jess, com luvas e botas de borracha, lavava o úbere de uma Holstein toda preta com toalhas de papel e desinfetante, e depois, com a mão, fazia esguichar um pouco de leite de cada teta. Enquanto prendia as ventosas de sucção forradas de borracha, a ordenhadeira emitia quatro apitinhos de sucção distintos. Olhei para o rosto largo e preto da vaca, esperando um sinal de felicidade, mas não me pareceu que mudou algo em sua expressão.

Eles estavam quase terminando, dava para saber pela visão e pelo cheiro de urina e estrume. Quando começaram, a sala de ordenha se encontrava limpíssima, mas, aos poucos, foi ficando um horror. Findo o trabalho, lavaram tudinho, todas as superfícies, e logo se viu a sala limpa e arrumada de novo. Que trabalho!

## Trio de Vênus

Que vida! Definitivamente, não era a vida que imaginei para meu garoto impulsivo e romântico, embora fosse a única que Jess sempre desejou para si mesmo. Pelo menos que eu soubesse. Certa vez ele me disse uma coisa: falou que queria ser uma mistura do pai e da mãe, um pouco de cada um, não herdar tudo dos dois. Isso me fez ficar pensando se ele temia a doença da mãe. Talvez o esforço físico, os ciclos sutis, a rotina lenta e previsível dos dias de Jess fossem um totem para ele, uma proteção contra... a loucura. Se era isso, não sei o que pensar. Estava dando certo, mas era triste? Estranho? O problema era: não sabia se Jess era feliz ou não. Não sabia dizer — ele se tornara um mistério para mim. Outra coisa que nunca imaginei que ia acontecer.

O sr. Green apertou um botão na parede ladrilhada do poço, abriu-se uma porta de metal e as vacas ordenhadas, enfileiradas, saíram ruidosamente da sala para o cercado externo, onde silagens de feno as aguardavam. Outro portão se abriu; uma nova fila de vacas entrou. Jess levantou a vista e me viu. A expressão do rosto dele mudou por completo. Ficou mais alegre.

Ele não podia ser um mistério, eu sabia muita coisa da vida dele. Ele tinha uma cicatriz em forma de lua crescente na escápula do ombro direito: estava abaixado, olhando o motor de um caminhão quando a capota se soltou e caiu nas costas dele. Contava treze anos na época. Era a caminhonete Ford 62 do pai dele. Aos catorze, aprendeu sozinho a tocar violão. O compositor predileto era James Taylor. Quando estava com dezesseis anos, me mostrou como apertar a testa contra o flanco macio e volumoso da vaca e tirar leite dela com puxões firmes, cuidadosos e rítmicos, esguicho, esguicho, esguicho.

— Não deixa seu cabelo roçar a pele dela, Carrie, ela é muito, muito sensível, sente qualquer coisinha. — O garoto magricela com dedos compridos e fortes me deu a primeira aula "adulta" sobre sensualidade quando me ensinou a ordenhar aquela vaca. É verdade, ele fez isso, e com tratamento respeitoso com o sexo oposto. Eu queria que ele me tocasse com a mesma autoconfiança e solicitude com que tocava aquelas grandes damas bovinas, exemplares de peso de quem se orgulha da própria feminilidade. Não há nada de surpreendente em reconhecer um componente sexual em ordenhar vacas; eu, no entanto, na vida adulta, o descartei: não passava de transtorno hormonal de adolescente. Agora vi que estava errada. Não tinha a ver com idade, e sim com sensibilidade.

Ele retirou as luvas, falou alguma coisa para o sr. Green, que levantou a vista e acenou para mim. Era um homem bom, o sr. Green, mas estava ficando velho. Queria se aposentar e ir morar com a filha na Carolina do Norte, e Jess tentava dissuadi-lo da ideia. Por egoísmo — ele era o primeiro a admitir. O sr. Green achava que construir uma arca era a coisa mais esquisita que já vira na vida.

— Oi — disse Jess. Ele devia ter um estoque enorme de roupas surradas. Cuidar de vacas era um trabalho imundo; por que ele se vestiria bem? Mesmo assim, fiquei meio chocada quando o vi pela primeira vez com roupas de trabalho. Quer dizer, se comparasse as roupas que usava no conselho municipal com as que ia à cidade, pode-se dizer que ele levava uma vida dupla. Hoje, estava com calça cáqui manchada e rasgada no joelho, camisa puída, cardigã cinza encardido e casacão de couro disforme, com o zíper quebrado e os bolsos arrancados.

— Oi — falei, e saímos. Ficamos encostados na parede do lado de fora, olhando o céu lívido, estriado.

— Está com cheiro de primavera — Jess falou. Inspirei, mas só consegui sentir cheiro de vaca.

— Vamos entrar — ele disse —, tomar um café, tomar um drinque.

— Não posso, tenho que ir para casa. Que horas são?

— Por volta das seis.

— Eu disse para Ruth que ia chegar antes das seis.

— O que ela está fazendo hoje?

— Estudando para o teste de francês na casa de uma amiga.

— Achei que ela vinha com você, já que é domingo.

— Ela não quis vir — admiti. — Ela acha tudo isso uma loucura, Jess, acha que estamos todos doidos. Hoje de manhã ela me falou, em tom escarnecedor: "*Gente*, mãe, você está ficando tão *esquisita*." Eu respondi: "Ah, é mesmo? Você vai ficar dez vezes mais esquisita que eu." "De jeito *nenhum*. De onde foi que tirou isso?" "Ninguém te reprime", respondi, pensando em minha mãe. "Ninguém põe um freio em você."

Jess sorriu, demonstrando compreensão.

— Sei disso. A gente a deixa morrendo de vergonha. E a gente pode culpá-la por isso?

Eu adorava o fato de ele gostar muito de Ruth, e não só por causa de mim.

— E aí, o que é que você fez hoje?

— O elefante; o desenho do elefante. Ah, Jess, eu acho que vai ficar bom.

— Vamos ver, me mostra.

— Não, não posso, tenho que ir.

No entanto, nenhum de nós dois se mexeu.

— Que que você acha que Eldon vai dizer se eu fizer o tigre em pleno ar? E não parado nem andando, mas *dando o bote*.

Essa imagem não me saía da cabeça: as pernas do tigre esticadas para frente, o rabo musculoso levantado, voando, a boca bem aberta com os dentes à mostra, orelhas eriçadas e a coisa toda a um ângulo de mais ou menos setenta graus. Um imenso salto no ar livre.

— E como ia ficar de pé?

— Por meio de cavilhas presas na base de madeira; de longe, não dá para ver. Ia ficar, no máximo, a uns três metros do chão. Acha que vai parecer uma coisa muito... predatória?

— Acho a ideia fantástica. Só não sei se ele vai achar.

— Bom, ele disse que queria realismo. Não quer desenhos animados nem caras sorridentes, não quer de jeito nenhum *antropomorfizar* os animais, ele disse isso.

Foi aí que topei ajudar; quando descobri que Eldon e eu tínhamos a mesma concepção estética da arca.

— Tudo bem — ele falou —, mas talvez ele não queira que as pessoas fiquem pensando o que o tigre vai comer durante os quarenta dias — disse e lambeu os lábios. — Galinhas saborosas, belas gazelas. Coelhos tenros, suculentos.

— Não havia pensado nisso. Ratos, que não tenho que fazer, felizmente. Ah, Jess, você *precisa* ver o elefante.

— Me mostra.

— Não posso. Além disso, você ainda está trabalhando.

— Não, já terminamos.

— Terminou nada, ainda tem toda a limpeza para fazer.

Depois da ordenha vinha a parte da limpeza do galpão, mais uma meia hora lavando, esfregando e enxaguando, até ficar tudo brilhando. Depois, fazer os registros: Jess precisava saber quantos galões de leite cada vaca dava a cada ordenha.

— Não entendo como você consegue construir a arca com todo o outro trabalho que tem para fazer — falei. — *Gente*!

— O quê?

— Parecia minha mãe falando.

— Bom, ela teria razão. Vou ter que contratar outro cara para ajudar na ordenha até terminarmos a arca — falou e esfregou os olhos. Pude ver como estava cansado. — Sei que é só uma plataforma, mas ainda tem que flutuar, e não sei construir barcos.

— Você vai descobrir. Na realidade é uma balsa, não é? — Ele e Landy haviam me explicado o último projeto que apresentaram. — Com uma coisa imitando um casco e dois andares falsos em cima?

— Teoricamente. Mas ainda tem que flutuar — falou com pessimismo. — E aguentar o peso de um homem, para a gente poder pôr os animais lá dentro.

— Estava pensando — falei. — Vocês vão botar vigias?

— Vigias?

— Você podia fazer umas vigias de mentirinha, só uns círculos pintados. Mas eu podia pintar animais olhando através delas. Ia ser uma maneira de ter mais animais a bordo.

— Mais animais a bordo.

Não era para qualquer pessoa que eu podia falar essas coisas. Talvez só para Jess.

— Você não acha uma pena não entrar o coiote? E o puma? O corvo, o pinguim... eles vão todos morrer no dilúvio. Vão se extinguir. Só estou preocupada com a diversidade das espécies, ou proliferação, sei lá como se chama.

Ele continuou com a cabeça baixa, mas vi os seus lábios se curvarem num sorriso. Isso me fez sorrir. Eu estava encostada no curral, pressionando a palma da mão no tapume, observando minha respiração condensar no ar. Jess segurou uma de minhas mãos. Olhei para o rosto dele e ele ficou olhando para a minha palma, passando o polegar pelos calinhos que estavam se formando na base do anelar e do dedo do meio. Não vi nada demais nisso, me pareceu perfeitamente natural. Era como andar na neve com botas de couro novas. *Já não era sem tempo.*

Mas depois, quando achei que ele ia levantá-la e beijá-la, a retirei. Peguei de volta. *É minha, não é sua.*

Enfiamos as mãos vazias nos bolsos do casaco e ficamos calados. O que é que eu queria? Que diabos eu queria? Algumas coisas nunca mudam, e a minha infindável capacidade para decepcionar Jess era uma delas.

— Ruth disse que você está saindo com Brian.

Levei um tempo para processar isso.

— Não, não estou. Ruth te disse isso? Não é verdade.

— Tudo bem. — Ele falou com neutralidade.

— A gente saiu para jantar. Juro, pode acreditar, não estou saindo com ele.

— Tudo bem.

— Quando foi que ela te falou isso?

— Há umas semanas.

Eu ia matar Ruth. Assim que chegasse em casa. Eu tinha começado a tirar aquela noite da minha cabeça. No trabalho, Brian agia como se nada houvesse acontecido. Tentei copiar o "esquecimento" dele — era a única maneira de continuarmos a trabalhar juntos —, mas eu não tinha muito talento para isso. Queria desabafar com Chris, mas não podia. Ela gostava dele, ela o conhecia havia mais tempo que eu, seria leal a ele; eu não podia desiludi-la só para me sentir melhor. Por isso, como Brian, eu estava fingindo que nada havia acontecido.

Jess estava me observando.

— Não vou poder voltar aqui até quarta — falei para ele. — Mas aí vou poder sair cedo do trabalho e chegar por volta das quatro. Tá bom assim?

— Tá.

— Você vai estar aqui?

— Ou aqui, ou no Point.

— Tudo bem, então.

Cruzei os braços, senti um frio repentino.

— Bom, é melhor eu ir, deixar você voltar para o trabalho. Ah... eu também não vou poder vir no próximo fim de semana. Não vai dar.

Ele fez que sim com a cabeça, lentamente, como se já esperasse isso.

— Eu queria vir, mas não vai dar.

— Não tem problema.

— A gente vai para Washington. Mamãe, Ruth e eu. Passar o fim de semana.

— Ah.

— É, pode ser interessante.

Dei alguns passos para trás, na direção do carro. Mas ele não me seguiu, por isso parei.

— Reunião de mulheres. Espero que a gente não se mate.

— Como está indo a campanha da sua mãe?

Estremeci. Assunto delicado. Mamãe conseguiu que o Clube das Mulheres lançasse uma campanha contra a arca, alegando que propriedade pública não pode ser usada para fins religiosos.

— O que você acha que Eldon pensa sobre toda a publicidade que os Arquistas estão tendo? — perguntei, em vez de responder.

— Sua mãe sabe que você está vindo aqui, Carrie?

— Não... Sim... Bom, não... — Parei, arrependida e na defensiva. — Ela sabe que quero ajudar.

Ele sorriu.

— Vou contar para ela hoje à noite — eu disse, afoita. — Vou ter que ligar mesmo para ela para falar do fim de semana. Vou fazer *questão* de mencionar isso. Que venho aqui sempre que posso; e nem é com tanta frequência assim.

— Por quê?

— Por que o quê?

— Por que contar para ela?

Levantei os braços e depois os deixei cair.

— Por que essa pergunta?

— Por nada. Curiosidade.

Ficamos olhando um para o outro; eu, ansiosa; ele, achando graça. Eu não sabia de que Jess sorria, só sabia que esse sorriso não estava me agradando.

— Não tenho medo do que minha mãe pensa. Não tenho mais dezoito anos, você sabe disso.

Dizer isso me fez sentir-me uma criança.

Ele disse:

— Isso é bom.

Mas agora nada do que ele dissesse deixaria de parecer tolerância, sarcasmo ou condescendência. Ou engabelação. Ele sabia disso também. Continuou sorrindo.

— Tchau, então. Estou indo.

— Boa-noite — falou, enquanto eu saía caminhando. — Na quarta-feira volto aqui, Carrie. Faço *questão* de estar aqui.

Ah, quer dizer que agora ele estava curtindo com a minha cara? Entrei no carro aos trancos, frustrada, e acelerei pela pista irregular, pedregosa da entrada da fazenda. Se eu ia ou não contar para a minha mãe, o que ele tinha a ver com isso? E eu, eu estava com raiva? Não sabia, mas estava com uma sensação boa. Descabida, injustificada e boa. Parecia que era exatamente disso que a gente precisava. Queria que ele estivesse furioso também. *Já não era sem tempo.*

Nós dois havíamos passado por um monte de coisas juntos, mas nunca sentimos raiva um do outro. Por que isso? No último ano da escola, quando me recusei a ir para a cama com ele, ele foi compreensivo, e eu me senti culpada. Quando não quis casar com ele, ele ficou triste, e eu me senti culpada. Quando ficamos juntos depois da reunião e eu o decepcionei de novo, ele ficou entorpecido, e eu me senti culpada.

Eu odiava esse padrão. Eu ia gostar de uma boa briga, de um bate-boca aos berros, até de uns empurrões, talvez. "Você me machucou!", ele diria, e eu gritaria: "Eu sei! Como acha que estou me sentindo?"

## Trio de Vênus

Eu já não era mais a mesma pessoa. Tinha a sensação de estar sob o efeito de alguma droga; dessa vez, uma droga boa, mas uma droga nova, desconhecida para mim. Eu não suportava brigas, nunca gostei de me envolver a esse ponto com as pessoas — mas ia gostar muito se tivesse começado uma briga com Jess. Considerei isso bom sinal. Podia querer dizer que havíamos superado um obstáculo.

Ou era isso ou eu tinha entrado na perimenopausa.

# 15
## Blá-blá-blá, etc., etc.

A primavera chegou. Mamãe me deixou faltar aula na sexta, e nós três, eu, ela e vovó, fomos de carro para Washington, passar o fim de semana. Eu ia dirigir, mas só até Gainesville, porque depois vem a autoestrada interestadual 66 e, em seguida — credo! —, o Beltway, e eu ia matar todas nós se dirigisse no — Deus me livre! — Beltway. Por isso mamãe e eu tivemos que trocar de lugar, enquanto vovó dava um pulinho no toalete do posto de gasolina para fazer xixi pela quarta vez desde que saímos de casa. Fiquei achando que ela estava com algum problema, mas ela diz que não, que é sempre assim.

Foi legal dirigir, legal mesmo. Eu já havia feito um monte de coisas com mamãe e vovó antes, mas essa foi a primeira vez em que me senti uma delas, e não uma garotinha no meio de adultos. Três mulheres saindo juntas para uma aventura. Em parte porque vovó disse coisas no carro que em geral espera eu sair de perto para falar, coisas que eu nem necessariamente gostaria de ouvir, como que havia dois anos ela não passava tanto tempo fora de casa porque vovô não gosta de ir a lugar nenhum. E o que ela achava que ia ser uma aposentadoria prazerosa, os dois viajando e fazendo coisas juntos, etc., etc., pelo visto não passava de um sonho que nunca ia se realizar. Ela não riu, não falou em tom de piada, como costuma fazer. A sua voz ficou alta e fina, e ninguém disse nada por um tempão, depois a ouvi assoar o nariz, e foi assim que a história acabou.

Isso deixou mamãe passada. Fico imaginando o que ela diria se eu não estivesse lá. Afinal, era do pai dela que vovó estava falando mal. Tudo bem, vovô é meio chato mesmo, dá para entender que ser casada com ele às vezes deve encher o saco, principalmente se você quer ter alguém com quem conversar. Mas eu nunca gostava quando mamãe reclamava de alguma coisa do papai. Ela não fazia isso com frequência (e agora não faz nunca, muito pelo contrário, não tinha a mínima ideia de que gostava tanto dele). E ela só reclamava de bobagens, tipo que ele deixava pelos de barba na pia, ou era muito pessimista, ou não se esforçava o suficiente para ser sociável com os amigos. Mas mesmo assim eu odiava aquilo, eu saía da sala quando ela começava, não gostava de ficar perto nem se concordasse. Não sabia a qual dos dois devia ser leal, a ela ou a ele. Quando brigavam, eu ficava com medo e pensava: e se essa discussão continuar eternamente, até o desfecho natural, se eles chegarem à conclusão de que não gostam um do outro e resolverem se separar? Por isso eu sempre saía, dava o fora dali, e tentava pensar em outra coisa. Quando eu voltasse, estaria tudo bem de novo, em silêncio, mas tudo bem. Ela estaria deprimida, e ele, trancado no escritório, mas pelo menos a briga teria terminado.

De todo modo, a viagem até lá foi bem legal, principalmente quando eu dirigi, e o hotel em que a gente se hospedou era incrível. Ficava na Massachusetts Avenue, e, da janela do nosso quarto, no oitavo andar, dava para ver Dupont Circle. Reservamos uma suíte; mamãe e eu dormiríamos na cama king-size do quarto, e vovó no sofá-cama da sala. Torci para que ela não roncasse.

Passamos toda a tarde de sexta vendo obras de arte. Pegamos o metrô para o shopping e fomos à National Gallery. Primeiro fomos ao

East Building, que é todo de arte moderna, e depois ao West Building, de arte antiga. Gosto das duas, mas mamãe prefere a moderna, e vovó só gosta da clássica. De tudo que vi, o que mais gostei foi de uma exposição de Monet no East Building, meu pintor predileto, que fazia quadros fantásticos de jardins, de campos de trigo, de paisagens marítimas e, claro, de ninfeias. Ele também pintou a esposa, Camille. Segundo o folheto informativo, ele a havia traído e tido um filho com a esposa de outro homem dois anos antes de Camille morrer. Depois de descobrir uma coisa dessas, é difícil saber o que sentir em relação a um artista que você admirava. Durante um tempo, tipo dez minutos, não senti o mesmo interesse pelas pinturas de Monet que sentia antes, mas depois passou.

— Licença artística — vovó falou. — Os homens são todos iguais.

Será que o vovô a traiu alguma vez? Duvido; não com uma pessoa, pelo menos. Com um livro, talvez.

Agora que mamãe se acha artista de novo, ela ficou meio irritante. A gente estava olhando o quadro *A Ponte de Argenteuil*, que é basicamente um rio com um barco a vela à esquerda e uma ponte à direita. Bom, imagina minha surpresa quando ela disse para mim e vovó, mas alto o suficiente para todo mundo que estava perto ouvir, que o elo dominante entre as quatro formas básicas era a ponte; e acrescentou que era incrível como o mastro do barco unia a água, o céu e a praia ao longe, de forma que seus olhos deslizavam sem esforço — ela disse mesmo "sem esforço" — pela tela, para o fundo do quadro e de volta à superfície, numa interação constante de linhas e formas. Ela disse mesmo "interação".

Aí falei:

— Sabe, dizer "forma" é como, tipo, ter sotaque inglês, faz as pessoas automaticamente acharem que você é inteligente. Não é, mãe? Quando você diz "forma", parece que entende do que está falando, quando na verdade não significa coisa nenhuma. Coisa quer dizer coisa; por que você não diz simplesmente a *coisa* do quadro, por que tem que dizer *forma*?

Ela pareceu surpresa. Eu devo ter falado num tom meio hostil. Ela começou a tirar a franja do meu rosto, mas recuei para ficar fora do alcance dela. *Detesto* quando ela faz isso. Ela disse:

— Bom, a forma é mais um relacionamento do que uma coisa. É o que *organiza* as coisas. Ela determina o contexto, como num soneto ou num balé ou numa música de rock.

Ah, obrigada por descer ao meu nível.

— A forma é, na verdade, as coisas relacionadas com outras coisas, e a arte é a busca da forma. O que, se você pensar melhor, é outra maneira de dizer que é a busca do próprio eu. A arte dá forma ao caos, ou encontra forma *no* caos. O sentido da arte é dar forma ao que não tem forma...

Eu me afastei.

Mas depois, quando a gente estava no West Building vendo as marinhas esplêndidas de Turner, não consegui me conter. Disse, achando que irritaria mamãe — como se eu não soubesse:

— Só não entendo por que as pessoas continuam pintando. Sério, qual é o sentido de pintar depois que inventaram a máquina fotográfica? Por que perder tempo pintando?

Ela tentou se mostrar paciente e de jeito nenhum deixar transparecer que isso era a coisa mais estúpida do mundo que alguém podia dizer.

— Bom, mas pensa numa coisa. Se cinquenta pessoas pintassem a mesma paisagem, você ia ter cinquenta paisagens diferentes, ou nus, ou vasos. Você não pinta para fazer uma réplica do que está pintando...

— Claro que sim.

— Não, você pinta para compartilhar com o resto do mundo seu modo particular de ver uma coisa. É uma forma de *expressão*.

— De você mesma.
— É.
— Me parece uma coisa bem narcisista.
— Autoexpressão? Não, é natural... é imperativo, é o que a gente...
— Eu acho muito egoísta. Olha o que *eu* pintei, olha como fiz esse prédio tão abstrato que você nem vai achar que é um prédio, seu estúpido.

Eu não acreditava em nada do que estava falando, só não conseguia parar.

— Não há nada de egoísta na autoexpressão — ela disse, começando a demonstrar impaciência. — Além disso, a arte te aproxima das outras pessoas. Quando você está pintando ou compondo uma música, tem a sensação de fazer parte das coisas. Você pertence àquilo, participa daquilo. É como... é quase como uma euforia. É o oposto de estar sozinho. Rollo May diz que a criatividade nos alivia da nossa alienação, e concordo com ele... Sei que para mim...

— Quer dizer que, quando você está fazendo uma lula gigante de isopor na estrebaria de Jess para gente doida, você entra, tipo, em estado de êxtase? Isso é legal demais, mãe, é realmente fantástico que você não esteja sozinha quando está pintando porcos-da-terra; para mim, pessoalmente, é um alívio imenso — falei e fui embora ver sozinha as obras de Courbet. Nem sei por que estava tão furiosa, só sei que estava.

Do museu voltamos ao hotel para trocar de roupa, depois fomos jantar num restaurante em Foggy Bottom para estar perto do Kennedy Center quando a peça começasse. Foi vovó quem escolheu, e ela deve ter achado interessante para nós pelo que leu na crítica de uma só linha que fazem domingo sim, domingo não no *Times Dispatch*. Provavelmente dizia alguma coisa tipo: "Mãe e filha descobrem o verdadeiro significado da família nesse drama real de dor e redenção." Eles só se esqueceram de mencionar que o drama real se passa na Bósnia, e a mãe e a filha descobrem o verdadeiro significado da família quando a mãe mata a filha com um tiro, para evitar que os soldados cruéis a violentem e mutilem. Gente! Saímos de lá parecendo zumbis. Todo mundo, aliás. E, se houve alguma redenção, devo ter piscado e perdido, porque só vi a dor.

No táxi, voltando para o hotel, mamãe diz:

— Nossa, que peça alegre.

Vovó fica ofendida, fingindo que gostou e dizendo que a vida não é como em *A Noviça Rebelde* o tempo todo, e é bom de vez em quando a gente ver como é sortuda comparada com as pessoas de outras terras, blá-blá-blá, etc., etc. Tinha uma cena horrível na peça, em que elas estavam morrendo de fome e tiveram que comer um rato, um RATO de verdade (!!), por isso falei para vovó:

— É, e agora sei apreciar muito mais a comida da mamãe.

Mamãe deixou escapar uma risadinha, e vovó tentou não rir, mas não conseguiu, e logo a gente se viu falando aos risos, culpados e constrangidos, é verdade, mas ainda assim risos, das piores coisas que aconteceram na peça. Receei que o motorista do táxi achasse que éramos demônios, fanáticas, mórmons ou sei lá o quê, mas ele nem olhou para a gente.

Depois não consegui dormir. Mamãe ficou acordada até tarde conversando com a vovó na sala. Tempo esgotado de ser adulta, de ser uma delas. Não, eu não podia ficar acordada vendo televisão. Não, a gente não podia pedir um lanchinho no quarto; não, eu não podia comer macadâmia no bar do hotel. Não, a gente não podia comprar um *futon*; não, eu não podia comprar uma jaqueta de couro; não, a gente não podia ir a Georgetown no dia seguinte. Era o único lugar aonde eu queria ir; mas não, a gente não podia ir lá. Não tem estação de metrô lá, e ainda por cima aquele lugar agora anda muito mal frequentado.

Podia ser uma viagem superlegal se eu tivesse ido com qualquer outra companhia além de mamãe e vovó.

Estava enganada — sábado acabou se revelando um dia e tanto! Primeira coisa: mamãe recebeu o telefonema de uma antiga colega de faculdade, que mora em Maryland e finalmente respondeu à ligação *dela* e disse que sim, podia sair para almoçar hoje; que tal o Lord & Taylor em Chevy Chase? Aí nós três passamos a manhã fazendo compras na Filene's Basement, na Connecticut Avenue (ganhei dois leggings, essa suéter superlegal, azul com uma listra vermelha transversal na frente, que vesti assim que saí da loja, e algumas roupas de baixo), e depois mamãe saiu para encontrar a amiga. Então ficamos só eu e vovó. Nosso plano era caminhar pelo centro da cidade, almoçar em algum lugar, talvez fazer o passeio turístico da Casa Branca, ver a Lafayette Square, a Corcoran Gallery of Art, etc., etc. Tipo chato, chato, chato, mas você tem que fazer porque está com sua avó, e foi ela quem convidou.

Aí a gente está sentada num banco da K Street, tentando se programar, se orientar, e vovó manda:

— Você quer mesmo ir a Georgetown?

Fiquei totalmente ouriçada, mas procurei fingir indiferença:

— Ah, não sei, acho que é um pouco longe demais. Nem sei como se vai para lá. A senhora não quer ir, não é?

A vovó pode ser rigorosa e até meter medo às vezes. Mas ela franziu o cenho, me encarou e disse:

— Ruth. Você quer ou não ir a Georgetown? Agora.

Engulo e respondo:

— Ah, vó, ia ser demais.

Ela se levanta, estica o braço, um táxi para cantando pneus, e lá vamos nós para Georgetown!

É o lugar mais legal do mundo! Já que não posso ir estudar lá, adoraria morar. Em cima de uma loja ou de uma galeria. Eu podia morar no segundo ou no terceiro andar de uma daquelas galerias de arte exóticas e arrumar um emprego numa delas. Usaria sapatos com salto plataforma supermodernos, saia longa preta e suéter preta. A galeria ia ter paredes bege ou brancas altas e ser silenciosa como uma biblioteca, e eu ia explicar as pinturas para gente rica e bonita, ganhar vultosas gorjetas, morar num loft e ter amantes. É um sonho, mas não impossível.

Então, Georgetown. A gente tinha que andar bem devagarinho porque vovó tinha vindo com o sapato errado e as calçadas de paralelepípedos são irregulares, ruins para caminhar. Ela diz, antes mesmo de a gente sair do táxi:

— Passa a alça da bolsa pelo pescoço e segura ela firme o tempo todo.

Como se todas as pessoas que a gente via fossem assaltantes. Isso é muito ridículo, *nunca* vou ser assim quando ficar velha, desconfiada e com medo de todo mundo; prefiro mil vezes ser roubada a assumir essa atitude na vida. Ficamos a maior parte do tempo só passeando pela M Street e pela Wisconsin Avenue, olhando as pessoas e as lojas. O negócio de Georgetown é que, logo que você chega, se sente meio deprimida, tipo, nunca vou ser chique desse jeito, nunca vou ser rica desse jeito, nunca vou ser rica o bastante para ser chique desse jeito. Você sente vergonha de si mesma. Mas depois esse sentimento começa a desaparecer, você se acostuma com aquilo, sei lá, e não é tão ruim, mesmo que tipo esse desejo continue dentro de você... você queria tanto fazer parte daquilo e sabe que nunca vai conseguir. Às vezes tenho a sensação de que minha cabeça vai explodir se eu não crescer logo, se eu não sair dessa vida logo. Dessa vida horrível, que é como estar na prisão ou trancada num quarto escuro e nada acontecendo, NADA, além de eu ser ridícula e estar todo mundo rindo de mim, ou estariam se pudessem ver dentro da minha cabeça.

Enfim. Entramos numa loja só de pipas. Entramos numa loja só de mapas. Clayborne é tão pobre. *Gente*. A gente tem algumas lojas legais, como a Book Stop, a Pearl's Jewels e a loja de velas, mas, comparadas às de Georgetown, não passam de imitações baratas. Acho que estou precisando mesmo de uma jaqueta de couro. Preta ou marrom, estou na dúvida. Preta. (Krystal não vai gostar, nem sapato de couro ela usa, não toma leite nem come queijo cottage porque vêm da vaca.) Entramos numa loja só de chapéus, e vovó disse que eu podia escolher um para mim. Aí ganhei um chapéu *cloche*! Nem sabia que queria ter um chapéu desses até ver na loja. É bege ("granito", segundo a vendedora), feito de uma lã maciíssima e é a minha cara, todo mundo achou. Como, não dá para entender, porque é supersofisticado. Me faz parecer bem mais velha, tipo dezenove ou vinte anos, ainda mais se eu puser os óculos escuros. AMEI. Ninguém em Clayborne tem um chapéu desses, nem precisa dizer.

A gente estava num restaurante chamado Purple Dog (pizza de pão pita com queijo de cabra para mim; sanduíche de peru para vovó) e tinha essa mulher na mesa do outro lado. Sozinha. Uns vinte e oito anos, imaginei, não mais que isso. Tinha cabelo preto comprido e brilhoso, preso para trás com uma presilha, batendo um pouco abaixo dos ombros, liso, sem franjas nem nada. Usava um pequeno brinco de pingente de prata e um anel, um aro fininho de prata, no dedo médio da mão esquerda, e mais nada de joia. Vestia calças compridas cinza, do tipo que se usam com botas, e uma suéter preta, talvez de cashmere. Sapatos pretos plataforma de uns cinco centímetros, mas não de couro, de tecido stretch. Já havia terminado de comer, estava tomando café. E lia um livro, não deu para ver o título. Brochura, com uma capa de muito bom gosto, não parecia romance popular. Quando arregaçou a manga da suéter, vi uma pulseira tatuada. Bem discreta, só pequenos elos azuis, exatamente como uma delicada corrente em volta do pulso. E, ao se levantar, vestiu uma capa, e não um casaco, com um belo capuz atrás, e não trazia bolsa, tirou dinheiro do bolso para pagar.

Foi embora. Vovó disse:

— Que que houve com você?

— Nada — respondi. Mas não sei, veio esse sentimento. Pior do que ver como era patética a minha vida, pior que: aqui estou eu nesse restaurante fantástico de Georgetown com minha *avó*. Era tipo: bom, eu também podia estar morta. Eu nunca vou ter o que quero porque nem sei o que quero. Fico olhando as pessoas passando lá fora na calçada e penso: Sou como ela? Ela? Sou como quem? E quando vou saber? Quando vou crescer e ser eu mesma? Algum dia, será? Adoro meu chapéu novo, mas isso não é tudo. Se eu tivesse tudo que a mulher de cabelo preto tem, nem assim seria tudo. A gente tem que saber quem é lá dentro antes de poder começar a se produzir. E, no meu caso, não tem ninguém em casa, só fantasmas perguntando: "Alô? Tem alguma coisa acontecendo?" Ninguém me vê, nem isso.

— Como vai aquele garoto de que você gosta? Aquele Raven — vovó fez questão de dizer, tentando se desculpar pela vez em que o chamou de Herring. — Ele ainda está em cena?

— É só um amigo, vó, nunca disse que *gostava* dele.

Não contei que na semana anterior ele havia sido suspenso por três dias por ter levado sua cobra não venenosa, a Rocky Horror, para a escola. Ele disse que queria mostrar com isso que o vasto reino dos animais de estimação abrange muito mais que gatos e cachorros obsequiosos e servis. Para mim, a única intenção dele era amedrontar as garotas.

— Ah, entendo — ela disse, com cara de que não acreditou em mim. Bom, não sei se estava ou não dizendo a verdade, porque ainda não descobri o que pensar de Raven. Acho que, se ele quisesse me namorar, já teria se manifestado. Será que ele acha que costumo beijar caras em cemitérios o tempo todo? Desde aquele dia, ele age como se nada houvesse acontecido. Por mim, tudo bem, não foi nada tipo a terra tremeu, para ser mais precisa, grandes merdas. Só acho estúpido fingir que não aconteceu nada. Isso magoa. Parece que a gente não existe.

— Quer sobremesa? — vovó perguntou. Fiquei hesitante e perguntei:

— Não sei, a senhora quer?

Ela chamou a garçonete e pediu dois pedaços de torta-musse de chocolate com sorvete de baunilha e uma xícara de café.

Fiquei analisando a vovó, tentando vê-la com os olhos de um estranho. Tipo, será que podia parecer que era minha orientadora de tese? Eu podia ser aluna de Georgetown, e ela, minha professora de história da arte ou de literatura vitoriana. Havia me convidado com a intenção de me conhecer melhor, já que eu, ainda tão jovem, me revelava muito promissora. Ela não costumava almoçar com alunos no sábado, na verdade, nunca, mas havia aberto uma exceção para mim. Queria que eu fosse coautora de um importante artigo acadêmico que estava escrevendo, e tentava me seduzir porque receava que eu pedisse transferência para um departamento superior da Universidade de Colúmbia.

Não fosse pelas roupas dela, sempre muito elegantes, coloridas, e cheias de fru-fru, muito ao estilo do Clube das Mulheres de Clayborne, vovó podia realmente parecer uma professora universitária. Ela usa os cabelos grisalhos presos num coque frouxo, sem repartido, sem franjas, mas não fica tão feio quanto pode parecer; na verdade, combina bem com ela. Embora seu rosto esteja cada vez mais pelancudo, continua bonito. "Interessante" é a palavra mais precisa; ela lembra um quadro de algum pintor que vi no museu, talvez Picasso, retratando Gertrude Stein, só que vovó é mais magra e grisalha. Mas ainda tem aquela rigidez de pedra, como se não fosse possível mudá-la de lugar. E ainda tem pernas muito boas. Ela sempre diz que as três mulheres Danziger, ela, mamãe e eu, têm todas ótimas pernas. Virou uma espécie de ditado na família.

Ela fez um sinal para a garçonete pedindo a conta.

— Sua mãe me disse que tem ido com certa frequência à casa de Jess Deeping — falou.

— Com *certa frequência*? Ela vai lá toda hora.

— É mesmo? Com que frequência?

— Pelo menos uma noite por semana, e pelo menos um dia do fim de semana, metade do dia, de manhã ou de tarde. — Não pareceu tanto assim depois que falei. Me dava a sensação de ser muito mais.

Vovó franziu os lábios e balançou a cabeça.

— Ridículo — disse.

— Eu sei, é muito ridículo!

— Não sei o que está passando pela cabeça dela.

— Eu sei! Quando ela estava fazendo aqueles arranjos de flores bobocas, tudo bem, pelo menos ela ficava em casa; agora ela não fica *nunca* em casa.

— Irresponsabilidade dela. — Secou os lábios com o guardanapo e perguntou como quem não quer nada: — Ela saiu de novo com Brian?

— *Não*, vó.

A gente concordava plenamente na questão da arca, que era uma coisa idiota, de causar vergonha, mas discordava quanto ao sr. Wright. Quando contei para ela que mamãe tinha saído com ele, ela ficou *contente*. Não dava para acreditar!

— Ela fala dele? O que é que ela diz?

— Nada, vó, ela não diz nada. Antes ela falava dele, mas não fala mais. — Desde que saíram, ela não fala mais nele. Provavelmente está apaixonada e não quer que eu saiba. Não, mas deve ter uma razão para ela quase nunca mais mencioná-lo. — Ela gosta à beça da Chris — eu disse. — Estão ficando muito amigas.

— Hum — vovó disse, com desinteresse.

Voltei para o assunto anterior:

— Sabe, eu não engulo essa história dos bichos. Tem um monte de coisas que mamãe podia estar fazendo de melhoria na casa. Tipo, o lavabo. Ela vive dizendo que esse é o próximo projeto e, depois dele, reformar a varanda lateral. A caridade não começa em casa?

Vovó riu, como se eu tivesse dito uma coisa engraçada — como se eu fosse criança e tivesse falado o que não se espera de uma criança, e sim de um adulto. Mas a caridade *não* começa em casa? Não acho querer demais que sua mãe recém-enviuvada aja a maior parte do tempo como sempre agiu, seja quem costumava ser *antes*. Isso para mim é juízo, bom-senso, decência. Você não perde a estribeira, não vai e muda tudo na vida, não, você tenta proporcionar estabilidade para as pessoas que ama. I.e., eu.

E o que foi que mamãe fez naquela tarde em que saiu com a antiga colega de faculdade? Foi cortar o cabelo! Ficou legal, é verdade, depois do choque que levei ao vê-lo daquele jeito curto, vi que ficou bonito, mas não pude deixar de me perguntar se ela não tinha feito aquilo por causa do sr. Wright. Não estou dizendo que ela devia continuar solteira pelo resto da vida. Ela não é tão velha assim. Não vou me importar se ela se casar de novo um dia, tipo daqui a uns cinco ou dez anos. Todo mundo precisa de um companheiro, e, quando isso acontecer, eu já vou ter dado o fora há muito tempo.

Naquela noite, jantamos num restaurante vietnamita perto do hotel. Acho que era boa hora de perguntar à vovó de que morreram as pessoas da família. Primeiro, porque os médicos sempre perguntam isso, e também é bom saber quais são nossas predisposições genéticas. Krystal diz que a hereditariedade é superestimada, e acho que ela está coberta de razão. Mesmo assim é bom saber o que está atrás de você para se preparar para o que vem pela frente.

Descobri que estamos cercadas de doenças e problemas de saúde, principalmente pelo lado da minha mãe. Pelo lado do papai, meu avô morreu de ataque cardíaco, o que era novidade para mim, e minha avó morreu num acidente de carro quando ele tinha oito anos. Nesse caso, então, só *uma* doença. Depois ele foi morar com os avós, que já eram velhos na época e morreram de velhice quando ele estava com uns vinte anos. Portanto esse lado não é muito ruim. Mas o da mamãe, gente, eles tiveram tudo. O pai da vovó, meu bisavô O'Hara, que nunca conheci, teve diabetes e cirrose, minha bisavó, derrame, Ralph, um dos irmãos da vovó, flebite, glaucoma, gota e ciática, e ela acha que ele morreu de septicemia, e o outro irmão, Walter, teve eczema, úlcera e morreu de pneumonia. Já o pai do meu avô teve câncer de próstata, e a mãe dele, câncer de pulmão, por ter fumado desde os treze anos. O irmão, meu tio-avô Edgar, era epilético e teve um derrame, e a irmã, Fan, ainda está viva, mas tem anemia e catarata.

Gente! Diante disso, é um espanto que os que sobreviveram tenham coragem de sair na rua! Agora mesmo, eu, por exemplo, estou com o joelho doendo, e tenho ciscos nos olhos. (Nem sempre; às vezes.) Não estou dizendo que é artrite reumática, nem que é degeneração macular. Mas podia ser, é perfeitamente possível, e acho que vale a pena tomar cuidado e se precaver. Às vezes meu coração bate devagar demais, mal consigo sentir o pulso, parece que está apagando. Eu fico de braços cruzados? Não. Eu faço alguma coisa? Faço, tomo arjuna, quinhentos miligramas duas vezes ao dia — Krystal me dá um desconto —, e toda noite eu faço o "passo do polegar" no ponto reflexo das doenças cardíacas em meu pé esquerdo. Assim pelo menos me sinto mais tranquila. Porque você pode ficar por aí achando que está tudo bem, que a tossezinha é só um resfriado, e —

*surpresa!* — descobre que seu sistema imunológico está pifando. Você tem aids, leucemia, doença de Lou Gehrig. Meu pai — ele estava se sentindo bem. Até que, de repente... Porque não tinha a menor ideia. Não estava pensando nisso. A gente pode controlar um monte de coisas com a mente, mas primeiro precisa *saber*. Esse é o truque. A gente tem que estar por dentro.

E é isso que estou fazendo, tentando estar por dentro de tudo. Tipo, às vezes um musculozinho debaixo do meu olho se contrai. Pode ser um sinal prematuro de tumor no cérebro ou pode ser Parkinson. Ou pode não ser nada. A gente vai saber com o tempo. O importante é que sei disso, não vai me pegar de surpresa. Porque fico atenta.

# 16
## Chega de sinceridade

— Sua filha quer fazer uma tatuagem.

— Eu sei. Ela está dormindo?

— Quase. — Mamãe foi fechar a porta do quarto e voltou andando de pantufas, procurando não fazer barulho. — Está com os olhos abertos. O que ela está escrevendo naquele diário? Quando fui dar um beijo de boa-noite nela, tratou de esconder de mim, como se fosse a fórmula da bomba atômica.

O que foi que eu disse outro dia que fez Ruth ter um ataque? Não lembrava; talvez alguma expressão antiquada, tipo "fórmula da bomba atômica". O escárnio dela ultrapassou os limites. Senti o ódio dela — a palavra é essa mesmo, ódio, não tem outra. Aquilo me magoou, talvez demais. Eu sabia, realmente entendia que agora, para Ruth, eu era o alvo, o saco de pancadas, até porque ela não tinha mais ninguém em quem descarregar. Mas mesmo assim me magoou. Será que eu fiz minha mãe sofrer assim? É possível. Não da mesma forma, achava que não, não com essa insensibilidade escancarada. Na adolescência, eu disfarçava bem melhor do que Ruth meu desprezo. Era mais caridosa? Acho que mais temerosa.

Mamãe murmurou alguma coisa e se abaixou no sofá, pondo os pés na mesinha de centro.

— Ela quer um anel de prata e também uma capa, está com essa ideia fixa. E quer começar a tomar café. Com que idade você começou a tomar café?

— Não lembro. Na faculdade, acho. Ela adorou o chapéu novo. Obrigada por ter comprado para ela, mãe.

— Ela fica uma graça com ele. Mas acho que você vai ter problema com esse negócio da tatuagem. — Ela se inclinou para frente, para massagear os dedos do pé direito. — E ainda está tentando me convencer a ficar do lado dela. Coitada, sem chance. Ah, esses modismos de extremo mau gosto, meu Deus!

— Eu só quero que ela termine o ensino médio sem nada perfurado, queimado nem tatuado.

— Boa sorte para você. Será que você vê para mim se tem algum suco na geladeira? Não sei por quê, estou me sentindo meio fraca.

— A senhora não devia ter deixado ela te explorar desse jeito, te fazer ficar zanzando de um lado para outro feito louca — falei, sentindo-me culpada. Achei uma garrafa de suco de laranja e enchi um copo. — Toma. Quer amendoim?

— Ela não me explorou nem um pouco. Foi um anjo comigo. Carrie, não consigo me acostumar com esse seu corte de cabelo. Acho que ficou bem em você, mas está tão *diferente*.

— Eu sei. — Abaixei-me para me olhar no espelho atrás do sofá. — Não sei por que fiz isso; não estava nos meus planos. Mero impulso.

— E com um total desconhecido, é isso que me exaspera. Podiam ter te escalpelado!

Podiam. Mas o sr. Harold me tratou bem — assim esperava.

— Sou velha demais para cabelo comprido — disse para ele, desejando que discordasse. Ele discordou, mas só por educação, e se pôs a atacar meu cabelo — preso numa trança que batia no ombro.

— Volume — ele ficava repetindo —, você precisa de mais volume. Mais extensão espacial. — Agora eu não conseguia parar de me olhar. Sentia-me nua e fascinante. Volumosa.

— O que foi que deu em você? Nem sabia que estava pensando em cortar o cabelo.

— A senhora detestou?

— Não, está uma gracinha. Sério. Faz você parecer mais jovem.

Foi o que Ruth falou, só que com um brilho duvidoso nos olhos.

— Acho que foi o fato de rever Barbara hoje — disse, me sentando de novo e pondo os pés ao lado dos dela. — Ela é mais velha do que eu, meio ano, por aí, e está com a aparência fantástica. Precisa ver.

— Eu conheci essa tal de Barbara?

— Ela foi passar as férias da primavera lá em casa, no último ano. Uma loura, muito bonita, lembra? Tinha um namorado que ligava todo dia, tarde da noite, para ela...

— Ah, estou lembrando. Ele estudava direito em Georgetown. Ela casou com ele?

— Não.

— Que pena.

— Ela se casou com um médico.

— Ah, isso é bom.

— Mas se separaram. *Depois* ela casou com um advogado.

— Ah. — Advogados e médicos são bons; divórcio é ruim. Mamãe ficou batendo de leve nos lábios, num dilema.

— Agora tem três filhos e um marido rico, uma casa em Chevy Chase e uma faxineira. E pratica golfe.

— Você tem inveja dela.

— Bom, do golfe, não. Talvez da faxineira. — Ri, mas ela só ficou olhando para mim. — Bom, de certa forma, claro. O marido dela está vivo. O filho mais novo está com quatro anos e meio, por isso ainda precisa dela. Ele ainda *gosta* dela.

Ela afagou minha mão.

— Você ainda está de luto por causa de Stephen, não tem nada mais de errado na sua vida, só isso. As coisas vão melhorar, é questão de tempo, demora um pouco, mas melhoram. Pode parecer lugar-comum, mas é isso. E agora você tem um bom emprego, um trabalho interessante, novos amigos.

— Eu sei, estou bem. Não quis dizer com isso que sou uma pobre coitada. Não sou.

— Você tem ainda um processo pela frente, só isso. Quando a gente está de luto, não dá para pular etapas, por mais que a gente queira.

Conselho curioso partindo da mamãe, ainda que tenha acabado de ler numa revista feminina. O que a levava a me dizer que eu ainda não havia superado a perda de Stephen?

— Ruth disse uma coisa que me chamou a atenção outro dia — falei de propósito. — Ela disse que a vida sem o pai não estava muito diferente de como era antes de a gente o perder.

— Ah, não acredito que ela sinta dessa forma. O que foi que você disse?

— Não lembro. Acho que não disse nada.

— Bom, mas não é verdade, claro.

— Mas é. — Pelo menos uma vez na vida eu não deixaria que ela dissesse como era a *minha* vida. — De certa forma, é verdade. Na nossa família... Stephen era como uma sombra. Ele mal participava, mãe. A *família* era Ruth e eu, éramos... as mais visíveis, presentes, sei lá. A gente fazia tudo, e ele... ele observava e criticava. É isso. Ele observava e criticava.

— Ah, mas ele amava muito vocês duas.

— Bom. — Era hora de esclarecer mais uma coisa: — Ele nos amava tanto quanto podia.

— É, é isso, é isso.

Ela pôs o copo na mesa com força.

— É verdade, às vezes sinto saudades dele, me sinto abandonada, infeliz e sozinha, mas... o negócio, mãe, é que eu me sentia assim antes de ele morrer.

Ela se levantou.

— Todo mundo é sozinho — disse laconicamente e saiu da sala.

Bom, chega de sinceridade. Pressione o botão errado e a conversa franca entre mãe e filha voa pela janela. E, no entanto, tenho *certeza* de que um dos motivos por que sugeriu esse fim de semana foi para que a gente pudesse conversar, tentar ser íntima de novo. Eu também queria isso, mas minhas expectativas eram mais modestas. Eu conhecia minha mãe: ela queria recuperar nossa amizade antiga, pacífica, mas só nos termos dela. Queria que tudo fosse como há vinte e cinco anos. Quando eu era sua melhor amiga. Antes de eu sair de casa para ir à faculdade e adotar todas aquelas ideias contrárias às dela. Os velhos bons tempos.

Barbara havia falado muito da mãe dela naquela tarde. Eu me lembrava bem da sra. Cavanaugh, uma viúva ruiva, animada, apaixonada por golfe, jovial, cheia de vida. Aos vinte anos, eu invejava Barbara pelo fato de ela ter uma mãe tão jovem e legal.

— Perdi minha melhor amiga — ela me contou com lágrimas nos olhos, enquanto tomava o segundo cálice de vinho. — Sinto falta dela todo dia, Carrie. Eu podia dizer para ela coisas que não posso dizer para mais ninguém no mundo. — Eu nem conseguia imaginar uma coisa dessas. — Não estou dizendo que ela não me sufocava — contou —; na verdade, ela fazia isso melhor que ninguém. O engraçado é que estou ficando cada dia mais parecida com ela. Não é uma piada e tanto? Se a gente viver tempo suficiente, vai acabar se transformando na pessoa que nos causou mais desgosto, na pessoa de quem a gente mais quis se separar. Acho isso hilário.

Ah, é, ironia hilária, deliciosa. Enquanto tremia de pavor, a gente se aproximava cada vez mais do objeto da nossa repulsa, fadada a finalmente compreendê-la. A *ser* ela. O castigo e a recompensa numa coisa só.

Ouvi barulho de descarga, de água correndo. Mamãe saiu do banheiro, atravessou a sala e foi até a mala dela, aberta no chão ao lado do sofá. Remexeu-a e retirou a camisola.

Comecei a me levantar.

— Não sabia que já estava tão tarde. A senhora deve estar exaus...

— Fica, senta, senta, não estou cansada. Só quero tirar esse vestido.

Eu havia esquecido o truque dela de tirar ou pôr roupas sem mostrar a pele. Ela abria o zíper do vestido e o soltava dos ombros. Virava de costas e despia o sutiã. Enfiava a camisola de flanela pela cabeça e, por baixo, ia tirando o vestido, a anágua, a cinta e as meias. A rápida visão das costas carnudas e pálidas de minha mãe, antes firmes e agora flácidas e pelancudas, me causou um vago sentimento de ternura. De vontade de protegê-la. Não queria que a vida lhe ensinasse mais lições duras. Se isso a deixava feliz, queria que continuasse exatamente tão voluntariosa, autoritária e controladora como agora. Mas quanto tempo duraria essa disposição? Uns cinco minutos?

Ela se sentou do meu lado, abriu um pote de creme hidratante — a marca de sempre, o mesmo perfume floral dos velhos tempos — e começou a espalhá-lo pelo rosto.

— Não sei se devia ter contado para Ruth sobre o bisavô dela — falou.

Mesmo tendo entendido a que ela se referia, perguntei:

— Ter contado o que do bisavô dela? Qual deles?

— Meu pai.

— Ah... a senhora está falando da cirrose?

— Provavelmente, ela ainda não sabe fazer a associação, mas vai acabar sabendo. Da associação entre doença hepática e alcoolismo — explicou, com certa irritação, enquanto eu continuava olhando para ela, perplexa. — Você sabe que seu avô era um bêbado.

— Bom. — Eu sabia e não sabia. Mamãe nunca disse isso nesses termos: *um bêbado*. Mas eu suspeitava. Sabia que havia alguma coisa de errado com o vovô O'Hara, que a gente nunca ia visitá-lo, embora ele morasse a uma hora de nós, em Nelson County. Numa fazenda. Ao que parece, uma fazenda arrendada, que ela não conseguia mencionar sem visível desgosto, por isso quase não o fazia. O fato de ela estar me contando essas coisas me deixou em estado de alerta.

— E ele não era o único. Ralph também bebia, e Walter estava indo pelo mesmo caminho antes de morrer.

— Não sabia disso. Eu cheguei a conhecer o tio Ralph?

— Quando era muito pequena, não vai lembrar. A gente só te levou lá para fazer uma visita a eles uma vez. — Ela disse o *eles* da maneira com que sempre falava da família, com frieza e aversão. — Eu não via a hora de sair daquela casa.

— A senhora saiu de casa com dezoito anos. — Eu conhecia essa história. Ela arrumou um emprego numa oficina mecânica na Ridge Street, em Clayborne. Papai estudava em Remington. Eles namoraram durante dois anos e se casaram poucas semanas depois de ele conseguir a nomeação como instrutor de meio expediente.

— Dezessete. Eu sempre disse dezoito. Parece menos deselegante. — Ela pegou um chumaço de gaze do bolso do robe e começou a retirar o creme do rosto. Um rosto velho, enrugado, flácido, com pele caindo pela papada. Ela já não demonstrava a mesma certeza de antes. O que mais me desagradava na mamãe era o jeito mandão, mas, se o perdesse, quem ela seria? Uma mulher diminuída, e não uma nova mulher. Não sei o que preferia.

— Dezessete? — ri. — A senhora nunca me contou isso.

— Também nunca contei que meu pai e meus irmãos eram produtores ilegais de bebida alcoólica. E, se você contar para quem quer que seja no mundo, arranco a sua pele.

— Mãe!

— Psiu, assim você acorda Ruth.

Fiquei olhando para ela.

— Produtores ilegais de bebida alcoólica — repeti, com um suspiro emocionado.

— E nem bons eram. Bebiam quase tudo que produziam antes de vender. A gente era paupérrimo. Eu detestava tudo na minha vida. Ninguém abusou de mim, não era nada disso. Mas eles eram homens ruins, vulgares, sujos, homens violentos, e mamãe simplesmente aceitava aquilo. Não tinha a menor fibra. Caí fora. Caí fora e tratei de ser alguém na vida.

Quase sorri diante dessas revelações surpreendentes. Ali, vestida com o velho robe rosa acolchoado, o rosto sem maquiagem, ela não parecia uma pessoa muito forte, valente. Não parecia uma mulher que veio do nada e venceu pelos próprios esforços. O que ela parecia — nem morta eu ia dizer isso para ela — era a mulher das fotografias antigas da vovó O'Hara.

— Em que sentido a senhora diz que eram homens violentos?

— Não no sentido de abuso — repetiu —, não em termos físicos. Eles gritavam o tempo todo, bêbados ou sóbrios. Tudo girava em torno deles, eles eram os reis, e mamãe, a empregada deles. Não só ela como eu também, até sumir dali. E, te digo uma coisa, minha vida só fez melhorar depois disso.

— Aí a senhora foi para a cidade grande, e papai te deixou perdidamente apaixonada.

— Perdidamente apaixonada. — Ela deu uma risadinha de desdém. Fechou o pote de hidratante, limpou as mãos com o último pedaço de gaze e pôs tudo na mesinha de centro. — Queria um homem que não me magoasse nem quisesse mudar quem eu era. Queria casar porque achava que o casamento ia me dar segurança, mas a última coisa que queria no mundo era um marido com iniciativa.

Iniciativa? Ela não havia dito nada que eu não soubesse, mas, mesmo assim, tomei o partido de meu pai:

— Quer dizer que a senhora nunca amou de verdade o papai?

Queria que ela negasse com veemência; não importava se estivesse ou não sendo sincera.

— Eu o admirava. Adorava o fato de ele não ser do campo. Ele era um estudioso; foi por *isso* que me apaixonei. Provavelmente, naquela época, era mais pobre que eu, mas sempre vestia terno e gravata. Você nunca vai conseguir entender o que isso significava para mim.

— Então a senhora nunca...

— Eu *aprendi* a amá-lo. Seu pai é um homem bom, tem um monte de qualidades, sem dúvida. Para construir um casamento sólido, é preciso que os dois saibam o que querem e não se deixem cegar por... — Ela deu uma parada para fazer um aceno de pouco-caso. — Coisas irrelevantes.

— Como o quê, por exemplo?

— Detalhes sem importância. Coisas que não duram.

Empolgação, sexo, química, beleza — era a isso que se referia? Mas e se ela se referia a amor? Foi aí que entendi o real motivo da conversa. Jess.

— Você disse que se sentia sozinha — ela prosseguiu, fechando o botão de cima do robe. — Só estou dizendo que isso não é raro, nada fora do comum. Todo mundo é sozinho. Não é um homem que vai fazer você feliz.

— Sei disso.

— Você tem que construir a própria felicidade depois de ter feito a melhor escolha possível. Precisa pesar coisas como compatibilidade, boa família, ter os mesmos objetivos de vida...

— Boa família?

— Ninguém tem um casamento perfeito, querida. O seu com Stephen era tão bom quanto a maioria.

— Como a senhora sabe?

— Eu observava. E as mães sabem melhor que ninguém — disse, rindo, como se fosse uma piada. — Nunca se esqueça disso.

Sorri, mas de cara feia.

— A senhora sabia que eu fazia terapia quando a gente morava em Chicago? — Claro que ela não sabia, nunca contei para ela. — Uma vez ele me disse: "Todas as minhas clientes me procuram para falar da mãe. Mas, depois de um tempo, acabam descobrindo que o problema não é ela. É o pai."

Ficamos olhando uma para a outra.

— Há mais ou menos um ano, Ruth disse uma coisa. Um comentário impensado, mas que me chamou a atenção. Stephen estava no escritório dele com a porta fechada, como sempre. Ela queria contar alguma coisa para ele, mostrar alguma coisa, sei lá, não lembro bem, e estava reclamando comigo que ele nunca estava disponível. Ela o chamou de "O Homem Invisível". E me lembrei de que era assim que costumava chamar papai quando era criança. Vi o filme e passei a chamá-lo assim, para mim mesma. O Homem Invisível.

Mamãe balançou a cabeça devagar, discordando.

— Não, não, não vejo assim. Stephen não era nada parecido com seu pai, se é isso que quer dizer.

Era exatamente isso que eu queria dizer.

— Eu também achava que não. — Mas aí vi os dois lá fora no dia em que Stephen morreu, e foi como juntar as peças de um quebra-cabeça, pôr a última peça no lugar. *Clique.* — É verdade, mãe, casei com meu pai.

Como fui inteligente. De dois homens diferentes, escolhi a mesma desatenção e negligência, o mesmo temperamento intelectual, irônico, distanciado e rabugento. Insight deprimente, que, no entanto, não era novidade. Dizer isso para minha mãe lhe deu um desagradável frescor, como um cheiro ruim que não teve tempo de se tornar insípido.

— Não — ela disse, desdenhando a minha opinião. — Não, não. Por que você *faria isso*?

— Sei lá, talvez... para tentar consertar. É por isso que *dizem* que a gente faz essas coisas. Que a gente repete as experiências insatisfatórias da infância para tentar fazer que deem certo na vida adulta.

— Não, não acho isso. Os dois são acadêmicos, só isso. E para por aí. Pelo amor de Deus, Stephen tinha opinião. Tinha coisas de que gostava e de que não gostava, tinha *ideias*. George... — Ela deu um suspiro e não completou a frase. Para meu alívio. Eu já tinha ouvido o suficiente sobre os defeitos de papai naquela noite. Bastava.

— Stephen era temperamental — admiti. — Ele queria as coisas do jeito dele. — Mas papai também, só que ele conseguia isso agindo com passividade, em silêncio, e isto talvez enfurecesse mais. — Sabe, a gente quase não se conhecia quando casou. Foram só dez meses de namoro. Ele era um estudioso, claro, muito inteligente, dedicado, superambicioso. Como papai — murmurei. — Acho que é verdade, mãe. Acho que casei com meu pai.

Ela fez cara de quem não sabia se devia rir ou chorar.

— Acho — falei — que passei a primeira metade do casamento tentando consertá-lo, e a segunda tentando ser feliz apesar de saber que não tinha mais conserto. Apenas tentando viver da melhor maneira possível. Lembra aquela vez em que telefonei para a senhora no meio da noite? De Chicago, quando Ruth era pequena? Comecei a te contar um pouco do que estava dando errado, e a senhora disse... bom, não lembro, mas depois disso...

Eu lembrava, lembrava perfeitamente; resumindo, ela me disse para aceitar, dar a volta por cima e entender que a vida é assim mesmo.

— Depois disso, deixei de tentar mudar as coisas entre mim e Stephen. E, agora que ele se foi, me culpo por isso. Talvez eu tivesse que ter feito mais, não devia ter desistido tão fácil. Lembra essa noite? — perguntei, já que ela ficou calada.

— Lembro que você estava bebendo — disse, apertando os lábios. — Não levo a sério conversa de bêbado.

Eu estava bebendo? Não era impossível. Mas...

— Eu não estava *bêbada*, pelo amor de Deus! Não estava!

Ela deu de ombros como quem diz: *Quem garante?*

— Bom, Carrie, eu não sabia que você era infeliz assim — falou em tom de desaprovação. — Não sabia mesmo.

— Eu não era — disse, determinada a ser honesta, embora não soubesse mais por quê. A intimidade que nós duas queríamos alcançar com essa conversa franca parecia se distanciar cada vez mais à medida que prosseguia: — Ou, se era, não sabia. Acho que passei um monte de tempo em estado de atordoamento, estou falando a verdade, nem feliz, nem infeliz. Sonâmbula.

Olhei para outro lado, pega de surpresa por um forte desejo, por um súbito arroubo que me mostrava uma saída. *Eu podia ligar para Jess. Eu podia discar o seu número de telefone e ouvir a sua voz. Eu podia ligar agora mesmo.*

— Sonâmbula — mamãe repetiu em tom monótono. — Tudo o que posso dizer é que você podia ter se saído muito pior. Se Stephen era um pouco como George, por que isso é tão ruim assim?

— Não é...

— Só sei de uma coisa: a vida é curta demais para a gente passar dormindo.

Ela se levantou e se pôs a recolher os pedaços de gaze que jogara na mesa de centro.

— Concordo com a senhora, eu...

— Acho melhor você acordar e começar a agir antes que seja tarde. Você teve um bom marido, tem uma filha linda, uma vida privilegiada em muitos aspectos. Espero que não esteja pensando em abrir mão de tudo isso por alguma coisa que não seja digna de você. Aprenda a valorizar as coisas boas da sua vida, acho que é isso que deve fazer. Levanta, Carrie, quero abrir a cama deste sofá.

— Mãe, do que a gente está falando? — perguntei, sem sair do lugar. — O que estou jogando fora? O que não é digno de mim?

— Agora você tem a sorte de estar empregada. Tem um chefe sério e confiável, e ele está interessado em você. Que tem de engraçado nisso?

— Nada.

Ah, eu estava morrendo de vontade de contar para ela como meu chefe era sério e confiável. Eu omiti isso dela por um monte de razões esdrúxulas — vergonha, não querer desiludi-la, incerteza quanto à reação dela —, ela podia não acreditar em mim, ou podia ir atrás de Brian e dar uma surra nele. Mas me pareceu baixaria contar para ela agora; o momento era perfeito demais.

Ela não gostou do meu sorriso, que deve ter parecido forçado.

— Então Brian Wright não é bom o suficiente para você? Você não está interessada em um homem com um futuro promissor?

— A senhora quer dizer um homem de terno e gravata.

— *O que é que tem de errado nisso?*

— Nada. Quer conversar sobre isso, mãe?

Ela corou.

— Não estou entendendo você. A gente está conversando. Vou te dizer o que quero: que você levante para eu fazer a cama e ir dormir. Estou cansada, sou uma mulher velha.

— Interpreto isso como um não. — Eu estava tão furiosa quanto ela. Levantei, porque estava acostumada a obedecer, mas não havia terminado: — Não gosto das coisas que a senhora vem dizendo sobre os Arquistas — falei, afastando a mesa de centro. Ela parou de retirar as almofadas do sofá e olhou para mim. — Por que está fazendo isso? A senhora pode ser contra o projeto, tem todo o direito, mas por que tem que se meter, mãe? A senhora não tinha que começar aquela campanha, não precisava escrever uma carta para aquele maldito editor.

— Por que não? Sou membro da comunidade, posso expressar minha opinião.

— Eu sei por quê. Porque isso tem *importância* para mim.

Ela se limitou a estalar a língua para denotar reprovação e voltou ao trabalho.

— Tolice. Minha própria filha se achando vítima de perseguição. E por que motivo? *Animais da arca* — falou com severidade e desprezo; se Ruth não estivesse no quarto ao lado, ela teria gritado. — Numa estrebaria com um fazendeiro, com *dois* fazendeiros.

— Bom, a gente está chegando lá. Não tem nada a ver com dever cívico, com a Igreja, com o Estado, com bom gosto nem com — como é mesmo? — estética de cidade pequena. Eu devia ter recortado do jornal, porque dessa vez a senhora se superou.

— Não fui eu que escrevi aquilo, foi o comitê.

— Mas é o seu comitê.

— Não estou entendendo a sua atitude.

— Estou justamente explicando para a senhora.

— Agora não, não vai explicar coisa alguma, vou me deitar. Sério, Carrie, estou cansada.

Fiquei olhando para ela do outro lado do sofá-cama estofado de bege, pesando os prós e os contras de prolongar a discussão. Eu não costumava provocar brigas com minha mãe, mas estava ainda menos acostumada a vê-la se esquivar delas. Pareceu-me injusto, uma inversão de papéis, e de novo senti aquele impulso de protegê-la. Afinal, a gente tinha um ritual: ela decidia o motivo da briga, eu tentava apaziguar até não aguentar mais, a gente discutia, ela vencia ou eu recuava, e acabava. Confortável como uma suéter velha. Olha aonde nos levou.

Ela recuou primeiro, foi até o armário pegar os travesseiros.

— Amanhã então. Será que Ruth vai detestar se a gente for ao Jardim Botânico antes de ir à Catedral Nacional? Eu gostaria de ir, mas só se ela não achar chatíssimo.

## Trio de Vênus

Ela era boa nisso. Uma oportuna mudança de assunto, junto com uma lembrança sutil de quem era a anfitriã na viagem, quem eram os convidados. Convidados educados faziam as vontades dos anfitriões; não começavam brigas à uma da manhã.

Mensagem recebida, mamãe. Nos beijamos, dissemos boa-noite e nos retiramos cada qual para o seu acampamento.

Tomei uma chuveirada para me acalmar, para tirar a discussão da cabeça. *Numa estrebaria com um fazendeiro* continuou soando no meu ouvido. Depois de um tempinho, no entanto, a severidade que minha mãe dera à frase desapareceu, e uma conotação mais doce tomou seu lugar. Sentia saudades do meu fazendeiro. Sentia saudades da estrebaria dele. Vesti a camisola e olhei no espelho embaçado meu novo cabelo, assustadoramente curto, e fiquei imaginando se Jess ia gostar dele. Os homens costumam gostar de mulheres de cabelo comprido — sempre ouvi dizer isso. E se eu tivesse cometido um erro terrível?

Ele tocou meu cabelo na última vez em que estivemos juntos. Na tarde de quarta-feira, na estrebaria da arca. Tirei meio dia de folga do trabalho e fui para a casa de Jess pintar animais. Landy não estava lá, teve que sair cedo para ir visitar o pai.

Depois que ele saiu, Jess não conversou. Não se mostrou altivo nem frio, só não falou nada. No domingo anterior ele havia segurado minha mão, mas três dias depois não falou comigo. Não que o culpasse — eu retirei a mão, estragando a progressão natural. A progressão natural tácita. Acho que nós dois sabíamos que a gente estava se aproximando — mas devagar, bem devagar, ao meu jeito, claro. No meu ritmo.

— Vem olhar isso, me diz se as orelhas estão estranhas — falei, na estrebaria sombria e ventosa, a certa distância do meu elefante quase pronto. Minha obra-prima, como secretamente a considerava. Jess largou a furadeira e veio para o meu lado.

— Não, estão legais.
— Sério?
— Sério.
Ele começou a voltar para as rodas dele.
— Me desculpa pelo outro dia — falei rápido. — Entrei na defensiva por causa da minha mãe. Que coisa estúpida! — Eu contava que ele soubesse por que estava me desculpando. — Eu nem sei por que estava furiosa. Acho que queria brigar com você. Mas não quero, não é isso que eu quero.

As pestanas dele abaixaram, ocultando-lhe a expressão. Minha trança comprida e desarrumada — que não existe mais — estava apoiada no ombro, e Jess levantou a mão e tocou nela com os dedos. O que senti foi o leve peso do pulso dele na minha clavícula forte como uma queimadura. Através da jaqueta, duas suéteres e uma camiseta.

— Que que você quer, Carrie?

Ah, só tudo. Eu o queria, acima de tudo, mas ainda sentia medo dele. Queria honrar a memória de meu marido. Queria a aprovação de minha mãe.

— Se eu te disser — falei, procurando dar um tom de brincadeira —, você me dá? Tudo que eu quiser?

— Não. — Ele deslizou os dedos para dentro da minha gola e afagou minha pele. — Mas vou tentar.

Tive que fechar os olhos.

— Não conheço ninguém como você — sussurrei —, nunca conheci. Preciso de um pouco mais de tempo. — Olhei para ele, com certo receio de me arrepender do que tinha dito, mas ele fez um sinal de concordância com a cabeça. — Dessa vez não vou fugir, juro. Mas estou parada. Jess, por favor, fica parado também. Espera. Porque ia ser tão fácil...

— Tão fácil...

— Ir rápido demais.

Ele abaixou a cabeça e pôs o rosto perto do meu.

— Quando se decidir, me avisa com palavras. — O sussurro dele no meu ouvido me deixou arrepiada. — Escreve num cartaz enorme, Carrie. Bate com ele na minha cabeça. Porque essa não quero perder de jeito nenhum.

Acho que ele me beijou depois, mas a pressão quente e rápida na minha face foi tão fugaz que não tenho certeza. Ele estava sorrindo quando se afastou. Voltou a aparafusar as rodas na base de madeira, mas só por alguns minutos, e então saiu para ordenhar as vacas. Deixando-me com o coração disparado. Nem consegui terminar o elefante.

Eu podia ligar para ele agora, pensei de novo. Discar o número do telefone dele e ouvir sua voz sonolenta. E dizer o quê? "Estou com saudades de você. Não desista de mim. Desculpa por estar demorando tanto." Ele merecia isso. Mas ele já não sabia disso? Se não sabia, eu estava interpretando mal havia semanas. Meses. "Me avisa com palavras", ele tinha dito. Bom, eu ia. Eu ia avisar. Assim que chegasse a hora.

Ruth havia deixado o abajur ao meu lado da cama king-size aceso. Ela pegara rápido no sono, deitada com a barriga para cima, uma mão fechada ao lado da cabeça, a outra aberta sobre as costelas. Sob o cobertor fino, a curva leve dos seios, pequenos mas bem definidos, subindo e descendo, subindo e descendo com a respiração silenciosa. Às vezes, mal a reconhecia nesse corpo novo, parecia outra pessoa. Nem o cheiro era o mesmo. *Quem é você?*, volta e meia me dava vontade de perguntar. Se eu tivesse o poder de parar isso agora mesmo, neste exato minuto, eu o faria? Faria, num piscar de olhos. Mas logo, logo ia me arrepender.

Quem ela escolheria, me perguntei, me acomodando ao seu lado com cuidado, procurando não acordá-la — ultimamente, nenhuma de nós estava acostumada a dividir a cama com outra pessoa. Será que ia escolher um homem como o pai dela, ou o homem mais diferente dele que conseguisse encontrar? Eu já tive essa opção. Gente, como eu queria que essa história toda pulasse uma geração. Ah, se a gente pudesse voltar ao tempo dos casamentos arranjados, ou bani-los por completo até a pessoa completar trinta anos. Quarenta. Graças a Deus Ruth ainda não tinha namorado firme; ainda saía com grupinhos. O único rosto familiar e recorrente era o de Raven, e eu não conseguia me preocupar muito com ele. O que sem dúvida queria dizer que era a pessoa com quem eu mais devia me preocupar.

Inclinei-me para beijar o ar em cima da face dela. Ela estalou os lábios e se virou, levando a maior parte do lençol debaixo do braço.

Se a gente pelo menos pudesse construir gaiolas em volta deles. Caixas de acrílico grandes sobre rodas, bem confortáveis por dentro, em que eles pudessem andar por aí, mas sem poder sair. Segurança involuntária. Ruth tirar a carteira de motorista no próximo verão era péssimo; imaginar que em dois anos ela ia para a faculdade era tão terrível que eu nem conseguia pensar nisso. Não conseguia, dava um jeito de tirar a ideia da cabeça. Eu tinha um pouco de fobia de facas, não suportava pensar em lâminas, por isso, é claro, meus nervos às vezes pregavam peças maldosas e mandavam para o cérebro imagens de facas, lâminas, etc. — uma tortura menor. O mesmo com Ruth e a faculdade — meus nervos me atacavam com pesadelos de cenas aleatórias de dormitórios, bibliotecas, festas e universitários. Eu me sacudia para mandá-las embora. Horrível.

Apaguei a luz, procurei uma posição confortável. Não conseguia dormir em hotéis. Será que daqui a vinte anos Ruth e eu vamos passar fins de semana fora para contar nossos segredos? Será que ela vai me ver como o tipo de mãe a quem pode fazer confidências? Mas eu não queria de jeito nenhum que ela tivesse problemas que precisasse confidenciar. Erros, arrependimentos, defeitos, oportunidades perdidas — queria que não passasse por nada disso, queria que, por um inacreditável golpe de sorte, se safasse facilmente dessas agruras. A vida de Ruth tinha que ser perfeita.

Virei de lado, dobrei os joelhos e apoiei o queixo nas mãos: a posição mais confortável para mim. E me preparei para me decepcionar amargamente.

# 17
## Partido de um

As pessoas estavam indo embora e ainda não eram nem oito horas.

— Velhas antiquadas! — eu disse na cara das minhas amigas, fingindo que era de brincadeira, mas não era. E fazia uma noite perfeita, temperatura amena, quase quente, o mais lindo pôr do sol, que descia por trás do telhado da garagem, morcegos começando a bater as asas no céu púrpura. Era o primeiro dia do horário de verão, o que, pela minha cartilha, é por si só motivo de comemoração.

— George — gritei do pátio —, prepara outro uísque *sour* para mim!

Entrei em casa para pegar o aparelho de som portátil. Música, era disso que a festa precisava. Onde estava a danada da Carrie? Devia ter chegado aqui duas horas antes. Birdie estava pondo os copos sujos na máquina de lavar louças.

— Deixa isso aí — mandei, e estendi a mão por cima dela para tirar da tomada o aparelho de som em cima da geladeira. — Deixa aí e vamos lá para fora, agora mesmo.

Ela sacudiu as mãos.

— Só quero tirar isso de lá antes que quebrem.

— Nesta festa? Sem chance. — Enlacei a cintura de Birdie e a empurrei para fora da cozinha. — Quero que as pessoas *dancem*.

Tenho uma fita nova, só com música dos anos 50. — Caiu a ficha. — Meu Deus, Bird, há cinquenta anos eu tinha vinte anos!

— Eu tinha dezessete — falou, sorrindo afetadamente. Ela nunca perde uma oportunidade de me esfregar na cara que é mais jovem que eu. — Ah, acho que ninguém vai dançar, Dana. Nossa, não tem mais ninguém aqui além dos Hooper e dos Dodge.

E os Dodge estavam de saída.

— Não! — gritei, abrindo os braços para bloquear o caminho através do pátio. — Vocês não podem ir embora agora, não *podem*. Por que têm que ir embora?

Ouvi o tom de desespero fingido na minha voz e me perguntei se estava ficando bêbada. Se não estava, não era por falta de empenho.

— Me desculpa, entendo — disse Sylvia, fazendo cara de desconsolada. Estava de braços dados com o calado e rabugento Harvey, apoiada nele. — Amanhã a gente vai ter que acordar cedo. Susie e Earl vão chegar com as crianças. — Seus olhos reviraram, como quem diz que filhos e netos eram dose, mas ela sabia tirar de letra. Sylvia é esposa de professor de faculdade; somos amigas só porque nossos maridos deram aula no mesmo departamento por trinta anos. Nos vimos muitas vezes nos eventos da universidade, sempre nos tratamos com cortesia, mas toda vez que tentávamos uma conversa mais íntima, recuávamos. Não tínhamos nada em comum. — *Muito* obrigada por nos receber — disse, e me deu dois beijos no rosto — e feliz *aniversário*.

— Feliz aniversário — repetiu o velho ranheta esposo dela. Difícil de acreditar, mas ele conseguia falar menos que George. — Boa-noite.

— Que se danem — murmurei, deixando-me cair na cadeira Adirondack onde George tinha posto meu novo drinque. — Prepara um para Birdie — pedi para ele, do outro lado do gramado. — Onde você acha que Carrie está, Bird?

— Não, não, não quero mais nada, estou...

— E põe um pouco de álcool nele! Juro por Deus, aquele homem não sabe fazer nem um drinque. Cinquenta e um anos de casados e ainda não conseguiu preparar um drinque decente. Ele se confunde com a proporção de bebida alcoólica. Que que tem de tão difícil nisso, você sabe me dizer?

— Por que você não prepara o seu drinque?

— Porque é tarefa dele. Eu faço todo o resto, dessa ele não se livra. — Dei um gole no meu uísque *sour*. — Hum, azedo demais. — Deixei de lado para esperar o gelo derreter um pouco. — Mas também ninguém mais bebe, todo mundo está desgraçadamente velho. A gente costumava *se divertir* nas festas, não era, não?

— Ah, sem dúvida. Eram verdadeiras festas de arromba.

— Eram, *sim*, festas de arromba. Ninguém ia embora às oito da noite, quanto a isso não há dúvida. Meu Deus. Claro, isso foi antes de todos os alcoólatras morrerem ou pararem de beber.

Birdie pôs a mão na boca para bocejar.

Lembrei-me da música.

— Vou botar aquela fita — decidi, e me levantei. Eu havia posto um vestido vermelho, achando que era mais festivo que calças compridas. Tropecei na bainha enquanto cruzava o pátio no caminho para a varanda, onde ficava a tomada, tive que me segurar na mesa de piquenique para não perder o equilíbrio. — Desgraça de sapato — murmurei, chutando-os para longe. Um deles caiu em cima da mesa, e o deixei lá. Depois de alguma dificuldade no manuseio, consegui ligar o aparelho e pôr a fita.

Alguém havia deixado o volume muito alto; *Come On-a My House* começou a gritar como uma sirene de polícia. Birdie soltou um grito; George e os Hooper se viraram com expressão assustada e irritada. Onde ficava a porcaria do botão do volume? Acabei encontrando e baixei a música. Birdie retirou as mãos dos ouvidos.

— Dança comigo — disse, levantando-a. Ela estava com calças compridas, podia fazer o papel do homem. Mas era tão esquelética e frágil que mais parecia que eu estava dançando com uma criança.

— Ah, Dana, não estou com vontade de dançar!

— Você tem que dançar, é meu aniversário. — Comecei a cantar e tropecei num passo de foxtrote. Talvez fosse um *jitterbug*. — Quando foi a última vez que você dançou? Eu nem lembro. Acho que foi no casamento da filha de Margaret Whiteman. Me refiro a dançar com um homem. — Fiz Birdie rodopiar. — Sabe de uma coisa?

— O quê?

Ela estava com o rosto vermelho; respirava com a boca aberta. Totalmente sem gás.

— É muito provável que essa seja a última vez que você e eu vamos dançar na vida. Entende? Pelo resto da nossa *vida*. Pensa nisso, Birdie.

— Querida, você só bebeu demais, está bêbada. — Ela parou de dançar. — Vem sentar, vou preparar uma xícara de café para você. — O rosto enrugado dela exprimia compaixão, e a afastei com um empurrão.

— Não estou bêbada, nem estou com pena de mim. Se você me trouxer uma xícara de café, vou derramar tudo no seu vestido.

— Tá vendo, você acabou de comprovar o que eu disse. — Magoada, foi para a cadeira e sentou. — Derramar no meu vestido. Ah, claro. Alguém que eu conheço vai acordar amanhã com uma baita dor de cabeça.

Veio-me à cabeça a frase mais vulgar do mundo, que a minha geração não tinha permissão de falar. A de Carrie tinha; Ruth a usava com tanta frequência que não significava mais nada. Como eu queria soltar aquela para Birdie, deixá-la chocada, tirar aquele olhar pudico da cara dela. — Merda — eu disse em vez disso, mas isso ela já havia me ouvido falar um milhão de vezes; só a fez apertar mais os lábios.

Os Hooper precisavam ir, teriam um dia cheio amanhã, por causa de um torneio de xadrez em Richmond, em que Edward era um dos finalistas; desliguei, não ouvi os detalhes. Como os Dodge, Edward era colega de George, e Esther, uma pseudoamiga minha. Nos encontrávamos nas festas da faculdade, mas em nenhum outro lugar, porque não havia afinidade suficiente para uma amizade verdadeira.

— Muito obrigada por ter vindo — agradeci enquanto dava um abraço em Esther, achando engraçado, rá-rá, que os Hooper tenham sido os últimos a ir embora, e os Dodge, os penúltimos, e eu não ligava a mínima para nenhum deles.

— Onde estão os *meus* amigos? — perguntei depois de os Hooper estarem fora do alcance da minha voz. — Será que morreram todos? Além de você — acrescentei, ao ver que Birdie ficara ofendida. — Claro, além de você. — Caí no braço da cadeira dela e dei um abraço apertado no seu ombro magro. — Você não acha engraçado que os amigos de George foram os que ficaram mais tempo na minha festa de aniversário? Os velhos amigos chatos e convencionais *dele*?

— Vieram amigos seus também, Roberta e Don, Kathryn, Binnie, os Stroud. Só que tiveram que ir para casa.

— Mas é disso que estou falando. Como *meus* amigos conseguem ser mais desmancha-prazeres que os *dele*?

Birdie não sabia. George ouviu, mas não levantou a vista do que quer que estivesse fazendo na grelha, retirando o carvão queimado, sei lá. Doris Day começou a cantar "Uma vez tive um amor secreto", e comecei a cantar junto.

— De que filme é essa música? É daquele filme com James Cagney? Adorei aquele filme. As roupas dela eram a coisa mais linda do mundo.

— Adoro a Doris Day — Birdie falou. — Agora ela está lutando para salvar os animais, você sabe. Ela é uma mulher muito boa.

— Ela usava uma estola de pele naquele filme. Eu queria porque queria ter uma estola daquelas. Mas George estava ganhando uma miséria naquela época; por isso, claro, não dava nem para pensar, fora de cogitação. *Ah*, mas como eu queria uma estola de pele!

— Sempre quis ter cabelo louro — disse Birdie.

— Queria ser baixa e mignon.

— Queria o cabelo penteado no estilo "rabo de pato", mas Chester dizia que era vulgar.

Dei um gole no meu drinque, que agora estava perfeito.

— É uma pena que não exista essa coisa de reencarnação. É uma grande pena. É uma vergonha.

— Ah, eu acho que existe reencarnação. Acho que a gente sempre volta, várias vezes, até dar certo.

— Não, não volta. Isso é ridículo. Eles plantam a gente e depois a gente apodrece, é só isso.

— Ah, não, não acho. — Birdie cruzou os braços e virou o rosto. Velha estúpida. Mas logo uma forte onda de afeição tomou conta de mim, dissipando a irritação. Birdie é como uma música antiga que a gente já ouviu tantas vezes que acaba chateando. Mas não deixa de ser uma música bonita, e, quando alguém a canta direito, você lembra por que é tão batida e volta a gostar dela.

— Bom, talvez você esteja certa — falei com complacência. — Ninguém sabe, isso é certo, pelo menos não antes de morrer, por isso não faz diferença. Se você quer acreditar que pode voltar como um gato, querida, fique à vontade.

A porta de trás abriu com um estalo.

— Um gato! Vó, a senhora vai voltar como um gato?

— Vocês *chegaram*. Até que enfim!

Levantei e abri os braços. Ruth veio e me abraçou. Foi bom senti-la, jovem, agitada, com vida, não queria perder aquilo.

— Onde vocês estavam? A festa acabou, e foi um fiasco, diga-se de passagem. Vocês podiam ter dado um ânimo a ela. Hum, *hum*, você está com jeito de quem está com fome. Onde estavam?

— A gente ficou enrolada — Carrie disse de trás de um pé gigantesco de azaleias rosa que trazia num vaso. — Onde está todo mundo? Ruth, pega isso...

Mas, como era seu pé que mantinha a porta aberta, deu um pulo para o lado antes que ela batesse.

— Feliz aniversário — falou. O tom dela era de quem sentia alívio, uma tarefa a menos na lista de afazeres; deixou cair as azaleias sobre a mesa.

— Ah, que linda — Birdie comentou, levantando-se para dar um abraço tímido em Ruth. — Dana, não é bonita?

— Fui eu que escolhi — Ruth disse. — Mamãe queria branca.

— Branca? Não, não — eu disse —, rosa é muito melhor. Nossa, são lindas demais, já sei exatamente onde vou pôr.

— Estava pensando na noite — Carrie se explicou. — A senhora sabe como as azaleias sobressaem de noite no jardim.

Com a mão, sacudiu o cabelo atrás do pescoço, afofando-o. Ela parecia furiosa, cansada e distraída. Sempre sei quando a expressão feliz dela é uma máscara, porque não consegue sorrir com naturalidade, a boca não fica relaxada.

— De todo modo, feliz aniversário, mãe. — Até os braços dela estavam rijos, e o beijo que me deu no rosto não tinha ânimo, energia nenhuma. — Desculpa por a gente ter perdido a festa. Achei que ainda ia encontrar as pessoas aqui — disse baixinho e escapuliu. — Oi, pai, não tinha visto o senhor. — Ela abraçou George e depois se afastou para que Ruth o abraçasse também. — Tudo bem? O senhor está superelegante hoje.

## Trio de Vênus

Acanhado, ele olhou para baixo, para a suéter e a calça de linho pregueada. De fato, ele estava muito alinhado, o que não era comum, mas só porque Carrie havia encontrado essa roupa num catálogo e dado de presente de aniversário para ele. Ano passado — quando ela estava com dinheiro.

— Obrigado — ele disse e piscou para ela.

— Gostou do meu vestido? — perguntei, buscando a atenção de Ruth, já que não conseguia a de Carrie. — Muito jovem para mim, eu sei.

— Ah, não, vó, está ótimo, muito legal mesmo.

— Nada, mulher velha não deve usar vermelho. Faz a gente parecer cafetina. — Ruth deu uma risadinha. — Senta, todo mundo senta. George, põe esse vaso no chão para que a gente possa se ver. Você está com fome? Carrie, toma um drinque; eu vou tomar mais um. Ainda tem comida à beça...

Birdie já estava indo para a cozinha pegar a comida. Deixei; eu era a aniversariante.

— George, traz uma Coca-Cola ou qualquer outra coisa para Ruth. O que você quer, querida? Uma Sprite, chá gelado, temos limonada. Carrie, quer um uísque *sour*?

Não, ela não queria nada, não estava nem com fome — avisou para Birdie não trazer nada para ela. E elas não iam poder demorar porque Ruth tinha jogo de futebol no dia seguinte cedo, só tinham vindo para me dar o presente e os parabéns. Dá para acreditar? Ah, elas não iam se safar assim, não iam mesmo! Fiquei no pé de Carrie até ela ceder e pedir uma cerveja.

— Ah, bom — falei zangada. — É meu aniversário, droga, estou fazendo setenta anos e você não pode nem tomar uma porcaria de drinque para brindar comigo?

Ela arregalou os olhos, mas acabou sorrindo com naturalidade. Até que enfim.

— Quantos drinques desse a senhora já tomou?

— Não o suficiente — respondi e peguei o braço de Ruth e o apertei. — Faça o que eu digo, mas não faça o que eu faço, está entendido?

— Tá, vó.

— E estou te dizendo uma coisa: nunca beba.

— Tá, vó.

Ela e a mãe trocaram olhares divertidos, mas não liguei. Eu animava todo mundo. Talvez isso acabasse se transformando numa festa de verdade.

— Puxa, — falei —, por que vocês demoraram tanto, que foi que prendeu vocês? Fizemos salmão na grelha, comemos kebabs de legumes, Birdie fez um bolo. Que que aconteceu? — repeti, já que Carrie não havia respondido, só se mostrou meio constrangida.

— Ah, a gente só... não conseguiu se organizar, e depois aconteceu uma coisa, e achei que a senhora não ia se importar, que ia ter tanta gente aqui.

Ruth estava quase quicando na cadeira.

— Ela foi despedida — disse rápido, e depois curvou os ombros.

— O quê?

— Você o quê? Foi *despedida*?

Carrie lançou um olhar furioso para Ruth por baixo da mão com que massageava a testa.

— É — falou cansada. — É, fui demitida.

— *Por quê?*

Ruth disse:

— Porque ela não quis transar com o sr. Wright! Rá-rá, aquele aproveitador!

Carrie jogou a cabeça para trás e fechou os olhos.

— É verdade? Não acredito.

— É verdade, mãe.

— Aí a gente foi ao escritório pegar as coisas dela, e por isso a gente demorou. Chris, a sra. Fledergast, apareceu, e elas tiveram que ficar horas conversando.

George perguntou, incrédulo:

— Brian Wright?

— É, pai, Brian Wright.

Carrie abriu os olhos e olhou para ele com frieza.

Ruth retomou a palavra, em voz alta:

— Quando eles saíram para um encontro, mamãe não quis beijá-lo na hora de se despedir, por isso ele esperou um pouco para não pegar mal e depois demitiu ela!

— Não era um encontro. Já te disse, não era um *encontro*.

— Ele fez isso ontem à tarde. Disse para ela não ir na segunda, mas vai pagar a ela por mais duas semanas. Que canalha!

— Meu Deus — exclamou Birdie, pondo um prato de comida na frente de Ruth. — Acho que você devia processar esse sujeito.

— Foi o que *eu* disse — Ruth falou.

— Por assédio sexual — completou Birdie.

— Não vou processar ninguém — Carrie disse, como se já estivesse cansada de repetir a mesma coisa.

— Bom, não vejo por quê. Não é certo ele sair impune dessa.

— Não entendo — afinal me pronunciei. — Como você sabe... Por que você acha... — Não conseguia encontrar palavras simples. — *Retaliação*. — Era essa a palavra. — Que te leva a pensar... Bom, em primeiro lugar, qual o problema de um beijo de despedida?

— A gente conversa sobre isso depois — Carrie cortou, vigiando Ruth.

— Ah, pelo amor de Deus — explodiu Ruth —, quantos anos você acha que eu tenho, mãe, oito? O que aconteceu foi o seguinte: Mamãe não deixou ele beijá-la na hora de se despedir...

— Bom, foi um pouco mais que isso — Carrie falou, e todos fixamos os olhos nela. — Mas menos do que vocês estão pensando — acrescentou com uma risada. — No meio do caminho. Os detalhes não importam. — Era o que ela pensava. — O negócio é que sei por que ele me demitiu. — Quando me viu balançando a cabeça em discordância, me lançou um olhar feroz. — Eu era boa no meu trabalho, mãe, não tem outro motivo. Pode perguntar à Chris, se não acredita em mim.

— Eu acredito em você. — Por mais que detestasse, eu acreditava nela. Eu já podia imaginar. Fui eu que descobri Brian Wright: um homem com potencial, mas sem refinamento. Um diamante não lapidado, pensei. Resolvi usá-lo para fazer minha filha feliz. Senti vontade de vomitar. — Filho da mãe sórdido. Se ele estivesse aqui agora, daria um chute... na virilha dele.

Carrie cruzou as mãos e apoiou o queixo nelas.

— Te adoro, mãe. A senhora é tão previsível.

Sei lá o que ela quis dizer com isso.

Birdie perguntou:

— Que que você vai fazer?

Carrie encolheu os ombros, mas evitou meus olhos, e eu sabia a resposta. Ela ia para a fazenda de Jess Deeping fazer os animais da arca. Em tempo integral.

Nada a fazer, a não ser tomar outro drinque.

— Ok — Carrie falou —, já basta disso. Será que a gente pode agora mudar de assunto, por favor? — Ela parecia cansada, com raiva e aborrecida, mas não muito deprimida. Para alguém de quem haviam acabado de arrancar o meio de sobrevivência, ela parecia até animada demais. Pegou a cerveja que o pai lhe entregou e levantou o copo para um brinde. — Para a senhora, mãe. Muitos anos de vida.

Nem sorrir eu conseguia. Entendi que era o começo do fim quando notei isso.

Birdie começou a falar sobre a chegada da primavera, de como estava o clima e como tínhamos sorte de poder ficar ali fora nesses primeiros dias da estação. Como George não trouxe meu novo drinque, levantei-me para ir eu mesma prepará-lo. No caminho bati na mesa, um esbarrão de leve, mas Carrie não pôde deixar de perguntar:

— A senhora está bem, mãe?

— Estou bem, estou bem. Não pareço bem?

E estava encantada com Ruth. Sentei no braço da cadeira dela e fiquei acariciando o seu cabelo encaracolado e lindo, retirando-o de seu rosto. Passei a mão na parte de trás do pescoço dela, a abracei e apertei-lhe a lateral do rosto contra meu peito.

— Eu podia comer você todinha, podia te comer viva.

O cheiro dela era bom, cheiro de suor, doce e real. Mergulhei o nariz no seu cabelo e aspirei.

— Dana, pelo amor de Deus — Birdie falou —, deixa a menina em paz.

— Não deixo. Ela é doce demais.

Dei um beijo molhado e estalado na testa dela, e ela baixou os olhos, constrangida. Um minuto depois, esfregou o rosto.

Do outro lado da mesa, George olhou para mim e fez cara feia. Olhou para meu drinque, olhou para mim, de novo para o drinque. Quem ele era, o representante dos Alcoólicos Anônimos?

— Bom, me desculpa — falei —, mas hoje sou uma setentona e tenho o direito de afogar as mágoas. Quantos anos você tem, Ruth, dezessete?

— Quinze, vó.

— Isso mesmo, eu sabia. Espera chegar à minha idade e você vai ver o que ainda pode esperar da vida.

— Mãe — Carrie disse —, a senhora ainda tem muito tempo pela frente, muita coisa boa para fazer.

— O quê? Me diz uma. A vida aos setenta não tem nada de cor-de-rosa, posso te garantir. Que coisa boa pode acontecer? Que coisa realmente boa? Nada, é isso. As juntas doem mais a cada dia. A gente perde o controle da bexiga... Talvez logo esteja precisando usar fraldas. Depois a memória vai embora, a gente não lembra patavina. Olha Helen Mintz, agora é um vegetal.

— Não, não é — Birdie contestou, chocada.

— Ah, a gente pode ter um derrame. Um problema cardíaco, nas artérias, ou câncer de pulmão, câncer de mama, pode precisar retirar o cólon.

— Nossa — Ruth falou, abafando um riso —, a senhora está parecendo Raven.

— O amigo de Ruth, com mania de coisa mórbida — Carrie explicou para Birdie.

— Mania de quê? De órbita?

— Estou te dizendo, o quadro não tem nada de bonito, espera até chegar à minha idade e você vai ver. Que que acha que vou fazer? Começar uma carreira nova? Resolver de uma hora para outra pintar aquarelas? Criar abelhas?

— Mãe, pelo amor de Deus.

— Nossa, vó, a senhora não está fazendo *cem* anos.

— A rainha do drama — Birdie falou, cheia de si.

George empurrou a cadeira para trás e murmurou alguma coisa, depois se pôs a apalpar os bolsos.

— Aonde você vai?

— Dar uma pitada. Já volto. Com licença... — Saiu lentamente em direção à garagem.

Voltei a sentar.

— É isso aí! É... isso... aí! — Fiz um brinde à sombra dele se afastando, mas meu drinque estava amargo. — Também não pensa que você pode envelhecer *com* alguém — falei, apontando o dedo para o rosto de Ruth — só porque é casada com ele. Não cometa *esse* erro.

— Mamãe — Carrie falou asperamente.

— Não ligo, essas coisas têm que ser faladas.

— Não, não tem.

— Cuidado com quem você vai escolher, Ruth querida. Eles parecem legais quando são jovens, se comportam direitinho, você acha que nunca mais vai se sentir sozinha, mas eles desaparecem. E você só percebe quando já se foram, quando já é tarde demais. Você casou com um fantasma. Não é, Carrie? Você pode...

Carrie se levantou.

— Bom, a gente tem que ir. Dá um beijo na sua avó, Ruth, e vamos, está ficando tarde.

Não me mexi, só fiquei piscando rápido. Deixei o choque ir diminuindo enquanto revia o que havia dito. Bom, se querem ir, que vão. Disse tudo o que queria dizer, não retiro uma palavra. Quando Carrie se despediu de mim, tocou o rosto no meu e disse "Boa-noite, mãe. Feliz aniversário". Nada respondi, fiquei ali sentada, com cara de pedra e sem nenhum arrependimento. Por Deus, a gente tem o direito de dizer a verdade no dia do nosso aniversário.

— Boa-noite, sra. Costello — Carrie se despediu de Birdie.

— Boa-noite, querida. Se cuida.

Não olhei, nem precisava — todos os tipos de olhares secretos eram trocados por cima da minha cabeça. Carrie mencionou que ia sair por trás para se despedir do pai. Ótimo, vai e faz uma festa lá, estou pouco ligando. Faz um manifesto em prol do amor.

Fiquei esperando Birdie começar. Não ia demorar; o silêncio é o pior inimigo dela.

— E aí? — perguntei, depois de constatar que ela estava mesmo de boca fechada. — Não tem nada para dizer para a *rainha do drama*?

Ela se levantou devagarinho, apoiando-se na mesa.

— Você tomou muito uísque *sour*. Não adianta conversar com você.

— Bom.

— Mas vou dizer uma coisa.

— Lá vai.

— Meu Chester não era nenhum anjo, e há coisas a respeito dele que nunca contei para *você*. Mas, com certeza, jamais contaria para meus filhos. Não tentei fazer com que tivessem pena de mim denegrindo a imagem do pai de Matt e Martha na frente deles.

— Nossa, você é maravilhosa.

— Não, não sou maravilhosa. Só sei que existem regras. E beber demais e sentir pena de si mesma porque fez setenta anos não te dá permissão para descumprir as regras. Uma filha não precisa saber que o pai dela é um fiasco, não importa a idade que tenha. É mera questão de decência.

— Isso é só merda. Mãe e filha são as duas pessoas mais íntimas do mundo. Se você não pode contar para a pessoa que é carne da sua carne, sangue do seu sangue, como é a sua vida, então nada faz sentido. Não fui além da conta.

— Foi, sim, e você sabe disso. E ainda por cima usando Ruth como desculpa. "Cuidado com quem você vai escolher, Ruth querida" — falou me imitando. — Você devia sentir vergonha de si mesma.

— Ah, vai para casa.

— Vou.

— Quando?

— Quando terminar de falar. Se tem problemas com George, deve procurar um terapeuta ou um conselheiro conjugal para desabafar. — Ri desdenhosamente. — O reverendo Thomasson, por exemplo.

Peguei o copo de cerveja de Carrie, que ela havia deixado pela metade.

— Ah, é isso que vou fazer, Bird, vou fazer uma visita ao pastor. Cara, você realmente me conhece bem. — Sarcasmo é algo que Birdie não capta; ela só se toca se você bater com ele na cabeça dela. — Achei que você estava indo embora.

— Tudo bem, não vai, então, fica em casa apodrecendo. — Ela se inclinou para frente e disse com sinceridade: — Desculpa, mas você está ficando cada vez mais amarga, e eu não sou a única pessoa que diz isso. Só acho... só acho que você podia procurar alguma forma de ajuda, e não da sua filha, que já tem muito problema para resolver.

— Obrigada. — A cerveja quente ficou presa na minha garganta; quase a cuspi de volta no copo. — Não bata a porta quando sair.

Birdie suspirou. Deu a volta na mesa, sorrindo e com o cenho franzido.

— Você é a melhor amiga que tenho. Eu te adoro, Dana, mas às vezes você vira uma mala sem alça. Feliz aniversário, querida.

Recuei quando ela se abaixou para me beijar, mas ela não desistiu até me dar um beijo forte no rosto. Emiti um som de desagrado e não sorri.

— Você devia escrever uma coluna de conselhos, ganhar dinheiro com toda essa sua sabedoria. Podia usar o pseudônimo de Senhorita Abelhuda.

Ela atravessou o pátio rindo. Estava com um vestido com estampa rosa e branca, típica de verão. O branco irradiava na penumbra escura — Carrie tinha razão quanto a isso.

— Retiro o que disse, você não é uma mala sem alça — ela gritou do portão. — Você é *um pé no saco*.

Ah, que coisa mais feia, que coisa mais feia; vindo de Birdie era como praguejar contra Deus. Mas ela falou "saco" como uma garotinha cochichando, e assim estragou o efeito. E não bateu a porta.

Fiquei olhando em volta distraidamente, escutando os sons da noite, tentando descobrir o que estava sentindo. Culpa? Raiva? As duas coisas. No entanto, estava acima de tudo cansada, com a cabeça cansada, cansada demais para distinguir o certo do errado. Não importava. Amanhã eu acordaria sentindo remorso e vergonha por ter falado tanta asneira e espantado as pessoas que eu amava, mas hoje à noite só me vinham à memória pensamentos sombrios.

A lua estava exatamente pela metade. Ar gelado, doce. Terra revirada e fertilizada, o legítimo cheiro da primavera. Senti saudades de um tempo que não conseguia lembrar, talvez nem o tenha vivido. Levantei e fui procurar George.

A luz que vinha da rua atravessava os galhos ainda pequenos do espinheiro-da-virgínia atrás da garagem, salpicando de manchas a careca dele quando balançava levemente. Ele estava sentado num dos balanços enferrujados que a gente pusera lá para se desfazer deles havia anos, mas nunca chamou ninguém para levá-los. Estava de costas para mim, a cabeça um pouco inclinada para o lado, apoiada na corrente. Os ombros curvos lhe davam um aspecto sonhador; ele observava a fumaça do cachimbo subir e se perder entre os galhos das árvores, enquanto meditava sobre alguma coisa, em paz. Me senti nervosa só de olhar para ele, fora de forma, melancólico, meio desajeitado. Ele me ouviu e se virou, cruzando as correntes sobre a cabeça.

— Oi — falou com prudência.

Fui caminhando até ele, com as mãos nos bolsos do vestido vermelho, prestando atenção onde punha o pé. Havia um monte de raízes no chão. Se eu tropeçasse em alguma delas, ele ia dizer que eu estava bêbada.

— Oi — eu disse, e sentei espremida no outro balanço. — Vou deixar aquela louça suja para amanhã.

— Não sente aí, está sujo, você vai manchar o vestido.

— Não importa.

Ele me deu uma olhada para tentar desvendar meu estado de espírito no momento. A luz da rua se refletia nos óculos dele, ofuscando minha visão; não conseguia enxergar seus olhos. Logo depois falou:

— Que coisa, hein, esse negócio da Carrie.

— Uma loucura. Inacreditável.

— Conheço Brian desde que era vice-reitor em Remington. Nunca gostei dele, mas jamais suspeitei que fosse capaz de uma coisa dessas. Nunca. — Ele abanou a cabeça em sinal de reprovação. — Sei lá, acho que ela *devia* processá-lo.

— Processar é deselegante. Grandessíssimo filho da puta. — Era exatamente isso o que eu pensava, mas me arrependi de ter falado. Apesar de não reclamar, sei que George detesta quando falo palavrão. Isso só revelava como estava me sentindo: revoltada e furiosa. E estúpida. Enganada, velha, ludibriada. Me senti como uma dessas velhinhas sobre quem a gente lê que caem no conto do vigário e perdem tudo que economizaram na vida num telefonema de algum sujeito com lábia.

— Carrie vai ter que arrumar outro emprego agora. Ela pode me ajudar com a minha pesquisa. Já falei isso para ela antes. Não para sempre, mas nesse intervalo.

— Acho que ela não vai querer — falei, entorpecida.

O cachimbo apagou, ele o reacendeu, fazendo o fornilho brilhar.

— Não, creio que não — disse com um sorriso hesitante e melancólico. Olhei para ele com curiosidade. Fumava o cachimbo com os olhos fixos no nada.

Uma coruja piou; não o pio comum, mas um pio que parecia o assobio ou a arfada de alguém, aquele som áspero e sinistro que deixa os pelos dos braços da gente arrepiados. Concentrei-me no som mais amistoso do tráfego a distância e no latido familiar, semi-histérico, de Maisie, a cadela do vizinho.

— Você acha que a gente é como George e Martha?

— George e Martha?

— De *Quem Tem Medo de Virginia Woolf*. George e Martha eram o casal de idade da peça. Ele era professor de faculdade. — Ela, porém, era filha do reitor, e aí termina a semelhança. Casei com meu

George para sair da vida anterior, mas nunca consegui me sentir à vontade na nova.

George soltou um grunhido.

— Eles se odiavam — falei. — Mas se amavam também.

Parei por aí. Deixei as palavras flutuarem no silêncio, como um convite. Uma insinuação.

George ficou calado.

Baixou uma tristeza enorme sobre mim.

— Ah, meu Deus, o que é que vai acontecer?

Ele trouxe o balanço dele um pouco mais para perto do meu. Afagou levemente a lateral da minha coxa.

Peguei a mão dele e a analisei na luz escassa. Mão velha, cheia de veias e rugas. Unhas amarelas que cheiravam a tabaco. Queria pousar o rosto nela, mas parecia tão estranha, como uma máquina, um aparelho, e não pele; quanto mais olhava para ela, menos parecia uma mão.

Deitei-a no meu joelho.

— Você foi feliz?

— Que está querendo dizer com isso?

— Numa escala de um a dez, como você classifica a felicidade da sua vida, George?

— Ah. — Ele riu.

— Não, estou falando sério. Me diz. Qual é a resposta?

Ele suspirou:

— Sete.

— Mesmo? Para mim também. E eu que achava que a gente não tinha nada em comum. — Sorrimos, sem olhar um para o outro. Apoiamos a testa nas correntes frias e enferrujadas dos balanços que ficavam lado a lado. Se fôssemos um pouco para o lado, nos tocaríamos.

— Mas hoje estou nota quatro, George. Estou sentindo tanta raiva esta noite.

— Você bebeu um pouco além da conta.

— Talvez. Mas... eu queria alguma coisa. Algum sentimento. Não gosto desse negócio de ficar velha. — Fingi um tremor. — Mal dá para acreditar que a gente costumava *comemorar* os aniversários.

Ele deu um tapinha na minha perna e retirou a mão para esfregar a lateral do pescoço rijo. Acendeu o cachimbo de novo.

Eu nem mesmo *queria* que ele conversasse comigo. Eu já superara essa história havia muito tempo, como a criança que supera a expectativa de que seu cachorro de brinquedo converse com ela. Eu só queria... alguma coisa. Esta noite. Algum tipo de comunhão.

— George.

— Hã?

— Sabe, você não precisa vir fumar aqui fora. Pode fumar dentro de casa, se quiser. Não me importo mais.

Ele fez um gesto com a cabeça, concordando, e ficou pensativo.

— Acho que vou continuar vindo fumar aqui fora — disse pausadamente. — Não é tão ruim assim. Já me acostumei.

No final da rua, a porta da garagem de alguém gemeu antes de fechar e se ouvir o barulho do metal batendo no concreto. Um som conclusivo agradável. Levantei.

— Estou com o traseiro doendo. Vou entrar.

— Vou em um minuto.

— Está bem.

— Feliz aniversário — falou.

— Obrigada.

Entrei sozinha na casa vazia. Coisa que havia feito um milhão de vezes antes, mas esta noite pareceu-me que eu estava praticando para o futuro.

# 18
## Bom, bom

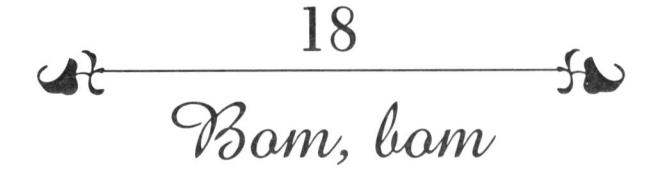

— Cuidado, cuidado com a cabeça dele. Cuidado com a porta!

— Está seguro, está seguro. Ele está direitinho.

Havia um quê de exasperação na voz do sr. Green, e foi isso que me fez perceber que eu devia estar sendo um pé no saco. Ninguém no mundo era mais calmo que o sr. Green.

— Provavelmente posso pegar o resto — disse-lhe —, só precisava do senhor para os grandes. Bom... se o senhor puder me ajudar com o urso-polar, vai ser ótimo. Depois pode ir, o senhor deve ter milhares de coisas para fazer.

Com o bom humor recuperado, o sr. Green se afastou para admirar a girafa, de três metros e meio de altura, que apoiara no lado ensolarado da estrebaria. Estávamos trazendo os animais para fora para que Eldon Pletcher pudesse vê-los na luz natural. Landy e Jess iam levá-lo ao rio esta manhã para ver a arca quase terminada; depois ele viria aqui conhecer os animais. Ia chegar a qualquer hora.

— Está bonito — o sr. Green disse. Elogio de peso, já que ele achava todo o projeto da arca ridículo. Mas quem era ele para ridicularizar os Arquistas, se ele próprio frequentava uma igreja chamada Irmãos Solenes do Cordeiro Sangrando? Disse isso na cara dele, a gente tinha debates acalorados, discussões de verdade. Ele gostava até mais que eu de bancar o advogado do diabo.

— O senhor acha que o sr. Pletcher vai gostar deles? — perguntei, observando os animais coloridos alinhados contra a parede.

— Claro. — Eu devo ter demonstrado hesitação, pois ele acrescentou gentilmente: — Aposto que vai ficar muito satisfeito. Não precisa se preocupar. — Ele me deu um tapinha nas costas para me animar, e percebi que eu estava estalando os dedos. — De qual você gosta mais? — perguntou.

— Eu? — Eu gostava de todos. Adorava todos. O que não quer dizer que não adoraria ter a chance de refazê-los todos. — Não sei, e o senhor?

Ele olhou as filas duplas das figuras recortadas de canguru, guepardo, porco-espinho, lhama, panda, doninha, bode.

— Qual é aquele? — perguntou, apontando para um deles.

Mau sinal.

— Não dá para saber?

Ele contraiu os músculos do rosto rijo, apertando os olhos.

— Tamanduá?

— É! — Que alívio. — É o seu predileto?

— Não, é esse. Acho que é. O asno.

— É mesmo? Por quê?

— Por causa da cara dele. Parece com um burro que a gente tinha quando eu era pequeno; o nome dele era Larry. Era a criatura mais paciente do mundo. Alguma coisa no olhar — falou, aproximando-se.

— A mesma serenidade do olhar. Quantos você ainda tem que fazer até o dia D?

O sr. Green chamava o dia do lançamento da arca, 17 de maio, de o dia D.

— Não falta muito. Acredito, sim, que a gente vai conseguir fazer tudo até lá. Se nada der errado.

Como, por exemplo, Eldon Pletcher me pedir para começar tudo de novo.

— Que bom você ter sido demitida, né?

Ele achou que estava fazendo piada, mas eu me dizia isso três vezes por dia. Obrigadíssima, Brian, por ter se revelado um perfeito idiota.

— Então você acha que pode arrastar o resto sozinha? Se não precisa mais de mim, vou indo, tenho umas coisinhas para fazer — disse e tocou o boné.

— Pode ir... Obrigada. Não vou trazer tudo para fora, só alguns. E Jess pode me ajudar a levar de volta lá pra dentro. Você nunca mais vai ter que tocar nesses animais de novo.

Ele riu e corrigiu:

— Você quer dizer até o dia D!

A gente ia alugar um caminhão nesse dia para transportar os animais para o rio; o sr. Green ajudaria a empurrá-los para o cais, pela rampa e para dentro da arca. Minha função consistia em dispô-los em volta das amuradas dos dois conveses, para o máximo de visibilidade. Tarefa simples, pode parecer: os mais altos atrás, os mais baixos à frente. Mas um curador de museu não levaria sua atribuição tão a sério quanto eu. Depois de todo o trabalho que tivemos, queria uma exposição perfeita.

Esperávamos uma multidão, só não dava para saber o tamanho. A história da arca, divulgada pelos jornais, ultrapassou as fronteiras do estado e chegou a cidades como Charlotte e Baltimore. Jornalistas me ligaram pedindo entrevistas. Também ligaram para Jess e, claro, para Landy. Consegui o consentimento de Eldon e finalmente dei uma entrevista para a rádio do Remington College. O único momento difícil se deu quando a repórter, uma iniciante atrevida chamada Marcy, me perguntou se eu me considerava uma criacionista. Comecei a discorrer sobre a pureza da autoexpressão e falei que a minha arte era política, e não religiosa — e Marcy me interrompeu para perguntar, num tom nada lisonjeiro:

— Então você diria que o que está fazendo é arte? — A pergunta me desmontou, e eu respondi: Bom, belas-artes, não, mas artes gráficas, com certeza. Eu realmente acreditava que estava fazendo uma espécie de arte ilustrativa, e as pessoas eram livres para chamá-la do que bem entendessem.

Ela deve ter achado que estava nos trazendo de volta à realidade quando mudou de assunto e falou de como aquilo tudo era sem sentido, a ideia de uma arca dos tempos modernos. Claro que eu concordava com ela — mas mesmo assim me vi saindo em defesa de Eldon e, sobretudo, de Landy. Contei para ela que, no ano anterior, uma equipe de exploradores do fundo do mar havia descoberto uma praia antiga e virgem na região do mar Negro, e os geólogos da Universidade de Colúmbia estavam superconvencidos de que um dilúvio repentino e catastrófico ocorrera cerca de sete mil anos atrás. O dilúvio de Noé. Como resposta, Marcy se limitou a emitir um "Hum" de indiferença, educado mas intencional, e encerrou a entrevista.

Eu me senti estranha por ficar de modo tão óbvio e firme do lado errado de uma controvérsia pública. Pelo menos de um lado que eu jamais assumiria caso não se tratasse de uma circunstância tão profundamente peculiar quanto essa. Não tinha vocação para porta-voz de prerrogativas religiosas. Característica que, para ser sincera, não esperava perder.

Jess, por sua vez, estava se deliciando com as ambiguidades insólitas da situação, com essa síndrome de companheirismo inusitada, como chamava. Pôr uma arca para navegar era um fenômeno, disse, um prodígio, um espetáculo, algo que a gente fazia porque podia fazer. Eu devia me esforçar ao máximo para não tachar as pessoas, recomendava. "Landy é um bom amigo? O pai dele está morrendo? Estamos prejudicando alguém?" E a pergunta mais incisiva: "Isso está fazendo você se sentir melhor?"

Não fosse a desaprovação da minha família, eu responderia "sim" sem hesitar. O escárnio de Ruth, porém, havia se transformado em hostilidade, e minha mãe continuava resistindo em nome do bom gosto. Apesar da insatisfação delas comigo, por alguma razão me sentia feliz quando trabalhava no projeto. Não houve tempo para eu me questionar por que havia entrado nessa — não houve tempo para fazer nada além de animais! E talvez fosse essa a resposta. Talvez fosse simples assim.

Pelo menos minha mãe não podia me jogar na cara irresponsabilidade. Eldon me salvou — ele estava me pagando quase tanto quanto Brian na Outra Escola. Ruth argumentava que eu trabalhava o dobro do tempo aqui, mas isso era um flagrante exagero. Eu dizia: pode-se dizer que é um mau negócio se ele empolga, prende a atenção e revigora o espírito? Ela não via dessa forma. Por isso eu procurava disfarçar meu entusiasmo e as longas horas que passava na fazenda de Jess, saindo de casa logo depois de ela ir para a escola e chegando pouquíssimo antes de ela voltar da loja de Krystal. Pensando bem, era a mesma coisa que eu fazia quando tentava esconder dela o tanto de tempo que passava dormindo depois da morte de Stephen. Por mais que soubesse que não era o procedimento apropriado, não tinha *tempo* para dar uma solução digna para isso. Se tivesse *tempo*, insistiria na sinceridade mútua, reservar momentos para longas conversas francas, em que explicaria meus motivos, faria concessões para chegarmos a um meio-termo. Em menos de três semanas, a arca ia zarpar, ia acabar a controvérsia, e a vida voltaria ao normal. Com certeza, Ruth e eu poderíamos passar mais três semanas em desacordo e sair ilesas. E eu estava planejando um grande abatimento emocional no final — isso deveria animá-la.

\* \* \*

## Trio de Vênus

Por volta do meio-dia, Landy chegou numa imensa caminhonete branca que eu nunca vira antes. Na mesma hora os cachorros se apinharam em torno dela, latindo. Jess e Landy saíram, cada um de um lado, e abriram as duas portas de trás. Do lado de Landy saiu uma mulher de cabelos brancos, alta e corpulenta, com um vestido de alça violeta, e olhou em volta, protegendo os olhos do sol. Landy deu a volta, abriu o porta-malas e retirou uma cadeira de rodas dobrada. Jess mandou os cães pararem de latir. Fiquei surpresa de vê-lo, e não Landy, se inclinar para dentro do carro e trazer para fora um velho, segurá-lo nos braços como se fosse uma criança e acomodá-lo com cuidado na cadeira. Foi a mulher, a sra. Pletcher — Violeta —, que o empurrou pelo caminho de pedras e pela trilha suja e irregular na direção da estrebaria indicada por Jess. Na minha direção também: eu estava esperando no gramado, debaixo da sombra de uma árvore, bem no caminho deles. Por alguma razão, cumprimentá-los dali me pareceu mais discreto, mais simples — sei lá. Menos jeito de anfitriã. Da casa de Jess.

Landy fez as apresentações e se referiu ao pai como "reverendo". A sra. Pletcher e eu demos um aperto de mãos, a dela era áspera e grossa, e vi de quem Landy puxou o sorriso tímido.

— Reverendo Pletcher — falei, curvando-me diante do velho cavalheiro. — Eu estava ansiosa para conhecer o senhor.

Sua boca parecia a de uma tartaruga, os lábios finos se tocando num ponto na frente. Quando sorria, dentes falsos, grandes e surpreendentemente brancos brilhavam.

— Carrie — disse com muita ternura. Eu já ia retirar a mão, encabulada pelo fato de ele não a apertar, mas, afinal, ele soltou os dedos pálidos e enrugados, e, lentamente, estendeu a mão direita para mim. Sua mão era fria e lisa, frágil ao tato, magra como um amontoado de gravetos. Demos um aperto delicado.

Esperava alguém bem menos refinado, os trapos de um homem velho fazendo um acordo com a morte anos depois de ter substituído a vida depravada pelo fanatismo. Não esse cavalheiro corcunda, pálido, com pele de pergaminho e olhar meigo. Parecia que a doença levara tudo de superficial e só deixara a essência de sua dignidade e o coração grande, obstinado. Ao observar a dor e a paciência em seu semblante, entendi por que Landy se sentia no dever moral de apoiá-lo em sua última grande extravagância.

Eu também não correspondi às expectativas dele.

— Pensei que você fosse velha — me falou. Virou a mão fraca e apontou o polegar para cima, na direção de Landy. — Como ele. — Pai e filho sorriram, para meu alívio. Era uma piada.

— Ah, você os trouxe para fora — disse Landy ao ver a anca de uma rena saindo da lateral da estrebaria.

— Alguns deles — falei —, não todos. Achei que vocês iam gostar de ver os animais na luz. Do modo como vão aparecer no dia.

A pele rosada da cabeça de Eldon brilhava, havia apenas uma faixa de cabelos brancos na parte de trás. A sra. Pletcher inclinou-se sobre ele e perguntou:

— Já podemos ir lá olhar?

Ele anuiu, e me dei conta, ao vê-la o empurrando, do que significava o brilho em seus olhos e o fato de agarrar os braços da cadeira. Ansiedade. Emoção.

No início não consegui ficar perto dele, tive que me afastar um pouco, como o diretor de cinema que vai fumar no saguão na estreia do filme. Jess veio me pegar. O olhar compreensivo dele me tocou. Ele segurou meus pulsos com delicadeza e me puxou.

— Vamos lá. Conversa com ele. Você quer que ele confunda o vombate com o iaque?

Fiz uma careta, fingindo-me de ofendida. Ele foi subindo as mãos pelos meus braços até colocar os polegares nas cavidades dos meus cotovelos.

— Vem receber sua recompensa, Carrie.

— Como você sabe que ele vai gostar? E se ele detestar?

— Vai lá descobrir.

Mas eu só queria ir se fosse com as mãos de Jess em meus braços. Sobre os ombros dele, vi os três Pletcher parados em frente ao tigre no ar, em meio a uma investida. O reverendo parecia quase um mauricinho, mais um professor aposentado do que um fazendeiro de tabaco, com cardigã, calça cáqui com vinco e um enorme tênis azul. Imaginei-o batendo um papo com meu pai. Provavelmente gostariam um do outro.

A sra. Pletcher o levou para o animal seguinte.

— Está bem — falei, e Jess soltou meus braços. O jeito era ir ouvir o veredicto.

O reverendo Pletcher estava sorrindo — eu esperava que fosse sinal de que havia gostado da marmota, e não de que estava rindo dela. Só era visível da cintura para cima, se é que as marmotas têm cintura, a cabeça e as patas saindo de uma toca de papel machê marrom.

— Bom — ele disse. E, diante do canguru, repetiu: — Bom. — E então mostrei o filhote na bolsa da mãe.

— Posso retirá-lo se achar que não são permitidos três: pai, mãe e filho — falei. — Não dá trabalho nenhum, faço em um minuto. Só não sabia ao certo se podia. Biblicamente falando, bem entendido.

Ele franziu os lábios de tartaruga.

— Mãe? — perguntou depois de ficar uns minutos olhando fixamente para ela, pensativo.

— Ela está escondendo o filho — a sra. Pletcher logo falou. — Se o Senhor a escolheu e ela era mãe de um filhotinho, ia esconder o bichinho. Assim mesmo.

— É... mas...

— O Senhor ia saber, claro. Mas faria vista grossa.

Eldon sorriu e assim ficou. Com o filhote de canguru dentro da bolsa da mãe.

— Bom — comentou diante do alce, do gambá. — Bom — disse do lince e da doninha. Para um pregador, era homem de poucas palavras. Agora eu estava mimada, ávida por mais elogios. Ele esticou a mão para afagar a coruja. Usei penas de peru compradas e as colei em espuma de uretano esculpida para compor o corpo, fio de telefone preto preso com fita adesiva em cabides para as pernas, bico entalhado em madeira e olhos pintados em pedras ovais que achei no terreno de Jess.

— Bom — o reverendo Pletcher falou, sem retirar a mão. — É muito... — A cabeça bamboleou sobre o pescoço. Fechou os olhos. A esposa colocou a mão sobre o ombro dele para acalmá-lo.

— Está tudo bem? — perguntou, e ele estalou os lábios e disse que sim.

Ah, ele estava tão fraco. Eu não sabia disso. Landy me lançou um sorriso revigorante por cima das costas do pai, que me tirou do estado de choque e me fez perceber que eu devia estar com cara atordoada. Depois disso fiquei morbidamente consciente do passar do tempo, do calor, do sol, do fato de Eldon não estar de chapéu. Por que não estava de chapéu? Queria pôr as mãos sobre sua cabeça, para fazer sombra nela. Sentia-me profundamente incomodada quando a cadeira de rodas dava um solavanco e o sacudia. Quando já havia visto todos os animais lá de fora, falei:

— Tem mais dentro da estrebaria. Acho que o senhor já viu o suficiente, mas está fresco lá. O senhor decide, como quiser.

— Ah — ele disse —, todos.

Acho que eram os dentes que davam a impressão, quando ele falava, de que havia algo na língua, uma pastilha, um dropes; eram grandes demais para a sua boca.

— O senhor está com sede? — ocorreu-me perguntar.

— Está com sede? — repetiu a sra. Pletcher, inclinando-se sobre o ombro dele. Eu já estava a caminho da casa a fim de pegar um copo d'água para ele, mas ela me detêve.

— A gente tem água aqui — falou, e pegou uma garrafa de plástico, do tipo que os ciclistas carregam na bicicleta, de uma alça atrás da cadeira de rodas. Eldon cobriu as mãos dela com as suas enquanto ela segurava o canudinho de plástico flexível nos lábios dele. A cada gole se seguia um "Ah" de prazer, como um bebê.

Quando terminamos a turnê pela estrebaria, ele estava pálido, transpirando e não mais ereto na cadeira, o peito estreito cedera, os ombros se curvaram.

— Acho melhor irmos — a sra. Pletcher falou, também aparentando cansaço. Ela não protestou quando Landy lhe tomou o lugar e empurrou a cadeira de rodas do pai de volta ao carro.

De novo, foi Jess quem o levantou e, cuidadosamente, o depositou no banco de trás da caminhonete. Esperei para me despedir, mas quando Jess se levantou, disse:

— Ele quer falar com você, Carrie.

Aproximei-me. O velho sorriu para mim e deu um tapinha no outro lado do banco. Dei a volta e sentei no banco ao seu lado.

— Primeiro — começou, e parou para respirar. A pele em volta do nariz e da boca estava de um tom perolado entre o branco e o azul, quase transparente. — Bom trabalho. Estou muito feliz.

— Obrigada. Obrigada.

— Você não tem fé nenhuma?

Landy deve ter dito para ele. Era verdade, mas respondi:

— Não tenho religião.

Queria poupar-lhe os sentimentos.

— Por que então você fez isso?

— Por que fiz os animais?

— Não foi por dinheiro.

— Não. Bom... isso ajudou. Não sei bem por que topei participar. Só sei que senti vontade, desde o início, desde que Jess me falou do projeto. Nunca me pareceu loucura.

Ele fez um gesto de quem já sabia disso.

— Sabe o que significa?

— A arca? Acho que sei.

— Então me diz.

Preferia que ele me dissesse.

— Renascimento — arrisquei. — Começar do zero. Buscar a salvação. Ser um eleito. — Eu não ia entrar no assunto da destruição da Terra por causa do pecado e da corrupção dos homens; isso era departamento dele. — Acho que é um símbolo de rejuvenescimento. Um novo começo, tudo puro e limpo.

— Vida nova.

— É.

Ele suspirou superficialmente e relaxou, apoiado no banco, as mãos sem energia pousadas ao lado.

— Foi o que pensei.

Pisquei para ele, dando-me conta de que aquilo não fora um teste, só uma pergunta. E minha resposta esfarrapada o havia tranquilizado e reafirmado sua confiança no projeto.

— Quantos ainda faltam?

— Quantos ainda tenho que fazer? Uns seis. A gente vai conseguir — falei, confiante.

— Uma coisa. A vaca.

— A vaca? Está malfeita?

Minha bela vaca Holstein?

— Se você tiver tempo. Por mim.

— O quê? Pode pedir o que quiser.

— Sempre... gostei das vacas Guernsey. Mas só se sobrar tempo.

— O senhor quer dizer, além da Holstein?

Ele fez que sim.

— Posso fazer. Está bem, uma Guernsey, lógico, faço. Marrom malhada, menor que a Holstein. Também gosto delas.

— Expressão simpática, sempre achei. Tive uma quando pequeno. Lembrei-me do burro que o sr. Green tivera. Larry.

— Vou começar a fazer agora mesmo — falei.

Ele riu de felicidade e piscou para mim, tentando me seduzir.

— Não. Deixa para o fim, a última coisa.

— Tudo bem. Mas vai dar tempo, prometo. Vou dar um jeito de arrumar tempo.

Ele levantou os braços débeis e com eles me envolveu o pescoço. Fiquei tão surpresa que levei uns minutos até retribuir o abraço. Ele tinha cheiro de asseio, de talco, cheirinho de bebê. Mas, sob a suéter áspera, seu corpo parecia quebradiço e frágil como um punhado de gravetos. Toda hora achava que íamos nos soltar, mas não, continuávamos ali abraçados. Beijei-lhe o rosto, tentando não chorar, e ele beijou o meu. Nos afastamos. Ele segurava minha mão com uma força espantosa.

— A gente se vê no dia 17 — falei, e ele sorriu.

Esperei que ele dissesse *Deus a abençoe*, queria que dissesse isso. Landy abriu a porta do motorista e começou a entrar — fim da privacidade. Fui eu quem disse "Deus o abençoe", em pânico — nunca havia dito isso na vida. Ele me olhou surpreso, contente e triunfante. *Essa eu já ganhei*, era o que seu olhar dizia, mas com amor.


Jess não podia parar para almoçar.

— Vai lá, Carrie, prepara alguma coisa pra você, eu preciso trabalhar.

— Eu faço seu almoço — ofereci — e levo até você. Onde vai estar?

— Na estrebaria pequena. Fazendo trabalho asqueroso. Se você puder deixar um sanduíche na bancada da cozinha para mim, já vai ser ótimo.

Trabalho asqueroso? Tipo o quê? Castrar um touro? Não dava para adivinhar. Fiz dois sanduíches para ele, um de peru e outro de queijo, pus num saco com uma maçã, uma banana e dois cookies. Achei uma garrafa térmica no armário da cozinha e a enchi com água gelada. Era radicalmente brega levar almoço para a escola, na opinião de Ruth; por isso, desde Chicago, eu não praticava esse ritual. Vi que não o havia esquecido.

Trabalho asqueroso, de fato. De início não consegui entender direito o que Jess estava fazendo. Na estrebaria menor, ele e o sr. Green estavam com uma vaca, provavelmente uma novilha, porque era pequena, presa numa espécie de canga dupla, na frente e atrás, e eles estavam... não sei dizer. Algo a ver com reprodução ou eliminação, ou talvez as duas coisas.

— Aqui está seu sanduíche — falei, pondo o saco no chão coberto de palha. Dois gatos vieram correndo investigá-lo; peguei-o e o pus em cima de uma coluna. — Sr. Green, eu não trouxe nada para o senhor.

— Já comi — ele disse, fechando a tampa de um tanque de metal de onde saía fumaça. — De todo modo, obrigado. Nitrogênio líquido — explicou. Eu devia estar com cara de curiosa. — Para manter congelados os espermatozoides do touro.

— Ah, entendo. Quer dizer que vocês estão é... engravidando a vaca?

— É.

— Ah. E...

Eu podia jurar que Jess tinha um dos braços enfiados no *fiofó* da vaca.

O sr. Green olhou para ele e piscou, depois lhe entregou um tubo comprido e fino com uma pera de borracha numa das pontas.

— Pronto — o sr. Green disse e segurou o rabo da vaca para ela parar de bater com ele no peito de Jess. Num gesto rápido, mas com cuidado, Jess enfiou o tubo no que eu supunha ser a vagina da vaca, enquanto fazia algo com a mão; seus ombros se moveram sutilmente e ele olhou com mais concentração. Devagarinho, espremeu a pera de borracha. Em seguida, tudo se soltou, o tubo, o braço e a vaca da canga. Jess a conduziu para um estábulo, e ela o seguiu com toda a docilidade, mas não consegui deixar de pensar que havia indignação no semblante da novilha.

— Só queria fazer uma pergunta — falei timidamente. — Por que você tem que usar as *duas* mãos?

O sr. Green, que parecia estar se divertindo, respondeu:

— Primeiro a gente tem que ir pelo outro lado para segurar o colo do útero dela. Tem que agarrá-lo através da parede retal até pinçar. Nisso Jess é especialista.

— É? — Que interessante. — Quer dizer que agora... ela está grávida?

— Só dentro de algumas semanas saberemos — disse Jess, franzindo o cenho enquanto anotava alguma coisa numa prancheta.

— É a primeira vez dela — o sr. Green esclareceu —, por isso pode não vingar.

— Ela chegou a conhecer o pai do filhote? — perguntei.

— Não. Deve ser um tourinho Angus. O certo é cruzar uma garota nova com um cara baixinho na primeira vez dela, e ela vai ter um bezerro pequeno. Agora a gente vai ver, não é, Sophie? Vamos ver o que vai acontecer. — O sr. Green estendeu a mão e deu uma palmadinha afetuosa no traseiro de Sophie. — Quem é a próxima?

— A número duzentos e quarenta e um — Jess respondeu. — Carlene.

— Carlene! — chamou, e saiu para buscá-la. Nunca havia visto o sr. Green tão animado desse jeito antes. Ou ele gostava muito de inseminação artificial ou estava se divertindo às minhas custas.

— Você está meio pálida — Jess notou enquanto descongelava uma coisa, provavelmente sêmen de touro, num balde de água gelada.

— Eu? Não, não, estou bem.

— Vai ficar mais um pouco, então?

— Bom, eu acho que devia voltar para trabalhar. Eldon disse que quer uma Guernsey.

— Eu ouvi. — Sorrimos um para o outro.

— Ele gostou da arca, Jess?

— Gostou. Gostou muito, muito mesmo.

— Ele também adorou os animais.

— Eu sei.

O sr. Green voltou com Carlene, que era enorme, definitivamente não era uma garota nova. Fiz um breve discurso sobre o tanto de trabalho que me esperava na outra estrebaria e dei o fora.

Mas não consegui me concentrar. Folheei meus calendários e livros de vacas, procurando a Guernsey certa, depois me lembrei de que Eldon dissera para deixar para o final. Boa ideia: era muita vaca para um dia só; bastava. Só que também não consegui fixar a atenção no javali. Estava inquieta, tensa. Me surpreendi andando de um lado para outro. Queria sentir tristeza por Eldon e felicidade por causa do projeto da arca *com* alguém, e não havia ninguém. Além disso, minhas roupas eram impróprias, a saia reta que vestira para a visita de Eldon me tolhia os movimentos, dificultava o trabalho. E fazia um dia *lindo* lá fora, uma perfeita tarde de primavera. O que eu queria mesmo era estar com Jess, mas ele estava com o braço enfiado no traseiro de uma vaca.

Fiquei desconsolada. Acabei desistindo e indo lá para fora. Se não conseguia trabalhar, devia voltar para casa. Poderia fazer a limpeza, pois estava uma bagunça só; poderia preparar uma refeição de verdade para Ruth, para variar, em vez de um desses pratos de última hora em que a gente vai jogando as coisas de qualquer jeito numa travessa ou sobras esquentadas às pressas no micro-ondas. Talvez pudesse fazer uma visita à minha mãe. Eu a vinha evitando, pois ultimamente ela não estava gostando muito de mim. Estava furiosa comigo por uma coisa que eu ainda não tinha feito.

Ainda?

Resolvi dar uma caminhada. Um dos cachorros de Jess me seguiu, Tracer, a cadela espertíssima. Pegamos o caminho de terra que ziguezagueava morro acima por um quilômetro e acabava num prado alto e descampado. Macieiras floresciam em um canto; encontrei uma com tronco liso e base sem pedras nem raízes e me sentei. Abaixo de mim, um rio sinuoso, marrom-azulado pelo reflexo do sol, separava a fazenda de Jess da de Landy, delimitando a fronteira em alguns lugares. Era um dos afluentes do rio Leap e por pouco não secava no auge do verão, mas hoje estava a ponto de transbordar das margens íngremes. Vacas, a essa distância quase indistinguíveis pastavam, ao abrigo de salgueiros, os ramos pendentes parecendo tendas verde-amareladas. Passarinhos piavam, abelhas zumbiam, gafanhotos chichiavam. Tracer foi embora e me deixou sozinha para desfrutar um momento mais interessante no prado. Era preconceito meu ou a fazenda de Jess era mais bonita que a de Landy? Os campos pedregosos do terreno de Landy não tinham curvas tão graciosas. Suas vacas não demonstravam o mesmo contentamento. Até a cor dos campos de Jess era mais agradável à vista, um tom amarelo-esverdeado mais delicado: ocre-dourado e óxido de cromo. Cheguei à conclusão de que, em termos de fazenda, a de Jess era a Itália, e a de Landy, a Ucrânia.

Hoje, tudo era Jess. Jess. Jess. Não conseguia tirá-lo da cabeça. A primavera irrompendo, enchendo-se de flores, expandindo-se, emocionando, não ajudava. Ruth me ensinara uma técnica de meditação de Krystal em que a gente tinha que repetir a pergunta "Quem sou eu?", enquanto expirava lenta e calmamente. Você devia responder:

*Sou uma mulher* ou *Sou uma mãe*, e coisas assim, contemplar as respostas de forma relaxada, sem julgamentos. Quando a experimentei, não consegui sair de *Estou cansada* ou *Estou atrasada. Estou perdendo um tempo precioso aqui*. Mesmo assim, valia a pena tentar de novo, para me acalmar. Tirar Jess da cabeça. Recostei-me no tronco da árvore, fechei os olhos e cruzei as mãos sobre o diafragma. Respirei fundo. *Quem sou eu? Quem sou eu afinal?*

Peguei no sono.

Só por uns minutos, mas tempo suficiente para acordar atormentada com um pesadelo confuso com palmeiras revoltas numa floresta tropical ou numa selva. Levantei-me e espanei a terra e a grama da minha saia, estalei o pescoço. Era melhor voltar para casa.

Primeiro fui à casa de Jess para tomar um copo d'água. Na cozinha, senti o cheiro de café fresco vindo da cafeteira em cima da bancada. Fui até o corredor e ouvi a voz de Jess no escritório. Servi-me de meia xícara de café e bebi, enquanto esperava por ele, olhando pela janela da cozinha. Ele precisava dar mais atenção ao jardim, se quisesse que as plantas crescessem mais que as ervas daninhas este ano. Eu também: o jardim da minha casa parecia um terreno baldio. Pelo menos a gente ia conseguir lançar a arca, e era isso que importava.

Cansada de esperar, preparei outra xícara de café e levei-a até o escritório de Jess. Ele estava sentado na beira da mesa, falando ao telefone com alguém sobre fertilizante — pelo que entendi; eu o ouvi falar em "conteúdo de nitrogênio" e "percentual de potássio". Ele sorriu para mim quando lhe entreguei o café. Fiquei parada na frente dele. Nos olhamos nos olhos enquanto ele dizia:

— É, mas preciso disso agora, não posso esperar até o final da semana que vem. Bom, seria ótimo. Se puder, agradeço. — Ele ainda estava com as roupas da estrebaria, mas com o rosto e os cabelos úmidos, as mangas da camisa arregaçadas até os cotovelos, como se tivesse acabado de sair de um banho. Senti cheiro de sabonete, feno, vaca e café. O que ele faria, pensei, se eu pusesse a mão no seu queixo ou no pescoço? Puxasse a sua orelha?

Não movi as mãos. Mas, quando me sentei no braço da poltrona em frente à mesa dele, cruzei as pernas nuas para ver se ele olhava para elas. Olhou.

Depois de desligar o telefone, ficou um tempinho calado, bebericando o café. Não sabia dizer se achava esse silêncio bom ou ruim.

— Que foi? — acabou perguntando. — Achei que você estava trabalhando.

— Não consegui fazer progresso algum. Estou agitada. Que que você está fazendo?

— Dando uns telefonemas. Assunto de trabalho.

— Seu trabalho é estranho — falei.

— Você acha?

— Sei lá, talvez não. Uma parte é rural, outra não.

— A maior parte é.

— Estou triste, Jess — eu disse. — Não sabia que ia gostar tanto de Eldon.

— Eu sei.

— Ele está muito frágil. E se a gente não conseguir terminar a tempo? Coitado do Landy.

Ele curvou a cabeça e fez um gesto de concordância, enquanto esfregava a mão no longo músculo da coxa.

— Eles vão pôr a arca para navegar no rio, segundo Landy, aconteça o que acontecer.

— Isso me deixa contente. — Mas e se Eldon achava que sua salvação dependia de a arca zarpar com ele ainda vivo? E se estivesse convencido de que, se não cumprisse a promessa com Deus a tempo, estaria perdido? — As pessoas boas são muito exigentes consigo mesmas — falei.

Jess sorriu.

— Às vezes. Landy diz que o pai tem muito do que se arrepender.

Resisti a essa afirmação. Não queria imaginar Eldon como um grande pecador, um homem capaz de prejudicar a família por egoísmo ou falta de consideração, ou coisa pior. Não esse meigo senhor de idade.

Jess olhou para o relógio na mesa dele.

— Como está Sophie? — perguntei, para não deixar a conversa morrer.

— Descansando confortavelmente.

— Você também permite cruzamentos naturais?

— Às vezes. Landy tem um touro reprodutor que gerou umas quarenta crias do meu rebanho, tanto naturalmente quanto por métodos artificiais.

— Ele me contou que detesta embarcar o gado.

*Embarcar*; mero eufemismo para mandá-lo para o mercado — que era um eufemismo para o abate.

— Lembro que você antigamente detestava também. Continua detestando?

— Continuo.

— Mas você faz isso.

— Claro. Bom, na maior parte das vezes. Se não contar Martha.

— Martha?

— Ela tem vinte e seis anos.

— Sério?

— Há uns treze anos parou de dar leite, mas não consegui me desfazer dela. É como matar uma tia idosa.

— Então você deixou ela no pasto. Eu conheci Martha?

— Não lembro. Não era famosa naquela época, era uma vaca como outra qualquer.

— Elas costumam viver quanto tempo?

— Até uns vinte e oito, trinta anos. Isso se forem tratadas com muito carinho. — Ele pegou a xícara, mas a colocou de volta na mesa quando viu que estava vazia.

— Quer mais café? Vou pegar pra você.

Ele cruzou os braços e me olhou com curiosidade.

— Que há por trás dessa ânsia de cuidar de mim hoje?

— Desculpa. Não tinha a intenção de ficar no seu pé.

Levantei-me, um pouco magoada. Queria que ele dissesse "Não, gosto disso" ou algo assim, mas apenas continuou me olhando.

— A que horas você tem que começar a ordenha? — perguntei.

— Às quatro. Como sempre.

O relógio marcava duas e vinte. Como tentar seduzir um homem a quem você disse *não* tantas vezes que ele desistiu de insistir? *Não* se tornara nossa música tema; ao longo dos anos, aprendemos a dançá-la com certa elegância. Como podia dizer para Jess agora, de uma hora para outra, que queria virar o disco?

Não podia, claro. A gente tem que ir aos poucos nesses casos; dar umas pistas, uma paquerada antes. Mudar a temperatura gradualmente, para não dar curto-circuito em ninguém.

— E se você tivesse uma emergência *urgentíssima*? — falei. — Você não ia poder dar esses telefonemas. Será que causaria um problema gravíssimo?

— Não. Por quê?

— Não sei, só achei que, sei lá... talvez você precisasse relaxar. — Nossa, eu estava falando como uma garota de programa. Não, não era desse jeito, era melhor mudar de estratégia: — Um dia desses, quando você não estiver ocupado, não gostaria de sair para jantar? Comigo?

O que ele estava pensando? Seu contorno pareceu mais acentuado, mais bem definido, mais distinto da mesa e da parede atrás dele, como um baixo-relevo. Ele pôs os dedos no rosto, escondendo boca e nariz.

— Gostaria, sim.

— Que bom. Vamos marcar qualquer dia desses.

Com essa frase de encerramento, coloquei-me de pé para sair. Mas, em vez disso, perguntei:

— Você sente falta de ser casado? Não... não estou perguntando se sente falta de Bonnie, mas se sente falta de ter alguém. Uma companheira.

— Sinto.

— Sempre quis saber por que vocês se separaram.

— Você sabe por que nos separamos.

— Sei? Não, não sei.

— Carrie, o que está acontecendo?

— Hã?

— Por que foi que me levou almoço? E depois café? Por que mostrou as pernas para mim?

Corei. Pensei na possibilidade de me fingir ofendida — *Não faço a mínima ideia do que você está falando*. Mas respondi com toda a sinceridade:

— Não sei o que está acontecendo.

Eu estava louca de desejo por ele, quase explodindo para fora da pele de desejo, mas não sabia como dizer isso.

— Você está... se sentindo sozinha? É isso? — perguntou, *bondosamente*.

— É isso? — repeti, rindo. Agora eu *estava* ofendida. — Será que a viúva está precisando de um consolozinho, é isso que ele quer dizer? A resposta é não. Comecei a ir embora. — Não estou me sentindo sozinha, de jeito nenhum, mas obrigada por perguntar. Para falar a verdade, não lembro quando me senti menos sozinha. Não estou precisando de nada.

Parei na porta que dava para o corredor, com as costas viradas para ele.

— Ah, meu Deus, eu sou tão ruim nisso.

— No quê?

— Falta de prática, esse é o problema.

— Ruim em quê? — Ele pareceu confuso. Mas esperançoso.

— Em te dizer que estou pronta. Chegou a hora — respondi, virando-me. — Mas não me sinto sozinha, estou sendo sincera, não me sinto mais sozinha; não sei por quê. Eu não preciso de você, eu quero você. Está aí, você me pediu para te avisar com palavras.

Mas então entrei em pânico. Temi que ele me tocasse, temi que não me tocasse.

Ele não fez nem uma coisa nem outra.

— *Você acabou de olhar o relógio?*

Ele riu, demonstrando genuína alegria.

— Desculpa — falou, ainda rindo. Ele veio e me envolveu em seus braços. Beijou-me. Abraçou-me, me apertou contra a parede, passou as mãos pelo meu corpo. Final feliz.

Foi como nos tempos da escola, na área de serviço escura cheirando a eletricidade? Talvez; porque me lembrei disso, fiz a associação. E havia uma familiaridade no toque dele para a qual não estava preparada, achei que seria tudo novo, estranho. Molecularmente falando, o corpo humano não muda a cada — quantos anos? Não esperava que nossos corpos fossem se reconhecer.

— É a mesma coisa, não é? — perguntei entre beijos demorados, cada vez mais intensos. Mas ele respondeu:

— Não, é completamente diferente.

Por isso não sei.

Pouco tempo depois o surpreendi espiando o relógio por trás do meu ombro.

— Olha, se estou te atrapalhando em alguma coisa...

— Tenho que dar um telefonema. Só dois minutinhos.

Ele me soltou e foi telefonar para um tal de sr. Viratouro, para perguntar se ele podia vir na tarde do dia seguinte, em vez de hoje, à mesma hora. Ele deve ter dito que sim, porque Jess agradeceu à beça.

— Quem era?

— Um técnico de I.A.

Técnico de inseminação artificial.

— E o nome dele é Viratouro?

Eu achava tudo muito engraçado. Subimos as escadas até o quarto, morrendo de rir, e senti alívio ao ver que não era o antigo quarto, aquele em que costumávamos fazer o dever de casa. Fiquei também contente de não ser o quarto grande e sombrio dos pais dele, ainda entulhado com mobília velha e escura. O quarto de Jess era a antiga varanda nos fundos da casa; ele a fechara e construíra janelas grandes, até o teto. Dava para ver uma faixa do rio Leap através das folhas das árvores no fundo da planície aluvial.

— O quarto não é feio — falei, fingindo surpresa, olhando em volta os guarda-roupas de carvalho, a cama desfeita, os lençóis azul-marinho masculinos, todos emaranhados. As duas mesinhas de cabeceira cobertas de livros e revistas. — Que que deu errado?

— Humm. Não sei. Acho que imaginei que sua mãe nunca subiria aqui.

Tiramos as roupas um do outro como amantes recentes, sorrindo e, respeitosamente, quase reluzindo de alegria. Por baixo da excitação, dava a sensação de retorno ao lar. Não sei como eu não estava mais acanhada, como não estava paralisada de tanto nervosismo. De novo, a familiaridade, acho. Não a sensação de que isso já havia acontecido antes; mais o sentimento de que devia ter acontecido. Eu me importava que meu corpo nu estivesse doze anos mais velho desde a última vez em que Jess o vira. Mas ele não. Disse que eu era linda com tanto fervor que acreditei nele. Logo me voltou a lembrança de como era estar com ele, e o melhor de tudo era a maneira como me levava a sentir que nada do que eu fazia era errado, desengonçado, hesitante ou bobo. Com Jess eu era encantadora, um peixinho lindo deslizando na água, plenamente seguro de si e esbanjando graça.

Ele era o que achei que seria, apaixonado e carinhoso, sem disfarces. Entregue.

— Prometo não parar no meio dessa vez — sussurrei para ele... no meio. Não sei bem se foi uma boa hora para piada, mas se estivéssemos ambos lembrando a última vez, pensei, era melhor tocar no assunto. Enfrentá-lo, desarmá-lo.

Ele levou um tempo até ter alguma reação; pude ver claramente os olhos passarem de ausentes a presentes, e me veio à memória que aquela absorção total, aquele "sair do mundo", era algo que, havia muito tempo, me assustava nele. Eu era uma garota na época, não conseguia me entregar como Jess se entregava — objetivo a perseguir ao longo de toda a vida. Pelo menos, o medo eu perdera.

— Dessa vez eu não ia deixar — falou, colocando-se sobre mim, os cabelos formando um arco luminoso de cobre. — Foi esse o problema: eu ter deixado você ir embora.

Ele não sorriu; não era piada. Seria verdade, seria simples assim — o "problema"? Eu queria conversar com ele quase tanto quanto fazer amor. E depois pintá-lo.

Em lapsos de nostalgia, lembrei como era estar na cama de um homem, a emoção de um teto desconhecido, um cheiro diferente na cama, um raio de luz imprevisto. Pensei em antigos namorados — não em Stephen, homens que conheci antes dele. Nenhum especificamente; só a sensação de novidade, a excitação, como era estar nua pela primeira vez com um homem nu, o toque de pele libertador, a sensação de possibilidade física ilimitada.

Era assim com Jess, e mais que isso. Com a gente tudo se multiplicava, como espelhos refletindo o presente e um número infinito de imagens menores do nosso passado. A gente tinha o agora e tudo que acontecera entre nós antes. A combinação mais fantástica do mundo. Exatamente o mesmo e completamente diferente — nós dois estávamos certos.

Depois, fiquei deitada com a cabeça em seu peito, ouvindo-lhe as batidas do coração, sentindo sua mão em meu cabelo. O pesado silêncio pareceu bom por um tempo, a única reação adequada para o que acabara de acontecer. Mas eu estava impaciente. Queria respostas para todas as perguntas irresistíveis — por que ele me amava, por que gostava de dormir comigo, por que me escolheu, e não outra mulher? E como ele conseguia continuar me querendo depois da última vez, depois de *todas* as outras vezes. Eu o decepcionara?

— Se só chove a cada doze anos, você não amaldiçoa a chuva quando ela finalmente vem. Você amaldiçoa a estiagem — ele disse.

*Uma analogia.* Meu fazendeiro, meu pastor de vacas, meu tirador de leite fez uma metáfora sobre *mim*. Calei de emoção, arrebatada de amor.

— Mas por que você foi *gostar* logo de mim? — Estava lembrando a virgem de dezoito anos, que só tirava notas altas, o xodó da mamãe.

Ele disse coisas lindas — que eu era corajosa, tinha ótimo coração, era boa para ele, que eu gostava dele mesmo sem o entender. "Cautelosa" me definiu, afinal — foi essa palavra que ele usou, *cautelosa* —, mas aí já era tarde, ele já me amava.

— Não é errado querer agradar todo mundo, Carrie. Não dá certo, mas não faz de você uma pessoa má.

Não, só uma pessoa fraca. Mas a última coisa que queria agora era falar com Jess sobre minha mãe.

— Sempre soube que você me amava — eu disse. — Era um segredo que tentava esconder de mim mesma, mas não conseguia, ele me acompanhou durante todos esses anos. Agora não consigo imaginar minha vida sem isso. Uma dádiva dessas.

Queria saber sobre a esposa dele, mas não perguntei. Na verdade, queria saber sobre *todas* as mulheres da vida dele, queria que me classificasse entre elas. Queria um gráfico, sério, um gráfico detalhado da hierarquia de todas as mulheres de Jess, comigo no ponto mais alto. Não que eu estivesse carente ou insegura — só estava com vontade de comemorar. De dançar no topo da pirâmide.

— Você se lembra de quando me disse que eu precisava fazer os animais da arca? E eu não acreditei em você. Você disse "Você *precisa* disso", e eu apenas ri. Como você sabia, Jess? Porque é verdade, eu precisava disso. — Me senti à vontade de contar para ele. — Eu realmente precisava... foi o que me *salvou*. Antes, eu só queria estar viva por causa de Ruth. Da mesma forma... — Da mesma forma que minha mãe só queria estar viva por minha causa. Que Deus a ajude.

— As pessoas são como cães pastores — ele disse, mas sua pele lisa se enrugou quando me levantei e me apoiei nos cotovelos para olhar confusa para ele. — É verdade. O cão pastor só fica feliz quando está cuidando do rebanho. É o trabalho dele, e o único. Você não estava fazendo o seu trabalho, e agora está, por isso está se sentindo melhor. É por isso que está aqui comigo agora.

— Mas qual é o meu trabalho? Fazer girafas?

— Fazer alguma coisa. Talvez não importe o quê.

— É. Não — me dei conta —, não importa. Não pode ser só para mim... tem que ser mais que decorar papel de parede e fazer o acabamento dos móveis... tecer tapetes. — Estremeci. — Mas não sei o que e, quando isso terminar, não sei o que vou fazer.

— Você vai descobrir.

— Que que aconteceu comigo? Perdi meu olho artístico, me esqueci de como ver as coisas. Uma vez fiz um autorretrato com todos os números que me definiam. O número da carteira de identidade, do telefone, do endereço, da data de nascimento. Por nada, só para mim. Eu costumava fazer colagens, desenhar paisagens, criar arte conceitual, desenhava textura passando o lápis sobre superfícies com relevo, como calçadas, cascas de árvore, tijolos. Tentava pintar uma emoção. Fazia *conexões* entre as coisas, conseguia ver esculturas em ramos de árvores, madonas renascentistas em frutas, conseguia *ver*. Perdi tudo, fui dormir. Nunca achei que ia conseguir recuperar isso.

— Suas ovelhas.

— Meu rebanho. Recuperei meu trabalho. — Fui para cima de Jess e comecei a beijá-lo com paixão. — Não estou dizendo que sou boa, isso é outra história. — Eu estava cheia de desejo por ele, mas não conseguia parar de falar. — Mas agora sei o que tenho que fazer. De modo geral, não especificamente. Jess, Jess, você é tão... humm. Você tem outras namoradas? Gostou do meu cabelo curto? Você não comentou...

Bom, a gente conversaria mais tarde. Eram só lembranças, como bilhetinhos que deixava para mim mesma, para não me esquecer de alguma coisa mais tarde, pois agora Jess havia me calado retribuindo o beijo. Fizemos amor de novo, bem devagarinho, com tanta ternura que me levou às lágrimas. E desta vez funcionou, não me fez lembrar nada.

Depois, hora de ir embora.

— Quatro horas, você tem que ordenhar as vacas. — Esse nosso caso ia ser complicado. Romance diurno. — Pelo menos é primavera — falei, enquanto o olhava se vestir. Gente, como era bom olhar para ele! — Quentinho. Estou louca para ter um monte de encontros com você ao ar livre. Sonhando com um monte de trepadas à luz do sol. —

Tentei dar uma piscada lasciva, o que não era difícil, já que eu estava deitada com a barriga para cima, no lugar em que ele havia me deixado, nua e descoberta.

— Gostei do seu cabelo — ele disse, enfiando a camiseta pela cabeça. Ele agora me parecia diferente, mais substancial, sei lá. O corpo todo agora era real, e não uma sombra.

— Você nunca fez comentário nenhum. Por isso naturalmente concluí que tinha detestado o corte.

— Eu não sabia o que podia falar. Não sabia quais eram as novas regras.

— Antigamente você não tinha regras.

— Mudei. — Sorriu.

— É culpa minha? Você está me culpando?

— Antigamente eu te culpava. Agora tento não culpar ninguém pelas coisas que dizem respeito a mim.

Exemplo que eu devia tentar seguir com mais frequência.

— De todo modo — falei, no fundo com a intenção de me defender —, não acho que você tenha mudado tanto assim. Acho mais que você se adaptou. Sério. Você não é a sua casa, Jess.

— Não importa. Todo mundo muda.

Mas ele estava mais triste, mais calado, ficara mais reservado. Sei de gente que acha que ele precisava de um pouco mais de reserva, que frear a impulsividade fazia parte do amadurecimento. Não concordava, nem agora, nem vinte anos atrás. Jess mudara por minha causa — não era egocentrismo, era a verdade. Mas eu não podia me desesperar, mesmo tendo parte dele se perdido, porque por baixo daquilo tudo, de estar mais velho, mais sábio, mais triste, mais tolerante, mais forte, ele continuava sendo Jess. Continuava sendo meu.

— Acho que vou pegar no sono — falei, me espreguiçando, me exibindo. Nossa, há quanto tempo não sentia essa energia sexual. Você só sabe o que perdeu depois que recupera.

— Não por muito tempo.

As meias dele estavam furadas no calcanhar. Ele calçou as botas de trabalho e amarrou os cadarços com nós em vez de laços, porque estavam arrebentados, os dois pés. Ele precisava de alguém para cuidar dele. Isso estava ficando cada vez melhor!

— Não por muito tempo?

— Só uma soneca.

— Por quê? Está me mandando embora? Outra garota vai chegar às cinco?

— É. — Ele se inclinou sobre mim. Pôs a mão na minha barriga. Os pelos da barba roçaram a pele entre meus seios. — Você acorda às cinco para me mostrar todos os seus predicados.

— Ah, você vai voltar — falei empolgada. E já estavam começando as deliciosas piadinhas bobas de sexo. Eu podia morrer de tanta felicidade.

— Preciso conversar um pouco com o sr. Green, pôr os garotos para começar a ordenha. Você não saia daqui.

— Não se preocupa. — Sentei-me quando ele, da porta, se virou para olhar para mim. — O sr. Green vai saber, né?

— Provavelmente, a menos que eu invente alguma coisa. Quer que eu faça isso?

— Não, não me importo. De jeito nenhum. Mas...

— As outras pessoas.

— Algumas outras pessoas. Ruth principalmente. — Não precisava mencionar minha mãe, quanto a ela não havia dúvida.

— Ela vai detestar isso?

— Honestamente, não sei. Ruth te adora, Jess, mas acho que ela não está preparada para isso.

— É leal ao pai.

— É. Muito. Mas não é só isso. É uma idade complicada — tentei explicar. — Ela está te usando para crescer. Às vezes, você é o pai dela, outras, o amigo. E, às vezes, mais que um amigo.

— Sei disso. Procurei tomar cuidado.

Claro que ele sabia disso. Queria dizer naquela hora que o amava. Estava com esse sentimento dentro de mim, forte como um dilúvio. O que me impedia? O hábito, concluí, enquanto ouvia o barulho dos passos descerem as escadas. Hábito e cautela. Jess não era o único que havia ficado mais reservado com a idade. Mas nossa vida sofrera uma reviravolta, e por milagre estávamos de volta ao lugar difícil que havia nos deixado — me deixado — sem saber o que fazer anos atrás. Só um idiota deixaria escapar uma segunda chance.

# 19
## Não que eu me importe

A gente tinha que escrever um diário para a aula de inglês. A sra. Fitzgerald diz que é bom escrever todos os dias, de preferência de manhã, a primeira coisa do dia, antes que desperte o lado crítico do cérebro, para a gente se expressar de modo mais livre, como uma continuação do ser sonhador, ou, se não der, pouco antes de dormir, porque às vezes a mente cansada é tão desinibida quanto a que acabou de acordar, por isso dá no mesmo.

Tá bom. Não tenho tempo para tomar café da manhã, muito menos para anotar máximas; e à noite devo conseguir escrever duas frases antes de cair no sono. Acho que tenho a doença do sono. É o contrário da insônia. Como se chama? Sônia? Vou perguntar a Krystal. Enfim, eu *gosto* de escrever no diário, mas só tenho tempo de fazer isso — todas as sextas a sra. Fitzgerald percorre as filas de carteiras para ver se nosso caderno está se enchendo de palavras, ela não lê o que a gente escreve, só vê se tem páginas escritas; por isso acho que você *poderia* simplesmente copiar o jornal ou um livro no caderno para tapear a professora, mas não sei de ninguém que esteja fazendo isso —, só tenho tempo para me dedicar ao diário quando estou na aula. Aí, em vez de prestar atenção em matemática, por exemplo, ou em biologia, fico escrevendo o diário, e o sr. Tambor e a sra. Reedy acham que estou tomando nota da matéria. É irado.

O difícil em relação a escrever um diário é sempre ter no fundo da cabeça o pensamento de que alguém além de você vai ler. (Coisa que pode acontecer — Brad Leavitt esqueceu o diário no ônibus, e Linda Morrissy, uma aluna do segundo ano, o encontrou e levou no dia seguinte para a sra. Fitzgerald, que devolveu para Brad. Assim, pelo menos duas pessoas devem ter lido o diário do Brad, isso sem mencionar toda a família e todos os amigos de Linda Morrissy, mais os amigos, o marido e o filho universitário da sra. Fitzgerald, e os amigos do filho. O *tempo*, como se pode ver, é o único fator limitador.) Enfim, a sra. Fitzgerald diz que a única maneira de superar a timidez é escrever coisas penosas sobre si mesmo. Não tente florear, melhorar, não deixe você aparecer como o herói ou como a vítima inocente, apenas cuspa aquela coisa totalmente estúpida que você falou ou fez, nada de censura. (Nesse caso, então, atenção redobrada para não esquecer o diário no ônibus.)

Estava praticando isso. A parte difícil é escolher entre todas as possibilidades humilhantes. Coisas demais para escolher uma só. Uma vez escrevi: "Eu costumava ficar na frente do espelho do banheiro e fingir que os risos e os aplausos de um programa da televisão eram para mim. Eu era uma artista famosa, adorada, e todo mundo da plateia morria de rir e me ovacionava só com as minhas expressões faciais, que eram super-hilárias. Eu treinava para parecer surpresa e humilde durante as demoradas salvas de palmas."

É o tipo da coisa boa para aquecer. A gente supera a paranoia de confessar uma coisa dessas e pode começar a escrever o que realmente importa. Tipo: "Odeio minha mãe. Que nem é mais minha mãe, ela se transformou numa pessoa completamente diferente. É como se tivesse sido sequestrada por alienígenas, que implantaram um chip no cérebro dela e depois a mandaram de volta, e agora só está simulando que é ela. E também fazendo um trabalho de merda."

A escola é outra merda. Caitlin agora está namorando, sim, Donny Hartman, por isso ela e Jamie resolveram, tipo, fechar o cerco e não me deixam entrar, como se um segredo entre três pessoas fosse a coisa mais absurda do mundo. E eu estou pouco me lixando. Sempre soube que eram mais amigas uma da outra do que de mim. Mas, quando me mudei de Chicago para cá, elas estavam numa daquelas fases em que ficam brigadas, e conheci Jamie primeiro, e depois Caitlin, quando voltaram a se falar. Por isso sempre fui a terceira roda, e não tinha problema até agora, que não sou mais roda nenhuma. Estou ficando cada vez mais amiga de Becky Driver, mas ela também tem amigos que conheceu centenas de anos antes de mim.

Raven pelo menos voltou a falar comigo. O problema é que conversa comigo sobre suicídio, assunto não muito animador. Não fala do *próprio* suicídio, mas de suicídio em geral, ou seja, não estou com medo de que ele pule de uma ponte ou coisa assim. A gente foi ao cinema uma vez, mas não sei se dá para dizer que estamos ficando, porque apenas fui encontrar com ele no cinema depois do trabalho e a gente sentou junto a um bando de garotos da escola. Ficamos de mãos dadas durante o filme, mas depois Mark Terry e Sharon Waxman me deram carona para casa porque moram mais perto. Vou tentar descobrir isso. Não que eu me importe.

A escola é um saco, e até o trabalho está meio chato ultimamente — e *depois*, depois volto para casa às seis e meia, no fim de um dia longo e difícil, e estou cansada e com fome e com vontade de dar umas risadas, de falar abobrinha, um pouco de contato humano, não muito, mas algum, sabe como é, para manter a aparência de que aqui ainda mora uma família de verdade — mas o que consigo? Nada, porque não tem ninguém em casa. A casa parece fechada, como se não morasse ninguém aqui — disse para mamãe alugar a casa durante o dia para viciados em crack, assim a gente podia pelo menos ganhar uma graninha, e eles não iam deixar ela mais bagunçada do que já está. Ela só sabe dizer: "Isso é temporário." Em tese, tudo vai voltar ao normal daqui a uma semana, quando aquela arca estúpida zarpar.

Queria que fosse amanhã. Está ficando pior, já que ela *só fala disso* — será que o cavalo deve ser um palomino ou um comum, castanho-avermelhado? Não iria ser fantástico se chovesse no dia 17? Será que Jess deve pintar a arca de branco, ou de outra cor, ou simplesmente não pintar, e por aí vai, como se eu ligasse para essa história. Ela não gostou quando contei para ela que a primeira coisa que Noé fez quando desembarcou — isso está na Bíblia — foi sair, construir um altar e sacrificar alguns animais. Coitadas daquelas espécies! Extinção instantânea! Ela vive dizendo que está quase acabando, mas cada vez chega mais tarde em casa, e chega muito *esquisita*, ou muito calada, fechada no seu mundinho particular, ou então rindo e falando como se estivesse de pileque, e tentando *me* deixar feliz contando piadas idiotas, fazendo cócegas em mim ou dizendo "vamos tomar sorvete" — e isso é quase pior porque é, tipo, nada a ver comigo, é só que por acaso sou eu que estou ali, e, qualquer que seja o estado de espírito dela, vai atingir a mim e a mais ninguém.

E se eu morresse? Se a casa pegasse fogo quando eu estivesse aqui e ela, fora? Se eu estivesse dormindo e ela fosse a única pessoa que pudesse me salvar, mas ela estava na casa de Jess fazendo malditos porcos-da-terra? Quando voltasse para casa e virasse para nossa rua, se perguntaria o que aquele monte de caminhões de bombeiros estava fazendo lá, todas aquelas luzes, para quem era a ambulância. Quanto mais se aproximasse de casa, mais apavorada ficaria. Quando visse a maca no jardim da frente com o corpo, o lençol cobrindo o cadáver, os guardas tentariam impedir, mas ela ia se livrar deles e se jogar em cima de mim. "Minha filhinha!" Eu havia morrido por inalação de fumaça e não queimada, por isso ainda estaria com o rosto como é. Na verdade, eu estaria muito bonita, parecendo bem tranquila. Mamãe ia desmoronar. Ia ficar totalmente arrasada.

Às vezes dou um pulo na casa de Modean para brincar com o bebê. É melhor que começar a fazer o dever de casa ou tentar descobrir o que tem para o jantar, já que mamãe não deixou nenhuma pista. Modean sempre conversa comigo, pergunta sobre a escola e o trabalho, como está indo a vida. Ela comprou um kit de aromaterapia na loja de Krystal e uma vez me deixou fazer um tratamento com óleos essenciais nela. Ela disse que foi ótimo, que quer fazer de novo um dia desses. Ela é mesmo uma mãezona. Harry vai crescer sem problema nenhum, vai ser como a criança do pôster sobre como criar bem os filhos. Ao contrário de mim, a criança do pôster sobre negligência dos pais.

Às vezes ligo para a vovó e a gente fala da idiotice que é esse negócio da arca. Ela sem dúvida está do meu lado. Ela pergunta:

— Sua mãe já chegou? — E eu digo que não.

Então ela fala: — Estou indo agora mesmo aí para preparar seu jantar. Já são sete horas! — Mas mamãe sempre chega logo depois, por isso vovó nunca vem de verdade, pelo menos até hoje não veio. Queria que viesse. Será que mamãe ia se sentir envergonhada?

Se eu já tivesse minha carteira de motorista, isto não estaria acontecendo. Eu não ia me sentir confinada e sozinha, porque a hora que quisesse poderia sair; hoje é como estar numa prisão com a porta aberta. Contei para vovó que parece que o tempo parou, e *nunca* vou passar dos quinze anos e nove meses. Ela disse para esperar até eu ter a idade dela para saber o que penso em relação ao tempo.

O que eu devia fazer era denunciar a mamãe. Ela está ficando famosa, quá-quá-quá, em Clayborne por causa da arca; fizeram uma reportagem de primeira página no *Morning Record* sobre ela e Jess, e o jornal de Richmond também deu a notícia, comentando como era espantosamente absurdo e doido o que eles estavam fazendo, e o que os inspirou e blá-blá-blá, blá-blá-blá, tipo *tapa minha boca senão vou vomitar*. Mal conseguia ler os artigos. Por isso o que eu devia fazer era ligar para a Delegacia de Proteção à Criança e ao Adolescente e denunciar mamãe por negligência. Aí você vai arrumar boas manchetes! "Senhora da Arca Deixa Filha Largada". "Artista da Arca Implora no Tribunal para Manter a Guarda da Filha, mas Perde". Iam me entregar para uma família adotiva, de gente boa e amorosa. Nem permissão para me visitar ela ia ter. Não — podia me visitar, mas só uma hora por semana, e passaria todo o tempo chorando. Eu seria legal com ela, mas logo estaria na hora de voltar para a casa da minha família adotiva. Ela passaria a vida inteira prometendo mudar e ser uma mãe melhor, mas o juiz diria que eu tinha que continuar com a família adotiva até completar dezoito anos. Aí já seria hora de eu ir para a faculdade. Ela perderia os melhores anos da minha vida, e tudo por culpa exclusivamente dela.

Essa é melhor que a fantasia do incêndio. Coisa mais de adulto, e ainda por cima eu fico viva no final. Acho que vou pôr isso no diário.

# 20
## Intimidades bandeirosas

Chris ligou quando eu estava cuidando de Harry em casa, numa tarde de sábado.

— Carrie, oi! Tudo bem?

— Que bom que você ligou! — respondi, mudando o bebê de lado para segurar melhor o telefone. — Há semanas que venho querendo te ligar. — Percebi alívio na sua sonora gargalhada, vi que eu tinha dito a coisa certa. — Ia mesmo te ligar hoje, ou amanhã, Chris...

— Ah, claro.

— Não, ia mesmo, sério! Porque já passou o momento crítico e agora tenho tempo para respirar. Foi uma loucura, sinceramente, você nem imagina a correria.

— Imagino, sim. Tenho lido sobre você no jornal.

— Nossa.

— Você agora é uma pessoa famosa.

— Uma doida famosa. Enfim, já está tudo pronto, só falta a arca zarpar. Vai ser depois de amanhã.

— É, e a gente vai estar lá, a família inteira.

— Sério?

— Claro! Não vamos perder essa por nada deste mundo.

Esse era ao mesmo tempo o meu maior temor e a minha secreta esperança, que um monte de gente aparecesse para o lançamento em Point Park, na segunda-feira: uma multidão de verdade.

— Vou procurar você no meio da horda — brinquei. Sarcasmo era bom para precaver-se de decepções.

— Você está me parecendo ótima, Carrie. Muito melhor que da última vez em que nos falamos.

— É mesmo? É, para ser sincera, estou me sentindo muito bem.

— Fico contente, isso é um alívio para mim, porque me senti mal à beça com o que aconteceu.

O bebê agarrou uma mecha do meu cabelo. Para distraí-lo, peguei a caneca com canudinho em cima da bancada, ainda com suco de laranja pela metade, e dei para ele.

— Por que *você* se sente mal com isso?

— Não sei, mas me sinto. Me sinto como a secretária do presidente Clinton, com peso na consciência por ter de alguma forma participado do deslize do patrão. — Rimos, como nos velhos tempos. — Sinto muita saudade de você — Chris disse. — Está um tédio no trabalho, ficar lá sozinha. Devia ser um tédio antes de você chegar, mas eu não reparava.

— Também sinto saudade de você.

— Nossa, Carrie. Agora fico olhando para ele. Acredito em tudo que você me contou, lógico, e mesmo assim... Quando olho para ele, é difícil imaginar. É difícil acreditar que ele fez esse tipo de coisa. Mas acredito, sim, não é que...

— Não. Te entendo perfeitamente. Eu também não acreditei que aquilo estava acontecendo.

Não me referia à noite em que ele me imprensou na parede de casa, e sim ao dia em que me chamou na sala para me demitir. Fez isso numa sexta, e esperou Chris ir embora para falar comigo. No início, não entendi o que ele estava querendo dizer, me pareceu piada. Ri. Depois parei de rir.

— Você está falando sério — disse, olhando para ele sem acreditar. — Está me demitindo.

Ele respondeu:

— Não queria. Gostaria *muito* de ficar com você. — Ele esfregava as mãos, fingindo nervosismo infantil. A testa estava rosa e enrugada de preocupação, os olhos tentando demonstrar compaixão. *Essa é a coisa mais difícil que já fiz*, tentou exprimir com o rosto durante meio minuto. E durante meio minuto acreditei, realmente acreditei na sinceridade daquela explicação estapafúrdia: que eu não estava alcançando os objetivos, que ele precisava de alguém com mais *iniciativa*, alguém a quem ele não precisasse dizer o que fazer. Mas então abriu as mãos e disse: — Preciso de alguém que seja quase um sócio, uma parceira.

Foi aí que entendi e percebi que ele estava mentindo.

— Para início de conversa, você não me paga o suficiente para ser sua sócia — retruquei. Depois, pensei em várias maneiras muito mais sarcásticas de dizer isso. — Brian, por que você não admite de uma vez por todas; foi por causa daquela noite, não foi?

— Que noite?

Cara de pau! Deu vontade de gritar com ele, mas sabia que só me sentiria mais humilhada depois, e ele ganharia de qualquer jeito. Consegui insultá-lo, mas não como devia.

— Você é uma peça mesmo.

E dei o fora correndo dali.

— O que acontece com os homens? — Chris lamentou. — Como ele pôde ser tão estúpido e, depois, tão *mesquinho*?

— Mas ele nunca fez nada com você, nunca tentou...

— Não, nada. Oz também me perguntou isso, claro, mas nunca houve nada, nem nada que pudesse levantar suspeita.

— É estranho.

— É *estranho*. O pior não foi ele ter *tentado*, por mais absurdo que seja. O cúmulo foi ele ter te demitido depois! Gente, isso eu não tolero. Se pudesse, dava o fora dali, mas não posso.

— Não, não faz isso, não faz sentido.

— É o que Oz diz, mas, juro, é essa a minha vontade. Agora vejo Brian de um modo totalmente diferente. Não confio mais nele, e isso muda tudo.

— Chris, me desculpa.

— Não é culpa sua. Se eu tivesse outra coisa em vista... a possibilidade de outro emprego. Mas a gente está realmente precisando desse dinheiro, aí me sinto sem saída.

Harry derrubou a xícara no chão e soltou uma risada no meu ouvido.

— Modean teve que sair, por isso estou tomando conta de Harry. Já deu para notar que é hora do almoço.

— Ah, tudo bem. Então a gente se vê na segunda, no lançamento da arca.

— Você vai mesmo?

— Claro!

— Que amigona!

— Olha, agora que você está desempregada de novo, não quer sair para almoçar ou algo assim? Posso ir te encontrar. Longe do escritório... para você não ter que dar de cara com *ele*.

— Vou adorar. Que tal semana que vem?

Depois de tudo combinado, desliguei o telefone e pensei: *Taí*. A Outra Escola me deu alguma coisa — a amizade com Chris. Nem Brian foi capaz de destruí-la.

— Onde vai ser, garotão? Na minha casa ou na sua? Na sua — decidi, de olho no chão recém-limpo da minha cozinha. Se fosse dar comida ao bebê aqui, teria que lavá-lo de novo em seguida. — Quer ir para casa?

— Mamãe?

— Não, mamãe ainda não chegou, mas *logo, logo* vai chegar. Vamos almoçar?

— Muçá!

Na cozinha de Modean, sentei Harry na cadeira de refeição e lhe dei metade de uma banana enquanto esquentava o espaguete no micro-ondas. Ele era um bebê preguiçoso, dócil e tão engraçado que apenas suas expressões faciais me faziam cair na gargalhada. Passar uma tarde com ele era como assistir a uma comédia: uma diversão e tanto!

— Menino lindo — falei com ternura enquanto punha a tigela na frente dele. Entreguei-lhe a colher também, mas só por cortesia; ele comia tudo com os dedos. — Quer que eu te dê comida na boca? — perguntei, balançando a colher. Não. O babador era de plástico e tinha um lugar para armazenar a comida que caía; ao final da refeição, estava lotado de espaguete. O resto estava na cabeça dele. — Você comeu *alguma coisa*? — Ele riu para mim e ficou batendo com a xícara na mesa e com as pernas na cadeira, no mesmo ritmo. Ele usava frases compridas, em que era impossível detectar a pontuação. Tampouco entender as palavras. Pelo menos eu não entendia mesmo. Modean jurava que entendia tudinho.

Limpei-o na pia da cozinha, peguei um picolé no congelador e levei-o para o jardim da frente. Será que precisava passar filtro solar nele? A gente ia ficar debaixo do toldo da varanda; com certeza a sombra daria conta por meia horinha. Não me lembro de viver me preocupando com filtro solar quando Ruth era pequena, mas provavelmente me preocupava. Como eram bebês diferentes. Lá estava Harry, sentado como o Buda, concentrado em arrancar as pétalas de um dente-de-leão. Quando Ruth tinha aquela idade, se eu desviasse o olhar dela, agora ela já teria descido a rua e estaria a três casas da nossa, andando em zigue-zague, daquele seu jeito muito engraçadinho, parecendo bêbada, agitando as mãos como se fossem asas, que fazia você rir até se dar conta de que ela estava indo embora, que ela *tinha ido embora*.

Harry disse:

— B-bb-bbbb.

Isso me deu a ideia de soprar bolinhas de sabão — talvez fosse a intenção dele, a gente nunca sabe. Levei-o para dentro, peguei o frasco de sabão líquido na caixa de brinquedos da sala e voltei com ele para a escada da varanda. Quando era pequena, Ruth adorava bolinhas de sabão. Eu também. Harry me deixou ser a primeira. Soprei uma série perfeita de globos iridescentes, lindos, que, em segundos, desapareceram no ar, como fogos de artifício.

— Bbbbb — o bebê disse.

Encostei o rosto na bochecha macia dele e disse soprando mais forte:

— Bbbbb.

Fizemos um bolona, que não estourou até bater na grama, *puf*.

Um carro reduziu a velocidade na frente da minha casa e começou a estacionar. Não era um carro, e sim um caminhão. A caminhonete de Jess. Eu não conseguia vê-lo através do vidro por causa do sol, mas ele me viu — então deu marcha a ré e estacionou na frente da casa de Modean, em vez de na minha. Havia três dias que não o via.

— Minhão — o bebê falou. Sentou entre as minhas pernas e se inclinou sobre o meu peito, apontando. Eu devia me levantar, mas outro peso que não o de Harry me mantinha onde estava. Jess estava de tênis brancos, talvez de corrida. Será que ele corria? Não sabia disso. O fazendeiro corredor. Jeans preto e uma camiseta azul, e veio com passadas largas na minha direção, balançando os braços. Ao vê-lo subir os degraus da casa, Harry parou de apontar e recuou, surpreso. Jess veio até nós e agachou-se ao lado da minha perna esquerda. Deu para ver que havia se cortado no queixo enquanto se barbeava, e por alguma razão isso me fez sentir fraca. Apoiei o queixo na cabeça de Harry. Jess sorriu seu sorriso lento, em dois estágios.

— Oi — falou. — Quem é?

— Esse é Harry. Esse é Jess — disse baixinho no ouvido do bebê. Talvez Harry ficasse acanhado diante de estranhos. — Fala "Oi, Jess".

— Minhão — Harry disse.

— Ele gostou do seu caminhão.

— Minhão!

Então a gente teve que se levantar e ir até o caminhão de Jess, olhá-lo, tocá-lo. Jess o sentou no banco do motorista para ele brincar com o volante. Eu queria saber como aparentávamos quando estávamos juntos. Será que dava para ver que éramos amantes? Eu tinha que me lembrar de manter certa distância, não me encostar nele nem me distrair e enfiar os dedos no cós das suas calças ou nos bolsos de trás — intimidades que davam bandeira e que eram quase irresistíveis.

— Estava com saudade — murmurei, acariciando disfarçadamente o quadril dele com as costas da mão. — Queria ir te ver hoje, mas minha vizinha ligou e me pediu para ficar de baby-sitter de Harry. Não tive como negar. — Principalmente porque Modean havia me dado uma força enorme ficando de olho em Ruth enquanto eu fazia os animais da arca.

— Passei o dia fora de casa — Jess falou. — Também estou com saudade. Será que a gente pode ir para algum lugar para se beijar?

Ri, fraca de novo.

— Talvez. Que que estava fazendo?

— Coisas de última hora no rio. Adivinha com que sonhei na noite passada?

— Que foi?

— Que a arca afundou.

— Ah, não!

— Partiu ao meio e foi para o fundo.

— Como o *Titanic*. Os animais flutuaram? — Ele riu. — E aí? Flutuaram?

— Não sei, acordei. — Ele tirou a mão de Harry da marcha pela terceira vez. — As vigias estão perfeitas.

— É mesmo? Estão bem visíveis? — Eldon me deixou pintar animais extras nas três placas de compensado de quase um metro de diâmetro, que Jess cortara para mim com a serra de fita. — Você botou elas nos três andares ou só na parte de baixo?

— Nos três andares. Os chimpanzés ficaram ótimos no convés de baixo. Foi uma ideia excelente.

— Acho que vou até lá de tarde para ver. Sei, eu disse que não ia, mas não aguento.

A maneira que encontrei de parar de fazer retoques nos animais, que continuavam na estrebaria de Jess, foi pegar todas as latas de tinta e todos os pincéis, levar para a casa de Landy e guardá-los no porão. Fim. Terminado.

— Que que tem feito? — Jess perguntou.

— Um milhão de coisas, tudo que eu estava adiando desde que isso começou. Ontem limpei a casa, e isso me tomou *o dia inteiro*. Liguei para as pessoas, para lembrar que existo. E tentei pensar em arrumar trabalho, mas não estou conseguindo: não consigo enxergar além da segunda-feira. Você vai ficar contente quando acabar ou triste?

— As duas coisas.

— Eu também.

Harry estava ficando mais levado. Queria soltar o freio de mão.

— Está na hora de ele tirar uma soneca — falei para Jess, pegando o bebê no colo. — Vem aqui dentro comigo. Você não precisa ir embora agora, precisa?

Harry soltou um gemido triste. Retesou os músculos do corpo rechonchudo e tentou se desvencilhar dos meus ombros, braços gorduchos esticados, suplicante.

— Minhão! Minhão!

Abraços, suco de maçã e mais bolhinhas de sabão o acalmaram. Pus o neném no chão e o deixei brincar com as panelas e frigideiras do armário "dele" (todos os demais estavam trancados a chave) enquanto esquentava água para a mamadeira.

— Modean já deve estar chegando, mas vou pôr ele para dormir primeiro...

Jess me virou e me puxou para um beijo longo e ardente.

— Ah, estava morrendo de saudade de você — falei, agarrada nele. — Não imaginava que ia sentir tanta saudade assim.

— Não tiro você da cabeça um minuto. Antes também não tirava, mas não era nada perto de agora.

— Você pode ficar aqui? Quando Modean chegar, a gente pode ir para a minha casa.

— Onde Ruth está?

— Na loja de Krystal... No sábado, ela trabalha o dia inteiro.

Nos beijamos de novo — mas sei lá por que isso deixou Harry assustado, por isso tivemos que parar.

Modean chegou. Nós três ficamos um tempinho batendo papo na cozinha. Quando se sentiu à vontade, Modean conseguiu conversar, e ela gostou de Jess; me contou isso antes mesmo de eu mencionar o nome dele, então eu podia conversar sobre ele com alguém — uma das frustrações dos casos de amor secretos, eu descobrira. Minutos preciosos perdidos na cozinha, até que Jess acabou falando:

— Bom, Carrie, acho que a gente devia ir ver a questão do esquilo voador.

Modean nem piscou.

— Ah, tudo bem, a gente se vê. Obrigada de novo, Carrie — despediu-se e acenou enquanto saíamos da sua casa, tentando parecer determinados. Isso era fácil.

* * *

## Trio de Vênus

Fazer amor agora era diferente. Sentia os orgasmos com Jess — não no início, mas ultimamente — como se fossem o centro exato de mim. Como se, antes, fossem um pouco fora de lugar, fora do centro, mas agora se davam no lugar exato onde deviam ocorrer. Será que era isso mesmo? Provavelmente não. Mais chances de ser uma tentativa do meu corpo de me dizer alguma coisa. Eu estava fazendo uma analogia.

Eu mantinha um retrato de Stephen na mesinha de cabeceira do lado oposto ao meu, no lado em que Jess estava. Ele o havia colocado sobre o peito quando voltei do banheiro. A foto fazia Stephen parecer mais solto e alegre; protegia os olhos do sol com as mãos, os dentes expostos num raro sorriso largo. Jess levantou a vista para mim, e eu esperei para ver o que ele ia dizer. Estava deitado com os lençóis enroscados entre as pernas compridas, finas e fortes, totalmente à vontade, e pensei no quanto eles eram diferentes, os dois homens da minha vida. Certa vez Ruth voltou de uma visita a Jess falando que não sabia se ia preferir casar com um homem que sentia as coisas ou com um homem que pensava sobre elas. Embora se tratasse de uma distinção supersimplificada, deu para entender quem ela estava comparando. As mulheres queriam as duas coisas, claro, mas em geral uma nos atraía mais que a outra. Minha mãe escolheu um homem pensante achando que estaria mais segura. E acho que estava mesmo.

Deitei-me ao lado de Jess. Ele pôs o retrato de volta na mesa e pegou minha mão, sem falar nada. Eu falava mais que ele. Também falava mais que Stephen, mas com Jess era diferente. Os silêncios de Jess eram firmes, estimulantes, desafiadores, não indiferentes, de modo algum perigosos. Ele era como... um termômetro; meu símbolo mental para ele era este: um termômetro em pessoa, com mercúrio dentro, feito só para mim. Jess era extremamente leal.

— Você nunca me faz perguntas sobre Stephen — falei, pondo o braço sobre a barriga dele.

— Me fala o que você quiser falar.

— Você não quer saber nada?

Ele parou para pensar.

— O fato de eu estar aqui... Como é que você sente isso? Estou com a cabeça no travesseiro dele.

— Eu sei, eu sei, estou me sentindo culpada de não me sentir culpada. Culpada o bastante. Não esperei muito tempo, a maioria das pessoas vai achar isso. De certa forma, fui infiel a Stephen duas vezes. Com você. Uma vez quando ele estava vivo e agora.

Jess esfregou as costas da minha mão nos lábios e ficou me olhando.

— Você quer saber por que casei com ele? Um motivo?

Ele disse que sim, mas não via nele a mesma compulsão que eu tinha de confessar, esgotar o assunto, tentar entender.

— Eu sabia no que estava me metendo. Ele ia ser professor universitário, e dessa vida eu entendia, pensava que me sentiria bem no relacionamento com Stephen porque a gente compartilhava ideias e interesses, eu estaria à altura dele. — Não como minha mãe, que nunca pertenceu ao mundo do meu pai, nunca esteve à altura dele. — Eu ia ser uma artista e ele, um gênio. E teríamos filhos perfeitos.

— E era por isso que você amava ele?

— Foi por isso que casei com ele. Me apaixonei por ele porque achei que era outra pessoa. Ou talvez *fosse* outra pessoa, mas depois mudou. Ou eu mudei.

— Você achava que ele era como?

— Como você. Mas mais seguro. — Essa era uma confissão dura. — Eu tinha vinte e três anos quando a gente se conheceu, eu morava em Washington, estava tentando ser artista. E fracassando. Eu ia ficar completamente dura e tinha que escolher: ou arrumava um emprego, ou voltava a estudar. Achei que ia ser o fim do mundo. Nos dois casos eu estaria cedendo às pressões da minha mãe, que sempre disse que eu devia me formar em pedagogia e dar aula de arte em escola pública. Stephen e eu não tínhamos outro caso além do nosso, mas era só caso, não era namoro sério. Quando ele enfim percebeu meus problemas e o que eles significavam para mim, disse... ele disse: "Vem morar comigo e ser meu amor." Com essas exatas palavras. Pode parecer bobagem, mas significou o mundo para mim. A primeira e última vez em que disse algo poético. Ele estava se oferecendo para me salvar, e só o fazia por generosidade, não havia outra intenção. Achei que ele era assim. Achei... sei lá como dizer... atípico. Por isso me apaixonei por ele.

— E depois?

— Ah... a gente foi morar junto, mas isso não me salvou. Logo a gente casou, e depois Ruth nasceu e a vida se tornou muito prática. Acabou-se a poesia, acabou-se a arte. Eu fazia artesanato para ganhar algum dinheiro. Comecei a fazer coroas de flores para vender, e elas vendiam muito bem, até que tomei nojo daquilo. Literalmente. Foi meu primeiro período depressivo. Isso é muito, muito mais do que você gostaria de saber?

— Não acho que a gente possa salvar um ao outro — Jess falou.

— Não, mas... você não acha que me salvou? — Ele sorriu. — Não, eu sei, mas é assim que *sinto*.

Ele começou a passar a língua nos espaços entre meus dedos.

— Se eu não existisse, se eu desaparecesse, você ia estar bem.

— Ah, não.

Continuei negando. Ocorreu-me, porém, que eu havia mudado, e estaria mais forte se perdesse Jess do que quando perdi Stephen. Por quê?

— O fator cão pastor — compreendi. — Você está dizendo que é o trabalho. Bom, não sei. Ainda acho que é você.

Esfreguei-me nele e fiquei dando beijinhos no seu pescoço, debaixo do ouvido. Os dois meses de construção da arca haviam tornado as mãos dele mais ásperas ainda, e eu gostava de senti-las deslizando pela minha pele, deixando-a rosada, me excitando.

— Não vamos mais falar dos nossos ex-cônjuges, pelo menos por um tempo. Assunto temporariamente suspenso.

— Tá bem.

— Não precisava se mostrar tão relutante assim.

Começamos a fazer amor de novo. Lentamente, não com o frenesi da primeira vez. Quando comecei a tremer e a me contorcer, Jess parou, e eu ouvi... um som familiar. O barulho de passos na escada. Dei um pulo da cama, rápida como um raio, e corri para fechar a porta, que não tinha tranca.

— Oi? — Ruth chamou do corredor.

— Não entra. — A maçaneta virou. — Ruth, não abre a porta.

— Por quê? Mãe? Quem está aí?

Meu roupão estava no chão, ao lado da cama. Jess se levantou, pegou-o e o jogou para mim.

— Já vou sair — falei, enfiando os braços nas mangas, procurando o passador. Ele tinha caído do outro lado da cama, não conseguia vê-lo da porta. Tentei sorrir.

— *Desculpa... Dá para acreditar?* — murmurei.

Mas, em vez do sorriso, saiu uma careta. Ele alisou o cabelo para trás com as mãos, mostrando os dentes como um gesto cômico de compreensão e solidariedade, e por um minuto isso me acalmou. Por um minuto não lamentei. Abri a porta.

Ruth estava branca, parecia doente.

— Você está bem?

Instintivamente, estendi a mão para tocar a sua testa, mas ela recuou, não consegui tocá-la.

— Quem está aí? — murmurou. O medo deixou os seus traços tensos, seu rosto parecia uma máscara. Ah, meu Deus, ela pensou que era Stephen. Deu para ver no temor, no desejo irracional estampado nos olhos.

— Minha querida — falei —, vamos lá para o seu quarto.
— Quem está aí?
— Jess.

Incompreensão. Depois uma fração de segundo de alívio — Ah, *Jess*, então está bem — e, por fim, caiu a ficha.

Meu peito doeu.

— Ah, gatinha.

Pude ver claramente e pela primeira vez que havia escolhido a forma mais cruel, a pior maneira de magoá-la. Ela recuou, com a boca aberta, mas sem falar nada. Eu a segui porque achei que ia na direção da escada, mas ela passou direto e entrou no quarto, batendo a porta na minha cara.

Jess, já semivestido, pegou minha mão gelada e me conduziu de volta ao quarto. Mal conseguia sentir os braços dele me envolvendo.

— Deixa eu ficar — pediu, mas eu disse que não, que ele tinha que ir. Ele me abraçou com mais força, mesmo quando tentei empurrá-lo para me soltar. Sem que eu esperasse, sua ternura voltou a tomar conta de mim. Apoiei a cabeça no ombro dele.

— Que foi que eu fiz? Essa não era a minha intenção, desculpa. Se você tivesse visto a cara dela... Ah, Jess, não sei se vou conseguir dar um jeito nisso. Você tem que ir, por favor, não posso conversar com ela, não posso fazer nada até você sair.

Mas depois que ele foi embora ficou pior. Será que era irremediável? Os dedos tremiam quando eu tentava abotoar a blusa; vesti uma suéter por cima, calcei os sapatos — tentando parecer *vestida*, me dei conta. Tive medo de me olhar no espelho. *Para com isso*, pensei. Não consegui: eu o sentia chegando, o velho desprezo por mim mesma. Não, era uma situação de filme B, era isso. Eu ia explicar tudo para

Ruth — e partir o coração dela. Ela ia se recuperar, e pelo menos depois não haveria mais segredos. Mas esse era um final bom para *mim*: e se essa situação nunca viesse a ser boa para *ela*?

Encontrei-a deitada, curvada com os braços sobre a barriga.

— Você está passando mal?

Quando lhe toquei o ombro, ela se esquivou, sentou-se apoiada na cabeceira. Os olhos pareciam negros no rosto pálido, atormentado, implacável.

— Há quanto tempo vocês estão nessa?

— Lamento muito que você tenha descoberto dessa maneira. Eu ia...

— Ah, com certeza. Há quanto tempo você está trepando com ele?

— Para com isso. Para com isso.

— O quê? Não está gostando do meu jeito de falar? Ah, desculpa, sinceramente, me desculpa. Peço profundas desculpas. — Os ombros tremiam. — Há quanto tempo você está tendo relações sexuais com Jess Deeping?

— Queria te contar. Eu ia te contar, mas achei que ainda não era a hora. Porque...

— Porque está com vergonha.

— Porque sabia que ia magoar você.

— Porque é vergonhoso.

— Ruth... amei ele a vida inteira...

Vi o erro que havia cometido logo depois de falar. Ela recuou, saltou para fora da cama.

— Então você... você fez isso com ele enquanto papai ainda estava vivo?

— Não!

Mas não respondi rápido o suficiente.

— Fez, sim. Meu Deus! Meu Deus!

— Não é isso... eu não estava tendo um caso com Jess. Eu amava seu pai, você sabe que eu amava seu pai.

— E como é então que você está tão feliz agora que ele está morto? De todo modo, você está mentindo. Dá pra ver.

— Ruth...

— Vocês se merecem. Detesto vocês dois, não suporto vocês!

— *Espera*. Fica aí!

Parada na porta, sua expressão irradiava insolência e ódio, só os olhos giravam.

— Não vai embora enquanto estou falando com você. Volta aqui.

— Não, fala comigo daí.

Mas o que eu podia dizer? Não sabia que palavras seriam capazes de solucionar isso, nem conseguia parar de internalizar a revolta dela. Não conseguia mais ver o meu lado, só o dela.

— Você traiu o papai ou não? Só me diz isso, mãe, fala a verdade só uma vez. Você traiu ele?

De novo, deixei muito tempo passar.

— Uma vez.

Ela estremeceu.

— E foi há muito tempo.

— *Há muito tempo?*

— Não sei como explicar para você! Qualquer coisa, qualquer coisa que eu diga vai te magoar. Se pelo menos você fosse...

— Tem razão! Então não fala nada, tá legal? Não quero ouvir nem uma palavra sua.

Vi o lábio inferior dela tremer como tremia quando ela tinha dez anos. Isso acontecia quando tentava não chorar.

— Amor, por favor, me escuta. Se você fosse mais velha...

— Não sou nova demais para saber o que você é. Uma piranha! Fica longe de mim, tá legal? Talvez a gente converse quando eu ficar mais velha. Tipo, daqui a cinco anos!

Ela saiu do quarto correndo. Meu coração parou — achei que ela ia cair da escada, os passos ruidosos pareciam desastrados. Esperei para ouvir a porta da frente bater. Em vez disso, um tempo depois, a porta da cozinha bateu. Será que ia para o vizinho? Torci para que sim — embora não quisesse ainda que Modean soubesse de Jess. Mau, muito mau: a desmoralização pública era o preço que nós, piranhas, tínhamos que pagar.

No meu quarto, fiquei parada ao lado da cama desarrumada e torci as mãos. A cena do crime. Como Jess e eu conseguimos ser tão descuidados? Que tipo de mãe fazia uma coisa dessas, se arriscava dessa maneira na própria casa? E por que era tão fácil sentir culpa da minha felicidade? Quem me ensinou isso? Minha mãe? Mas ela foi o bode expiatório conveniente durante toda a minha vida. Dessa vez eu sabia que era problema meu, só meu.

Fiquei zanzando de um cômodo a outro, não conseguia parar num lugar; na cozinha, espiei através da cortina, procurando um sinal da presença de Ruth na casa vizinha. Será que eu devia ir até lá? Mas ela podia nem ter ido para lá, podia ter ido dar uma volta.

Tomei um banho — porque estava precisando tomar, disse para mim mesma, não havia nenhuma motivação freudiana. Depois saí e fiquei sentada na escada da varanda da frente. Alguma coisa pareceu errada. O sol estava muito alto — parecia bem mais tarde que quatro horas. Hora da ordenha; Jess estaria pensando em mim, preocupado comigo. Queria poder ligar para ele e dizer que estava tudo bem. Fracassei com Ruth, mas a gente ia sobreviver.

Levou ainda alguns minutos para eu entender o que não estava certo; faltava um pedaço na paisagem.

Meu carro.

# 21
## O maior papo-furado

Raven não estava em casa. A mãe dele parecia uma dessas mães velhas de *sitcom*, e a casa também era toda errada. Ele devia morar num lugar tipo a mansão da família Adams, e não numa casinha de campo, com tapume verde e persianas brancas.

— Não, que pena, Martin não está — a sra. Black falou, em pé à porta da frente, secando as mãos em uma toalha de papel. — Ele foi passar o fim de semana em Richmond. Foi visitar o pai — acrescentou, tipo achando que eu parecia doente, perdida, sei lá, e ia ajudar se desse uma explicação mais demorada.

— Ah — falei. Os pais de Raven eram divorciados. Ele morava com a mãe, mas costumava ver sempre o pai. — Tá bom, obrigada.

— Posso dizer que você veio aqui procurar por ele?

— Ah, Ruth Van Allen. Eu só estava, humm, passando por aqui. Não é nada importante. Vou encontrar com ele na segunda-feira.

Sorri e desci o caminho de entrada tentando fingir tranquilidade. Entrei no carro e dei a partida como se não estivesse acontecendo nada fora do normal, fiquei dirigindo sozinha o tempo todo. No espelho retrovisor vi meu rosto pálido, lívido e suado. Estava quase vomitando. Por via das dúvidas, mantive a janela do carro aberta.

Aonde ir? Não à casa de Jamie, nem à de Caitlin. Nem à de Becky Driver. Só sobrava a loja de Krystal. Podia estacionar o carro no beco, lá ninguém ia ver — no caso de alguém vir procurar por mim. Eram só quatro horas; o Palácio ainda ia ficar aberto por mais duas horas, mas Krystal me deixaria dar uma deitadinha no apartamento dela, no andar de cima. Talvez ela tivesse um analgésico. Não, provavelmente não. Então talvez um remédio fitoterápico para cólica menstrual, mas até agora o que ela me recomendou, uma combinação única de vitamina $B_{12}$, *black cohosh* e *kava-kava*, não adiantou porcaria nenhuma.

Estacionei nos fundos da loja, bloqueando a garagem de Krystal, mas tudo bem. Melhor que estacionar em fila dupla no beco.

Krystal estava em cima de uma escada, pegando uma caixa na prateleira da sala de estoque.

— Ruth! — Ela quase perdeu o equilíbrio de tão surpresa que ficou. — Nossa, você me assustou. Achei que estava em casa, deitada na cama com um saco de água quente na barriga. Não está tão movimentado assim, não precisava voltar. — Dentro da loja, o telefone tocou. — Ah, merda, será que pode atender para mim?

Comecei a ir e depois parei.

— Hum, deve ser minha mãe.

Ela me lançou um olhar de interrogação.

— Tá bom — falou, descendo a escada. — Eu atendo. O que eu digo?

— Que não estou aqui. Que fui para casa com cólica, que é tudo que você sabe.

Ela levantou as sobrancelhas e arreganhou os beiços, ficou parecendo um peixe: *Interessante*. Em seguida correu até o telefone. Eu nunca havia pedido a ela para fazer uma coisas dessas antes, tipo, mentir por mim, mas não me surpreendeu que concordasse. Krystal era uma pessoa em quem eu podia confiar.

Não deu para ouvir o que ela estava falando ao telefone, e não queria entrar mais na loja. Depois de desligar, teve que atender um cliente, por isso sentei num caixote de madeira e fiquei balançando para frente e para trás, segurando a barriga. Cólicas dão a sensação de que está tudo errado dentro de você, tipo uma guerra nas tripas. Podia mesmo acontecer de eu vomitar. Quanto mais pensava nisso, mais enjoada ficava. O banheiro era a seis passos dali, podia ir lá. Mas logo Krystal voltou e me distraí.

— Quem era?

— Era sua mãe mesmo. Ela perguntou se você estava aqui, e eu disse que não, que tinha ido embora mais cedo porque estava passando mal. — Ela enrugou a testa. — O fitoterápico que te dei não adiantou? — Respondi que não. — Bom, foi isso, ela perguntou se você estava aqui e eu respondi que não. Que que houve?

— Posso ficar deitada lá em cima um pouco?

— Claro. Você fugiu de casa? — perguntou com um largo sorriso. O sininho da porta da frente tilintou. — Vai lá, vou levar um chá de viburno para você assim que der. Vai passar na mesma hora.

— Chá de viburno?

— Isso. Para fortalecer os músculos durante o ciclo menstrual. Vai.

O apartamento de Krystal era impressionante, como dos filmes dos anos 60, só que mais maneiro, não era de jeito nenhum *kitsch*, só, tipo, retrô. Nas paredes havia esculturas laranjas e marrons grandes que pareciam tortas, grossas tapeçarias penduradas e uma espécie de trabalho artístico pintado com os dedos, além dos tapetinhos que ela mesma havia tecido com fios e cordas. A mobília era realmente tosca e primitiva, poltronas esfiapadas e estantes lascadas com os pregos pra fora e um sofá que nada mais era que almofadas estofadas empilhadas uma em cima da outra. E tudo em tons de terra, por alguma razão desbotados, e ela ainda tinha uma fonte elétrica no formato de uma gruta, e dava para ouvir a água pingando. Dentro do apartamento dela a gente tinha a sensação de que estava numa caverna quente, sombria e mobiliada.

Precisava fazer xixi, e de um absorvente novo. Gente — e se Krystal não usasse absorvente? Se ela usasse — folhas, musgo ou tecido reciclado feito de... cânhamo ou...

Tampax. Lá estava atrás do vaso a caixinha. Ufa! Depois quis olhar o armário de remédios, só para *checar* se Krystal tinha aspirina como todo mundo, ou Listerine ou pasta de dentes Crest. Me senti meio mal dando uma de bisbilhoteira, por isso só abri a porta espelhada um tiquinho e espiei dentro muito rapidamente. Nossa. Uma mistureba. Havia aspirina e pomada para dor muscular, mas também um frasco de isoflavonas de soja da Natrol e um remédio para a bexiga feito com a antiga fórmula de ervas chinesa. O máximo!

O único problema do sofá de almofadas era o monte de pelos de gato impregnados nele. Estava quente lá no apartamento, que devia ficar de frente para o oeste, porque o sol estava torrando atrás da cortina pintada à mão. Mas estava gostoso aquele calor; passei o dia tremendo de frio. Pus a manta tricotada sobre as pernas e me deitei em posição fetal. Em vez de pensar na minha mãe com Jess na cama de meu pai, fui dormir.

Chá de viburno tinha gosto de poeira. Krystal me fez tomar um quarto de xícara a cada quinze minutos, e eu disse que estava melhorando porque, se o chá não adiantasse, o remédio seguinte seria dois copos cheios de suco de maçã, erva-doce e aipo.

— Por causa dos fitoestrogênios — explicou. — Mas você está precisando mesmo é de um pouco de reflexologia.

Reflexologia era uma ótima ideia. Eu tinha que deitar de costas no sofá e deixar Krystal esfregar meus pés. A parte de cima do arco do pé controlava as trompas de Falópio e a parte interna e externa dos tornozelos os pontos do útero e do ovário, respectivamente. Dito e feito: depois de uns dez minutos de massagem estimuladora, minhas cólicas começaram a melhorar.

— Ei, está funcionando — contei para Krystal, que também estava tomando uma xícara de chá de viburno, e não como remédio. Cuidadosamente, posicionei a gata branca, Charmian, um pouco mais para baixo da barriga, perto da região pélvica. Gostava do calor dela, mas depois de um tempo a pressão fez com que não me sentisse assim tão bem.

— Claro que funciona — disse Krystal. Ela estava com os olhos fechados; acho que meditava enquanto fazia reflexologia. No momento, ela estava estudando toque curativo por correspondência; em dois meses ia ganhar o certificado, e então ofereceria o serviço na loja. Quarenta dólares a hora, que era coisa à beça, mas ela pretendia *garantir* resultados. "Ninguém sai insatisfeito" ia ser o slogan.

Fiquei esperando que ela me fizesse perguntas, tipo o que é que eu estava fazendo lá e por que não podia voltar para casa. Mas não fez pergunta nenhuma, e isso foi superlegal, era disso que mais gostava em Krystal, essa atitude de cada-um-com-sua-vida. Por outro lado, se queria conversar sobre alguma coisa, era você que tinha que puxar o assunto. Coisa difícil.

— Então — falei. — Adivinha o que aconteceu.

— Humm — ela murmurou com jeito sonhador. Ela estava trabalhando a parte de cima do meu pé esquerdo, emitindo uns estalidinhos com a junta do dedo indicador.

— Então... Então hoje eu cheguei cedo em casa, né? Porque estou passando mal. E ninguém lá. Mas o caminhão de Jess estava estacionado em frente à casa dos Harmon, por isso achei que ele estava lá conversando com mamãe, que ficou esta tarde de baby-sitter de Harry.

— Hum.

— Então bebi um copo de leite e...

— Leite? Ah, Ruth. — O rosto dela se contorceu. — A pior coisa, sem dúvida a pior coisa. Leite de amêndoa, tudo bem, pode ser, mas *leite*? Ah, menina, não me surpreende que esteja assim. — Ela balançou a cabeça, contrariada, e voltou a massagear meu pé, mas com mais força.

— Ah, não sabia. Bom, enfim... Aí eu estava me sentindo mal pra cacete, mas queria ver Jess, sabe, porque ele é... ele era como... Um amigo. — Então subi ao quarto para pentear o cabelo, para tentar não parecer tão acabada, sabe, pôr um blush, dar uma melhoradinha. Quando chego lá em cima, que que eu escuto no quarto da mamãe? Que estava com a porta fechada, e ela *nunca* fecha a porta.

— O quê?

— A voz dela e a de um cara. — Só que não eram vozes, porque eles não estavam conversando, eram sons.

— Ah... gente... nossa!

— Ela diz: "Não entra, não abre a porta!" Aí eu fico lá parada. Depois ela abre a porta e... está de roupão. E toda descabelada e com o rosto vermelho. Esquisitíssima, quase não reconheci ela, parecia a irmã dela, sei lá. E parecia que estava em estado de choque total, tipo, tinha acabado de levar um tiro.

— E *quem era o cara?*

— Era Jess. O meu amigo Jess.

Krystal parou de esfregar meu pé. Os olhos redondos cresceram, se arregalaram. Ela murmurou:

— Ah, não, que merda.

— Engraçadíssimo, não acha? — Ri e, em seguida, quase comecei a chorar, mas engoli o choro até a vontade passar. De jeito nenhum, eles não mereciam uma lagriminha sequer minha. — É, e acabei sabendo que isso já é coisa muito antiga, de antes do meu pai morrer.

*Trio de Vênus*

— Que *isso*?! Sua mãe! De jeito nenhum.
— É, sim. Ela me falou, ela admitiu.
— Ah, Ruth. Ah, cara, que decepção! Isso é realmente horrível. Você está legal? Isso é tão duro, tão duro. Nossa, como ela foi fazer uma coisa dessas? Será que o cara é tão gostoso assim?
— Não sei. Como é que eu vou saber? — Que pergunta idiota. — Achei que era meu amigo, eu costumava ir... na casa dele... argh! — Fingi sentir dor de barriga e parei de falar até minha voz recuperar a força. Não ia bancar a bebezinha por causa disso, não na frente de Krystal.
— Você falou com ele?
— Não, ele saiu. Mamãe tentou tirar o corpo fora...
— O que que ela disse?
— Só papo-furado, que sempre amou ele. *Sempre*... ouviu essa? Ah, mas ela amava meu pai também.
— Ah, claro.
— Claro... te falei que foi só papo-furado. No final das contas, o que me disse foi para eu crescer. Por isso fui embora, saí de casa e roubei o carro. Foda-se ela.
— Piranha.
Pisquei, achando que ela estava falando de mim.
— Ah, é — falei depois de me dar conta de que ela se referia à minha mãe. — Grande piranhona. — Soou baixaria, e isso me deu uma sensação boa.
— Acho isso mesmo. Não tem baixaria maior que trair o marido.
— Eu sei.
— Mesmo se ama o outro cara, é traição do mesmo jeito.
— Eu sei.
— Você deve estar se sentindo horrível.
— Fico pensando no meu pai. Ele nunca faria uma coisa dessas com ela, nunca. Ele era muito bom e amava a gente à beça. Ele era o

máximo. Uma vez, quando eu tinha tipo oito anos, ela pegou uma gripe e ele fez tudo: limpou toda a casa, fez toda a comida, me levava para a escola, fazia tudo. — Krystal não pareceu muito impressionada. — Quer dizer, isso é só uma coisa que lembro. Ele nunca se esquecia do dia do aniversário dela, nem do Natal, e sempre me dava dinheiro antes para eu ter tempo de comprar um presente para ela. Ele era *superatencioso*. E eu sei que ele nunca a traiu, *sei* disso. Como é que ela pôde fazer uma coisa dessas? Como é que pôde magoá-lo dessa maneira se ele nunca fez nada contra ela?

— Você acha que ele sabia?

— Não, estou... — De repente, me vi paralisada de novo. — E se ele sabia? E se ele viu? Ai, gente. E depois ele morreu. O coração dele não aguentou.

— Bom, mas você disse que ele tinha doença coronariana.

Retirei os pés do colo dela e me curvei sobre os joelhos.

— E se foi ela que fez isso? E se foi ela que causou a morte dele? — Mordi um dos joelhos até doer.

— Nossa. — Krystal continuava balançando a cabeça, como quem diz não. — Isso é forte demais.

— Talvez ele não soubesse. Talvez só tenha acontecido.

— É. Provavelmente. Mesmo assim. Não deixa de ser uma coincidência.

Minha boca estava salivando à beça, não conseguia engolir a tempo. Dei um pulo e corri, enjoada de novo, segurando o vômito até levantar o tampo do vaso e posicionar a cabeça bem no centro.

Aí — a explosão. Lixo, bile e gosma, eu provoquei meu enjoo, eu me nauseei. Não parei até sobrarem apenas fios de cuspe.

Krystal ficou na porta, mas não entrou. Mamãe teria entrado. Ela teria segurado meu braço e tocado minhas costas, e depois teria conversado comigo com toda a calma para eu não me sentir envergonhada, assustada nem perturbada. Pensar nessas coisas me deu um desespero, um misto de raiva e mágoa, em parte sentimentos antigos e infantis, em parte novos e adultos, nunca queria sentir essa combinação de novo.

Krystal tinha um encontro com Kenny, o atual namorado. Ela se ofereceu para cancelar se eu estivesse me sentindo muito mal, mas claro que eu disse não, vai, é noite de sábado, estou bem. Antes de ela sair, perguntei se podia estacionar o Chevy essa noite na garagem dela.

— No caso de estarem procurando por mim. — A polícia, pensei, mas não quis dizer isso alto, podia apavorar Krystal. Ela estava sendo superlegal em tudo, mas eu me preocupava, ela podia pensar melhor e mudar de ideia. Ela disse: Claro, põe o carro na garagem agora mesmo, então desci com ela e trocamos os carros.

Kenny chegou às nove, mas não o vi. Krystal disse que ia descer para encontrar com ele, para não me perturbar. Gosto dele, por isso fiquei um pouco decepcionada. Kenny é maneiro, sempre conversa comigo, ele conta umas piadas superengraçadas. Era instalador de linhas de uma companhia telefônica. Krystal gosta dele, mas não é apaixonada; uma vez me disse que o problema dela com Kenny é que ele fuma muito baseado.

Depois que saíram, senti fome. Krystal havia dito que eu podia me servir do que quisesse, mas, quando olhei na geladeira, fora o leite, nada era reconhecível como comida. Até as hortaliças eram um mistério, isso sem falar nas coisas guardadas em potes plásticos. Tudo era bege e parecia farinha de aveia. Encontrei uma coisa que parecia granola na caixa de pão, pus numa tigela e derramei leite em cima. E era — cereal. Então depois piquei e juntei uns pedacinhos de uma fruta amarelo-rosada que havia visto no mercado, mas não experimentado antes porque não fazia parte da lista de compras sem graça da mamãe. Deliciosa. Mas o que era? Caqui? Romã? Papaia? O fato de eu não fazer a mínima ideia só provava a minha teoria, não? Eu podia muito bem estar vivendo a vida numa prisão. Clayborne — que piada. Se quer saber alguma coisa ou fazer alguma coisa, se você quer *mudar* alguma coisa, é melhor tomar você mesma as providências, porque aqui ninguém vai fazer nada por você.

Voltei a me deitar no sofá fedorento e pus Charmian sobre o peito.

— Vou acabar com esse saquinho de pulgas — disse. Ela ficou pulando para cima e para baixo com os movimentos da minha barriga enquanto eu ria. — Você é meu saquinho de pulgas, sabia? — falei, fazendo carinho entre os olhos dela. O telefone tocou.

A secretária eletrônica atendeu depois do quarto toque. Depois da mensagem de Krystal, mamãe disse:

— Alô, aqui é Carrie Van Allen. Só estou... queria ver, ter certeza. Krystal, se você está aí, atende, por favor.

Sentei. A gata emitiu um som sibilante quando caiu no chão. Gelei — depois lembrei: mamãe não conseguia ouvir nada do lado de cá.

A voz dela era fina e alta, parecia mesmo arrasada.

— Ruth ainda não voltou para casa — falou rápido, atropelando as palavras — e não consigo imaginar onde possa estar. Não consigo encontrá-la. Se ela passou por aí, se você teve alguma notícia dela, por favor, me liga. Urgente. — Depois deixou o número do telefone. Como se Krystal não o soubesse ainda. — Se não conseguir falar comigo, se o telefone estiver ocupado ou qualquer coisa assim, liga para minha mãe. — Ela deu *o* telefone da vovó. — Isso aí. Obrigada. Liga se souber de alguma coisa. Tchau.

Voltei a deitar devagarinho, pressionando os dentes com os dedos. Gente. Gente. O suor incomodava o meu sovaco. Era como se as extremidades de todos os nervos fossem circuitos elétricos lançando faíscas. Gente, nossa!

Eu podia levantar e ir para casa agora mesmo. "Dando uma volta de carro", ia dizer quando mamãe me perguntasse por onde andei. Ela ia estar furiosa, mas e daí? Ia acabar passando, o fato de eu ter roubado o carro, e não ia dar em nada.

Foi o que me fez tomar uma decisão. Foda-se. Queria consequências, queria encrenca. Quanto mais medo, melhor — se não me fizesse morrer de medo, eu não estaria fazendo a coisa certa.

Krystal voltou à 1h37, vi no mostrador iluminado do meu relógio. Eu não estava dormindo; só havia desligado a televisão, isso depois de assistir a milhões de vídeos de música. Havia desligado algumas vezes antes, mas, sempre que ia me preparar para dormir, ouvia a voz da minha mãe, do jeito que falou na secretária eletrônica — parecia que estava me assombrando. Chato demais.

Ouvi a porta de trás bater, barulho lá embaixo, Kenny rindo, Krystal pedindo silêncio. Será que ela ia trazê-lo aqui para cima? Queria que sim, mesmo estando cansada. Ia ser divertido ficar sentada com eles, conversando sobre o que fizeram de noite. Talvez estivessem bebendo. Talvez me dessem um pouco de bebida.

Mas fiquei quietinha. Além da chuva batendo na janela, não dava para ouvir nada. Levantei do sofá e fui até a porta. Era melhor eles não subirem agora, senão Kenny ia me ver de calcinha. A voz rouca de Krystal dizia só uma palavra, mas não dava para entender qual. O silêncio foi ficando cada vez mais pesado, mas cheio de sentido. *Aposto que estão fazendo aquilo. Aposto qualquer coisa.* Eu queria fechar a porta e me recolher no sossego, mas também queria continuar atenta até ouvir um sinal decisivo, uma coisa qualquer que provasse a minha suspeita. Um gemido, sei lá. Fiquei ali no vão da porta até o pescoço doer e eu sentir formigamento no pulso em que me apoiava e dormência no pé direito. Agora meu maior medo era de que eles me ouvissem fechar a porta e ir para o sofá na ponta dos pés e descobrissem que eu estava escutando escondida. Agora, das duas uma: ou eu corria esse risco ou passava a noite inteira ali, por isso fechei a porta o mais devagar que consegui e, com passos lentos e longos sobre o chão acarpetado, voltei para o sofá. Uma vez acomodada, tossi bem alto nos travesseiros e me cobri. Fiquei deitada quietinha, sentindo-me estúpida e infantil.

Todo mundo trata de sexo na boa, menos eu. Jamie e Caitlin fazem piadinhas de sexo o tempo todo e, por trás da brincadeira, fica a sensação de que elas entendem do assunto e nem se interessam tanto por isso, é mais um pretexto para rir e se divertir. Mas como posso fazer piada de uma coisa que é um total mistério para mim? Será que estão mentindo o tempo todo? Será que todo mundo mente? Eu, pessoalmente, tenho medo de fazer piada de sexo porque posso dar uma mancada, tipo dizer alguma coisa que não faz sentido e revelar minha total ignorância. Não me refiro ao ato em si, sei como é, mas à... à cultura, à atmosfera. A história e a política, o que se deve ou não fazer, as regras. Enfim, acho que tudo.

Tipo, o que tem de tão excepcional? As pessoas constroem a *vida* em torno disso, e não só os caras. Exatamente o que tem de tão fantástico? Às vezes acho que só sinto vontade de fazer sexo porque é proibido. Se eu nunca experimentar, se me tornar freira, por exemplo, será que vou sentir falta? Quantas vezes a gente faz sexo se viver até, digamos, oitenta anos e for uma pessoa considerada normal? E como a gente pode se cansar de sexo — isso é realmente um mistério — só porque é casado, está na meia-idade ou sei lá o quê? Continua sendo sexo, você continua nu, então como pode se tornar chato? E como é que todo mundo menos eu sabe a resposta para essas perguntas?

Mamãe estava fazendo sexo com Jess — nem preciso tentar não imaginar a cena, porque não consigo imaginá-la de qualquer jeito.

Mesmo que quisesse, não ia conseguir. E nem quero imaginar. Também não consigo imaginar mamãe com papai, ainda que uma vez acho que ouvi os dois — há muito tempo, e eu não sabia o que estava ouvindo, só uns sons estranhos tarde da noite, atrás da porta fechada do quarto deles. Mas eu devia saber mais do que achava que sabia, porque, em vez de continuar indo para o banheiro, dei meia-volta e, sem fazer barulho, voltei para o quarto sem fazer xixi.

*Mamãe e Jess.* Gente. Por quê? Será que não dava para eles se segurarem? Como num filme em que duas pessoas ficam tão excitadas que começam a rasgar a roupa para se despir? Argh! — quase imaginei a cena, passou por um segundo um flash diante dos olhos da mente. O cenário era a estrebaria de Jess, aquela em que eles faziam os animais da arca, e visualizei os corpos nus de mamãe e Jess rolando numa pilha de serragem.

— Gatinha, gatinha. — Abaixei o braço e estalei os dedos para chamar a gata, para distrair minha cabeça; eu não queria mais pensar nisso, de jeito nenhum.

Traída. Era assim que me sentia. Pela minha própria mãe, que se revelou uma hipócrita, mentirosa, duas-caras. Traidora. Verão passado, mamãe alugou o filme *Quando o Amor Acontece* e a gente viu juntas, só nós duas, porque papai não estava interessado. Coitada da Sandra Bullock, a gente comentou, traída pelo crápula do marido, um verdadeiro verme. Como era possível chegar a esse ponto de vilania? Mamãe se pôs a pontificar sobre fidelidade, sobre a seriedade dos votos conjugais, blá-blá-blá, e era como se a gente fosse duas mulheres adultas discutindo um assunto bem mundano, a volubilidade dos homens, e enfatizando a superioridade das mulheres, que, comparadas aos homens, quase nunca traíam. (Então com quem esses homens estão traindo as esposas? Nunca soube a resposta. Se os homens fazem isso o tempo todo, e as mulheres quase nunca, quem são então as parceiras deles? O mesmo grupinho restrito de mulheres de sempre, todas as vezes. Cara, que piranhas *elas* devem ser.) Mas — a *hipocrisia* daquela conversa, foi isso que pegou. Isso me mostrou que uma pessoa em quem a gente confia pode te olhar nos olhos e mentir descaradamente, e você nunca saber. Se eu pensasse em Jess me ensinando a pescar, conversando comigo, me ouvindo falar do meu pai... se eu pensasse nisso ia explodir, ia doer demais. Era como se eu tivesse gasolina nas mãos, e Jess fosse o fogo. Se tocasse nele, eu ia incendiar e queimar todo mundo em volta.

Assim, não pensei nisso. Quando, de repente, a gata pulou de não sei onde para cima da minha barriga, deixei ela se enfiar dentro das cobertas, conversei com ela, ouvi o ronronar, e contei para ela uma história sobre camundongos, queijo e um buraco na parede. E peguei no sono antes de Krystal subir, por isso nunca vou saber quanto tempo ficou lá embaixo fazendo amor com Kenny.

## 22
## Aqui se faz, aqui se paga

O policial não ligou a mínima. Inacreditavelmente — procurei falar com calma, mas o pânico se espalhava pela minha pele como um vírus.

— Você não pode mandar uma viatura atrás dela? Ela está desaparecida. E não costuma fazer isso, nunca fez, *não é normal*.

— Sim, senhora, e a senhora disse que ela levou o carro?

Indiferença educada, era tudo o que conseguia ouvir na voz do oficial Springer. Isso me fez agarrar o telefone com mais força e tentar não gritar.

— *É*. Ela sumiu, o carro sumiu, as chaves do carro sumiram. Isso há mais de *cinco horas*.

— Bom, anotamos a placa do carro e vamos ficar de olho, mas, se eu fosse a senhora, não me preocuparia. Sei que...

— O senhor não está entendendo, não está entendendo, alguma coisa aconteceu. Algum problema...

— Mas ela não deixou bilhete, como a senhora disse, e a senhora e sua filha tiveram uma briga?

— Tivemos... uma discussão, foi isso. Ela estava aborrecida.

— Bom, com quinze anos, eles fazem isso, sra. Van Allen, eles dão no pé.

— Ruth não. Não. Ela não.

— Sempre que acontece pela primeira vez, a gente leva um susto. Aposto que qualquer hora dessas ela aparece, torcendo para que a senhora não tenha notado que o carro não estava aí. E quando voltar...

— Escuta: o senhor está dizendo que não vai fazer nada?

— Senhora, não tem ninguém para quem a senhora possa ligar?

— Eu estou no telefone falando com as pessoas há cinco horas. Que que o senhor...

— Quer dizer, um amigo da família, um parente, alguém para ficar com a senhora enquanto espera. Sei como é estressante.

— É, é estressante. Pode ter acontecido qualquer coisa. Acho que está sozinha, liguei para todo mundo, ninguém a viu... — O oficial Springer, que pela voz parecia bem jovem, esperou num silêncio educado e constrangedor enquanto eu me recompunha. — Tudo bem — falei quando consegui. — O senhor vai me ligar se souber de alguma coisa.

— Sim, senhora, com certeza.

— E vou ligar para o senhor. Vou ligar de novo.

— Perfeitamente. Se ajudar, recebemos telefonemas desse tipo o dia inteiro, e nove em dez casos os garotos voltam bem.

— Tá bom.

— Só lembra de nos ligar quando ela voltar, tá certo?

— Tá certo. Obrigada.

Estava com a orelha esquerda queimando da pressão contra o telefone. Fiquei na porta, ouvindo o zumbido da geladeira, o tique-taque do relógio em cima do fogão. Ruth queria um relógio de cachorrinho; a cada hora se ouvia o latido de uma raça diferente de cachorro. Disse que não, custava caro, e a gente precisava do dinheiro para uma centena de outras coisas. Todo dia, uma dúzia de vezes, a gente discutia por alguma bobagem. Quero isso, não pode. Sim, não.

Presidiária, carcereira. Meu propósito na Terra era destruir os sonhos da minha filha. Provavelmente o fazia por mero hábito, pelo menos metade das vezes. O sistema pais-filhos funcionava até a adolescência, depois fracassava. O golpe fatal se dava aos treze anos, quando os pais deixavam de orientar os filhos e passavam a mandar neles. Todo mundo odiava isso, mas ninguém teve ideia melhor.

Detestava o som do tique-taque do relógio. O cheiro de peixe estava me deixando um pouco enjoada — Modean me trouxera um prato de atum assado para eu jantar, mas não consegui sequer tocar nele. Ruth podia comê-lo, se chegasse com fome. Não — ela ia direto para a cama, eu não ia ligar a mínima se estivesse morrendo de fome. Se não tivesse acontecido nada, se não tivesse sido raptada, espancada, molestada, se estivesse bem, sã e salva — ia agarrar aquela garota pelos ombros ossudos e sacudir até os dentes dela chacoalharem. Interessante: ela só seria bem acolhida se pudesse provar que havia sofrido algum tipo de abuso.

Eu ainda conseguia pensar assim, ter esses pensamentos sarcásticos, porque o pavor que eu sentia me impedia de acreditar que alguma coisa realmente horrível havia acontecido. Precisava confiar nesse sentimento, considerá-lo uma intuição superior, e não covardia nem negação. Na minha imaginação, se revezavam imagens de catástrofe e outras de segurança, inocência, explicações prosaicas para Ruth fugir com o carro. Os cenários catastróficos faziam meu coração disparar e minha pele corar, mas, lá no fundo, sabia que o oficial Springer tinha razão. A qualquer momento ela ia entrar em casa com a cara amarrada e uma explicação mal-humorada, e eu ia matá-la.

O telefone tocou.

— Carrie?

Desabei no sofá.

— Ah, Jess.

— Bonnie acabou de me contar.

— Liguei para ela. Para saber se Ruth estava com Becky, mas não está.

— Por que não me ligou? Bonnie disse que ela está fora desde esta tarde.

— Fiquei achando que ia voltar. Tinha certeza de que a essa hora estaria aqui. Eu devia ter te ligado, desculpa, queria ter ligado.

— Tudo bem.

— Agora já está escuro lá fora, ela não está acostumada a dirigir à noite.

— Você ligou para a polícia?

— Liguei, mas eles não estão preocupados. Só me dizem para esperar.

— Que aconteceu depois que eu saí?

— Estraguei tudo. Ainda não sei o que devia ter dito. Ela estava furiosíssima, e não consegui acalmá-la, não consegui fazer nada além de piorar as coisas.

— Tenho certeza de que ela está bem.

— Por quê? — Eu podia me dizer isso, mas essa complacência, vinda dos outros, eu não tolerava. — É sábado, quase dez da noite. Ela está com o carro, está fora, saiu, está dirigindo por aí. Como você pode achar que ela está *bem*?

— Ela é esperta, não faria nada estúpido. — Ele, no entanto, não parecia calmo. Isso foi o que mais me apavorou; Jess sempre demonstrava calma.

— Pegar o carro e fugir foi estúpido — retruquei. — Mas não é a estupidez dela que me preocupa, é a estupidez dos outros. Ah, meu Deus. — Respirei, cobrindo o rosto com as mãos. — Não, eu sei, você tem razão, provavelmente ela está bem, nada aconteceu. Mas ela deve estar com alguém, e não sei com quem.

— Você ligou para todos os amigos dela?

— Todo mundo. Tem um garoto, até fiz a mãe dele ligar para o pai, eles são divorciados, para ter certeza de que ele estava em Richmond, aonde tinha dito que ia, e não com Ruth, mas ele está lá mesmo. E todos os amigos dela, ninguém sabe nada...

— E Krystal?

— Não, nada, Ruth saiu mais cedo porque não estava se sentindo bem, é tudo o que ela sabe. A polícia não dá a mínima, dizem que isso acontece o tempo todo, para eu não me preocupar... — Ri, uma risada nervosa. — Acho que não estão fazendo nada. Dizem que não é nada, que qualquer hora ela aparece em casa.

— Você está sozinha?

— Modean ficou aqui comigo antes, mas já foi.

— Quer que eu vá para aí?

— Não. Sim. Mas não vai adiantar, você não pode fazer nada.

— Eu posso dar uma circulada pela cidade para procurar o carro.

— Jess, você pode fazer isso?

— Estou saindo então. Te ligo daqui a pouco.

— Obrigada. Obrigada.

— Tenta não se preocupar. Eu sei — ele falou quando tentei rir. — Só procura lembrar que ela é muito esperta.

— Vou *deixá-la* esperta quando chegar em casa. — Uma piadinha.

Desliguei rápido, a gente tinha ficado muito tempo conversando, prendendo a linha, e se Ruth estivesse tentando ligar? Uns trinta segundos depois o telefone tocou.

— Soube de alguma coisa? — a voz de mamãe ribombou no meu ouvido.

— Não.

Eu havia ligado para ela mais cedo, na improvável esperança de que Ruth houvesse ido para a casa dela.

— Ah, querida.

Contei que ligara para a polícia, e eles não deram a mínima.

— Estou indo pra aí.

— Não, mãe.

— Seu pai está em casa; se ela ligar ou aparecer, ele está aqui. Vou até aí ficar com você.

— Não, não vem, *sério*, não vai adiantar nada. — A gente discutiu um pouco mais, enquanto eu tentava descobrir o que queria realmente. Eu disse não sem pensar, mas não seria melhor ficar esperando com alguém? Mamãe assumiria o controle de tudo, quanto a isso não havia dúvida. Isso era bom ou ruim?

— Tudo bem, mas me liga *assim* que souber de alguma coisa.

— Pode deixar, prometo.

— Não importa a hora, não vou conseguir dormir mesmo.

— É melhor a senhora ir para a cama, não adianta nada nós duas ficarmos acordadas.

Foi o suficiente para começar tudo de novo.

— Então por que não posso ir pra aí para ficarmos acordadas juntas?

— Porque é muito... porque prefiro que não venha, prefiro... só quero...

— Está bem, deixa pra lá — falou resoluta. Magoada.

Merda.

— Mãe, não estou nada bem. Vou ser a pior companhia do mundo. — Ela estalou a língua em sinal de desagrado. — Além disso, ela deve chegar a qualquer hora. Honestamente, não estou preocupada. Olha, é melhor a gente desligar o telefone, por via das dúvidas; ela pode estar tentando ligar. Ou ela, ou a polícia, ou outra pessoa.

— Tudo bem, Carrie. — Ainda ofendida, mas se segurando. — Vai me ligar quando tiver notícia dela?

— Já disse que vou. Boa-noite, mãe. Obrigada. Realmente...

Mas ela já havia desligado. *Realmente ajuda a senhora ficar aí* era o que eu ia dizer. Não estava falando só para apaziguar o ânimo dela. Era verdade.

Não conseguia ficar parada. Liguei de novo para Krystal, atendeu a secretária. Desliguei depois de deixar o recado, irracionalmente irritada. Como ela conseguia sair se Ruth havia desaparecido? Cabeça de vento irresponsável. Não, eu não estava sendo justa; Ruth era louca por Krystal, cujo único defeito era a excentricidade. Ela podia transmitir coisas muito piores para uma garota de quinze anos facilmente influenciável. Mesmo assim, e se Ruth houvesse ido à loja em busca de orientação, ajuda ou amizade? Não ia encontrar ninguém lá, só o prédio vazio. Estremeci; abriu um buraco no meu estômago quando a imaginei no carro, dirigindo no escuro, sofrendo, atordoada, furiosa com a injustiça que eu havia cometido com ela.

No andar de cima, no quarto dela, o cheiro familiar chegou a mim, da bagunça e do caos que eu odiava e amava. Por mais que tentasse continuamente, não conseguia me lembrar de como era aos quinze anos, pelo menos nada que me desse uma luz, que adiantasse para alguma coisa. Confusa e impaciente — lembrava-me de ser assim, mas os detalhes me escapavam. Minhas recordações mais fortes eram de Jess e de mamãe. Quais viriam a ser as de Ruth? Perder Stephen. Me flagrar com Jess.

Vi a ponta do caderno do diário debaixo do travesseiro amarrotado. Pus a mão nele e o mantive lá, sem pensar em coisa alguma. Fiz meus olhos ficarem cegos e peguei o caderno, passei o polegar pelas páginas e parei na última em que havia coisa escrita. Vi a data: ontem. Piscando, ainda meio cega, li a última frase: "Então, qualquer coisa acima de 75 na prova final, que posso conseguir com os olhos fechados, ainda me faz passar de ano com nota razoavelmente boa, nada mau para quem detesta francês."

Deixei-me cair na cama e apoiei a cabeça no travesseiro. O cheiro doce do cabelo de Ruth me acalmou. Ah, gatinha, onde você está? Por que não chega agora, agorinha mesmo? Sempre que ouvia barulho de carro na rua, ficava paralisada, atenta como um animal. Ah, como eu queria que a porta da frente se abrisse agora. Comecei a fazer promessas para Deus. Eu estava com uma vontade doida de ler o diário de Ruth, mas levantei e fiquei andando pelo quarto. Eu devia deixá-lo no lugar exato de onde o tirara, mas temia que, se o pegasse, não resistisse e o abrisse.

Vi meu rosto pálido, desfigurado, no espelho em cima da cômoda, ou no pequeno quadrado no centro do espelho que não estava coberto de fotografias, ingressos, convites, manchetes engraçadas, recortes de revista. Uma das fotos era um close de Ruth, Jamie e Caitlin tirado antes do Natal pelo irmão de Jamie, fotógrafo amador. Ruth, a mais alta, estava no meio, e todas tinham os braços nos ombros das outras, sorrindo para a câmera. Garotas felizes exibindo a amizade. Mas o irmão de Jamie também captou um olhar de Ruth que eu conhecia bem, um constrangimento maldisfarçado, uma perplexidade que não combinava com o sorriso largo e atrevido. Um olhar que dizia: *O que é que estou fazendo aqui? Acho que devia estar em outro lugar.*

Stephen também tinha essa impaciência parcialmente velada com o aqui e o agora. E ela não o fizera feliz. Triste legado — mas Ruth haveria de superá-lo; ela já dispunha de mais recursos que Stephen. Sua vida interior era mais tranquila. Ela era saudável — tinha certeza disso por mero instinto maternal, embora nos últimos tempos os detalhes da vida interior dela fossem para mim um mistério total. Será que a gente continuaria sendo íntima uma da outra? Esse era um dos meus pavores — que os caminhos da nossa vida tenham se bifurcado, e agora a gente ia se afastar cada vez mais, ou, na melhor das hipóteses, nunca voltar a ser tão íntima, até eu morrer.

Mas talvez não. De vez em quando via lampejos de um novo tipo de intimidade com minha mãe. Mas só lampejos, nada de holofote. Nosso ego continuava dando cabeçadas um no outro; muitas, muitas coisas não podiam ser ditas, havia muitos limites. Por que o amor não era suficiente? Por que nunca foi suficiente?

Voltei para o andar de baixo. Lá fora, nuvens estavam se amontoando em torno de uma lua pálida atrás do espinheiro-da-virgínia. Ao longe, viam-se luzes de raios distantes; o ar tinha um cheiro úmido e metálico. Deixei a porta aberta para ouvir o telefone e fiquei sentada nos degraus da varanda, no escuro. Eu devia ter deixado Jess vir. Não havia luz acesa na casa de Modean, nem na dos Kilkenny, do outro lado da rua, só de um poste de luz na esquina. Silêncio. Nenhum cachorro, nenhum pássaro noturno, nem um grilinho sequer. Eu devia ter deixado Jess vir. Ou até mesmo mamãe.

*Era essa a dor que eu devia ter sentido quando Stephen morreu.* Nenhum pecado fica impune eternamente, e eu tinha tantos pecados... Dormir com Jess não era o pior deles, era só o que não me saía da cabeça esta noite. Stephen sempre dizia que eu era muito mole com Ruth, e aqui estava a maldita prova de que ele tinha razão. Se eu fosse uma mãe melhor, ela nunca sonharia em fugir de casa. Modean discordou radicalmente quando eu disse isso para ela hoje — num momento de fraqueza.

— Você é uma mãe maravilhosa! — insistiu, inflexível como uma líder de torcida. — Você não é indulgente demais, de modo algum, que história é essa? Eu, *sim*, sou indulgente. Esse menino está perdido. — Ela soprou o pescoço dele, e o bebê deu um gritinho. — Carrie, você não é mole com Ruth, não acho mesmo.

Mas eu achava. Sempre dava como desculpa o fato de odiar ser como minha mãe, por isso toda vez cedia, não impunha minha vontade — porque isso significaria impor também meus valores morais, minha visão de mundo, meus princípios, as coisas de que gosto e as de que não gosto — tudo aquilo com que minha mãe me sufocava na idade de Ruth e até mesmo depois, e olha no que deu: ressentimento, distância, formalidade. Ao mesmo tempo, desejava demais a intimidade e a temia, porque vinha acompanhada do risco de ser devorada. "É para o seu bem" servia de desculpa para zilhões de pequenos atos de despotismo, uma usurpação da vontade da pessoa amada que a levava a cometer erros terríveis, duradouros.

Para poupar Ruth disso, fui para o extremo oposto e a deixei sem leme, talvez sem valores. Não, não era verdade — mas... eu era a mãe mais sem moral do mundo, uma pamonha. A não ser quando me dava conta disso e tentava compensar com alguma tirania materna despropositada que nada tinha a ver comigo, que nada acrescentava, só deixava Ruth puta da vida.

Meus pensamentos eram antagônicos. *Tudo que quero é o melhor para ela, só quero que seja feliz, que seja do jeito que queira, que leve uma vida plena* — por mais sinceras que fossem essas palavras, todas traziam uma carga pesada, porque foi exatamente isso que minha mãe sempre disse para mim, e com a mesma convicção. De novo, culpa do amor — o amor, sem sombra de dúvida, não era suficiente. Como encontrar o equilíbrio? Como dar liberdade à filha e mantê-la protegida ao mesmo tempo? É possível anular a própria personalidade? Amor incondicional — será que existia essa coisa, a não ser da parte de um cachorro? Pensei em Modean, que passava uma hora balançando Harry no colo, rindo com ele, ouvindo atentamente sua tagarelice, se preocupando com ele, louca por ele — nada disso garantia coisa alguma. Ele ia crescer e deixá-la, a despeito do tanto que ela o amasse, e, a menos que ela fosse uma santa, ele a detestaria. Ela ia passar o resto da vida tentando se recuperar do fato de o haver perdido.

Cobri a cabeça com os braços e esfreguei a órbita dos olhos no osso do joelho. De tanta infelicidade, sentia-me inundada por água preta. Não costumava acreditar em Deus, mas queria que Ele me matasse se fosse necessário; daria minha vida por Ruth. Onde será que ela estava? *Por favor, Deus, por favor, Deus.* Pela primeira vez desde que morreu, senti falta de Stephen, de verdade, senti falta dele. *A gente perdeu nossa gatinha*, confessei, abafando soluços nas coxas. Dentro de casa, o telefone tocou.

Corri.

— Alô!

— Carrie? — Jess falou, surpreso.

— Sou eu. — Minha voz estava totalmente irreconhecível. Parecia que havia cola dentro da minha boca, as palavras saíam como que grudadas uma na outra. — Você encontrou ela?

— Não. Andei por toda parte, fui a todos os lugares que me ocorreram. Estou falando de um telefone público em Madison. Vou continuar tentando.

— Tá bom.

Dava para ouvir barulho de trânsito ao fundo, como ruído de estática.

— Como você está? Está sozinha?

— Jess?

— Oi.

— Eu queria poder voltar no tempo e fazer tudo de novo. Me arrependo demais de ter estragado tudo para a gente. Se tivesse uma segunda chance, faria tudo diferente. Não ia abrir mão de você.

— Carrie. Deixa eu ir para aí, deixa eu ir te ver.

— Não, prefiro que continue procurando por ela. Porque ninguém mais está fazendo nada. A polícia...

— Eu mesmo vou ligar pra lá. Agora mesmo.

— Ok, isso é bom.

— Chama a sua mãe, chama uma vizinha. Você não deve ficar sozinha.

— Eu devia, é, devia fazer isso. Te amo, Jess — falei e desliguei.

Começou a cair uma chuva nebulosa. Fiquei no degrau da varanda com o rosto virado para cima, sentindo os pingos frios na pele. Uma rajada de vento me empurrou para trás. Virei-me e me apoiei na porta de tela; molhada, tinha o cheiro de todos os dias quentes e chuvosos da infância. Pus a língua de fora e senti o gosto do metal amargo e salgado, e me veio a lembrança de minha mãe me segurando, nós duas olhando através da tela a branda tempestade. Eu devia ter três ou quatro anos, pequena demais para entender, mas grande o suficiente para lembrar. Dava para sentir os braços de mamãe me segurando firme, dava para ver o corniso balançar e inclinar-se no jardim da frente da nossa antiga casa na Pioneer Avenue. Adorava tempestades. Provavelmente desde aquela tarde, quando a gente ficou olhando a chuva juntas, o rosto da mamãe na minha orelha.

Ruth também adorava tempestades. Isso me aliviava. Algo que transmiti a ela, o que de certa forma me mostrava que nem tudo que eu fizera fora errado.

Manhã.

Dois policiais vieram cedo, pouco depois das oito. Não pareciam muito espertos, eram jovens demais, um tinha uma mancha esbranquiçada no uniforme, o outro ficou o tempo todo passando o dedo num corte no queixo, provavelmente feito ao se barbear. Não gostei deles. Mas fui extremamente gentil, queria que simpatizassem comigo e trabalhassem com afinco para encontrar Ruth. A noite inteira quis que a polícia se importasse, começasse a tomar providências, se preocupasse e agisse. Quando enfim deram as caras, fiquei emocionada.

— Já liguei para todas essas pessoas — falei, quando o oficial Fitz, o do uniforme manchado, pediu o nome e o endereço dos amigos de Ruth. — Mas, não, falem com eles de novo, vai ser bom — acrescentei rápido, temendo tê-los ofendido. Depois que saíram, me dei conta de que nenhum dos dois me disse para eu não me preocupar.

Preparei café, trouxe o jornal para dentro. Estava cansada o suficiente para desmaiar numa cadeira da mesa da cozinha, mas também tensa demais para fazer qualquer coisa além de sugar o café e ficar olhando para as paredes. Por volta das três da noite anterior, achei que uma bebida ia ajudar. Servi-me de uma taça de vinho branco e bebi quase metade antes de derramá-lo na pia. Funcionava bem até demais, me deixava calma e sonolenta, e eu não podia ficar assim. Precisava me manter vigilante. Podia garantir a segurança de Ruth com a mente — quase acreditava nisso. Se deixasse a guarda relaxar ou, nem me fale, dormisse, o caos poderia vencer. Não, o poder da preocupação era a minha melhor arma, se não a única.

Quando o telefone tocou, sabia que era minha mãe.

— Oi. Não, ainda não. Eu sei. Bom, eles acabaram de sair daqui. Eles... é. Eles na verdade não disseram nada, mas estão começando a agir. Eu sei. Já não era sem tempo. Bom, a senhora pode, mas... não, é só que não tem nada que a senhora... Claro, quero. Tá bom, tá bom. Não, não traz nada, só... tá bom. Tchau.

— Acabou a farra — disse para meu reflexo no vidro do forno. Nada de ficar chafurdando sozinha no sofrimento e na desolação, nada de ficar afastando o caos sem ajuda. — Mamãe está vindo.

Mas, antes de ela chegar, um carro cheio de Fledergast estacionou na frente de casa. Eu estava sentada no meu posto habitual, o degrau de cima da varanda, atenta ao som de motor de carro muito antes de eles virarem na Leap Street. Prestando atenção para ver se era o som do meu carro, não notei a caminhonete de Chris até ela parar e Chris saltar do banco do carona. Nunca a havia visto de vestido antes, um chemise de algodão azul e branco, com sapatos de salto alto brancos que a faziam parecer gigante. Ela me viu quando estava na metade do caminho. A cara fechada se iluminou; ela acenou, sorriu. Nunca tinha feito isso antes, aparecer aqui em casa sem avisar. E se...

Dei um pulo.

— Oi. A gente estava passando...

Desci correndo a escada, passei por ela e fui espiar dentro do carro. Oz na direção, Andy e a garotinha, Karen, no banco de trás. Nada de Ruth. Senti a decepção como um soco inesperado no rosto.

— Que foi? — Chris perguntou, olhando fixo para mim. —Está tudo bem? Você não parece...

— Ruth não está com você?

— Ruth?

Perdi a firmeza.

— Que que aconteceu? Onde está Ruth?

— Sumiu. Achei que talvez pudesse estar com você.

— *Sumiu?*

— Desde ontem à tarde. — Ela deu um grito sufocado. Virei-me, mas ela me pegou e me deu um abraço apertado. Quando começou a ficar bom, me afastei. — E aí? — perguntei. — Que estão fazendo? Indo para a igreja?

— Você chamou a polícia?

— Eles estão checando, disseram que vão encontrá-la. Ela levou o carro.

— Ah, meu Deus. Bom, a gente já fez isso, pegar o carro escondido para dar uma volta. Você nunca fez?

— A noite inteira?

Por um instante, fez cara assustada.

— Ela vai voltar para casa, Carrie. Logo, logo, aposto.

— É.

— Quem está com você? Quer que eu fique aqui?

— Não, obrigada, mamãe está vindo pra cá.

— Tem certeza? A gente está indo para a igreja sim, mas eles podem ir sem mim.

Ela apontou para o carro. Oz estava tamborilando no volante, mas parou e acenou para mim quando me viu olhar para ele.

— Não, vai lá. Não tem nada para fazer aqui, a não ser esperar.

Ela se mostrou indecisa.

— Bom, tudo bem então, mas vou te ligar mais tarde. Ah... o motivo por que dei uma passada aqui. Agora parece uma bobagem, mas vou te contar. Pedi demissão.

— O quê? Pediu demissão?

— Brian ligou para a minha casa ontem à noite para me dar a notícia. Ele parecia *felicíssimo*. Tinha acabado de contratar a pessoa que vai te substituir. Adivinha quem é.

Mal conseguia lembrar aquele trabalho.

— Quem?

— Lois Burkhart.

— Lois... Do banco?

— É, Lois, do banco! Dá pra acreditar?

— Não. Bom, ela é contadora, não é?

— Brian tem um contador, Carrie, não foi por isso que contratou ela.

— Por quê...

— Estão tendo um caso!

— É mesmo? Mas ela não é casada?

Chris retorceu as sobrancelhas.

— Oz viu os dois no Ramada Inn semana passada, tomando café da manhã.

— Puxa.

— Por isso pedi demissão. Não preciso daquilo. A gente conversou a noite inteira. Oz não queria que eu saísse, não já, mas não estava mais dando para aguentar, não bastou o que ele fez com você, e agora mais essa. Perdi todo o respeito por ele, Carrie. Liguei hoje de manhã e me demiti.

— Puxa, Chris.

— Ele nem discutiu. Três anos, trabalhei três anos para aquele homem. Começamos aquela escola *juntos*. Não estou dizendo que ele não teria feito sem mim. Estou...

— Não, não teria conseguido!

— Não, eu só achava que a lealdade contava mais que isso — ela falou, piscando os olhos úmidos. — Acho que sou ingênua. Acho que fui estúpida.

— É Brian que é um estúpido.

Ela agitou a mão e deu um passo para trás.

— Só queria te contar. Não estava querendo consolo, e você já está com preocupação demais. Te ligo mais tarde, quando chegar da igreja. Sei que Ruth está bem.

— Chris, estou superchateada, sinto muito.

— Não é culpa sua.

Mas eu sentia que era.

— Você já fez algum plano, tem ideia do que vai fazer agora?

— Não! — Ela riu, um pouco fora de si. — Vai aparecer alguma coisa, não estou preocupada. — Obviamente não era verdade. — Andy diz que todos devíamos rezar por um milagre, e é o que vamos fazer. — Ela penteou os cabelos espetados, de um louro cor de poeira, com os dedos. — Não sei de onde ele tirou isso. A gente nem costuma ir muito à igreja. Morro de medo de que resolva ser padre. — Ela veio me dar outro abraço. — Agora tenho que ir, mas te ligo depois. Tenta não se preocupar, promete?

— Prometo.

— Andy vai pôr Ruth na lista de orações dele.

— Ótimo.

Ela foi embora, equilibrando-se sobre os saltos brancos. Tinha pernas bonitas. Parada no meio-fio, era duas vezes mais alta que o carro. Curvou-se e se acomodou desajeitadamente no banco do carona, os joelhos unidos. Toda a família me deu tchau quando o carro partiu.

— Não posso acreditar que ela saiu e fez isso por livre e espontânea vontade. — Mamãe afofou uma almofada do sofá pressionando-a contra a barriga e golpeando-a com o punho. — Ela não é assim, não ia causar esse tipo de preocupação de propósito. É o que penso, com base na minha *intuição*.
— Mas acho que fez, sim.
— Não, não acredito. A polícia não está tratando o caso como devia. A menina não fugiu. Alguma coisa aconteceu. Não sei o quê — ela disse, tentando afastar as piores hipóteses, lembrando no último segundo que estava ali para me confortar, e não aumentar minha ansiedade. — Só estou dizendo que, se eles acham que ela pegou o carro escondido só para se divertir, dar um passeio, estão na pista errada. Já faz dezenove horas! Quando foi que você falou com eles pela última vez?
— Te falei, eles vieram aqui de manhã. Eles...
— Foi essa a última vez? Nossa, *vou* ligar para eles. Estão te enrolando, pura e simplesmente.
Pensei: *Tudo bem, liga*, porque até mesmo aquele mínimo de responsabilidade compartilhada — por mais que achasse que ligar de novo para a polícia não ia adiantar nada — já parecia um saco de pedras retirado dos meus ombros. E, lá no fundo, ainda existia uma fé infantil por baixo da irritação, do cansaço e do desespero, de que mamãe podia dar um jeito nisso.

Mas ela caiu no sofá e não pegou o telefone. Era vaidosa com a aparência, não saía de casa sem batom e rímel; até hoje perdeu tempo tentando combinar a sombra dos olhos com a blusa cinza. Mas nunca a vi parecer tão velha. Não era tanto por causa das rugas, mas sim pela cor da pele, amarelada pela noite insone, e a pele caída por preocupação e fadiga. Movida pela vontade de protegê-la, fui sentar ao seu lado.

— Estou te dizendo, tem alguma coisa *errada* — levantou-se para falar, pela quarta vez, no mínimo, desde que chegou, por isso me desviei e sentei numa cadeira. — Como você vai saber se está faltando alguma coisa no quarto dela? Lá é a Terceira Guerra Mundial. É o que dá deixar uma criança ter o domínio do próprio espaço.

— O quê? — Ela deve ter ouvido isso num talk show. — Mãe, o que o quarto dela tem a ver com isso?

— Alguém pode ter entrado aqui e roubado coisas dela, os objetos de valor dela, e você nem ia ficar sabendo.

— Ela não tem objetos de valor.

— Ela tem um aparelho de som, não tem?

— Tem, mas...

— Não tem uma câmera?

Dei de ombros.

— Um cofre? Telefone, suéter de cashmere, botas de couro...

— Ela não tem suéter de cashmere. *Eu* não tenho suéter de cashmere. Mesmo assim, que que isso...

— Alguém pode tê-la sequestrado. É uma hipótese. Não consigo imaginar Ruth saindo de casa porque quis. Alguma coisa aconteceu.

— Mamãe, nada aconteceu.

— Como é que você sabe?

— Eu sei.

— Você não sabe.

— Sei.

— Não sabe.

Fechei os olhos, apertando-os.

— Quer parar com isso? Ela não foi raptada.

— Nem fala essa palavra!

— Mas não é isso que a senhora está insinuando?

— Não estou insinuando nada.

— Está *sim*. — Levantei, furiosa da vida. — A senhora está dizendo que alguém entrou aqui em casa, roubou o aparelho de som dela comprado há quatro anos, que, aliás, ainda está lá, eu vi, e sequestrou Ruth também.

— Carrie, tem doido por toda parte. Não estou querendo te meter medo, querida, mas aquele garoto com quem ela passa o tempo, aquele vampiro...

— Ele está em Richmond com o pai, disso tenho certeza.

Ela nem ligou.

— Tem muito mais doido na escola de onde ele veio, lá está cheio de gente assim. Eles precisam ter um código para se vestir, precisam usar uniformes. Mas não é essa a questão...

— Não, não é.

— A questão é: ela não ia fugir e roubar o carro sem motivo. É *nisso* que a polícia tem que se deter.

— Ela não fugiu sem motivo. A senhora tem razão, não foi sem motivo.

— Tinha que ter um motivo, ela não ia simplesmente...

Ela me olhou bruscamente.

— O quê?

Agora não dava para voltar atrás. Nem ir para frente: quando abri a boca para completar, não saiu nenhuma explicação brilhante.

— Vocês brigaram — mamãe descobriu. — Ah, Carrie! — Ela bateu com a palma da mão com força no braço do sofá. — Por Deus, por que você não me contou? Nossa, Carrie, *puxa vida*, se soubesse as coisas que me passaram pela cabeça, se soubesse o quanto sofri. Bom, e aí? O que foi que aconteceu? Por que vocês brigaram?

Contar para ela seria tão ruim quanto o fato de Ruth ter encontrado Jess e a mim na cama. Pior, porque ela ia voltar a me tratar como criança. Respirei fundo. E dei um pulo quando o telefone tocou.

Dei a volta correndo na cadeira, mas mamãe estava mais perto e chegou primeiro.

— Alô. Sou. Não, mas sou a mãe dela.

— Mãe, me dá aqui.

— Quem?

— Mãe!

— É a polícia — falou asperamente, empurrando o fone para mim.

Virei as costas para ela.

— Alô?

— Sra. Van Allen?

— Pois não?

— Aqui é o oficial Springer. Tenho notícias para a senhora.

— O senhor encontrou minha filha!

Tudo ficou cinza e turvo, a vista se encheu de pontinhos. Apenas os dedos firmes de minha mãe segurando meu braço me mantinham de pé.

— Onde ela está?

— Bom, não, senhora, a gente não a encontrou. Só descobrimos onde passou a noite.

— Espera, mãe, *para*. — Ela estava tentando me abraçar por trás. Esquivei-me. Ela viu meu rosto e ficou paralisada de medo. — Desculpa — falei ao telefone. — Que que o senhor está dizendo?

— Senhora, nós conversamos com os amigos da sua filha com base na lista que a senhora nos deu e também com a sra. Bukowski do, humm, Palácio da Mãe Natureza e Salão de Terapia Natural, e a sra. Bukowski de repente conseguiu lembrar que Ruth passou a noite na casa dela.

— Ruth ficou na *loja de Krystal*?

— É, senhora, é o que parece. O oficial Fitz disse que ela estava reticente até ele lembrar a ela que esconder ou dar refúgio a um menor de idade é contra a lei, e depois disso ela lembrou que sua filha passou a noite lá e saiu de manhã cedo.

— Aonde ela foi?

— Bom, a gente ainda não sabe. O oficial disse que a sra. Bukowski foi reticente quanto a isso também.

— *Reticente?*

— É, senhora. Pode ser que não saiba, como está dizendo, ou está mantendo segredo. Uma espécie de lealdade.

— Lealdade! — Mamãe ficou puxando meu braço e sussurrando. "Que que é? O que ele está dizendo?" — Não tem como obrigá-la a contar?

— Sem dúvida, a gente vai voltar a conversar com ela, senhora. Mas há grandes chances de sua filha aparecer logo, de todo modo. É o que em geral acontece, passam uma noite fora para chamar a atenção, depois voltam para casa. Pode ter certeza, e nos avise quando ela voltar. As pessoas costumam se esquecer de nos avisar, e a gente perde tempo continuando a procurar.

Disse que avisaria e desliguei.

— Quem está reticente? — mamãe perguntou, finalmente me soltando.

— Ruth passou a noite na casa de Krystal...

— Entendi.

— Ela está dizendo para a polícia que não sabe aonde Ruth foi, mas eles acham que pode estar mentindo.

— Onde está o carro?

— Não sei. Acho que não está lá, senão ele teria dito.

— Então ela pegou o carro e foi para outro lugar. Onde?

— Não sei.

— Qual é o telefone dela?

— De quem? De Krystal? Não sei, é só ver lá na discagem rápida, aperta...

— Eu sei usar a discagem rápida.

Ela pegou o telefone de mim, procurou o nome e ligou. Ficou com os pés afastados, a cabeça erguida e o busto empinado, a mão livre fechada na cintura. Não havia vestígios de fadiga em seu corpo firme, robusto. O Clube das Mulheres de Clayborne havia cometido uma grande injustiça.

— Alô? Krystal Bukowski? Aqui é Dana Danziger, avó de Ruth Van Allen. Onde ela está? O quê? Acho que você sabe. Ah, duvido. Presta bem atenção, se alguma coisa acontecer com minha neta, se ela machucar a *unha* esta manhã e eu descobrir que você sabe onde ela está... O quê? Pouco me importa, a polícia pode fazer o que quiser, estou te falando o que *eu* vou fazer. Vou te processar. Não, na justiça *civil*. Por violar os direitos civis da minha neta. É, posso sim. Ah, se não posso!... Vou acabar com a sua raça, não vai te sobrar um grão de soja. Está achando engraçado? Não tem nada de engraçado, estou falando sério. Não vai te sobrar uma única vitamina, nem uma pitada de germe de trigo...

— Mãe...

— Que que é isso? Pode chamar do que quiser, estou te dizendo o que vou fazer. Vou te perguntar mais uma vez: *aonde Ruth foi?* — Ela me olhou com os olhos fuzilantes. De repente, segurou minha mão, os joelhos dobraram, ficou na ponta dos pés. Sua voz subiu uma oitava:

— E *você deixou?* Sua idiota! Imbecil, doida varrida! Podia, sim! Podia ter ligado para a mãe dela, podia ter chamado a polícia...

— Onde está Ruth? O que ela está falando?

— Estou furiosa demais para conversar com você, sua débil mental, mas isso não vai ficar assim, eu garanto. O quê? O que foi que disse?

Ela tirou o telefone do ouvido e ficou olhando para ele, os olhos esbugalhados. Depois bateu com força suficiente para quebrá-lo.

— Que que foi?
— Sabe o que ela acabou de me dizer?
— *O quê?*
— Bom-dia para a senhora!
— Mamãe, onde Ruth está?
— Foi para Georgetown.
— Georgetown! Em Washington? Meu Deus! Sozinha? Por quê?
— Para fazer uma tatuagem. — Ela murchou. Despencou pesadamente no sofá, com o queixo caído, e ficou balançando a cabeça de um lado para outro. — Uma tatuagem. — Fechou os olhos. — Meu Deus, que coisa inacreditavelmente brega.

# 23
## Pronta

O cara que pegou carona parecia Billy Zane. A garota não era boba; não ia parar para ele se não estivesse caindo uma chuva desgraçada. Um frio de lascar. Ele tinha um olhar perigoso, havia nos olhos azul-acinzentados uma expressão desvairada, mas a boca revelava bondade. A água da chuva escorria pelos cabelos pretos e oleosos e entrava pela gola da camisa de grife dele. Não, pela jaqueta de couro preta rasgada e amarrotada. Durante um bom tempo nada falaram, só os sons dos limpadores de para-brisas e dos pneus no asfalto molhado quebravam o silêncio carregado de sensualidade. Finalmente, fora de Tulsa — não —, no começo de Badlands, no cafundó de judas, ele se virou para ela e falou com voz baixa, afetuosa e áspera: — Você vai me ajudar, sei disso. — Porque ele estava fugindo da polícia. Mas ele nem precisava falar, ela sabia. E ambos sabiam que ela sabia.

Seguiram em frente. Ela pôs Lauryn Hill para tocar, e ele viu como ela era legal e como eram perfeitos um para o outro. Naquela noite, alugaram dois quartos num hotel barato, do tipo em que se hospedam Mulder e Scully. Ele foi ao quarto dela e a encontrou só com roupas de baixo, calcinha creme e sutiã combinando, como Nikita no filme *Nikita — Criada para Matar*. Ele não conseguia tirar os olhos dela. Contou a verdade — ele trabalhava para a Operations, numa missão em que *fingia* estar fugindo da polícia, e ela tinha que começar a trabalhar para ele. Ela tinha cabelos louros lisíssimos e só se vestia de preto. Lutava caratê. Era bonita e feminina, mas capaz de jogar homens longe como se fossem animais empalhados. Chamava-se Jade. Jada. Chamava-se Kara. Chamava-se... Ally. Nunca ouse se meter com Ally, senão ela te mata. Ally tem pernas compridas e se senta totalmente desleixada, e, quando se levanta, é como ver um gato se espreguiçar depois de uma soneca. Usa calças de couro preto apertadas. Aonde quer que vá, as pessoas ficam olhando. O que é um empecilho para trabalhos secretos, mas... ela é mestre no disfarce, portanto...

Três caras num Pontiac vermelho não me ultrapassavam, estavam dirigindo na mesma velocidade que eu (cem quilômetros por hora exatamente) e dirigiam do meu lado na pista esquerda. Não voltei a olhar para eles depois da primeira vez, porque pareciam sujos e estúpidos, provavelmente nativos, provavelmente garotos de fazenda de Fredericksburg ou Stafford. Eu estava indo para Washington pela Interestadual 95, em vez da estrada vicinal, porque queria ir rápido, mas todo mundo além de mim estava a cento e quarenta mais ou menos. Eu *teria* ido a cento e quarenta, mas procurava ser discreta. Se me parassem — ferrou.

Com o canto do olho esquerdo, vi os caras do Pontiac acenando para mim, fazendo algum sinal. Eles deviam achar que eu tinha, no mínimo, dezesseis anos, talvez mais, tinham que achar. Eu estava vestida, desde ontem, com a suéter de listras brancas e pretas e havia prendido o cabelo atrás da orelha para deixar à mostra minha argola dourada e um brinco pequeno de prata. Meu relógio era de criança, por isso pus no braço direito para dirigir, mas meu anel superlegal de prata e ônix compensava. O difícil foi decidir se usava ou não o boné de beisebol. Você podia ver os bonés sob dois pontos de vista: um, que está totalmente *out* e, olhando em retrospecto, sempre foi meio ridículo, principalmente virado para trás; e, dois, que é uma peça básica, como a camiseta, e nunca sai de moda, e se você usa virado para trás quando está maneira nos outros aspectos — esse é o segredo — te faz parecer fofinha e ousada, tipo Cameron Diaz, e com jeito de que não está nem aí. Isso foi, claro, decisivo.

    Um caminhão enorme chegou atrás do Pontiac e piscou os faróis. Soltei um pouco o pé do acelerador. Os caras do Pontiac fizeram uma coisa que não olhei, acenaram ou mostraram o dedo, e foram embora. Já foram tarde. Agora estava tudo perfeito. Liguei o rádio e tentei encontrar uma estação que não tocasse música country. Apoiei o cotovelo na janela e a testa na ponta dos dedos. Uma mulher com pensamentos interessantes, sérios, na cabeça. Depois de um tempo, a neblina se transformou em pinguinhos de chuva, tive que fechar a janela. Merda, será que vai chover? O guarda-chuva da mamãe estava no banco de trás, mas era absurdamente cafona, daqueles mínimos, de cor pastel, que só velhas e loucos usam.

    Talvez eu devesse parar num posto de gasolina para comprar cigarro. Só que não tinha carteira de identidade. Caitlin às vezes comprava cigarro, Marlboro, mas não fumava de verdade, nem Jamie, por isso nem eu. Até agora. Mas, se eu fosse fumar um dia, agora era a hora, hoje era o dia. Não entendia por que não estava mais preocupada. Eu devia estar, tipo, um trapo de tão nervosa. Mas era como se tivesse um escudo em volta de mim. Foi mamãe quem desobedeceu às regras, e não eu. Se fosse pega — e daí? Ninguém podia me tocar. Eu era imune.

    O rádio estava chiando, mas consegui ouvir *Take it Easy*, a antiga música do Eagles. "Estou correndo estrada afora", cantei junto, e mergulhei no meu segundo devaneio predileto. Estava dirigindo sozinha um conversível numa estrada longa e reta do Meio-Oeste com Tracer ao meu lado no banco da frente. Uma garota e sua cachorra. Os homens se apaixonavam por mim, mas eu nunca ficava muito tempo no mesmo lugar, sempre os deixava, eram só eu e minha cachorra.

Às vezes pegava um trabalho avulso só de onda, mas depois ia embora, e as pessoas deixadas para trás na cidade pequena se perguntavam: "Quem era ela? Veio de onde? Será que algum dia vai voltar?"

Uau, estava chovendo mesmo. Droga de carro, os limpadores de para-brisa só tinham duas velocidades, regular e ensandecida. A ensandecida era tão rápida que não dava pra ver nada além das varetas e, como se não bastasse, o *nheco-nheco-nheco* te deixava doida depois de dois minutos. Assim ia ficar mais difícil enxergar o desvio. Principalmente porque não sabia ao certo onde ficava. Talvez tivesse sido melhor pegar a estrada vicinal. Eu conhecia *mais ou menos* o caminho — a gente chegava à 66 e, de certa forma, já estava em Washington. Mas devia haver placas, claro, quando eu chegasse perto, e se eu permanecesse na pista lenta não podia acontecer nada. Em tese. Dirigir numa autoestrada era muito mais fácil que dirigir na cidade ou em estradas de mão dupla, cheias de curvas, porque você só precisava conduzir o carro pra frente.

Tinha uma saída para um posto de gasolina com placas de lanchonetes, Burger King, McDonald's. Saí da casa de Krystal às oito e não me preocupei em tomar café. Será que paro? Não, eu ia esperar. Estava com fome, mas seria mais divertido comer em Georgetown.

De repente, o trânsito aumentou à beça. Aonde todas essas pessoas estão indo num domingo de manhã? Não era para a igreja. Agora um monte de placas me preparava para fazer alguma coisa. Backlick Road. Franconia ou Old Keene Mill Road. Eu continuava na Virgínia, ainda não precisava fazer nada. Mas o Beltway estava se aproximando. Vovó odiava o Beltway; ela não entrava nele por nada deste mundo. "Assassinos, doidos, preferem te matar a diminuir a velocidade." Uau, aqui estava ele! A Interestadual 95 dava na I-495 se você estivesse indo para Alexandria, e a I-495 era o Beltway. Eu queria ir para Alexandria? Baltimore? Não, mas eu estava na pista errada, precisava pegar uma pista à esquerda.

Gente! Não me deixavam! Liguei o pisca-alerta, mas milhões de carros zuniam, coladinhos um no outro, nem unzinho me deixava entrar. Pisei no acelerador, mas a saída estava chegando, chegando — reduzi e apertei o freio, e o cara atrás de mim buzinou e quase bateu na minha traseira.

— Merda, merda, merda — gritei e depois joguei o carro para a pista ao lado, *sabendo* que não havia espaço suficiente. Mas deu certo, consegui entrar e pegar a saída para o Beltway, sã e salva.

Estava com as mãos suadas e meu pé direito sacudia no acelerador porque a perna tremia, mas eu estava na pista certa, segura e invisível, e *era assim que todo mundo dirigia*. Simplesmente iam aonde queriam, sem se importar se era seguro, se tinha espaço ou se o carro de trás estava a cento e sessenta por hora. Dirigir com prudência. Ah, sei.

— No cu, pardal — gritei, o coração ainda batendo como um tambor.

Ok. Ok, fica fria. Trezentos e noventa e cinco, eu estava na Interestadual 395, e aqui vinha o Pentágono, não, o Cemitério de Arlington, não, a Memorial Bridge, não. Ou talvez sim. Eu conhecia aquela ponte, ia dar direto no Memorial de Lincoln, que sem dúvida ficava em Washington. Mas eu tinha que sair da 395 se fosse por esse caminho, e eu não queria sair de lugar nenhum. Nada de desvios. Por aqui eu também chegava à capital, era o que indicava a placa.

Rosslyn, não. Aeroporto, não; Crystal City, não. Gente, outra saída para a Memorial Bridge. Não, eu não ia sair da 395 — e, olha, a George Mason Bridge, a 395 passava bem em cima dela. Rá-rá! Eu estava atravessando o rio Potomac, era isso, e logo em seguida vinha Washington. E o Memorial de Jefferson, meu segundo predileto, bem ali à esquerda. Legal demais. Agora, em um minuto eu ia estar em Georgetown. Não via a hora de estacionar e sair da porra desse carro. Terra firme.

Mas nada parecia familiar. Eu queria a Fourteenth Street? Tarde demais, pista errada, eu estava passando por baixo de outra ponte. Uau, uma autoestrada, a Southeast Freeway. Autoestrada, eu não queria autoestrada. Nineth Street? Tarde demais. Minhas mãos estavam, tipo, paralisadas no volante, eu só conseguia ir em frente. Eu queria o Capitólio? Não. O Capitólio não, o Arsenal de Marinha não. Onde eu estava, porra? Estava errado, essa era, óbvio, a parte errada da cidade.

Tudo bem, Eleventh Street Bridge? Que merda, dá só um jeito de sair daqui. Eu estava de novo em disparada por cima do rio, mas tudo bem, mesmo sendo o Anacostia, e não o Potomac. Sul, tudo bem, isso lá atrás, mas agora eu podia começar tudo de novo. *Duzentos* e noventa e cinco, a placa dizia que por esse caminho eu ia dar no Beltway. Por isso, se fosse para o sul, ou para o oeste, ia dar de novo na 95. Nada de pânico. Só ia levar um pouco mais de tempo.

Comprei um mapa no posto Esso de Annandale (saída 6), porque o cara no posto Mobil da Braddock Road (saída 5) era indiano, ou coisa parecida, e não consegui entender as instruções dele, mas, para não magoar o cara, fiquei o tempo todo fazendo que sim com a cabeça, como se estivesse entendendo tudinho, agradeci e fui até a saída seguinte  Os mapas eram melhores mesmo, a gente se sentia no controle da situação. Você nunca viu Nikita perguntando a alguém como chegar a algum lugar.

Tudo bem, agora saquei meu problema. Devia ter entrado na 66, que dava direto na cidade, você pegava a Memorial Bridge e virava à esquerda ou algo assim e aí estava em Georgetown. Ou era a Roosevelt Bridge? O que eu precisava era de um mapa de Washington, mas eles só tinham da Virgínia. Mas já quebrava bem meu galho. Sessenta e seis, essa era a senha. E seis era meu número de sorte.

\* \* \*

    Tudo bem, Theodore Roosevelt Brigde, e não Memorial Bridge. Agora... a E Street? Não parecia certo. Continua na mesma pista, é sempre o mais seguro. Bonita essa rua, mas qual era? Constitution Avenue. Merda, estava errado! Tinha o Monumento de Washington apinhado de turistas. Será que ninguém tem o que fazer? Pelo menos a minha placa era da Virgínia. Essas pessoas vinham de Minnesota, Carolina do Norte, Oregon. Ah. Deviam estar mais perdidas que eu.
    Uma mulher de boa aparência no banco do carona do carro ao lado do meu parou no mesmo sinal vermelho. Abaixei o vidro da janela.
    — Por favor! — A mulher ouviu e abriu a janela. — A senhora sabe como se chega a Georgetown?
    O sinal abriu. A mulher se virou para o cara que estava dirigindo, provavelmente marido dela. Tanto o carro atrás dela quanto o carro atrás de mim buzinaram.
    — Vira aqui! — a mulher falou, e ela e o marido foram embora.
    Virar aqui? Twenty-third Street? Tudo bem.
    Merda! Merda! Estava no círculo em volta do Memorial de Lincoln e não conseguia sair da pista da direita. Será que continuava dando voltas? Devia tentar de novo? Mas, se o cara do carro sabia alguma coisa, talvez aqui fosse...
    *Não!* Memorial Bridge, e eu estava encurralada, não iam me deixar sair dali. Estava de novo passando por cima do rio, retornando à Virgínia.
    — Merda, bosta, caralho, porra... Ficar na pista da direita já era. E agora? Cemitério de Arlington, não. Rota 50, não. George Washington Memorial Parkway? Não, mas era ali que eu estava.
    — Gente! — Porra, bosta, cu! Tentei ler o mapa e ficar na minha pista, não correr nem andar muito devagar para o carro gigante atrás

de mim que eu estava vendo pelo retrovisor não entrar na minha traseira. — Detesto quem fica colado na minha traseira! — gritei, batendo com o punho no volante. Dava para eu ver Georgetown — logo ali, logo *ali*, reconheci os prédios de tijolos vermelhos da universidade. Tão perto. — E tão longe. — Ri, mas minha risada saiu histérica.

Chain Bridge? Tarde demais, eu estava na pista errada. Não é de admirar, ninguém estava andando a cinquenta por hora, a velocidade máxima, só eu. Agora um trecho compridíssimo sem saída. Bom, a CIA, mas eu não ia sair na CIA, lá não. Finalmente — 495, Maryland. Virgínia continuava me sacaneando, por que não tentar Maryland? Não sabia dizer se era a fome ou o nervosismo que estava fazendo minhas mãos tremerem. Quando entrasse no Beltway, eu ia pegar a primeira saída e procurar um posto de gasolina para comprar uma barra de chocolate. E olhar a porra do mapa.

Nunca havia parado num estacionamento subterrâneo antes. Tive um ataque cardíaco ao dirigir debaixo de uns canos baixinhos, achando que iam arrancar fora o teto do carro, mas eles nem tocaram na antena. De propósito, escolhi um lugar a mais de um quilômetro do elevador, para não ter ninguém por perto e eu poder ir para frente e para trás, para frente e para trás, quantas vezes fossem necessárias para o Chevy ficar retinho entre dois pilares de concreto gigantescos. Quando virei a chave e o motor pigarreou e tossiu e finalmente morreu, foi como ir parar numa ilha depois de afundar e nadar num oceano cheio de tubarões durante uma semana.

Pelo menos agora eu sabia como chegar a Georgetown: tinha que pegar o Beltway até River Road e depois entrar na Wisconsin Avenue e seguir reto. Era chão, principalmente se você sem querer pegasse a pista esquerda para a Massachusetts Avenue e tivesse que virar no Observatório Naval, o que não era permitido, mas em tese era uma saída, e então virava à esquerda no estacionamento do Georgetown Park e lá você estava. E eram só quatro da tarde.

Bom, acho que agora sabia mais ou menos aonde ir. Quando vim aqui com a vovó, em março, a gente passou pela loja mais maneira de tatuagem que vi numa das ruazinhas que davam na M Street, e eu tinha quase certeza de que lembrava onde ficava. Pelo menos eu estava a pé. Domingo de tarde. Havia parado de chover e parecia que todo mundo da cidade resolvera ir passear na M Street. Gente, andar sozinha em Georgetown, e não com a nossa avó, é irado demais, tipo, nota nove e meio, senão dez. Não, dez só estando com nosso namorado.

Talvez eu devesse comer alguma coisa antes de ir fazer a tatuagem. Só que não tinha muito restaurante barato. Aquele lugar, o Purple Dog, em que vovó e eu comemos da outra vez, não existia mais, se eu estava lembrando o local certo; agora funcionava ali o Black Cloak Inn, mas olhei os preços no cardápio que ficava na porta e eram um absurdo. Oito dólares por uma saladinha! Segui adiante e parei numa feirinha, comprei uma maçã e uma laranja e fui comendo no caminho para a loja de tatuagem.

Karma Chameleon — graças a Deus, *ainda* existia. O lado de fora era pintado de verde-neon e amarelo-neon, e parecia um lugar alegre, mais de doidão que de motoqueiro. Eu queria ver os desenhos e ler os avisos da vitrine, sentir a atmosfera, conhecer o terreno, mas um casal que saiu pela porta me viu, e o cara segurou a porta para mim, e tive que entrar.

Nossa, gente, nossa, esse lugar era impressionante. Parecia uma galeria de arte. Tinha até um monte de sofás e poltronas em volta de uma mesa de café coberta de revistas de tatuagem e álbuns de fotografias. Paredes cinza de bom gosto, tapete cinza no chão. Aquilo era Georgetown. Você só sabia que estava numa loja de tatuagem por causa do funcionário atrás do balcão e, atrás dele, grandes ampliações emolduradas das revistas mais fantásticas de tatuagem que já vi na vida. Um bando de alunos da Universidade de Georgetown — dava para saber pela camiseta deles — estava sentado nas poltronas, conversando e rindo, olhando os álbuns. Fui andando até o outro lado, para uma mesa baixinha cheia de grandes portfólios presos na parede com uma corrente, como as *Páginas Amarelas* das cabines telefônicas. Abri um, chamado *Tattootek*, e comecei a folhear. Uau. Não pareciam tatuagens. Nunca havia visto nada igual. Cores de arco-íris, vermelhos e verdes perfeitos, eu nem sabia que conseguiam *fazer* aquilo na pele. Cada página era como uma explosão de cores na sua cara, e formas chamativas, superdiferentes, às vezes não dava nem para saber o que era, desenhos *high-tech* como dos museus de arte, como daquele cara, o tal de Léger. Bom, não queria aquilo, estava pensando em alguma coisa mais na linha de uma flor ou algo assim, e menor, não uma coisa cobrindo minhas costas inteiras, nem tinha dinheiro para isso, se quisesse.

O mostruário seguinte era todo de crânios e ossos, inacreditável, alguns deles lindos, só que excêntricos, até que caía a ficha e a gente se dava conta de que estava olhando, no final das contas, a morte. Por que alguém ia querer a morte estampada no braço? Ou na bunda — tinha aqui um cara com um caixãozinho numa banda da bunda e na outra, dois esqueletos abraçados. Superesquisito.

Um monte de temas medievais, todo aquele negócio de masmorras e dragões, e diabos, demônios, vampiros, bruxas, um monte de espadas de fogo. Dois mostruários inteiros de tatuagens religiosas, incluindo uma de Jesus nos braços de alguém que parecia uma fotografia em preto e branco, era super-real.

Coisas da natureza — de algumas dessas eu podia gostar. Adorei um gárrulo azul muito bem desenhado, cercado de flores rosas e verdes, e um sol-lua tatuado acima da clavícula de alguém. Superchique. Uau — essa mulher tinha escrita chinesa nos seios, além de piercings no formato de prego nos bicos. Não argolinhas pequenas, *pregos*, talvez com uns dez milímetros de espessura!

— Isso deve doer — uma mulher em pé ao meu lado falou. Ela sorriu com um dos cantos da boca, o canto que não tinha um piercing de prata na forma de clipe de papel. — Fiz piercing na língua e no umbigo, no septo, aqui — disse apontando para o clipe —, mas parei por aí, no bico do seio não dá. *Sério.*

— É, sei.

— Para mim pelo menos.

— Para mim também.

— Os outros podem fazer onde quiserem, não ligo a mínima.

— Na verdade eu estava querendo mais uma tatuagem — falei.

— É o que todo mundo vem fazer aqui; piercing não é o forte. Fiz essa. — A mulher tinha cabelo preto raspado, só com uns fiozinhos espetados, como barba malfeita, por isso era difícil dizer a idade dela, tanto podia ter vinte como trinta anos. Levantou a manga da camiseta até o ombro para mostrar uma mulher egípcia, parecendo uma deusa, vestida de rosa e laranja. Muito maneiro!

— Nossa, fantástica. Você fez aqui?

— Gostou? Pede à Stella, se for o tipo de trabalho que você quer. Ela é um gênio. Fez essa também. — Levantou a blusa.

— Uau! — Um desenho anatômico, parecendo feito a nanquim, cobria toda a frente dela, com todos os órgãos internos em escala, designados em letras cursivas antigas: FÍGADO, VESÍCULA BILIAR, BAÇO. — Impressionante — falei baixinho, quase sussurrando.

— Não é demais?

— Foi muito cara?

— Nossa! Porque cobram pela hora, e essa é complicada. Não é nada batido, sabe como é...

— Claro.

— Aí agora estou pensando em fazer algo no bíceps, estou pensando em Fênix ou Pégaso, esse lance de mitologia, ou então alguma coisa do zodíaco. Só não sei se quero um caranguejo no braço por toda a vida, sabe como é...

— Ah, sei.

— Então, vai fazer? — Ela apoiou o quadril no balcão e cruzou os braços. A pele parecia azulada debaixo dos tufos de cabelo e, sei lá por quê, frágil, dava para ver as veias em cima das orelhas e os ossos do crânio. Talvez um dia ela vá fazer uma tatuagem igual à da barriga na cabeça, com desenhinhos e nomes do córtex cerebral, da medula oblonga. — É sua primeira tatuagem? — perguntou, olhando para meus braços nus.

— É. Ainda não decidi o que fazer. Que acontece se a gente escolhe uma coisa e depois não gosta dela?

— Laser.

— Ah, sei.

— Mas é caro, uns mil paus para uma tatuagem pequena, e o plano de saúde não vai nem querer saber.

— Ah.

— Por isso você tem que ter certeza.

— Sei.

— Você tem que escolher uma coisa que exprima completamente seu eu interior, sua espiritualidade pessoal. Seu corpo é um templo e você o decora de acordo com a sua natureza única.

— Entendi.

— A tatuagem é uma forma artística de declarar quem você é, entende? Em que acredita. E assim as pessoas podem ver de fora o que você é por dentro.

— Com certeza. — Voltei para o mostruário aberto no balcão. Minha mão tremeu de excitação ao passar pela figura de dois cavalos-marinhos, pela de um coiote uivando, de um cacique, de um unicórnio, de abelhões andarilhos. Será que algum deles exprime meu eu interior? — É um pouco como escolher papel de parede. — A mulher levantou as sobrancelhas e não sorriu, e eu completei rápido: — Quer dizer, os mostruários, grandes e pesados, entende, como das lojas de papel de parede.

— É. Você trouxe a carteira de identidade?

— O quê?

— Aqui eles não tatuam menor de idade. — Fez um gesto apontando alguma coisa atrás do ombro.

— Ah. — Vi um aviso pequeno bem atrás do computador no balcão: IDADE MÍNIMA DEZOITO ANOS — EXIGIMOS CARTEIRA DE IDENTIDADE. — Ah, sei.

Merda.

— Mas acho que às vezes eles fazem se você vier acompanhada de um responsável, tipo sua mãe.

Dei um sorriso bobo.

— Ah, isso vai acontecer, com certeza.

A mulher deu de ombros, mostrando compreensão.

— Vamos perguntar ao Tony.

Ela se virou e foi andando até o balcão.

Fui atrás.

— Ei, Tony.

— Fay, que foi?

— Estou vendo suas tatuagens celtas personalizadas, você tem umas coisas muito legais. Olha, essa moça...

— Ruth — falei educadamente.

— Ruth está com um probleminha por causa da idade.

— Se ela não tem dezoito anos, está com problema, sim. — Tony tinha piercings no rosto e no pescoço, argolas prateadas, pregos e clipes enfiados nas narinas, nas sobrancelhas, nos lábios, nas faces, nas orelhas, no queixo, na testa, na garganta. Não queria olhar, mas como evitar? — Então, quantos anos você tem? — perguntou.

— Hã, ainda não fiz dezoito, falta pouco.

— Tem carteira de motorista?

— Deixei em casa.

Tony e Fay sorriram. Depois de um tempinho, tive que rir também, para mostrar para eles que sabia que sabiam que eu estava mentindo. Bom, já era.

Tony tinha argolas prateadas pesadas na membrana entre os dedos polegar e indicador. O braço esquerdo tinha umas vinte ou trinta borlas perfurando a pele numa linha reta que ia do pulso ao cotovelo, parecia estar com uma jaqueta de couro com franjas, só que, no caso dele, era um braço com franjas prateadas.

— Você está querendo o quê? — perguntou. — Tatuagem padrão ou personalizada?

— Humm...

— Quanto dinheiro você tem?

— Ah. Mais ou menos cem dólares. — Todas as economias que não depositei no banco, mais um adiantamento que Krystal me deu do pagamento seguinte.

— Padrão — Tony concluiu.

— É. — Ok, estou querendo padrão.

— Ela podia ir ao Southeast — Fay sugeriu.

— É. A Navy Yard, eles têm tatuadores amadores lá, devem topar fazer em você — Tony disse.

— Ao Southeast?

— Ou Anacostia.

— É, tem também amadores na Good Hope Road, naquela região. Quer dizer, se você quer mesmo tatuagem padrão.

— Você podia tentar na Tex's — Tony falou, sem muita convicção.

— Mas presta atenção nas agulhas, não deixa ele te empurrar agulha usada.

Essa Tex's não me cheirou bem. Ainda mais que eu ia ter que pegar a 295, atravessar o rio de novo.

— Tem mais algum lugar em Washington?

Tony e Fay apertaram os olhos e ficaram pensando, depois balançaram a cabeça.

— Não. Em Washington, só com identidade.

— Tudo bem. Bom, obrigada. Acho que vou tentar no Southeast.

— Só não se esquece de escolher uma imagem que reflita seu eu interior — Fay me lembrou. — Sabe como é... uma coisa que seja você de verdade.

— Pode deixar — falei —, vou sim.

*Eu de verdade*, matutei na calçada. Algumas tatuagens religiosas eram realmente bonitas, mas eu não era tão religiosa assim. Um bicho, talvez; eu gostava de vida selvagem. Ou flores. Mas flor é uma coisa meio boboca. Karen Angleman fez uma rosa na omoplata no primeiro ano e já está meio apagada. Humm. A Ruth de verdade... Que tal um ponto de interrogação gigantesco na testa?

— Com licença. Com licença.

Eu me virei. Um homem veio correndo atrás de mim na calçada de paralelepípedos. Tinha uma expressão tão amigável que achei que devia ser alguém conhecido. Ele parou na minha frente e a gente disse "oi" junto.

— Oi — ele repetiu —, tudo bem?

— Tudo bem, obrigada. — Não, ninguém conhecido. Tinha certeza.

— Então você quer fazer uma tatuagem legal, não é?

Ele devia estar na loja — engraçado, não havia reparado nele.

— É.

Parecia velho, uns quarenta anos pelo menos, e se vestia como um nerd, com camisa social de manga curta amarela, calça verde pequena demais para ele e cinto preto apertadíssimo na cintura.

— Eu posso te ajudar — falou em voz baixa, sorrindo. — Sei de um lugar aonde você podia ir que não é muito longe daqui. Conheço eles, tenho certeza de que vão te tatuar numa boa.

— Humm, bom, eu estava indo para a Good Hope Road.

— Ah, Ruth, nem pensa em ir lá — falou, franzindo os lábios, tentando fazer cara de triste, o que não era fácil, pois tinha daqueles rostos que estão sempre sorrindo, que não conseguem deixar de sorrir. Começou a andar enquanto eu estava falando, por isso tive que ir andando atrás dele. — Good Hope Road não é lugar para uma moça jovem. Para uma moça jovem branca — baixou a voz para falar. — A vizinhança não é boa, Ruth. Pode acreditar, não é bom você ir lá sozinha. Tem um lugar na Georgia Avenue... posso levar você lá. Eles me conhecem. Eu podia te dar uma força.

— Humm... — Estava tentando pensar rápido. Fiquei meio nervosa de ele saber meu nome.

— A Georgia Avenue fica perto daqui?

— Fica. Mas de carro.

— Ah, estou de carro.

Ele fez cara de espanto. Quando levantou as sobrancelhas, a testa inteira subiu uns três centímetros. Tinha cabelo castanho encaracolado. Não parecia muito natural.

— Meu carro está logo ali. — Ele apontou a mão em direção à rua.

— Humm...

— Para fazer tatuagem, se você é menor de idade, precisa estar com um "responsável". — Ele riu enquanto desenhava com o dedo aspas imaginárias no ar. — A gente pode dizer para eles que sou seu irmão.

Meu pai, mais provavelmente. Continuou sorrindo, sorrindo. Olhava para o meu rosto, e não para o meu corpo — isso me tranquilizou. A gente havia parado do lado de um carro cinza, um sedã inidentificável. Olhei para ele disfarçadamente e reparei que as faces rosadas se destacavam no rosto pálido e sardento. Não vi tatuagem nenhuma nos braços dele. Braços rechonchudos; ele estava realmente saltando para fora das roupas.

— Olha — falou —, isso não é uma cantada. Para falar a verdade, os caras que têm essa loja de que estou falando são amigos meus. Para eles o negócio é bom, vão gostar.

— Ah.

— É, só estou querendo ajudar os moleques. E, de quebra, você também.

— Ah, entendo. — Tive que retribuir o sorriso, tive, não dava para não retribuir um sorriso insistente daquele jeito. — Bom, e a Georgia Avenue, humm, em que lugar da Georgia Avenue fica esse lugar?

— Humm? Ah... mais para perto de Silver Spring, mas não tão longe. Missouri Avenue, naquela região.

Eu ia ter que olhar no mapa.

— Bom...

— Não é que eles não façam bom trabalho. Esse tal cara é um artista, um gênio... mas está só começando, ainda não tem muitos clientes. Aposto que ele vai fazer negócio com você.

— Mesmo?

— Claro, vai te dar um desconto num trabalho bacana à beça, provavelmente tão grande quanto você quer. E precisa ver as cores que usam. Incrível. Aquele lugar...

Apontou o polegar para o Karma Chameleon e deu uma rápida sacudida na cabeça, abrindo um largo sorriso.

Uau. Legal demais, demais. Se esse cara estava falando a verdade, não era um caso a se pensar? Uma tatuagem linda, grande, uma coisa realmente especial, e por um preço que eu podia pagar.

Ele pegou a chave no bolso e abriu a porta do carona do carro cinza.

— Então, que que você acha? Quer ir lá tentar? — Ele continuou com a mão na maçaneta, mas não abriu a porta. — Hein? Não custa tentar, não é?

Cruzei os braços e fiquei apertando a bolsa contra a barriga. Olhei por cima do ombro dele, querendo que ele parasse de sorrir.

— Que tal se eu for atrás de você? Eu saio do estacionamento, onde meu carro está, e paro bem atrás de você, aí você vai e eu sigo. Assim vou estar com meu carro e você não vai precisar me trazer de volta.

Ele não parava nunca de sorrir, mas os olhos escureceram, era quase como se tivesse parado de me ver. Ele lambeu os lábios.

— Claro. Tá, tudo bem, assim tá bom. Qual é o seu carro?

— Um LeBaron branco. Conversível, mas a capota está levantada.

Ele fez que sim com a cabeça, me olhando.

— Bom carro.

— É, meu pai me deu. Presente de dezesseis anos.

Sorri para ele. Estava mentindo deslavadamente e gostando disso. Tive uma espécie de arroubo — pela primeira vez no dia um sentimento bom.

— Combinado, então — eu disse —, senta aí e me espera. Já, já estou aqui atrás de você, não vai levar nem cinco minutos. Vou dar uma buzinadinha para o caso de você estar dormindo. — Ri, e o homem ficou me olhando um tempo, antes de rir também. — Muito obrigada, é muito gentil de sua parte.

Comecei a me afastar.

— De nada.

— Uau, uma tatuagem barata... mal posso esperar. É isso aí, até daqui a pouco! — Acenei, dei meia-volta e saí andando pela calçada. Não me virei, nem na faixa de pedestres em Wisconsin, porque se me virasse ele ia saber. O arroubo já havia passado. Me senti sem ar, em pânico, como no dia em que Lisa Cromarty, minha melhor amiga de Chicago, e eu achamos que o cara asqueroso da pista de boliche estava nos seguindo quando a gente voltava para casa. No estacionamento subterrâneo escuro, continuei andando rápido, tentando parecer inocente, determinada e despreocupada, mas no elevador tive, afinal, que me virar para olhar atrás de mim. Nada do cara.

A menos que estivesse escondido atrás de um carro, me olhando através do vidro escuro. Uma mulher veio empurrando um carrinho de bebê. O elevador chegou e eu segurei a porta para ela. Descemos em silêncio; o neném estava dormindo um sono profundo, com a boca aberta e as pernas despidas encurvadas, parecendo aspas. Por uns instantes me senti segura, até que a porta abriu e a mulher foi levando o carrinho de bebê na direção oposta à do meu carro.

Lá estava eu, sozinha no meio do nada além de concreto empoeirado. Nos últimos três metros parecia que eu estava atravessando um campo minado ou esperando receber um tiro pelas costas. Peguei a chave antes do tempo, mas minha mão estava escorregadia e trêmula, só depois de duas tentativas consegui enfiar na fechadura. A porta se recusou a fechar, tive que bater três vezes, e em seguida abaixei o pino de tranca com tanta força que arranquei um pedaço da unha. O carro não dava partida. Só na quarta tentativa deu sinal de vida. Deitei a testa no volante, com o coração batendo forte. Engatei a marcha a ré e pisei no acelerador; bati na pilastra com o para-choque traseiro direito.

Nem podia xingar; isso ia além dos palavrões que eu sabia. Lágrimas ardiam nos olhos enquanto eu ia um pouco para frente e dava ré de novo, dessa vez sem bater em nada. Nenhum sinal do cara, pelo menos. Quando paguei à moça da cabine cinco pratas (!) de estacionamento, não havia nenhum carro cinza espreitando em nenhum dos lados desse quarteirão de Wisconsin. Virei à direita, em direção ao rio, e depois de novo à direita na K Street, sem a menor ideia de para onde estava indo. Só que era para longe dele.

Até então, não estava me divertindo nadinha.

# 24
## Quando ela era eu

— Ruth estava lá o tempo todo. Ela estava na loja, e aquela mulher, aquela *vaca*, mentiu para mim com a maior cara de pau.

Nunca havia visto Carrie furiosa desse jeito. Ela não conseguia sair do lugar de tanta raiva, estava com os dentes cerrados e o rosto vermelho. Revoltada, ia cuspindo as palavras no mesmo ritmo em que batia as mãos em punho uma na outra.

— Ela estava lá, e Krystal mentiu para mim, e depois deixou ela *sair*?

— Ela com cert...

— Mãe, Ruth está indo de carro, sozinha, para Washington.

— Mas ela dirige bem — falei, com toda a calma de que fui capaz —, tudo vai correr bem.

— Ela não dirige tão bem assim. Sozinha na capital? Pode acontecer um monte de coisas com ela. *Ela só tem quinze anos.*

— Querida...

— E está zangada. Conheço ela, está destrambelhada, pode fazer uma besteira. Ah, essa *mulher*!

Girou o corpo, olhou para o chão, para a porta, para o sofá, procurou alguma coisa para chutar.

— Se ela estivesse aqui agora, eu ia estrangular ela, juro por Deus que ia. Como alguém pode ser tão *estúpido*?

— Por que Ruth estava zangada? — Peguei-a pelo braço e tentei fazê-la sentar no sofá, mas ela se desvencilhou e ficou de pé, de

costas para a janela. Chovia. Resolvi sentar sozinha ao ver a cara dela.
— Por que Ruth estava zangada? — repeti a pergunta, mesmo sem ter certeza de que queria ouvir a resposta. — Por que vocês duas brigaram?

Ela continuava com as roupas do dia anterior, short branco largo e uma camiseta velha de Ruth, com um desenho na frente. Deve ter dormido com essa roupa. Se é que dormiu. Estava pálida, lívida, mais que exausta.

— Vou te contar — falou, cruzando os braços. Abriu bem os olhos, parecia prestes a pular de um penhasco. — A gente brigou por causa de Jess.

— Jess *Deeping*?

Dei um pulo quando ela abaixou bruscamente o braço e deu com o punho na parede atrás de si.

— É, mãe, Jess *Deeping*. Ruth voltou ontem de tarde e encontrou nós dois. No meu quarto.

Isso foi como um soco no estômago. Doeu, senti minhas tripas mudarem de lugar, mas não posso dizer que foi uma grande surpresa. Estava vendo que isso ia acontecer. Fiquei velha demais para lutar, e ele venceu.

— Bom — eu disse. — Bom, aposto que vocês não estavam construindo lhamas lá.

— Não.

— O que Ruth viu?

— Se a senhora está querendo saber... se ela viu a gente na cama...

— É isso que estou querendo saber.

— Ela não *viu* nada.

— Menos mau, graças a Deus. — Senti-me tomada por uma fraqueza, como se estivesse precisando comer alguma coisa. — Bem, bem, bem. Você está orgulhosa de si mesma? É um bom exemplo para uma jovem. Ouso dizer que isso provavelmente significou o fim da infância de Ruth, concorda comigo? — Carrie virou o rosto, e perdi o interesse de seguir por esse caminho. Para que castigar alguém que já tratou de se castigar?

— Tudo bem, então — falei. — O que está feito está feito, não adianta insistir nisso, acabou. Vem aqui e senta do meu lado. Você não parece bem.

— É pior que isso.

— Como pode ser pior? Deus do céu. Você não casou com ele, ou casou?

Ela ficou olhando fixamente para mim, um olhar demorado, indagador. Por um momento quase sorriu. Mas na maior parte do tempo exibia uma expressão amarga.

— Mãe, a senhora se lembra de quando vim de Chicago para a reunião da escola? De quinze anos de formatura?

— Só você e Ruth? Lembro.

— Jess e eu ficamos juntos naquela noite. Dormi com ele.

Engraçado, aquilo também não foi um choque para mim. Em algum lugar lá no fundo da minha cabeça, eu devia saber disso o tempo todo.

— Foi a nossa primeira vez. Isso talvez seja uma surpresa para a senhora. Imagino que a senhora devesse achar que a gente já fazia isso no tempo do ensino médio, mas não fazia. Não, me mantive virgem até o fim.

Ela ficou molhando os lábios. Olhava-me bem nos olhos, mas eu tinha o pressentimento de que se eu desse um pio ela ia subir pelas paredes. Ela me parecia uma garotinha, amedrontada mas determinada, parecia ela mesma vinte e cinco anos atrás. Resolvi fazer vista grossa, e então a mulher de meia-idade reassumiu o posto.

— Pelo menos, quando finalmente aconteceu, não foi bom — disse com um sorriso amargo. — Isso deve te deixar feliz. — Baixou a vista. — Desculpa. A questão é Ruth...

— Ruth? Ruth o quê? Ela tinha cinco anos!

— Contei para ela.

— Deus do céu. Por quê?

— Eu podia ter mentido. Talvez eu devesse ter mentido, mas ela me perguntou na lata, me pegou de surpresa. — Ela passou os dedos nos cabelos, deixando-os ouriçados. — Te disse que era pior.

— Tem razão.

— A senhora acha que eu devia ter mentido?

— Como vou *saber*? Ah, meu Deus, ah, meu Deus. Gente, que enrascada.

Carrie veio e se sentou no outro canto do sofá.

— Não é uma enrascada, mãe. Não é uma situação doméstica infeliz. Eu amo Jess. É fato.

— Você nem conhece mais ele.

— A senhora não sabe o que eu conheço ou deixo de conhecer. Nem agora, nem naquela época; a senhora não tem a mínima ideia.

— Naquela época?

— Eu amava ele naquela época também, mas para a senhora isso não tinha importância nenhuma.

Voltei a sentar.

— Sabe, já estava prevendo que ia acabar levando a culpa.

— Não tem nada de *culpa*. Queria só que a senhora entendesse.

— Ah, entendo, não acho que seja tão complicado assim. Você está tendo um caso com a antiga paixão dos tempos da escola, e chama de amor para não se sentir culpada. Tudo bem, só não espere que eu caia nessa. — Ela ficou só olhando para mim. Descobriu na mesma hora que eu estava tentando deixá-la louca de raiva. Por quê? Para ela mudar de assunto e a gente esquecer aquilo? Ah, grandes chances.

— A senhora sabe que é mais que uma mera paixonite, mãe. A senhora sabia disso naquela época também.

— *Naquela época, naquela época*. Nunca te disse para terminar com aquele garoto, você não pode me acusar disso. Não vou dizer que não pulei de alegria quando vocês terminaram, mas você tomou a decisão sozinha.

Inesperadamente, ela sorriu.

— Estou vendo que tento fazer a mesma coisa com Ruth. Fingir que uma coisa que ela fez foi ideia dela, mesmo sabendo que fez por minha causa. Por influência minha.

— Não faço a menor *ideia* do que você está falando.

— Faz, sim, mãe, faz. — Ela estendeu o braço e tocou o meu com o dedo. — A senhora foi sempre muito forte. Forte demais para mim. De certa forma, se aproveitou de mim. Não foi de propósito, mas a senhora era a pessoa no mundo de quem mais queria o apoio no meu namoro com Jess, e a senhora sabia disso. Estou velha demais para te culpar de ter casado com o homem errado...

— Mas você está, sim, me culpando — cortei, chateadíssima.

— Não, não estou. Sinceramente, não estou. Ou... se estou, sei que não devia. Mas... a senhora me transmitiu seus medos.

— Eu o quê? Que história é essa agora?

— A senhora me fez sentir medo de Jess. Fez, sim. Porque ele era... descontrolado. Não era só o histórico familiar que a senhora não tolerava, era ele também. A senhora achava que era doido, a senhora...

— Ele *era* doido.

— Mas não era *mau*. E a senhora sabia que a gente se amava...

— Vocês tinham dezoito anos!

— Idade suficiente.

— Quero que me diga isso quando acontecer com a *sua* filha!

Carrie descruzou as pernas e se levantou.

— Desculpa. Eu disse que não te culpava...

— Mas me culpa, está na cara.

— Mãe, eu só queria que a senhora me desse liberdade. É a *mim* que culpo, e não a senhora, por ter te deixado tomar conta da situação.

— Ah, entendo. Não te amei como devia. Bom, me desculpa, peço desculpas de todo o coração, estou vendo que você está fazendo um *excelente* trabalho de não ficar no pé de Ruth.

Injustiça. Carrie ficou branca.

— Não é a melhor hora — falou com voz embargada — para a gente conversar sobre isso.

— Tem toda razão. — A aparência dela estava medonha, como se, de repente, todas as coisas ruins lhe tivessem voltado à mente. Precisei de muita força de vontade para não ir dar um abraço nela. — Vou cuidar da louça na cozinha — disse, e a deixei.

Fiz café, batendo com as coisas, fazendo um monte de barulho. Eu transmitia meus *medos* para ela? Que absurdo! Eu não era a favor do namoro com Jess Deeping, e pelas melhores razões do mundo, razões maternais, sólidas. Ela devia me agradecer, e não me culpar. Se não fosse eu, ela teria casado com aquele garoto, tido oito filhos e estaria morando numa fazenda leiteira. Deus me livre! Deeping, que diabo de nome era esse? Sempre o detestei, soava roceiro, nome vulgar e sinistro. Van Allen era um nome de que você podia se orgulhar.

Lembrei-me do dia, anos atrás, em que Jess Deeping veio pela primeira vez à nossa casa; era um dia de inverno, com as árvores sem folhas e os ramos cobertos de neve. Fiquei espiando ele e Carrie pela janela da cozinha enquanto passeavam pelo quintal dos fundos com casacos pesados, preferindo ficar lá a ficar na casa aquecida, onde eu poderia escutá-los. Uma vez, ao lado da antiga caixa de areia em que Carrie brincava quando pequena, ele veio por trás, envolveu-a com os braços, levantou-a do chão e a fez rodopiar no ar, o mais rápido que conseguiu. Ela gritava e ria, pendurada nos braços dele, gargalhou tanto que quase perdeu o fôlego. Eu mal conseguia olhar para a cara dela, e para a dele. Sobretudo para a dele, empolgado e feliz, sentindo-se poderoso. *Você é minha, vou ter você sempre que quiser.* Fechei bem a janela, fula da vida, revoltada. Homens assim, homens com "paixão", argh, paixões que não conheciam bem o suficiente para escondê-las, me faziam morrer de medo, sempre me fizeram. Não me arrependia de nada. Se salvei Carrie de homens do tipo de Jess Deeping, isso só me dava uma imensa satisfação.

— O café está pronto — gritei.

Ela entrou na cozinha e se sentou. Soprou dentro da xícara com os cotovelos na mesa, as costas arqueadas. Os ombros dela eram como os meus; as mulheres O'Hara têm ombros bonitos. Mas os cabelos cor de mel tinham mais fios grisalhos do que eu havia reparado. Está todo mundo envelhecendo.

— A chuva diminuiu — ela disse. — Agora só está chuviscando. Mas deve começar de novo. Está prevista chuva para todo o dia de amanhã.

— Seus animais não vão se molhar?

— Não importa, é tudo à prova d'água. Bom, não tenho tanta certeza no caso da coruja. — Ela esfregou a testa, cansada.

A arca zarpará amanhã. Eu agora já podia deixar de ficar contra essa história, pensei, uma vez que o pretexto da arca já havia atingido seu objetivo. O pior resultado possível.

— Você ainda vai ver a arca zarpar?

— Nem consigo pensar nisso agora.

— É, entendo que não.

Bebemos café em silêncio.

— Não culpo *minha* mãe de nada — mencionei. — E bem que podia, se quisesse. Influência negativa foi o que recebi dela. Me influenciou a ser totalmente diferente dela.

Carrie limitou-se a acenar com a cabeça em concordância. Estava deprimida, exausta.

— Tudo que sempre desejei para você foi felicidade, e é a mais pura verdade.

— Eu sei, mãe.

— E não sei do que você está falando; eu te dei, *sim*, liberdade. Lembra? Fui eu que disse sim quando você quis sair de casa para fazer faculdade. Era seu pai que queria que você fosse para Remington.

— Lembro.

E depois, claro, ela não voltou. Foi morar com Stephen, provavelmente *nunca* teria voltado se ele não estivesse precisando tanto de um emprego. Para mim, não via nisso nada de mãe que prende doentiamente a filha. Via como a história de uma mulher independente que saiu pelo mundo para fazer a própria vida, longe da mãe, bem longe da mãe.

O mais longe possível da mãe.

Bom, era isso. A gente tentou disfarçar, fingir que nada havia acontecido desde os velhos tempos em que uma gostava da outra. Amor puro — a gente tinha isso quando eu era jovem e Carrie, uma garota, sei que tinha. Sei também que não é realista achar que vamos voltar a ser o que éramos, mas, ah, era o que eu queria de verdade, aquele amor puro, quando Carrie era toda minha. Quando ela era eu.

Não, não é isso que quero dizer, não do jeito que pode parecer. *A senhora era forte demais para mim, mãe* — mas como alguém pode ser forte demais? Dava a entender que eu queria dominá-la. Ser ela.

— Outra coisa — falei. — Não é bom ser forte? Não é o que toda mãe quer, transmitir força para os filhos? E o melhor meio não é o exemplo? A resposta é sim para todas as perguntas — respondi eu mesma, já que Carrie ficou calada. — Além disso, nem sou tão forte assim. Sou apenas enfática. Um milhão de coisas me deixa morrendo de medo.

— Diz uma.

— Não.

Ela finalmente sorriu.

— Tudo o que sempre tentei foi manter você longe do perigo — falei.

— Perigo.

— Mas nunca recebi crédito por isso, ah, não, você teve que descobrir *sozinha* o que te apavora, você não podia aceitar minhas palavras sensatas.

— Gente, isso não faz sentido nenhum...

— E qual é o problema de eu ter sido favorável ao seu casamento com Stephen? Por que não seria? Se vocês não foram perfeitamente felizes juntos, não foi culpa minha; e, além disso, você ganhou Ruth desse casamento, por isso não pode dizer que foi um fracasso.

— Não posso.

— E se Stephen *era* parecido demais com seu pai, isso também não é culpa minha, concorda?

— Concordo.

Ah, ela não queria mais brigar. Mas achava que eu tinha usado minha influência — minha *força*, rá-rá — para fazê-la casar com uma espécie de cópia do meu marido. Para me fazer companhia, talvez, para que eu pudesse me sentir vingada, sei lá. Desonerada.

Estremeci e cuspi o último gole de café frio na xícara. Não me lembro de ter me sentido tão velha assim antes. Velha demais para mudar. Se eu era uma mãe ruim, ia ter que morrer sendo uma mãe ruim. Passei a mão pela superfície lisa da mesa de carvalho, lixada, pintada e envernizada por Carrie, e pensei: *De onde ela tirou esse jeito para trabalhos manuais?* Não de mim, muito menos de George. Bom, é uma bênção. Os filhos têm dons, defeitos, idiossincrasias, traços de temperamento, lados inteiros deles que não têm nada a ver com os pais. É um grande alívio, não é? Pelo menos a gente não precisa levar a culpa por toda porcaria que acontece.

Quando a campainha tocou, Carrie deu um pulo, como se tivesse sido eletrocutada.

— Vou atender.

Com os pés descalços, saiu correndo da cozinha.

Ouvi voz de homem na varanda da frente. Levantei lentamente e fui para a sala. Espiando pelo canto, esperando que fosse um policial, reconheci Jess Deeping imediatamente antes de Carrie levantar os braços e abraçá-lo.

Não consegui desgrudar os olhos deles. Ele não me viu, estava com os olhos fechados, o rosto meio enterrado no cabelo dela. Era como um filme, e eles estavam tão distantes e inacessíveis de mim quanto os astros de cinema na tela. Não sei quanto tempo ficaram daquele jeito, nenhum dos dois falava nem se mexia, só se agarravam, como se... sei lá o quê. Como se estivessem recebendo transfusão de sangue um do outro. Aí não consegui mais olhar. Voltei para a cozinha, um passo silencioso de cada vez.

Fui para a pia e abri a torneira, ensaboei as mãos, enxaguei, peguei uma toalha de papel e, por trás do barulhinho do papel, ouvi a voz aflita de Carrie, alta e cheia, franca, não cautelosa, sobrepondo-se aos consolos em barítono de Jess. Ela não falava comigo dessa maneira, eu não conhecia esse tom. Comigo ela se segurava. Se protegia.

Ouvi a porta de tela bater e corri para a sala. Vazia. Encostei o rosto na porta. Jess Deeping dirigia uma caminhonete. O que mais? A gente não podia mais dizer "escória branca", mas reconhecia sempre que via algum deles, e era isso que toda a família Deeping fora, o marido, fazendeiro de gado, a esposa, maluca, e o garoto, desengonçado, de cabelos compridos. Eu os detestava, Carrie tinha razão quanto a isso. Eles pareciam muito o tipo de gente de quem passei toda a vida adulta tentando fugir. Era preciso, eu também tive uma família assim.

Os dois estavam de pé no meio-fio ao lado da caminhonete, nem aí para o chuvisco. Ele olhava para a mão dela, que segurava, enquanto conversavam; ela, com a cabeça levantada, olhava em cheio para o rosto dele. Ela batia na altura da maçã do rosto dele. Não era feio. Havia ganhado um pouco de peso desde os tempos em que vivia atrás dela como um corvo faminto, com certo ar de quem está pau da vida, magoado, sempre magricela como um varapau. E sempre com aquela expressão nos olhos de que queria agarrá-la com o bico, com as garras, sequestrá-la, levá-la voando para o seu esconderijo. Esse garoto nunca quis nada no mundo além de Carrie. Soube que era inimigo no exato minuto em que pus os olhos nele.

Ele abaixou a cabeça para ficar com o rosto colado no dela. Estavam se despedindo. Parecia que iam se beijar quando se endireitassem, mas não se beijaram. Ele começou a dar a volta pela traseira da caminhonete — e parou quando um pequeno Honda prateado parou atrás. George.

Eu disse para ele ficar em casa, disse que não tinha nada para fazer aqui, e mesmo assim ele veio. Era o meu escudeiro ou o de Carrie? Não era justo que ela tivesse dois e eu, nenhum. Ele saiu do carro como um velho, as calças de *tweed* folgadas e cheias de cinzas, os óculos pendurados numa corrente que batia no peito. Carrie foi abraçá-lo, mas não recebeu muito retorno — um sorriso preocupado e uns tapinhas nas costas, como se estivesse fazendo-a arrotar. Só ficou com a mão no ombro dela enquanto os três tiveram uma conversa séria. Pelo que sabia, George não via Jess havia vinte e cinco anos, mas, se estranhou o fato de encontrá-lo na casa de Carrie, não demonstrou.

Fiquei cansada de ficar espiando de longe. Abri a porta com um soco e fui marchando, participar da festinha.

Enquanto caminhava até eles, Carrie me olhava como se eu fosse um general marchando para tomar uma cidade. Vi que ela se preparou para a minha chegada: respirou fundo e levantou o queixo. Nossa, eu era tão temível assim? Se ela soubesse... que tudo que eu queria era alguém, de preferência meu marido, para me dar um abraço apertado e me dizer que tudo ia acabar bem.

Parei ao lado de George e o interrompi:

— O que está havendo?

Ele não me tocou, coisa que não me surpreendeu; até tentei ver as coisas pelo lado dele, para variar. Você não abraça uma mulher que *dá socos*, *marcha* e *interrompe* os outros. Você dá um passo atrás, sai do caminho.

Jess Deeping inclinou a cabeça para mim.

— Sra. Danziger — disse com sua voz baixa e simpática. Se você não o conhecesse, iria jurar que não me desprezava. Ele sempre foi assim, delicado e respeitoso. Ele me tratava, e a George também, com um tipo estranho de gentileza, na verdade. Isso sempre me deixou em guarda.

— Oi — falei, e por um instante senti certa ternura por ele, sei lá, algo a ver com seu tamanho, com o jeito que se posicionou meio inclinado sobre Carrie, como que para protegê-la. Mas logo em seguida me lembrei da pobre Ruth encontrando Carrie e ele na cama da mãezinha dela, e na mesma hora esfriei de novo, fula da vida. Predador, pensei. Corvo devorador.

— Mãe, Jess e papai estão indo para Washington procurar Ruth.

— O quê?

— Jess ia sozinho, mas eu disse que ia com ele.

— Agradeço a companhia.

— A gente pode ir no meu carro, que é menor.

— Boa ideia.

Eles haviam planejado tudo. Não me importei com a maneira como George falou "Jess", como se fossem colegas havia dez anos, como se fossem velhos companheiros de pesca. Pensei em dizer "Eu vou também", só para criar caso. As coisas estavam progredindo muito rápido, toda essa ação, todo mundo tomando providências, menos eu.

— Dirige com cuidado, pai — Carrie recomendou, acompanhando Jess até o lado do carona. Eu a vi dar um beijo rápido, sub-reptício nos lábios dele antes de ele abaixar para entrar no carro e sentar no banco do carona do Honda. Isso me fez sorrir sem querer. Fez meu coração afundar.

— Tem dinheiro suficiente? Está com o cartão de crédito? Põe o cinto — falei para George, segurando a porta aberta enquanto ele se acomodava e retirava as chaves do fundo do bolso da calça. — Cuidado com os doidos do Beltway. Vão te matar assim que te virem.

— Vamos tomar cuidado — ele disse. — E a gente liga quando chegar lá.

— *E se encontrarem ela* — emendei.

— Os guardas de Washington estão com o número da placa — Carrie falou, inclinada na outra janela. — Não sei se estão procurando com muito afinco, mas eles têm a placa. Ah, pai, que bom que o senhor vai também. Obrigada. — Ela disse alguma coisa para Jess Deeping que não deu para ouvir.

— Fica ligando pra cá — eu disse, me afastando do carro —, para o caso de ela aparecer por aqui. O que espero do fundo da alma que aconteça o mais rápido possível.

— Pode deixar. — George ligou o carro, soltou o freio de mão, deu tchauzinho e partiu.

— Dirige como uma porcaria de tartaruga — murmurei, retribuindo o aceno. Mas o que eu queria mesmo era ter dado um beijo nele. Na sua face velha e peluda. Eu não ia morrer por causa disso. Que pena que não dei.

Em casa de novo, só mulheres. Gostava da *ideia* de os homens saírem para resolver as coisas e as mulheres ficarem cuidando da casa. Se funcionasse, seria um milagre. Não conseguia nem pensar em mais uma xícara de café; Carrie, porém, se serviu e sentou para tomá-la.

— Fico muito contente de vocês estarem aqui. A senhora e papai. E Jess — acrescentou de propósito. — Não sei o que faria sem vocês.

— Sem eles, talvez. Não fiz coisa nenhuma.

— Não é verdade. A gente só sabe onde Ruth está porque a senhora conseguiu fazer Krystal abrir a boca — disse e sorriu com franqueza. — Que fera a senhora é, mãe. Ela não teve a menor chance com a senhora.

— Que mulher estúpida.

— Ah, ainda estou louca da vida! Estou com vontade de quebrar a cara dela, ir lá e acabar com a raça dela.

— Eu seguro os braços dela.

Por um instante nos apoiamos uma na outra. Eu estava com uma coisa presa na garganta. Falei:

— Não quero que a gente comece de novo.

— Nem eu.

— Mas preciso dizer uma coisa. Não assumo nenhuma culpa pela sua vida.

— Não. Não, e eu não...

— Mas você tinha razão numa coisa. Eu escolhi seu pai de propósito. Ele é um homem bom e coisa e tal, mas eu casei com ele porque era mole e obtuso, essa é a verdade.

— Ah, mãe.

— Tudo bem, nada vai mudar, a gente nunca vai se separar. O que está feito, está feito. E não estou interessada em sair por aí e buscar um príncipe encantado. Tive exatamente o que eu achava que queria, ponto final.

Carrie me olhou preocupada.

— Eu disse a você: *tudo bem*. Não estou na pior. Tenho um bom marido, uma filha maravilhosa e uma neta perfeita. Perfeita na maior parte do tempo. Tomei essa decisão há cinquenta anos e juro por Deus que essa é a última vez em que vai me ouvir reclamar disso.

Ela esticou o antebraço e o encostou no meu.

— E quanto a Jess?

— Quanto a ele? Para começar, que diabo de nome é esse, *Jess*? — Não importa o Deeping. — É Jesse, não é? Isso lá é nome?

— Jesse Holmes Deeping. Holmes é o sobrenome da mãe.

— Holmes. Nada mau.

— Ah, mãe, ele vai adorar esse comentário.

Ignorei essa observação.

— Se você escolher ele...

— O quê?

— Sempre achei que se você acabasse ficando com esse garoto...

— O quê, mãe?

— Achei que significaria que fiz a escolha errada, tantos anos. Achei que significaria que toda a minha vida, tudo que escolhi... Bom, enfim. Acho que era mais ou menos por aí. — O rosto de Carrie ficou rosa, ela abaixou a cabeça, mas vi uma lágrima pingar no seu braço. Pus a mão nas costas dela e massageei-a de leve entre os ombros. — O que me mata é ter que admitir que o sr. Jesse Holmes Deeping acabou se revelando um baita pilar da comunidade. Mesmo que isso não seja grande coisa.

— Ele me faz feliz.

— Eu vi. Acho que não pode ser tão ruim assim.

Carrie deu um risinho frouxo.

— Então vamos encerrar esse assunto. Você não é eu e eu não sou você, e você teve uma segunda chance de escolher alguém que pode te fazer feliz. Faz o que achar melhor, porque você não é eu.

— Sei que não sou a senhora.

— Estou falando isso para o meu bem.

— Ah. — Ela me olhou como se nunca tivesse me visto antes.

— Além disso, não acho que não tem mais jeito com George. Sei que é uma tentativa com poucas chances de dar certo, mas tenho meus planos para aquele cara.

— O que a senhora vai fazer?

— Torturá-lo. Obrigá-lo a ter aulas de dança, essa é a tortura número um. Em breve ele vai tirar férias, pode ser uma segunda lua de mel.

Carrie sorriu, sem olhar para mim — acho que com essa peguei pesado demais.

— Talvez eu o leve para o salão de Krystal — emendei. — Ela está nos devendo. Estava pensando em negociar com ela uma aromaterapia. Ou, melhor ainda, um tratamento de lavagem intestinal.

Carrie soltou um suspiro profundo:

— A senhora ainda o ama, não ama?

A imagem de um futuro estreito, em vias de extinção, apareceu na minha cabeça por um instante.

— Claro que amo — respondi, e tirei aquela imagem da cabeça. Senti Carrie relaxar apoiada em mim. — Claro que amo. E vice-versa. Do jeito dele. — Ficamos as duas caladas, e achei que ela estava refletindo sobre essa minha última declaração, confrontando-a com as aparências. Comparando com a vida. Em busca de indícios que a comprovassem. Era verdade até certo ponto.

Agora, que frase mais miserável. *Verdade até certo ponto.* Vivi setenta anos praticamente assim. Aceitei quietinha, calada, como se não quisesse chamar a atenção de alguém que temia. Mas não era para eu ser assim — devia ter gritado e esbravejado. No final das contas, não me adaptava à própria vida.

— Ei — falei depois de um tempinho. — Como está se sentindo?

— Estou melhor, não sei por quê. Acho que é porque eles foram para lá. Jess e papai.

— Alguém está fazendo alguma coisa.

— Já não me sinto mais tão desesperada.

— Eles vão encontrá-la — falei.

— Vão, sim.

— Só espero que sejam eles, e não os guardas.

— Eu também.

Carrie se abaixou e me deu um beijo no rosto.

— Te amo, mãe.

— Também te amo.

Ela cruzou os braços em cima da mesa e deitou a cabeça neles, com os olhos fechados. Pegou no sono quase instantaneamente. Eu fiquei parada como uma estátua, mal respirando. Que pena que uns cinco minutos depois ela tenha acordado sobressaltada.

Vai lá pra cima e dá uma dormidinha, disse para ela, atendo o telefone se tocar. Mas não, ela não ia. Por isso a gente passou o dia inteiro zanzando pela casa, se arrastando de um cômodo para outro só para mudar o cenário. A umidade do ar devia estar cem por cento. Das janelas, a gente não via nada além de uma mancha cinza e chuva. George ligou de tarde para dizer que haviam chegado a Georgetown e iam começar a busca. Depois disso a polícia ligou duas vezes — nenhuma notícia. Por volta das seis, Carrie estava diante da porta de tela olhando para fora quando o telefone tocou de novo. Atendi.

— Alô? — disse a voz fraca e insegura de George. — Dana, é você? Carrie está aí?

Carrie correu para o lado e sussurrou:

— *Quem é?*

— É seu pai. George, o que foi que houve?

— Bom, até agora a gente não conseguiu nada, infelizmente.

Carrie estava equilibrada sobre mim como um gato, os olhos arregalados, todos os músculos contraídos. Balancei a cabeça negativamente, e ela perdeu as forças e desabou no sofá ao meu lado, apoiada em mim, com o ouvido colado no fone.

— A gente andou por aqui, a pé e de carro — continuou George. — Acho que a gente entrou em todas as lojas de Georgetown.

— E nas lojas de tatuagem? Era lá que ela ia. Vocês foram a todos esses lugares que fazem tatuagem?

— Fomos, foi a primeira coisa que a gente fez, e de certa forma foi útil, mas ao mesmo tempo meio preocupante.

— Não estou entendendo, me explica isso — falei. Carrie apertava meu pulso com tanta força que eu estava perdendo a circulação na mão.

— Bom, a gente conversou com o camarada de um lugar, uma dessas lojas bem coloridas, e ele se lembrou de uma garota que parecia um pouco com Ruth. Pelo menos foi o que achei quando ele a descreveu para a gente.

— E aí?

— Ele não a tatuou porque ela era menor. Não tinha nenhum documento para comprovar a idade, por isso ele a despachou.

— Ah, e aí?

— Bom, o que preocupa é que esse camarada da loja disse que quando a garota saiu... e claro que também pode não ser ela... bom, quando ela saiu, ele acha que talvez um cliente que estava na loja a tenha seguido. Pelo menos saiu logo depois dela. Provavelmente não é nada... só que isso não me cheirou bem. Não conta isso para Carrie, promete? É melhor.

Tarde demais. Ela já estava toda encolhida no sofá, com os ouvidos tapados.

# 25
## Dando o troco

Passei de carro umas quatro vezes pela loja de tatuagens e piercings Rude Boy e não vi nenhuma vez o carro cinza daquele cara asqueroso. Só que estava escurecendo, e aí todo carro começava a parecer cinza. Mas acho que ele não estava lá. Achou que fugi correndo com medo dele. Se ele estava me procurando, e provavelmente não estava, ia me procurar em Anacostia ou em Southeast, e não justo no lugar da Georgia Avenue aonde havia sugerido que eu fosse com ele. Não, eu o deixei sem saída. Frustrei os planos dele.

Nunca que eu ia entrar no carro daquele cara asqueroso. Ele achava que eu era o quê? Doida? Eu não entraria em carro de nenhum homem desconhecido, quanto mais no daquele cara. Em primeiro lugar, o corpo dele era nojento. Detestei a barriga dele, aquela bola saltada para fora, e o comprimento da braguilha. Provavelmente ele era inofensivo — as pessoas não são raptadas no centro de Georgetown numa tarde de domingo, pelo menos nunca ouvi falar disso. Mas, mesmo assim, alguma coisa na forma daquele cara me meteu medo. Alguma coisa da barriga dele.

Quando passei pela quinta vez, vi uma vaga a duas lojas da Rude Boy, em frente a uma loja de perucas coberta com tábuas. Pena que eu não podia estacionar em fila dupla. Eu sempre acabava a uns dois metros do meio-fio e tinha que começar tudo de novo, o que eu preferia não fazer com uma fila de carros atrás de mim e as pessoas me olhando feito paspalhões. Ainda mais hoje, que estava tentando ser o mais discreta possível.

A vizinhança era meio assustadora. A Georgia Avenue começava ok, mas ia ficando cada vez mais barra pesada quanto mais a gente subia, e essa era a parte mais barra pesada de todas, esses quarteirões em volta da Rude Boy. Gente com cara de traficante de drogas de bobeira na porta das lojas e nas esquinas, e eu vi duas mulheres que deviam ser prostitutas. Uma, que era negra mas tinha cabelo louro platinado, estava com botas de plástico transparente de salto alto, saia de pele de leopardo e camiseta justa de alcinha roxa. Tudo bem, ela podia ser cantora, artista, sei lá, de alguma boate caída das redondezas. Talvez cantasse blues. Talvez estivesse só começando a carreira, como a Diana Ross naquele filme. Mas provavelmente não. Ela parecia mesmo prostituta.

Atrás da Georgia Avenue tinha um beco esburacado e fedorento com áreas de estacionamento nos fundos de todas as lojas. Placas apagadas que pareciam ter levado tiros diziam: BINGO'S ARMY SURPLUS/ESTACIONAMENTO SÓ PARA CLIENTES e EXCLUSIVO DA RAY'S LIQUORS/SUJEITO A REBOQUE. Todos os lugares atrás da loja de bebidas alcoólicas Ray's Liquors estavam ocupados, mesmo sendo domingo. O estacionamento da Rude Boy também estava lotado. Achei um espacinho minúsculo, provavelmente proibido, ao lado da caçamba de lixo atrás da loja de perucas, que parecia não existir mais, se as tábuas que cobriam as portas e janelas queriam dizer alguma coisa, e consegui enfiar o Chevy nele em menos de cinco minutos. Levou pelo menos o mesmo tempo para o motor morrer depois que eu virei a chave. A maior vergonha. Nada como uma bronquite crônica para fazer seu carro se destacar na multidão.

Tudo bem. Hora da verdade. Se eu fizesse uma tatuagem, o que mamãe era contra e havia meio que proibido até eu fazer dezoito anos, eu ia estar dando o troco para ela. Era preciso deixar isso claro. Visto por esse ângulo, parecia imaturidade.

E então? Nunca havia sentido isso antes. Era uma pequena amostra do que ia ser quando fosse adulta. Antes, eu conseguia me imaginar com, digamos, vinte e um ou vinte e cinco anos, mas parava por aí; depois disso, ficava nebuloso e sem graça. Mas agora, por causa de mamãe e Jess, minha idade imaginária havia pulado para, tipo, trinta anos. Isso era um negócio totalmente adulto e me deixava enjoada, me dava vontade de vomitar. Antes as coisas tinham uma ordem, que se rompeu, abriu-se uma fenda em minha vida. Essa era a parte adulta — eu tinha a sensação muito forte de que havia cruzado uma linha e entrado numa nova fase de mim mesma. A gente acaba descobrindo que, quanto mais velha fica, menos as coisas fazem sentido. E era a isso que a gente estava torcendo para chegar logo, eu, Jamie, Raven, Caitlin e todo o pessoal da escola! Que merda! Parecia aquele filme em que o cara da seita tem a experiência horrorosa, grotesca, de quase morrer, e volta para dizer para os amigos da seita não fazerem isso, não cometerem suicídio, não existe luz branca, é tudo mentira — mas eles não lhe dão ouvidos e se matam, e aí é todo aquele banho de sangue nojento e a história acaba.

Tive que sair do carro pelo lado do carona porque a porta do motorista estava muito colada numa caçamba de lixo. Ouvia o som de rap vindo de algum lugar — de um carro, porque estava sumindo. Clayborne era úmida, mas aqui era ridículo; o ar era sufocante e tinha cheiro de sujo, cheio de fumaça de carro, lixo e suor, e nenhuma árvore. Pelo menos não estava chovendo agora. Eu só tive que andar três quarteirões até a Rude Boy, mas dois caras diferentes falaram comigo: — Oi, gata, tudo bem? — um disse, e o outro fez barulho de beijos. Tentei ignorar sem parecer envergonhada. Funcionou, porque nenhum dos dois me seguiu.

Dentro da Rude Boy estava um gelo. Uma delícia, dava para sentir o suor da pele secando. Um sino em cima da porta tocou quando a abri, mas fiquei no meio da sala clara e vazia da entrada um minuto inteiro e ninguém apareceu. Nada de placas exigindo carteira de identidade, reparei; só dizendo NÃO ACEITAMOS CHEQUES, NÃO ACEITAMOS CARTÕES DE CRÉDITO e GORJETAS BEM-VINDAS. Senti cheiro de produtos químicos, álcool e mais alguma coisa, tipo cola de avião. Bom, isso talvez fosse bom, provavelmente era indício de que de fato mantinham o lugar limpo. Mas me deixou um pouco enjoada, parecia que estava num consultório médico. Não só o cheiro como o som vindo da porta aberta nos fundos, que parecia broca de dentista. A máquina de tatuar.

Isso me revirou o estômago. Eu podia ir embora, ninguém ainda havia me visto.

Foda-se. Andei até a parede do lado direito, que estava coberta de cima a baixo com retratos de tatuagens. A maioria deles você podia descartar de cara, mulheres nuas, esqueletos, diabos, motocicletas pegando fogo, Anjos da Morte, serpentes, tubarões, escorpiões, bandeiras confederadas. Eu também não era muito louca pelas coisas femininas, filtros dos sonhos, borboletas, coraçõezinhos, botões de rosa. Deve ter alguma coisa aqui que exprima meu eu interior. E também dentro do meu orçamento — a Rude Boy punha os preços nas tatuagens, o que ajudava à beça. Marvin, o marciano, custava setenta e cinco dólares e demorava cinquenta minutos. Uma Caveira do Diabo custava o dobro, mas dava para ver por quê, os detalhes todos dos olhos encovados medonhos e do sorriso malvado. Só me sobraram oitenta paus depois de estacionar em Georgetown e abastecer o Chevy.

Um homem entrou pela porta de trás. Parou, olhou para mim, mas não falou nada.

— Oi — eu disse.

Ele acenou com a cabeça. Achei que era negro por causa do cabelo, grossos *dreadlocks* cor de carvão saindo de um enorme boné de lã, mas a pele era muito clara e os olhos, azul-prateados, e não castanhos. Era mais ou menos da minha altura, mas muito esguio, e usava um cavanhaque trançado, comprido e fino, preso embaixo com contas.

Ele não falou nada, por isso eu não estava muito certa de que trabalhava aqui.

— Tatuagem à beça — comentei, apontando para as paredes.

— É — respondeu bem baixinho, com um sorriso sonolento. Devia estar doidão.

— Tenho setenta dólares — menti. — Estava querendo uma tatuagem.

Ele acenou com a cabeça.

— Você quer...

Levantou o braço direito e deu um giro lento e vago, indicando todos os trabalhos artísticos à nossa volta.

— Ah. Quer dizer, qualquer um deles?

— Hã-hã. Você tem dezoito anos?

— Ah, tenho. A partir de hoje. Hoje é meu aniversário. — Para de falar. — Estava pensando em me dar um presente de aniversário.

Ele não falou nada, mas sorriu. Vi que estava dentro.

Consegui. Consegui! Agora, o que escolher? Era difícil pra burro me concentrar com o cara me olhando.

— Acho que alguma coisa simples. E barata — acrescentei rindo, mas ele não riu nem me sugeriu nada, não me indicou a seção de tatuagens simples e baratas. Só ficou ali olhando para mim. Esquisito. Me deixou nervosa.

Descobri uns desenhos só em preto, crucifixos, o símbolo masculino, um *ankh*. Um *ankh*? Raven usava um *ankh* pendurado ao pescoço. Era sem dúvida simples, e esse do desenho só custava cinquenta e cinco dólares. Vida — eu acreditava na vida. Eu era *a favor* da vida, muito a favor da vida. Ela resumia uma das minhas principais crenças, sem dúvida. Sério, era de certo modo uma crença básica; não havia muita gente *contra* a vida. Rá-rá. Não, mas pensa em todas as pessoas que fizeram tatuagens de caveiras, caixões e cadáveres — eram contra a vida ou fingiam ser. Se a gente visse sob esse aspecto, o *ankh* era um poderoso fator de expressão positiva. Eu estaria me posicionando à parte dos contra a vida, dos impostores que achavam legal ser macabros, pavorosos e negativos. E essa só era a minha primeira tatuagem, provavelmente depois faria outras, o *ankh* ia ser uma espécie de alicerce-símbolo para servir de base para as seguintes. Primeiro a vida, depois... o que quer que seja.

— Essa — eu disse apontando.

O homem se virou para mim.

— Não. Essa? — falou, como se não estivesse acreditando. Vi que tinha olhos bonitos quando os arregalou. Olhou para mim com um novo interesse, como se tivesse achado que essa era a última tatuagem do mundo que eu ia escolher. Fiquei cheia de dúvidas. Essa não? Por acaso não era legal?

— Ok — ele falou, como quem não está nem aí. — Posso pôr uma cor dentro por setenta dólares.

— Com uma cor?

— Uma cor. Se você quiser. — Ele tinha um sotaque; agora dava para ver que falava mais de uma palavra por vez. Tinha a voz muito musical.

— Humm... vermelho?

Ele encolheu os ombros.

— Eu quero que chame bastante a atenção.

— Onde você quer fazer? — ele perguntou depois de um bom tempo calado.

Nisso eu havia pensado muito. Queria ela supervisível, queria ela *bem na cara*. Por isso não no tornozelo, não no seio nem na omoplata, em nenhum desses lugares acanhados, até o meu braço costuma ficar coberto a maior parte do tempo.

— Aqui, eu quero bem aqui. — Levantei a mão direita e corri o dedo pela articulação do pulso. — Metade na mão e metade no pulso, tipo se sobrepondo. Bem perto do osso. E quanto maior você puder fazer.

Ele pensou um pouco antes de fazer um sinal positivo com a cabeça, concordando.

— Ok — falou. — Vamos lá.

Meu estômago revirou de novo. Eu estava fazendo uma tatuagem! Eu o estava seguindo pela porta de trás e andando num corredor, passando por cômodos escondidos por cortinas plásticas de chuveiro, e as vozes, o rap e o barulho das máquinas de tatuar, que mal se ouviam lá fora, eram altos, persistentes e arrepiantes — o lugar estava fervilhando! Outras pessoas estavam atrás das cortinas fazendo tatuagem nesse momento, o que era um alívio, me fazia sentir ótima, mais empolgada e menos temerosa. O homem parou na última porta à direita, antes da porta de emergência, bem nos fundos, e ficou um pouco afastado para que eu pudesse entrar primeiro, segurando a cortina de plástico azul para mim.

— Obrigada — falei e entrei.

Era só uma sala. Fiquei um pouco decepcionada.

— Senta — ele disse, e eu sentei numa das duas cadeiras comuns de madeira. Eu não sabia o que estava esperando, talvez uma cadeira tipo a de barbeiro, ou de dentista, algo que reclinasse. Olhei em volta, mas não havia muita coisa para ver, presos com tachinhas na parede desenhos de tatuagens lindas e berrantes, aparentemente criações personalizadas desse cara. Ah, o nome dele era Julian; soube porque assinava algumas das tatuagens.

Ele estava de costas para mim. Estava fazendo alguma coisa na mesa do canto. Vestia calças de veludo cotelê largas e uma suéter grandona através da qual dava para ver as omoplatas, os quadris e o cofrinho. Parecia muito gente fina. O imaginei me convidando para ir para casa com ele depois de fazer a tatuagem. Ele moraria bem em cima da loja. Ia preparar para mim comida condimentada. Arroz com curry, ou algo do gênero, que ia me servir no sofá velho dele. Depois a gente se tornaria amantes, e isso seria natural e real porque ele era de fora e mais velho. Eu aprenderia muita coisa com ele. A gente ia morar em cima da loja e tomar conta um do outro até chegar a minha hora de ir embora. Seria muito triste e muito doce, mas inevitável.

Ele se virou, segurando uma garrafa de álcool e uns chumaços de algodão. De repente me vi congelando; não era de estranhar que ele estivesse de suéter, devia estar menos de quinze graus ali. Ele puxou a outra cadeira para perto de mim e pegou minha mão direita, até então pousada no meu colo. Começou a limpá-la com álcool e algodão, e fiquei olhando o cocuruto dele. Como o cabelo crescia em linhas certinhas, espesso e parecendo lã, do couro cabeludo liso. Quando a gente morasse junto, eu ia fazer tranças nele. Eu me sentaria atrás dele enquanto ficava sentado numa cadeira da cozinha com um gato no colo, tomando o chá de ervas que eu havia preparado.

Depois de limpar minha mão uma vez, limpou tudo de novo, esfregando, e depois jogou um spray, provavelmente um antisséptico. Então era bom, era um lugar limpo. Pensei no que o cara da Karma Chameleon havia falado sobre as agulhas, mas eu não sabia direito o que dizer para Julian, como perguntar *Ah, por falar nisso, suas agulhas estão limpas?* Que falta de educação. Enfim, confiei nele, já tinha decidido.

Ele voltou para a mesa. Queria que conversasse comigo, que tentasse me deixar à vontade, como o dr. Lane fazia antes de obturar meus dentes. Lá estava a máquina de tatuar, dava para ver, brilhante, prateada e menor do que eu pensava. Julian estava fazendo alguma coisa nos buraquinhos, pondo tinta neles, vermelha e preta. Virei o rosto, não consegui olhar.

*Gente.* Eu não suportava tomar injeção, e isso ia ser como um milhão de injeções. E se eu desmaiasse? Eu não era muito boa com dor. *Relaxa*, disse para mim mesma, as pessoas fazem isso o tempo todo. É como o sexo, não dá para acreditar que tanta gente faz, mas olha a prova, o mundo tem uns seis bilhões de pessoas, sinal de que tem gente transando. O mesmo com as tatuagens, olha os jogadores de basquete, olha o Dennis Rodman, olha a Madonna, olha os Red Hot Chili Peppers. Não eram bebês, nem eu, eu ia conseguir se eles conseguiam, e Raven ainda falou que era mais uma vibração do que uma dor, ele disse que não sentia quase nada, você se acostumava e ficava quase gostoso, era como ficar doidão ou...

— Vou começar. — Julian empurrou para perto de mim uma plataformazinha acolchoada e pôs meu braço sobre ela. Levantou a vista quando viu minha mão tremendo. — Está com medo?

Tentei sorrir, mas meus lábios estavam muito tensos.

— Não. Não mesmo. Dói? — Dei uma risada alta, infantil, e depois corei. Eu podia escapar nessa hora, dar um pulo da cadeira, pegar minha bolsa e sair correndo. Tive a sensação de que ia vomitar a qualquer momento. Estava com tanto medo que meu corpo inteiro tremia a cada batida do coração.

Julian disse baixinho:

— Não vai doer nada. — E eu tentei acreditar nele. — Vou trabalhar aqui, e não em cima do osso. — Ele apontou com o dedo indicador o osso do meu pulso, mas sem tocar. — No osso é pior. Não vou aí.

— Ok. — Inspirei e lambi os lábios. — Ok, então. Vamos lá. Vai fundo.

Ele ligou a máquina. O ruído me penetrou, entrou na boca e encontrou meus dentes cerrados. Com o canto dos olhos vi mergulhar as agulhas na tinta.

— Vou começar a fazer uma linha agora — disse com sua voz ritmada. Fechei bem os olhos.

*Uuuuuuuu-iii.* Machucava mesmo. Machucava *mesmo*! *Aaaaaai!* Eu não ia aguentar.

— Não esquece de respirar — Julian falou, mas sem parar com a broca. Mostrei os dentes para ele e virei o rosto. Respira. Lá lá lá lá lá lá, cantei mentalmente. Ok, não era tão ruim assim. Mas continuava sendo ruim. Mas eu conseguia suportar. Assim que vi que conseguia suportar, a dor melhorou. Um pouco. Lá lá lá lá lá lá.

Queria que Julian conversasse. Eu podia falar com ele, mas estava com receio de que se distraísse, que saísse da linha, sei lá. Baixei a vista e olhei para o braço. Ah, nossa, ele havia feito a parte do círculo na minha mão, que estava sangrando um pouco, não muito. Fiquei enjoada e virei o rosto.

— Calma — ele falou —, aqui não é muito tranquilo.

Senti que ele se aproximava do osso para fazer uma das linhas da cruz. Eu não estava preparada para essa dor cruel, fortíssima. As lágrimas ficaram cada vez mais grossas nos meus olhos. Pisquei rápido para me livrar delas e fiquei apertando e soltando o pulso esquerdo para me distrair. Pensei em todos os filmes em que o cara leva um tiro e alguém vai retirar a bala, e ele tem que ficar mordendo um pedaço de madeira ou outra coisa que sempre quebra, *craque!*, antes do *fade out*. Se eu estivesse com um pedaço de madeira na boca ele ia quebrar exatamente... por volta de... *agora*.

— Agora melhora — Julian disse e começou a descer pelo braço. Melhorou. Isso era passável. Decidi conversar.

— O Rude Boy é você?

Não, era melhor não falar nada. Que idiota eu era sempre que abria a boca. Julian fez que não com a cabeça sem desviar o olhar.

Cruzei as pernas, não estava mais com frio. O lugar em que ele passava a broca ficava quentinho, e o calor se infiltrava no meu corpo inteiro.

— Você sempre foi tatuador?

Ok, basta. Ele de novo se limitou a responder que não com a cabeça, exatamente como da outra vez, e calei o bico. Duas pessoas, um homem e uma mulher, começaram a conversar no corredor. As vozes desapareceram logo — devem ter saído para a sala de espera. Queria ter visto a cara deles. O rap que vinha de não sei onde deu lugar a tambores e instrumentos de sopro de metal, uma espécie de música do Terceiro Mundo. Julian não tinha nem rádio na sala dele. Gostava de trabalhar em silêncio.

Fiquei mal de novo quando ele começou a fazer o outro traço da cruz, perto do outro osso do pulso. Mas dessa vez já estava esperando; por isso não foi tão chocante.

— Ok. Agora vou só preencher. A pior parte já passou.

É. Devia ser disso que Raven estava falando, não doía tanto quanto queimadura de ferro, era meio como ficar doidão. Além disso, era um vermelho lindão que Julian estava botando, tinha um pouco de rosa, uma cor viva mas também suave. Forte mas feminina. Fiquei encantada.

Quando ele terminou, estava apaixonada por ele também. Criei a fantasia de que eu estava nua enquanto ele me tatuava. As mãos dele eram muito limpas e esbeltas. Senti vontade de tocar a barba trançada dele, dar um puxão. Puxar sua boca para a minha e beijá-lo. Estava me sentindo meio de pileque. Doidona de endorfina.

— Pronto. — Ele desligou a máquina e se levantou, depois foi até a mesa. — Gostou?

Meu braço flutuou, sem peso.

— É linda. Obrigadíssima. — Umas gotinhas de sangue saíam das veias da superfície da mão. Mas não doía. Era uma tatuagem bonita. — Você é um artista mesmo.

Ele sorriu, não de humildade nem de gratidão, mas como se aquilo o tivesse divertido. Fiquei um pouco ofendida.

— Quanto eu te devo? — Me inclinei para pegar a bolsa.

— Setenta.

Tirei três notas de vinte, uma de dez e cinco de um. As gorjetas eram bem-vindas. Isso me deixou com cinco dólares e uns trocados para voltar para casa, mas era mais que suficiente. O tanque estava cheio.

Antes que eu pudesse entregar o dinheiro para ele, ele pôs meu braço de novo na plataforma e começou a prender uma gaze em cima da tatuagem.

— Só deixa isso cobrindo por umas duas horas — falou. — Depois lava com água e sabão, enxágua e seca. Durante três dias, passa uma pomada antibacteriana bem de leve a cada cinco horas.

— Tudo bem.

— Não deixa ficar exposta ao sol durante duas semanas.

— É mesmo? Por quê?

— Senão desbota. Depois de cinco minutos debaixo do sol, começa a desbotar.

— Não brinca.

— Pode ser que sinta coceira. Não coça, bate.

— Bater?

— Se infeccionar, bota Listerine.

— Listerine?

— Três vezes por dia.

— Tá bom.

Levantei. Não me sentia tonta nem nada, na verdade estava me sentindo ótima.

— Muito obrigada. Gostei mesmo.

— Que bom. — Ele segurou a cortina de box para mim e, depois que passei, saiu também. Fiquei surpresa de ele me acompanhar até a sala da entrada. Na porta, olhou para o tênis imundo e desamarrado e disse baixinho: — Nunca ia imaginar que você era gay.

Ri.

Ele levantou a vista, sorrindo.

— Em geral eu sei. Mas com você. — Ele sorriu, encolheu os ombros. — Nunca podia imaginar. Enfim, não importa. Se cuida.

Ele me esperou sair. Fiquei parada, olhando para ele com a boca aberta. Como não saí do lugar, ele deu um passo para trás.

— Ok — falou e voltou para o corredor. Enfiou-se num dos outros cubículos, não no dele. O zumbido de uma máquina de tatuar cessou; ouvi vozes de homem falando baixo, informalmente. Uma risada.

Minha pele estava ardendo de calor por dentro e gelada por fora. Abri a porta. O ar quente e úmido bateu em mim, arrancando tudo de dentro de mim. Meu sistema começou a funcionar de novo. O estado de choque estava passando.

Eu queria morrer. Agora mesmo. Gente, como eu queria morrer agora. Sério.

Ninguém me incomodou nos três quarteirões até o carro. O último lugar aonde queria ir era a minha casa. Mas talvez eu tivesse sorte e sofresse um acidente no caminho e morresse. Podia jogar o carro de uma ponte, num penhasco, bater com ele num muro. O carro ia pegar fogo e eu idem, e ninguém ia saber da minha tatuagem além de Julian.

O carro não dava partida.

Bom, agora estava tudo perfeito. Um dia perfeito do início ao fim. Como eu podia cometer suicídio em Washington? Eu podia atravessar correndo a Georgia Avenue e um carro me atropelar, mas do jeito que eu estava com sorte só ia ficar aleijada. Podia ficar esperando numa esquina para ser espancada e torcer para que fosse fatal, não só sair ferida. Já ser estuprada eu não queria. Sempre quis que, se eu tivesse que ser estuprada, que fosse depois de perder a virgindade.

Lembrei que vi uma lanchonete a dois quarteirões dali. Era incrível, mas eu estava com fome. Entrei e sentei no balcão no único banco vago, entre um homem gordo e um magro, os dois negros. Praticamente todo mundo aqui era negro. Pedi um queijo quente e uma Sprite pequena, pensando que, em Clayborne, eu nunca era a única pessoa branca. Eles devem sentir medo perto da gente, sendo a minoria. Eu estava com medo, mas não demonstrava, porque ia ser, no mínimo, falta de educação.

Me olhei no espelho sujo atrás do balcão. Minha pele estava cinza, meu cabelo, sujo, eu estava com a aparência horrível. Parecia um quati, com cavidades escuras debaixo dos olhos. Minha mão doía — que bom, talvez tivesse infeccionado. Eu não parecia ter dezoito anos. De jeito nenhum, parecia ter catorze. Queria que a Rude Boy quebrasse e Julian fosse preso.

Como eu era otária. Débil mental, estúpida, idiota. As pessoas *retardadas* sabiam distinguir um *ankh* do símbolo feminino. Mas... Julian me apressou, ficou olhando para mim sem falar nada. Ele me deixou tão nervosa.

— Aquele — falei, e ele abriu os belos olhos, surpreso. Ah, eu queria morrer.

O sanduíche só fez me deixar com mais fome. Pedi a conta antes que tivesse que ficar vendo o homem gordo comer a sobremesa, uma fatia de torta de cereja com sorvete de baunilha. Se desse uma gorjeta de quinze por cento, iam me sobrar exatamente dois dólares e noventa centavos. Que ainda era muito. Deixei duas moedas do lado do prato, agradeci à garçonete e saí.

Uma garota pendurava o fone de um telefone público todo ferrado da rua justamente na hora em que eu estava passando atrás dela. Por isso achei que era um sinal.

Entre carros passando e crianças que já deviam estar na cama a essa hora, pulando corda no meio da calçada, tive que enfiar o dedo no ouvido para escutar a telefonista.

— Quero fazer uma ligação a cobrar — falei e dei o número do telefone. — De Ruth. Para quem atender.

Mamãe atendeu:

— Alô?

— Oi.

— Ru-uth? — A voz dela falhou no meio. Alguma coisa aconteceu com minha garganta também; por um instante não consegui falar. Depois mamãe disse: — Onde você está, desgraça?

— Não vou dizer. E você lá se importa?

— Jess está procurando você, Jess e seu avô, eles foram para aí junt...

— Jess e *vovô*? — Inacreditável.

— Me diz onde você está!

— Tá bom. Estou em Washington.

— Eu sei disso.

— Como você sabe?

— Sua amiga acabou nos contando.

— Quem, Krystal?

— Você está perto de uma delegacia? Quero que você...

— Não, não estou perto de delegacia nenhuma. O carro quebrou, por isso hoje vou dormir na rua. Estou num lugar bem baixo nível, mãe. Está dando para ouvir? Mas está chovendo de novo... Acho que vou para a casa de alguém em vez de dormir na calçada.

— Ruth...

— Posso ir com algum vagabundo, é o que mais tem por aqui. Um pedófilo já tentou me pegar. Queria que eu entrasse no carro dele, e quase entrei. Queria tomar conta de mim.

— Escuta, me escuta.

— Depois vi que devia ter ido com ele. Eu ia ser a garotinha dele. — Mamãe soltou um gemido alto. — Talvez eu vá me picar com os caras dessa rua. Talvez fazer sexo com um deles, pegar aids e morrer. — Continuei falando mesmo chorando. — Por que não? Afinal, agora me tornei gay mesmo.

— Ruth, por favor, amor, pelo amor de Deus...

— Que te importa? Se eu tivesse morrido, você ia ter seu amante inteirinho para você, depois você e Jess iam viver felizes para sempre.

— Ruth...!

Desliguei. Estava tremendo. Me senti vazia por dentro, como se fosse um canudinho, nada dentro de mim além de ar. Eu nem sabia que estava tão furiosa assim. Senti medo de mim mesma.

Com as pernas duras, marchei de volta até o carro. Quase consegui dar partida, mas acabei afogando o carro e ele morreu.

Pulei o banco e deitei atrás. Pus o braço bom sobre os olhos para bloquear a luz ofuscante do poste. O fedor da caçamba de lixo era mais forte no escuro. Eu estava suando, fazia um calor sufocante, mas tive medo de abaixar o vidro da janela. Minha mão doía. Já estava quase na hora de tirar a bandagem, mas eu não queria olhar para a minha tatuagem. Queria que meu braço gangrenasse e caísse durante a noite.

Fiquei ouvindo música, o barulho dos carros cantando pneus, os gritos das crianças e o som interessante e perigoso de homens e mulheres rindo. Fiquei tentando calcular quantos minutos de vida mamãe havia perdido com a nossa conversa ao telefone, e era mais ou menos o mesmo tempo que ela ganhara com as boas ações que fiz quando era pequena. Pensei em ligar de novo para ela e dizer que eu estava bem. Pouco depois de meia-noite, peguei no sono.

# 26
## A arca flutuante

A polícia foi embora pouco depois das dez da manhã de segunda. Eles estavam começando a ficar constrangidos, pensei, enquanto passava uma água nas xícaras de café que deixaram pela metade, mas ainda não preocupados. O que é que precisava para eles ficarem preocupados? Partes do corpo? Com os cotovelos apoiados na pia, deixei a vista sair de foco. Sentia o cérebro como os anéis de água fazendo redemoinho no ralo, a esmo, movidos por nada além da física. Não é possível viver com o pior medo que já sentiu na vida, o medo que você vem empurrando para o fundo da cabeça desde o dia em que sua filha nasceu — não é possível viver com isso hora após hora e manter a cabeça no lugar. Sentia minha mente embaçada, não de fadiga, mas pelo desejo de proteção.

O que eu estava fazendo? Ah. Isso estava acontecendo mais frequentemente, episódios amnésicos em que não conseguia lembrar o que acabara de dizer, ou pensar, por que estava em determinado cômodo, o tema da conversa de dois dias antes. Só de um momento perturbador hoje de manhã cedo. Havia dois dias que não dormia. O que foi aquilo, quantas horas durou? Tentei contar, mas me perdi nos números. Bom, não importava.

Minha mãe veio por trás de mim — dei um pulo quando ela pôs as mãos nos meus ombros.

— Duros como pedra — falou, apertando os músculos com os polegares, o conceito que mamãe tem de massagem. — Me escuta, hoje é o dia. Ou ela vai voltar por conta própria ou vão achá-la. É isso, estou convencida.

Fiz que sim com a cabeça; era mais fácil que falar. Junto com tudo o mais, por alguma razão estava perdendo a voz.

— E ela está bem. Toda aquela menti... não passou de bobagem, arrogância, ela *não* dormiu na rua noite passada. Ela acha que assim está te dando o troco.

Se não estivesse com a garganta doendo, diria: "A senhora não ouviu, o barulho no fundo, ela *estava* na rua." Sons de pesadelo; me deixaram em estado de pânico a noite inteira. *Minha filhinha está no inferno e não consigo encontrá-la.*

— Ela está bem, Carrie. Venha, você não pode ficar assim.

— Estou bem.

— Nada disso, deixa que eu faço.

— Já terminei. Jess ainda está aqui? — Ele e papai estavam sentados um ao lado do outro no sofá da varanda fazia uma hora, conversando baixinho, trocando cadernos do jornal. Sabia que ele ainda estava aqui, só queria que mamãe falasse dele.

— Ele está aqui. — Ela parou a massagem de dedadas abruptamente. — Falei para ele ir, mas ele não vai.

Virei-me, desanimada.

— A senhora disse para ele ir embora?

Ela fora civilizada com ele a noite passada, e quase gentil esta manhã. Levou café para ele, chamou-o de Jess, fez-lhe uma pergunta educada, até sagaz, sobre a posição do conselho municipal em relação ao aumento do imposto escolar — achei que ela estava de fato se esforçando.

— Para ele ir ao *lançamento da arca*. Disse para ele ir ver a arca no rio.

—Ah.
— Mas ele se recusa a ir.
— Não.
— Prefere ficar aqui. — Torceu o nariz, concordando ou discordando, não dava para dizer. — Vocês deviam ir, é um absurdo não irem. Depois daquele trabalho todo.

Rendição surpreendente. Fiquei na dúvida se havia escutado direito.

— Ela vai ficar lá um tempo.

Esse era o ponto nevrálgico com mamãe, o fato de a cidade permitir a Eldon manter a arca no rio até o dia 26 de junho — quarenta dias e quarenta noites.

— Vai ficar lá um tempo — concordou com ar triste. — Mesmo assim. Sei que vocês queriam estar lá quando fossem colocar os animais dentro. Me desculpa, mas sua filha vai ter que responder por muita coisa.

— Só quero que ela volte para casa. Não me importa mais o que ela fez.

— Sei. — Ela pôs o braço em volta dos meus ombros. — Você nunca me deu tanta preocupação assim. Nunca me ocorreu te agradecer.

Ah, eu não queria chorar de novo.

— De nada — falei e tentei rir. — Nunca é tarde para receber crédito por ter sido uma filha perfeita.

— Não abusa — ela disse e me abraçou.

O telefone tocou. Ela saiu do caminho — tinha aprendido a não tentar atender ela mesma.

— Alô, Carrie?
— É. É... Landy?
— Sou eu. Estou ligando do Point. A multidão está começando a se dispersar agora.

— Ah. Tudo bem? Correu tudo bem? Jess está aqui. Desculpa a gente não ter podido ir. Não sei se você está sabendo de Ruth, mas...

— Estou sabendo, sim, Jess me contou ontem de noite. Quer dizer que ela ainda não está aí?

— Não.

— Bom, fiquei pensando nisso. Não queria te ligar sem motivo, só que achei que, se você soubesse que ela voltou, vocês viriam para cá. Bom, mas correu tudo muito bem. Papai não pôde ficar muito tempo depois que ela zarpou, mas ficou felicíssimo da vida com tudo.

— Que bom. Mas o que foi que você disse sobre Ruth...

— Eu a vi mais ou menos na metade do lançamento, mais ou menos na hora em que a gente estava pondo os animais médios lá dentro.

— O quê? O quê?

— Não pude parar o que estava fazendo e depois a perdi de vista. Tinha uma multidão, até o pessoal da tevê estava aqui, a gente ficou superfeliz...

— Ruth estava *aí*? Landy, tem certeza?

— Era ela, sim. Ainda estava chovendo, e ela estava sem guarda-chuva, por isso estava...

— Ela ainda está aí?

— Não sei te afirmar. Desde aquela hora não a vi mais, e isso foi talvez há uma hora, mas ela ainda pode estar aqui. Queria ter me aproximado dela, conversado com ela, mas achei que Ruth já havia voltado para casa, que você sabia, sei lá. Desculpa, pisei na bola...

— Não pisou nada. Obrigada, estou indo agora mesmo para aí.

— Ruth está *lá*? — Mamãe foi me seguindo enquanto eu saía da cozinha, atravessava a sala até a varanda, gritando por todo o caminho: — Ela voltou! A gente achou ela!

Os homens deram um pulo do sofá.

— Ela está em Point Park, ou estava, Landy acabou de vê-la.

Jess balançou a cabeça, estupefato.

— Quem é Landy? — papai perguntou, radiante, dando um tapinha no ombro de mamãe.

— Landy Pletcher, filho de Eldon — Jess respondeu. — O que ela está fazendo lá?

— Não faço ideia. Pai, posso pegar seu carro? Ele disse que o lançamento foi perfeito — contei para Jess —, disse que o pessoal da televisão estava lá.

Meu pai retirou as chaves do bolso da calça e as jogou para mim.

— Quer que eu vá com você?

— Também vou — mamãe falou, já procurando a bolsa.

— Não, mãe, não. Pai... obrigada. Vou sozinha.

Peguei um guarda-chuva no cabideiro. Já estava atravessando a porta quando lembrei:

— Ah... Jess, será que você pode levar meus pais em casa?

Todos tinham vindo atrás de mim.

— Com prazer — ele respondeu. Trocamos um olhar secreto. Nós dois estávamos nos divertindo com a mesma imagem, eu sabia: mamãe balançando entre Jess e papai na caminhonete.

O rio Leap era um riacho deslumbrante que começava em Culpeper e corria para o sul através de Greene County. A parte mais funda ficava numa faixa que se estendia do Point, a poucos quilômetros a leste, um pouco adiante da fazenda Rio Leap, a de Jess; depois disso diminuía de novo até morrer como um fio d'água no rio Rapidan. Point Park, a principal área recreativa da cidade, começava na ponte e corria contígua ao rio por quase um quilômetro. Tinha trilhas de ciclismo, lugares para piqueniques, um playground para as crianças — que em breve seria renovado com o dinheiro de Eldon —, belas vistas, uma caminho para jogging, um pavilhão para shows de bandas de música, campos esportivos. O destaque eram dois píeres de pesca enormes, dispostos lado a lado e feitos de pedra de rio, que avançavam até a metade do caminho para a outra margem do Leap. Jess, Landy e os Arquistas haviam construído a arca entre os dois píeres, separados um do outro por cerca de dez metros — distância perfeita para uma arca de quase seis metros de largura; nem num estaleiro se encontraria palco mais conveniente.

Do estacionamento não dava para vê-la claramente; muito distante, muitas árvores no caminho. Mas o que pude ver dali me fez rir, uma gargalhada rápida e nervosa diante da visão de uma arca, uma *arca*, balançando sobre um rio. Pintaram-na de cinza-chumbo para parecer madeira desgastada, com vigias, remates de janela e portas em preto e branco brilhantes. Era uma arca tão bonita, com tanto impacto, que ninguém podia imaginar que era oca por dentro, mero palco flutuante. O que despertou minha risada foi o vislumbre da minha linda girafa, com a cabeça sobressaindo acima do terceiro deque, tão espalhafatosa e boba — depois de dirigir até o outro lado, seu par, do lado oposto, com ar tímido, pestanejava com os cílios pretos longos e curvos. Ah, deu certo. Graças a Deus, deu certo. Não podia ter sido um fiasco total.

O céu estava limpando, porém ainda caíam fartos pingos de chuva das árvores pairando sobre a pista pavimentada de um estacionamento a outro. Liguei o limpador de para-brisa, me debrucei sobre o volante e fiquei com o rosto quase colado no vidro embaçado. Pessoas e carros ainda entupiam a passagem; se a multidão havia "se dispersado", como Landy dissera, então deve ter sido imensa uma hora atrás. Vendedores ambulantes de comida e balões estavam encerrando o expediente. Ultrapassei uma caminhonete com uma antena parabólica em cima — uma equipe de televisão? Reduzi a velocidade para deixar uma mãe com o filhinho atravessarem na minha frente. Em letras vermelhas cruzando o peito, a camiseta do garoto dizia

EU VI A ARCA DE NOÉ e a data. Que gênio empreendedor estava vendendo isso? Não eram os Arquistas, disso eu tinha certeza. Graças a Deus mamãe não estava aqui.

Fiz a curva no beco sem saída sem nenhuma pista do Chevrolet. Será que Ruth foi embora? Mas a gente teria que se cruzar, e eu estava prestando muita atenção. Talvez ela estivesse no outro lado do rio.

Saí devagar do parque, atravessei a ponte e virei na senda de cascalho acima do caminho de sirga. Mais gente, mais carros.

Lá, eu o vi. Não — aquele Chevy Cavalier tinha uma mossa enorme no para-lama. Parei do lado dele, bloqueando um carro atrás de mim, e abaixei o vidro embaçado da minha janela. Rá! Lá estava o adesivo do estacionamento da faculdade de Stephen embaixo do espelho retrovisor. Ruth não estava em nenhum lugar à vista.

Uma pista íngreme de concreto desgastado subia o morro atrás do rio e dava em Ridge Road, onde havia outro estacionamento menor. Jess e eu, há milhões de anos, costumávamos estacionar lá. Encontrei uma vaga para o Honda perto do mirante. Quando estava saindo do carro, começou a cair uma chuvarada. Abri o guarda-chuva e me pus a descer a estrada escorregadia em direção à água. Olhando os pés, não vi Ruth até a gente quase esbarrar uma na outra.

— Ah — ela disse involuntariamente. A cara de surpresa se fechou e se petrificou. Com a mesma rapidez, meu impulso para estender os braços e agarrá-la desapareceu... mas a coisa sombria, o intenso pavor interno, finalmente acabou. Passado.

Ela estava encharcada.

— Está tudo bem?

Ela fez que sim com a cabeça, com ar de indiferença.

— Vamos embora — falei e me virei. Tentei dividir o guarda-chuva com ela, mas ela fez questão de subir do meu lado andando curvada e debaixo do aguaceiro. *Fica encharcada, então*, pensei. A raiva estava trabalhando duro para vencer o meu alívio; nunca senti tanta vontade de encher de tapas a cara mal-humorada da minha filha. Mas nenhuma de nós estava com vontade de pegar, abraçar e nunca mais soltar a outra.

Dentro do carro de papai, remexi o porta-luvas até achar um lenço limpo.

— Aqui, seca o cabelo. Pelo menos seca o rosto.

Ela se virou para obedecer; mau humor em todo movimento, em toda linha do corpo. Por um instante me enterneci com aquilo, a velha expressão de desprezo tão familiar, a intimidade, a preciosidade disso enchendo minha garganta como mel, como lágrimas. *A gente vai resolver isso, e vai ser terrível, mas eu te amo, ah, eu te amo.*

A chuva deu um descanso, reduziu-se a fios d'água descendo pela janela. Através do escuro e das árvores, o pedacinho de rio visível daqui era só uma mancha móvel, turva.

— Está com frio?

Ela disse que não com a cabeça, olhando bem para frente. Parecia exausta, estava toda amarrotada, com os olhos vermelhos e o nó enrugado da blusa colado nos seios infantis. Ela se recusava a olhar para mim. Eu não conseguia parar de olhar para ela.

— Por que você veio para cá? Por que não foi para casa?

— Passei por aqui, vi um milhão de carros. Inclusive da polícia. Deve ter visto o caminhão de Jess também.

— Está tudo bem com você? — perguntei de novo.

Ela encolheu um dos ombros e olhou pela janela.

— Você fez a tatuagem?

As narinas dela se alargaram.

— Não tenho que te dizer nada.

Apesar de tudo, eu não estava preparada para mais hostilidade. Ela se inclinou para frente para desembaçar o vidro do lado dela, depois ligou o limpador de para-brisa para uma passada e desligou.

A mensagem: qualquer coisa fora do carro é mais interessante que qualquer coisa dentro.

— Me desculpa pelo que aconteceu — falei. — Me desculpa pela forma como aconteceu, sei que você está magoada. Mas, se está esperando que eu peça desculpas por estar apaixonada por Jess, isso não vou fazer.

— E daí, mãe? Eu... eu não ligo a mínima.

Suspirei quando ela cruzou os braços no peito; fortificando a fortaleza. Não tinha outra saída a não ser começar tudo de novo.

— Você sabe que Jess e eu estudamos juntos. Quando a gente estava no ensino médio, a gente se apaixonou. No penúltimo ano.

— Como você nunca me contou isso? — falou com tom sarcástico, como se a resposta fosse óbvia para qualquer criança. — Por que fez segredo?

— Contei para o seu pai — desconversei. — Não era segredo.

— Ah, tá, que foi que ele disse?

— Nada. Ele... ele não achou nada demais.

— É mesmo um escroto, coitado.

Perdi a cor, não por causa do *escroto*, mas por causa do jeito debochado. Nunca quis que ela fosse esse tipo de adulto.

— Ruth. Entendo como você se sente.

— Entende porra nenhuma.

— Então me fala.

— Não falo.

Segurei o volante e o forcei para trás e para frente até ouvir o clique da trava de direção.

— Então *eu* vou falar como me sinto. Sinto muito, muito mesmo por ter te magoado. Preferia magoar a mim mesma. Se você queria me castigar, não podia ter escolhido forma melhor. Estou furiosa com isso. Ruth, estou muito furiosa com você.

Ela lançou um olhar mal-humorado para frente.

— Entendo, *sim*, como você se sente. Acha que desonrei teu pai. Você acha que as duas pessoas em que mais confiava foram falsas com você, te enganaram. Você está com raiva e está magoada. — As faces dela ficaram rosa-choque. Ela virou para olhar pela janela para esconder o rosto. — Por que acha que eu tinha que te contar? — falei com voz embargada. — Você por acaso acha que eu fiz isso de propósito? Eu não queria me apaixonar por Jess de novo.

Ela perguntou, com o nariz entupido:

— Para começar, por que você não casou com ele?

— Eu devia ter casado.

Ela se virou para mim com os olhos faiscando.

— Ah, isso é ótimo, mãe, assim eu nem ia existir. Assim você e Jess podiam ter tudo que quisessem.

— Ah, para com isso. Eu devia ter casado com ele porque ele era o homem certo para mim. Me apaixonei por Jess quando tinha dezessete anos. Não. Com onze, quando a gente se falou pela primeira vez. — Não consegui evitar um sorriso, que só a fez se revirar. — O motivo por que não me casei com ele é que eu amarelei. Ele era um... garoto rebelde. Sua avó não suportava ele — disse, com uma risada cautelosa. Ruth se recusava a olhar para mim, mas eu sabia que ela estava ouvindo atentamente. — Mas ele não era rebelde, não era. Duvido que algum dia tenha descumprido uma lei... excesso de velocidade, talvez. Ele só era diferente, ele desconcertava algumas pessoas.

— Como a vovó.

— É.

— Talvez ela achasse... — Ela parou, lembrando que não estava falando comigo. Mas agora tinha que terminar: — Talvez ela achasse que era contagioso. O negócio da mãe do Jess.

Ele contou a Ruth sobre a mãe? Escondi minha surpresa.

— Acho que você tem razão, acho que em parte era isso. E acho que foi por isso que ele mudou quando ficou mais velho. Em parte. Ficou mais tranquilo. Mais cabeça fria.

— Isso acontece com todos os adultos.

— Acho que sim. — Desisti; eu não conseguia explicar Jess, estava acima das minhas possibilidades. Principalmente para Ruth, principalmente agora. E que tarefa perigosa esclarecer para a minha filha por que eu amava outra pessoa, e não o pai dela. Por mais que medisse as palavras, como conseguir outro efeito se não magoá-la?

— Mãe? — Ela ficou mexendo nos botões do rádio, da calefação, curvou-se para frente, mostrando a cara emburrada. — Quando você, hum, como é que fala... cometeu adultério, papai soube? Foi... foi por isso que ele bateu com o carro?

— *Não.*

— Como é que você sabe?

— Porque... foi muito antes... você era *bebê*. — Ela me olhou de boca aberta, enfim mais surpresa que furiosa. — Mas não vou... não quero falar com você sobre isso. Te contei, uma vez, e nunca mais. Foi um erro meu, e sofri com isso.

— Ah, claro, acredito.

— Ruth, escuta. As pessoas nem sempre escolhem quem elas amam, às vezes acontece e pronto. Às vezes a gente...

— A gente pode escolher com quem ir para a cama!

Ah, a faca no coração. Ela se recusava mesmo a olhar para mim, por isso deixei meu rosto se contorcer, fiquei respirando pela boca, esperando que não começasse a chorar.

— A gente pode — falei, a voz trêmula. — Tem razão.

— E você errou. — Implacável.

— É o que estou tentando te dizer.

Ela limpou o para-brisa com o lenço do papai e ligou de novo os limpadores. Desnecessariamente; o sol começava a aparecer. O vento encrespava a superfície do rio, diminuindo-lhe o brilho. Estava superúmido dentro do carro; abaixei o vidro da minha janela um pouquinho. Por fim, não tive escolha a não ser procurar um lenço de papel e assoar o nariz. Quando o fiz, Ruth me olhou de soslaio.

— *Nossa*, mãe.

Não ouvi nenhum tom de compreensão. Limpei o rosto, engoli as lágrimas. Incrível o meu talento para estragar tudo.

— Eu errei. Admito. Mas não só pelo que aconteceu com Jess. Sou culpada de uma espécie de covardia também. — Mas Ruth tinha idade suficiente para essa revelação? Não, cheguei à conclusão, recuando; deixa Stephen permanecer o inocente, a parte injuriada mais um tempinho. A vida inteira, talvez. É.

— O que importa é que seu pai nunca soube sobre nós.

— Como é que você sabe?

— Porque sei. Juro, pode deixar isso pra lá.

Ela ficou um bom tempo olhando fixamente para mim.

— Tá bom — falou, e nós duas relaxamos um pouco. Uma luzinha no final do túnel.

— O negócio é esse — eu disse. — A gente vai ter que acabar perdoando uma à outra. Sei que você acha que sou uma hipócrita, uma mentirosa, uma... bacante.

— Que que é uma bacante?

— Uma espécie de...

— Puta? — Mas ela corou quando disse isso, e depois sorriu afetadamente, tentando fazer parecer piada.

— As coisas que você acha que fiz de errado... fiz por amor, por isso eu me perdoo. — Ela entortou a boca; quase ouvi o pensamento dela: *Que conveniente*. — Não é uma desculpa. Ou... é a *única* desculpa. Escuta uma coisa. Se Stephen não tivesse morrido, não acho que a gente ia continuar vivendo junto. Não por causa de Jess. Não acho isso. Sei que você não quer ouvir, mas não *posso* te explicar até você ficar mais velha.

— Por que não?

— Porque não é justo com seu pai. Mas, Ruth... Jess foi feito para mim, que que eu posso fazer? Nada. Você acha que isso tira alguma coisa do meu amor por você? Não tira. Não tira. Você é a melhor parte da minha vida, sempre foi, isso nunca vai mudar. Mesmo se você tiver... tatuado o corpo inteiro.

Ela bufou. E enrubesceu de novo, baixou a vista e ficou olhando o colo. Ela quase sorriu.

— Sei que sou muito frouxa com você às vezes. Essa é minha maior falha como mãe, mas a razão...

— Não, não é.

— A razão... e isso é difícil para mim dizer para você, mas vou dizer... é porque sempre me esforcei muito para não ser como a *minha* mãe. Que, para ser sincera, queria decidir a minha vida por mim; e isso estou te contando confidencialmente, de mulher para mulher. Mas ela fez isso por amor... também... por isso a perdoo. — A realidade não era tão certinha como sugeriam essas revelações simétricas, lógicas, mas eu não estava querendo passar lição de moral, só estava querendo falar a verdade. Finalmente. — Mas isso foge ao assunto, a gente não estava falando da minha mãe, a gente estava falando de nós duas. Tentei... — suspirei, sentindo-me exausta de uma hora para outra. Joguei a cabeça para trás. — Tentei ser boa mãe. E sei, *percebo* que isso não parece muita coisa. E me desculpa se fui permissiva, liberal demais ou se te pareceu que não ligava...

— Mãe...

— ...ou que não me preocupo. Porque, acredita em mim, não *consegui* fazer mais..

— Mãe. Você não é permissiva. Nem sei de onde tirou isso.

— Não sou? — Tirei isso de Stephen.

— *Não. Gente.* Você é um monte de coisas que não é muito legal, mas permissiva não é uma delas.

— Ah. — Isso tirou meu pique. — Achei que era. Como forma de reação.

— Não é. *Gente.*

— Ok. Que bom.

Será que ela estava tentando me fazer sentir melhor? Pior? Estava pensando no que dizer em seguida, quando ela falou:

— Não quis dizer que tem um *monte* de coisas. Sabe, que não é muito legal. Para mim. Algumas coisas, poucas coisas. Só isso.

Meu coração inchou diante desse gesto de boa vontade.

— Ah — falei, procurando disfarçar. — Bom, isso é bom. Algumas; é melhor que um monte. Não tem... quase nada em você que não é muito legal. Para mim. Bom, uma coisa. É o que estou pensando agora, mas é isso.

Pausa de suspense.

— O quê? O carro, é isso? Foi um acidente. Eu estava dando marcha a ré...

— Não, não é o carro. Ontem à noite. As coisas que você disse ao telefone. E eu não sabia onde você estava, não conseguia te encontrar e não sabia o que fazer. — O momento mais terrível da minha vida. Como ser enterrada viva.

— Sei. — O rosto pálido dela corou. — Tava, tipo, passando um momento muito, muito difícil.

— Entendo — falei, ansiosa para perdoar.

— Desculpa — ela murmurou, brincando com a maçaneta. — Pensei em ligar de novo. Sabia que era horrível e... fiz mesmo assim. — Ela balançou a cabeça, desconcertada, como se gestos de crueldade adulta não tivessem nada a ver com a ideia que fazia de si mesma.

Estendi o braço para pôr uma mecha de cabelo escuro e molhado atrás da orelha dela, coisa que estava com vontade de fazer havia quinze minutos.

— Tudo bem. Tudo bem.

Eu havia me preocupado em ser muito permissiva, mas tudo levava a crer que não tinha falhado nisso. Por outro lado, o ponto de vista de Ruth talvez não fosse totalmente imparcial.

— Nossa, estou cansada. Vou te contar tudo que aconteceu, mas não agora, tudo bem? — O rosto dela, afável e receptivo enquanto recebia meu carinho cada vez mais afetuoso, enrijeceu de uma hora para outra. — Ah... esqueci.

— O quê?

— O carro morreu. Eu acho. Estacionei ele lá...

— Eu vi.

— E agora não pega de jeito nenhum. Acho que agora morreu de vez.

A gente tinha terminado? Por enquanto? Ruth precisava me dar um monte de explicações; eu tinha que instilar um monte de disciplina nela. Nenhuma de nós estava a fim de fazer isso agora.

— Vamos ver se a gente consegue fazer ele pegar — falei. — Se não pegar, a gente vê isso depois.

— Ok. Olha, o sol apareceu.

Liguei o carro e desci o morro. Estacionei em fila dupla e esperei Ruth sair e tentar fazer o Chevy pegar. Não teve sorte.

— Nada — falou, tentando de novo. — Só faz um clique, mais nada.

— Pode ser a bateria.

— Ou o motor de arranque.

Fomos até a estrada e atravessamos a ponte do rio.

— Mãe, preciso dizer, tá realmente legal. — Ela se referia à arca. Lancei um olhar sobranceiro, desconfiado. Ela parecia, *sim*, sarcástica. — É pena que tenha perdido o evento todo — prosseguiu, com uma naturalidade impressionante. — Para aqui um segundinho, pode ser? Olha como fica daqui.

Parei atrás de uma fileira de carros estacionados na margem, um pouco além da ponte, e a gente ficou contemplando a arca flutuando, balançando, presa com múltiplos cabos esticados entre os dois grandes píeres. — Vamos sair — Ruth disse, e então saímos, e ficamos no gramado com as costas apoiadas no carro, olhando a arca. — Quer dizer que é oca por dentro? Porque os caras estavam andando nela enquanto botavam os animais dentro. Não foi legal ter chovido só na hora do embarque? Tipo, simbólico.

— Tem um convés sólido, mas não tem casco, nada por baixo — expliquei. — Na verdade, é uma espécie de balsa...

— Mas dá para ver afundando, vejo as laterais dentro da água.

— Sei, mas não tem nada atrás, só folhas de compensado pintadas, e só afundam uns sessenta centímetros. É uma ilusão.

— Legal.

— É uma balsa com dois caixotes vazios em cima. Você pode ficar no convés principal, mas os outros dois são de mentira. Você não viu ninguém andando lá, aposto.

— Não, eles entraram com os animais e depois puseram eles para fora das janelas dos dois andares de cima. Achei que havia uma escada lá dentro.

— Nada. Uma ladeira.

— Nossa. Todo mundo adorou.

— É mesmo?

— Tinha pelo menos um milhão de pessoas, sério, parecia até o Dia da Independência, você devia...

Ela ficou puxando o cabelo, um hábito de infância, em geral indicativo de incerteza moral.

— Cheguei aqui mais ou menos às nove e meia — começou de novo, falando devagar. Uma repórter de noticiário. — Eles estavam começando a pôr os animais lá dentro. Tinha umas câmeras de tevê aqui, e gente fazendo entrevistas de rádio, eu acho... estavam com gravador e microfone. Vi Landy, ele estava com uns seis caras, acho que os Arquistas, empurrando os animais pela prancha de desembarque, sei lá se o nome é esse, que agora não tem mais, eles tiraram quando terminaram. Todo mundo achou os animais demais. Durante um tempo fiquei do lado de uma família, os pais, duas garotinhas pequenas e um menino. Eles ficaram doidos, principalmente com os macacos. Mãe, mas também o felino voador e o elefante. E a coruja. Todo mundo gostou do urso-polar. Acho que os bichos grandes eram mais, tipo, fizeram mais sucesso, mas isso porque a maioria das pessoas estava vendo de longe... deu para todo mundo que estava nos dois píeres ver os bichos pequenos perfeitamente. Adorei a marmota. E a galinha. O camundongo... foi o máximo você fazer ele subindo pela corrente.

"Ouvi um cara perto de mim dizer que só tinha um de cada de todos os bichos, como é que não tinha dois, por isso contei para ele dos lados diferentes. Ele achou demais. Não falei para ele que era parente de quem fez tudo isso. Ia dizer, mas não sei por que não disse.

"Vi o sr. Pletcher. E a esposa dele. Ele estava com terno preto, e ela, com um conjunto azul-marinho e um chapéu florido. Na verdade dava para saber que mulheres eram Arquistas porque todas estavam de chapéu. Estavam com as câmeras apontadas para o sr. Pletcher; acho que ele deu uma entrevista. Ele parecia que estava, sabe como é, em estado de êxtase. Acho que estava doidão. Landy foi ficar perto deles quando terminaram de pôr os animais lá dentro e fez um discurso."

— Landy fez discurso?

— É, e não se saiu mal. Mas dava para ver que estava nervoso. Ele ficou lá, naquela caixa levantada ali, bem do lado da água. Ele só agradeceu a todo mundo por ter vindo e disse o nome das pessoas que ajudaram. Falou seu nome. E... de Jess. E uns outros. Leu a história da arca na Bíblia. Depois levou o microfone para o pai dele, que estava atrás. O sistema de alto-falante deve ter custado bem baratinho, porque no início a gente só conseguia ouvir chiado. Landy segurou o guarda-chuva em cima do velho, que falou alguma coisa, mas não dava para ninguém ouvir. Todo mundo ficou calado. A voz dele era tão fraca, e ele levou séculos para dizer o que tinha para dizer. Que não foi muito, mas não sei repetir. Alguma coisa, tipo, que a arca não significa a ira de Deus, significa perdão e, tipo, começar do zero. Purificação. E depois falou alguma coisa de como as pessoas foram boas para ele, todos os amigos e a família querida. Sobre quanto amor sentia. Sobre a generosidade de todos. Porque eles o salvaram. Depois se despediu, e... algumas pessoas choraram, e foi estranho porque, antes, parecia quase carnaval. Os Arquistas cantaram uma música, um hino, que era realmente... como vou dizer... horrível. Bom, aí acabou a parte da cerimônia, e as pessoas se amontoaram em volta da arca e chegaram o mais perto que puderam para ver. Todo mundo que estava com máquina tirou um milhão de fotografias. Eles realmente... realmente gostaram. — Ela fez uma pausa para pensar. — Acho que foi isso — falou e voltou a se sentar.

Olhei para baixo, e foi fácil, graças à Ruth, imaginar uma multidão debaixo de guarda-chuvas fazendo um círculo em volta de uma plataforma improvisada, enquanto chovia. Landy murmurando num microfone estridente, reunindo toda a coragem para ler a história de Noé para centenas de estranhos. E Eldon, lutando para dizer sua parte no pouco tempo que sobrou. Agradecendo um gesto singular de amor, cuja expressão flutuava no rio à sua frente. Uma arca.

— Ei, mãe, quer ver minha tatuagem?

— Ah — tentei parecer superentusiasmada. — Claro que quero. É legal?

Ela riu.

— Estava pensando que talvez eu devesse fazer uma tatuagem — escapou da minha boca. — Acha que já estou velha demais?

— *Nada disso*. Acho que você devia fazer uma exatamente igual à minha.

— Mesmo?

— Claro. Tatuagem mãe-filha.

Um brilho nos olhos dela dizia que ali tinha coisa. Ah, meu Deus, o que é que ela havia feito, uma suástica? Serpentes enroscadas? Pus o braço de leve, bem hesitante, na verdade só as pontas dos dedos na espinha dela quando nos viramos e demos as costas para o rio. Na mesma hora seu braço enlaçou minha cintura.

— Quer dirigir?

Ela me lançou um olhar rápido de surpresa.

— Claro — murmurou, feliz, corando. — Obrigada. — Nos separamos naturalmente.

— Amanhã a gente volta para pegar o carro.

— Fechado.

No carro, Ruth me mostrou a tatuagem. E depois fomos para casa.

# 27
# A gota d'água

Terminou a escola, enfim. Como última coisa da aula de inglês, a sra. Fitzgerald pediu que a gente fizesse no diário uma lista das duas ou três coisas que mais passam pela nossa cabeça quando nos despedimos do penúltimo ano e esperamos para entrar no último, e depois tentar desenvolver estratégias para lidar com essas questões durante as férias de verão. A maioria dos meus colegas não ligou porque ela nunca ia conferir e ver se a gente tinha feito, mas eu fiz essa lista grande, enorme.

Número 1. Minha *tatuagem*.
Essa experiência ainda me exaspera, continua sendo a mais detestável e humilhante da minha vida. Primeiro cobri com gaze para ir à escola e disse para as pessoas que havia me queimado. Depois contei para Jamie a verdade, mas pedi, antes, para ela jurar que não ia contar para ninguém no mundo, nem mesmo para Caitlin. Surpresa, surpresa — em um dia, toda a escola sabia.

Vovó odeia a minha tatuagem. Disse que paga para eu tirá-la com laser, por isso ela e mamãe me levaram ao dermatologista, o dr. Ewing, que disse que ia ser dose tirar tudo, e sugeriu que eu tirasse só os braços e a parte de cima do círculo e, depois que cicatrizasse, eu fosse a uma loja de tatuagem de boa reputação e pedisse que pusessem os braços mais embaixo e a curva mais oval. Ou seja, a tatuagem de um *ankh* de verdade por cima da antiga.

Ninguém aprovou a ideia além de mim. Felizmente, o fator dinheiro entrou, e deve ser por isso que a gente vai fazer. Estou superempolgada, mas isso não vai acontecer antes de agosto, e enquanto isso estou, tipo, com esse pirulito na mão. Isso sem falar no monte de piadinhas gay idiotas que tenho que tolerar. Um cara me chamou de "aquela garota que vive chupando pirulito". Pensando bem, chupando pirulito, não; chupando dedo, *sim*. Que otária que eu fui.

Ao mesmo tempo, tenho pensado: *Por que* o símbolo feminino é coisa de lésbica? Os homens usam símbolos estúpidos de macho, espadas, armas, supermotocicletas e essas coisas, e ninguém diz que *eles* são gays. Muito pelo contrário. Não sei, estou dividida. Às vezes penso foda-se, vou ficar com ela, é um símbolo do meu poder feminino. Sou poderosa do jeito que sou, sei quem sou, e que se dane o que os outros pensam. Ok, mas então penso — por que tem que ser tão difícil? E eu por acaso quero uma tatuagem de que vou ter que passar a vida *sentindo vergonha*? E, além disso, quero mesmo um *ankh*. Porque sou a *favor* da vida.

Por isso não sei. Ainda tenho uns diazinhos para decidir.

Número 2. *Raven*.

Acho que ele não é mais meu namorado. Não que algum dia tenha sido, a não ser uma vez, por uns cinco minutos. Tenho notado que ele não é mais tão amigo quanto antes, e descobri por quê: A Outra Mulher. "Cindy." Ela é totalmente gótica, estuda no último ano, juro por Deus que parece um cadáver, mandaram ela para casa duas vezes, que eu saiba, por causa de maquiagem necrófila. Eu a vi com ele na biblioteca duas vezes e uma vez no carro dele. São perfeitos um para o outro. Não sinto falta dele. Na verdade, é um alívio não ter mais que ouvir aquelas atrocidades.

Não consigo acreditar que eu ficava me preocupando com o meu nome, tipo, que não era *dark* o suficiente, essas coisas. Devia mudar para Hécuba — e agora essa *Cindy*??

Número 3. *Krystal.*

Mamãe me mandou parar de trabalhar no Palácio. Gente, ela ainda está muito fula da vida. Muito mais furiosa com Krystal do que comigo, o que não faz muito sentido. "Você não é adulta, ela é" é tudo o que diz. Encontrei por acaso com Krystal na locadora uma noite — por sorte mamãe não estava comigo. Foi estranho no início, mas depois de uns minutos de papo foi como nos velhos tempos. Ela terminou com Kenny. Agora está saindo com o cara da UPS — Walt, saiu com ele várias vezes. "É um comedor de carne muito gentil", ela diz. Depois que a gente terminou de pôr a conversa em dia, Krystal disse: "Dá notícia, não some." Eu disse que não ia sumir, e depois agradeci a ela por ter me ajudado, me deixando dormir no sofá dela e tudo o mais. Ela disse: "Sempre que quiser." E eu já estava para continuar e agradecer a ela pelo resto, mas, quando ouvi na minha cabeça como ia sair: "Obrigada por ter mentido para minha mãe e não ter contado para a polícia que eu peguei o carro e fui dirigindo sozinha, ilegalmente, para Washington", eu não podia dizer isso. Tipo, parecia até sarcasmo.

Não estou dizendo que mamãe tem razão em relação a Krystal — não tenho dúvida de que agiu com boa intenção, que foi uma amiga leal quando precisei. Só estou dizendo que existem maneiras diferentes de ser amigo de alguém, e dar força e apoio a qualquer coisa que o amigo faz nem sempre é a melhor maneira. É isso.

Número 4. *Castigo.*

Fiquei em casa de castigo por três semanas, que incluem as festas de fim de ano da escola a que fui convidada, e tenho que pagar da minha mesada o conserto da mossa que fiz no carro. Acho que isso tira a preocupação de mamãe de ser permissiva demais comigo pelo resto da vida. Quá-quá-quá-quá-quá-quá-quá-quá.

O pior foi quando a polícia queria adiar meu direito de tirar a carteira de motorista por um ano. O que seria o fim, eu cometeria suicídio. Mas alguém interveio (adivinha quem? Jess, que é, tipo, o fodão no conselho municipal), por isso dessa me livrei. Graças a Deus.

Número 5. *Meu novo trabalho.*

Vovô me contratou para digitar e gravar em disco todas as correções e revisões do livro que ele e o colega estão escrevendo. Como não são muitas, obviamente fez isso por piedade. Ele me paga um salário mínimo, o mesmo que Krystal pagava, mas não é de jeito nenhum tão divertido. Tenho que trabalhar no escritório da casa dele nas primeiras semanas, até saber o que estou fazendo. É mais ou menos meio expediente.

Uma coisa que estou aprendendo, além de muita coisa que nunca quis saber sobre poesia marginal do século XVIII, é que o vovô não é tão calado quanto sempre pensei. Na verdade, não consigo que pare de falar. Do que ele fala? Do tempo, à beça; gosta de assistir ao canal do tempo na televisão e no rádio. Ontem ele contou que havia conseguido comprar quatro pneus radiais para o Honda por um preço inacreditável. Bem entendido, com todos os detalhes. E de outras coisas, como está o gramado dele, a plantação de tomate, que os advogados estão arruinando o país, por que o Atlanta Falcons não é tão bom quanto sei lá que time. É um saco. Mas também é legal, porque é fácil e relaxante, posso prestar atenção ou não. Descobri que o motivo por que ele não conversa com a vovó é porque ela fala o tempo todo. É engraçadíssimo, porque ela reclama para a mamãe que não consegue arrancar nem uma palavrinha dele, que ela deve ter casado com um mudo. Me dá vontade de mandar um bilhete anônimo — "Cala a boca um pouco, que tal? Põe uma rolha nela!" Mas aposto que não ia cair a ficha. Ela ia achar que o bilhete era para outra pessoa.

Número 6. *A arca.*

O velho Pletcher morreu. No final da tarde do dia do lançamento da arca, ele teve que ser levado às pressas para o hospital numa ambulância por causa do coração. Ele ficou lá quatro dias e depois disse que queria ir para casa morrer. E foi exatamente o que fez, dois dias depois. O jornal de Clayborne publicou um grande obituário, e muito mais gente que você podia imaginar apareceu no enterro dele, inclusive mamãe, e com isso a arca ficou ainda mais popular. O jornal de Richmond publicou um artigo irônico em que curtia com toda a situação, mas não de maneira mesquinha, e disseram que os "animais são originais e maravilhosos" e "surpreendentemente comoventes". Mamãe estava dançando nas nuvens. A única parte ruim foi uma noite em que uns garotos de fora da cidade (foi o que o jornal disse, mas, como nunca foram pegos, como é que eles *sabem*?) jogaram do píer um galho em chamas na arca, causando um incêndio que danificou a coruja, o pelicano, a pantera e o urso-cinzento. Bom, isso mexeu com as pessoas e acabou fazendo com que mais visitantes viessem ver a arca. Virou uma verdadeira atração turística.

Mas depois tinham passado os quarenta dias e as quarenta noites, e eles a desmontaram e venderam como sucata, e o dinheiro foi para os Arquistas. Até então, ninguém havia pensado sobre o que ia acontecer com os animais. (Achei que iam simplesmente jogá-los fora, mas isso foi antes de me dar conta de como eram *originais e maravilhosos*.) A sra. Pletcher, a dona deles, ligou uma noite e contou para mamãe que um grande zoológico para crianças da Pensilvânia, que se chamava Arca de Noé, havia se oferecido para comprar toda a coleção por três mil dólares, para expor na recepção. Ela queria saber o que devia fazer — vender para o zoológico e dar para a mamãe os três mil dólares, menos despesas com transporte, que baixava para dois mil, ou doar os bichos para a nova Igreja dos Filhos de Noé, que estavam construindo na Rota 634 em memória do marido. Dois mil dólares cairiam muito bem. Mas mamãe disse que a igreja devia ficar com eles — especialmente porque o zoológico não ia conseguir usar todos e acabaria jogando alguns fora. Além disso, mamãe gosta da ideia de que eles fiquem decorando a nave da Igreja dos Filhos de Noé. Mais ou menos como a Via-Crúcis, ela diz.

Número 7. *O trabalho de mamãe.*

Mamãe ainda não tem um emprego de verdade, mas está todo mundo com esperança. A amiga dela, Chris, que também está desempregada, perguntou se mamãe não queria fazer as ilustrações do livro infantil que ela havia escrito. Primeiro era só uma experiência, para ver se ia dar certo, e mamãe só fez uns desenhos a nanquim. Mas ficaram bons e Chris adorou, por isso ela resolveu tentar fazer umas aquarelas. Também fizeram o maior sucesso, e agora as duas ficaram sócias. Ninguém sabe o que vai dar, mas pelo menos agora elas estão tentando ver se podem escrever e ilustrar livros para crianças entre quatro e sete anos. Li o primeiro que terminaram e não era ruim.

Então isso é uma coisa. Outra é que a mulher de um professor universitário de Clayborne quer que mamãe pinte um mural na sala de jantar dela com as pessoas sentadas numa mesa grande comendo. Quer que ocupe duas paredes inteiras e seja um pouco antiquado e francês, como Renoir ou Toulouse-Lautrec, ou um desses, com montes de pães franceses e garrafas de vinho e velas na mesa e as pessoas vestidas com roupas do século XIX — SEM FALAR QUE — ela quer que quatro comensais sejam ela, o marido e os dois filhos! Mamãe achou engraçadíssimo! Ela provavelmente vai topar. A madame vai pagar uma boa grana, mais até que o preço que o zoológico ofereceu pelos bichinhos, por isso ela vai topar.

A terceira coisa é — o sr. Wright perguntou se ela quer dar um curso de arte no próximo semestre na Outra Escola!! O cara deixou todo mundo de queixo caído, ninguém acreditou. Ela disse não, claro, ainda mais porque ele pagava uma ninharia, mas agora ela está repensando a decisão. "Eu podia aceitar para ganhar experiência", ela diz, porque vovó teve razão esse tempo todo, o que ela realmente devia fazer era voltar para a faculdade para fazer o mestrado e depois dar aulas de arte. Gente! Que bom que não vou estar mais aqui na época e não vai ter como ela ser minha professora. Sabe-se lá se isso vai acontecer ou não. É uma espécie de último recurso, pelo que entendo, no caso de os outros trabalhos não vingarem. — Algo a que recorrer — vovó fica dizendo. Mamãe diz que já não detesta a ideia tanto quanto detestava antes. Isso já é alguma coisa. Mas eu — o que quer que eu acabe fazendo, não vai ser a coisa que detesto menos. Vai ser o que adoro mais. O que quer que seja. Disse isso para mamãe outra noite, mas ela não se tocou nem se defendeu nem nada. Só disse: "Bom para você", e deixou pra lá. Isso me levou a pensar. Para mim é fácil falar. Não tenho filho para mandar para a faculdade daqui a dois anos.

Número 8. *Jess.*

Estou de castigo, por isso naturalmente estava no quarto a noite passada checando os e-mails quando mamãe entrou e sentou na cama. Ela estava com cara séria, por isso sabia que a gente ia ter uma Conversa, e tinha quase certeza do assunto, mas não disse nada, para ficar mais difícil para ela começar. Não funcionou porque ela disse na lata: "O que você vai fazer em relação a Jess?"

Para dizer a verdade, não estou mais zangada, estou mais, tipo, alheia. Ou tentando ficar. Só tentando viver minha vida sem nada daquilo na minha cara, e até agora mamãe havia deixado desse jeito. Quer dizer, talvez toda hora ela dê uma escapada até a casa dele, ou toda noite os dois fiquem tendo conversas eróticas no telefone — não sei nem quero saber. (Ainda não consigo acreditar que ele foi de carro para Washington com vovô. Como queria ser uma mosca naquele para-brisa!)

Bom, enfim, tentei encurtar o assunto dizendo que não vou fazer nada em relação a Jess, e, se ela quiser trazê-lo aqui em casa e ser namorada dele, ei, fica à vontade, não me tira pedaço. Quer dizer, ele não precisa pedir minha permissão para ficar noivo, não é? Isso não satisfez mamãe. A gente deu umas voltas e ela, enfim, admitiu que o que realmente queria é que eu falasse com ele.

Encurtando a longa história, Jess me ligou hoje me convidando para dar uma volta na caminhonete com Tracer, eu dirigindo. Rá-rá, grande coisa. Superei essa fantasia estúpida de *cowgirl* há muito tempo. Mas não falo isso nem nada mordaz; pelo contrário, sou incrivelmente educada. Prefiro bancar a santinha. É muito melhor se acalmar e agir como se nada estivesse acontecendo por baixo da superfície, nenhum drama mental. A gente é muito mais poderosa quando fica fria do que quando faz cara feia, discute ou entrega o jogo. Isso aprendi ao longo dos anos e a um custo pessoal tremendo.

Mas Jess me deixou fora de mim. A gente estava indo para o sul pelas estradas vicinais, para Orange, uma cidadezinha muito lindinha, e eu estava tomando cuidado extra para não correr demais e Jess ter o que falar de mim. Fazia calor, mas a gente não ligou o ar-condicionado, o cheiro do ar estava bom demais, até o cheiro de fertilizante quando a gente passava pelas fazendas novas. Vacas por toda parte — eu costumava perguntar a ele de que raça eram, e ele me dizia, Hereford, Guernsey, Pardo-Suíça, Jersey, etc., mas hoje não perguntei porque vi como ia ser fácil escorregar para a nossa antiga amizade como se nada houvesse acontecido. Acho que, em parte, são os silêncios, que são esquisitos com outras pessoas além dos seus pais e do seu melhor amigo, mas nunca são esquisitos com Jess. Por que isso?

Então faz um dia bonito e a gente está passeando de carro, sem conversar muito porque estou sendo fria, quando de repente ele me vem com essa: "Eu dou o fora se você quiser", e eu digo algo brilhante, como: "Hã?", e ele diz: "Você decide."

Estou pensando: merda! Não sabia o que dizer. Acabei lhe dizendo que achava que minha mãe não concordava com isso; sinceramente, achava que ela não ia me dizer que era eu quem decidia. Ele disse que ela estava contando que tudo ia ficar bem comigo, que eu ia acabar aceitando que os dois ficassem juntos, porque era o que ela queria que acontecesse. Mas que ele podia ver as coisas com mais clareza. Ele disse: "Ruth, vou fazer o que você quiser."

Ah, ótimo! Eu falo: "Olha, o que vocês fazem não é da minha conta, vocês são dois adultos, maiores de idade." Ele sorriu quando eu disse isso, "dois adultos, maiores de idade", e eu, tipo, sei lá, amoleci por dentro. Voltei a gostar dele, tanto quanto antes, que saco, como se eu fosse fantoche de qualquer pessoa que me achasse engraçada ou adorável, ou sei lá, e sou. Fantoche, bem entendido.

Ficamos um tempinho passeando de carro em Orange. "Você quer comer alguma coisa no café?", eu respondi "não, obrigada." Porque não era um encontro social. Dei a volta e peguei a Rota 15 para ir para casa, porque é mais rápida.

E lá vai ele: "Estava pensando..."

Tracer estava esparramada no colo dele, com metade do corpo saindo pela janela, a língua de fora, as orelhas voando. Eu não queria saber o que Jess estava pensando, quase liguei o rádio, mas seria muita falta de educação; além disso, eu não tinha coragem. Ele disse: "Estava pensando como eu ia me sentir se meu pai tivesse amado outra pessoa depois que mamãe morreu." (Ou, antes, pensei, mas fiquei de boca calada.) Ele disse que ia fingir estar contente por causa do pai, mas no fundo aquilo não ia fazer nenhum sentido para ele, porque a mãe era o centro da vida deles, era ela que fazia da família uma família.

Então eu disse que não era a mesma coisa. Disse que meu pai não era como a mãe dele.

Odiei admitir isso para Jess. Mas ele estava tentando fazer uma espécie de círculo, uma história paralela com a vida dele, e não funcionou. Ultimamente, quando tento pensar no meu pai, é estranho, mas só consigo imaginá-lo no escritório da casa antiga de Chicago, trabalhando. Não consigo vê-lo em nenhuma outra parte da casa, nem na cozinha, nem no banheiro, nem no quintal. Só consigo imaginá-lo na mesa do escritório. Está vestindo a camisa verde-clara, com o nó da gravata desfeito, e não levanta a vista quando alguém entra. Está ocupado. Põe a mão esquerda na testa para cobrir os olhos e continua a escrever.

Mudei de assunto, comecei a falar sobre o novo livro da mamãe e da Chris, sobre um patinho chamado Schwartz, que nunca arruma o quarto, e por isso não consegue encontrar o bilhete premiado da loteria. Não estava interessada em conversar com Jess sobre meu pai. Assunto particular. Durante todo o caminho de volta para casa ele tentou voltar ao assunto — ao assunto dele —, mas eu não ajudava. Admito que gostei de vê-lo ficar cada vez mais frustrado. Mas ele não pressionou, não forçou a barra nem nada.

Quando a gente chegou em casa, desliguei o motor e fiquei ali sentada, não saltei fora e saí correndo. Sabia que ele não havia terminado e, claro, começou a contar que, naquele tempo em que a gente saía para pescar ou só para fazer um passeio, no tempo em que eu ia lá visitá-lo, ele curtia à beça e não era, tipo, com alguma segunda intenção. Ele disse: "Eu gostava da sua companhia." Fiquei pensando: "Agora é a hora de eu dizer: "Eu gostava da sua companhia também", e hora da gente fazer as pazes. Eu *queria* dizer isso. Mas não disse. Não consegui. Fiquei lá sentada, brincando com o volante.

Saímos do carro e achei que ele ia entrar em casa comigo. Em parte, eu queria isso, para acabar de vez com esse clima. Mas ele não fez isso, entrou na caminhonete de novo. Murmurei alguma coisa, tipo: "Para mim não importa se você quiser entrar. Quer dizer, não vou evitar vocês, ficar no meu canto, porque não ligo a mínima." Essa foi horrível, não consegui olhar para ele. Por que eu não conseguia ser legal? Acho que é porque ainda me parece deslealdade — tipo ser legal com Jess é trair meu pai. É se render e ser egoísta, fazer o que quero, em vez de fazer o que deve ser feito. E Jess diz: "Que tal a gente ir levando bem devagar", e eu respondo: "É, parece boa ideia." E ele: "Eu amo a sua mãe. Não estava esperando por ela antes porque nunca achei que ia conseguir. Mas agora estou esperando, e não importa quanto tempo eu vou ter que esperar." Não sei o que foi que eu disse. Fiquei sem graça. Entende, é uma coisa muito pessoal.

E então ele disse, bem baixinho: "Eu amo você também." Olhei para ele. "É verdade", acrescentou.

Bom, não consegui falar nada. Mas foi, tipo, a gota d'água. Ele pôs a mão na lateral da caminhonete, e foi como tocar minha mão ou meu braço. Depois deu a partida e foi embora.

Portanto, sabe-se lá o que vai acontecer.

Ou melhor, é óbvio.

Mamãe diz que a gente tem que perdoar uma à outra pelas coisas que a gente faz por amor. Ah, acho que sim. Ela me perdoou por eu ter dito que estava dormindo na rua com párias. Eu fiz isso por amor? Pode ter sido, mas você tem que voltar bem para trás para ver que foi. E você tem que amar de verdade a pessoa para se dar ao trabalho de voltar tanto. Bom, vou desenvolver a minha capacidade de perdoar. Jess está de certo modo trapaceando; está fazendo a tarefa se tornar fácil demais.

Enfim, acho que é isso, essas são coisas que passam pela minha cabeça e as estratégias para lidar com elas durante o verão. Foi um... não sei. Um ano e tanto. Um ano que vou ainda ficar uns anos sem entender. Como o ano em que eu tinha doze anos, fiquei mocinha e a gente se mudou de Chicago para cá — agora consigo ver como aquele ano foi interessante, mas na época só me pareceu uma coisa estúpida depois da outra.

Este é o ano em que meu pai morreu. Me tornei uma pessoa diferente. Estou mudada para sempre. O problema aqui é: eu não sabia que tipo de pessoa eu era antes; então, como saber quem me tornei? O tempo, eu acho. "O tempo dirá" é um ditado certíssimo. Mesmo assim, eu queria muito um dia entender as coisas *enquanto estão acontecendo*.

Li em algum lugar que o luto tem tudo a ver com quem sente, e quase nada com a pessoa que você perdeu. Repensando isso nesse último ano, consigo ver como é verdade.

Ok. É isso.

SEM FALAR QUE... Número 9. *Tem esse cara*. O nome dele é Robbie Warriner e é vizinho de porta de Chris e também um ano acima de mim na escola, totalmente viciado em computador e o maior gato. (Eu acho. Becky acha que não, que ele é um bobão, mas ela gosta de Jason Bellinger, então quem é ela para dizer?) Ele é muito legal, e vai na casa da Chris e dá uma força a Andy, o filho dela, com o novo computador, ensina jogos e outras coisas. Por isso é claro que às vezes, quando vou lá ver mamãe, ele está lá. Ele vai estudar informática e realidade virtual na faculdade, já decidiu. Disse para ele que gostaria de aprender a fazer planilha eletrônica, já que devo ter aula de estatística ano que vem, e agora está me ensinando! Ele tem cabelo ruivo, mas vermelho-escuro, não laranja, e não tem sardas. É mais alto que eu. Tem dedos longos, bonitos, e a cara muito séria e compenetrada, e quando ele se curva sobre o teclado e olha no monitor para um gráfico setorial é como ver Van Cliburn ou algo assim. Ele masca Dentyne. Às vezes, quando senta atrás de mim para me mostrar fórmulas, campos ou sei lá o quê, sinto aquele cheiro de canela e esqueço o que estou fazendo. Segundo Chris, ele não está saindo com ninguém. Acho essa diferença de idade, o cara um ano e meio mais velho que a garota, perfeita. Mamãe gosta à beça dele. Não que isso importe.

# 28
## Círculo celta

Ruth disse que sim.

Não acreditei que tenha sido tão fácil. Elaborei a pergunta de modo muito natural:

— Estava pensando que devia ir lá no túmulo do seu pai, dar uma limpada nele, pôr umas flores frescas. Está um dia tão bonito. Mas você deve estar ocupada, não vai querer ir comigo. Uma horinha só. Me veio essa ideia, já que está um dia tão bonito.

— Claro, mãe. Vou dirigindo.

Mas, assim que a gente estava saindo, mamãe apareceu no seu carro novo, um carro esporte compacto vermelho com teto solar.

— Aonde vocês estão indo? — gritou da janela ao nos ver na calçada. Falei para ela. — Ótimo, vou com vocês. Entrem, andar nesse carro é um sonho. Ruth, querida, quer dirigir?

E foi isso. Passei todo o trajeto para Hill Haven fervilhando de raiva. Minha mãe podia ser mandona, mas cega ela não era. Com certeza devia saber que essa incursão mãe-filha já era bastante complicada, repleta de armadilhas, um campo minado, terreno de possíveis desastres. Talvez achasse que uma terceira pessoa podia facilitar as coisas, mas, cá para nós, será que ela não via que o *objetivo* era justamente este: a intimidade, a privacidade — a parte mãe-filha?

Não. Como acabei descobrindo, ela *estava* cega, mas só mais tarde eu soube por quê. Tudo o que percebi na hora foi que ela estava com um humor péssimo e queria companhia.

Depois de uma semana de calor sufocante e umidade, estava um dia maravilhoso, o clima ameno, o céu de um azul lindo cheio de nuvens fez meu peito doer. Ruth disse que parecia mais Chicago na primavera que a Virgínia em julho. Junto com um punhado de zínias e margaridas-amarelas, as flores mais frescas que restaram do meu jardim abandonado, levei também uma manta e uma garrafa térmica com limonada. Havia feito um retrato, esperançoso mas ingênuo, de Ruth e eu sentadas na manta, coladinhas uma na outra, compartilhando segredos e um único copo. Não cabiam três na fantasia. Nem na manta; mamãe desabou sobre ela pesadamente, enfiando a saia embaixo da barriga da perna, suando da curta escalada desde o caminho pavimentado, enquanto Ruth ficou de pé, afastada, com as mãos nos quadris, o short preto exibindo as pernas longas queimadas de sol, apesar dos meus incessantes protestos para usar filtro solar. Suspirando pela oportunidade perdida, sentei ao lado de minha mãe.

Logo depois, Ruth ajoelhou e começou a arrancar a grama morta e seca em volta da lápide de Stephen. Ela havia cortado o cabelo para o verão, mais curto que o meu, com seus cachos macios e maleáveis riscados de sol. Eu o adorava, adorava tocá-lo, embora isso a fizesse retirar bruscamente a cabeça e dizer: *Mãe!* Ela ia fazer dezesseis anos no próximo mês. Eu lembrava muito bem o que tirar a carteira de motorista havia representado para mim — liberdade, independência, o deslumbrante começo da minha vida de verdade. Mas para a mãe só significa uma coisa: o começo do fim.

— Carrie, você está com ar cansado. — Mamãe se serviu de um copo de limonada e bebeu. Ela parecia irritada. — Ruth, querida, sua mãe não está com ar cansado?

Ruth levantou a vista, estreitou os olhos para mim.

— Não, acho que ela está ótima. — Ela deu de ombros e voltou a arrancar a grama.

— Obrigada — falei, depois de um minuto de espanto. Há quanto tempo ela não me fazia um elogio? Os ressentimentos estavam começando a passar, talvez por causa da idade, talvez só para dar espaço a novos ressentimentos, mas estava adorando nossa trégua e não importava o que a motivava. Ruth gostando de mim, sendo carinhosa comigo de novo, eu nem sabia como sentia falta disso.

— Ei — ela disse —, olha.

— Não aponta — mamãe falou com severidade. — Dá para ver daqui.

— O quê? — Troquei um olhar com Ruth — *O que que ela tem?* — e olhei para trás. — Ah. — Um enterro, uns quarenta metros de nós, no alto do morro que dava nome ao cemitério. Não havia muita gente. A silhueta preta deles se projetava sobre o céu, uma mulher de idade bem avançada com vestido de manga comprida — ela devia estar sufocada —, dois homens mais velhos, uma mulher jovem e um menino. Um padre lia alguma coisa num livro de orações, e a brisa asfixiante levava até nós uma palavra ou duas: *Senhor Todo-Poderoso... amado... pedimos...*

Ruth pôs as mãos sujas nas coxas e ficou olhando.

— A gente nunca sabe, né? Parece um enterro comum, o cara está morto e ela é a viúva, os outros são os filhos e netos, está todo mundo triste. Mas podia ser uma coisa totalmente diferente. Podia ser qualquer coisa.

Minha mão parou no meio do caminho para segurar a garrafa térmica. Era uma indireta? O jeito de Ruth insinuar que meu luto no enterro de Stephen fora insincero? Mentira?

— Quer dizer, a velha pode ser a mãe, em vez da viúva, e um desses caras pode ser o marido da pessoa morta. Ou podem ser irmãos, os dois caras, e eles perderam a irmã. Entende? Pode ser qualquer coisa.

— Ah. — Alívio. — Tem razão — falei —, a gente tira, sim, conclusões sobre as pessoas com base em...

— Estereótipos — Ruth terminou. — Todo mundo tira conclusões precipitadas em relação aos outros. É isso que causa o racismo, o sexismo e a intolerância religiosa. Acho melhor não pensar *nada* sobre as pessoas. Só tentar manter a mente aberta o tempo todo.

Fiz um aceno com a cabeça concordando, pensativa. *Filho nativo: Tragédia de um negro americano*, de Richard Wright, estava na lista de leituras para o verão dela. Fechei os olhos por uns minutinhos. Tive a sensação de estar subindo, flutuando, pairando sobre os túmulos do cemitério, sobre todos os túmulos do mundo verde e azul. Milhões e bilhões dos mortos e dos vivos, inúmeras pessoas debruçadas na lápide dos entes queridos, rezando e rogando, chorando, sofrendo.

— George mentiu.

Abri os olhos.

— O quê, mãe?

— Seu pai não cumpriu a promessa que fez. — Ela arrancou um tufo de capim-das-hortas e jogou para o lado. — Eu devia ter imaginado, eu devia ter previsto isso há muito tempo.

— O que aconteceu? — Olhei para Ruth, que estava com a cabeça baixa; ela se curvou sobre a lápide e ficou soprando e esfregando com a bainha da camiseta. *Ela sabe*, pensei. O que quer que seja, ela já sabe o que é.

— A gente não vai fazer a viagem — mamãe respondeu categoricamente.

— Ah, não? Por quê? Achei que papai havia terminado o livro.

Ele havia terminado, Ruth me contara duas noites antes. Quando acabasse — o livro que escreveu com um colega na maior parte dos últimos dois anos —, ele e mamãe iriam viajar juntos. Para as Bahamas, e só por uma semana, mas seria a primeira viagem que fariam juntos em — quinze anos, afirmou ela, mas aquilo parecia impossível, ela devia estar exagerando.

— Ah, ele terminou, sim. Ele terminou há meses, se quer saber, e é toda essa parte da tal de *edição* que está pentelhando.

Pentelhando? Diante disso, Ruth levantou a vista, os olhos arregalados.

— Mas vocês já não compraram as passagens, fizeram as reservas e todo resto? — Isso era mau. Eu não vinha prestando muita atenção nos detalhes da vida de minha mãe no último mês mais ou menos — muitas outras coisas na cabeça —, mas sabia que essa viagem significava para ela mais que uma escapada esporádica. Ela a via como uma transição entre o passado e o futuro, entre sua vida antiga e a nova — talvez. O começo de uma coisa diferente, ou pelo menos a possibilidade disso, entre ela e papai. — Ah, mãe, por que ele não pode ir?

— Um simpósio em Toronto. Ele vai ler um artigo. Muito prestigioso, segundo ele. Pediram para ele no último minuto — falou com amargo triunfo. Virou para o lado e, com o apoio das mãos, levantou-se, batendo vigorosamente na parte de trás da saia. — Estou tão furiosa que me dá vontade de vomitar.

Ela saiu andando de costas para nós. Estava ficando com pés de velha; um dos pés do sapato baixo azul-marinho estava desgastado do lado de fora, o outro do lado de dentro, como se os pés dela estivessem desabando devagarinho um sobre o outro. Ela vestia blusa de manga comprida no frio e no calor. — Meus braços são muito feios — justificava —, meus cotovelos parecem cascos de tartaruga. — Eu vivia dando bronca nela para não deixar de tomar cálcio, mas ela continuava encolhendo; depois de quarenta e dois anos, eu era enfim mais alta que ela.

Ruth, pálida, absorta na tarefa de retirar a sujeira das unhas, levantou a vista das mãos. Nos últimos tempos sua lealdade estava dividida. Eu adorava quando ela voltava para casa de seu emprego de verão e me contava trechinhos das conversas com o avô, vovô disse isso, vovô acha não sei o que daquilo. Ela estava finalmente o conhecendo, até ficando mais íntima dele, eu a invejava por isso. Mas a experiência estava turvando o que sempre fora claro e descomplicado, a característica da família: vovó era divertida, animada e interessante; vovô era do tipo que não estava nem aí para nada. Vovô era uma sombra.

A cabeça inclinada de mamãe me preocupou. Com certeza ela não estava chorando. Fui andando até onde ela estava, passando as mãos pelas estacas pontudas de uma velha grade de ferro.

— Mãe?
— Está tudo bem.
— Eu sei.
— Só estou furiosa. Eu queria ir. Droga, eu queria ir àquele raio de viagem.
— Sei que a senhora queria.
— Me dá vontade de ir mesmo assim. Não para me divertir, só de maldade com ele. — Ela sorriu, o humor impiedoso retornando. — Eu podia chamar Calvin Mintz para ir comigo. Aposto que ele está se sentindo sozinho sem ter mais Helen para mandar nela. Que par a gente ia fazer, hein?

A ponta da grade fez uma mossa na parte carnuda do polegar com que eu a pressionava. Para mim o verão estava passando nas nuvens, uma espécie de bálsamo dourado, nunca havia acontecido comigo nada nem de longe parecido com isso. Eu não tinha me perdido por amor nem volúpia, eu continuava a ser eu, conseguia ver os defeitos de Jess — instabilidade emocional, melancolia, o jeito contido que beirava a indiferença — e ele podia ver os meus — muito numerosos para relacionar. Mas nós dois combinávamos, sempre combinamos, e os momentos que passávamos juntos preenchiam espaços em mim que ficaram vazios durante muito tempo, anos a fio. A gente ainda estava no estágio da dependência química, viciado um no outro. Isso não ia durar, mas eu até ansiava, com curiosidade, e não pavor, pelo que viria depois. Viver com ele agora seria como... uma seca que recomeça depois de uma chuva demorada, curativa.

— Eu vou com a senhora.

— O quê? Ah, não. — Mamãe riu afetadamente, batendo de leve com o lenço de papel no suor debaixo do nariz. Dava para ver, no canto de seus olhos deprimidos, a ideia se implantando.

— Por que não? Há séculos que não viajo. Ruth pode ficar parte do tempo com papai e a outra com Modean.

— Posso ficar sozinha — Ruth interveio. — *Gente*.

— Você não precisa de uma viagem com urgência — mamãe falou com desdém. Andou uns passos, deu meia-volta e voltou. — Você está no meio daquele negócio com Chris, você tem — fez um aceno com a mão — coisas acontecendo. — Jess, queria dizer. Ela, definitivamente, não havia se conformado com ele. Ele era como uma artrite que mudou de lugar, uma crise de psoríase, mais uma doença da velhice que tinha que aceitar com elegância e dignidade.

— Bom, mas nada vai desmoronar em uma semana. Vamos lá, a gente vai se divertir.

— Ah, história. — Ela ainda não queria dar o braço a torcer. — Você não quer sair de férias com sua velha mãe.

Mas eu queria. Queria dar para ela o que ela queria, só por dar. De coração. Durante muito tempo mamãe espremeu amor de mim como pasta de dentes do tubo, e olha no que deu — um distanciamento desagradável entre o caçador e a caça, ela morrendo de fome e eu com medo de ser devorada. Jess também entrava nessa. Ao assumir minha escolha, ao admitir meu amor, finalmente me tornei comprometida por inteiro. Agora eu podia fazer esse sacrifício não muito pequeno por minha mãe, dar-lhe esse presente, pela simples razão de que ela não o esperava e não o havia pedido. Não o espremera de mim.

— Quero, mãe. Quero passar uma semana nas Bahamas com a minha velha mãe. A gente vai deitar na praia e ler todos os livros que vem deixando para depois.

— Ah...

— A gente vai comer peixe toda noite e vai fazer compras, vai ao cinema, ficar de bobeira. Só vai fazer o que tiver vontade. E, se a gente encontrar dois caras boa-pinta no bar, vamos deixar que paguem um Mai Tai pra gente.

Ela deu uma risadinha leviana, infantil.

— É, vai ser bem feito para ele, não vai? Ah, querida. — Ela pegou meu braço e o apertou com força. — Sabe de uma coisa? Vou perguntar a Birdie.

— Birdie? O quê... para ir com a senhora?

— Ela está precisando de uma viagem, tem andado deprimida.

— *Eu* estou precisando de uma viagem. — Agora me senti ofendida. — A senhora não pode convidar Birdie, ela vai te deixar louca.

— Vai, sim, vó — concordou Ruth, vindo para perto de nós. — Ela vai deixar a senhora louca.

— Provavelmente. — Ela riu de novo, uma risada alegre, e eu pensei: *Adoro sua expressão, adoro a senhora, mãe*. — Mas acho que é isso que vou fazer. Carrie, você é um amor, mas agora está cheia de coisas para fazer. Vou ligar de tarde para Birdie, tentar fazer com que se anime. Ei, quem vai arrumar essas flores? Ruth, querida, você sabe como funciona aquela alça da lápide? Você puxa do chão, vira e, está aqui, um vaso. Ah, olha que lindo. Carrie, elas são do seu jardim ou do de Modean?

Então arrumamos as flores no túmulo de Stephen, e eu fiquei pensando no fato interessante de que minha mãe ainda conseguia me surpreender, ainda tinha cartas na manga. Digam o que disserem, as famílias nunca ficaram entediantes. E a relação com a mãe nunca ficou menos complicada. Tudo o que a gente podia fazer era esperar, como um médico, não causar dano. Era uma esperança vã, porque o dano era inevitável, e por isso só podíamos esperar que alguém, algum dia (Ruth, em breve), levasse em conta nossas boas intenções.

Minha mãe, que estava ajoelhada, se levantou desajeitadamente com um grunhido e se afastou um pouco com passos firmes, pressionando as mãos na parte inferior das costas, se estirando e projetando o queixo para frente. Fiquei onde estava, quase roçando o braço de Ruth com o meu. Passei o dedo pelas letras em alto-relevo, STEPHEN EDWARD VAN ALLEN, QUERIDO ESPOSO E PAI, e tentei pôr em ordem meus pensamentos. Agora era minha oportunidade de dizer alguma coisa sábia, verdadeira ou conciliatória sobre Stephen. Apertando o tênis de Ruth, disse:

— Seu pai...

— Mãe, você acha que ele pode ver, ouvir a gente? Acha que ele, tipo, sabe que estamos aqui agora, nesse momento?

— Humm. Não sei, mas é possível, é perfeitamente...

— Porque às vezes o sinto perto de mim, mas outras vezes... — Ela baixou a voz até virar um murmúrio: — Eu quase nem lembro a cara dele. Se eu me concentrar na camisa de veludo cotelê verde, aí consigo vê-lo. — Ela respirou fundo e soltou o ar. — Mas por quanto tempo mais... E se ele ficar invisível?

— Bom, aí...

— Aí acho que ele vai me acompanhar como um sentimento. Sempre vou ter isso, a *sensação* do meu pai.

— Você parece com ele — falei. — Aqui. — Passei o dedo pela linha bem definida do maxilar dela. — Você nunca vai perdê-lo, porque ele está em você. — Ela sorriu. — É por isso que nunca consegui deixar de amar Stephen. Por isso que nunca parei de amá-lo.

— É, mas... — Um rosa pálido coloriu-lhe o rosto. Envergonhada? Em outra época eu tomaria isso como insulto. Ia começar a falar quando ela me interrompeu: — Mãe, não fala disso aqui, tá? Sabe como é que é. — Passou a palma da mão pela grama frágil em cima do túmulo. — Por via das dúvidas.

Claro. Por via das dúvidas. Me senti envergonhada da minha indelicadeza.

No morro acima da gente, as pessoas do enterro estavam indo embora. Já podíamos voltar para casa, mas, por respeito, esperamos a família descer a trilha até o estacionamento e ficar lá um tempinho, se organizando — *você vai com ele, e eu com eles, a gente se vê em casa* —, a parte social necessária do luto. Depois nós três fomos andando até o carro de mamãe. *Tivemos nosso enterro*, me peguei pensando, *estamos a salvo por um tempinho*. Como se a perda fosse distribuída de modo justo, previsível, a intervalos convenientes. Mas a esperança era hábil em enganar, e eu era só esperanças neste dia de verão delicioso, ameno e cheiroso no cemitério Hill Haven. O futuro tinha perspectivas, potencial, parecia um céu em tons pastéis. A única sombra era que as pessoas que eu amava não estavam tão cheias de expectativas pujantes e otimistas quanto eu. Havia algo a ser dito para começar de novo, encher o barco de progenitores e sair navegando para dentro do aguaceiro. O novo dia não duraria muito, mas essa era a natureza dos novos dias. Ressentimentos voltavam à tona, maus hábitos reapareciam, desfeitas, ofensas e maldades estavam fadadas a turvar as águas do dilúvio antes mesmo de elas recuarem. Mas aí a gente começava tudo de novo. Enquanto fosse possível amar, enquanto fosse possível perdoar, aquilo nunca acabaria. Que bom, porque nunca ia ficar tudo bem por muito tempo.

— Mãe, deixa eu ir com a senhora — falei de novo do banco de trás, inclinando-me para frente, tomando cuidado para que Ruth não pudesse me ver pelo espelho retrovisor. — A gente vai se divertir à beça. Hein? Eu queria mesmo ir.

Mas ela não cedia. Ela ia com Birdie e ponto, e eu não sabia bem por quê. Não era pelo prazer do martírio — eu sabia exatamente quando mamãe estava desempenhando esse papel, e hoje não estava. Generosidade de espírito? Demonstração tardia, antes tarde do que nunca, da arte de deixar pra lá? Era bom não saber. Era bom dar a ela o benefício da dúvida.

— Tive uma ótima ideia — Ruth falou, ligando o pisca-alerta e reduzindo a velocidade suave e conscienciosamente por causa do sinal. Ela ia ser uma motorista excelente. Ou isso ou havia enganado a família inteira e se revelaria um total terror. Distraidamente, estendi o braço para pegar a bolsa; a gente estava chegando à cidade, e as ótimas ideias de Ruth nesses arredores tinham a ver com McDonald's ou algo parecido. Mas ela disse: — Vamos *todas nós* fazer uma tatuagem.

Bufei. Mamãe revirou os olhos.

— É... não, quer dizer, não ia ser incrível? Quando eu consertar a minha, nós três podíamos fazer tatuagens novas. Para a senhora, vó, uma pequenininha, só um sinalzinho luminoso. Não dói, não dói tanto assim, e se a gente fizer juntas vai ser, tipo, um símbolo. O que vocês acham? — Os olhos dela dançavam no espelho, me desafiando. — Mãe, você podia fazer uma tatuagem sexy, uma borboleta no cóccix.

Mamãe morreu de rir.

— E eu, qual vai ser a minha? — Ela arregaçou a manga e levantou o braço manchado, sarapintado. — Um coração enorme sangrando, com uma flecha atravessada? E debaixo: "George, para Todo o Sempre."

Ruth caiu na gargalhada e ficou quicando no banco.

— Legal, vó, ou uma caveira com ossos cruzados bem na sua clavícula, que tal? Ou no seio! Vai tirar onda com o pessoal do Clube das Mulheres!

As duas soltavam risadas enquanto pensavam nas tatuagens mais doidas e nos lugares mais vulgares do corpo onde botar. Minha filha estava alimentando a ideia — na verdade sugerindo, e pelo visto não de brincadeira — de uma tatuagem em grupo com a mãe e a avó... eu ainda não havia digerido aquilo. Assunto para pensar depois.

No momento, pensei na tatuagem que ia fazer se algum dia tomasse essa decisão. Não uma borboleta na bunda. Como é que se chamava aquele símbolo da serpente mordendo o próprio rabo? Provavelmente significava infinidade, eternidade, atemporalidade. Mas para mim significaria o esforço de amar certo sempre ativo, sempre imperfeito e sempre perdoável. A melhor coisa do mundo que a gente podia fazer para os outros.

No banco da frente, elas tomaram decisões. Um *ankh* perfeito para Ruth, alguma flor para mamãe — mas não uma rosa: comum demais.

— Topa, mãe? — Ruth perguntou, tirando a mão direita do volante e levantando-a com o punho fechado. Pobre mão, ainda rosada e machucada da última sessão do tratamento a laser. Mamãe apertou a mão dela, exultando. Envolvi-a carinhosamente com a minha, e nós três pusemos as mãos em punho para fora do teto solar e as agitamos no ar.

Recostei de novo, pensativa, melancólica, me sentindo um pouco pesada de todas as minhas esperanças precárias, irrealistas. Céu em tom pastel ou não, o futuro às vezes chegava muito rápido. Passava e era esquecido. Mas o que se podia fazer? Nada. Esperar o melhor. Relaxar, curtir e deixar sua filha, a especialista, levar você de carro para casa.

Impresso no Brasil pelo
Sistema Cameron da Divisão Gráfica da
DISTRIBUIDORA RECORD DE SERVIÇOS DE IMPRENSA S.A.
Rua Argentina 171 – Rio de Janeiro, RJ – 20921-380 – Tel.: 2585-2000